셰익스피어 4대 희극

**베니스의 상인 | 로미오와 줄리엣
한여름 밤의 꿈 | 당신이 좋으실 대로**

셰익스피어 4대 희극

베니스의 상인 | 로미오와 줄리엣
한여름 밤의 꿈 | 당신이 좋으실 대로

초판 1쇄 인쇄 · 2021년 12월 20일
초판 1쇄 발행 · 2021년 12월 27일

지은이 · 윌리엄 셰익스피어
옮긴이 · 이태주
펴낸이 · 한봉숙
펴낸곳 · 푸른사상사

주간 · 맹문재 | 편집 · 지순이 | 교정 · 김수란, 노현정 | 마케팅 · 한정규
등록 · 1999년 7월 8일 제2-2876호
주소 · 경기도 파주시 회동길 337-16 푸른사상사
대표전화 · 031) 955-9111(2) | 팩시밀리 · 031) 955-9114
이메일 · prun21c@hanmail.net
홈페이지 · http://www.prun21c.com

ISBN 979-11-308-1869-6   03840
값 23,000원

세계문학전집 9

베니스의 상인 | 로미오와 줄리엣
한여름 밤의 꿈 | 당신이 좋으실 대로

셰익스피어 4대 희극

—

이태주 옮김

Shakespeare's 4 Great Comedies

푸른사상
PRUNSASANG

영문과 때 셰익스피어를 나의 사명처럼 들고 온

불문과 학생 진영숙 내 아내와

나의 아들 딸 손자 손녀들 그 후손들을 위해

이 책을 내 삶의 흔적으로 남긴다.

문득 폴란드의 셰익스피어 학자 얀 코트(Jan Kott)가 생각난다. 그는 『셰익스피어는 우리들의 동시대인』이라는 책을 써서 전 세계 연극인들과 셰익스피어 전문가들을 놀라게 한 사람이다. 〈리어 왕〉과 〈한여름 밤의 꿈〉의 실험적인 무대를 만들어서 현대 연극사에 새 장을 연 영국의 연출가 피터 브룩의 업적도 얀 코트의 이론적 뒷받침이 없었으면 불가능했다. 얀 코트는 뭐니 뭐니 해도 방대하고 웅장하고 어려워서 접근하기 힘들어 보이는 세계문화의 유산 셰익스피어를 우리 곁으로 가깝게 끌어온 재능 때문에 그 빛나는 공로를 인정받고 있다. 그는 셰익스피어를 우리 동네 옆집 아저씨처럼 친근감을 느끼도록 만들어주었다.

그가 한국에 온 적이 있다. 그는 딱딱한 학술 강연보다는 우리나라 남대문시장을 더 좋아했다. 남대문시장의 사람들, 활력, 그 벌거벗은 삶의 소용돌이에 도취되어 떠날 줄 몰랐다. 셰익스피어가 다룬 드라마는 그의 눈으로 볼 때에는 언제나 국경을 초월해서 우리 주변에 손에 잡힐 듯이 깔려 있다. 그가 한 말 가운데서 흥미로운 것은 빅토르 위고에 관한 것이다.

프랑스의 대문호인 위고는 1850년대 말 채널 아일랜드에 유배당한 적이 있다. 위고는 아들과 함께 어느 겨울날 바닷가를 걷고 있었다. 그는 암담한 심정이었다. 아들도 절망적이었다. 아들이 아버지에게 "이번 유배를 어떻게 생각하세요?"라고 묻자 위고는 대답했다. "오래 걸릴 것이다." 침묵이 흘렀다. "어떻게 지내시겠어요?" 아들의 질문이다. "바다를 보면서 지내겠다. 너는 뭘 할래?" 위고는 궁금했다. "셰익스피어를 번역하지요." 아들의 답변이었다. 위고의 아들은 나중에 유명한 셰익스피어 번역가가 되었다.

얀 코트가 전해준 이 에피소드에서 내가 강하게 느낀 것은, 셰익스피어는 그 당시 위고를 껴안아준 바다였다는 사실이다. 그리고 그의 불운했던 정치적 유배는 고통스러운 현실이었다. 그 바다는 지금도 영원하다. 그러나 우리의 현실은 변하고 있다. 각자의 현실도 변하고 있다. 위고의 현실도 변하고 있었다. 셰익스피어의 문학은 위고가 유배된 현실 속에서는 그의 동시대인이었다. 내가 전란 중에 포탄 속에서 읽었던 셰익스피어는 나의 동시대인이었고, 나의 암담했던 현실을 비춰보는 거울이었다. 셰익스피어의 시간과 나의 현실, 이 두 시간이 서로 밀접한 정신적인 관계를 맺고 있으면 셰익스피어는 누구에게나 친근한 동시대인이 될 수 있다.

읽으면 읽을수록 참으로 재미있고 매혹적이고 유익한 셰익스피어와 동시대인이 되며 그가 우리와 친근한 이웃이 되도록 도와주는 일은, 누구나 쉽게 읽을 수 있는 번역을 하는 일이요, 해설을 써서 보급하는 일이라 생각한다. 그러나 이 일이 결코 쉬운 일이 아니다. 푸른사상사에서 지금 이 책이 새로 나오는 일도 나는 기적을 보는 느낌이다. 〈당신이 좋으실 대로〉는 동양 텔레비전이 있었을 때, BBC 셰익스피어 시리즈로 방영하기 위해 번역한 대본이다. 우리가 말하는 입술의 움직임에 맞추면서 번역하느라고 적잖이 고생했는데, BBC 셰익스피어 대본은 원래 텍스트에서 군살을 뺀 압축 대본이다. 무대에 올리거나 방송하기 좋게 다듬어진 것이어서 그 나름대로 이용가치가 있으리라 생각한다.

1996년 9월 22일 일요일, 로스앤젤레스 타임에 나의 눈을 활짝 뜨게 만든 기사가 났다. "원래의 극장이 문을 연 지 300년, 현대판 글로브극장이 셰익스피어에 대한 활기찬 접근을 장려하고 있다"라는 제목의 윌리엄 몬탈바노 기자가 쓴 런던발 대형 특집기사였다. 기사 한가운데 큼직한 사진이 게재되어 있었다. 개관 기념 공연인 〈베로나의 두 신사〉 개막을 기다리는 관객들이 극장 내부를 가득 메운 광경이었다. 그 사진 아래 중간 타이틀이 있었다.

"셰익스피어가 이렇게 재미있는지 몰랐어요." 15세 미국인 소년이 말했다.

기사 내용은 이런 것이었다.

블루 진을 입은 미국인 틴에이저 세 명이 새로 개관하는 런던의 글로브극장에 나타났다. 안내원은 이 소년들에게 말했다. "극장 안에서 마음껏 떠들고 고함을 지르세요."

놀라운 일이었다. 다른 극장 같았으면 손가락을 입에 대고 "쉿!" 할 터인데. 셰익스피어가 그의 작품을 공연하던 옛 글로브극장 터에 복원한 이 극장에는 삼등석 노천 객석 '그라운들링'이 있다. 옛날 옛적 귀족 신사들은 옥내 객석에 점잖게 폼을 잡고 앉아 있었지만 일반 서민 대중들은 싼 입장료를 내고 이 마당 객석에서 눈이 오나 비가 오나 서서 연극을 관람했다. 흥청거리던 엘리자베스 시대, 런던 잡놈들은 모두 신이 나서 이곳에 모여들었다. 소매치기, 잡상배들, 창부들, 싸움패들, 건달들, 어린애들, 아낙네들, 오입쟁이들…… 그야말로 극장은 인생의 무대요, 넓은 세계의 축도(縮圖)였다. 이들 삼등석 인간들은 연신 해바라기씨를 까먹으면서 요란하게 고함을 지르며 법석을 떨고 우왕좌왕했다.

당시의 연극은 대낮에 반 옥외 반 옥내 극장에서 공연되었다. 지금처럼 객석의 불빛이 천천히 페이드아웃되면서 극장에 침묵이 깔리는 것이 아니다. 언제나 떠들썩한 소음 속에서 연극은 시작되었다. 셰익스피어 작품의 1

막 1장의 서두가 한결같이 요란한 음향효과라든가, 분주하게 움직이는 사람들의 집단 장면으로 개막되는 이유는 이토록 시끄러운 관객들의 소음을 죽이기 위해서 고안된 개막 신호인 것이다. 연극이 진행되는 동안에도 이들은 가만히 있지 않았다. 연극이 신나면 박수를 치고, 시시껄렁하면 집어치우라고 휘파람을 불었다. 아주 민감하고 활기에 넘친 관객들이었다.

아버지를 따라 역사적인 개관 공연을 보러 온 미국의 틴에이저들은 옛날로 돌아가, 옛날의 관객이 될 수 있었다. 그들은 웃고, 울고, 고함을 지르면서 마음껏 신명을 낼 수 있었다. 관극을 끝낸 15세 소년에게 셰익스피어는 너무나 재미있는 존재가 되었다. 이것은 문화적 사건이다.

셰익스피어는 1616년 4월 23일 세상을 떠났다. 템스강 기슭에 글로브 극장이 건립된 해가 1599년이다. 그 이후 이 극장은 화재로 소실되었는데 1614년 재건되었다. 셰익스피어의 명작들이 이 극장에서 공연되었는데, 목조건물이었기 때문에 세월을 지탱하지 못하고 사라지고 땅만 남은 곳에 미국의 배우이며 연출가인 샘 워너메이커(Sam Wanamaker)의 25년간에 걸친 집념의 투쟁이 결실을 맺어 원형이 재현되었다. 그는 오늘의 개관을 보지 못한 채 1993년 타계했다. 그는 이 극장이 옛 모습대로 복원되어 옛날처럼 공연이 이루어지기를 바랐으므로 무대조명은 자연광선을 이용하도록 만들었으며, 대소도구, 장치 등은 최소로 줄였고, 마이크도 커튼도 달지 않았다.

셰익스피어는 가고 없다. 그의 자손도 대를 잇지 못했다. 그러나 그는 남았다. 그의 희곡작품이 있기 때문이다. 그는 남았다. 글로브극장이 있기 때문이다. 그는 남았다. 15세 소년의 감동이 있기 때문이다.

2021년 12월

옮긴이 이태주

베니스의 상인

The Merchant of Venice

등장인물

베니스의 공작

모로코 왕

아라곤 왕

안토니오_ 베니스의 상인

바사니오_ 안토니오의 친구, 포샤의 구혼자

그레시아노

살레리오

솔라니오

로렌조_ 제시카의 애인

샤일록_ 유대인

튜발_ 유대인, 샤일록의 친구

란슬로트 고보_ 어릿광대, 샤일록의 하인

고보 노인_ 란슬로트의 아버지

레오나르도_ 바사니오의 하인

밸더자

스테파노

포샤_ 벨몬트의 유산 상속녀

네리사_ 포샤의 시녀

제시카_ 샤일록의 딸

베니스의 고관들, 법정의 관리들, 간수, 하인들, 시종들

장소

베니스, 그리고 벨몬트 포샤의 집

제1막

제1장 베니스, 부두

안토니오, 살레리오, 솔라니오 등장.

안토니오   정말이지, 까닭없이 나는 우울해. 이 때문에 짜증이 나고 지쳐 있어. 너희들도 그렇지. 그런데 나는 알 수 없어. 왜 우울증에 걸려 혼쭐이 나는지, 우울증의 원인이 무엇인지, 그것이 어떻게 생겨났는지, 나는 전혀 알 수 없단 말이야. 우울증이 나를 바보로 만들고 있어. 나는 내가 누군지도 몰라.

살레리오   자네 마음은 바다에서 파도에 들까불고 있네. 자네 배는 위풍당당하게 돛에 바람을 품고 마치 바다의 귀족인 양, 갑부인 양 으스대고 나리 행차처럼 질주하고 있어. 고개를 수그리고 경의를 표하는 조무래기 상선들 따위는 아예 거들떠보지도 않아. 자네 배는 지금 날개를 펴고 날아가듯 그들 옆을 지나고 있네.

솔라니오   나도 마찬가지야. 그런 재산을 배에 싣고 바다에 떠밀어놓으면 온갖 근심 걱정이 배와 함께 바다를 떠돌게 마련이네. 그뿐인가. 나 같으면 마냥 들풀을 뽑아 날리면서 바람의 방향을 알아보고, 지도를 뒤지면서 항구와 부두를 물색하고 있을 거야. 내 사업을 위태롭게 하는 장애물이 있을 때마다 틀림없이 나는 우울증에 빠져들걸세.

살레리오   바다에 폭풍이 일어 어떤 손해를 입을 것인가를 생각하면 뜨거운 국물 식히는 내 숨결에도 소름이 끼치네. 모래시계에서 흐르는 모래를 보기만 해도 여울이나 모래톱을 생각하게 되고, 내 재산을 몽땅 실은 앤드류호가 모래바닥에 좌초해서 상돛대를 처박고 자신의 무덤에 입 맞추는 모습을 상상하게 되는 거야. 예배당에 가서 돌로 만든 성전을 보기만 해도, 나는 금세 위험한 암초를 연상하게 되는데, 바위가 배 옆구리에 닿기만 해도, 배에 실려 있는 온갖 향료들이 바다에 뿌려지고, 비단옷이 성난 파도를 감싸기 때문이지. 한마디로 말해, 지금껏 쌓아놓은 이 재산이 몽땅 사라져서 순식간에 알거지 발싸개가 된다는 거지. 이 정도는 상상할 수 있는 나이기 때문에, 그렇게 되면 우울증에 빠진다는 것쯤은 상상할 수 있는 나이가 아닌가? 더 이상 말할 필요 없네. 나는 알고 있어. 안토니오는 배에 실은 짐짝이 걱정이 되어 우울증에 빠졌어.

안토니오 그게 아니야. 다행히도 나는 배 한 척에 몽땅 투자한 것도 아니고, 한 곳에 거래한 것도 아니네. 뿐만 아니라, 전 재산이 금년 한 해의 재수에 달린 것도 아니고, 화물 때문에 걱정이 되어 울적해진 것도 아니야.

솔라니오 그렇다면, 상사병에 걸렸나?

안토니오 맙소사, 집어 치워!

솔라니오 사랑도 아니라면? 어쩐 일인가, 알겠다, 즐겁지 않기 때문에 슬픈 거지. 그렇다면 간단해. 웃고 춤을 추고 떠들어라. 나는 즐겁지 않기 때문에 우울하다라고. 두 얼굴을 가진 야누스 신(로마 신화의 신. 양면을 지니고 있다─역자 주)을 두고 맹세하지만, 이 세상에는 이상한 인간들이 창조되었어. 실눈을 깔고, 백파이프의 구슬픈 음악을 듣고도 앵무새처럼 깔깔 웃는 자가 있는가 하면, 식초를 꿀꺽 삼킨 기묘한 표정을 지으며, 근엄한 네스토르(트로이 전쟁 시 그리스의 근엄하고 엄숙한 원로 지도자─역자 주)가 즐겁다고 보증한 농담에 대해서도 이빨을 내보이지 않는 자가 있어.

바사니오, 로렌조, 그레시아노 등장.

아아, 자네 친척 바사니오가 오는군, 그레시아노와 로렌조도 함께 오네. 물러가겠네. 더 좋은 친구들과 어울리게나.

살레리오 자네와 함께 있으면서 즐거운 시간 가지려고 했는데, 더 좋은 친구들이 왔으니 할 수 없군.

안토니오 너도 훌륭한 친구야. 자네 일이 생겨서 꽁무니 빼려는 거지.

살레리오 여보게들, 안녕들 한가.

바사니오 친구들이여, 언제 또 한바탕 놀아보나? 말해보게, 언젠가? 자네들 너무 서먹서먹한데, 왜 그래?

살레리오와 솔라니오 허리 굽혀 인사하고 퇴장.

로렌조 바사니오 공, 안토니오를 만났으니 우리들은 물러가네. 하지만 식사 시간에는 어김없이 약속 장소에 와주게.

바사니오 물론이지.

그레시아노 안토니오, 안색이 좋지 않네. 자네는 세상사에 너무 얽매이고 있어. 너무 꼼꼼하게 챙기기 때문에 손해보고 있어. 정말이지 너무 변했네.

안토니오 그레시아노, 나는 세상을 있는 그대로 받아들이네. 이 세상은 연극 무대야. 제각기 한 역할씩 맡고 있어. 그런데 내가 맡은 역할은 왜 이렇게 슬픈가.

그레시아노 그렇다면 나는 어릿광대다. 이왕 나이를 먹을 바에야 즐거운 웃음으로 이 얼굴에 주름살을 깔겠다. 수명을 줄이는 한숨으로 심장을 얼어붙게 하는 것보다는 즐거운 술잔으로 간장을 따뜻하게 녹이자. 뜨거운 피가 흐르는 인간이 석고로 세공한 늙은이처럼 우두커니 앉아서 눈 뜨고 졸다가도 버럭 성깔을 부리는 것은 누렇게 찌들어 황달로 치닫는 일이야. 그럴 필요가 있나? 알겠어, 안토니오, 나는 자네가 좋아. 좋아하니깐 말하지. 이 세상에는 이상한 사람들이 있어. 마치 썩은 웅덩이 물처럼 혼탁한 껍질을 낯짝에 깔고, 옹골차게 침묵을 지키고 있지만 실은 세상 사람들로부터 지혜롭고 진지하고 신중하다는 평판을 듣고 싶기 때문이지. "나는 신탁을 받은 현인이다. 내가 입을 열 때는 개들도 입을 다물고 들어라" 하는 표정을 짓고 있는데, 안토니오, 나는 이런 속물들을 잘 알고 있어. 요컨대, 이 작자들은 입을 다물고 있기 때문에 현명하다고 알려지고 있을 뿐이네. 이 녀석들, 떠드는 소리를 듣기만 해도 천벌받게 되어 있어. 이들의 말을 들으면 코앞에 있는 형제를 보고도 우라질 놈들 바보들이라고 말 안 할 수 없어. 더 할 말이 있지만, 다음 기회로 미루기로 하자. 하지만 행여, 이 같은 우울증을 미끼로 송사리 낚듯 세간의 멍청한 평판을 낚아서는 안 돼. 가자, 로렌조. 잠시 물러나 있겠네. 이 설교는 다시 만나서 식사 후에 종결짓도록 하세.

로렌조   일단 헤어져서 식사 때 다시 만나세. 그레시아노가 말할 기회를 주지 않으니 나도 현인처럼 침묵을 지키고 있었네.

그레시아노   2년간만 더 나를 친구로 삼으면 자네 목소리도 잃어버릴 걸세.

안토니오   잘들 있게. 나는 수다쟁이가 되어야겠네.

그레시아노   그것 반가운 일이네. 입 다물고 있으면서 칭찬받는 것은 말린 황소 혓바닥과 안 팔리는 노처녀 정도지.

그레시아노와 로렌조 서로 팔을 끼고 웃으면서 퇴장

안토니오 저 말에 무슨 저의가 있나?

바사니오 그레시아노는 부질없는 넋두리를 지껄이고 있어. 베니스에서는 당할 사람이 없지. 그 녀석 말에 이치가 닿는 것은 고작 두 포대의 왕겨 속에 섞인 밀알 두 알 정도야. 찾아내는 데 꼬박 하루가 걸려. 그런데 찾고 나면 그 일이 헛된 일이라는 것을 알게 되지.

안토니오 그건 그렇고, 자네가 남 몰래 사랑의 순례를 시작하려는 그 여인은 누구인가. 오늘 말해준다고 했지?

바사니오 안토니오, 자네도 알다시피 나는 재산을 탕진했네. 내 재력으로는 분수에 맞지 않는 사치스러운 생활을 했기 때문이야. 물론, 지금은 흥청망청 즐긴 사치 생활로부터 미련 없이 빠져나올 생각이지. 그런데 단 한 가지 신경이 쓰이는 것은 빚더미로부터 어떻게 헤어날 것인가 하는 점이야. 안토니오, 자네에게는 금전적으로나 우정으로나 신세를 많이 지고 있네. 자네와의 정분에 의지해서 나는 지금 이 부채를 청산할 수 있는 계획과 의도를 빠짐없이 말하고자 하네.

안토니오 제발 말해주게, 바사니오. 자네 말이니 괜찮겠지만, 자네 말이 명예로운 것이라면 안심하게. 내 지갑, 내 육신, 내가 할 수 있는 모든 것을 자네를 위해 기꺼이 내주겠네.

바사니오 학교 다닐 때, 나는 내가 쏜 화살을 찾지 못하면, 나는 똑같은 성능의 화살을 똑같은 힘으로 같은 방향에 신중하게 노리고 쏘아, 앞서 놓친 화살을 찾아냈어. 두 화살을 쏘아붙이는 위험을 시도하면서, 결국 두 화살을 모두 회수한 거야. 어린 시절의 이 얘기는 이제부터 하려는 얘기와 비슷한 전제가 되는 것이네. 자네에게는 신세를 졌어. 분별없는 젊음의 객기로 그 모든 것을 다 잃고 말았어. 하지만 자네가 처음 방향대로 똑같이 또 한 개의 화살을 쏘아준다면,

신중하게 그 화살의 행방을 살펴서 두 화살을 찾아내겠다고 맹세하겠네. 두 번째 화살은 자네에게 돌려주고, 첫 번째 화살은 잠시 동안 고맙게 빌려서 보관할 생각이네.

안토니오   자네는 나라는 인간을 잘 알고 있겠지. 내 우정을 먼발치로 떠보는 것은 시간 낭비야. 내가 할 수 있는 것은 무엇이나 하려고 하는데, 그것을 의심한다는 것은 전 재산을 빼앗는 것과 같은 모욕일세. 자네는 내가 할 수 있는 일을 하라고 지시만 하면 돼. 나는 기쁜 마음으로 응하겠어. 자, 말해보게나.

바사니오   실은 벨몬트에 많은 유산을 상속받은 여인이 있어. 그이는 미인이야. 얼굴도 아름답지만, 그 이상으로 마음의 미덕을 갖추고 있어. 나는 그 여인의 눈을 읽었어. 그 눈이 말하고 있는 말 없는 아름다운 의미를 깨달았지. 그 여인의 이름은 포샤, 카토의 딸이요, 브루투스의 아내인 포샤에 견주어도 그 여인은 절대로 손색이 없어. 그 여인의 미덕이 세계 곳곳에 소문이 나서 동서남북의 바람이 세상 곳곳으로부터 구혼자들을 끌어들이고 있어. 그 여인의 이마에 흘러내리고 있는 금발은 양모처럼 눈부시게 빛나고, 벨몬트의 그 여인의 저택은 그 옛날 콜키스의 기슭처럼 되어 이아손 같은 수많은 영웅들이 금빛 머리칼 찾아 몰려들고 있네. 오, 안토니오, 이들과 견줄 수 있는 재산이 나에게 있다면, 나는 성공할 수 있는 확실한 예감이 들어. 반드시 나는 행운을 잡을 수 있어.

안토니오   자네도 알다시피 나의 전 재산이 지금 바다 위에 있어. 그래서 지금 수중에는 현금도 상품도 없네. 그러니 거리로 나가 베니스에서 나의 신용이 어느 정도 통하는지 시험해볼 수밖에 없네. 될 수 있는 한 최선을 다해 자네를 아름다운 포샤가 있는 벨몬트로 보냄세. 돈줄을 수소문해보세. 돈이 있으면, 내 신용으로나 나에 대한 호

감으로 수중에 넣는 것은 어렵지 않아. (두 사람 퇴장)

제2장 벨몬트, 포샤의 집 방

포샤와 네리사 등장.

포 샤 정말이지, 네리사, 내 작은 몸뚱이는 이 넓은 세상살이에 짓눌려
지칠 대로 지쳤다.

네리사 그러시겠죠, 아가씨. 불행한 일이 행운을 덮칠 만큼 한꺼번에 밀어
닥치면 그럴 수밖에 없어요. 저는 잘 모릅니다만, 과식하는 사람은
아무것도 먹지 않고 굶주리는 사람처럼 똑같이 병든답니다. 알맞
게 중간 정도를 지키는 일은 결코 중간 정도의 행복만을 차지하는
것은 아닙니다. 무엇이나 지나치면 빨리 늙어요, 중용을 지켜야 오
래 삽니다.

포 샤 좋은 격언이로구나. 말솜씨도 좋네.

네리사 격언은 듣는 것보다는 지키는 것이 더 좋아요.

포 샤 좋은 일을 한다는 것이 좋은 것을 알게 되는 만큼 쉬운 일이라면
작은 예배당은 큰 교회당으로, 가난뱅이 오두막은 왕의 궁전이 되
었을 것이다. 자신의 설교대로 행하는 성직자는 훌륭한 분이다. 무
엇을 해야 하는지 가르치는 일은 나도 할 수 있어. 하지만 나 자신
의 가르침을 지키는 일은 한 가지도 할 수 없어. 이성이 열정을 억
제할 수 있는 계율을 만들지만, 뜨거운 열정은 냉엄한 이성의 명령
을 뛰어넘는 법이지. 젊음이라는 미친 토끼는 절뚝발이 충고가 쳐
놓은 그물쯤은 가볍게 뛰어넘지. 그러나 내가 아무리 이론을 내세

워 보아도 남편 고르는 일에는 도움이 되지 않아. 아아, '선택'이라는 낱말의 슬픔이여! 나는 좋은 사람을 선택하는 일이나, 싫어하는 사람을 거부하는 일이나 아무것도 할 수 없어. 살아 있는 딸의 의지가 돌아가신 아버지의 유언장 때문에 구속을 받고 있지. 네리사, 선택도 거부도 할 수 없다는 것은 천부당만부당한 일이 아니냐.

네리사 부친께서는 아주 훌륭한 분이셨습니다. 성인들은 임종 시에 영감이 떠오르는 듯합니다. 금·은·납으로 만든 세 개의 상자 중에서 그분의 마음이 담긴 상자를 선택하는 사람이 아가씨를 차지하게 된다는 그분의 제비뽑기는 아가씨를 진정코 사랑하지 않고서는 할 수 없는 일입니다. 그런데 이미 도착한 귀공자들 가운데 아가씨 마음이 쏠리는 분이 있습니까?

포 샤 거명해보아라. 거명할 때마다, 내가 인물 평가를 하겠다. 내 말을 듣고, 내 의중을 짐작해보아라.

네리사 우선 나폴리의 공작입니다.

포 샤 그분은 망아지 같다. 항상 말 얘기뿐이야. 자신이 직접 말에 편자를 박을 수 있다는 것을 자신의 재능이라고 자랑하고 있어. 그분의 모친이 대장장이와 불륜의 관계를 맺은 게 아닐까?

네리사 다음은 팰러타인 백작입니다.

포 샤 늘 상을 찡그리고 있어. "나를 남편으로 삼지 않겠다면, 멋대로 해봐"라는 식이야. 재미있는 얘기를 들어도 웃지를 않으니, 나이를 먹으면 눈물의 철학자가 될 것이다. 젊어서도 저렇게 막무가내로 침울하기만 하니, 이들 두 사람과 결혼할 바에야 차라리 뼈를 물고 있는 해골과 결혼하는 편이 낫겠다.

네리사 프랑스의 귀족 르 봉 경은 어떻습니까?

포 샤 하느님이 창조하셨으니, 그런 인간도 사람이라 말할 수 있겠지만 남을 조롱하는 사람은 죄인이지, 안 그래? 그런데 그 사람은! 그래, 그 양반 말에 관해서는 나폴리의 공작을 뺨치겠더라. 얼굴 찡그리는 일은 팰러타인 백작보다 한 수 위고, 남의 흉내를 잘 내지만 주체성이 없어. 개똥지빠귀가 울면 깡충대며 춤을 추고, 자신의 그림자와 칼싸움하는 위인이야. 내가 그 양반과 결혼하면 남자 스무 명과 살림하는 꼴이 되지. 그분이 나를 경멸하더라도, 나는 용서해주겠다. 그분이 나를 미친 듯이 사랑해도 나는 응하지 않겠다.

네리사 그렇다면 영국의 젊은 남작 폴콘브리지는 어떻습니까?

포 샤 잘 알겠지만, 나는 그분에게 한마디 말도 하지 않았다. 그분은 나를 결코 이해하지 못하고, 나도 절대로 그분을 이해할 수 없기 때문이다. 그분은 라틴어도, 프랑스어도, 이탈리아 말도 알지 못한다. 그런데 내 영어가 서툰 점은 너도 증인이 될 수 있지 않는가. 확실히 그는 겉모습은 그림 같지만, 애석하게도 벙어리와 대화를 할 수 있는 사람이 있겠는가? 게다가 복장이 너무나 웃기더라! 겉저고리는 이탈리아에서, 바지는 프랑스에서, 모자는 독일에서, 그리고 행실은 세계 각국 여러 곳에서 긁어모은 듯했어.

네리사 이웃 나라 스코틀랜드 공작은 어떻습니까?

포 샤 그분은 이웃 사랑이 철저한 분이셔. 영국 양반에게 따귀를 한 대 얻어맞고도, 할 수 있으면 또 한 대 맞기 위해서 내밀겠다는 것이야. 프랑스인 보증인으로 조인했다지.

네리사 색소니 공작의 조카이신 젊은 독일 양반은 어떻습니까?

포 샤 술기운 없는 아침나절에는 질색이야. 술에 취하지 않고 있기 때문이야. 저녁이면 더 싫어져. 술에 취해 있기 때문이지. 제일 좋은 때는 그가 인간 이하로 행세할 때지. 제일 나쁠 때는 그가 짐승보다 조금 나을 때가 되지. 내가 최악의 운명에 부딪힌다 해도, 그 사람

손아귀에 잡히고 싶지는 않아.

네리사 만약에 그분이 상자를 고르겠다고 하시면서, 제대로 선택을 했을 때, 아가씨께서 싫다고 하시면, 부친의 유언을 거역하시는 것이 되겠네요.

포 샤 그런 일이 일어나지 않도록, 가짜 상자 위에 큰 포도주 잔을 놔주렴. 비록 안에 악마가 있더라도 밖에서 그 술이 유혹하고 있으니, 그 상자를 선택 안 할 수 없지. 무슨 수를 써서라도 술에 찌든 주정뱅이와는 결혼하지 않을 테다.

네리사 아가씨, 지금까지 거명된 사람과 결혼할 일은 없겠습니다. 그분들이 속마음을 털어놓으셨는데, 그대로 고국으로 돌아가 두 번 다시 아가씨를 괴롭힐 일은 없다고 합니다. 상자 선택에 전부를 걸어야 한다는 부친의 유언은 따를 수 없는 모양입니다. 그들은 아가씨와 결혼할 수 있는 다른 방법을 원하고 있습니다.

포 샤 아버님의 유언에 따라 남편이 정해지지 않으면 나는 시빌라만큼 오래 살아서 처녀의 신 디아나처럼 순결한 몸으로 남아 있겠다. 하지만 잘 되었군. 구혼자들이 현명한 판단을 했네. 여기 없어서 서운한 사람은 하나도 없어. 그분들이 무사히 떠나가도록 하느님께 빌겠다.

네리사 그런데 말씀이에요, 아가씨께서는 기억하고 계시는지요? 부친께서 살아 계실 때 몽페라 후작 일행과 이곳에 왔었던 학자이면서 군인이셨던 베니스 양반 말이에요.

포 샤 그래, 생각나지. 바사니오라는 이름의 젊은이였지.

네리사 아가씨, 그분이 제가 지금까지 본 분들 가운데는 아가씨에게 가장 잘 맞는 신랑입니다.

포 샤 나도 그분을 잘 기억하고 있다. 네가 칭찬할 만한 분이셨어.

하인 등장.

　　　 무슨 일이냐, 소식이라도 있나?

하 인　네 분의 손님들이 작별 인사를 하시겠답니다. 그리고 다섯 번째 손
　　　 님이신 모로코의 영주님으로부터 사환이 왔는데 영주께서는 오늘
　　　 밤 이곳에 도착하시겠답니다.

포 샤　내가 다섯 번째 손님을 네 분에게 작별을 고하듯 반가운 마음으로
　　　 맞이할 수 있다면, 그분의 내왕을 기쁘게 생각할 수도 있지만, 속
　　　 마음이 성자처럼 깨끗하다 하더라도 얼굴이 악마처럼 검다면 나는
　　　 아내가 되는 것보다는 고해성사를 하는 수녀가 되겠다. 자, 네리
　　　 사, 먼저 가보아라. 구혼자 한 사람 보냈더니, 곧 또 한 사람이 문을
　　　 두드리네. (일동 퇴장)

제3장　베니스, 샤일록 집 앞에 있는 광장

　　　 바사니오와 샤일록 등장.

샤일록　삼천 두카트라, 으음.

바사니오　그렇소이다. 기한은 삼 개월이오.

샤일록　삼 개월이라, 으음.

바사니오　이미 말했듯이 보증은 안토니오가 설 것이오.

샤일록　안토니오가 보증을 선다, 으음.

바사니오　나를 도와주겠소? 청을 들어주겠소? 당장 답변을 해주시오.

샤일록　삼천 두카트를 삼 개월이라, 안토니오가 보증을 선다, 으음.

바사니오 어떻게 하시겠소?

샤일록 안토니오는 착한 사람이죠.

바사니오 그렇지 않다는 얘기 들어본 적 있습니까?

샤일록 호오, 아니, 아니, 아니, 아니오. 내가 착한 사람이라고 말한 것은, 그 양반이 보증인으로는 괜찮다는 말입니다. 하지만 지금 전 재산이 바다에 떠 있기 때문에 불안감은 씻을 수 없지요. 화물을 싣고 트리폴리스로 향해 배 한 척이 가고 있고, 또 한 척은 서인도로 가고 있다는 말입니다. 거래소에서 들었소만은 세 번째 상선은 멕시코로, 네 번째는 영국으로 가고 있으며, 그 밖에도 해외 각지에 돈을 뿌려놓고 있어요. 그런데 말이죠, 배는 널빤지에 불과해요. 선원들도 사람이죠. 게다가 땅에도 쥐요, 바다에도 쥐, 육상 강도, 해상 강도 ― 해적들 말이요. 이것들이 날뛰고 있는 데다가 파도는 치고 바람은 불며, 암초의 위험도 곳곳에 도사리고 있다는 말씀입니다. 그건 그렇고, 그 사람이면 괜찮겠소. 삼천 두카트라, 그분의 보증을 받기로 하겠소.

바사니오 염려하지 마시오.

샤일록 나도 걱정을 뿌리치고 싶소. 안심하려면 심사숙고해야죠. 안토니오를 만나서 얘기를 하고 싶소. 만날 수 있는가요?

바사니오 괜찮으시다면 함께 식사나 합시다.

샤일록 (방백) 돼지고기 냄새 맡으라고? 너희들 예언자 나자렛이 악마를 처넣어 사육했다는 돼지를 먹으라고? 나는 그대들과 상담도 하고 얘기도 나누고 함께 걸으며 무엇이든 할 수 있지만, 함께 먹고 마시는 일과 기도하는 일은 어림도 없다. (큰 소리로) 거래처에서 무슨 일이 있었나? 누가 오네?

안토니오 등장.

바사니오 안토니오로군.

샤일록 (방백) 알랑거리는 세금 수납인의 상판을 하고 있네! 나는 저 사람이 싫어. 기독교도이기 때문이지. 그보다 더 싫은 것은 겸손한 척 순진한 척 무이자로 돈을 빌려줘서 베니스에서 우리들 고리대금업자의 이자를 낮추었기 때문이야. 네놈의 약점을 한번 잡았다 하면, 해묵은 원한을 실컷 풀 수가 있을 텐데. 저놈은 우리들 신의 선택을 받은 유대인을 미워하고, 상인들이 모인 곳에서 나와 나의 사업, 그리고 나의 정당한 수입에 대해서 고리대금업이라고 비난을 하고 있어. 내가 저런 놈을 용서한다면, 유대인 종족에 저주가 내릴 것이다!

바사니오 여보시오, 어떻게 된 거요?

샤일록 지금 내 수중에 있는 돈을 계산해보았는데, 어림짐작으로 대충 계산해봐도 삼천 두카트의 대금을 당장 염출하는 일은 힘들 것 같소. 하지만 염려 마쇼, 우리 유대인 가운데 부유한 사람 튜발이 있어요. 그 친구가 나에게 돈을 융통해줄 거요. 잠깐! 기간이 몇 달이라고 하셨죠? (안토니오에게 인사를 하면서) 안녕하십니까. 여보세요, 지금까지 당신 얘기를 계속하고 있었습니다.

안토니오 샤일록, 나는 원칙적으로 이자 놀이하면서 돈을 빌려주거나 또는 빌리지 않는 주의인데, 친구의 급전을 마련해주기 위해서는 어쩔 수 없소. 이번만은 내 관습을 깨겠소. (바사니오에게) 저 사람에게 말했나, 자네가 필요한 돈을?

샤일록 들었어요, 삼천 두카트라 했소.

안토니오 차용 기간은 삼 개월이다.

샤일록 그래, 깜박했지. 삼 개월이라고 들었소. (바사니오에게) 그렇게 말했죠? 자, 그렇다면 당신이 보증을 하십시오. 그런데 잠깐, 당신은 조금 전에 이자를 받고 돈을 빌려주지도 빌리지도 않는다고 하셨는데…….

안토니오 그렇소. 그게 내 방식이오.

샤일록 야곱이 그의 삼촌 라반의 양을 치던 시절에, 이 야곱은 거룩한 아브라함의 후손인데 머리 좋은 어멈 덕에 술책을 부려 삼대째 상속자, 그래요, 삼대째 상속자가 되었소.

안토니오 그래, 야곱이 어쨌단 말이오. 이자라도 받았단 말이오?

샤일록 아니오. 당신네가 말하는 이자는 받지 않았소. 야곱이 한 일은 이러하오. 우선 라반과 약속을 한답니다. 그해에 태어나는 새끼 양 가운데서 줄무늬와 얼룩이 있는 것은 모두 야곱의 몫으로 하자는 겁니다. 이윽고 가을이 저물면, 암컷이 암내를 내며 수컷을 찾을 때, 그리고 짝짓기에 이들이 열을 올리고 있을 때, 그 현장을 포착하여 영리한 양치기 야곱은 나뭇가지 껍질을 벗겨 발정해서 열을 내고 있는 암컷 앞에 박아놓습니다. 그러자 새끼 낳을 철이 되면 새끼 밴 암컷들은 얼룩덜룩한 새끼를 낳게 되고, 그것들은 야곱의 소유가 됩니다. 그가 이익을 얻는 것은 신의 축복을 받기 때문입니다. 훔치는 일만 하지 않으면 모든 것은 용납됩니다.

안토니오 야곱이 한 짓은 투기 행위가 될 것이다. 그런 일은 자신의 힘으로 좌지우지되는 것은 아니야. 하느님의 뜻에 따라 결정되는 일이다. 이 이야기가 성경책에 나오는 것은 이자를 정당화하기 위해선가, 아니면 당신의 금은보화는 암컷 수컷 양들이란 말인가?

샤일록 그건 몰라요. 내 돈이 빨리빨리 새끼를 치면 그만이오. 내 말 좀 들어보쇼…….

안토니오 들었는가, 바사니오. 사탄도 이익을 얻기 위해서는 성경을 인용하는 세상이라네. 악독한 인간이 성경을 인용하는 것은 악당이 미소를 짓고 있는 것과 같아. 겉은 멀쩡하지만 속은 곪아버린 사과 같은 꼴이지. 허위는 참으로 화려한 겉모습을 하고 있구나!

샤일록 삼천 두카트라, 큰돈이야. 삼 개월이라, 연리 계산으로 따져 이자는 얼만가……

안토니오 어떻게 된 것이냐, 샤일록, 빌려주겠는가?

샤일록 당신은, 내가 돈을 빌려주고 이자를 받는 것은 고약한 짓이라고 거래처에서 나를 비난했어요. 나는 언제나 어깨를 움츠리고 꾹 참아왔죠. 인내는 우리 유대인들의 훈장이거든. 당신은 나를 이단자, 사람 죽이는 개자식이라고 불렀어요. 이 유대인의 겉옷에 침을 뱉었소이다. 그 이유가 내 돈을 갖고 내가 마음대로 이용한다고 말입니다. 그런 나에게 당신은 도움을 청하러 왔어요. 답답한 일이죠, 나한테 와서 기껏 한다는 것이 "샤일록, 돈 좀 빌려줘"라고 아우성이니 말이죠. 내 이 수염에 가래침을 내뱉은 당신이 말입니다. 현관에서 들개를 걷어차듯 나에게 포악했던 당신이 "돈 빌려주라"라고 말하니 말씀입니다. 내가 뭐라고 응답해야 하나요? 이렇게 말하는 게 어떻소? "들개가 무슨 돈이 있소? 들개에게 삼천 두카트를 빌릴 수 있습니까?" 아니면 허리를 꾸부리고, 노예처럼 벌벌 떨면서 숨을 죽이고 기죽은 목소리로 이렇게 말할까요? "나리께서는 지난 수요일 저에게 침을 뱉으셨고, 언젠가는 또 저에게 발길질을 하셨고, 또 어느 때는 저를 들개라고 부르셨는데, 그 답례로 저는 거금을 나리께 융통해드리겠나이다."

안토니오 나는 지금부터 너를 들개라고 부르겠다. 너에게 침을 뱉고, 발길질도 할 것이다. 그러니 우리에게 돈을 빌려준다면 친구에게 빌려준다고 생각지 마라. 친구가 새끼를 낳지 못하는 쇠붙이를 빌려주고 이자를 받은 적이 있소? 그 돈을 원수에게 빌려주었다고 생각하시오. 그렇게 되면 만에 하나 계약이 파기되더라도 당당하게 위약금을 받아낼 수 있을 것이오.

샤일록 아아니, 왜 이렇게 화를 내시오! 나는 나리와 친구가 되어 우정을 나누고 싶소. 그러기 위해서는 당신으로부터 받은 모욕을 잊고 필요한 돈을 이자 한 푼 안 받고 융통해드리려고 하는데, 제 말은 들어보려고도 안 하시니, 저의 호의는 어떻게 되는 겁니까?

바사니오 호의라면 좋겠소만.

샤일록 제 호의를 확실하게 보여드리겠어요. 한 공증인에게 가서 도장만 찍으시면 됩니다. 그런데 이것은 농담 삼아 드리는 말씀입니다만, 증서에 기록된 대로 지정된 날짜에, 지정된 장소에서, 지정된 액수의 돈을 돌려주시지 않으면, 그 위약금 대신 당신의 살점 일 파운드를 주시기 바라며, 그 살점은 제가 좋아하는 부위에서 잘라내도록 허락해주십사 하는 것입니다.

안토니오 좋아요. 그런 증서라면 날인하겠소. 유대인에게도 친절심은 남아 있다고 말하고 싶소.

바사니오 나 때문에 그런 증서에 날인하면 안 돼. 그렇게 할 바에야 지금처럼 궁색한 대로 남아 있겠네.

안토니오 걱정 말게. 위약할 일은 없을 테니. 앞으로 두 달 안으로, 증서에 기록돼 있는 액수의 아홉 배나 되는 돈이 돌아오게 되어 있네. 그 기간이면 한 달이나 여유가 있네.

샤일록 아, 아브라함 조상이시여, 기독교도들은 다 이렇습니까! 스스로 가혹한 짓을 하니, 다른 사람의 생각도 의심하게 되었나 봅니다. 여보세요, 대답 좀 해보세요. 만약에 약속을 어길 때, 내가 그런 위약의 대가를 받아낸들 무슨 소용이 있습니까? 인간의 몸으로부터 떼어낸 일 파운드의 살점이 무슨 가치가 있겠습니까? 양고기나 소고기, 또는 염소 고기만큼의 값어치도 없고, 아무런 소용도 이득도 없어요. 나는 그의 호감을 사기 위해 우정을 베풀었어. 받을 생각이 있으면 받고, 아니면 이만 작별이다. 나의 호의를 생각해서 나를 오해하지 마시오.

안토니오   알겠다. 샤일록, 도장을 찍자.

샤일록   한 걸음 먼저 공증인에게로 가서 그에게 흥미로운 이 증서를 작성하도록 이르시오. 나는 지금부터 돈을 가지러 갈 터이니. 가는 길에 집을 살피고 오겠소. 낭비밖에 모르는 놈에게 집을 맡겨놨으니 걱정이 되죠. 곧장 따라가겠소.

안토니오   부탁이야, 유대인 양반, 서둘러주게. (샤일록 퇴장) 저 유대인이 기독교로 개종할 것 같네. 저렇게 친절해졌으니 말이지.

바사니오   말은 그럴듯하지만 뱃심은 시커멓기 때문에 마음에 안 들어.

안토니오   자, 가자, 걱정할 것 없다. 내 배가 약속 날짜보다 한 달 먼저 돌아오지 않는가. (두 사람 퇴장)

제2막

제1장 벨몬트, 포샤의 집 홀

화려한 코넷(트럼펫과 비슷하게 생긴 금관 악기-역주) 소리.

모로코 왕과 그 일행, 포샤, 네리사, 그리고 시종들 등장.

모로코 왕   내 얼굴 빛깔 때문에 나를 싫어하면 안 됩니다. 이것은 찬란하게 빛나는 태양이 그 이웃에서 자란 나에게 준 검은 옷의 선물이오. 태양신 포이보스의 불꽃으로도 그 고드름을 녹이지 못했다는 북국 태생의 백인 미남을 데리고 와서, 당신의 사랑을 얻기 위해 서로 상처를 내어 그 남자와 나의 피를 비교해서 어느 쪽이 더 붉은지 시험해봅시다. 어떤 용감한 자도 내 모습에는 공포를 느끼게 됩니다. 하지만 사랑을 걸고 맹세하지만, 우리나라 최고의 아름다운 처녀들은 한결같이 이 얼굴을 사랑해줍니다. 사랑하는 당신의 마음을 사로잡기 위해서는 할 수 없는 일이지만, 결코 나는 이 얼굴빛을 바꾸고 싶지 않소.

포 샤   저는 남편을 고르는 데 있어서, 처녀들이 흔히 하는 어리석은 안목으로 결정하고 싶지 않습니다. 더욱이 저의 운명은 상자 선택으로 결정되어 있습니다. 저 혼자서 멋대로 결정할 권리가 없습니다. 부친께서 그분 생각만으로 저를 속박하지 않고, 이미 말씀드린 그런 방법으로 저를 차지하는 분의 아내가 되라는 유언을 남겨놓지만 않았더라면, 전하, 당신이야말로 제가 지금까지 본 그 누구보다도 저의 사랑을 바치기에 적합한 분인 듯합니다.

모로코 왕   그 말만 들어도 기쁘오. 그렇다면 상자 있는 곳으로 안내해주시오. 나의 운명을 시험해봅시다. 이 반월도(半月刀)에 걸어서, 술탄 술레이만을 세 번이나 무찔렀다는 그 페르시아 왕과 왕자를 살해한 이 칼에 걸어서 맹세하지요. 나는 아무리 무섭게 노려보는 눈초리를 만나도 대적하리다. 나는 아무리 용맹한 상대를 만나더라도 도전하리다. 젖을 빠는 아기 곰을 어미 곰의 품에서 떼어놓겠소. 먹이를 달라고 으르렁대는 사자라도 조롱하고 경멸하겠소. 당신을 내 아내로 맞이할 수 있다면 말이오. 그러나 애석한 일이로다. 만일에 영웅 헤라클레스와 그의 시종 리카스 중에 누가 더 힘이 세냐라는 문제를 해결하기 위해서 주사위를 이용한다면, 운명의 조화로 약한 자가 이길 수도 있어요. 영웅호걸도 풋내기 애송이에게 질 수도 있지요. 나도 마찬가지예요. 눈먼 운명의 신이 인도하는 길을 가다 보면 별것 아닌 자가 입수한 것도 놓칠 수 있지요. 그리고는 비탄 속에서 목숨을 끊을 수도 있어요.

포 샤　당신은 모험을 할 수밖에 도리가 없어요. 상자 선택을 단념할 것인가, 상자를 잘못 선택하면 두 번 다시 귀부인에게 결혼 신청을 할 수 없다고 사전에 서약을 하든가 둘 중에 하나입니다. 신중히 생각하세요.

모로코 왕　서약합니다. 자, 그러면 운명의 장소로 안내하시오.

포 샤　먼저 예배당에서 서약을 하셔야 합니다. 운명의 선택은 식사 후가 됩니다.

모로코 왕　행운을 빌자. 가장 행복한 사람이 되거나, 아니면 가장 불행한 사람이 되거나 양자택일이다! (코넷 소리, 일동 퇴장)

제2장 베니스, 거리

어릿광대 란슬로트 고보 등장.

란슬로트　정말이지, 내 양심이 나를 도와줄 것이다. 내가 이놈 유대인 주인으로부터 도망친다면 말이다. 악마가 내 팔꿈치에 붙어서 나를 유혹하면서 말하고 있네. "여봐, 고보. 란슬로트 고보, 착한 란슬로트야." 혹은 이렇게 말하고 있네. "착해빠진 고보" 또는 "착한 란슬로트 고보, 다리를 움직여, 출발이다. 줄행랑쳐라." 하지만 내 양심은 아우성치네. "아니다. 착해빠진 란슬로트, 조심해라. 착한 란슬로트야, 조심하거라." 또는 앞서 말했듯이. "정직한 란슬로트 고보, 도망치지 말라. 뺑소니는 안 된다." 이때 가장 용감한 악마가 나를 부추기지. "뺑소니다!" "도망쳐라!" 악마는 충동질하네. "무엇보다도 용기를 내라. 그리고 도망쳐라." 그런데 말이야, 내 양심이 내 심장의 목에 매달려서 현명한 말씀을 갈겨놓거든. "정직한 친구 란슬로트" ― 훌륭한 아버지의 아들이라 했지만 훌륭한 어머니의 아들이라고 말하는 것이 좋을 뻔했어. 아비는 약간 구린내가 나거든. 탄내가 난다 할까. 수상쩍은 냄새가 났지 ― 그건 그렇고, 내 양심이 갈기는 거야. "란슬로트, 도망가지 마라!" 악마는 말하는 거야. "도망쳐라!" 양심은 말하는 거야. "도망가지 마라!" 나는 말하지. "양심이여, 당신이 하는 말씀 옳고 옳아요." 나는 또 말하지. "악마여, 당신이 하는 말씀 옳고 옳아요." 양심을 따르자니 하느님 맙소사, 악마 같은 유대인 주인 밑에 있어야 하고, 유대인으로부터 도망치자니 나는 악마의 속삭임에 귀를 기울여야 하는 판국이지. 미안한 말씀이지만, 이 악마 녀석은 그야말로 마귀 같은 악마란 말씀이야. 솔직히 말해서 이 유대인 놈도 악마의 화신 그대로지요. 따라서 유대인 밑에 있으라고 하는 내 양심의 소리는, 솔직히 양심에 걸고 말하지만 지독한 양심입니다. 악마 쪽이 훨씬 친절하네요. 난 도망가렵니다. 악마 나리, 나는 당신의 명령에 따를 것이오. 에라, 달아나자.

늙은 고보가 바구니 들고 등장.

고 보   젊은 양반, 유대인 나리 댁은 어느 쪽입니까?

란슬로트   (방백) 오, 맙소사! 이건 진짜 우리 아버지로구나. 반소경 정도가
         아니라 온통 눈이 멀었네. 나를 알아보지 못할 정도로 깜깜해졌어.
         어디, 한바탕 혼 좀 빼주자.

고 보   젊은 신사 양반, 유대인 나리 댁은 어느 쪽입니까?

란슬로트   다음 길모퉁이에서 오른쪽으로 도시오. 그러나 다음 길모퉁이에
         서는 완전히 왼쪽으로 꺾어야 합니다. 그래요, 바로 그다음 길모퉁
         이에서는 어느 쪽으로라도 돌지 말고 고불고불 곧장 내려가면 그
         유대인 나리 집입니다.

고 보   제기랄, 참으로 찾기 힘든 길이로군. 한 가지만 더 묻겠소만 그 댁
         에 란슬로트라는 사람 아직 있나요?

란슬로트   젊은 란슬로트 나리 말씀이오? (방백) 어디 두고 보자. 여기서 눈
         물의 바다다. 당신이 말하는 사람이 젊은 나리 란슬로트 말입니
         까?

고 보   아닙니다. '나리'가 아닙니다. 가난뱅이 아들입죠. 그의 아비는 나
         자신이 말하기 쑥스러우나 정직하지만 지독하게 가난한 사람인데,
         하느님 은혜로 잘 살고 있습니다.

란슬로트   아버지 얘긴 그만 덮어두고 아들 양반 나리 얘기나 합시다.

고 보   당신 친구분 되는 보통 사람 란슬로트입니다.

란슬로트   그러니깐 말입니다. 노인 양반, 부탁입니다만 젊은 나리 란슬로
         트에 관해서 말씀하세요.

고 보   괜찮으시겠어요. 보통 사람 란슬로트에 관해서 말씀이죠.

란슬로트   그러니깐 란슬로트 나리 말씀입니다. 영감님, 란슬로트 나리 얘

기는 삼가는 것이 좋겠소. 왜냐하면요. 그 젊은이는 팔자인지 운명인지, 운명의 세 여신에 의해 조종당한다는 기묘하고도 유식한 얘기도 있습니다만, 사실상 죽었습니다. 흔히 하는 쉬운 말로 한다면 하늘나라로 가버렸습니다.

고 보 뭐라고요? 하느님 맙소사! 그 아이는 늙은 이 몸의 지팡이요, 기둥이었다우.

란슬로트 (방백) 내가 몽둥이나 기둥 나무, 지팡이나 기둥으로 보인단 말이냐? 아버님, 저를 알아보십니까?

고 보 안됐지만, 나는 눈이 멀어서 나리를 잘 모르겠습니다.

란슬로트 두 눈이 멀쩡해도 나를 몰라볼 겁니다. 똑똑한 아버지라야 아들을 알아봅니다. 좋아요, 영감. 아들 얘기를 해드리죠. (무릎을 꿇고 앉는다) 부친으로서 제게 축복을 내려주십시오. 진실은 언제나 드러나는 법, 악행은 언제나 폭로되는 법, 사람의 아들은 결국 알려지게 마련입니다.

고 보 제발 일어나십시오, 나리. 나리는 분명 제 아들이 아닙니다.

란슬로트 농담은 이만해두고, 아들에게 축복을 내려주세요. 저는 과거에도, 현재도, 그리고 앞으로도 어른의 아들 란슬로트입니다.

고 보 당신이 내 아들이라, 상상할 수 없소.

란슬로트 그 점에 대해서 저는 어떻게 생각해야 할지 모르겠습니다만 저는 유대인 하인 란슬로트입니다. 아버지 아내이신 마저리는 저의 어머니입니다.

고 보 내 아내 이름은 마저리가 맞다. 그러니 네가 란슬로트라면, 너는 나의 피요 살이다. (그는 란슬로트의 얼굴을 만진다) 아니, 이럴 수 있나? 웬 수염을 이렇게 길렀단 말인가! 우리 집 우마차 끄는 짐꾼 말 도빈 꼬리에 난 털보다 네 턱에 난 털이 더 많구나.

란슬로트 도빈 말꼬리는 거꾸로 자라는가 보군요. 지난번 보았을 때는 이 턱수염보다 털이 더 무성했는데요.

고 보 너는 많이 변했구나! 그건 그렇고, 너는 주인 양반과 잘 지내고 있느냐? 그분에게 드릴 선물 하나 갖고 왔다. 주인 양반과 잘 지내고 있겠지?

란슬로트 좋아요, 좋아. 잘 지내고 있어요. 하지만 저는 지금 막 도망갈 생각을 하고 있었습니다. 도망가지 않으면 마음이 진정되지 않아요. 그 주인 양반이 말이죠, 머리끝서부터 발끝까지 유대인입니다. 그놈한테 선물을 줘요? 목매달 올가미나 주십시오! 그놈한테 뼈빠지게 봉사하느라 굶어 죽기 직전입니다. 제 갈비뼈로서 제 손가락 하나하나를 다 셀 수 있을 지경입니다. 제때에 잘 오셨습니다. 그 선물은 바사니오 아저씨에게 갖다주세요. 그분은 훌륭한 새 옷을 마련해주실 겁니다. 그분을 섬기지 못할 바에야 이 세상 끝까지 도망치겠습니다. 아, 기막힌 행운이로구나! 그분이 오십니다. 그분에게 가십시오. 아버지, 그 유대인 밑에서 더 일하게 되면, 저도 유대인처럼 될 겁니다.

　　바사니오와 레오나르도가 하인 한두 명 거느리고 등장.

바사니오 그렇게 해다오, 급히 서둘러야 해. 늦어도 다섯 시까지는 저녁 식사 준비를 마치게나. 이 편지를 전달하고, 새 옷을 주문하고, 그레시아노에게 곧장 집으로 오라고 전하라. (하인 한 사람 퇴장)

란슬로트 아버지, 저분에게로 가세요.

고 보 나리께 하느님의 축복이 내리소서.

바사니오 고맙소, 나에게 무슨 용건이 있소?

고 보 우리 아들입니다. 보잘것없는 철부지입니다.

란슬로트　별 볼 일 없는 게 아닙니다. 부유한 유대인 댁 하인입니다. 상세한 얘기는 아버지께서 하실 겁니다.

고　보　저 아이 놈은 큰 포부를 품고 있습니다. 말하자면, 나리 밑에서 일하겠다는 거죠.

란슬로트　요점만을 말씀드리자면, 저는 유대인을 섬기고 있습니다. 제 소망은 아버지가 상세히 설명하겠습니다만…….

고　보　저 아이와 그 주인은, 나리께 감히 말씀드립니다만, 한솥밥을 함께 먹고 살 형편이 못 되기에…….

란슬로트　간단히 핵심만을 말씀드리자면, 그 유대인 놈이 저를 학대했기 때문에, 그 결과로 저는, 결국 늙은 아비가 상세히 말씀드리겠습니다만…….

고　보　나리께 드리려고 여기 비둘기 요리 한 접시를 갖고 왔습니다. 제 소청을 들어주십시오…….

란슬로트　(앞으로 성큼 나서며) 아주 간단하게 말씀드리자면, 그 소청은 제 자신에 관한 것인데, 나리께서도 이 연로하시고 정직하신 분의 말씀을 듣고 아시게 될 것입니다만, 제 입으로 감히 말씀드립니다만, 노인이기도 하고 가난하기도 한 이 분은 제 아버지입니다.

바사니오　두 사람 대신 한 사람만 말해보라. 소청의 내용이 무엇인가?

란슬로트　나리를 주인으로 모시고 싶습니다.

고　보　그것이 바로 소청의 요점입니다.

바사니오　너를 잘 알고 있다. 소청을 받아들인다. 실은 오늘 너의 주인 샤일록과 얘기할 때 자네를 영전시켜달라고 부탁했다. 부유한 유대인 곁을 떠나 가난뱅이 신사에게 봉사하는 일이 영전처럼 되어버렸지만.

란슬로트　제 주인 샤일록과 나리께서는 옛 속담을 함께 나누고 계십니다.

나리께서는 "하느님의 은총을" 그리고 유대인은 "풍부한 재산"을 갖고 계십니다.

바사니오 재미있는 말이로구나. 노인 어른, 아들과 함께 가시죠. 이전 주인 에게 작별 인사를 고해라. 그러고 나서 우리 집으로 오게. (하인에게) 이 사람에게는 어느 동료보다도 더 좋은 옷을 주문해주어라. 잘 부탁하네.

란슬로트 갑시다, 아버지. 나는 좋은 일자리 구할 위인이 못 돼! 혓바닥이 말을 듣지 않아! 문제는 이 손바닥이지. 이 손을 성서에 놓고 맹세해도 좋지만, 이탈리아 전국을 찾아봐도 이보다 더 형편없는 손금을 가진 사람이 있겠는가. 내가 행운을 잡을 것이라고 말하지만, 보아라, 이 조잡한 생명선, 여자 운은 어떤가, 슬프도다! 아내가 기껏해야 열다섯 명, 말도 안 돼. 과부 열한 명에 처녀 아홉 명이라, 사내 한평생에 될 일이냐. 세 번 물에 빠져 죽을 뻔하다가 살아나고, 깃털 이불 속에서 목숨이 위태로운 여난의 위기도 있구나. 시원찮은 액땜이다. 운명의 신은 여신이라고 하는데, 이런 일에는 정이 많은 모양이군. 갑시다, 아버님. 눈 깜짝할 사이에 유대인에게 작별 인사를 하고 오겠습니다. (란슬로트와 늙은 고보 퇴장)

바사니오 레오나르도, 명심해서 일을 잘 처리하도록 해. 지금 말한 물건들을 구입하고, 잘 정리해서 선적하라. 그러고 나서 서둘러서 돌아오너라. 오늘 밤 나는 귀한 손님을 초대해서 연회를 베풀려고 한다. 어서 가보아라.

레오나르도 알겠습니다. 일을 처리하고 오겠습니다.

그레시아노 등장.

그레시아노 자네 주인 어디 계시냐?

레오나르도 저기 계십니다.

그레시아노 야아, 바사니오!

바사니오 그레시아노!

그레시아노 실은 자네에게 부탁이 있네.

바사니오 그 부탁은 승낙했네.

그레시아노 말리지 말게, 나도 벨몬트까지 따라가겠네.

바사니오 따라오게나. 하지만 그레시아노, 내 말 좀 들어보게나. 자네는 난폭하고, 예의범절이 모자라고, 말을 거침없이 해버리네. 이 같은 성격은 자네다운 데가 있어서 우리들 친구들에게는 물론 결점으로 비치지 않고 있네. 하지만 자네를 모르는 사람들은 자네의 행동을 무절제하다고 볼 것이 틀림없어. 부탁이네. 자네, 그 자유분방한 열탕에 절제라는 냉수를 쏟아놓게. 그렇지 않으면 자네의 거친 행동 때문에 내가 지금부터 가고자 하는 그곳에서 내가 오해를 받게 되는 거야. 그렇게 되면 나의 소원은 물거품으로 사라지네.

그레시아노 그래, 알겠네. 그렇게 하지. 나는 진지한 태도를 지키겠어. 말도 신사처럼 하고, 욕설도 아주 드물게 할 것이며, 호주머니에는 항상 기도서를 품고 다니겠네. 표정은 근엄하게, 식전 기도서에는 이토록 점잖게 모자를 기울여 쓰고, 한숨을 쉬면서 "아멘"이라고 말하겠어. 온갖 예의범절을 지키고, 할머니를 즐겁게 해주기 위해서 애써 근엄한 체하는 그런 사람처럼 행동하겠네. 이렇게 하지 않으면 앞으로 나라는 인간을 믿지 말게.

바사니오 좋아, 어디 두고 보세.

그레시아노 아니야, 오늘 밤은 예외일세. 오늘 밤의 내 행동을 보고 나를 판단하지 말게나.

바사니오 아아, 그럴 리야 없지. 오히려 더욱 더 자유분방한 모습으로 오늘을 지내도록 부탁하고 싶네. 왜냐하면 유쾌하게 놀고 싶은 친구들이 오기 때문이야. 그러면 이만 작별을 고해야 하겠네. 나는 볼일이 좀 있어.

그레시아노　나도 로렌조와 그 밖의 친구들한테 가봐야 하네. 저녁 식사 때 우리 함께 자네한테로 가겠어. (퇴장)

제3장 베니스, 샤일록의 집 앞

　　문이 열린다. 제시카와 란슬로트가 나온다.

제시카　네가 우리 아버님 곁을 떠난다니 섭섭하구나. 우리 집은 지옥이야. 유쾌한 악마처럼 네가 있었기 때문에 나는 얼마간 권태를 달랠 수 있었는데. 하지만 잘 가거라, 여기 송별금 일 두카트가 있으니 받아줘. 그리고 란슬로트, 오늘 밤 식사 때 너의 새 주인 손님으로 초대받은 로렌조 님을 만나뵙거든 이 편지를 전해다오. 이 일은 비밀이다. 그러면 잘 가거라. 너와 얘기하는 모습을 아버지에게는 보여드리고 싶지 않다.

란슬로트　안녕히 계세요! 눈물 때문에 혓바닥이 움직이지 않습니다. 아가씨 같은 아름다운 이교도는 둘도 없습니다. 당신은 참으로 상냥한 유대인 아가씨예요. 어떤 기독교인이 술책을 써서 당신을 아내로 맞이해도 당연하지요. 좌우지간 안녕히 가세요! 하염없는 눈물로 대장부의 기백이 익사할 듯합니다. 안녕히!

제시카　잘 가거라, 란슬로트. 아아, 참으로 흉측한 죄가 이 몸에 고여 그 아버지의 자손 됨을 부끄러워하누나! 비록 나는 그의 피를 이어받았지만, 그의 성격을 물려받지는 않았다. 오, 로렌조, 약속을 지켜만 주시면, 나는 이 고통으로부터 벗어나서, 기독교도가 되어 당신의 사랑스런 아내가 될 것입니다! (그녀는 안으로 들어간다)

제4장 베니스, 다른 거리

그레시아노, 로렌조, 살레리오, 그리고 솔라니오 등장.

로렌조 이렇게 하자. 저녁 식사 때 모두 빠져나와 우리 집에서 가장(假裝)을 하자. 그리고 한 시간 내로 모두들 돌아가도록 하세.

그레시아노 아직도 충분한 준비가 되어 있지 않네.

살레리오 횃불잡이도 정하지 않았어.

솔라니오 제대로 준비하지 않으면 꼴불견일세. 그러니 내 생각으로는 집 어치우는 것이 좋겠어.

로렌조 지금 네 시야. 치장하고 준비할 시간이 앞으로 두 시간이야.

란슬로트, 편지 들고 등장.

여보게, 란슬로트, 무슨 소식이라도 있나?

란슬로트 나리께서 이 편지를 개봉하시면 자세한 내용을 아시게 될 것입니다.

로렌조 이 필적을 과거에 본 일이 있다. 아름다운 글맵시지. 이 글을 쓴 손 은 하얀 편지지보다도 더 하얀 아름다운 손이다.

그레시아노 저건 틀림없이 연애편지야.

란슬로트 그럼 이만 실례하겠습니다.

로렌조 어디로 가려는 거야?

란슬로트 그게 말입니다, 전 주인이신 유대인한테로 가서 새 주인이신 기독교도 댁의 만찬에 오시라는 전갈을 전하러 가는 길입니다.

로렌조 잠깐, 이것 갖게. (그에게 돈을 준다) 가서 제시카에게 말하라. 약속은 꼭 지킨다고 말하게. 은밀하게 전하라. (란슬로트 퇴장)

자, 여러분, 오늘 밤 가장무도회 준비에 착수합시다. 나는 횃불잡이를 구해오겠네.

살레리오 그래, 좋아. 나도 곧 준비에 착수하지.

솔라니오 나도 그러겠네.

로렌조 한 시간 후에 그레시아노 집에서 만나자.

살레리오 좋아, 그렇게 하세. (살레리오와 솔라니오 퇴장)

그레시아노 그 편지 제시카로부터 온 거지?

로렌조 자네에게는 모든 것을 털어놓아야겠네. 제시카는 여기다 적어놓았군. 어떤 방법으로 그녀의 아버지로부터 그녀를 빼낼 수 있는가, 어느 정도의 금은보화를 그녀가 들고 나올 수 있는가, 어떤 가장무도회 시동 복장을 준비했는가 등등이네. 만일에 그 유대인 아비가 천당에 간다면, 그것은 오로지 딸 덕택이야. 그러니, 불행한 일이 그녀의 앞길을 가로막으면 안 되네. 그 여자가 기독교를 믿지 않는 유대인의 자식이라는 다만 그런 이유 때문에 그렇게 되면 할 수 없네만. 자, 함께 가세. 가면서 이 편지를 읽어보게나. 실은 아름다운 제시카를 나의 횃불잡이로 삼을까 하네. (두 사람 퇴장)

제5장 베니스, 샤일록 집 앞

　　　샤일록과 란슬로트 등장.

샤일록　그래, 너는 알게 될 것이다. 너의 눈으로 너는 이 늙은 샤일록과 바사니오의 차이를 확인하게 될 것이다. 여봐라, 제시카! ― 네놈은 우리 집에 있을 때처럼 배가 터져라 실컷 먹지도 못할 것이다 ― 여봐라, 제시카! ― 네놈은 코를 실컷 골면서 늘어지게 잠도 잘 수 없고, 옷을 함부로 찢지도 못할 것이다 ― 아니, 어찌 된 거냐, 제시카야!

란슬로트　(큰소리로 외친다) 제시카 아가씨!

샤일록　누가 네놈보고 부르라고 했느냐? 네놈보고 부르라는 말 안 했어.

란슬로트　나리께서는 저한테 늘상 말씀하셨죠. 시키지 않는 일은 한 가지도 할 수 없는 녀석이라고 말입니다.

　　　제시카, 문에 나타난다.

제시카　부르셨습니까? 왜 그러세요?

샤일록　제시카, 나는 저녁 식사에 초대를 받았다. 이 열쇠 꾸러미를 맡긴다. 그런데 나는 왜 가야 하지? 내가 초청받은 것은 호의에서 우러나온 것이 아니다. 나에게 아첨하고 싶어서지. 그러니 나도 증오심을 품고 간다. 저 방탕한 기독교도 놈 음식을 실컷 먹어주기 위해서 간다. 제시카, 사랑하는 내 딸아, 집 잘 봐야 돼. 내키지 않는 걸음이야. 마음의 평화를 어지럽히는 일이 벌어질 것 같은 불길한 예감이야. 간밤에는 돈주머니 꿈을 꾸었으니 말이다.

란슬로트　좌우지간 나리, 가십시다. 나의 젊은 주인 양반이 목을 빼고 기다리고 계십니다.

샤일록　그래, 가자.

란슬로트　"모두들 작당해서 가장무도회 꾸민 것을 나리께서 보시게 될 것"이라고 말씀드리려는 것은 아닙니다만, 보시게 되면, 역시 무슨 징조가 있어서 그렇게 되는 겁니다만, 제가 코피를 쏟은 적이 있죠. 작년 부활절 다음 월요일 아침 여섯 시, 말하자면 사 년 전 성회수요일(聖灰水曜日) 오후였습니다.

샤일록　뭐야? 가면무도회가 있다고? 알겠느냐, 제시카, 문마다 열쇠로 잠가라. 북소리가 나도, 목을 비틀며 빽빽 듣기 싫은 소리를 내는 피리 소리가 나도 결코 창문 위로 기어 오르지 말거라. 길거리로 향해 목을 쑥 내밀어도 안 된다. 분칠한 기독교도 놈들의 바보 같은 쌍통을 보려고 하지 마라. 우리 집의 귀는 모조리 틀어막아라, 창문 말이다. 날뛰는 바보들의 흥청대는 소리가 거룩한 우리 집에 스며들면 안 돼. 야곱 조상님 지팡이를 두고 맹세하지만, 나는 어쩐지 오늘 밤 잔칫상 받을 생각이 안 난다. 하지만 가야지. 여봐라, 네 놈이 한 발 먼저 가서, 어른께서 당도하신다고 여쭈어라.

란슬로트　그러면 한 걸음 먼저 뜁니다. (떠날 때 그는 문 옆을 지나면서 제시카에게 속삭인다) 아가씨, 무슨 일이 있어도 창문을 내다보세요, 기독교도 한 사람이 지나갈 겁니다. 유대인 아가씨 눈에 쏙 들 겁니다. (퇴장)

샤일록　저 망아지 같은 놈, 바보 같은 놈. 뭐라고 말했나?

제시카　"아가씨, 안녕히 계세요"였어요.

샤일록　저 바보 녀석, 사람은 괜찮은데 너무 처먹어. 돈벌이는 달팽이처럼 느리고, 대낮에도 살쾡이처럼 잠만 자지. 게으른 꿀벌을 집에 놔둔 셈이지. 그러니 우리 집에 놔둘 수 없어. 저놈을 내보내기로 했다.

저 녀석을 채무자 양반 댁으로 보내 빌린 돈을 축내는 데 도와주도록 했다. 자, 제시카, 집 안으로 들어가거라. 나도 곧 돌아오마. 시키는 대로 해야 돼. 문을 단단히 닫아두거라. 야무지게 지키면 느는 게 재산이다. 옛 격언이지만 절약하는 사람에게는 맞는 말이야.

제시카 안녕, 아빠. (혼잣말로) 일이 잘 진행되면, 이것으로 작별이에요. 나는 아버지를, 아버지는 딸을 잃게 되죠. (퇴장)

제6장 베니스, 샤일록의 집 앞

그레시아노, 살레리오 가장하고 등장.

그레시아노 이곳이 바로 그 처마 밑이야. 로렌조가 우리보고 가서 있으라는 곳이네.

살레리오 약속한 시간이 지났어.

그레시아노 그 친구가 시간을 안 지키다니 이상한 일이야. 연인들이란 언제나 약속 시간보다 일찍 달려오는 법인데.

살레리오 아, 사랑의 여신 비너스의 수레를 끄는 비둘기도 사랑의 약속을 맺기 위해서는 날아가는데, 이미 맹세한 사랑을 나누기 위해서는 열 배나 더 빠른 속도를 내는 법이야.

그레시아노 그건 당연한 일이지. 왕성한 식욕을 갖고, 식탁에 앉은 사람이 그 식욕을 채우지 못하고 일어서는 경우가 어디 있겠는가? 뛰는 말도 마찬가지야. 같은 길을 갔다가 돌아설 때, 갈 때의 활기찬 걸음걸이로 올 수는 없어. 세상사가 다 그래. 손에 넣은 후보다는 뒤쫓을 때가 더 좋은 법이야. 화려한 깃발로 장식하고 고향 항구를 떠나가는 배는 어떤가? 젊은 귀공자처럼 또는 천하의 방탕아처럼 보이지 않는가. 매춘부 품에 안긴 바람난 젊은이로 보이지 않는가? 그런데 고향 항구로 돌아올 때는 어떤가. 선체와 돛이 바람에 시달려 갈기갈기 찢기고 헐어빠진 것처럼, 방탕아는 그처럼 야위고 찢기고 거지꼴이 되었으니!

　　　로렌조, 급히 온다.

살레리오　여기 로렌조가 오는군. 이 얘기는 나중에 하세.

로렌조　여보게들, 미안하네. 오랜 시간 기다리게 했네. 자네들을 기다리게 만든 것은 내가 아니라, 내 일 때문이야. 자네들이 앞으로 아내로 맞이할 여인을 훔쳐낼 때에는, 나도 오늘 너희들처럼 오랫동안 기다려줄 테다. 이곳이 내 장인이 사는 유대인 집이야. 여봐라, 누가 있느냐?

　　　제시카가 소년 복장으로 이층 무대 창문 앞에 등장.

제시카　누구세요? ― 확실하게 해두기 위해선데 이름을 대세요. 물론 저는 목소리로 짐작이 갑니다만.

로렌조　그대의 애인 로렌조야.

제시카　로렌조로군요. 그렇군요. 나의 님, 나의 사랑, 로렌조이지요. 이토록 사랑하는 것은 당신뿐이에요, 로렌조. 이 몸이 당신 것이라는 믿음은 로렌조, 당신 때문이죠.

로렌조　당신이 내 사랑인 것은 하늘과 당신의 마음이 그 증거다.

제시카　여기 이 상자를 받으세요. 받을 만한 가치가 있어요. (상자를 아래로 던진다) 정말이지, 밤이기에 다행이다. 제 얼굴을 볼 수 없으니. 정말이지, 나의 변장 때문에 부끄러워 죽겠네. 그래서 사랑에 눈이 멀었다고 말하는가 봐. 사랑에 빠지면, 자신이 하고 있는 어리석은 짓이 보이지 않는다는 거야. 알게 되면, 큐피드 자신도 얼굴이 붉어질 거다. 사내아이처럼 변장한 내 모습을 보고 말이지.

로렌조 내려오세요. 그대는 나의 횃불잡이가 되어야 해요.

제시카 뭐라고요? 제 모습을 창피하게 드러내라고요? 이대로라도 너무나 환하게 드러나는데요? 횃불을 들면 제 모습이 금세 발각되죠, 저는 이 모습을 감추고 싶어요.

로렌조 당신 모습은 숨겨져 있습니다. 그 사랑스러운 남자아이 복장 속에 감춰져 있지요. 여하튼 빨리 내려오세요. 비밀을 지켜주는 밤의 장막은 눈 깜짝할 사이에 사라집니다. 바사니오 댁 잔칫상이 우리를 기다리고 있소.

제시카 그렇다면 급히 문단속을 하고, 좀 더 돈을 챙기고, 곧 당신 곁으로 가겠어요. (이층 무대에서 퇴장)

그레시아노 맹세하지만, 그녀의 상냥한 성품으로 보아 유대인 같지 않아.

로렌조 맹세하지만, 나는 그녀를 마음속 깊이에서 사랑한다. 내 판단력에 이상이 없다면, 그녀는 현명한 여인이다. 내 눈이 진실하다면, 그녀는 미모의 여인이다. 그녀 자신이 입증하고 있지만, 그녀는 충실한 여인이다. 그러기 때문에 나는 현명하고 아름답고 충실한 저 여인을, 변함없는 이 가슴속에 품고 싶은 것이다.

제시카 아래 무대에 등장.

드디어 왔구나. 그러면 여러분, 출발합시다! 가장무도회 친구들이 우리가 오기를 기다리고 있소. (제시카는 살레리오와 퇴장)

안토니오 등장.

안토니오　누구냐?

그레시아노　안토니오 아닌가?

안토니오　무엇을 하고 있나, 그레시아노. 다른 친구들 어디 있어? 벌써 아홉 시야. 모두들 자네를 기다리고 있어. 오늘 밤 무도회는 중지됐어. 순풍이 불었네. 바사니오는 곧 배를 타야 한다네. 자네 찾느라고 사방으로 사람들이 뛰고 있어.

그레시아노　그건 잘된 일이야. 배를 타고 오늘 밤 떠난다니 그보다 더 기쁜 소식은 없네. (두 사람 퇴장)

제7장 벨몬트, 포샤의 집 방

화려한 코넷 소리. 포샤, 모로코 왕, 그리고 시종들 등장.

포　샤　자아, 그 커튼을 열어라. 그 안에 있는 세 개의 상자를 고귀하신 왕께 보여드려라.

시종들이 커튼을 젖히고 탁자 위에 놓인 상자를 보여준다.

이제 선택을 하십시오.

모로코 왕　첫째 상자는 금상자로구나. 상자 위에 명문(銘文)이 적혀 있네. "나를 선택하는 자는 만인이 원하는 것을 얻을 것이다." 다음은 은상자로구나. 이 같은 약속이 적혀 있네. "나를 선택하는 자는 신분에 알맞은 것을 얻으리라." 세 번째 상자는 형편없는 납상자로구나. 역시 형편없는 경고문이 적혀 있네. "나를 선택하는 자는 전 재산을 내놓고 모험을 해야 한다." 상자를 올바르게 선택한 것을 어떻게 알 수 있나요?

포 샤   어느 한 상자 속에 저의 초상화가 들어 있습니다. 그 상자를 선택하면 저는 당신의 아내가 됩니다.

모로코 왕   신이여, 저의 올바른 판단력을 인도하소서! 어디 보자. 명문을 다시 읽어보자. 납상자에는 뭐라고 쓰여 있더라. "나를 선택하는 자는 전 재산을 내놓고 모험을 해야 한다." 내놓는다니? 납덩이를 위해? 납덩이를 위해 내놓으라고? 이건 협박이로구나. 인간들이 모든 것을 걸고 모험을 하는 것은 그 이상의 이득을 얻기 위해서다. 마음이 황금 같은 사람은 형편없는 일에 머물지 않는다. 나는 납덩이 같은 것을 위해 무엇이든 내던지고 싶지는 않아. 순결한 여인의 빛을 지닌 은빛 상자는 뭐라고 말하고 있는가? "나를 선택하는 자는 신분에 알맞은 것을 얻으리라." 신분에 알맞은 것이라고? 잠깐, 모로코 왕인 이 몸의 가치를 공정한 저울로 달아보지 않으면 안 돼. 나에 대한 세상 평가에 따른다면, 내 신분에 알맞은 것은 이 세상 모든 것을 포함할 것이다. 그런데 그 모든 것이 포샤 아가씨까지 포함하고 있는 것일까? 나 자신의 가치에 대해서 의심을 품는다는 것은 나 자신이 나약하고 무능한 인간이라는 것을 자인하는 일이 된다. 내 신분에 알맞은 것! 아니, 그것은 바로 포샤 아닌가. 가문이 훌륭한 것을 보면 나는 신분이 그녀와 맞는다. 풍부한 재산, 우아한 인품, 높은 교양 등이 그녀와 맞는다. 무엇보다도 사랑의 깊이에 있어서 나는 그녀와 맞는다. 더 이상 망설이지 말자. 이것을 선택하면 어떨까? 다시 한번 금상자에 적힌 명문을 읽어보자. "나를 선택하는 자는 만인이 원하는 것을 얻을 것이다." 그것이 바로 포샤이다. 온 세상이 그녀를 구하고 있다. 이 세상 구석구석에서 모두가 이곳으로 모여들고 있다. 이 성당에, 살아 숨 쉬는 이 성처녀에게 입 맞추기 위해서. 히르카니아의 황야도, 저 광활한 아라비아의 황무지도, 아름다운 포샤 아가씨를 보러 오는 귀공자들에게는 탄탄대로가 되었다. 야심찬 머리를 쳐들고 하늘의 얼굴에 침을 뱉는 바다의 왕국도, 바다 건너 몰려오는 청혼자들의 발길을 막지 못하네. 그들은 개울 건너오듯 아름다운 포샤를 보기 위해 가벼운 걸음걸이로 달려오고 있다. 이 세 가지 상자 한 곳에 천사 같은 포샤의 모습이 있다. 납상자인가? 그런 천박한 생각은 상상만 해도 저주를 받는다. 무덤 속에서 그녀의 시신을 덮는 관뚜껑으로도 부적합하다. 그렇다면 은으로 된 관 속에 가두는 일을 상상할 수 있겠는가? 그것은 순금의 십분의 일의 가치도 없어! 생각만 해도 죄가 된다! 이토록 고귀한 보석이 금 이하의 판에 박힌 일은 없어. 영국에는 천사의 모습을 조각한 금화가 있어. 그러나 그것은 다만 표면에 새겨져 있을 뿐이야. 그러나 여기서는 천사가 황금 침대 위에 누워 있어. 열쇠를 주시오. 나는 이 금상자를 선택하겠소. 내 소원이 성취되기를 바라오.

포 샤 자, 열쇠를 받으세요. 제 모습이 그 속에 있으면, 저는 당신의 차지가 됩니다!

　　　그는 황금 상자를 연다.

모로코 왕 아, 이게 어찌 된 일이냐! 해골바가지다. 텅 빈 눈구멍에는 두루마리가 들어 있구나. 읽어보자.

"반짝인다고 해서 모두가 황금은 아니다."
이런 말을 그대는 들었을 것이다.
겉모습만을 보고 수많은 사람들이 목숨을 팔았다.

황금 칠한 무덤 속에는 구더기뿐,

그대가 용감한 것처럼 슬기로웠다면,

사지는 싱싱한데 능숙한 판단력이 있었더라면,

두루마리에 이런 대답은 없었을 것이다.

잘 가거라, 그대의 청혼은 싸늘하게 식었도다.

꿈은 사라졌다, 그렇다, 모든 노력은 허사가 되었다. 잘 가거라, 사랑의 열정이여. 오너라, 싸늘한 현실이여. 안녕히, 포샤, 작별이오. 가슴이 아파 긴 인사는 못 하겠소. 패자는 물러갑니다. (그는 시종들과 퇴장)

포 샤   점잖게 떠나버렸구나. 커튼을 치고, 가자. 피부색이 저런 사람은 모두 저렇게 선택했으면 좋겠다. (퇴장)

제8장 베니스, 거리

살레리오, 솔라니오 등장.

살레리오   여보게, 나는 바사니오가 배를 타고 떠나는 모습을 보았어. 그와 함께 그레시아노도 함께 떠났네. 그런데 로렌조는 배에 타지 않았어.

솔라니오   그놈의 유대인이 고래고래 고함을 질러 공작님을 깨웠는데, 공작님도 그 악당과 함께 배를 찾으러 나섰네.

살레리오   때는 너무 늦었어. 배가 출항한 다음이야. 그러자 공작님에게 소식이 전해졌지. 로렌조와 그의 연인 제시카가 곤돌라 배를 타고 떠났다는 거야. 이와는 달리 안토니오는 공작님께 분명히 증언을 했어. 연인들은 절대로 바사니오 배를 타지 않았다고 말일세.

솔라니오 유대인 놈이 그렇게 화내는 거 처음 봤어. 미친 듯이, 해괴망측하게, 격분해서 거리에서 펄펄 뛰며 유대인 개 짖어대듯 고함 소리를 지르고 있었으니 말이야. "내 딸! 오, 내 돈! 아, 내 딸년이! 기독교도와 도망쳐! 아, 기독교도 놈이 챙긴 내 돈! 재판이다! 법률이다! 내 돈이다! 내 딸이다! 봉인한 보따리, 두 개의 봉인한 돈 보따리, 두 배의 값이 나가는 돈 보따리를 내 딸년이 훔쳤어! 그리고 보석! 보석이 두 개, 두 개의 귀중한 보석을, 내 딸년이 훔쳤어! 재판이다! 딸년을 찾아라! 내 돈과 보석을 딸년이 갖고 갔어!" 이렇게 말이다.

살레리오 그랬더니 베니스 거리에 있는 아이들이 줄줄이 그의 뒤를 쫓아다니며, 보석이다, 내 딸년아, 돈이다라고 함께 짖어대는 거다.

솔라니오 안토니오도 정신 차리고 돈 갚는 날을 지켜야 돼. 그렇지 않으면, 큰 봉변을 당할 걸세.

살레리오 그래서 생각났는데, 어제 어느 프랑스인과 만나서 얘기를 했어. 그 남자 얘기로는 프랑스와 영국 경계에 있는 그 좁은 해협에서 짐을 잔뜩 실은 우리나라 배가 난파당했다는 거야. 그 얘기를 듣는 순간 나는 안토니오 생각을 했어. 그리고는 마음속으로 그의 배가 아니었으면 하고 기원했네.

솔라니오 그 소식, 안토니오에게 알리는 것이 좋겠어. 하지만 느닷없이 불쑥 내뱉지는 말게, 상심할 테니깐.

살레리오 그렇게 마음씨 착한 사람은 이 세상에 둘도 없어. 바사니오와 안토니오가 헤어지는 것을 보았는데, 바사니오가 그에게 될수록 빨리 돌아오겠노라고 말을 하니, 그는 응답하는 거야. "서두를 필요

는 없네. 나 때문에 성급하게 일을 망치면 안 돼. 바사니오, 때가 무
르익을 때까지 기다려야 해. 그 유대인이 나로부터 받아낸 증서 따
위는 연정으로 가득 찬 네 마음속에 끼어들면 안 돼. 밝은 마음으
로, 어떻게 하면 상대방의 사랑을 얻을 것인가, 그러기 위해서는
어떤 사랑의 표현이 적절할 것인가, 이런 생각만으로 마음이 가득
차 있어야 해." 안토니는 이렇게 말하면서 눈물에 젖고 있었어. 그
는 얼굴을 돌리고 손을 뒤로 내밀고 있었어. 그러고는 뜨거운 우정
으로 바사니오의 손을 꼬옥 잡는 거야. 그리고 나서 두 사람은 작
별했지.

솔라니오　아마 그에게 사는 유일한 기쁨은 바사니오에 대한 우정일 것이
다. 자, 그러면 이제부터 그를 찾아 나서자. 아무튼 유쾌한 일로 그
의 울적한 마음을 털어내주자.

살레리오　그렇게 하세. (두 사람 퇴장)

제9장　벨몬트, 포샤의 집 홀

네리사와 하인 한 사람 등장.

네리사　자, 급히 커튼을 열어줘. 아라곤의 영주께서 서약을 마치셨으니,
곧 이곳에 오셔서 상자 선택을 하실 거다.

코넷 소리.
아라곤 왕, 포샤, 그리고 각기 시종들 등장.

포 샤　보세요, 저기 상자가 있습니다. 만일에 저의 초상이 들어 있는 상

자를 선택하시면 즉시 우리들 결혼식이 올려집니다. 하지만 잘못 선택하시면, 아무 말씀도 하지 마시고 즉시 물러가셔야 합니다.

아라곤 왕   나는 조금 전에 세 가지 조건을 지킨다고 서약했소. 첫째, 내가 어떤 상자를 선택했는지 타인에게 발설하지 않는다. 둘째, 그 상자를 선택하지 못하면, 평생 누구에게도 청혼하지 않는다. 그리고 마지막으로, 불행하게도 선택을 잘못하면, 즉시 작별 인사를 하고 물러간다.

포 샤   그 세 가지 조건은 이토록 별 볼 일 없는 소녀를 위해 운명을 걸어 보려는 구혼자들 모두가 지키겠다고 합니다.

아라곤 왕   나도 그런 각오는 돼 있습니다. 자아, 운명이여, 내 소원을 풀어 다오! (그는 달려가 상자들을 살펴본다) 금, 은, 그리고 싸구려 납상자로구나. "나를 선택하는 자는 전 재산을 내놓고 모험을 해야 한다." 더 아름답지 못하면 모든 것을 바치고 모험하지 않을 것이다. 금상자에는 무엇이라고 써 있는가? 음, 뭐라고? "나를 선택하는 자는 만인이 원하는 것을 얻을 것이다." 만인이 원하는 것! 만인의 뜻은 어리석은 대중일 것이다. 그들은 겉모습만으로 사물을 선택하고, 그들의 어리석은 눈이 가르치는 것 이상의 것을 배우지 못한다. 그들은 사물의 내면을 보지 못한다. 그래서 그들은 제비처럼, 비바람 지나가는 담벼락에 둥지를 짓는다. 나는 만인이 원하는 것을 선택하지는 않겠다. 나는 무지몽매한 평민들과 섞이고 싶지도 않고, 어중이떠중이 대중들과 날뛰고 싶지도 않다. 그렇다면 그대, 은으로 된 보석이여, 너에게 새겨져 있는 명문을 다시 한번 말해다오. "나를 선택하는 자는 신분에 알맞은 것을 얻으리라." 아주 좋은 글귀로구나. 인간이란 누구나 자신의 가치를 망각하고 운명을 탓하기만 하면서 세상의 존경을 받을 수는 없다. 신분에 맞지도 않는 영광의 옷을 걸칠 수는 없다. 아아, 신분·계급·관직 등이 부정한 수단으로 얻어지지 않고, 깨끗한 명예가 당사자에 어울리는 가치에 의해 얻어지는 세상이 되었으면 좋겠다! 그렇다면, 지금 지위가 낮은 자들은 몇 명이나 고위직에 닿을 수 있을까! 지금 주인 행세를 하고 있는 자는 몇 명이나 하인이 될 수 있을까! 비천한 씨앗이 고귀한 씨앗으로부터 얼마나 가려내질 것인가! 그리고 고귀한 인재들이 이 세상 쓰레기와 검불 더미로부터 얼마만큼 건져져서 새로운 명예를 얻을 수 있을 것인가! 선택을 하자. "나를 선택하는 자는 신분에 알맞은 것을 얻으리라." 나는 내 신분에 알맞은 것을 선택하겠소. 이 자리에서 즉시 나는 내 운명의 문을 열어보겠소. (그는 은상자를 연다)

포 샤 (방백) 그런 것을 발견하기 위해 너무 오랫동안 머뭇거리셨네요.

아라곤 왕 이건 뭐냐? 눈을 끔벅이는 바보 초상이 글씨를 내보이네! 읽어보자. "그대는 포샤와 닮지 않았다!" 그래, 나의 소망, 나의 가치와도 너무나 거리가 멀어! "나를 선택하는 자는 신분에 알맞은 것을 얻으리라!" 그렇다면 나에게 알맞은 것은 바보 머리통뿐이란 말인가? 이것이 내가 받을 보상인가? 내 가치가 겨우 이것뿐이란 말인가?

포 샤 죄짓는 자와 재판하는 사람은 그 직책이 서로 다릅니다, 서로 정반대의 기능입니다.

아라곤 왕 무엇이라고 적혀 있는가?

이 상자는 일곱 번이나 불로 단련되었다.
판단력도 그만큼 단련되어야 한다.
그래야만 올바른 선택을 할 수 있다.

이 세상에는 허상에 입 맞추는 자 있으니,

그는 허망한 축복만을 받을 것이다.

이 세상에는 은으로 본성을 감추고 있는 바보 있으니,

내가 바로 그런 본보기가 된다.

그대 어떤 아내를 맞이해서 잠자리로 가더라도,

그대는 언제나 나 같은 바보 머리통이 된다.

그러니, 떠나라. 그대의 운명은 끝났도다.

그렇다면 한시바삐 이곳을 떠나자. 오래 있을수록 바보처럼 보일

것이다. 이곳에 올 때 나는 바보 얼굴을 하고 왔다. 돌아갈 때는 이

렇게 바보 얼굴이 두 개가 되었구나. 잘 있어요, 포샤. 맹세한 것은

지켜야죠. 괴로운 생각을 누르면서 한평생 참고 지내죠.

　　아라곤 왕과 그 시종들 퇴장.

포 샤 또 한 마리의 불나방이 불꽃에 날아들어 몸을 태웠네. 생각만은 멀
쩡한 바보들! 지혜를 짜도, 그릇된 선택밖에 못 하는 어리석은 지혜
로다.

네리사 교수형과 결혼은 운명 소관이라고 말한 옛 격언은 정말이지 지당
한 말씀입니다.

포 샤 커튼을 쳐라, 네리사.

　　하인 등장.

하 인 아가씨, 어디 계십니까?

포 샤 여기 있다. 무슨 일인가?

하 인 방금 문전에서 젊은 베니스 사람이 말에서 내렸습니다. 한 걸음 앞

서서 주인 양반 도착을 알리기 위해서랍니다. 그 주인 양반이 아주 정중한 인삿말 외에도 말하자면 모양이 있는 인사, 즉 고가의 선물을 지참하고 오셨습니다. 그분은 사랑의 사자로서는 아주 어울리는 분이셨습니다. 풍성한 여름철이 다가왔음을 알리는 춘사월 화창한 날도 한발 앞서 온 이 전령보다 더 상쾌하지는 못할 것입니다.

포 샤 그만해둬라. 그가 네 친척이라고 말하지 않을까 걱정이 된다. 온갖 지혜를 다 짜서 칭찬을 하니 말이다. 네리사, 가보자. 그토록 멋진 큐피드의 사자라면, 한시라도 빨리 만나고 싶다.

네리사 그분이 바사니오 님이라면 얼마나 좋을까! (일동 퇴장)

제3막

제1장 베니스, 거리

솔라니오와 살레리오 등장.

솔라니오 그래, 거래소에서는 무슨 소식이라도 있었나.

살레리오 바로 그 소문이 시중에 쫙 퍼졌어. 안토니오의 배가 화물을 잔뜩 실은 채 해협에서 난파됐다는 소문 말이다. 그 장소가 굿윈즈라는 곳인데, 너무나 위험하고 치명적인 여울이라 수많은 난파선들이 묻혀 있다는 얘길세. 물론 '소문'이라고 하는 그 노파가 정직한 여자라고 한다면 말일세.

솔라니오 그 얘기에 관해서만은 그 소문 노파의 말이 거짓말이었으면 좋
겠네. 생강을 씹거나, 세 번째 남편이 죽어서 울고 있다고 이웃 사
람들을 설득해서 믿게 만드는 소문 노파처럼 말이야. 그런데 거짓
말이 아니라 사실이라네. 길게 늘어놓을 필요 없이 얘기의 요점을
간단명료하게 말한다면, 그 착해빠진 안토니오가, 정직한 인간 안
토니오가, 아, 그 이름에 어울리는 칭호가 있었으면 좋겠는데!

살레리오 여봐, 얘기의 결론을 말해보게나.

솔라니오 하! 뭐라고 했는가? 결론은 간단하지. 그는 한 척의 배를 잃었네.

살레리오 그것으로 그의 손실이 끝이 났으면 좋겠는데.

솔라니오 나도 급히 "아멘"이라고 말해두겠네. 악마가 내 기도를 방해할
는지도 모르기 때문이야. 여보게, 악마가 오고 있네. 그는 유대인
모습을 하고 있는걸.

　　　샤일록 등장.

어이, 샤일록! 상인들 사이에 무슨 소식이라도 있나?

샤일록 당신들은 잘 알고 있겠죠. 당신들 말이오. 내 딸이 달아난 것 말이외
다.

살레리오 그거야 분명한 사실이죠. 나는 말이죠, 당신 딸이 날아가도록 날
개를 달아준 재봉사를 알고 있소.

솔라니오 적어도 샤일록만은 작은 새에 날개가 돋아난 것을 알고 있을 것
이다. 날개가 있으면 어미 곁을 떠나는 것이 새끼 새의 본성이라는
것쯤은 알고 있겠지.

샤일록 그년은 천벌을 받게 될 것이다.

살레리오 악마가 재판관이면 그렇게 되겠죠.

샤일록 아, 나의 혈육이 나를 배반하다니!

솔라니오 송장 같은 늙은이! 그 나이에도 피와 살에 부대끼는 색정(色情)이 남았단 말인가?

샤일록 혈육이란 내 딸 얘기다.

살레리오 자네 살과 딸의 살은 흑옥과 상아의 차이만큼 크네. 자네 피와 딸의 피는 빨간 포도주와 라인산 백포도주 차이보다 더 크네. 그건 그렇고, 말해보게나. 들어서 알겠지만 안토니오가 바다에서 큰 손해를 보았는지 아닌지 말 좀 해주게나.

샤일록 딸을 잃고 대출금까지 잃게 되었어. 파산자, 방탕아, 그놈은 이제 거래소에 얼굴을 못 내밀 것이다. 지금까지는 말쑥하게 차리고 거래소에 나타나곤 했는데, 거지 같은 자식, 이젠 어림도 없다. 그 증서를 잊지 마라! 나를 보기만 하면 고리대금업자라고 수군댔는데, 증서를 잊지 마라! 무이자로 돈을 빌려주는 기독교도의 호의를 지껄여댔는데, 그 증서를 잊지 마라!

살레리오 설마 계약 위반이라고 살점을 뜯어내려는 것은 아니겠지 — 그렇게 한들 무슨 소용이 있는가?

샤일록 물고기 낚는 미끼는 될 거요. 배불리 먹을 수는 없어도, 내 복수심은 충족될 수 있어. 그 사람, 나를 모욕했어. 그 사람의 방해로 나는 오십만 두카트를 손해봤지. 내가 손해를 보면, 나를 비웃었어. 내가 이득을 보면, 나를 조롱했어. 우리 민족을 경멸했지. 내 장사를 괴롭혔어. 내 친구를 이간질했고, 내 적들을 충동질했지. 그가 이런 짓거리를 하는 이유를 나는 모르겠소. 내가 유대인이기 때문에 그렇지. 유대인은 눈도 없다더냐? 유대인은 손도 오장육부도 사지오체(四肢五體)도 감각도 감정도 정열도 없다더냐? 기독교도와 무엇이 달라? 똑같은 음식을 먹고, 똑같은 무기로 상처를 입으며, 똑같은 병에 걸리고, 똑같은 약으로 치료를 받으며, 똑같이 겨울에는 추위에 떨고, 여름에는 더위를 타지. 여러분과 똑같이 우리도 바늘에 찔리면 피가 나지요. 간지럽히면 웃음이 터져요. 독을 마시면 죽게 되고, 우리를 해치면 복수를 하게 되지요. 나머지 모든 점에서도 같다면, 이 점에서도 마찬가지입니다. 유대인이 기독교도를 모욕한다면, 기독교도는 자비심을 베풉니까? 복수를 하지요! 만일에 기독교도가 유대인을 모욕한다면, 그는 기독교도를 본받아 관용을 베풀어야겠소? 역시 복수를 하겠지요! 당신네들이 가르쳐준 악독한 복수를 나도 해볼 참이요. 악착같이 배운 것 이상으로 흉측하게 해내겠소.

안토니오의 하인이 등장.

하 인 두 분 나리께 말씀드립니다. 안토니오 나리께서는 댁에 와 계신데, 두 분 나리들과 말씀을 나누고 싶어 하십니다.

살레리오 우리도 사방으로 그분을 찾아다녔다.

튜발 등장.

솔라니오 유대인 족속이 또 한 명 오는군. 저 두 놈이 뭉치면 세 번째는 누가 와도 당할 수 없다. 악마 자신이 유대인으로 둔갑한다면 별 문제지만. (솔라니오, 살레리오, 하인 퇴장)

샤일록 아, 튜발이냐! 제노아 소식은 무엇인가? 내 딸 봤는가?

튜 벌 사방팔방에서 따님의 소문은 들었습니다만 찾을 수가 없군요.

샤일록 그렇다면, 그래, 그래, 아, 그렇군. 다이아몬드를 잃어버렸네. 내가 프랑크푸르트에서 이천 두카트로 구입한 물건이야! 지금껏 우리 종족에게 이런 저주가 내린 적이 없다. 지금까지 나는 그것을 느껴

본 적이 없다. 그 다이아몬드 값만으로도 이천 두카트이다. 그리고 그 밖의 귀중한 보석들, 그 보석들은 어떻게 하면 좋은가? 아, 그년 귀에 보석 귀걸이만 남아 있으면, 딸년은 죽어도 좋다. 갖고 간 돈만 발견되면, 그년은 입관되어 내 발아래 자빠져 있어도 좋다. 그들에 관해서 내가 이렇게 깜깜무소식일 수 있는가? 사람 찾는 데 쓴 돈이 얼만지도 모르겠어. 그러니 여보게, 손해에 또 손해가 겹쳤어! 도적이 돈을 많이 훔치고 달아났는데, 그 도적을 찾는답시고 또 큰돈을 썼건만, 아무 성과도 없고, 복수를 한 것도 아니고, 불행한 일들만 연속으로 쌓이고 쌓여 내 어깨를 짓누르고 있으니, 세상의 한숨은 모두 내 입에서 터져 나오고, 세상의 눈물은 모두 내 눈에서 쏟아져 나오는 꼴이 되었네.

튜 벌　아니올시다. 불행한 사람은 또 있어요. 제노아에서 들은 얘기인데 안토니오라는 사람이…….

샤일록　뭐야, 뭐야, 뭐야? 불행한 일인가, 불행한 일인가?

튜 벌　트리폴리스로 돌아오는 도중 상선 한 척이 난파했다는 소식입니다.

샤일록　고마운 일이다, 고마운 일! 사실이지, 사실이지?

튜 벌　그 난파선에서 구조된 선원들과 얘기했어요.

샤일록　튜발, 반가운 소식이야, 고맙네. 좋은 소식이지, 좋은 소식이야. 핫하! 제노아에서 들었다고!

튜 벌　따님께서 제노아에서 하룻밤에 팔십 두카트를 썼다는 얘기도 들었습니다.

샤일록　자네 내 가슴에 칼을 꽂고 있어. 두 번 다시 내 돈을 볼 수 없단 말인가. 팔십 두카트를 한꺼번에 썼어, 팔십 두카트를!

튜 벌　나는 안토니오의 채권자들과 함께 베니스로 돌아왔는데, 그는 파산을 면하기 어려울 것이라는 얘기입니다.

샤일록 그것 반가운 얘기로다. 알았다, 혼 좀 내주마. 괴롭혀주마. 아주 반 가운 소식이다.

튜 벌 채권자 한 사람이 반지를 보여주었는데, 따님에게 원숭이 한 마리 를 주고 받은 것이랍니다.

샤일록 죽일 년! 튜발, 자네는 나를 괴롭히고 있네. 그것은 터키석 반지였 네. 내가 총각 때 아내 레아에게서 받은 것이었어. 황야에 잔뜩 깔 린 수많은 원숭이를 준다 해도 그것과는 바꿀 수 없어.

튜 벌 안토니오가 망하게 된 것은 기정사실입니다.

샤일록 그래, 그렇다. 튜발, 지금 곧 가서 돈을 주고 관리 한 사람을 부탁해 놓게. 두 주일 전에 예약을 해야 돼. 그놈이 위약하면 심장을 한 토 막 떼어내겠어. 그놈을 베니스에서 제거하면, 나는 마음대로 장사 를 할 수 있지. 자, 가보게, 튜발. 나중에 회당에서 만나세. 부탁이 다, 튜발. 튜발, 회당에서 만나자.

튜발은 떠나고 샤일록은 집 안으로 들어간다.

제2장 벨몬트, 포샤의 집 홀

바사니오, 포샤, 그레시아노, 네리사, 시종들 등장.

포 샤 서둘지 마시고 하루 이틀 머물러 계시다가 선택하십시오. 행여 잘 못 선택하시면 작별입니다. 그러니 좀 더 기다리세요. 저는 이것이 사랑인지 아닌지는 알 수 없지만, 다만 당신과 헤어지기 싫은 심정입니다. 아시겠지요, 이런 심정은 증오심에서 시작된 것이 아닙니다. 저의 마음을 오해하지 않도록 하기 위해 — 처녀는 속마음을 털어놓는 일이 서툴지만 — 저를 위한 운명의 선택을 하기 전에 한두어 달 머물러 계시도록 권하고 싶습니다. 물론 저는 옳은 상자를 사전에 알려드릴 수도 있어요. 그러나 그것은 서약을 위반하는 일이기에 그렇게 할 수는 없지요. 그러다가 잘못 선택하게 되면, 나중에 '서약을 깰 것을' 하고 후회하는 죄악을 범할지도 모르죠. 매혹적인 당신의 눈이 문제지요. 그 눈동자에 제 마음은 찢겼습니다. 반 토막 난 제 마음의 반쪽은 당신 것, 나머지 반쪽도 당신의 것, "그것이 내 것"이라고 말하고 싶지만, 나의 것은 당신의 것, 그러기 때문에 모든 것은 당신의 것. 아, 야속한 세상이여, 자기 것이면서도 소유권을 행사하지 못하다니! 그래서 저는 당신의 것이면서도 당신 것이 아니옵니다. 그렇다면, 지옥에 떨어지는 것은 저 자신이 아니라 운명 그 자체가 되죠. 말이 너무 길었어요, 그 까닭은 시간에 무거운 추를 달아 가능한 대로 시간의 흐름을 느릿느릿 연장하여 상자 선택을 연기시켰으면 하는 간절한 바람 때문입니다.

바사니오 하지만 선택하도록 해주십시오. 이대로 있으면 고문대에 얹혀 있는 기분입니다.

포 샤 고문대라니요, 바사니오 님? 그렇다면 말해보세요. 당신의 사랑에 어떤 배신이 숨어 있는지를.

바사니오 두 가지 마음은 없습니다. 당신의 사랑을 놓칠는지도 모른다는 불안한 의구심뿐이지요. 불과 눈은 함께 있을 수 없습니다. 그렇다면, 사랑과 배신도 화합할 수 없지요.

포 샤 하지만 당신은 지금 고문대 위에 있습니다. 그 위에서는 강압에 의해 무슨 말이라도 하게 되죠.

바사니오　제게 생명을 보장해주시면 진실을 고백하겠습니다.

포　샤　그렇다면 고백하고 생명을 얻으세요.

바사니오　목숨을 걸고 사랑합니다. 이것이 나의 고백입니다. 아, 얼마나 행복한 고문인가, 나를 고문하는 사람이 생명을 구제받는 법을 가르쳐주다니! 그건 그렇고, 운명의 상자 선택을 하도록 해주세요.

포　샤　그러시다면 저쪽으로! 저의 초상화가 그 속에 있습니다. 저를 사랑한다면 저를 발견하시겠지요. 네리사와 시종들은 물러나 있거라. 선택하는 동안에 음악을 연주하라. 실패하면 저분은 최후를 맞이하는 백조처럼, 음악의 멜로디 속에 파묻혀 사라지는 거야. 이 같은 비유를 더 실감 나게 하려면, 강물 같은 눈물을 흘려 저분을 위해 죽음의 침상을 준비해야 한다. 성공하면 어떤 음악을 연주해야하나? 그런 경우에는, 음악은 새로 왕관을 쓴 왕 앞에 충신들이 엎드릴 때 울리는 트럼펫 소리가 나야 한다. 그 소리는 새벽녘 꿈꾸듯 잠들고 있는 신랑의 귓속으로 살며시 흘러들어 그를 결혼식에 불러들이는 달콤한 멜로디가 될 것이다. 아, 상자 쪽으로 가시는군. 그의 모습은 트로이 왕이 바다 괴물에 바친 처녀를 구하기 위해 출전한 젊은 날의 헤라클레스보다도 더 늠름하고, 그의 마음은 사랑으로 충만되어 있다. 지금의 나는 희생물이 된 처녀와 같다. 저기 멀리 떨어져 있는 사람들은 눈물에 젖어 영웅과 괴물의 싸움을 지켜보는 트로이의 여인들. 전진하라, 헤라클레스! 목숨을 건이 승부에 당신이 승리하면, 저도 이기는 거예요. 싸움을 보는 나의 가슴은 힘껏 싸우는 당신보다도 더 불안으로 가득 차 있어요.

　　음악 소리. 노래. 바사니오는 상자의 명문을 읽으면서 명상에 잠긴다.

말해주세요, 사랑이 머무는 곳을

가슴속인가, 머릿속인가?

어떻게 생겨나서 어떻게 자라는가? 대답해줘요, 대답해줘요.

사랑은 눈동자에서 태어나 쳐다보면서 자라지만

순식간에 태어난 요람에서 죽어버리지.

사랑의 조종(弔鐘)을 울리자.

일 동 딩동, 딩동, 종을 울리자.

바사니오 화려한 겉모습은 내용과 다를 수 있지. 이 세상은 언제나 그럴듯
하게 꾸며진 겉모습에 속고 있어. 재판도 그렇지. 아무리 부정하고
부당한 소송도, 그럴듯한 변설(辨說)로 양념 치고 속이면 악의 모습
은 사라지는 거야. 종교도 그래. 예컨대 아무리 악에 물든 이단(異
端)이라도, 엄숙한 얼굴로 축복을 해주고 성경 말씀을 인용해서 설
명해주면, 흉측한 몰골이 허식으로 숨겨질 수 있지 않은가? 이 세
상에는 원래의 모습으로 나타나는 악덕이란 없는 것이다. 반드시
미덕이라는 겉치장을 하고 있다. 얼마나 많은 겁쟁이들이 마음은
사상누각처럼 허망하면서도, 턱부리에는 헤라클레스나 찌푸린 군
신(軍神) 마르스처럼 수염을 달고 있지만, 뱃속을 보면 티끌만큼의
용기도 없어. 다만 이들은 남에게 무섭게 보이기 위해서 용사의 수
염을 턱 끝에 붙이고 있을 뿐이다. 미인들을 보면 알 수 있어. 그 아
름다움은 실상 화장품의 양으로 구입한 것임을 알게 돼. 그 화장품
이 기적을 일으켜, 바르면 바를수록 경박한 미인이 탄생하는 거야.
뱀처럼 길고 곱슬곱슬한 황금빛 머리카락의 경우도 마찬가지지.
미녀의 머리 위에서 바람에 날리는 그 머리카락의 정체를 알아보
면 남의 것. 그 머리카락을 길러줬던 해골은 이미 무덤 속에서 잠

들고 있어. 이토록 허식이라는 것은 보기에는 즐거운 바닷가 해변이지. 위험한 바다로 사람을 유혹하는, 이른바 인도 여인의 검은 얼굴을 덮고 있는 하얀 베일 같은 것이야. 한마디로 말하면, 겉으로 그럴듯하게 보이는 진실은 교활한 세상이 그것으로 현인들을 함정에 빠뜨리는 수단에 불과하지. 그렇다면 찬란하게 빛나는 금이여, 미다스 왕도 먹지 못했던 딱딱한 음식인 황금이여, 너는 나에게 별 볼 일이 없다. 그리고 너 창백한 은이여, 사람과 사람 사이를 분주하게 오가는 그대도 나에게는 쓸모가 없다. 하지만 보잘것없이 보이는 너 납이여, 희망찬 약속보다는 위협적인 말을 지니고 있는 그대 소박한 모습이 웅변 이상으로 내 마음을 뒤흔들고 있구나. 나는 너를 선택한다. 좋은 결과를 기원한다! (하인이 그에게 열쇠를 준다)

포 샤 (방백) 아, 모든 감정이 공기 속으로 사라지는구나, 가슴 조이는 의심도, 경솔하게 품었던 절망도, 몸을 떨게 만들었던 불안도, 파란 눈빛의 질투심도 모두 사라졌다. 남는 것은 오로지 사랑뿐이다! 오! 사랑이여, 침착하거라. 기쁨을 자제하라! 환희의 비를 알맞게 내리게 하고, 도를 넘지 않게 해다오! 나의 행운은 너무나 크다. 식상하지 않도록 줄여다오.

바사니오 (상자를 연다) 이건 무엇인가? 아름다운 포샤의 모습이 아닌가! 어떤 신 같은 재주가 이토록 흡사한 초상화를 그렸단 말인가? 눈이 움직이네? 아니, 내 눈이 움직이기 때문에 이 눈도 움직이는 것 같은가? 아, 열린 입술, 달콤한 입김이 입술을 열게 만들었네. 아름다운 숨결이 아니면, 아름다운 친구 사이를 갈라놓지 않았겠지. 이 머리카락은 화가가 거미가 되어 금줄을 뽑아 거미줄에 잡히는 각다귀보다 더 단단하게 남자 마음을 사로잡아두려고 만든 것이다.

그런데 이 눈을 보아라! 그녀의 눈을 그리면서 그의 눈이 살아남았네. 한쪽 눈을 그리고 나서 눈부심 때문에 양쪽 눈이 멀어, 나머지 한쪽 눈을 그리지 못할 수도 있었을 텐데. 아무리 내가 칭찬해도 이 그림의 진가를 전하지 못하고 이 그림을 모욕하고 있듯이, 이 그림도 초상의 실제 인물 앞에서는 부끄러워 시들시들해질 것이다. 여기 보니 문서가 있네. 내 운명의 총결산이겠지.

겉모습만으로 선택하지 않는 그대여,
진실을 선택한 그대에게 행운이 있어라.
이 같은 행운이 그대의 것이 되었으니
만족하고, 다시 새것을 찾으려고 하지 마라.
그대 또한 기쁨으로 가슴 울렁이며,
그대 행운을 그대의 축복으로 삼았으니,
그대 연인 앞으로 가서
넘치는 사랑의 입맞춤으로 청혼을 하라.

친절한 글이로구나. (포샤에게 향하며) 포샤, 당신이 허락해주신다면, 이 글대로 나는 사랑을 주고받으려 하오. 이것은 마치 상을 타려는 경쟁자와도 같아요. 대중 앞에서 잘했다고 생각해서 눈앞에서 펼쳐지는 박수갈채에 넋을 잃고, 이 칭찬이 자신에게 주어진 것인가 아닌가 의심하면서 멍하니 정신을 잃고 서 있는 그런 사람과도 같소. 아름다운 포샤, 내 눈앞에 벌어지고 있는 이 광경이 꿈인지 생시인지 의심하면서 나는 넋을 잃고 서 있소. 당신이 확인해주고, 서명해주고, 확증을 줄 때까지는 믿을 수가 없소.

포 샤 바사니오 님, 저는 당신의 눈에 비치는 평범한 여자입니다. 저 자신을 위해서는 더 훌륭한 여인이 되고자 하는 소망을 품지 않겠습니다. 하지만 당신을 위해서라면, 백 배 더 훌륭한 여인이 되고 싶습니다. 천 배나 더 아름답고 만 배나 더 부자가 되고 싶습니다. 당신에게 잘 보이기 위해서는 미덕도 미모도 재산도 친구도 더 풍성하게 지니고 싶습니다. 그러나 현재 저는 온갖 것을 모두 합치더라도 한계가 있습니다. 간단히 말해, 저는 교양도 교육도 경험도 없는 여자입니다. 다만 다행한 일은 지금 시작해도 배움의 길이 늦지 않았다는 것입니다. 또한 더욱 다행한 것은 배워서 모를 정도로 어리석은 두뇌가 아니라는 것입니다. 그리고 가장 다행스러운 일은 당신의 마음에 제 정성을 바쳐 당신에게 순종하려는 마음이 있다는 사실입니다. 지금 이 순간부터 당신은 저의 주인이시고 지배자요, 왕이십니다. 제 자신과 제가 소유하고 있는 모든 것이 당신의 것이 됩니다. 지금까지는 제가 이 저택의 소유자이고, 하인들의 주인이고, 제 자신의 여왕이었습니다. 지금까지는 그랬습니다. 그러나 지금부터는 이 저택과 하인들, 저 자신도, 주인이시여, 당신 것이옵니다. 이 모든 것과 그리고 이 반지를 드립니다. 만약에 이것을 버린다거나 분실하거나 남에게 주거나 하면 당신의 사랑이 끝난 증거가 될 것입니다. 그러니 책망을 듣지 않도록 조심하십시오.

바사니오 당신은 나의 모든 언어를 빼앗는군요. 내 혈관에 흐르는 피가 말을 하고 있을 뿐입니다. 내 마음은 아무 생각도 못할 만큼 헝클어져 있어요. 말하자면 국민의 사랑을 받고있는 국왕이 단상에서 감동적인 연설을 한 후, 기쁨에 넘쳐 소동을 빚고 있는 군중들한테서 볼 수 있는 혼란입니다. 그곳에서는 한마디 한마디로 들으면 의미 있는 말이 서로 얽히면서 거대한 무의미의 소음이 생겨나죠. 이곳에서 명백한 것은 불분명한 기쁨의 소용돌이만 남는다는 사실입니다. 여하튼, 이 반지가 제 손가락에서 사라지면 제 생명은 끝납니다. 그때는 외치면서 말하세요. 바사니오는 죽었다!

네리사와 그레시아노가 온다.

네리사 나리님과 부인이시여, 지금까지 옆에 서서 저희 소망이 성취되는 것을 보았는데 축하의 말씀을 드리고 싶습니다. 축하드립니다.

그레시아노 바사니오, 그리고 우아한 부인이시여, 두 분께 축하 말씀드립니다. 온갖 기쁨과 행운이 함께하시기를 빕니다. 그 기쁨과 행운 속에 제 몫은 없겠습니다만, 두 분이 식을 올리고 성스러운 맹세를 나누실 때, 저의 예식도 올렸으면 하는 것이 저의 소원입니다.

바사니오 기쁜 마음으로 그렇게 하겠네. 자네에게 신부가 있다면야.

그레시아노 고맙네, 바사니오. 자네 덕택으로 신부를 구했다네. (그는 네리사의 손을 잡는다) 내 눈은 자네 눈만큼이나 빠르지. 자네가 아가씨를 보았을 때, 나는 시녀에게 눈독을 들였다네. 자네가 사랑을 할 때, 나도 사랑을 했지. 자네처럼 나도 꾸물대는 성격이 아니라네. 자네의 운명이 저 상자에 있듯이. 내 운명도 바로 그 일에 달려 있었다네. 나도 구혼을 하느라고 진땀을 흘렸고, 입천장이 바싹 마를 때까지 사랑의 맹세를 되풀이했네. 그리하여 마침내 여기 있는 미인으로부터 나의 신부가 되겠다는 약속을 얻었다네. 물론 포샤가 자네의 신부가 된다는 전제 조건이 있었지.

포 샤 네리사, 사실이냐?

네리사 마님, 사실입니다. 물론 마님께서 허락해주신다는 조건이 있죠.

바사니오 그레시아노, 자네도 진심인가?

그레시아노 물론이지.

바사니오 우리들 혼례식은 자네 결혼으로 더욱 빛나게 되었네.

그레시아노 우리 내기합시다. 첫아들 먼저 낳는 쪽이 천 두카트를 갖기로 합시다.

네리사 뭐라고요? 그 많은 돈을 걸어요?

그레시아노 그만둡시다. 힘이 딸려 이길 자신 없어요. 누가 오고 있네? 로렌조와 유대인 처녀로군! 이건 또 누구야! 베니스의 옛 친구 살레리오가 아닌가?

　　　　로렌조, 제시카, 살레리오, 베니스의 시종 등장.

바사니오 로렌조와 살레리오가 아닌가. 환영하네. 이 집 주인이 된 지 얼마 되지 않아서, 자네들을 환영할 권리가 있다면 말일세. (포샤에게) 당신이 좋다면, 내 고향 친구들을 환영하고 싶소.

포 샤 제 인사를 드립니다. 전적으로 환영합니다.

로렌조 감사합니다. 실은 바사니오, 나는 이곳을 방문할 생각이 없었는데, 도중에 살레리오를 만났더니 함께 가자고 성화기에 거절하지 못하고 이렇게 따라왔네.

살레리오 그렇다네. 내가 권해서 함께 왔어. 그럴 만한 이유가 있지. 이것을 받게. (편지를 전한다) 안토니오의 안부를 전하네.

바사니오 얘기해주게. 안토니오는 어떻게 되었나?

살레리오 병이 아니라면 병도 아니지만, 마음이 편치 않아요. 이 편지를 보면 알 수 있어.

　　　　바사니오, 편지를 뜯어본다.

그레시아노 네리사, 저 여자 손님을 기쁜 마음으로 맞아주시오. (네리사가 제시카를 맞이하고, 그레시아노가 살레리오에게 인사한다) 악수나 하세, 살레리오. 베니스는 어떤가? 천하의 거상(巨商) 안토니오는 잘 지내고 있나? 우리 둘이 결혼하게 된 소식을 들으면 좋아할 텐데. 우리들은 영웅 이아손(그리스 신화의 영웅으로서 아이손 왕의 아들. 왕위를 되찾기 위해 영웅들을 모아 아르고스호를 타고 원정을 떠나 황금 양모를 입수함. 이들 영웅을 '아르고나우타이'라고 부르는데, 그레시아노는 안토니오의 배 '아르고시스'를 염두에 두고 말하고 있음—역자 주)이야. 금발 여인을 쟁취했네.

살레리오 안토니오가 잃은 보물이었으면 좋았겠다.

포 샤 그 편지에는 심상치 않은 일이 적혀 있나 보다. 바사니오 님의 얼굴이 핏기를 잃고 있네. 절친한 친구가 죽었는가. 그렇지 않다면, 좀처럼 마음이 흔들리지 않을 저 대장부의 안색이 저렇게 창백하게 변할 수 있는가. 점점 심해지네! 여보, 바사니오 님, 저는 당신의 반쪽이지요. 그렇다면 그 편지가 당신을 괴롭히는 반절이라도 좋으니 제가 짊어져야 할 것입니다.

바사니오 아, 사랑스러운 포샤, 여기 쓰인 만큼 불쾌한 내용의 편지를 나는 받아본 적이 없소! 포샤, 당신에게 처음으로 사랑을 고백했을 때, 나는 정직하게 말한 적이 있어요. 내가 소유한 전 재산은 혈관을 흐르는 피가 전부이고, 있는 것은 한 인간으로서의 나 자신뿐이라고 말했지요. 물론 나는 진실을 말하고 싶었소. 하지만 포샤, 내가 빈털터리라고 말한 것은 거짓말이었소. 내가 한 푼 없는 거지라고 말했을 때, 실은 빈털터리보다 더 궁한 거지였다고 말했어야 옳았소. 사연은 이렇소. 나는 어떤 친구로부터 돈을 빌렸소. 그 돈은 그 친구가 원수로부터 빌린 돈이었소. 그 돈은 내가 이곳에 오기 위한 경비였다오. 이것이 그 친구의 편지요. 이 편지는 그 친구의 살점이오. 씌어진 문자 하나하나는 상처가 입을 벌리고 토해내는 핏덩이. 그런데 살레리오, 이것이 사실인가? 그의 투자는 몽땅 물거품이 되었는가? 단 하나도 건질 수 없는 건가? 트리폴리스 것도, 멕

시코 것도, 영국, 리스본, 바르바리, 인도, 이 모든 것이 수포로 돌아갔는가? 상선의 적, 무서운 암초들을 단 한 척의 배도 벗어나지 못했는가?

살레리오 단 한 척도. 그런데 말씀이야. 안토니오가 갚을 만한 현금이 있어 갚으려고 해도, 유대인 녀석, 그것을 받을 생각이 없는 모양일세. 인간의 탈을 쓰고서 인간을 파멸시키는 일에 그토록 욕심을 내고 열성을 부리는 녀석을 지금까지 본 적이 없네. 그놈은 밤낮 가리지 않고 공작님에게 이 나라에 자유가 있다면, 공정한 재판을 해달라고 아가리를 놀리고 있는 모양이야. 수많은 상인들은 물론이고 공작 자신도, 고위직 고관들도 모두들 입을 모아 그놈을 설득하려고 했지만 그놈은 들은 척도 않으니, 그 악랄한 청원을 막을 길이 없다네. 저당권, 재판권, 차용증서를 물고 늘어지면서 막무가내야.

제시카 제가 집에 있을 때, 부친은 유대인들 튜발이나 추스에게 말하곤 했지요. 어떤 일이 있어도 안토니오의 살점을 도려내겠다는 겁니다. 빌려준 돈을 이십 배로 갚는 것보다 그게 낫다는 것입니다. 그러니 바사니오 님, 법이나 권력으로 눌러놓지 않으면 안토니오 님은 곤경에 빠지게 될 것입니다.

포 샤 곤경에 처한 사람은 당신의 친구분이세요?

바사니오 나의 가장 절친한 친구지요. 이 세상에서 그토록 친절한 사람은 없을 것이오. 그토록 훌륭한 마음씨, 그토록 남을 위한 정성으로 가득 찬 사람은 없어요. 이탈리아 천지를 뒤져도, 고대 로마의 명예심을 그 사람만큼 지니고 있는 사람은 없어요.

포 샤 그분이 유대인에게 빌린 돈은 얼마나 되죠?

바사니오 나를 위해 삼천 두카트를 빌렸소.

포 샤 그것뿐입니까? 그에게 육천 두카트를 지불하시고 차용증을 말소하시죠. 육천 두카트의 두 배로 갚아도 좋아요. 세 배도 좋아요. 그 토록 훌륭한 분이시라면, 바사니오 님 때문에 머리카락 한 올이라 도 다치게 해서는 안 됩니다. 하여튼 일단 예배당에 가서 저를 아 내라고 불러주세요. 그곳에서 친구분을 찾아 베니스로 가세요. 포 샤는 신방에 상심한 분을 모시고 싶지 않습니다. 그 정도의 부채라 면 수십 배로 변상할 수 있는 돈을 드릴 테니, 돈을 모두 갚고 친구 들과 함께 오세요. 숫처녀처럼, 과부댁처럼, 저와 네리사는 기다리 겠어요. 급히 서두르세요! 오늘 혼례식 날 출발하기 때문에 밝은 모습으로 그분들 맞이하세요. 귀한 대가를 치르고 얻은 당신이기 에, 저는 당신을 진심으로 사랑하지요. 그건 그렇고, 친구의 편지 를 들려주세요.

바사니오 (읽는다) "바사니오, 내 배는 몽땅 난파당했네. 채권자들은 냉혹 해지고 사태는 계속 악화되고 있네. 유대인에게 약속한 차용증서 기일도 지나갔네. 그 대가를 지불하고 나면 살아남기는 힘들어. 그러니 자네와 나 사이의 대차 관계도 소멸된다네. 다만, 내가 죽 기 전에 자네를 한 번 보고 싶네. 이 일도 자네 형편에 따라 결정하 게. 우정으로 오고 싶다면 좋지만, 그렇지 않으면 이 편지는 잊어 버리게."

포 샤 여보! 모두 마치시고 빨리 가세요!

바사니오 당신이 찬성하니 곧 가리다. 하지만 곧 돌아오리다. 오가는 길에 오래 머물지는 않겠소. 휴식 때문에 우리들의 재회가 방해받지 않 도록 하리다. (일동 퇴장)

제3장 베니스, 거리

샤일록, 솔라니오, 안토니오, 간수 등장.

샤일록 간수, 이놈한테서 눈을 떼지 마시오. 나에게 자비 얘기도 하지 말아요. 이놈은 무이자로 돈을 빌려주는 바보랍니다. 간수, 감시를 잘하시오.

안토니오 여보시오, 샤일록. 내 말 좀 들어주시오.

샤일록 증서대로 시행하겠어. 증서에 대해서 이러쿵저러쿵하지 마라. 나는 맹세했다. 증서대로 하겠어. 너는 나보고 개라고 했지? 그럴 이유도 없으면서 말이야. 좋아, 나는 개다. 그러니 내 이빨을 조심해. 공작님께 부탁해서 반드시 재판을 열어볼 참이야. 이봐, 얼뜨기 간수, 바보짓 하지 마라. 죄수가 요청한다고 이놈을 끌고 나오다니!

안토니오 제발 내 말 좀 들어보시오.

샤일록 증서대로 합시다. 당신 얘긴 듣고 싶지 않아. 증서대로 해요. 이 이상 얘기해봤자 소용없어요. 나는 남의 말을 듣고 쉽게 넘어가는 물러빠진 바보 천치가 아냐. 기독교도가 탄원한다고 해서 고개를 끄떡이고, 한숨을 쉬고, 머리를 숙이면서 양보하는 그런 얼치기는 될 수 없어. 따라오지 말아요. 당신 말 듣지 않겠소. 증서대로 합시다.

그는 문을 닫고 들어간다.

솔라니오 저놈은 지금까지 본 가운데서 가장 잔혹하고 끔찍한 개자식이네.

안토니오 좋아, 내버려둬라. 뒤쫓아가서 애원하는 일은 그만하자. 저놈이 노리는 것은 내 목숨이야. 나는 그 이유를 알고 있어. 지금까지 여러 번 차용금을 갚지 못해서 곤경에 빠진 사람을 구해준 적이 있다. 그래서 놈은 내가 미운 거야.

솔라니오 공작님께서는 절대로 이런 위약금 처리를 허락하시지 않을 걸세.

안토니오 공작님도 법의 정당한 행사를 거부할 수 없어. 타향 사람도 베니스에서는 우리와 똑같은 권리가 주어지지. 만약에 이 일이 시행되지 않으면, 이 나라에는 정의가 없다고 비난을 받게 돼. 베니스의 무역과 이윤의 기본이 전 세계의 국민들이기 때문이야. 가자. 겹치는 슬픔과 손실 때문에 나도 수척해졌네. 이렇게 야위면 내일 혹독한 저놈 빚쟁이에게 일 파운드의 살점을 떼어주기도 어려울 것 같다. 여보시오, 간수, 갑시다. 바사니오가 와서 그의 빚을 갚는 내 모습을 보았으면 좋으련만. (일동 퇴장)

제4장 벨몬트, 포샤의 집 홀

포샤, 네리사, 로렌조, 제시카, 밸더자 등장.

로렌조 부인, 부인의 면전에서 말씀드리는 일이 실례되는 줄 압니다만, 부인께서는 고귀한 우정에 관해서 훌륭한 생각을 갖고 계십니다. 부군께서 안 계시는 동안 부인의 모습을 보면 알 수 있습니다. 부인께서 이토록 호의를 베풀고 계시는 상대가 어떤 인물인지, 말하자면 당신이 도와주고자 나서는 상대가 훌륭한 신사이고, 부군의 절친한 친구인 것을 알게 되면, 이 친절에 대해서는 지금까지 베푼 일과는 비교가 안 될 정도의 큰 보람을 느낄 것입니다.

포 샤 저는 친절을 베풀고 후회한 적이 없습니다. 이번 일도 마찬가지죠. 친한 친구들 사이란 무엇입니까. 함께 같은 시간을 지내고, 서로의 영혼을 우정의 멍에에 걸고 있는 일이죠. 그렇게 되면, 서로 얼굴 모습이나 태도와 정신이 비슷해지죠. 그래서 말입니다. 안토니오라는 분도 주인 친구이기에 틀림없이 우리 서방님과도 비슷하시겠죠. 그렇다면 저의 영혼인 주인을 닮은 친구분을 무서운 지옥의 고통으로부터 구제하기 위해 제가 지불한 비용 정도는 정말로 하찮은 것입니다! 얘기가 자기 자랑처럼 됐네요. 이 얘기는 이만큼 해두고, 제가 하고 싶은 얘기가 있으니 들어보세요. 로렌조 님, 우리 주인이 돌아오실 때까지 당신이 집을 좀 관리해주십시오. 실은 하느님께 기도를 드렸죠. 맹세를 했습니다. 네리사 남편과 우리 낭군이 돌아올 때까지만 부탁합니다. 나는 네리사 한 사람만을 데리고 조용하게 기도와 명상의 날을 보내고 싶어요. 이곳에서 두 마일 떨어진 곳에 수도원이 있습니다. 우리 두 사람은 그곳에 파묻힐 것입니다. 이 부탁을 거절하지 말아주세요. 이렇게 부탁하는 것도 당신에 대한 호의와 부득이한 또 다른 사정이 있어서입니다.

로렌조 알겠습니다. 부인 말씀이라면 기쁜 마음으로 응하겠습니다.

포 샤 우리 집안 사람들은 이미 나의 뜻을 알고 있습니다. 그들은 당신과 제시카를 나와 바사니오처럼 생각하고 잘 섬길 것입니다. 그럼, 잘 지내세요. 다시 만날 때까지 안녕히.

로렌조 아름다운 생각으로 행복한 시간을 보내십시오!

제시카 평온한 시간을 보내십시오.

포 샤 고맙습니다. 똑같은 말이 두 분에게도. 제시카, 안녕.(제시카와 로렌조 퇴장) 그런데 밸더자, 지금까지 자네는 성실하게 나를 위해 일했어, 앞으로도 변함없이 그렇게 일해다오. 이 서신을 파두아까지 전속력으로 갖고 가서 사촌 오라버니 벨라리오 박사에게 전해다오. 박사는 서류와 의복을 주실 텐데, 그 물건을 갖고 쏜살처럼 선착장에 와다오. 그곳은 베니스로 가는 배가 뜨는 곳이다. 인사는 나중에 하고, 곧 출발이다. 나는 한발 앞서 그곳에 가 있겠다.

밸더자 부인, 힘껏 달리겠습니다.

포 샤 이것 봐라, 네리사. 너에게는 털어놓지 않았는데, 급히 해야 할 일이 있다. 상대방 모르게 서방님을 만나러 가야 돼.

네리사 우리 모습을 보이지 않고요?

포 샤 보여준다. 네리사, 우리는 변장을 하는 거야. 태어날 때 갖고 있지 않는 것을 있는 것처럼 보여주자. 내기를 해도 좋아. 우리 둘은 남자 옷을 입는 거야. 너보다는 내가 멋진 청년으로 보이겠지. 단검을 차도 내가 더 당당하게 보이겠지. 말할 때는 변성한 소년처럼 목소리를 내야 해. 종종걸음을 사내다운 당당한 걸음걸이로 바꾸고, 젊은 사람들이 자랑삼아 지껄이는 싸움 얘기도 하고, 거짓말도 능숙하게 할 참이야.

귀부인들이 나에게 반해서 사랑을 고백했지만, 내가 그것을 거절했기 때문에 그들은 상사병이 들어 죽었는데, 나로서는 어쩔 수 없는 일이었지만 죽지 않으면 좋았을 거라고, 지금 와서는 후회가 된다는 둥 거짓말을 스무 가지쯤 늘어놓으면 사람들은 내가 학교를 그만둔 지 열두 달이 넘었을 것으로 생각할 거야. 허풍쟁이들의 이런 거짓말쯤은 천 가지나 알고 있으니, 그것을 한번 써볼까 한다.

네리사 그렇다면, 남자 행세를 하는 겁니까?

포 샤 저런! 그런 질문이 어딨어? 야비한 인간들이 옆에서 그런 말을 들으면 어떻게 해! 마차를 타면 내 계획을 모두 얘기해주마. 마차는 정원 문 앞에서 기다리고 있어. 급히 서둘러. 오늘 우리는 이십 마일을 가야 한다. (두 사람 퇴장)

제5장 벨몬트, 포샤의 집 정원

란슬로트와 제시카 등장.

란슬로트 그래 맞았어, 그대로입니다. 아시겠어요, 아버지 죄는 대물림이
에요. 그래서 단언하지만, 아가씨가 걱정이 되죠. 아가씨에게는 늘
솔직하게 말씀드렸기 때문에 이 문제에 대해서 심사숙고한 내용을
말씀드릴까 합니다. 우선, 기운을 내세요. 기운 내셔야 될 게 아가
씨는 지옥에 떨어질 것이 분명하거든요. 그 문제에 대해서는 아가
씨에게 도움이 될 만한 일이 꼭 한 가지 있습니다. 그것 역시 아주
가냘픈 희망이기는 하지만요.

제시카 그 희망이란 무엇입니까?

란슬로트 아가씨는 아버지의 딸이 아니라, 말하자면, 유대인 딸이 아니라
는 희망을 품을 수도 있단 말입니다.

제시카 그것참, 실오라기 같은 희망이군요. 그렇다면 어머니 죄를 대물림
받아야 하네요.

란슬로트 그 경우에는 여간 걱정스러운 것이 아닌 게, 부모 양쪽 죄 때문에
지옥행이 결정적이기 때문입니다. 아버지라는 괴물 스킬라(그리스
신화에 나오는 괴물-역자 주)를 피하다 보니, 어머니라는 소용돌이 카
립디스(그리스 신화에 나오는 소용돌이로서 스킬라가 그의 동굴과 이 소용돌
이 사이를 지나가는 선원들을 파멸시켰다-역자 주)에 빠져버리는 꼴이 되
었죠. 어느 길을 가든 살아날 길이 아득합니다.

제시카 남편이 도와주겠지. 나를 기독교도로 만들어주었으니.

란슬로트 바로 그 점이오. 그것 때문에 주인은 비난을 받아요. 기독교도가
너무 많아져서 사이좋게 살아가기 어려워졌거든요. 새로 기독교도

를 만들어 내면 돼지값만 올려놓는 꼴이 되죠. 너 나 할 것 없이 돼지고기만 먹게 되면, 돈을 아무리 쌓아놓아도 베이컨 한 조각 먹기 힘들어집니다.

로렌조 등장.

제시카 네가 한 말, 서방님에게 전하겠어. 여기 오시네!

로렌조 어이, 란슬로트. 질투 나네, 내 마누라를 정원 구석에 끌어내다니!

제시카 걱정 마세요, 로렌조. 지금 란슬로트와 한 판 싸움을 벌였어요. 이 사람은 제가 유대인 딸이기 때문에 천당에 갈 희망이 없다는 겁니다. 또한 당신은 유대인을 기독교도로 개종시켰기 때문에 돼지 값만 치솟게 했다고 지껄이고 있죠. 당신은 착한 시민이 못 된다는 겁니다.

로렌조 검둥이 계집의 배를 불룩하게 만든 네놈보다는 내가 더 훌륭한 시민이다. 무어인 계집은 네놈 아이를 가졌어. 란슬로트!

란슬로트 그 무어인 계집애 배가 보통 이상으로 크면 큰일이죠. 그 여인이 정숙하지 못하다면 제가 잘못 본 탓이죠.

로렌조 어릿광대란 어느 놈 할 것 없이 말재주가 뛰어나네! 이러다가는 현명한 사람일수록 침묵을 지키겠다. 대화 잘 한다고 칭찬받는 것은 앵무새들뿐이겠구나. 안으로 들어가. 가서 식사 준비하라고 일러라!

란슬로트 식사 준비는 다 되어 있습니다. 모두들 식욕들이 대단한 밥통을 갖고 있으니깐요!

로렌조 거 참, 네놈은 주둥이밖에 못 놀리나! 밥상 차리라고 일러라!

란슬로트 그것도 준비 다 됐습니다요. 놓기만 하면 됩니다요.

로렌조 그렇다면, 네가 놓아라.

란슬로트 제가 놓아요? 그렇게는 안 됩니다. 소인의 본분이 있습죠.

로렌조 또 엉키네! 재치 보따리를 한꺼번에 다 털어놓을 작정이냐? 단순한
사람이 단순한 말로 부탁을 하고 있어. 자네도 단순하게 들어다오.
알겠나? 식구들한테 가서 식탁을 차리고, 요리를 내놓으라고 말하
게나. 우리들은 곧 식사하러 갈 참이다.

란슬로트 식탁으로 말씀드리자면 차려놓도록 하겠습니다. 요리는 내놓겠
습니다. 식탁에 왕림하시는 일은 손님들 기분대로 하십시오.(퇴장)

로렌조 대단한 말솜씨로구나! 저 녀석, 머릿속에 재담을 잔뜩 넣어두고 있
어. 나도 수많은 광대들을 알고 있지만, 저 녀석보다는 모두들 지
위가 높은 편이지. 그들은 겉멋만 부리다가 말의 본 뜻을 잃어버리
게 돼. 제시카, 기분이 괜찮아요? 당신 생각은 어떻소? 바사니오
부인은 당신이 좋아할 수 있는 여인인가요?

제시카 말로 표현할 수 없을 정도입니다. 바사니오 님도 행실 좋게 살아가
지 않으면 천벌받지요. 훌륭한 부인을 얻는 행운을 잡았으니, 지상
에서 천당을 만난 격이에요. 바사니오 님이 이 세상에서 올바른 품
행을 지키지 않으면 천당에 갈 수 없는 것은 당연한 일입니다! 만
약에 두 신들이 천상에서 승부를 겨루어 각기 지상의 여인에게 내
기를 걸었다고 합시다. 그런 경우에 한쪽이 포샤라고 한다면, 다른
한 쪽의 여인에게는 또 다른 경품을 걸어야 할 것입니다. 그녀에게
비교할 만한 여인은 이 세상에 없기 때문입니다.

로렌조 아내로서 포샤가 탁월하듯이, 그런 훌륭한 남편을 당신은 갖게 되었
소.

제시카 그 문제에 대해서는 저에게도 의견이 있어요.

로렌조 곧 들어주리다, 식사 후에.

제시카 지금 당장 들으세요. 구미가 당길 때 칭찬하고 싶어요.

로렌조   아니오, 그런 구미 도는 얘기는 식탁에서 하시오. 그때 어떤 얘기
를 하더라도 다른 음식과 함께 나는 소화를 시킬 수 있소.

제시카   좋아요. 그러면 나중에 푸짐하게 드리겠어요. (두 사람 퇴장)

제4막

제1장 베니스, 법정

공작, 고관들, 안토니오, 바사니오, 그레시아노, 솔라니오, 기타 등장.

공 작   안토니오는 출정했는가?

안토니오   대령했습니다, 공작님.

공 작   그대에게는 참으로 안된 일이지만, 그대의 상대자는 차돌처럼 냉
담한 인간인지라 자비심이란 티끌만큼도 없고, 동정심도 없소.

안토니오   제가 들은 바로는 그 인간의 잔혹한 행위를 누르기 위해 공작님
께서 무척 애쓰셨다는데, 그 인간은 완고한 의지를 굽히지 않고,
합법적인 수단을 동원하고 증오의 화살을 겨누고 있습니다. 그러
나 소생은 인내로서 그 인간의 노여움에 맞설 것이며, 평온한 마음
으로 그 인간의 잔악하고도 포악한 행패를 참고 견딜까 합니다.

공 작   그 유대인을 이 법정에 호출하라.

솔라니오   문 앞에 대기하고 있습니다. 지금 입정하고 있습니다.

샤일록 등장.

공　작 그 자리를 비워라. 나의 면전에 세우라. 샤일록, 나도 그렇게 생각
한다만 세간에서는 이 재판이 막을 내리는 순간까지 그대는 악의
에 찬 태도를 보일 것이라 하는데, 나는 그대가 어느 시점에 이르
면 뜻하지 않았던 역전을 감행해서 기이한 잔인성보다는 자비와
연민의 정을 보여줄 것이라고 기대한다. 지금 그대는 위약의 대가
로서 이 상인의 살점 한 파운드를 청구하고 있으나 그런 위약의 대
가를 면제해주고, 인정과 사랑으로서 원금의 일부마저 면제해주는
일을 하게 될 것이다. 이 상인이 최근에 입은 갖가지 손실은 우리
의 동정을 사게 하는데, 그런 타격을 받으면 천하 호상(豪商)들도
쓰러지지 않을 수 없고, 그런 가련한 모습을 보면 어떤 철심장도,
어떤 목석(木石)도, 완고한 터키인도, 난폭한 타타르인도, 그 동안
에는 따뜻한 정을 보여준 적이 없지만 지금은 눈에 동정의 눈물을
흘릴 수밖에 없을 것이다. 유대인이여, 지금 우리는 그대의 관대한
답변을 기다리고 있다!

샤일록 소인의 의사는 이미 공작님께 말씀드렸습니다. 우리 종족의 신성
한 안식일을 두고 맹세한 것처럼 약속대로 그 대가를 받아야겠습
니다. 만일에 공작님께서 그렇게는 될 수 없다고 허락지 않으시면,
이 나라의 헌장과 자유는 손상을 입게 될 것입니다! 왜 삼천 두카
트의 돈을 받지 않고 일 파운드의 썩은 살점을 원하는가, 그 이유
를 알고 싶으시겠죠. 소인은 대답하지 않겠습니다! 소인의 기질 탓
입니다. 이것이 답변이 되는지 모르겠습니다만, 만약에 소인 집에
쥐가 들락거려 곤란을 겪을 때, 일만 두카트 줄 터이니 그놈을 죽
여달라고 부탁한다면, 어떻습니까? 답변이 되나요? 세상에는 아

가리를 딱 벌린 통돼지구이를 싫어하는 사람도 있죠. 고양이를 보기만 해도 미쳐버리겠다고 말하는 사람도 있고요! 또 어떤 사람은 백파이프의 콧소리 노래를 들을 때마다 소변을 못 참겠다고 법석을 떠는데, 사람이란 제각기 희로애락의 지배자로서 타고난 성질에 따라 좋고 싫은 것이 결정 나는 법입니다. 제 답변은 이렇습니다. 어째서 뚜렷한 이유도 없이 어떤 사람은 아가리 벌린 통돼지를, 또 어떤 사람은 피해도 안 주고 유익하기만 한 고양이를, 그리고 또 어떤 사람은 털 헝겊으로 싼 백파이프를 죽으라고 싫어하면서 피할 수 없이 창피한 짓을 하느냐는 것입니다. 이 때문에 자기 자신도 기분을 망치고, 남에게도 불쾌한 느낌을 안기죠. 이것과 똑같은 것입니다. 저도 다른 이유는 없습니다. 말씀드릴 수도 없고 드릴 생각도 없습니다만, 안토니오에 대해서 품고 있는 증오와 혐오감 때문에 아무 이득도 없는 소송을 제기하고 있습니다! 이것이 저의 답변입니다.

바사니오 그런 답변이 어디 있어? 그렇게 얼버무리면, 잔혹한 너의 짓거리가 변명될 줄 알아?

샤일록 나는 자네 비위에 맞는 답변을 해야 될 의무가 없어.

바사니오 싫다고 죽여야 하는가. 인간이란 그런 것인가?

샤일록 싫으면 죽이고 싶다. 그것이 인간의 상정(常情)이다.

바사니오 마음에 들지 않는다고 바로 미워해서는 안 돼!

샤일록 뭐라고! 당신은 독사에 두 번 물리고 싶소?

안토니오 바사니오, 너의 상대는 유대인이야, 이 세상에서 가장 딱딱한 것, 저렇게 굳어버린 유대인의 마음을 누그러뜨릴 수 있다면, 자네는 무엇이나 할 수 있네. 그러나 그 일은 바닷가에서 밀려오는 바닷물을 보고 평상시의 물 높이를 지켜달라고 부탁하는 것과 같네. 늑대에게 무엇 때문에 새끼 양을 잡아먹고 어미 양을 울리느냐고 따지는 것과 같고, 산에 자라는 소나무가 하늘의 돌풍에 흔들릴 때, 소나무에게 나무 꼭대기를 흔들지 말고 소리도 내지 말라고 명령하는 것과 같아! 그러니 부탁이네. 어떤 제안도 하지 말고, 어떤 방법도 강구하지 말게. 다만 모든 일이 간단명료하게 처리되어 판결이 나고, 유대인은 자기 소원을 성취했으면 하네!

바사니오   여봐, 삼천 두카트를 육천으로 갚겠다!

샤일록   그 육천 두카트 하나 하나가 여섯 개로 나누어지고, 나누어진 하나 하나가 일 두카트가 된다고 해도 나는 그것을 받지 않겠소. 나는 내 증서대로 받겠소이다!

공 작   인간에게 자비를 베풀지 않고 어떻게 신의 자비를 바랄 수 있는가?

샤일록   잘못을 저지르지 않았는데 재판을 두려워하겠습니까? 여러분은 수많은 노예를 돈으로 사서 거느리면서, 그들을 당나귀, 개, 노새들처럼 비참하고 천한 일에 혹사하죠. 그들을 샀기 때문입니다. 어디 한 말씀드려볼까요? 노예들을 해방시켜 여러분의 상속녀와 결혼시키세요. 비지땀을 흘리도록 중노동을 시킨다는 것은 불쌍한 일이에요. 침대는 여러분과 똑같이 보드라운 것으로 하고, 식사도 여러분과 똑같은 것으로 대접하면 어때요? 그러면 여러분은 대답하겠지요. "노예는 나의 소유물이다." 소인의 답변도 마찬가지입니다. 소인이 요구하는 일 파운드의 살점은 비싼 값을 치르고 사들인 것입니다. 그래서 가져야 합니다. 소인의 요구를 거절하면 법률은 무용지물이죠! 베니스 법령은 아무런 구속력도 없는 것이 됩니다. 소인은 재판을 원합니다. 대답하세요, 답변이 무엇입니까?

공 작   내 직권으로 이 법정을 폐정시킬 수도 있다. 그러나 나는 이 소송의 판결을 위해 석학 벨라리오 박사에게 오늘 이 법정에 오시도록 부탁했다.

솔라니오 공작님, 문전에 사환이 도착했습니다. 박사님의 편지를 갖고 파두아로부터 왔답니다.

공 작 편지를 갖고 오게! 사환을 불러들여라!

바사니오 용기를 내게! 안토니오! 힘을 내게! 저놈 유대인에게 나의 살, 나의 피와 뼈를 주는 한이 있더라도 나 때문에 자네는 피 한 방울 흘릴 수 없어.

　　　샤일록은 허리춤에서 칼을 뽑아 갈려고 꿇어앉는다.

안토니오 나는 양 떼 가운데서 병들고 거세된 한 마리 양에 불과하네. 죽어도 괜찮아. 과일 중에서도 가장 먼저 상한 것이 가장 빨리 땅에 떨어지는 법이야. 나도 그렇게 되겠네. 바사니오, 자네에게 가장 어울리는 일은 오래 살아남아서 나의 묘비명을 써주는 일이네.

　　　네리사가 법관 서기 복장을 하고 법정에 등장.

공 작 그대는 파두아의 벨라리오 박사로부터 왔는가?

네리사 그렇습니다. 공작님, 벨라리오 박사의 안부를 전합니다.

　　　네리사는 편지를 준다. 공작은 개봉하여 읽는다.

바사니오 어찌하여 그대는 그토록 열심히 칼을 갈고 있느냐?

샤일록 저 파산자로부터 차용금 담보물을 잘라내기 위해서지.

그레시아노 구두창이 아니라 네놈의 굳어버린 영혼 밑바닥에 대고 갈아라. 그렇게 해야 칼을 한층 더 날카롭게 갈 수 있다. 어떤 칼도, 심지어 사형 집행인의 도끼마저도 네놈의 칼끝 같은 증오심에 비하면 반도 못할 것이다. 네놈의 가슴은 어떤 애원이나 호소에도 통하지 않는구나.

샤일록 통하지 않지. 당신의 지혜로는 어림도 없다.

그레시아노 개자식, 지옥에나 떨어져라! 너를 살려두다니, 법이 의심스럽구나. 너를 보고 있으면 내 신앙심마저 흔들린다. 인간의 마음속에는 동물의 마성이 깃들고 있다는 피타고라스의 학설을 믿게 된다. 네놈의 들개 근성은 원래 늑대 속에 있었다. 들개가 사람을 물어 죽인 죄로 교수형을 받았을 때, 흉악한 영혼이 들개의 체내에서 벗어나서, 네놈이 더러운 뱃속에서 잠들고 있을 때, 네놈의 육체 속으로 들어갔구나. 그러기 때문에 네놈의 욕망은 피에 굶주린 탐욕스럽고 잔인한 늑대와 같다.

샤일록 아득바득 고함을 치며 욕을 해도 증서의 날인이 지워지기는커녕 허파에 상처만 나게 될 것이다. 젊은이, 두뇌를 수리해야겠어. 안 그러면 영원히 고치지 못하게 돼. 나는 재판을 요구하오.

공 작 벨라리오 박사로부터 온 편지를 보니 당 법정에 젊고 박식한 박사를 추천한다고 말하고 있는데, 그 사람이 출정하고 있는가?

네리사 네, 대령하고 있습니다. 재판장의 허가를 기다리고 있습니다.

공 작 반갑게 맞이하겠네. 여봐라, 서너 명이 가서 그분을 정중하게 모셔오너라. 그동안에 벨라리오의 편지를 법정에 출두한 모두에게 읽어주어라.

서 기 (읽는다) "공작님에게 말씀드립니다. 공작님의 서한을 받았습니다만 그 이후 곧 병상에 눕게 되었습니다. 마침 그때 이 편지를 전달하는 사자와 함께 로마의 젊은 학자 밸더자가 내방했습니다. 나는 그에게 유대인과 안토니오의 분쟁을 얘기해주고, 우리는 함께 문헌 조사를 했습니다. 그는 나의 견해를 숙지(熟知)하고 있습니다. 그는 다행히도 나의 부탁을 받아들여 공작님의 요청도 들어주기로 했습니다. 그의 젊은 나이 때문에 그를 경시해서는 안 될 것이, 그는 나이에 비해 출중한 두뇌를 가진 사람으로서 나도 처음 보는 놀라움입니다. 그를 채용해주시면 나의 찬사 이상으로 공작님에게 도움이 될 것이라고 확신합니다."

공 작 벨라리오는 이런 편지를 보냈다.

　포샤가 법학 박사 복장을 하고 손에 책을 들고 입장.

아, 저기 그 젊은 박사가 오시는군. 손을 이리 주시오. 벨라리오 박사가 보낸 분이시죠?

포 샤 그렇습니다.

공 작 이 법정에 오신 것을 환영합니다. 자리에 앉으십시오. (시종이 포샤를 공작 가까이에 있는 자리로 인도한다) 당 법정에서 심의 중인 이 사건의 문제점이 어디 있는지는 이미 알고 있으리라 짐작되는데?

포 샤 네, 그 사건에 관해서는 충분히 듣고 왔습니다. 그 유대인 상인은 어디 있습니까?

공 작 안토니오, 샤일록 노인, 두 사람은 앞으로 나서라.

포 샤 그대가 샤일록인가?

샤일록 그렇습니다.

포 샤 그대가 심리를 요구하는 이 소송은 기묘한 사건이지만 법적으로는 아무런 하자가 없다. 따라서 베니스 법정도 그대의 주장을 막을 수 없소. 안토니오, 그대의 목숨은 이 사람 손아귀에 달려 있소.

안토니오 이 사람도 그렇게 말하고 있습니다.

포 샤 이 증서를 인정합니까?

안토니오 인정합니다.

포 샤 그렇다면 유대인이 자비를 베푸는 일만 남았다.

샤일록 그런 의무가 있습니까? 그 점을 말해주시오.

포 샤 자비는 성격상 강요될 수 없는 것이다. 그것은 하늘에서 내려와 스스로 땅을 적시는 은혜로운 비와도 같다. 그 축복은 이중으로 내린다. 자비는 주는 자와 받는 자를 똑같이 축복해주기 때문이다. 자비는 최고의 힘을 가진 사람이 소유할 수 있는 최고의 것이다. 왕에게 있어서 그것은 왕관 이상의 것이다. 왕의 손에 쥐여진 홀(笏)은 속세의 일시적 힘을 나타내고, 왕에 대한 두려움과 공포의 표상이 되지만, 자비심은 왕홀(王笏)의 권력을 초월해서 왕 된 자의 마음속 깊이 자리 잡고, 하느님 자신을 나타내고 있다. 따라서 지상의 권력이 하느님의 힘에 접근하는 경우는 자비심이 정의를 완화시킬 때가 된다. 그러기 때문에 샤일록, 그대가 정의를 요구하는 것은 알 수 있는 일이다. 그러나 샤일록, 생각해보라. 정의만을 구하면, 인간은 누구나 단 한 사람도 구제될 수 없다. 그래서 우리는 자비를 구하며 애원하는 것이다. 그 기도가 우리들에게 자비를 베풀어달라고 가르치고 있다. 이렇게 말하는 것은 그대의 정의를 완화시키자는 생각 때문이다. 그러나 그대가 계속 굽히지 않는다면 엄격한 베니스 법정은 저 상인에게 부득이 불리한 판결을 내려야 한다.

샤일록 자신이 한 일은 자신이 뒤집어써야죠! 소인은 법을 원합니다. 증서대로 차용금 담보물을 원합니다.

포 샤 상인은 그 차용금을 갚을 수 없는가?

바사니오 있습니다. 제가 저 사람 대신 그 돈을 갚을 수 있다고 말하고 있습니다. 그것도 두 배로 갚겠다는 것입니다. 아니, 그것도 부족하다면 열 배로 갚아도 좋습니다. 저의 손, 목, 심장을 담보로 해서 반드시 갚겠습니다. 그래도 부족하다면 이 사람은 정의를 주장하는 것이 아니라 악의에 넘친 보복을 획책하고 있습니다. 부탁합니다. 이번 한 번만 직권으로서 법을 굽히시어, 이 잔혹한 악마의 의도를 꺾어주십시오. 그것은 큰 정의를 실현하기 위한 작은 잘못에 지나지 않습니다.

포 샤 그것은 안 된다. 베니스에서는 어떤 권력으로서도 정해진 법률을 바꿀 수는 없다. 그것이 선례로 기록될 경우에는 그 일 때문에 계속 부정이 생겨나서 국가 혼란의 원인이 되기 때문이다. 절대로 용납될 수 없다.

샤일록 명판사 다니엘의 재현이로구나. 그래 다니엘 같으신 판사님이셔! 현명하신 젊은 판사님 존경하옵니다!

　그는 포샤의 법복에 입을 맞춘다.

포 샤 증서를 나에게 보여다오.

샤일록 여기 있습니다. 박사님, 이것이 증서입니다.

포 샤 샤일록, 이 돈의 세 배를 받으면 어떤가?

샤일록 저의 맹세, 하늘을 보고 한 그 맹세는 어떻게 되는 겁니까? 맹세를 어긴 죄를 제 영혼이 짊어집니까? 어림도 없습니다. 안 됩니다. 베니스와도 바꿀 수 없어요.

포 샤 (증서를 통독하고 나서) 그렇군, 약속 날짜가 지났군. 그러기 때문에 샤일록, 이 상인의 심장 근처의 살점 일 파운드를 잘라내겠다는 주장은 법적으로 하자가 없는 정당한 요구이다. 그러나 자비를 베풀면 어떤가. 세 배의 돈으로 끝내고, 이 증서는 파기(破棄)하세.

샤일록 증서에 쓰여 있는 대로 처리한 다음 찢어버리십시오. 보기에 법관께서는 아주 훌륭하십니다. 법률 지식도 확실하고 법률 해석도 반듯하십니다. 바로 당신은 법의 기둥이시고, 소생은 그 기둥에 기대어 재판의 진행을 간절히 바라고 있습니다. 이 세상에는 저의 결심을 바꿀 수 있는 어떠한 혓바닥도 없다는 사실을 명심하시고 증서대로 해주시기를 소생의 영혼을 두고 주장합니다.

안토니오　저도 진심으로 바라고 있습니다. 법에 따라 공정한 재판을 해주십시오.

포 샤　그렇다면, 알겠는가, 그대는 가슴에 칼을 받을 각오를 해야 되네.

샤일록　아, 고결한 재판관이로구나! 훌륭한 젊은이로다!

포 샤　법의 취지로 볼 때, 어느 모로 보나 이 증서에 명기되어 있는 차용금의 대가는 수령(受領)해야 되는 정당성이 있음을 인정한다.

샤일록　바로 그것입니다. 아, 현명하고 공명정대한 재판관님! 겉보기와는 달리 노숙한 분별력을 가지셨네요!

포 샤　그렇다면 그 가슴을 드러내라.

샤일록　그렇습니다, 바로 저 가슴입니다. 증서에 그렇게 씌어 있습니다. 그렇죠, 재판관님? 정확히 말한다면 '심장에 가장 가까운 곳' 이죠.

포 샤　그렇다. 살점을 재는 저울은 준비되어 있는가?

샤일록　여기 갖고 있습니다.

포 샤　샤일록, 자네 비용으로 의사를 대령시키게. 상처를 치료하지 않으면 출혈로 사망할 수도 있다.

샤일록　증서에 그렇게 씌어 있습니까?

포 샤　없다. 그러니 말할 수 있다. 그대는 그 정도의 자선은 베풀어야 한다.

샤일록　그런 말은 없습니다. 증서에 없어요.

포 샤　안토니오, 남기고 싶은 말은 없는가?

안토니오　별로 없습니다. 각오는 되어 있습니다. 작별의 손을 잡자. 바사니오, 잘 있게. 자네 때문에 이렇게 되었다고 슬퍼하지 말게. 그래도 운명의 여신은 그 어느 때보다도 친절을 베풀고 있네. 보통 때 같으면, 파산한 처량한 인간을 계속 살아남게 만들어, 움푹 꺼진 눈과 주름진 이마로 노년의 빈곤한 생활을 고통스럽게 맛보게 할 터인데, 그런 계속되는 처참함을 나에게는 면제해준 셈이 되었네. 자네의 그 훌륭한 부인께 안부를 전해주게. 안토니오가 어떻게 최후를 맞이했는지, 그리고 바사니오를 얼마나 좋아했는지, 낱낱이 말해주게. 이야기가 끝나면, 부인께 판단해달라고 부탁하게나. 바사니오에게 진정한 친구가 있었는지 없었는지 말이네. 자네가 친구를 잃은 슬픔에 잠겨 있는 한, 그 친구는 자네 부채를 갚는 일을 슬퍼하지 않을 걸세. 저 유대인이 내 가슴에 칼을 깊이 찔러준다면, 나는 즉시 부채를 갚은 셈이 되는 거니까.

바사니오   안토니오, 나는 방금 결혼한 몸이네. 그래서 내 아내는 내 목숨만큼이나 귀중한 존재지. 그러나 내 목숨도 아내도 아니, 이 세상 전체가 자네 목숨 이상으로 중요하다고는 생각지 않는다. 나는 모든 것을 잃어도 좋다. 이 악마에게 모든 것을 주어도 좋다. 그것으로 자네를 구할 수만 있다면.

포 샤   그대 아내가 곁에서 그 얘기를 듣는다면 별로 기뻐하지 않을 것이다.

그레시아노   내게도 아내가 있네. 분명히 말해두지만 나는 아내를 사랑한다네. 이 유대인 놈이 마음을 바꾸도록 하느님에게 기도하기 위해서라면 아내가 죽어서 천당에 가도 좋다네.

네리사   그런 말은 아내가 없는 자리에서나 할 수 있지요. 그렇지 않으면 가정에 파탄이 일어날 거요.

샤일록   (방백) 이게 기독교인 남편이로구나! 내게도 딸이 있지. 그 애 남편은 기독교도보다는 차라리 도적놈 바라바의 자손이 되는 편이 낫겠다. (큰 소리로) 시간 낭비입니다. 빨리 판결을 내려주십시오.

포 샤 저 상인의 살점 일 파운드는 자네 것이다. 당 법정은 그것을 인정하고, 국법이 그것을 주기로 한다.

샤일록 재판관님, 공명정대하십니다!

포 샤 그대는 이 상인의 가슴에서 그 살점을 도려내어라. 국법이 그것을 허락하고, 당 법정이 그것을 인정한다.

샤일록 박식한 재판관님이시다! 판결이 났다. 자, 각오하라.

　　　　그는 칼을 빼 들고 앞으로 나간다

포 샤 잠깐, 서두르지 마라. 또 할 말이 있다. 이 증서에 의하면 피는 한 방울도 그대에게 허락지 않고 있다. 이 증서에는 "일 파운드의 살점"이라고만 기록되어 있다. 그러니 증서대로 살점 일 파운드를 갖도록 하라. 하지만 도려낼 때 기독교도의 피가 한 방울이라도 흘러버리면 너의 토지를 비롯한, 재산은 모두 베니스 국법에 따라 국고에 몰수된다는 사실을 명심하라.

그레시아노 오, 공명정대한 재판관님! 들었는가, 유대인 녀석. 오, 박식한 재판관님.

샤일록 그것이 법률입니까?

포 샤 그대 스스로 법조문을 읽어보게. 그대는 끝까지 정의를 요구했다. 그래서 그 정의를 지금 그대가 희망하는 것 이상으로 그대에게 주려고 한다.

그레시아노 오, 박식한 재판관님! 들었는가, 유대인. 박식한 재판관님!

샤일록 소생은 그전의 제의를 받아들이겠습니다. 세 배의 돈을 받고 이 기독교도를 용서하겠습니다.

바사니오 여기, 돈 있다.

포 샤 기다려! 유대인은 정의로운 재판을 요구했다. 증서에 적힌 것 이외에는 아무것도 줄 수 없다.

그레시아노 어떠냐, 유대인! 공명정대하시고 박식한 재판관님이시다!

포 샤 자, 살을 떼어낼 준비를 하라. 단, 한 방울의 피도 흘리면 안 된다. 그리고 도려내는 살점은 정확히 일 파운드다. 그 이상도 그 이하도 안 된다. 가령, 일 파운드 이상 또는 그 이하의 살을 도려내면, 그 무게가 일 파운드에서 천분의 일이나 만 분의 일만 벗어나더라도, 저울이 머리카락 한 올만큼만 기울더라도 그대는 사형이다. 그리고 전 재산을 압수한다.

그레시아노 다니엘 명판사의 재현이다, 유대인이여, 다니엘 판사님이다! 이놈, 이단자여, 네놈은 이제 꼼짝달싹 못하게 되었다.

포 샤 무엇을 주저하느냐? 차용금의 대가를 받아내라.

샤일록 원금만 받고 물러가겠습니다.

바사니오 여기 있다. 갖고 가게.

포 샤 그 사람은 법정에서 공공연히 그것을 거절했다. 그는 정의와 증서에 기록된 위약금만을 받아야 한다.

그레시아노 그래서 말하지만, 다니엘 판사님이셔. 그 명판관이 다시 오셨어! 유대인, 고맙다. 이런 말을 나에게 가르쳐주었으니.

샤일록 원금만 챙기면 안 됩니까?

포 샤 위약의 대가만이다. 샤일록, 그 일도 그대 목숨이 달린 일일세.

샤일록 제기랄, 멋대로 하슈. 나는 더 이상 이 문제로 실랑이를 벌이지 않겠소. (그는 퇴정한다)

포 샤 잠깐, 유대인. 당 법정은 그대를 퇴정시킬 수 없다. 베니스 국법은 다음과 같이 규정하고 있다. 베니스 시민이 아닌 자가 시민에 대해서 직접적으로나 간접적으로 그 생명을 박탈하려 한 경우 범인의 재산 반은 생명을 위협받은 피해자에게 돌아가고, 나머지 반은 국고로 환수하게 되어 있다. 또한 범인의 생명은 공작의 재량권에 맡겨지며, 다른 어떤 사람도 이 일에 관여할 수 없다. 알겠는가, 샤일록. 지금 너의 입장은 바로 이 법조문에 해당된다. 왜냐하면 너는 직접적으로나 간접적으로 명백한 행위를 통해 이 피고의 목숨을 박탈하려 한 사실이 입증되었다. 따라서 너는 지금 읽어준 것과 똑같은 생명의 위험을 자초했다. 이제 네가 할 일은 무릎을 꿇고 공작의 용서를 비는 일뿐이다.

그레시아노 스스로 목에 밧줄을 감겠다고 공작님의 허락을 받으라. 하지만 재산은 몽땅 국고에 환수되었으니 밧줄 살 돈도 없잖는가. 그러니 할 수 없다. 공금으로 밧줄을 사서 목을 맬 수밖에 없다.

공　작 우리의 마음이 너와는 얼마나 다른가 보여주겠다. 너의 목숨만은 네가 애원하지 않더라도 용서해주겠다. 다만 재산의 반은 안토니오의 소유가 된다. 나머지 반은 국고에 환수되지만, 이후 네가 반성하는 빛이 보이면 벌금형으로 감형할 수도 있다.

포　샤 그것은 국고 분에 한해서지, 안토니오의 몫은 정해진 대로이다.

샤일록 내 생명이고 뭐고 다 가져가시오. 용서해주든 말든 마찬가집니다. 내 집 기둥뿌리를 빼가면 집 전체를 빼앗긴 것이나 같소. 내가 의지하고 있는 재산을 빼앗아 간다면 내 목숨을 빼앗는 것과 같소.

포　샤 안토니오, 이 사람에게 그대는 어떤 자비를 베풀 것인가?

그레시아노 목맬 올가미나 무료로 드리지요. 나머지는 어림도 없어!

안토니오 공작님, 그리고 법정에 계신 여러분에게 말씀드립니다. 그의 재산의 반을 몰수하는 일은 용서해주시기 바랍니다. 나머지 반은 제가 보관한 다음, 그가 죽으면 어떤 사람, 말하자면 얼마 전 그가 딸을 빼앗겼다고 말한 그 사람입니다만, 그에게 재산을 양도할 생각입니다. 물론 전제 조건이 두 가지 있습니다. 이 같은 은혜를 입었으니 유대인은 기독교로 개종할 것과 둘째로는 지금 이 법정에서 재산 양도 증서를 작성하는 일입니다. 즉 유산을 사위인 로렌조와 딸 제시카에게 남긴다는 내용이죠.

공 작 좋아, 그렇게 하지. 이 결정을 거부하면 유대인은 지금까지 내가 말한 특사(特赦)를 모두 취소한다.

포 샤 어떤가, 샤일록. 더 할 말이 있는가?

샤일록 없습니다.

포 샤 (네리사에게) 서기에게 양도 증서의 작성을 요청한다.

샤일록 부탁이 있습니다. 이 자리에서 물러가게 해주십시오. 몸이 불편합니다. 증서를 보내주시면 나중에 서명하겠습니다.

공 작 퇴장해도 좋다. 그러나 서명은 반드시 해야 한다.

그레시아노 기독교 세례를 받으려면 두 명의 입회인이 있어야 한다. 내가 재판관이라면 열 명을 늘려 열두 명으로 하겠다. 그리고 너를 세례대(洗禮臺)로 데려갈 것이 아니라 교수대(絞首臺)로 보내겠다. (샤일록 퇴장)

공 작 내 집으로 오십시오. 식사를 대접하겠습니다.

포 샤 죄송합니다. 사양하겠습니다. 오늘 밤 안으로 파두아로 돌아가야 합니다. 지금 곧 이곳을 출발하지 않으면 때를 놓치게 됩니다.

공 작 시간이 없으시다면 할 수 없는 일이군요. 안토니오, 이분에게는 가슴 깊이 감사해야 한다. 그대는 깊은 은혜를 입었어. (공작과 그 시종들 퇴장)

바사니오 감사합니다. 나와 내 친구는 당신의 지혜로 죽음을 면하게 되었습니다. 그 사례금으로서 유대인에게 돌려주려고 했던 삼천 두카트의 돈을 당신의 친절한 노고의 대가로 드리고자 합니다.

안토니오　큰 은혜에 대해서는 이 안토니오가 평생 잊지 않고 있겠습니다.

포　샤　마음이 흡족하면 그것으로도 충분한 보상은 받은 셈이죠. 당신을 구제할 수 있었으니 그것만으로도 보상을 받은 셈입니다. 그 이상의 보상은 바라지 않습니다. 우리 다시 만날 때 나를 몰라보시면 안 됩니다. 안녕히 계세요. 이만 실례합니다. (포샤 퇴정하려고 한다)

바사니오　제발 저의 호의를 받아주십시오. 보상이 아니라 기념품을 선물로 드릴 터이니 받아주십시오. 두 가지 청을 드립니다. 들어주십시오. 우리의 뜻을 거절하지 마시고, 우리의 실례를 용서하시라는 것입니다.

포　샤　그렇게 말씀하시니, 당신의 청을 받아들이겠소. 당신의 장갑을 주세요, 당신을 만난 기념으로 간직하렵니다. 그리고 그 반지를 주세요. 당신의 깊은 사랑의 표시로 삼겠습니다. 손을 뒤로 빼지 마십시오. 더 이상은 받지 않겠습니다. 나를 좋아하신다면, 내 청도 들어주시오!

바사니오　이 반지 말씀입니까? 이것은 싸구려 반지입니다! 이런 것을 주다니 창피한 일입니다.

포　샤　내가 받고 싶은 것은 그것뿐입니다. 다른 것은 필요 없습니다. 그러고 보니 그 반지가 너무 탐스럽네요.

바사니오　실은 이 반지에는 값을 따질 수 없는 사연이 있습니다. 이것 대신에 베니스 최고의 반지를 드리겠습니다. 곧 광고를 내어 구해보겠습니다. 이 반지만은, 부탁입니다, 용서해주십시오!

포　샤　알겠습니다. 당신은 입으로만 선심을 쓰는군요. 무엇이라도 요구하라고 말하고 나서, 지금 달라고 하니까 주지 않고 벗어나는 법을 나에게 가르치고 있어요.

바사니오　이 반지는 사실 제 집사람의 선물입니다. 이 손에 반지를 끼우면서 아내는 제게 맹세를 시켰습니다. 이 반지는 절대로 팔거나 양도해서는 안 된다고 말입니다.

포 샤 물건을 주기 싫을 때 일삼는 구실이죠. 당신의 아내가 양식이 있는 여자라면, 그리고 내가 그 반지를 받을 가치가 있다고 생각한다면, 내게 주어도 원망하지는 않을 것입니다. 자, 그러면 안녕히 계십시오! (포샤는 네리사와 함께 퇴장)

안토니오 부탁이야, 그 반지를 갖다 드리게. 아내의 말도 중요하지만, 저분이 하신 일과 우리 둘의 우정을 생각해보게.

바사니오 그레시아노, 급히 그분들을 쫓아가서 이 반지를 주고 오게. 할 수만 있다면 그분을 안토니오 집으로 모셔 오게나. 부탁이야, 급히 서둘러. (그레시아노 퇴장) 자, 자네와 나는 곧 자네 집으로 가야 하네. 내일은 아침 일찍 벨몬트로 향해 달리자. 가자, 안토니오. (두 사람 퇴장)

제2장 베니스, 거리

포샤와 네리사 등장.

포 샤 샤일록의 집을 찾아다오. 이 증서에 서명을 해야 한다. 오늘 밤 이곳을 출발해서 남편이 도착하기 하루 전에 귀가해야 한다. 이 증서를 보면 로렌조는 기뻐할 것이다.

그레시아노 등장.

그레시아노 아, 잘 되었네요. 간신히 따라왔군요. 실은, 바사니오가 고심한

끝에 이 반지를 박사님에게 드리게 되었습니다. 그리고 식사 초대
에 응해주시기를 바라고 있습니다.

포 샤 식사는 사양하겠습니다. 그러나 반지는 고맙게 받겠습니다. 제 뜻
을 잘 전달하시고, 부탁입니다만 이 젊은이에게 샤일록의 집을 가
르쳐주세요.

그레시아노 그렇게 하겠습니다.

네리사 박사님, 잠깐. (포샤에게 방백) 저도 제 남편의 반지를 빼앗을 수 있는지
시험해보겠습니다. 그 반지는 영원히 놓치지 않겠다고 맹세한 것입
니다.

포 샤 (네리사에게 방백) 틀림없이 할 수 있다. 반지를 준 상대가 남자라고
말하면서, 그분들은 면목을 잃고 거듭거듭 맹세할 것이다. 그렇게
내버려두자. 급히 서둘러 가자! 내가 기다리는 곳을 알고 있을 테
지.

네리사 (그레시아노에게) 샤일록 집으로 안내해주세요. (모두 퇴장)

제5막

제1장 벨몬트, 포샤의 집 앞에 있는 가로수 길

　　　로렌조와 제시카 등장.

로렌조 달빛이 휘영청 밝다. 이런 밤이면 향기로운 바람이 나뭇가지 끝에

살짝 입을 맞추고, 소리도 없이 지나간다. 이런 밤이었다. 트로일 로스(트로이 왕 프리아모스의 아들-역자 주)가 트로이의 성벽 위에 올라 가서 그날 밤 크레시다(트로일로스를 배신한 연인-역자 주)가 잠들고 있 던 그리스군 막사를 향해 영혼을 불어내듯 긴 한숨을 몰아쉬던 곳 은.

제시카 바로 이런 밤이었죠. 티스베(이웃 젊은이 피라모스를 사랑했던 바빌론의 소녀-역자 주)가 겁에 질려 살금살금 이슬을 밟고 님을 만나러 가다 가, 사랑하는 피라모스를 만나기 전에 사자 그림자를 보고 겁에 질 려 정신없이 도망가던 밤이.

로렌조 정말이지 이런 밤이었다. 디도(카르타고를 창설한 여왕-역자 주)가 거 친 파도가 밀려오는 바닷가에 서서 손에 버드나무 가지를 흔들면 서, 연인 아이네이아스(로마의 귀족으로서 디도가 사랑한 연인. 아이네이 아스는 디도를 버렸다. 버드나무는 버림받은 사랑을 뜻한다-역자 주)를 다시 한번 카르타고로 불러오고 싶어 했던 밤은.

제시카 바로 이런 밤이었죠. 메데이아(콜키스 왕의 딸이며 무녀(巫女)였다-역자 주)가 늙은 시아버지 아이손을 회춘시키려고 마법의 약초를 캐고 다닌 밤은.

로렌조 정말이지 이런 밤이었다. 제시카라는 처녀가 부유한 유대인 아버 지에게서 몰래 빠져나와 건달인 남자와 베니스로 도망쳐서 벨몬트 까지 왔던 밤은.

제시카 바로 이런 밤이었죠. 로렌조라는 젊은이가 처녀의 마음을 훔치려 고, 마음에도 없는 진실한 사랑을 연거푸 맹세하던 밤은.

로렌조 정말이지 이런 밤이었다. 어여쁜 제시카가 귀여운 꼬마 말괄량이 처럼 연인의 험담을 늘어놓았어도, 그 연인은 그 일을 용서했던 밤 은.

제시카 밤을 걸고 하는 말놀이는 이길 자신이 있는데, 누가 오고 있네요. 들어보세요, 사람 발자국 소리가 납니다.

　　　　하인 스테파노가 뛰어온다

로렌조 이런 고요한 밤에 급히 오는 사람은 누구요?

스테파노 친구 되는 사람이오.

로렌조 친구라? 어떤 친군데? 이름을 대라!

스테파노 스테파노라 합니다. 전갈을 갖고 왔습니다. 아씨 마님께서 날이 새기 전에 이곳 벨몬트에 오신답니다. 오시는 길에 아씨께서는 십자가 앞에 무릎을 꿇으시고 새로운 결혼 생활의 행복을 정성껏 빌었습니다.

로렌조 누가 동행했는가?

스테파노 수도승 한 분과 시녀입니다. 주인 아저씨께서는 아직도 귀가하지 않으셨습니까?

로렌조 아직 오시지 않았다. 소식도 없어. 집 안으로 들어가자. 제시카, 이 댁 마님이 돌아오시니깐 집안 정돈을 해서 맞이할 준비를 합시다.

　　　　란슬로트 등장.

란슬로트 여보게, 여보게! 우, 하, 호! 여보게, 여보게!

로렌조 누구냐? 우리를 부르는 사람이?

란슬로트 여보게! 로렌조 어른을 못 보셨나요? 로렌조 어른이요. 여보게, 여보게!

로렌조 고함 지르지 말게, 여기 있어.

란슬로트 어디야? 어이, 어디야?

로렌조 여기다.

란슬로트　로렌조 어른께 전해주시오. 우리 주인으로부터 사환이 왔습니다. 뿔나팔 소리에 희소식이 가득합니다. 주인께서는 아침까지 이곳에 도착하신답니다. (퇴장)

로렌조　제시카, 집 안으로 들어가서 기다립시다. 그래, 들어갈 필요는 없어, 무엇 때문에 들어가? 스테파노, 자네한테 부탁하네. 집 안으로 들어가 아씨 마님께서 곧 도착하신다고 말하고, 악사들을 밖으로 나오도록 전달하게. (스테파노 퇴장)

이 둑 위에서 잠들고 있는 달빛은 참으로 아름답구나! 우리도 여기 잠시 앉아서 음악 소리에 귀를 기울이자. 밤의 장막, 그리고 부드러운 고요함이 달콤한 음악 소리를 듣기에는 아주 적절하다. 여기 앉아요, 제시카. 저것 봐, 아득하게 펼쳐진 저 하늘을. 황금접시로 빽빽하게 수놓아진 하늘이다. 당신 눈에 뜨이는 아주 작은 별 하나하나가, 하늘을 돌면서 천사 같은 노래를 부르고 있구나. 맑은 눈동자를 지닌 하늘의 아기 천사들도 함께 노래를 하네. 영원불멸의 영혼은 언제나 이토록 음악 소리를 내고 있지만, 썩어서 먼지가 되는 육신이 영혼을 조잡하게 감싸고 있기 때문에 우리는 음악 소리를 들을 수 없어.

　악사들 등장.

이쪽으로 오게! 찬양의 음악 소리로 달의 여신 디아나를 깨우고, 달콤한 음악 소리로 포샤의 귀를 울려 귀로를 인도해주게.(음악 소리)

제시카　감미로운 음악을 듣고도 유쾌해진 적이 없어요.

로렌조　그 이유는 당신의 마음이 너무 긴장되어 지쳐 있기 때문이야. 거칠게 뛰어노는 소 떼나 개구쟁이 망아지들의 무리를 눈여겨보시오.

모두 미친 듯이 날뛰고 요란하게 울고불고 야단들인데, 그게 다 타고난 격한 기질 때문이야. 그러다가 갑자기 나팔 소리나 어떤 음악 소리를 듣기라도 하면 하나같이 동작을 멈추고, 사나운 눈초리는 온순한 눈빛으로 바뀌지. 이것이 감미로운 음악의 힘이란다. 한때 시인은 노래를 했어요. 오르페우스가 나무, 돌, 강물을 음악의 힘으로 움직였어요. 목석 같은 견고함도, 홍수 같은 포악한 힘도, 음악을 들으면 그 사이에 성질이 변합니다. 마음속에 음악이 없는 사람, 아름다운 멜로디를 듣고도 감동을 못 느끼는 사람, 그런 인간은 배반, 음모, 파괴 등에 능할 뿐이지. 이들의 정신은 어두운 밤처럼 우둔하고, 감정은 지옥에 접해 있는 에레보스(지구와 지구 사이에 있는 어두운 공간. 옛 신화에 나온다—역자 주)처럼 캄캄하지요. 그런 인간은 결코 믿을 수 없소. 들어봐요, 저 음악을.

포샤와 네리사 등장.

포 샤 봐라. 저기 보이는 불빛은 우리 집 홀의 촛불이지. 저렇게 작은 촛불이 이토록 멀리까지 빛을 내뿜다니 놀랍네! 저 불빛처럼 착한 행동은 악으로 가득한 세상을 비추는 법이야.

네리사 달빛이 비칠 때는 저 불빛이 보이지 않았습니다.

포 샤 그렇다, 큰 영광은 작은 영광을 보이지 않도록 만든다. 왕이 부재 시에는 대리도 왕처럼 빛을 발산하지만, 왕이 돌아오면 그 위엄은 순식간에 소멸된다. 그것은 시냇물이 바닷물에 빨려드는 것과 같다. 음악이다, 들어봐!

네리사 마님, 저 소리는 댁의 악사들이 연주하고 있는 것입니다.

포 샤 무엇이든 주변과 조화를 이루면 좋아 보인다. 저 음악도 낮보다는 밤이 더 어울리네.

네리사 밤의 장막이 음악을 돋보이게 합니다.

포 샤 주변에 아무것도 없으면 까마귀 울음소리도 종달새처럼 아름답게 들리는 법이다. 반대로 나이팅게일도 거위들이 꽥꽥거리는 대낮에는 굴뚝새보다 나은 음악가라고 생각지 않을 것이다! 세상일에는 때가 있는 법이야. 때를 만나야지 진가를 발휘할 수 있고, 올바른 칭찬도 받을 수 있다! 쉿! 엔디미온(달의 여신 셀레네의 사랑을 차지한 그리스 신화 속의 미남 청년-역자 주)이 달의 여신과 잠들고 있네! 깨워도 일어나지 않을 것이다.

　　음악이 멎는다.

로렌조 바로 그 목소리다. 틀림없이 포샤 목소리다.

포 샤 장님이 뻐꾹새를 알아보듯이 내 목소리를 알아보네. 흉한 목소리를 냈는데도!

로렌조 부인, 집에 돌아오신 것을 환영합니다!

포 샤 우리들 낭군들의 행운을 빌고 왔습니다. 그 기도가 응분의 효과를 발휘하리라고 믿고 있습니다. 그분들은 돌아오셨습니까?

로렌조 아직 돌아오지 않았습니다. 조금 전에 사자가 다녀갔는데 곧 도착하신답니다.

포 샤 네리사, 들어가보아라. 우리가 집을 비워둔 것을 내색해서는 안 된다고 하인들에게 일러두어라. 로렌조, 그리고 당신 제시카도 아는 척하지 말아요.

　　트럼펫 소리, 사람들 목소리 들린다.

로렌조 저 트럼펫 소리가 주인의 귀가를 알리고 있습니다. 우리는 입이 무겁습니다. 걱정 마세요.

포 샤 오늘 밤은 마치 병든 낮과 같구나. 그 어느 때보다도 창백해 보인다. 지금은 낮인가 보다. 태양이 숨어 있는 그런 대낮도 있으니깐.

바사니오, 안토니오, 그레시아노, 그리고 수행원들 등장.

바사니오 지금은 한낮이다. 지구 반대편에 있는 것과 같다. 태양이 없어도 포샤가 이처럼 걷고 있기 때문이다.

포 샤 나는 빛을 주고 싶지만 경박한 여자가 되고 싶지는 않아요. 왜냐하면 경박한 아내는 남편을 침울하게 만들기 때문이지요. 나 때문에 바사니오 님을 그렇게 만들고 싶지 않아요. 하지만 모든 일은 하느님의 뜻에 달려 있습니다. 무사히 집에 돌아오신 것을 환영합니다.

그레시아노와 네리사가 따로 떨어져 얘기한다.

바사니오 고맙소, 부인. 내 친구를 환영해주시오. 바로 이 사람이 안토니오, 내 친구요. 내가 그토록 많은 신세를 지고 있는 바로 그 사람이오.

포 샤 당연하시지요. 그 은혜를 어떻게 잊을 수 있나요. 이분은 당신 때문에 감옥에 들어가셨다면서요.

안토니오 구속되었다가 이처럼 풀려났습니다.

포 샤 우리 집에 오신 것을 환영합니다. 환영은 말보다는 다른 방법으로 표시해야죠. 말로 하는 인사는 이만 줄일까 합니다.

그레시아노 (네리사에게) 저 달에 맹세하지만, 당신은 오해하고 있소. 정말로 나는 그것을 재판관 서기에게 주었어요. 당신이 신경을 쓰는 것을 보니, 그 녀석이 고자였으면 좋겠어.

포 샤 아니 벌써부터 부부 싸움인가요? 무슨 일로 싸우죠?

그레시아노 금가락지 때문이죠. 아내가 나에게 준 싸구려 금반지예요. 그 반지에는 흔히 칼 따위에 새겨져 있는 명문(銘文)이 있죠. "나를 사랑해주세요. 나를 버리지 마세요"라는 글귀입니다.

네리사 뭐라고요? 싸구려 물건이라니? 명문이 어떻단 말이에요? 내가 그 반지를 당신에게 주었을 때 당신은 맹세했어요. 죽을 때까지 그 반지를 간직하겠다고 말했어요. 무덤 속에 그 반지를 함께 묻어달라고 말했어요. 나를 위해서가 아니라, 당신의 그 열렬한 맹세 때문에 그 반지를 소중하게 간직하고 있어야 옳았죠. 재판장 서기에게 주었다고요! 안 될 말씀, 하느님이 판단하시겠지만, 그 서기는 틀림없이 턱주가리에 수염이 나지 않을 것입니다.

그레시아노 나고말고, 그가 자라서 어른이 된다면 말이야.

네리사 그렇겠죠, 여자가 자라서 남자가 된다면 말이죠.

그레시아노 그래, 이 손에 걸어 맹세하지만, 나는 그 반지를 어떤 젊은이에게 주었지. 아직도 어린 소년 같았어. 칠삭둥이였지. 키는 당신만 했어. 재판관의 서기였지. 말 많은 그 소년이 그 반지를 달라고 조르기에 나는 거절할 수 없었소.

포 샤 당신이 잘못했어요, 솔직히 말씀드린다면. 부인의 첫 번째 선물을 그토록 가볍게 줄 수 있나요? 맹세를 거듭하며 그 손가락에 끼셨지요. 그렇다면 신의의 못으로 당신 몸에 박아놓은 것이죠. 나도 사랑하는 남편에게 반지를 선사하고, 결코 놓치지 않겠다는 맹세를 받아냈습니다. 지금 내 낭군이 옆에 계신데, 나는 그가 아무에게도 그 반지를 주지 않았다고 맹세할 수 있어요. 손가락에서 빼내는 일도 하지 않을 테죠. 세상의 재화를 다 준다 해도 그는 반지를 내놓지 않습니다. 그레시아노, 당신은 부인의 가슴에 상처를 입혔어요. 나 같았으면 정신이 돌아버렸을 거예요.

바사니오 (방백) 아, 이 왼손을 잘라버리는 것이 낫겠다. 반지를 잃지 않으려고 애쓰다가 그렇게 됐다고 말할 수 있겠지.

그레시아노   그런데 바사니오도 반지를 주고 말았습니다. 재판관이 달라고 성화였지요. 줄 만한 가치는 있었습니다. 그랬더니 이번에는 서기였던 어린애가 서류 만든 수고조로 내 반지를 달라는 거예요. 도무지 재판관이건 서기건 간에 반지 외에는 아무것도 받으려고 하지 않았습니다.

포 샤   어떤 반지를 드렸나요? 설마 제가 드린 그 반지는 아니겠죠.

바사니오   잘못을 저질렀는데, 게다가 거짓말까지 해도 좋다면, 그 반지가 아니라고 우겨댈 수 있겠지만, 사실은 내 손가락에 그 반지가 없으니 어쩔 수 없소. 그 반지를 줘버렸소.

포 샤   그렇군요. 당신의 부정한 마음에 진실은 없군요. 하늘에 맹세코 나는 당신과 잠자리를 않겠어요. 그 반지를 다시 볼 때까지는 말이죠.

네리사   저도 그럴 것입니다. 제 반지를 다시 볼 때까지는!

바사니오   포샤, 이해해주시오. 그 반지를 내가 누구에게 주었는지, 그 반지를 누구 때문에 주었는지, 그 반지를 어떤 이유로 주었는지, 그 반지 이외에는 아무것도 받지 않겠다고 해서 그 반지를 얼마나 괴로운 심정으로 내놓았는지, 그 사정을 알게 되면 당신의 기분은 달라질 것이오.

포 샤   당신도 이해해주셔야죠. 그 반지에 어떤 사랑이 깃들어 있는지, 그 반지를 선사한 여인은 어떤 가치가 있는지, 그 반지를 몸에 달고 다닌다는 것은 어떤 명예가 있는지, 당신이 그것을 알고 있다면 그 반지를 내놓지 않았을 거예요. 상대방이 누구라 하더라도 당신이 열의를 갖고 거절했다면, 사랑의 기념품인 그 반지를 달라고 무례하게 말하지 않았을 겁니다. 네리사가 좋은 것을 가르쳐주었네. 틀림없어요. 그 반지를 받아 간 사람은 여자죠.

바사니오   아니오. 나의 명예를 걸어, 나의 영혼에 걸어, 그 반지를 갖고 간 사람은 여자가 아니라 법학박사예요. 그는 내가 제안한 삼천 두카트의 돈을 거절하고, 그 반지를 달라고 강요했소. 물론 나는 안 된다고 말했지. 그러자 그는 불쾌한 기분으로 가버렸소. 나는 괴로웠소. 그분은 내 친구의 목숨을 살려준 재판관이오. 어떻게 말해야 알아주겠소, 포샤? 나는 그를 뒤쫓아가서 반지를 건네주었소. 수치심과 의리 때문에 그렇게 할 수밖에 없었소. 내 명예에 상처를 입고, 은혜도 모르는 인간이라는 오명을 뒤집어쓰고 싶지 않았기 때문이오. 그러니 용서하시오, 포샤. 밤하늘의 불빛인 맑은 별을 두고 맹세하겠소. 그 현장에 당신이 있었다면 나에게 그 반지를 달라고 해서 법학박사에게 선사했을 것임에 틀림없소.

포 샤   그 박사를 우리 집에 얼씬도 못하도록 해주세요. 그분은 나의 보물을 수중에 넣었기 때문이죠. 당신이 나를 위해서 절대로 내놓지 않겠다던 그 반지 말이에요. 나도 당신처럼 관대해져서 귀중한 것들은 무엇이든 그분에게 내놓을지도 모르죠. 내 몸도, 남편의 침대도. 아마 틀림없이 그분과 사이가 좋아질 수도 있죠. 하룻밤도 집을 비우시면 안 돼요. 아르고스(그리스 신화에 나오는 눈을 백 개 지닌 이상적인 감시인 — 역자 주)처럼 저를 감시하세요. 만일 저를 혼자 내버려두면, 아직도 저의 것인 정조를 두고 맹세하지만, 법학박사와 한 침대 속에서 잘지도 모르죠.

네리사   저도 그 서기와 그렇게 될 수도 있어요. 혼자 내버려두면 혼날 줄 아세요.

그레시아노   마음대로 해. 그러나 발각되지 않도록 해. 잡히는 날에는 그 서기 놈 연장이 부러질 줄 알아.

안토니오 슬프게도 이 싸움의 원인은 나에게 있습니다.

포 샤 슬퍼하지 마세요. 당신만은 대환영입니다.

바사니오 포샤, 용서해주오. 어쩔 수 없었던 내 실수를. 그래, 여기 있는 친구들 앞에서 나는 당신에게 맹세하오. 내 모습이 비치고 있는 당신의 눈을 두고 맹세하오.

포 샤 저 말 좀 들어보세요! 이 두 눈에는 저분이 이중으로 비치고 있습니다. 오른쪽 왼쪽 눈에 각각 하나씩이죠. 자신의 두 몸에 맹세할 정도이니 믿을 만합니다.

바사니오 정말이지 내 말 좀 들어보오. 이번 일만은 용서해주시오. 이 영혼을 걸고 맹세하겠소. 두 번 다시 당신과의 약속을 깨뜨리지 않겠소.

안토니오 나는 한때 이 친구의 행운을 빌며 몸을 저당잡혔소. 그런데 부인 남편의 반지를 갖고 간 그분이 아니었더라면, 이 몸은 이미 죽었을 겁니다. 이번에는 이 몸이 영혼을 걸고 맹세합니다. 그는 다시금 고의적으로 언약을 깨지 않을 것입니다.

포 샤 그렇다면 당신이 보증을 서주십시오. (손가락에서 반지를 빼고) 이 반지를 주시고 그전 것보다 더 소중히 간직하도록 말하세요.

안토니오 바사니오, 이 반지를 놓치지 않겠다고 맹세하게.

바사니오 아니, 이것은 내가 박사에게 주었던 그 반지가 아닌가!

포 샤 그것을 되돌려 받았습니다. 바사니오, 용서해줘요. 이 반지를 받은 답례로 나는 박사와 동침했습니다.

네리사 그레시아노, 용서해주세요. 어젯밤, 그 박사의 서기였던 칠삭둥이 젊은 애와 이 반지의 대가로 동침했어요.

그레시아노 어찌 된 영문인가? 고칠 필요도 없는 도로를 한여름에 마구 파헤치는 꼴이 되었구나! 남편 구실을 하기도 전에 아내가 먼저 바람난 신세가 되었네!

포 샤 상스럽게 함부로 얘기하지 마세요. 여러분 모두 놀랐죠? 여기 편지가 한 통 있습니다. 틈이 나면 읽어보세요. 파두아의 벨라리오 박사로부터 온 것입니다. 읽으시면 알게 됩니다. 그 박사는 포샤였습니다. 서기는 네리사였고요. 로렌조가 증인이죠. 저는 당신이 출발하신 직후에 출발해서 지금 막 돌아온 길입니다. 아직 집 안에 들어가지도 않았습니다. 안토니오 님, 잘 오셨습니다. 더 좋은 소식이 기다리고 있습니다. 상상도 못할 일이죠. 이 편지를 즉시 읽어보세요. 뜻밖에도 당신의 배 세 척이 화물을 가득 싣고 입항했다는 소식입니다. 어떤 기막힌 사연으로 이 편지를 손에 넣게 되었는지는 여기서 밝힐 수 없습니다.

안토니오 말문이 막히네!

바사니오 그 박사였다고? 내가 당신을 몰라봤단 말이오?

그레시아노 당신이 그 서기였소, 나를 병신으로 만들었던?

네리사 그래요, 하지만 바람난 여자는 아닙니다. 칠삭둥이 서기가 자라서 어른이 되어야 가능하지요.

바사니오 아름다운 박사님, 당신은 나와 동침해도 좋겠습니다. 내가 집을 비우면 내 아내와 함께 자도 괜찮소.

안토니오 아름다운 부인이시여, 당신 덕택으로 나는 목숨과 재산을 건졌습니다. 이 편지를 보니 상선은 무사히 항구에 닿았습니다.

포 샤 그런데 로렌조? 내 서기는 당신에게도 좋은 소식을 갖고 있어요.

네리사 그렇습니다. 사례금도 받지 않고 무료로 드립니다. 자, 이것을 받으세요, 당신과 제시카에게 주는 유대인 부자의 재산 상속 증서입니다. 그가 죽으면 유산은 모두 두 분의 소유가 됩니다.

로렌조 아름다운 두 분이시여, 그대들은 굶주린 사람들에게 은혜로운 하늘의 선물을 베푸시네요!

포 샤 새벽이 밝아옵니다. 여러분, 아직도 궁금증이 풀리지 않는 듯한데, 집안으로 들어가서 마음껏 질문을 하세요. 우리들은 무엇이든지 속 시원히 답변해드리겠습니다.

그레시아노 그렇게 하십시다. 첫 질문을 하겠습니다. 네리사가 맹세를 하고 답변하세요. 내일 밤까지 참고 기다릴 것인가, 아니면 날이 밝으려면 아직도 두 시간이 남았으니, 지금 당장 잠자리에 들 것인가 하는 문제입니다. 물론 나는 아침이 오더라도 법학박사의 서기와 자는 아침은 캄캄한 어둠이었으면 좋겠습니다. 더 길게 자고 싶거든요. 앞으로 살아가는 동안 나는 아무런 걱정도 없겠습니다. 그러나 단 한 가지 네리사의 반지를 지킬 수 있을까, 이것이 정말 걱정스럽습니다.

　　일동 퇴장.

로미오와 줄리엣

Romeo and Juliet

등장 인물

에스컬러스_ 베로나의 영주

머큐쇼_ 젊은 신사, 영주의 친척, 줄리엣의 청혼자

패리스_ 청년 귀족, 영주와 머큐쇼의 친척, 줄리엣의 청혼자

패리스의 사동

몬태규_ 캐퓰리트 집안과 원수지간인 베로나의 한 집안의 가장

몬태규 부인

로미오_ 몬태규의 아들

벤볼리오_ 몬태규의 조카, 로미오와 머큐쇼의 친구

에이브럼_ 몬태규 가의 하인

밸더자_ 로미오의 하인

캐퓰리트_ 몬태규 집안과 원수지간인 베로나의 한 집안의 가장

캐퓰리트 부인

줄리엣_ 캐퓰리트의 딸

티볼트_ 캐퓰리트 부인의 조카

캐퓰리트 집안의 노인

줄리엣의 유모

피터_ 유모의 하인

샘슨 / 그레고리 / 앤서니 / 폿팬 / 하인_ 캐퓰리트 집안의 하인들

로렌스 / 존_ 프란체스코파의 신부

만토바의 약제사 / 악사 세 사람

그 밖에_ 사동, 관리, 베로나의 시민들, 가장무도자들, 횃불 든 사람들, 야경꾼들, 몬태규와 캐퓰리트 양가의 남녀 다수

서사역

장소

베로나 및 만토바

서 극

서사역(序詞役) 등장

서사역 아름다운 도시 베로나를 무대로 하여
똑같이 가문을 자랑하는 두 집안이
해묵은 원한을 불씨로 서로 싸우나니
시민의 피 묻은 손이 시민의 손을 더럽힌다.
두 원수 집안의 숙명적인 허리에서
불운한 두 연인들이 한 쌍 태어나니
이들의 불행한 사랑은 애틋한 죽음으로
두 집안의 갈등을 메우고 있다.
사랑과 죽음의 무서운 이야기
그 무엇으로도 막을 수 없기에
자식들이 죽고서야 끝장이 나는
두 집안 부모들의 계속되는 분노
이 모든 얘기들이 두 시간 동안
이 무대 위에서 펼쳐지나니
참고 들어주시면
부족한 점은 후일에 메우리다. (퇴장)

제1막

제1장 베로나 광장

캐퓰리트 집안의 두 하인 샘슨과 그레고리, 칼과 방패를 들고 등장.

샘　슨　그레고리, 정말이지 이젠 더 이상 못 참겠어.

그레고리　아니 그러다간 석탄 짐이나 운반하는 신세가 되겠어.

샘　슨　화가 치밀면 칼이라도 쑥 뽑겠단 말일세.

그레고리　그래, 알겠다. 목숨이 붙어 있는 동안만이라도 자네 모가지나 내놓고 다녀라.

샘　슨　약이 오르면 한칼에 조진다.

그레고리　자넨 통 화낼 줄 몰라 칼 뽑긴 다 틀렸어.

샘　슨　몬태규네 개새끼들은 보기만 해도 분통이 터져.

그레고리　화가 나면 뛰겠지. 용감한 자는 제자리에 버티는 법이야. 너 같은 놈은 화났다 하면 뺑소니 칠걸.

샘　슨　그 집안 개새끼들은 보기만 해도 화가 벌컥 나서 나는 그 자리서 버틴다니까. 몬태규 집안 것들 연놈 할 것 없이 한길에서 만나기만 하면 진창 한복판으로 몰아붙이고 나는 담 밑의 마른 길로 우쭐대며 갈 테다.

그레고리　못난 녀석 같으니. 오죽 얼간이들 같아 바싹 담벽에만 붙어 다닐라고.

샘　슨　맞았어. 그래서 여자들은 허약한 족속들이라 담벽으로 밀리는군. 그러기 때문에 나는 몬태규네 녀석들은 담에서 밀어붙이고 계집년

들은 몽땅 담벽으로 바싹 붙어다니게 한단 말일세. 그레고리, 주인
네들은 주인들끼리 아귀다툼이고, 하인들은 하인들끼리 머리통이
터지고.

샘 슨 다 마찬가지야. 나는 실컷 난동 좀 부려보겠다. 놈들하고 한바탕
싸움이 끝나면 계집년들도 맛 좀 보여줘야지. 고년들 꼭지를 잘라
놓을 테다.

그레고리 처녀 꼭지 말인가?

샘 슨 그래, 처녀 꼭지든 처녀막이든 네 멋대로 생각해라.

그레고리 맛을 알아야 받아 먹지.

샘 슨 쭈뼛 서 있는데 고년들이 맛을 몰라? 내 물건은 말이다, 제법 알려
졌다고.

그레고리 너 물고기가 아닌 게 다행이다. 생선이었다면 소금에 절인 대구
포 같았을 거다. 자, 칼을 빼라. 몬태규 집 새끼들이 온다.

　　　　에이브럼과 하인 한 사람(밸더자)이 등장.

샘 슨 내 칼 몽둥일 뽑았다. 가서 싸워라. 뒤는 내가 봐주겠다.

그레고리 아니, 뒷구멍으로 뺑소니치려고?

샘 슨 내 걱정은 하지 마라.

그레고리 흥, 내가 자네 걱정을 해?

샘 슨 이 편에선 조용히 있다가 저쪽에서 시비를 걸어오길 기다리세.

그레고리 지나가면서 내가 상을 찌푸릴 테다. 어떻게 받아들이나 두고 보
세.

샘 슨 그건 그쪽 뱃심 나름이지. 나도 엄지손가락을 깨물 테다. 모른 척
지나가면 그놈들 망신이지.

에이브럼 우리들보고 손가락을 깨물었지?

샘 슨 (그레고리에게 방백) 그렇다고 해도 우리 쪽 탈은 없겠지?

그레고리 (샘슨에게 방백) 없어.

샘 슨 너희들 보고 손가락 깨문 게 아니다. 내 손가락을 내가 깨물었을 뿐이다.

그레고리 싸울 셈이야?

에이브럼 싸워? 천만에.

샘 슨 싸울 생각이 있다면, 내가 한다. 우리도 너희들 주인 못지않게 훌륭한 주인 나리를 모신다.

에이브럼 잘난 것도 없지.

샘 슨 그럴까.

　　　　벤볼리오 등장.

그레고리 (샘슨에게 방백) 잘났다고 말해. 주인 양반 친척이 오신다.

샘 슨 잘났지, 잘났어.

에이브럼 거짓말이다.

샘 슨 사나이라면 칼이나 빼라. 그레고리, 부탁하네. 한 대 쳐서 맛 좀 보여줘라. (그들은 싸운다)

벤볼리오 바보 자식들, 그만둬! 칼을 집어넣어. 물불 안 가리는군.

　　　　티볼트 칼 들고 등장.

티볼트 야, 이 멍청이들아, 서로 칼을 뽑고 어떻게들 하겠다는 거냐? 여봐, 벤볼리오, 상대는 내가 해주마. 각오하라.

벤볼리오 나는 싸움을 말렸을 뿐이야. 칼을 넣어라. 둘이서 함께 이 싸움패들을 갈라놓자.

티볼트 아니, 칼을 뽑고 나서 싸움을 말려? 나는 지옥을 저주하듯, 평화가 싫다. 몬태규 놈들과 너를 저주하지만 네 말은 더욱 밉살스럽다. 비겁한 놈아! 내 칼을 받아라.

둘이 싸운다. 양쪽 집 사람 서너 명이 등장하여 싸움에 합세한다. 곤봉과 창을 든 시민들과 관리들이 이윽고 등장한다.

시민들 곤봉이다! 곡괭이다! 창이다! 죽여라! 때려눕혀라! 캐퓰리트 놈들 뒈져라! 몬태규 놈들 뒈져라!

늙은 캐퓰리트, 가운을 걸치고 부인과 함께 등장.

캐퓰리트 이게 무슨 소동이냐? 여봐라, 내 장검을 내오너라!
캐퓰리트 부인 지팡이, 지팡이를! 장검을 갖고 뭘 하시게요?

늙은 몬태규가 부인과 함께 등장.

캐퓰리트 내 칼을 달라! 늙은 몬태규가 내 앞에서 칼을 휘두르다니.
몬태규 캐퓰리트 악당아! 날 잡지 마라! 놔라!
몬태규 부인 싸우러 나가신다면 꼼짝달싹 못하게 하겠어요.

에스컬러스 영주가 그의 부하를 거느리고 등장.

영 주 치안을 교란하는 불온한 자들, 이웃끼리 피로 물든 칼을 휘두르는 불손한 자들아, 내 말 안들어? 에잇, 이 짐승 같은 인간들아! 흉측한 노여움의 불길을 혈관 속에 치솟는 붉은 피로 끄려 하느냐! 혹독한 고문이 두렵거든 피에 굶주린 손에서 당장 흉기를 버리고 성난 영주의 말에 귀를 기울여라. 너 캐퓰리트, 그리고 너 몬태규, 두 늙은이들은 부질없는 말을 트집 잡아 세 번씩이나 소동을 벌여, 이 도시의 치안을 세 번 교란시켰다. 베로나의 토박이 노인들은 저승

길에나 어울리는 단장을 내던지고 오래 묵혀둔 녹슨 창을 휘둘러 너희들 해묵은 원한을 진정시켰다. 앞으로 두 번 다시 이 도시를 떠들썩하게 하면 치안 교란죄로 너희들 목숨이 날아갈 줄 알라. 이번만은 그대로 물러가라. 그대 캐퓰리트는 나를 따르고, 몬태규 그대는 오늘 오후 법정에 출두하라. 이번 사건에 관해서 좀 더 나의 의견을 들어주기 바란다. 다시 한번 일러두지만 목숨이 아까우면 모두 물러가라. (몬태규 부부와 벤볼리오를 남겨두고 일동 퇴장)

몬태규 누구냐? 해묵은 분쟁을 터뜨린 자는? 여봐라, 벤볼리오, 너는 처음부터 현장에 있었느냐?

벤볼리오 원수의 하인들과 숙부님의 하인들이 막 싸우고 있을 때에 제가 왔습니다. 제가 칼을 빼 들고 싸움을 말리고 있을 때 불같은 티볼트가 칼을 빼 들고 갑자기 저에게 대들면서 난동을 부렸습니다. 맹탕 머리 위로 칼만 휘두르고 헛손질을 하잖겠어요. 누구 하나 치기는커녕 씩씩거리고 바람소리만 씽씽 내길래 그놈을 조롱했습니다. 우리가 한참 부딪치고 있는 동안에 사람들이 뛰어들어 서로 편싸움을 벌였죠. 마침 그때 영주님이 오셔서 싸움을 말렸습니다.

몬태규 부인 아, 로미오는 어디 있을까? 너 오늘 그 애를 보았느냐? 이 싸움에 그 애가 휘말리지 않아서 다행이구나.

벤볼리오 숙모님, 오늘 아침, 거룩한 태양이 동천의 금빛 창문으로 고개를 내밀기 한 시간 전, 저는 마음이 산란해서 밖으로 산책을 나갔습니다. 시가지 서쪽 변두리에 있는 우거진 단풍나무 숲 밑을 거닐고 있노라니 그토록 이른 새벽에 로미오가 산책을 하고 있질 않겠습니까. 가까이 다가가려 했더니 로미오가 먼저 눈치채고 숲속 그늘 속으로 숨어버렸습니다. 저는 그의 심정을 제 경우에 비추어 생각해봤지요. 사람이란 괴로울 때면 남몰래 혼자 숲속 후미진 곳을 찾아 생각에 깊이 몰두하는 법이죠. 그래서 저는 저대로, 그는 그대로 제각기 감정에 사로잡혀서 서로 피하는 것을 다행으로 여겨 일부러 자리를 피했습니다.

몬태규 로미오는 여러 번 새벽마다 그곳에서 서성댄 모양이다. 신성한 아침 이슬에 눈물을 뿌리며 구름이 몰려오듯 깊은 한숨을 짓는다는 거다. 그러나 삼라만상을 일깨우는 태양이 머나먼 동천에서 새벽 여신의 침상으로부터 검은 포장을 걷기 시작하면 침울해진 아들은 밝은 빛을 피해서 살짝 집 안으로 들어와 방 안에 처박혀 창문을 닫고 환한 빛을 몰아내며 스스로 어두운 밤을 만든다는구나. 어떻게 하든 그 원인을 제거해주어야 한다. 이것은 틀림없이 불길한 일이 다가오고 있음을 말해주고 있다.

벤볼리오 숙부님, 그 원인을 아십니까?

몬태규 모른다. 말을 하지 않으니 알 도리가 없지.

벤볼리오 억지로라도 캐내려고 애써봤습니까?

몬태규 나도 물어보았고, 친구들도 졸라보았다. 허나 그 애는 제 감정을 자기 자신에게만 터놓을 뿐, 자기 자신에게 얼마나 충실한지 알 수 없지만, 혼자서 비밀을 굳게 지키고 있다. 마치 꽃봉오리가 향기로운 꽃잎을 공기 속에 활짝 펴고, 그 아름다운 자태를 태양에게 바치기 전에 심술궂은 해충에 먹히는 것과 같아. 슬픔의 원인만이라도 알 수 있으면 당장 그 요법을 알아내어 치료해줄 텐데.

　　　　로미오 등장.

벤볼리오 아, 마침 로미오가 오는군요, 잠시 이 자리를 피해주세요. 거절당할지 알 수 없지만 그 원인을 알아보겠습니다.

몬태규 여기 남아 있다가 그 애 본심을 알아보아라. 그렇게라도 되면 오죽

이나 좋겠느냐. 여보, 우린 물러갑시다. (몬태규와 그의 부인 퇴장)

벤볼리오 안녕, 로미오.

로미오 아직도 이른 아침인가?

벤볼리오 막 아홉 시를 쳤어.

로미오 슬픈 시간은 지루하구나. 급히 사라진 분이 부친이시지?

벤볼리오 맞았어. 그건 그렇고, 무엇이 슬퍼서 로미오는 세월이 지루하다
는 거냐?

로미오 시간이 빨리 가도록 하는 일이 없기 때문이지.

벤볼리오 사랑인가?

로미오 아냐.

벤볼리오 사랑을 잃었어?

로미오 나는 그녀를 사랑하지만 그녀는 반응이 없어.

벤볼리오 아, 슬픈 일이다. 사랑은 보기에 좋지만, 경험해보면 거칠다.

로미오 눈이 가려져 있다고 하는 사랑은 눈이 없어도 길을 잘만 가거든!
식사는 어디서 할까? 아, 참, 싸움판이 왜 벌어졌지? 말 안 해도 좋
아, 나는 다 알고 있어. 증오심이 싸움을 터뜨리지만 괴로운 것은
사랑의 문제일세. 그러고 보니 아, 싸우는 사랑! 사랑의 증오심! 아
아, 모든 것은 무(無)에서 유(有)가 생겨나네! 오, 무겁고도 가볍고,
진지하고도 속절없는 것. 겉보기에는 아름답지만, 그것은 추악한
혼돈, 납덩이의 솜털, 번쩍이는 연기, 차디찬 불, 병든 건강, 눈떠
있는 잠이요, 있는 그대로가 아닌 그 무엇! 사랑을 받아보지 못하
던 내가 이 같은 사랑을 느끼고 있다니, 우습잖나?

벤볼리오 천만에, 오히려 울고 싶어.

로미오 여보게나, 무엇 때문에 울어?

벤볼리오 착한 로미오의 마음이 무겁고 괴롭기 때문이지.

로미오   애정이 너무 지나쳤군. 나 혼자의 슬픔만으로도 내 가슴은 이미 벅
차네. 자네의 슬픔까지 짊어지면 이 크나큰 슬픔을 어이할 건가.
자네의 그따위 애정은 내 말 못 할 괴로움을 더해줄 뿐이야. 사랑
이란 솟아오르는 깊은 한숨의 연기다. 깨끗한 사랑이면 연인의 눈
동자에는 불꽃이 일고 흐릿한 사랑이면 애인의 눈물로 바다가 된
다네. 사랑이란 바로 그런 거야. 분별심이 강한 광기면서 숨 막히
는 쓰디쓴 약이요, 또한 생명력을 기르는 감로이기도 해. 벤볼리
오, 이만 실례하네.

벤볼리오   잠깐, 나도 따라가겠어. 나를 버리고 가다니 너무해.

로미오   나야말로 미아인걸. 나는 여기 없어. 지금 나는 로미오가 아냐, 그
는 다른 곳에 있네.

벤볼리오   진지하게 말해보게. 누굴 사랑하고 있나?

로미오   진지하게 신음 소리 내면서 말하라고?

벤볼리오   신음하면서? 천만의 말씀이야. 진정으로 말해보라는 것뿐이야.

로미오   환자에게 진정으로 유서를 쓰라고 하면 병든 사람에게는 참으로
불길한 일이야. 벤볼리오, 진지하게 말해두지만, 나는 어떤 여자를
사랑하고 있네.

벤볼리오   내 짐작이 어지간히 적중했군. 사랑에 빠졌다고 생각했었지.

로미오   잘 맞혔어. 내가 사랑하는 여인은 미인이야.

벤볼리오   옳은 과녁이라면 빨리 쏘아 맞혀야지.

로미오   그게 어렵다네. 큐피드의 화살에 맞질 않아. 달의 여신 디아나의
분별심이 있는 데다 순결이라는 갑옷으로 잘 무장하고 있으니 가
냘픈 사랑의 화살로는 상처를 입질 않아. 구애의 공세에도 끄떡없
고 야무진 눈초리로 집중해도 흔들리지 않으며, 성군 성자도 유혹
할 수 있는 황금에도 닫힌 무릎을 벌리지 않아. 대단한 미인이긴

하지만, 그녀가 죽으면 미모도 사라지기 때문에 가여운 운명일 뿐이네.

벤볼리오   그렇다면 그녀는 한평생 독신으로 지내겠다는 맹세라도 했다는 건가?

로미오   그렇다네. 절약이 큰 낭비가 되었다네. 왜냐하면 아름다움을 가두고 쓰지 않으면 결국은 자손만대의 아름다움까지도 빼앗아가고 말기 때문이지. 아름답고 현명한 여인일지라도 나를 실망시키면서까지 하늘의 축복을 받을 리가 없어. 그 여인은 사랑하는 걸 단념키로 했다네. 때문에 그 얘기를 지껄이고 있는 나는 살아 있는 송장과도 같아.

벤볼리오   내 말 듣고 그대로 하게나. 그 여인을 잊어버리게.

로미오   아아니, 어떻게 잊을 수 있어. 그것부터 좀 가르쳐주게.

벤볼리오   네 눈에 자유를 주게. 다른 미인들을 물색하면 되지 않나?

로미오   그렇게 하면 오히려 그 여인의 미모를 더욱 돋보이게 할 뿐이야. 미녀의 이마에 입을 맞추게 되는 부러운 가면을 생각해보게. 그 가면이 검기 때문에 그 속에 숨어 있는 하얀 얼굴을 더 떠올리게 되지. 갑자기 눈이 먼 사람은 잃어버린 보물 같은 시력을 결코 잊을 수 없는 법이야. 절세의 미인이 있으면 나에게 보여줘. 하지만 그게 무슨 소용이 있을까? 결국은 두드러지게 빼어난 그녀의 모습을 생각게 하는 이른바 마음의 각서가 될 뿐이네. 이만 실례하네. 잊는 방법을 자네 따위에게 배울 수 있겠는가.

벤볼리오   잊는 법을 알려주겠네. 그냥 빚지고 죽을 수야 없지. (두 사람 퇴장)

제2장 같은 장소

캐퓰리트, 패리스, 하인 등장.

캐퓰리트   몬태규 집도 우리와 똑같은 벌을 받았소. 우리 같은 늙은이들이
평화를 유지하는 일은 그리 어렵지 않소.

패리스   양가가 모두 이름난 명문 집안으로서 오랜 세월을 두고 서로 화목
하지 못했던 것은 참으로 유감스러운 일이외다. 그건 그렇고, 저의
청혼은 어찌 되었습니까?

캐퓰리트   전에 한 말을 또 한 번 되풀이할 수밖에요. 딸년은 아직도 세상
물정을 모르는 데다 열네 살도 채 못 되었기 때문에 두 여름을 지
나서야 신붓감이 될 수 있을 듯하오.

패리스   더 나이 어린 여자로서 행복한 어머니가 된 예도 있습니다.

캐퓰리트   하지만 너무 일찍 되면 일찍 깨질 수도 있소. 다른 자식들은 다
죽고, 저 딸애만 남아 나의 유일한 희망이 되고 있습니다. 그러나
패리스 백작, 그 애에게 직접 구애하여 그 애의 마음을 사로잡아보
시구려. 그 애가 승낙하기만 하면 나의 의향은 있으나 마나 한 것
으로서, 그 애가 승낙하면 나의 동의와 승인은 그 애의 선택 범위
내에서의 일이 될 뿐입니다. 그런데 오늘 밤, 관례로 하던 연회를
우리 집에서 열게 되어 있는데, 친분이 있는 분들을 모두 초대해놨
으니 백작도 최고의 귀빈으로 참석해주시면 한층 화려한 연회가
되겠어요. 초라한 집이긴 합니다만 오셔서, 밤하늘을 환하게 비추
는 기라성 같은 이 장안 미녀들을 만나보세요. 성장을 한 봄 4월이
절뚝거리는 겨울의 뒤꿈치를 찾아오고 있을 때에 원기 왕성한 젊
은이들이 느끼는 그런 기쁨과 흡사한 즐거움을 오늘 밤 저희 집에

서 누릴 수 있을 것입니다. 꽃봉오리 같은 싱싱한 여인들 틈에 끼어서 말입니다. 잘 듣고 잘 보시고 나서 최고의 여인을 찾아 사랑을 하세요. 잘 살펴보시면 그중엔 우리 딸도 끼게 되겠지만, 그 앤 머릿수나 채울 뿐 손꼽힐 정도는 아니겠지요. 자, 함께 갑시다. (하인에게) 여봐라, 너는 베로나 시중을 뛰어다니며 여기 적힌 분들을 찾아서 오늘 밤에 꼭 왕림해주십사 부탁드려라. (캐퓰리트와 패리스 퇴장)

하 인 여기 적힌 분들을 찾아내라는 분부시라! 제화공은 줄자를, 양복장이는 구두틀을, 낚시꾼은 화필을, 환쟁이는 그물을 제각기 만지작거려야 한다는 말씀이시지. 여기 적혀 있는 양반들을 찾아보라는 얘기지만 뉘네 이름들이 적혀 있는지 영 알 수 있어야지. 글 공부하신 분을 찾아가 볼 수밖에 도리가 없네. 아, 마침 잘 됐네!

　　　벤볼리오와 로미오 등장.

벤볼리오 흥, 여보게나, 불이 또 다른 불을 끄는 법이라네. 새로운 고통은 낡은 아픔을 덜어주는 법이지. 빙글빙글 돌다가도 거꾸로 돌면 현기증은 가라앉네. 아무리 격심한 슬픔이라도 다른 슬픔이 생기면 잊히지. 자네 눈에 새 눈병이 걸려보게. 고약한 묵은 병은 사라지는 거야.
로미오 그 병에는 질경이 잎이 특효약이야.
벤볼리오 어디에 효험이 있다고?
로미오 정강이 상처에 말이네.
벤볼리오 여보게, 로미오, 자네 미쳤나?
로미오 미치지는 않았어. 그러나 생각해보면 미치광이 이상으로 꽁꽁 묶여 있네. 감옥에 갇혀서, 굶주리면서 혹독하게 매질당하고 고문당하고 있네. 자, 그럼 잘 있게.

하 인   나리, 용서하세요. 나리께서는 글을 읽을 줄 아십니까?

로미오   읽을 수 있지, 내 비참한 운명쯤은.

하 인   책 없이 배우셨겠지요. 하지만, 제 말씀은요, 눈으로 보고 글을 읽을 수 있습니까 하는 얘깁니다요.

로미오   암, 글자와 말만 안다면야.

하 인   아주 솔직하시군요. 이만 실례합니다.

로미오   여봐, 기다려. 읽을 수 있다. (그는 쪽지를 읽는다)
"마티노 씨, 동 영부인 및 따님들, 앤셀름 백작과 동 영애들, 우트 루비오 미망인, 플라센쇼 씨와 동 영질들, 머큐쇼와 발렌타인 두 형제, 캐퓰리트 숙부님, 동 영부인 및 동 따님들, 질녀 로잘라인과 리비어, 발렌쇼 씨와 동 종제 티볼트, 루시오와 헬레나 양."
멋진 모임이다. 어디서 모이느냐?

하 인   오시라니까요.

로미오   어디서 열리는 만찬회냔 말이야?

하 인   우리네 집에서요.

로미오   우리네 집이라니?

하 인   저희 주인네 댁입죠.

로미오   참, 그걸 먼저 물었어야 했어.

하 인   묻지 않아도 말씀드리겠습니다. 우리네 주인은요, 큰 부자 캐퓰리트 어른이십니다. 만약에 나리께서 몬태규네 집 사람이 아니면 오셔서 한잔 걸치십쇼. 실례합니다. (하인 퇴장)

벤볼리오   캐퓰리트네 집의 이 오래된 관례의 연회에는 자네가 연모하는 아름다운 로잘라인이 베로나의 눈부신 미녀들과 함께 참석할 테니, 자네는 그리로 가서 편견 없이 로잘라인의 얼굴과 내가 대주는 얼굴을 비교해보게. 자네의 백조는 금세 까마귀 꼴이 될 거네.

로미오 신앙에 넘친 경건한 내 눈이 그따위 거짓을 믿는 날에는 눈물이 불 꽃으로 변할 걸세. 여러 번 눈물의 강물에 빠지면서 아슬아슬하게 죽지 않고 버티고 있는 이 눈이 이단자 노릇을 하기만 하면 거짓말 때문에 불에 타죽을 걸세. 내 사랑보다 더 아름다운 여인이라! 세 상 만물을 내려다보는 태양도 천지개벽 이래 내 배우자에 필적할 만한 미인을 본 적이 없을 것이다.

벤볼리오 흥, 자네는 그녀를 미인으로 생각하지만 그건 자네가 다른 여인 과 그녀를 두 눈의 저울에 달아보지 않았기 때문이지. 그러니 오늘 밤에는 연회석상에서 딴 여인을 대줄 테니, 그 수정 같은 두 눈앞 에 자네가 사모하고 있는 그 여인과 비교해보게. 지금은 첫째 가는 것으로 보이겠지만 별것 아닌 것이 될 테니.

로미오 가보세. 그러나 그런 미인이 보고 싶기 때문이 아니야. 내 연인의 찬란한 모습을 즐기기 위함이네. (두 사람 퇴장)

제3장 캐퓰리트 집의 방

캐퓰리트 부인과 유모 등장.

캐퓰리트 부인 유모, 줄리엣 어디 있지? 그 애를 좀 불러주게.

유 모 글쎄, 열두 살 숫처녀 때의 처녀막을 두고 맹세하는 바입니다만, 오라구 일렀는데 — 어린 양 같은, 참새 같은 우리 아가씨! 어디 있 을까! 아, 참, 줄리엣!

줄리엣 등장.

줄리엣 왜요? 누가 부르시나요?

유 모 엄마가 불러요.

줄리엣 엄마, 저예요. 왜 부르셨어요?

캐퓰리트 부인 딴 게 아니고 — 유모, 잠시 자리를 비켜줘. 단둘이서 얘기를 해야겠어. 유모, 좀 있어줘. 아무래도 유모가 이 자리에 있는 게 좋겠어. 유모도 알아두는 게 좋을 테니. 유모도 알고 있듯이 딸애가 이젠 제법 시집갈 나이가 돼서.

유 모 그렇습죠. 따님 나이라면 전 시간까지 댈 수 있으니깐요.

캐퓰리트 부인 아직도 만 열네 살은 아니야.

유 모 그렇습니다. 제 이빨 열네 개를 몽땅 걸고 하는 애깁니다만 — 아이고 서러워, 남은 이가 네 개뿐이니 — 그런데 마님 팔월 초하룻날까진 며칠 남았는가요?

캐퓰리트 부인 두 주일 남짓 남았지.

유 모 며칠 몇 날인지는 알 수 없지만 일 년 열두 달 가운데서 팔월 초하룻날 밤이 오면 따님은 열네 살이 됩니다. 내 딸년 수잔과 따님은 — 하느님 비나이다! — 동갑입니다. 수잔은 지금 천당에 가 있지만 저에겐 과분한 딸애였습니다. 그러나 제가 말씀드린 것처럼 팔월 초하룻날 밤이 되면, 줄리엣은 열네 살이 됩니다. 틀림없습니다. 썩 잘 기억하고 있어요. 지진이 일어난 지 꼭 십일 년 되었죠. 그때 따님이 젖을 떼었습니다. 제가 그걸 어떻게 잊어요. 일 년 열두 달 하고많은 날 가운데 바로 그날이었습니다. 그날 전 젖꼭지에다 약쑥을 발라놓고 비둘기집 담 밑 양지바른 곳에서 햇볕을 쬐고 있었죠. 나리와 마님께서는 그때 만토바로 출타 중이셨고요. 저는 똑똑하게 기억하고 있습니다요. 그런데 말씀이에요, 방금 제가 말씀드린 대로 줄리엣 따님이 젖꼭지에 바른 약쑥 맛을 보더니, 썼던 모양이죠, 오만상을 찌푸리고 짜증을 내면서 젖꼭지를 마구 떼밀고 야단이지 뭐예요! 바로 그 순간이었어요. 비둘기집이 꺼떡꺼떡 흔들리며 말했죠. 정말 이제 절 보고 나가라 말라 할 것은 없잖아요. 그때부터 벌써 십일 년의 세월이 흘렀군요. 그때만 하더라도 따님은 곧잘 서기도 하고, 아장아장 비틀거리며 걸음마도 했습니다. 그래요, 맞아요. 바로 그 전날 굴러서 이마에 상처를 냈어요. 그래서 우리 집 양반이 — 어이구 저런! 제 남편은 참 재미있는 양반이었죠 — 아이를 번쩍 일으켜 안고서 하는 말이 '아가야, 앞으로 넘어졌나? 철이 들면 뒤로 벌렁 자빠질 거다. 안 그래, 줄'이라고 하잖아요. 그랬더니, 어여쁜 아씨께서 울음을 딱 그치고 '응' 하잖아요. 그 농담이 이제 진짜로 구체화될 모양이니. 마님, 저는 보장할 수 있어요. 비록 천 년 동안 산다 할지라도 그 일을 잊을 수 없답니다. '안 그래, 줄?' 하니깐, 따님께서 깜찍하게도 '응' 하셨어요.

캐퓰리트 부인 그만해둬요. 제발 입 좀 다물라니까.

유 모 네, 마님. 울음을 딱 그치고 '응' 하던 일을 생각하면 웃지 않을 수 없답니다. 아가 이마에 병아리 불알만 한 혹이 생겼어요. 아주 위험한 상처였답니다. 마냥 울고불고 야단법석이었습니다. 우리 집 양반이 '아가야, 앞으로 넘어졌나? 철이 들면 뒤로 벌렁 자빠질 거다. 안 그래, 줄?' 했더니 아씨가 울다 말고 '응' 했어요.

줄리엣 유모, 제발 그만 좀 해둬요.

유 모 네, 그만하렵니다. 아씨의 행운을 빌겠어요. 이 유모는 아씨만큼 어여쁜 아가에게 젖을 먹인 적이 없답니다. 제발 오래 살아서 아씨

시집가는 것을 보는 일이 평생소원이었죠.

캐퓰리트 부인   결혼이라! 내가 하고 싶은 얘기가 바로 그 결혼 대목이다. 줄리엣, 너 결혼에 대해서 어떻게 생각하니?

줄리엣   꿈에도 생각지 못한 명예예요.

유 모   명예라! 아씨 유모가 나 혼자이기 때문에 말하기 거북하지만 아씨의 그 재치야말로 내 젖꼭지를 빨아먹은 탓이 아니고 무엇이겠습니까?

캐퓰리트 부인   결혼 생각도 해보려무나. 너보다 나이 어린 베로나의 명문 아가씨들도 벌써 아기 엄마가 된 사람이 많아. 너는 아직 처녀이지만, 네 나이에 나는 어머니였어. 톡 깨놓고 얘기한다면, 그 늠름하신 패리스 백작이 너를 아내로 맞겠다고 성화이시다.

유 모   아, 그 신사분, 꽃 같은 아씨! 어마 아씨, 이 세상에서도 그런 분은 —글쎄, 아주 신사의 모범이시라니까요.

캐퓰리트 부인   옳아. 베로나의 여름에는 그분만큼 아름다운 꽃은 없어.

유 모   그분이야말로 꽃 중의 꽃, 진정한 꽃이죠.

캐퓰리트 부인   그래, 네 생각은 어떠냐? 그분을 사랑할 수 있겠니? 오늘 저녁 연회장에서 그분을 볼 수 있을 것이다. 패리스 백작의 얼굴을 책을 읽듯이 꼼꼼히 살펴보아라. 아름다운 펜끝이 그려놓은 즐거운 이야기를 찾아보렴. 얼굴 생김생김이 하나하나 조화가 잡혀 얼굴 구석구석을 서로 돕고 있어. 이 아름다운 얼굴의 책에 안 나타난 점은 눈이라는 여백에서 찾아볼 수 있지. 제본이 안 되어 있을 뿐인데, 이 기막힌 사랑의 책에 표지만 붙이면 그 아름다움이 완성되는 거야. 바다는 물고기가 있기 때문에 좋은 거야. 눈에 보이는 아름다움은 눈에 보이지 않는 아름다움을 속에 갖추고 있어야 빛나는 법이지. 많은 사람에게 영광을 가져다주는 책이란 황금 표지

안에 황금 얘기를 담고 있어야 하거든. 따라서 네가 그런 분을 남편으로 모시고 있으면 그분 것이 모두 네 것이 될 수 있어. 네 것은 잃을 것이 아무것도 없어.

유 모 잃을 게 없다구요? 외려 몸이 붙는데요 — 여자가 임신을 하면 말씀입니다.

캐퓰리트 부인 말해봐. 백작님을 좋아할 수 있겠니?

줄리엣 보고 정이 들도록 노력하겠습니다. 하지만 그것은 어머님이 허락하시는 범위 안에서의 일이에요. 그 이상 더 깊이 저의 시선을 화살처럼 날리지 않으렵니다.

　　하인 등장.

하 인 마님, 손님들이 오셨습니다. 상도 다 차려놨습니다. 마님을 찾는 소리, 젊은 아씨를 찾는 소리, 부엌에서 유모를 탓하는 소리 등으로 온통 뒤죽박죽입니다. 전 가서 접대를 해야겠습니다. 곧 뒤좇아 오시기 바랍니다.

캐퓰리트 부인 곧 가겠다. (하인 퇴장) 줄리엣, 백작님이 기다리신다.

유 모 가세요, 아씨. 밤과 낮의 행복을 찾으시우. (일동 퇴장)

제4장 캐퓰리트 집의 바깥

　　로미오, 머큐쇼, 벤볼리오, 가면을 쓴 오륙 명의 가장무도회 참석자들과 횃불을 든 사람들 등장.

로미오 구실을 만들어 들어갈까, 아니면 아무런 변명 없이 밀고 들어갈까?

벤볼리오 요샌 그런 구질구질한 변명으로 안 통해. 큐피드가 스카프로 눈을 가리고 알록달록한 타르타르인 장난감 활로 허수아비처럼 아가씨들을 놀라게 할 필요도 없거니와 들어갈 때에 프롬프터를 따라 읊어대는 서사도 집어치우세. 상대방 멋대로 생각하라고. 우리는 우리대로 한바탕 춤이나 추고 꺼지면 그만이야.

로미오 나에게 횃불을 다오. 나는 기분이 내키지 않는다. 마음이 어두우니 불이나 밝히련다.

머큐쇼 안 돼. 이봐 로미오, 자네야말로 춤 좀 춰야겠어.

로미오 정말 못 추겠어. 자네는 바닥이 가벼운 무도화를 신고 있지만, 내 마음 밑바닥은 납덩어리야. 땅에 붙어버려 꼼짝달싹할 수 없네.

머큐쇼 자네는 연인이야. 큐피드의 날개를 타고 하늘 높이 훨훨 날아야지.

로미오 어림도 없네. 큐피드의 화살촉에 맞았기 때문에 그 가냘픈 날개를 타고 하늘로 치솟기는 다 틀렸어. 게다가 워낙 심하게 묶여 있어서 이 괴로움을 뛰어넘을 수도 없네. 사랑의 무거운 짐에 짓눌려서 난 바닥에 가라앉기만 한다네.

머큐쇼 자네가 무거운 짐 속에 가라앉는다면 그 사랑은 무겁기만 하겠네. 부드러운 자네 연정에는 지나치게 무겁겠구먼.

로미오 사랑이 부드러운 것이라고? 거칠기만 하네. 너무 혹독하고 우악스러워서 가시처럼 사람을 찌르고 있어.

머큐쇼 사랑이 자네를 괴롭히면 자네도 사랑에 대해서 거칠게 굴게. 사랑이 찌르면 자네도 찔러주고, 사랑을 때려눕히게. 내 얼굴을 가릴 가면을 줘. 흉측한 낯짝에 흉한 가면이라! 내 못난 얼굴을 보겠으면 실컷 보라지. 나 대신 불룩 튀어나온 이 이마빡이 뻘개질 테니.

벤볼리오 가자, 노크하고 들어가자. 들어가서는 모두들 춤을 춰야 돼.

로미오 횃불을 주게! 마음이 들뜬 놈팡이들이나 홀에 깔린 감각 없는 돗자리나 구두 뒤꿈치로 비벼대거라. 속담에 있는 말씀대로, 나는 촛대나 들고 구경이나 하겠다. 놀이가 한창일 때 꺼지는 법이야.

머큐쇼 뭐 잠자코 있어. 순경 나리의 명령이다. 자네가 구덩이 속에 빠진다면 우리가 끌어올려줄 테다. 미안한 말씀이지만, 귀밑까지 흠뻑 빠져 있는 그 사랑의 늪에서부터 말일세. 아니, 이건 한낮의 등불 격이군. 자, 가자!

로미오 아냐, 그렇잖아.

머큐쇼 내 말은 한낮에 켜놓은 등불처럼 헛된 낭비라는 뜻이야. 우물쭈물할 때가 아니야. 말뜻을 잘 알아듣게. 그게 다섯 곱이나 더 현명한 판단이지. 다섯 가지 지혜에는 한 가지 판단이 따르는 법이지만.

로미오 무도회에 가는 것은 선의의 행동이긴 하지만 현명한 짓은 못 되는 듯하네.

머큐쇼 어째서?

로미오 어젯밤 꿈을 꾸었네.

머큐쇼 나도 꾸었어.

로미오 그래, 자네 꿈은 무엇이었나?

머큐쇼 꿈꾸는 사람들은 흔히 개꿈이라고 거짓말도 하지.

로미오 자면서 꾸는 꿈이 진짜 용꿈일 수도 있어.

머큐쇼 아, 그렇다면 자넨 매브 여왕님(켈트 지방의 요정의 여왕. 여왕은 매춘부의 은어로도 사용된다. 매브도 그런 의미를 갖고 있다—역자 주)과 꿈속에서 동침하셨구먼. 그 여왕은 요정들의 산파요, 시 참사원 집게손가락에 번쩍이는 마노 보석보다 더 작은 모습으로 나타나는데, 난쟁이 떼들에 끌려 잠자고 있는 사람들의 콧등 위로 살며시 지나가지. 그 여왕 수레는 개암열매 빈 껍질인데 다람쥐나 좀벌레가 만들어준 거야. 요것들은 아득한 옛날부터 요정들의 수레를 만들어줬어. 수레바퀴 살은 기다란 거미다리요, 뚜껑은 메뚜기 날개, 끄는 줄은 아주 가느다란 거미줄이요, 목걸이는 젖은 달빛, 채찍은 귀뚜라미 뼈요, 그 끝줄은 가는 실오라기, 마부는 회색 외투를 걸친 모기 새끼인데, 크기는 게으름뱅이 계집의 손끝에서 비집고 나오는 작고 둥근 벌레의 반도 안 돼. 이런 모습으로 밤마다 매브 여왕은 연인들의 머릿속을 행차하시는 거야. 그것이 연인들에게는 사랑의 꿈이 되지. 벼슬아치 무릎 위를 지나면 아첨 떠는 꿈이 되는 거야. 변호사의 손끝을 지나면 사례금을 받는 꿈이 되고, 여인들의 입술에 닿으면 입 맞추는 꿈. 때때로 여인들의 입김 속에 과자 냄새가 난다고 매브 여왕님이 울화가 치밀어 입술에 물집을 만들어주는 수가 있어. 그녀가 궁신들의 콧등을 지나가면 돈벌이 꿈을 꾸는 거야. 또한 여왕님은 십일조 연보 돼지꼬리로 교구 목사님 콧등을 간지럽히기도 해. 그러면 교구 목사님은 연보 돈이 느는 꿈을 꾸지. 때로 여왕님이 군인들 목을 스치고 지나가면 외국 군인들 목을 따는 꿈으로부터 시작해서 돌진, 매복, 스페인 군도(軍刀), 부어라 마셔라 술타령, 이윽고 우렁찬 나팔 소리에 놀라 깨어나지만, 몇 마디 기도문을 중얼거리다간 다시 잠 속에 빠지곤 하지. 한밤중에 말의 갈기도 땋아놓으며 미운 처녀의 머릿단을 뭉개놓기도 하지. 이게 풀리는 날에는 불행이 밀어닥친다는 거야. 이 모든 게 매브 여왕님의 장난이야. 또 있어. 아가씨들이 등을 대고 벌렁 누워 있을 때, 위에서 꾸욱 누르는 무거움도 참도록 하고 짐을 받드는 아낙으로 만들어주는 거야. 이 모두가 매브 여왕님의 장난이라네. 또 있지, 그녀는……

로미오 집어치워, 머큐쇼. 집어치워! 쓸데없는 소리 그만해.

머큐쇼   그건 그래. 모두 꿈 얘기니깐. 이 모든 헛소리는 부질없는 공상에
서 나온 거야. 꿈이란 한가로운 머리에서 태어나는 법이거든. 공상
은 공기처럼 텅 빈 물건, 바람처럼 변덕이 심하지. 얼어붙은 북쪽
가슴에 기대어 있는가 하면, 분통이 터지면 갑자기 풍향을 바꿔 훌
쩍 그곳을 떠나 이슬이 맺히는 남쪽으로 돌아서거든.

벤볼리오   자네가 말하는 그 바람은 지금 우리들 정신을 빼고 있다. 연회도
다 끝났을 거야. 늦었어.

로미오   너무 이르네. 내 마음이 어쩐지 설레고 있어. 저 운명의 별들에 걸
려 있는 어떤 중대사가 오늘 밤의 이 연회를 계기로 무서운 힘을
발휘해서, 이 가슴에 자리한 저주 받은 목숨을 흉측한 횡사의 형벌
로써 끝내려 하고 있을지도 모른다는 예감이 드네. 내 항로의 키를
잡고 계신 신이여, 나의 뱃길을 인도하소서! 자, 씩씩한 친구들이
여, 가자!

벤볼리오   북을 쳐라. (일동 퇴장)

제5장 캐퓰리트 집의 홀

악사들이 무대에 대기 중이고, 하인들이 냅킨을 들고 등장.

하인 1   상 치우는 일도 거들지 않고 풋팬 녀석 어디로 갔어? 그러고도 접
시를 치운다나? 접시 한 장 씻기나 해?

하인 2   일은 한두 명이 다 해야 하는데, 손도 안 씻었으니 야단났군.

하인 1   접는 의자도 치우고 찬장도 치워라. 식기를 조심해. 여보게나, 편
도과자 한 토막 남겨두게. 문지기보고 수잔 그라인드스톤과 넬을

보내달라고 해. (하인 2 퇴장) 앤서니, 폿팬!

　두 하인 등장.

하인 3 대령했수다. 왜 그러슈.

하인 1 큰 방에서 너를 찾고, 부르고, 청하고, 구하고 야단났어.

하인 4 한꺼번에 여기에 번쩍 저기에 번쩍 할 수야 있나? 다들 기운을 내
자구! 부지런 떨게. 오래 사는 놈이 장땡이야. (하인 3, 4 퇴장)

　캐퓰리트 부부, 줄리엣, 티볼트, 유모 등장. 가면 쓴 신사들과 귀부인
들을 맞는다.

캐퓰리트　어서들 오십시오, 신사 양반들! 발가락이 안 부르튼 숙녀들은 여
러분들과 춤을 추게 될 것입니다. 아, 숙녀들이여, 혹시나 춤을 추
지 않겠다고 하실 분은 없으시겠지요? 얌전 빼는 숙녀들은 발이 부
르터 있겠지요. 핵심을 찔렀을 겝니다. 안 그래요? 신사분들이여,
잘들 오셨소! 전들 한때엔 가면을 쓰고 아름다운 부인네들 귓속에
달콤하고 즐거운 얘기를 속삭이지 않았겠습니까. 하지만 모두가
아득하고 아득한 옛날의 일입니다. 자아, 여러 신사 양반들, 어서
들어오세요! 악사들, 풍악을 울려라. (음악이 연주된다. 그들은 춤을 춘
다)
자, 널찍하게 자리를 잡읍시다. 터전을 넓히고 아가씨들이여, 춤
을 추세요. 여봐라, 환하게, 환하게 불을 밝혀라. 테이블을 치우
라. 난롯불을 꺼버리는 게 좋겠어. 방이 너무 더워. 아, 이거 잘됐
군. 예상치도 않았던 즐거운 놀이가 됐는걸. 자, 캐퓰리트 일가 어
른, 앉으세요. 여기 앉으시라고요. 족장이나 나나 춤추는 세월은
지났어요. 어르신네 하고 가장무도회에 나갔던 때가 언제더라?

캐퓰리트 노인　허허, 필경 삼십 년은 족히 됐을 거요.

캐퓰리트　뭐라고요? 그렇게 됐을 리가 없어요. 안 됐고말고. 루센쇼의 결혼 후니까, 오순절이 아무리 빨리 온다 하더라도 그럭저럭 이십오 년쯤 되었겠군. 그땐 광대 춤을 추었었지.

캐퓰리트 노인　더 돼요, 더 됐어요. 지금 그 아들놈이 그보다 더 나일 먹었는데. 그 애 나이 서른인 걸요.

캐퓰리트　어림없는 소리. 그 애는 이태 전만 해도 미성년이었는데.

로미오　(하인에게) 저 여인이 누구냐? 저기, 기사의 손을 잡고 있는 여인 말이야.

하　인　모르겠습니다.

로미오　아, 저 여인의 빼어난 아름다움은 횃불에게 환히 타오르는 법을 가르치고 있는 듯하다. 그건 검은 에티오피아인의 귀에 매달려 있는 값비싼 보석처럼 밤의 볼에 걸려 있는 듯하다. 일상적으로 써먹자니 너무나 고귀한 아름다움이요, 속세의 것이 되기엔 너무도 아깝구나. 딴 여인들 틈에서 섞여 있으니 한결 더 눈부시게 아름다움이 돋보인다. 까마귀 떼 속에 섞인 눈처럼 하이얀 비둘기 같아 보이네. 춤이 끝나면 저 여인이 서 있는 곳을 잘 보아두었다가 저 여인의 손을 이 거친 손으로 잡아보리라. 한데, 지금까지 내 마음이 사랑을 했다고 할 수 있을까? 내 눈이여, 아니라고 답하라! 나는 오늘 밤에야 그 진정한 아름다움을 본 듯하구나.

티볼트　저 목소릴 들어보니 틀림없이 몬태규네 집안 사람이다. 여봐라(사동에게), 내 긴 칼을 갖고 오라. 이놈, 잘도 왔구나. 가면으로 몸을 가리고 와서 우리 연회를 우롱할 셈이냐? 우리 문중의 명예를 걸고 저놈을 때려죽이는 것이 죄가 될 순 없다.

캐퓰리트　애야, 왜 이렇게 화를 내고 있느냐?

티볼트   아저씨, 우리 집 원수인 몬태규네 집안 놈입니다. 이 녀석이 오늘 밤의 연회를 우롱하기 위해서 이곳에 온 겁니다.

캐퓰리트   로미오라는 청년이구나.

티볼트   그렇습니다. 악당 놈 로미오죠.

캐퓰리트   내버려둬라, 상관없다. 거동이 점잖은 게 신사답구나. 솔직히 말해서 이곳 베로나에서는 저 애를 품행이 단정한 좋은 청년으로 알고들 있어. 모두 자랑으로 삼고 있더라. 베로나 시의 재산을 몽땅 준다 하더라도 내 집에서 저 청년에게 해를 끼칠 수 없어. 그러니 참아야 해. 모른 척하고 있으면 되는 거야. 내 뜻이 그러하니, 네가 내 뜻을 받든다면 유쾌한 표정을 짓고 있어. 그렇게 상을 찌푸리면 못써. 그런 얼굴은 연회에 어울리지 않아.

티볼트   저런 악당이 손님으로 와 있으니 찌푸리는 것도 당연하죠. 도저히 참을 수 없습니다.

캐퓰리트   참아야 해, 요것아. 참으라면 참는 거야. 도대체 집주인이 누구냐? 너냐? 나냐? 돼먹지 않게. 그래 참을 수 없다는 거냐? 아이고, 맙소사. 내 손님들 앞에서 한바탕 소동을 부리겠다는 거냐! 놀라서 까무러치겠다, 이 녀석!

티볼트   숙부님, 너무하십니다. 이건 모욕이 아닙니까?

캐퓰리트   그렇게도 참을 수 없는 일이야? 뻔뻔스럽고 거만한 녀석. 자네, 안 그런가? 버르장머리 없이 이러는 네녀석에게도 필경 화가 미칠 걸. 나한테 거역하겠다는 거냐! 적당히 그치는 게 좋아 — 됐습니다, 여러분들 추세요! — 주제넘게시리, 건방진 녀석! 닥쳐, 그러지 않으려면 나가! — 불을 밝혀라! 불을 더 환히 밝혀라! — 돼먹지 않게시리! 아가리를 봉해주겠다 — 아, 여러분들 유쾌히 지내십시오!

티볼트   화통이 치미는데 다짜고짜로 참으라니 사지가 근질근질해서 못 견

디겠다. 난 가겠습니다. 이번 침범이 당장은 달콤할지 모르지만, 곧 쓴맛을 보게 될 거다. (퇴장)

로미오 (줄리엣의 손을 잡고) 만에 하나라도 이 천한 손으로 당신의 거룩한 성당을 더럽히고 있다면, 그 죄의 보상으로 내 입술이, 낯을 붉힌 두 순례자처럼 기다리고 섰다가 부드러운 입맞춤으로 더러운 흔적을 씻을까 합니다.

줄리엣 착한 순례자님, 당신의 손에 대해서 너무 지독하신 말씀. 보세요, 이처럼 예의 바르게 헌신의 정을 보여주고 있습니다. 원래 성자의 손은 순례자의 손에 닿는 법, 손바닥과 손바닥이 맞닿으면 거룩한 순례자의 입맞춤이 아니겠습니까?

로미오 하지만 입술은 성자에게도 순례자에게도 있잖아요?

줄리엣 순례자님, 그것은 기도를 올리라는 입술입니다.

로미오 아, 그렇다면 성녀님, 손이 하는 일을 입술이 하도록 내버려둡시다! 입술이 바라고 있습니다. 허락해줍시다. 믿음이 절망으로 변하지 않도록 말이오.

줄리엣 비록 기도를 허락하는 한이 있더라도 성자의 마음은 움직이지 않습니다.

로미오 그러면 움직이지 말고 있으시오. 내 기도의 효험을 받을 동안 (그녀에게 입 맞춘다) 이것으로 내 입술의 죄는 깨끗해졌습니다. 당신의 입술 때문이죠.

줄리엣 그렇다면 제 입술이 그 죄를 갖게 되네요.

로미오 내 입술의 죄? 아, 얼마나 달콤한 꾸짖음이냐! 다시 한번 그 죄를 돌려주오. (다시 입 맞춘다)

줄리엣 예절 책을 보고 배운 듯 입 맞추네요.

유 모 아씨, 어머님이 하실 말씀이 있으시대요.

로미오 어머님이 누구시오?

유 모 딱하기도 하시네, 총각. 그분이 바로 이 댁 주인 마나님이시랍니다. 현명하고 덕이 있으시고 훌륭하신 분이죠. 총각이 방금 얘기를 주고받은 아씨는 제 젖을 마시고 컸어요. 어느 댁 뉘신지는 몰라도 저 아씨에게 장가드는 양반은 돈보따리를 짊어지는 거예요.

로미오 (방백) 그녀가 캐퓰리트 집안 아가씬가? 아, 비싼 대가를 치르는군! 내 목숨이 원수네 집에 매달려 있다니.

벤볼리오 자, 이젠 물러가자. 흥이 한창일 때 꺼지는 거다.

로미오 그렇기도 해. 더 있을수록 불안한걸.

캐퓰리트 아니. 여보세요들. 가시기에는 아직 일러요. 신통치는 못하지만 간단한 다과가 마련되어 있어요. (캐퓰리트 귀에다 가면을 쓴 자들이 속삭인다) 아, 그러세요? 그러시다면, 알겠습니다. 오늘 왕림해주셔서 감사합니다. 여러분, 감사합니다. 안녕히들 가십시오. 자, 이쪽에 횃불을 더 밝혀라! 자, 우리도 이만해두고 잠자리에 들자. 아, 이런, 정말 밤이 깊었군. 나는 곧 잠자리에 들겠다.

줄리엣과 유모만 남겨두고 일동 퇴장.

줄리엣 유모, 이리 와요. 저어기 있는 저 신사분이 누구예요?

유 모 타이베리오 댁 장남인가 봐요.

줄리엣 지금 막 문을 나서는 저분 말이에요?

유 모 으응, 페트루치오 댁 도련님인가 본데요.

줄리엣 바로 뒤에 따라가는 분은요? 춤을 안 추시던데.

유 모 모르겠는데요.

줄리엣 가서 이름을 알아보고 오세요.

유모 걸어간다.

결혼하셨다면 무덤이 나의 신방이 될 거예요

유 모 이름은 로미오고, 몬태규 댁 사람이래요. 아씨의 원수 집 외아들이
라우.

줄리엣 나의 유일한 사랑이 유일한 증오심에서 태어나다니! 모르는 동안
에 너무 일찍 봐버렸고, 알고 났을 땐 이미 때는 늦었구나. 증오의
대상인 원수 집 사람을 사랑해야 한다니 불길하고 흉측한 사랑의
싹이어라.

유 모 그게 무슨 소리예요?

줄리엣 방금 함께 춤췄던 이로부터 배운 시구절이지요.

안에서 줄리엣을 부르는 소리.

유 모 네, 곧 갑니다! 자, 어서 가요. 손님들이 모두 가셨어요. (퇴장)

서 사

서사역 등장.

서사역 이제 해묵은 욕정은 무덤에 쓰러지고
젊은 사랑이 뒤어어 움튼다.
그 사랑 때문에 죽도록 신음하던 저 미녀도
아름다운 줄리엣과 비교하면 미녀가 아니어라.
지금 로미오는 사랑을 받으며 사랑을 하니

똑같이 미모에 현혹되었다.

허나 원수네 집 여인한테 애를 태워야 하고

그녀도 무서운 바늘에서

달콤한 사랑의 먹이를 훔쳐내야 한다.

원수의 몸이기에 가까이 가서 그는

흔히 하는 애인들의 맹세도 속삭일 수 없고

사모하는 마음은 간절하지만 그녀도

갓 사랑하는 님을 만날 길 없도다.

그래도 정열은 힘을 주어 만나게 하고

시간은 길을 열어 만나게 한다.

지극히 달콤한 사랑은

지극히 어려운 난관을 물리치는 법. (퇴장)

제2막

제1장 캐퓰리트 집의 정원

담장을 끼고 안에는 캐퓰리트 집 이층 창문이 보이고 바깥에는 한길이다. 로미오 홀로 한길에 등장.

로미오 마음이 이곳에 머무는데, 어찌 걸음을 뗄 수 있겠느냐? 되돌아가자, 이 둔한 잿더미 육신아. 네 생명의 중심을 찾는 거다.

담을 올라 정원으로 뛰어내린다.

벤볼리오와 머큐쇼가 한길로 등장.

벤볼리오 로미오! 어이, 로미오! 로미오!

머큐쇼 그 녀석 영리해서, 지금쯤은 집에 가서 푸욱 주무실 거다.

벤볼리오 이쪽으로 뛰어가다 이 정원수 담을 넘었어. 머큐쇼, 불러보게.

머큐쇼 주문을 외워서라도 불러내야지. 로미오! 익살꾸러기! 미치광이! 정열덩어리! 상사병에 걸린 놈아! 탄식하며 나타나라. 한 가닥 노래라도 부르면 나는 안심이다. '아아!' 라고만이라도 소리를 질러라. '사랑'이라든가 '비둘기'라고 외쳐라. 수다쟁이 비너스 여신에게 한마디라도 좋으니 달콤하게 속삭여다오. 비너스의 눈먼 장남이며 상속자인 젊은 아담 큐피드를 위해 별명을 지어보라. 코페투아 왕이 큐피드의 화살을 얻어맞고 거지 계집을 사랑하게 되었다네. 이 사람아, 안 들리나? 꼼짝달싹 않네. 이 원숭이 녀석 죽었나. 주문을 외워야겠군. 수리수리사바하, 로잘라인의 맑은 눈동자를 걸고, 그녀의 높은 이마와 붉은 입술에 걸고, 예쁜 발목과 쭉 뻗은 곧은 다리에 걸고, 와들와들 떠는 종아리와 깊숙한 허벅지에 걸고, 자, 네 모습을 나타내라!

벤볼리오 들으면 화내겠다.

머큐쇼 화를 내긴 왜 내. 그녀의 이상야릇한 둥근 구멍 속에 혼을 불러 세워놓고, 그 여자 보고 주문을 외워 그 물건을 쓰러뜨리라고 한다면, 진짜 화를 낼는지도 모르지. 그건 좀 독살스러운 짓이야. 그러나 나의 주문은 그럴듯하고 반반해. 로미오의 애인 이름을 빌려 고 녀석을 끌어낼 생각뿐이니깐.

벤볼리오　그는 일부러 안개 낀 흥겨운 밤을 찾아 숲속에 숨었을 게다. 사랑에 눈이 어두웠기 때문에 어두침침한 것이 어울리거든.

머큐쇼　사랑이 눈이 없다면, 사랑의 화살은 과녁을 뚫지 못해. 지금 로미오는 비파나무 밑에 앉아서 자기 애인이 비파열매 같았으면 하고 바라고 있을 게다. 간혹 아가씨들이 그 열매 이름을 불러보고 혼자서 웃는다고 하지 않나. 아, 그 여자는 딱 벌어진 비파열매가 되고 로미오 자넨 기다란 배가 되고 싶겠지! 로미오, 잘 있거라. 난 싸구려 도르래 침대로 돌아가겠네. 이 들판의 야외 침대는 나에겐 너무 추워. 가세. 안 가려나?

벤볼리오　가세. 들키지 않으려고 숨은 자를 찾는다니 헛수고가 아닌가. (벤볼리오와 머큐쇼 퇴장)

제2장 같은 장소

　로미오 등장.

로미오　(앞으로 나오며) 상처의 아픔이라고는 눈곱만큼도 모르는 사람이 남의 상처를 보고 놀려대는 거다.

　줄리엣, 이층 창문에 나타난다.

쉿! 저게 뭘까? 저 창문으로부터 새어 나오는 빛은 무엇인가? 저곳은 동녘, 줄리엣은 태양이다! 아름다운 태양이여, 솟아오르라. 시기하는 달님을 죽여다오. 달의 시녀인 그대가 주인보다 더 아름다운 탓으로 저 달은 시름에 잠겨, 병들어 창백해진 거다. 이젠 더 이상 달의 시녀가 되지 말아다오. 달은 시샘이 많은 여신이다. 그 시녀의 옷 색깔은 병들어서 파리하다. 바보만이 그런 옷을 입는다. 그 옷을 벗어던져라. 당신은 나의 님, 나의 사랑! 아, 당신이 이 마음을 알아줬으면! 입을 여네. 아무 말도 않고 있다. 내가 답을 해줘야지, 너무 뻔뻔스러운 것은 아닐까? 나한테 말을 하고 있는 것이 아닌데. 온 하늘 가운데 가장 아름다운 두 개의 별이, 볼일이 있어 잠시 갔다 오는 사이에 그녀에게 성좌에 남아서 반짝여달라고 저 두 눈동자에게 부탁하고 있는 중이다. 만약에 저 두 눈동자가 하늘에서 빛나고 하늘의 저 별들이 그녀의 얼굴에서 빛나고 있다면 어떻게 될까? 그녀의 반짝이는 두 뺨이 별들을 햇빛 속의 등잔불처럼 무색케 할 것이다. 하늘에 있는 그녀의 눈동자는 온 하늘에 가득히 빛을 발산하기 때문에 새들도 낮인 듯 착각하여 노래를 부를 것이다. 아, 저 보라, 손 위에 볼을 갖다대는 모습을! 바라건대, 저 손에 낀 장갑이 된다면, 저 볼에 닿아볼 수 있으면 얼마나 좋을까!

줄리엣 아아!

로미오 뭔가 말을 하고 있다. 오, 다시 한번 말해다오, 눈부신 천사여! 내 머리 위에서, 오늘 밤 이토록 찬란히 빛나는 당신. 날개 돋친 하늘의 천사가 둥둥 흐르는 구름을 타고 훨훨 허공 한복판을 지나갈 때 놀라서 허옇게 뒤집힌 눈으로 우러러 바라보는 인간들의 눈동자, 마치 그 눈동자에 비친 천사의 거룩한 모습과 꼭 같이 당신은 그 천사와 흡사하구나.

줄리엣 아, 로미오 님, 로미오 님, 어째서 당신은 로미오 님이신가요? 당신의 아버지는 아버지가 아니라고 부인하세요. 이름을 버리세요! 혹시 그것이 싫으시다면, 적어도 나를 사랑한다고 맹세해주세요.

그렇게 해주신다면 저도 이 순간부터 캐퓰리트의 이름을 버리겠습니다.

로미오 (방백) 더 들어볼까, 아니면 말을 걸까?

줄리엣 오직 당신 이름만이 저의 원수일 뿐이죠. 몬태규 집안 사람이 아니더라도 당신이 당신 자신임에는 변함이 없어요. 몬태규, 그것이 무엇입니까? 손도 아니고 발도 아닙니다. 팔도 아니고 얼굴도 아닙니다. 인간의 신체 어느 부분도 아닙니다. 부탁입니다. 다른 이름이 되어주세요! 하지만 도대체 이름이라는 것이 다 무엇입니까? 우리들이 장미라고 부르고 있는 저 꽃의 이름이 아무리 바뀌어도 향기로운 꽃향기에는 변함이 없어요. 로미오, 당신의 이름도 마찬가지예요. 이름이 로미오가 아니더라도 사랑스러운 그 완벽한 모습만은 남게 마련이죠. 로미오, 그 이름을 버리시고 당신의 힘줄도 살점도 아닌 그 이름 대신에, 나의 모든 것을 받아주세요.

로미오 말씀을 그대로 받아들이겠습니다. 단 한마디 나를 님이라 불러주오. 새로 세례를 받은 것과 같소. 지금 이 시간부터 나는 로미오가 아니오.

줄리엣 아니, 이렇듯 캄캄한 밤의 장막 속에 숨어 남의 은밀한 얘기를 엿듣는 당신은 누구세요?

로미오 이름으론 댈 수 없는, 당신에게 뭐라 알려야 할지 모르겠소. 거룩한 그대여, 내 이름은 당신네 원수의 이름이기 때문에 나 자신에게도 저주스럽소. 종이에 쓰인 것이라면 갈기갈기 찢어버리고 말 텐데.

줄리엣 아직도 당신의 말을 채 백 마디도 듣기 전입니다만, 그래도 당신의 말소리는 알겠어요. 몬태규 집안의 로미오가 아니세요?

로미오 당신이 둘 다 싫어하신다면 나는 그중의 아무것도 아닙니다.

줄리엣 이곳에 어떻게 무엇 하러 오셨어요? 담벼락이 높고 오르기가 힘든데. 게다가 신분 때문에 이곳에서 저희 집 사람에게 발각되면 당신은 죽음을 각오해야 할 텐데요.

로미오 사랑의 가벼운 나래를 타고 이 담벼락을 넘었지요. 돌담이라 한들, 어찌 사랑을 막아낼 수 있겠소. 할 수 있는 일이라면 사랑은 무엇이나 해냅니다. 그러니 당신네 집사람 정도가 어찌 사랑의 길을 막을 수 있겠소.

줄리엣 하지만 발각되면 죽어요.

로미오 그들의 칼끝이 스무 개인들 당신의 눈동자보다 더 무서울 건 없소! 당신의 포근한 눈짓이 있는 한 그들이 아무리 미워해도 나는 끄떡없소.

줄리엣 어떤 일이 있더라도 이곳에서는 들키지 않도록 해주세요.

로미오 그들의 눈을 피할 수 있는 밤의 외투 자락 속에 나는 숨어 있소. 그러나 당신이 나를 사랑해주지 않는다면 차라리 그들에게 잡히는 게 낫겠소. 당신의 사랑을 받지 못하고 구질구질하게 오래 사는 것보다는 차라리 그들의 증오심 때문에 살해당하는 편이 낫겠소.

줄리엣 누가 당신에게 이곳을 가르쳐주었나요?

로미오 사랑의 인도를 받았지요. 찾아볼 마음을 갖게 한 것도 사랑이오. 지혜를 빌려준 것도 사랑이오. 나는 다만 사랑에게 나의 눈을 빌려주었을 뿐입니다. 나는 길잡이는 아니지만, 당신과 같은 보배를 찾는 일이라면 천리길이건 만리길이건 바다를 헤쳐가리다.

줄리엣 밤의 가면이 제 얼굴을 가리고 있어요. 그렇지 않았다면 저의 두 뺨이 소녀의 수줍음으로 빨개졌을 겁니다. 오늘 밤 당신이 제 말을 엿들었기 때문이죠. 할 수만 있다면 체면도 지키고 싶고, 여태껏 한 말을 부정하고 싶기도 해요. 하지만 겉치레는 싫어요! 저를 사랑하세요? 사랑한다고 말씀하시겠죠. 당신 말을 믿겠어요. 아무리 맹세하더라도 깨뜨릴 수 있는 일이죠. 연인들의 거짓말은 주피터 신께서도 웃고 만다니까요. 아, 사랑스러운 로미오 님, 저를 사랑해주신다면 정직하게 그렇다고 말해주세요. 너무 쉽게 저를 정복하셨다고 생각하시면 전 심통을 부리면서 찌푸린 상으로 당신을 멀리하겠어요. 그래도 당신은 계속 저에게 사랑을 호소해주셔야 해요. 안 그러신대도 어떻게 당신을 거절할 수 있을라고요. 사실은요, 아름다운 몬태규 님, 저는 당신을 사랑하고 있어요. 이렇게 말한다고 해서 저를 경박한 여인이라고 생각하진 마세요. 하지만 저는 신중한 척하면서 농간을 부리는 여자들보다 더 진실하다는 점을 증명해 보이겠어요. 저의 참사랑을 저도 모르는 새 고백한 것을 당신이 엿듣지만 않으셨다면 저는 좀 더 신중할 수 있었을 거예요. 그러나 경박한 사랑의 포로가 되었다고 해서 저를 책망하진 마세요. 오히려 캄캄한 밤 때문에 탄로 난 사랑이니까요.

로미오 아가씨, 과수나무 우듬지마다 은백색으로 물들이고 있는 저 아름다운 달빛에 걸어 맹세합니다.

줄리엣 달빛에 걸어 맹세하지 마세요. 다달이 그 둥근 모양을 바꾸어 나가는 저 변덕스러운 달을 두고 저 달처럼 당신까지 변하면 큰일입니다.

로미오 그러면 무엇에 걸고 맹세해야 하나요?

줄리엣 아예 맹세 같은 건 하지 마세요. 그러나 꼭 맹세를 하고 싶으시거든 로미오 당신 자신에 걸고 맹세하세요. 당신이야말로 제가 숭배하는 신이기에 당신의 말을 저는 믿겠습니다.

로미오 내 가슴에 소용돌이치는 이 사랑이…….

줄리엣 글쎄 맹세를 하지 마시라니까요. 당신과 만나니 기쁘지만, 오늘 밤의 이 맹세에 대해서만은 아무런 감동이 없어요. 이건 너무 느닷없고 너무 경솔하고 너무나 뜻밖이라서, "불빛 봐라" 말할 새도 없이 깜박이며 번쩍이다 꺼져가는 번갯불 같아요. 이제 그만 작별합시다. 이 사랑의 꽃봉오리는 한여름의 바람을 타고 자라나서 다음에 만날 때는 아름다운 꽃으로 피어날 거예요. 안녕히 주무세요, 안녕히 주무세요! 내 마음속에 깃들고 있는 이 달콤한 안식이 당신의 가슴속에도 함께 깃들기를 기원하겠어요!

로미오 아아니, 이토록 섭섭하게 그냥 헤어져야 합니까?

줄리엣 그럼 오늘 밤 어떤 만족을 누리셔야 하나요?

로미오 서로의 진정을 사랑의 맹세에 담아 나누어야 합니다.

줄리엣 요청하기도 전에 이미 저의 사랑을 당신에게 드렸잖아요. 할 수만 있다면 다시 한번 당신에게 드리고 싶지만요.

로미오 다시 회수하시는 겁니까? 님이시여, 무엇 때문에?

줄리엣 성의를 다하여 다시 한번 드리고 싶어서예요. 생각해보니 자기가 지니고 있는 것을 욕심내는 것 같군요. 저의 마음은 바다처럼 넓고, 저의 사랑은 푸른 바다처럼 깊어요. 당신에게 이 사랑을 바치면 바칠수록 그만큼 제 사랑도 넘치지요. 사랑을 바치면 바칠수록 그만큼 제 사랑도 넘치지요. 사랑과 바다는 무한하니까요. 안에서 누가 저를 부르고 있어요. 로미오 님, 안녕! (유모가 안에서 부른다) 곧 갈게요, 유모! 사랑스러운 몬태규 님, 한결같아주세요. 잠깐만 기다려주세요. 곧 다시 올게요. (줄리엣 퇴장)

로미오 아, 축복받은 밤이여, 행복한 밤이여! 지금 시간이 밤이니 혹시 이게 꿈이 아닐까. 너무나 행복해서 사실 같지 않다.

줄리엣, 창문에 다시 등장.

줄리엣 로미오 님, 한두 마디만 더 할게요. 그러고 나서 정말로 안녕이에요. 만약에 당신의 사랑이 진실한 사랑이고 진정 결혼을 원하신다면 내일 사람을 보낼 테니 언제 어디서 예식을 올리실 작정이신지 저에게 연락해주세요. 그러면 저는 모든 것을 당신의 발밑에 내동댕이치겠습니다. 그러고 나서 당신의 인도에 따라 세계 어느 곳이든 따라가렵니다.

유 모 (안에서) 아씨!

줄리엣 곧 갈게요. 당신의 맹세가 거짓이라면, 빌겠습니다. 제발…….

유 모 (안에서) 아씨!

줄리엣 곧 가요 ─ 이 얘기는 이만 할게요. 홀로 슬픔에 잠기렵니다. 내일 사람을 보내겠어요.

로미오 신에 맹세코…….

줄리엣 천 번이고 안녕히! (줄리엣 퇴장)

로미오 당신의 빛이 없으니 천 배나 마음이 울적하오. 애인들의 상봉이 마치 하굣길 후의 학동들처럼 즐겁다면 이별의 슬픔은 마치 등굣길의 어두운 표정과도 같다.

　　줄리엣 또다시 나타난다.

줄리엣 보세요, 로미오, 아 로미오 님! 숫매를 불러들이는 매사냥꾼의 목소리가 필요하네요! 나는 집에 갇혀 있어요. 그렇지만 않다면, 메아리 신령의 목소리가 나보다 더 쉬어빠질 때까지 공중에 울려 퍼지도록 로미오 님의 이름을 부르도록 할 수 있을 텐데.

로미오 내 이름을 부르고 있는 저 소리는 내 영혼인 줄리엣 소리다. 밤의 어둠을 타고 퍼져오는 연인의 목소리는 은방울처럼 아름답구나. 곤두세우는 귀에는 그 소리가 마치 보드라운 음악 같구나!

줄리엣 로미오!

로미오 네.

줄리엣 내일 몇 시쯤에 심부름꾼을 보낼까요?

로미오 아홉 시.

줄리엣 꼭 지키겠어요. 그때까진 아득한 이십 년의 세월. 왜 다시 당신을
불렀는지 용건을 까마득히 잊었네.

로미오 생각날 때까지 여기 서 있겠소.

줄리엣 당신을 그곳에 그대로 서 계시게 하려면 그냥 잊고 있으면 되겠네
요. 오직 당신과 함께 있는 즐거움만을 생각하면서 말이에요.

로미오 그럼 당신이 그냥 잊고 있도록 나도 이곳 외의 다른 집은 다 잊고
여기 이대로 서 있겠습니다.

줄리엣 벌써 날이 밝아오네요. 이젠 돌아가세요. 하지만 장난꾸러기 손에
잡힌 한 마리 새보다 더 멀리 가시면 싫어요. 불쌍하게도 쇠사슬에
얽어 매인 죄수처럼, 잠시 동안 손아귀에서 풀어놨다가도 너무나
사랑하기때문에 장난꾸러기는 그 새의 자유가 금방 시샘 나서 그
가 쥔 비단실을 다시 잡아당기지요.

로미오 당신의 새가 되었으면 하오.

줄리엣 저 역시 그래요. 너무 귀여워하다가 죽여버리면 어떻게 해요? 안
녕, 안녕! 헤어지는 일은 달콤한 슬픔이기에 내일까지 계속 작별
인사를 드리고 있을래요. (줄리엣 퇴장)

로미오 당신의 두 눈에 잠이 깃들고, 당신의 가슴에 안식이 깃들라! 아, 그
잠이 되고 평화가 되어 고요히 당신 품에 묻혔으면. 이제부터 신부
님 사제관에 가서 도움을 청하고, 나의 행운에 대해서 보고드려야
지. (퇴장)

제3장 로렌스 신부의 사제관(암자)

손에 바구니를 들고 로렌스 신부 등장.

로렌스 회색 눈을 한 아침이 밤의 찌푸린 얼굴에 미소를 던지며, 동편 하늘에 흐르는 구름자락에는 빛 무늬가 감돈다. 얼룩진 어둠이 주정뱅이처럼 휘청거리면서 태양신의 수레바퀴로 다져진 밝은 길에서부터 도망친다. 태양이 이글거리는 눈동자를 치켜올려 한낮의 기세를 올리면서 축축한 밤이슬을 말리기 전에 나는 독초와 귀한 약초들을 따서 이 바구니에 가득히 담아야 한다. 자연의 어머니인 대지는 동시에 자연의 무덤이기도 하다. 그 무덤이 또한 모태이기도 하다 그 모태에서 가지각색의 아이가 태어나서 어머니이신 자연의 가슴에서 젖을 빨고 있다. 여러 가지 훌륭한 약효를 지닌 것이 한두 가지가 아니며, 어느 식물이라도 약효가 있는 법이어서 그 효험은 가지각색이다. 아, 초목과 돌 속에는 그 본질에 따라 괴상한 약효가 있다. 이 세상에서 생명을 지탱해 나가는 것치고, 아무리 유해하다 할지라도 특별한 약효를 주지 않은 것이 없다. 그 반대로 아무리 유익한 것이라 할지라도 한번 올바른 용법을 그르쳐 버리면 본래의 성질에 어긋나 약용의 해독을 면치 못하게 될 것이다. 그 용법을 그르쳐 버리면 선도 악이 되고 그 용법을 살리게 되면 악도 때로는 유익한 기능을 수행하게 된다.

로미오, 몰래 들어온다.

이 작은 한 떨기 어린 꽃봉오리 속에는 독도 있고 약효도 있다. 그 성분은 맡아보면 알 수 있다. 이 꽃을 맡으면 온몸이 상쾌해지지만 입속에 넣으면 감각과 심장이 한꺼번에 멈춘다. 이 일은 초목에만 있는 것이 아니다. 인간 속에도 악과 선이라는 두 상극하는 힘이 있어서 악성이 번창하면 곧 죽음이라는 해충이 그 식물을 먹어치운다.

로미오 (앞으로 나서며) 안녕하세요, 신부님.

로렌스 너에게 축복이 있으라. 이른 아침부터 달콤한 말로 찾아드는 사람이 누구냐? 젊은이가 꼭두새벽에 잠자리를 떠난 것은 마음이 괴로운 증거로구나. 늙은이들 눈은 심기불편하면 밤샘 하는데, 심로가 싸이면 잠이 없다. 근심 걱정이 없는 젊은이가 사지를 쭉 펴는 곳엔 황금의 잠을 누릴 수 있다. 이렇게 일찍 일어난 것을 보니 틀림없이 마음의 번민 때문에 잠을 설쳤나 보다. 그것도 아니라면 우리 로미오는 잠자리에 들지 않았나 보다. 내 말이 맞았지.

로미오 네, 맞았습니다. 잠보다 더 달콤한 안식이었습니다.

로렌스 하느님 맙소사. 로잘라인과 함께 있었나?

로미오 로잘라인이요? 신부님, 어림도 없어요. 로잘라인이라는 이름은 말끔히 잊었습니다. 그 이름 때문에 생겼던 슬픔도 다 잊었습니다.

로렌스 착한 녀석! 도대체 어디 가 있었느냐?

로미오 다시 묻기 전에 대답하죠. 실은 원수네 집 연회에 참석했었는데, 그곳에서 갑자기 저는 깊은 상처를 입었습니다. 상대방도 물론 저 때문에 상처를 입었죠. 그런데 저희 둘은 신부님만 도와주신다면, 신부님의 치료 여하에 따라 이 상처가 아물 수 있습니다. 저에게 원한이 있어서가 아닙니다. 저의 이 소원은 저뿐만이 아니라 상대방도 함께 약이 되어 구제될 수 있기 때문입니다.

로렌스 똑똑히 말할 수 없느냐. 솔직하게 말해다오. 흐리멍덩하게 참회하면 흐리멍덩하게 용서받을 뿐이야.

로미오 그러면 분명히 말씀드리겠습니다. 캐퓰리트네 집의 아름다운 딸에게 저의 진정한 사랑을 바쳤습니다. 그녀에게 저의 진정을 쏟고 있는 것처럼 그녀도 저에게 진정을 바치고 있습니다. 모든 것이 결합되었으며, 남은 일은 신부님의 힘으로써 하느님 앞에 맺어지는 것뿐입니다. 언제, 어디서, 어떻게 우리가 만나고 사랑을 호소하고 맹세를 나누었는지에 대해서는 차차 말씀드리겠습니다. 오늘 저희들이 결혼할 수 있도록 허락해주십시오. 이 소원만은 꼭 들어주셔야 합니다.

로렌스 깜짝 놀랄 일이다! 이게 무슨 변심이냐! 네가 그렇게 사모하던 로잘라인을 그토록 빨리 버릴 수 있느냐? 젊은이들의 사랑은 마음에 있지 않고, 눈 속에 있구나. 성모 마리아여! 로잘라인 때문에 너는 그 창백한 뺨을 무던히도 눈물로 적셨지. 그토록 많이 흘린 짠 눈물은 헛된 낭비가 되었구나. 이제 와서는 아무 맛도 없는 그 사랑에 간을 맞추려고 헛되이 뿌렸구나. 태양은 너의 탄식을 아직도 하늘에서 걷어들이지 않았을 테고, 귀익은 그전의 신음 소리는 아직껏 이 늙은이 귀에 쟁쟁 울리고 있다. 저것 봐, 너의 뺨에는 흘렀던 눈물 자국이 아직도 씻기지 않고 남아 있잖은가. 네가 아직도 변하지 않았다면, 그때 그 슬픔이 여전히 너의 슬픔이었다고 한다면 너 자신이나 너의 슬픔이나 모두 로잘라인 때문이었을 텐데. 네 인간됨됨이가 변했느냐? 이 속담을 읊어보라 — 남자를 믿을 수 없으니 여자의 타락도 당연하다.

로미오 로잘라인을 사랑했을 때도 신부님은 저를 꾸짖었어요.

로렌스 얘야, 사랑한다고 꾸짖은 게 아니라 미친 듯 흠뻑 빠지니까 나무랐을 뿐이다.

로미오 저보고 사랑을 묻어버리라고 하셨지요.

로렌스 무덤 속에 하나를 묻고 또 다른 사랑을 파내라는 것이다.

로미오 제발 저를 꾸짖지 말아주세요. 이번에 사랑하는 여인은 정에는 정, 사랑에는 사랑으로 보답할 사람입니다. 로잘라인은 그렇지 않았습니다.

로렌스 참, 로잘라인이 잘 보았어. 너의 사랑은 겉핥기로 책을 암기하는 듯한 것이었어. 철자법도 모르면서 말이지. 하여간 해보자. 나와 함께 해보자, 어린 난봉쟁이야. 어느 면에서 너를 도와줄 수 있을 듯하다. 어쩌면 이 연분으로 양가의 원한을 진정한 애정으로 전환시키는 행운을 잡을 수도 있을 법해.

로미오 어서 가시지요! 마음이 조급해집니다.

로렌스 분별 있게 천천히. 급히 뛰면 넘어지는 법이다. (퇴장)

제4장 광장

벤볼리오와 머큐쇼 등장.

머큐쇼 도대체 로미오 녀석은 어디로 꺼졌지? 어젠 집에도 안 왔대?

벤볼리오 안 왔어. 그 집 하인에게 물어봤어.

머큐쇼 파리하고 매정한 바람둥이 로잘라인 이 계집년이 너무 괴롭혀서 정신이 휑 돈 게 아니야.

벤볼리오 캐퓰리트 영감의 친척인 티볼트가 로미오 부친에게 편지를 보냈대.

머큐쇼 틀림없이 도전장일 거다.

벤볼리오 로미오는 응할 거야.

머큐쇼 글줄깨나 쓰는 놈치고 답장 못 쓸 사람 어딨어?

벤볼리오 도전장을 받은 이상 응전의 회답을 쓸 것이란 말일세.

머큐쇼 아이고 맙소사. 불쌍한 로미오만 골로 가네! 창백한 계집년의 까만 눈에 찔리고, 귀는 사랑의 노래에 뚫리고, 심장 한복판은 눈먼 활쟁이 아이놈의 장난감 화살로 빠개지는데, 그 녀석 티볼트와 맞설 수 있을까?

벤볼리오 아아니, 티볼트가 뭔데!

머큐쇼 고양이 왕자(중세시대 민요에 등장하는 인물인데 이름이 티볼트이다—역자주) 뺨칠 놈이야. 예의범절도 썩 잘 지킨다나. 노래하듯 싸움을 한다지. 시간과 거리와 박자를 맞춰 가며 싸운다는 거야. 잠깐 쉬었다 하면, 하나, 둘, 셋 하며 가슴패기를 치고 들어온대. 비단 단추를 치는 백정 놈, 칼 쓰기론 일류요, 문벌로도 이름난 신사라, 격투에도 일일이 이유를 내세운다나. 아, 천하일품의 앞치기에 뒤치기로 한 대 먹어라 치고 들어온다!

벤볼리오 뭐가?

머큐쇼 저 되지 못한 말을 괴상하게 떠벌이는 빌어먹을 놈들, 저 신식 말이나 주워대는 꼴불견들 말이야, 몽땅 뒈져라! '이크, 대단한 칼솜씨입니다요! 굉장합니다! 참 훌륭한 똥갈보외다!' 라고들 하는데, 여보게, 영감, 이거 한심한 일 아닌가. 저 뚱딴지 기생충 같은 놈들 때문에 우리가 이토록 시달려야 한다니, 내 원. 유행이나 좇는 놈들, 멋진 사랑 얘기만 주워대는 놈들, 신식이 아니면 얼굴을 들지도 못하고, 구식 의자에는 엉덩이가 저려 편히 앉을 수도 없다나? 어이구 내 **뼈**야, 어이구 내 **뼈**야 하는 놈들! 나는 그놈들을 증오한다!

로미오 등장.

벤볼리오 로미오가 온다, 로미오가 온다!

머큐쇼 얼빠진 건청어 같구나. 여봐, 이 사람아, 이 사람아, 어쩌면 그렇게 생선 꼴이 되었나. 페트라르카식의 노래를 짓는다고 그 꼴인가. 로라(페트라르카의 애인−역자 주)도 그의 애인에 비하면 식모 꼴이라나 ─ 사실인즉 노래를 짓기에는 로라가 훨씬 나은 애인을 갖고 있었지 ─ 그뿐인가, 그의 애인에 비하면 디도는 추녀요, 클레오파트라는 집시, 헬렌(트로이 전쟁의 원인이 되었던 그리스의 미인. 파리스의 연인−역자 주)과 헤로(세스토스의 미녀. 헬리스폰트 해협 대안에 있는 레안드로스와의 비련으로 유명하다−역자 주)는 추잡한 갈보, 푸른 눈인가 뭔가를 가진 티스베도 어림도 없다. 로미오 낭군님, 봉주르(프랑스어로 '안녕하십니까'−역자 주). 그대가 프랑스식 헐렁바지를 입었으니 소생도 오늘은 프랑스식 인사를 올리겠나이다. 어젯밤 자네는 우리들을 골탕 먹였어.

로미오 다들 잘 있었나. 내가 무슨 골탕을 먹여?

머큐쇼 도망쳤지, 도망쳤어. 몰라서 물어?

로미오 미안하네, 머큐쇼. 중대한 일이었어. 그런 경우에는 사소한 결례쯤은 참아줘야지.

머큐쇼 그런 경우엔 무릎을 꿇고 굽실거리란 말인가.

로미오 그야, 인사 아닌가.

머큐쇼 참 그렇군.

로미오 점잖은 해석인걸.

머큐쇼 난 이래 봬도 핑크 꽃이야.

로미오 아, 핑크 꽃, 예절의 정화(精華)!

머큐쇼 맞았어.

로미오 내 신발이 꽃 모양일세.

머큐쇼 잘했어. 자네 구두창이 닳아빠질 때까지 말장난을 따라오게. 한 꺼풀 구두창이 닳아빠져도 농담은 천하일품으로 남는 법이네. 닳고 닳아빠져도.

로미오 닳고 닳은 농담에 닳고 닳은 구두창이라!

머큐쇼 벤볼리오, 한 다리 끼게! 내 잔꾀가 동났어.

로미오 치고 달려라, 치고 달려! 안 하면 승리는 내 것이다.

머큐쇼 기러기 쫓기 같은 기지 싸움에 난 손들었네. 자넨 그놈의 바보 기러기 같은 기지를 나보다 다섯 배나 더 갖고 있어. 이 싸움에서 너는 내 적수가 아니야.

로미오 이 일에 내 적수가 될 수 없으면 다른 일에는 어림도 없어.

머큐쇼 그런 농담하면 귀를 깨물 테다.

로미오 맙소사, 착한 기러기 나리, 깨물진 마소서.

머큐쇼 자네 독설은 맵싸해서 톡 쏘는 양념 같네그려.

로미오 기러기 요리엔 알맞겠지?

머큐쇼 기지가 망아지 가죽처럼 신축성이 있어서 한 치가 한 자로 척척 늘어나는구먼.

로미오 한번 늘일 대로 늘여볼까. 기러기에 늘인다는 말을 붙이면, 자네는 바보 기러길세.

머큐쇼 사랑에 냉가슴 않는 것보다는 낫지. 로미오가 이젠 제법일세. 이제야 진짜 로미오로 돌아왔군. 어느 모로 보나 로미오 그대로다. 사랑 때문에 찔찔 짜지 말게. 지팡이를 구멍 속에 감추려고 축 늘어져 오르락내리락하는 꼬락서니란 꼭 바보 천치 같았어.

벤볼리오 그만둬, 그만해둬!

머큐쇼　누구 맘대로 그만두라는 거냐?

벤볼리오　내버려두지 않으면 얘기가 끝이 없겠어.

머큐쇼　허허, 자넨 잘못 봤어! 난 짧게 끝낼 참이었어. 내 얘기도 이젠 바닥이 나서 더 이상 늘어놓을 수도 없다네.

로미오　거 잘됐어!

　　　유모와 하인 피터 등장.

배다! 배다!

머큐쇼　두 척이야, 두 척. 바지와 고쟁이다.

유　모　피터!

피　터　네에.

유　모　부채를 다오.

머큐쇼　피터, 낯을 가리신단다. 얼굴보다 부채가 더 낫지.

유　모　아침에 안녕들 하십니까.

머큐쇼　마님, 안녕은 합니다만, 벌써 저녁인뎁쇼.

유　모　아니, 벌써 저녁이라뇨?

머큐쇼　그럼요. 보시다시피 음탕한 해시계가 지금 정오의 꼭지를 꼭 누르고 있잖아요.

유　모　당치도 않은 소리! 별사람 다 보겠네!

로미오　마님, 이 사람은요, 제 자신을 부수려고 태어났답니다.

유　모　아이, 신통한 말도 다 쓰네. '자신을 부수려고 태어났다'는 말은 썩 잘하셨어. 한데 신사분들, 말 좀 물읍시다. 이 중에 로미오 도련님이 어디 계신 줄 아시는 분 있어요?

로미오　말씀드리지요. 로미오 도련님은요, 당신이 찾을 때보다 찾고 났을 땐 이미 나이를 더 먹어버렸어요. 로미오라는 이름으론 제가 제일

어리지요. 하기야 이보다 더 못난 녀석도 없지만요.

유 모   말도 잘하셔.

머큐쇼   서툴수록 잘한다고 하네? 머리 하나 좋구나. 정말 똑똑하네, 똑똑
        해!

유 모   당신이 로미오 도련님이시라면, 조용히 드릴 말씀이 있습니다.

벤볼리오   만찬에 초대할 모양이지.

머큐쇼   나왔다, 나왔어! 토끼다, 토끼!

로미오   뭘 봤어?

머큐쇼   보통 토끼는 아냐. 파이에 쓰는 토끼가 아니라 케케묵어서 쓸모없
        는 갈보라네. (그는 그들 곁을 지나며 노래한다)

        푸석푸석 늙은 토끼갈보
        푸석푸석 늙은 토끼갈보
        사순절엔 먹음직한 고기.
        그러나 토끼는 늙은 갈보
        비싸서 사기에도 꺼림칙해
        쓸모없이 늙어버린 토끼갈보.

        로미오, 자네 어르신네 댁으로 가세. 함께 식사나 하세그려.

로미오   곧 따라가겠네.

머큐쇼   마님, 안녕히 가세요, 안녕히. (그는 노래한다) '마님, 마님, 마님.' (머
        큐쇼와 벤볼리오 퇴장)

유 모   잘들 가시우. 웬 양반들이 저리 입이 험하고 뻔뻔스러울까?

로미오   유모, 제멋에 겨워 마냥 지껄이는 친구들이죠. 한 달 걸려도 다 못
        하는 소릴 일 분 만에 씨불여댄답니다.

유 모   내 험담만 했단 봐라, 때려눕힐 테다. 저보다 더 억센 녀석도 끄떡
없어. 저따위 녀석 이삼십 명쯤이야 식은 죽 먹기다. 내가 할 수 없
으면 해낼 수 있는 사람을 불러올 테다. 망할 자식! 내가 자기들 놀
림감인 줄 아나. 난 그 흉악한 놈들 상대가 아냐. (피터에게 돌아서서)
너도 너지, 왜 우두커니 서서 멍청하게 보고만 있어? 그놈들이 몰
려와서 희롱하는 것을 참고 견뎌야만 하는 거냐?

피 터   아무도 마님을 희롱하지 않았는데요. 그런 일이 있었으면 벌써 칼
을 뽑았게요. 칼 뽑는 속도만은 번개 같습니다요. 물론 충분히 싸
울 이유가 있고 정당한 명분이 서 있어야죠.

유 모   정작 어찌나 화가 나던지 분통이 터져 온몸이 떨린다. 망할 자식.
(로미오에게) 그런데 말씀이에요, 도련님. 아까도 말씀드렸지만, 저
희 집 아씨가요, 무슨 일이 있더라도 도련님을 뵙고 오라는 분부였
습니다. 아씨가 말한 부탁은 저만 알고 있을라우. 근데 우선 말씀
드릴 것은 저세상 말마따나 도련님이 우리 아씨를 바보의 천당으
로 유혹해가겠다면 그건, 그들 말마따나 아주 몹쓸 짓 아닙니까.
우리 아씨는 아직도 어린 풋내기라서요, 만약에 아씨를 속임수로
농락하면 정말로 여자에게 행패가 되고 아주 비겁한 짓이 된다는
겁니다.

로미오   유모, 아씨에게 안부를 전해주오. 유모 앞에 맹세하지만…….

유 모   아이, 그럼요. 꼭 그대로 전해드립죠. 이거 참 아씨가 퍽 기뻐하시
겠네.

로미오   아씨에게 뭐라 전하겠소? 유모는 내 말을 채 듣지도 않았잖소.

유 모   글쎄, 저 보기엔 도련님이 아주 신사 양반답게 맹세하셨다고 전하
리다.

로미오   저 이렇게 전하시오. 오늘 오후 어떡하든 참회식에 나올 궁리라면,

로렌스 신부의 사제관에서 참회가 끝나는 대로 결혼식을 올릴 예정이라고 말하세요. 자, 이건 수고비요.

유 모 이러지 마십시오. 한 푼도 받을 수 없어요.

로미오 괜찮소. 받아두시라니까.

유 모 오늘 오후라고 말씀하셨지요? 예, 꼭 그렇게 하도록 전할게요.

로미오 유모, 당신은 수도원 담 뒤에서 기다려주오. 한 시간 후에 내 몸종이 사다리같이 얽은 줄을 가지고 갈 것이오. 밤의 장막을 타고 나를 행복의 절정으로 올려다 줄 줄이오. 잘 가시오. 실수 없이 하세요. 사례는 반드시 하리다, 안녕히. 줄리엣에게 안부 전하시오.

유 모 안녕히 계십시오. 아, 그런데 말씀이에요.

로미오 유모, 뭐죠?

유 모 도련님 몸종은 믿음직한 사람인가요? 속담에도 있듯이, 따로 듣는 사람이 없고, 두 사람끼리면 비밀은 안 샌다잖아요?

로미오 그 사람은 내가 보증하오. 단단하기가 강철 같소.

유 모 안심했어요. 워낙 우리 집 아씨는 귀여운 분이라서요. 아이고, 참 아씨가 어릴 적에 어리광을 피울 때 — 아, 그런데 이 고장에 패리스라는 귀족이 계시는데요. 우리 집 아씨에 대한 집념이 대단하시답니다. 아씨는 한다는 소리가 그 양반을 보느니 차라리 두꺼비를 보겠다잖아요. 패리스 양반은 훌륭한 남자라고 아씨의 기분을 잡치게 하면서까지 한 말씀 올렸죠. 그런데 말입니다. 제가 그렇게 말했을 때 벳조각같이 아씨의 얼굴빛이 창백해졌어요. 그런데 말씀이에요. 생각해보니 로즈메리나 로미오나 똑같은 문자로 시작되잖아요?

로미오 그렇소, 유모. 그게 어쨌다는 거요? 둘 다 'R'로 시작되죠.

유 모 농담 그만하세요! 꼭 개 이름 같구려. 'R'라는 문자는 — 아냐, 다

른 문자로 시작된다고 나는 알고 있는데. 그건 그렇다고 하고, 아
씨는 도련님 이름자와 로즈메리 꽃을 붙여서 참말 예쁜 문장을 만
들겠지요. 도련님이 들으면 기뻐하실 테지.

로미오　아씨에게 안부를 전해주시오. (퇴장)

유 모　네엣, 천 번이라도 전합죠. 피터!

피 터　네에.

유 모　앞서라. 어서 가자. (두 사람 퇴장)

제5장 캐퓰리트 집의 정원

줄리엣 등장.

줄리엣　유모를 보냈을 땐, 이홉 시 종이 울렸지. 삼십 분 후에는 돌아온다
고 약속했는데 아마도 만나지 못했나 봐. 아니, 그럴 리야 없겠지.
그래, 유모가 절름발이 같잖아! 사랑의 심부름은 나래 돋친 생각처
럼 빨라야 해. 험준한 얼굴을 하고 있는 산 그림자를 쫓으면서 달
리는 햇살보다도 사람의 생각은 열 배나 더 빠른걸. 그렇기 때문에
사랑의 여신의 수레는 날개도 가벼운 비둘기가 끌고, 질풍처럼 달
리는 큐피드도 날개를 달고 있지. 태양은 그 여로의 정상에 다다르
고 있으니 아홉 시부터 열두 시라면 꼬박 세 시간이 아닌가. 그런
데 아직껏 유모는 돌아오지 않고 있어. 유모에게도 정이 있고, 젊
고 뜨거운 피가 흐르고 있으면 테니스 공처럼 날아가줄 수 있을 텐
데. 내 말이 떨어지기가 무섭게 님에게로 날아가면, 님의 말이 또
한 나는 듯이 되돌아올 수도 있을 텐데. 늙은이들은 대개가 송장

같아서 무력하고 느리고 무겁고 핏기가 없는 것이 꼭 납덩이 같아.

　유모와 피터 등장.

아, 드디어 왔구나! 유모, 어떻게 됐나요? 그분을 만났어요? 이 사람은 보내세요.

유　모　피터야, 문간에서 기다리고 있거라. (피터 퇴장)

줄리엣　자아, 유모……. 아 아니, 왜 그렇게 슬픈 표정이세요? 비록 슬픈 소식이라도 기쁘게 전하는 거예요. 만약에 좋은 소식이라면 그토록 찌푸린 상으로 전하지 마세요. 달콤한 음악 같은 소식을 망치면 큰일이에요.

유　모　아이 피곤해. 잠깐만 쉬어야겠다. 아이고, 뼛골이야! 얼마나 뜀박질했는지!

줄리엣　내가 내 뼈를 줄 테니, 소식을 말해줘. 자, 어서 말해봐요. 고마우신 유모님, 말해주사이다.

유　모　무엇이 그리 급할까! 잠깐 동안도 기다리지 못하나요? 숨이 차서 못 견디겠네.

줄리엣　숨이 차뇨? 숨이 차다는 말을 할 수 있는데 어떻게 숨이 차담? 변명하느라 우물쭈물 보내는 시간이면 실컷 대답하고도 남겠어요. 좋은 소식이에요, 나쁜 소식이에요? 이 말에 어서 대답해. 어느 쪽인지 말하면 나머지는 천천히 들어도 좋아. 나 좀 안심시켜줘. 좋은 소식이야, 나쁜 소식이야?

유　모　원, 아씨도, 잘못 골랐어요. 남자 고르실 줄 통 모르셔. 로미오라니요? 안 돼, 안 되지. 상판대기는 그럭저럭 괜찮다 하고, 다리는 도저히 딴 남자와 비교할 수 없을 만큼 뛰어나고 손이다, 발이다, 몸집이다 하는 것은 따질 만한 가치도 없지만, 남과 비교할 수 없을 정도로 뛰어나긴 했어요. 예의범절의 꽃이라 할 순 없어도 어린 양처럼 얌전하더구먼요. 가서 하느님께 기도를 올리세요. 점심은 드셨나요?

줄리엣 아니요. 그런 얘기라면 그전부터 나는 알고 있었어. 결혼에 대해서 무슨 말이 없던가요? 듣고 싶은 것이 바로 그거예요.

유 모 아이고, 내 머리가 깨지겠네! 웬 골치가 이럴까! 산산조각이라도 나는 것처럼 골치가 마구 때리네. 뒷전에 있는 등허리까지 — 아이고, 내 등허리야, 등이여! 아씬 너무하셨어. 이 늙은이를 이리저리 뛰게 만들고. 정말이지 이 유모는 지금 죽을 지경이라우!

줄리엣 미안해요, 유모. 기분이 언짢은 모양이죠. 하지만 유모, 내가 정말로 좋아하고 좋아하는 착한 유모, 말해주세요. 나의 님이 뭐라 하시던가요?

유 모 그 애인 양반은 점잖은 신사답게 말하대요. 정직하고 공손하고, 친절하고 멋지고 그리고 내가 보증합니다만, 덕망 있는 신사처럼 말을 꺼내시더구먼 — 그래, 어머닌 어디 계셔요?

줄리엣 어머님 어디 계시냐고? 집 안에 계시지. 집 안에 안 계시고 어디 계시겠어. 유모 대답이 참 이상해. '너의 애인은 정직한 신사답게 말을 꺼내서' 라든가 '어머니 어디 계셔요?'는 도대체 무슨 뜻이죠?

유 모 아씨! 뿔이 나고 몸이 다는 모양이시지? 답답한 일이군. 이게 기껏 내 뼈아픈 데에 주는 약 값이에요. 앞으론, 전할 게 있으면 아씨가 직접 가시구려.

줄리엣 너무 수선을 떨며 과장하지 말고! 그런데 로미오 님은 뭐라 하시던가요?

유 모 아씨, 오늘 참회하러 가도 좋다는 허락받으셨지요?

줄리엣 받았지요.

유 모 그러면 곧 로렌스 신부님의 사제관으로 가세요. 아씨 낭군이 거기
서 기다리고 있어요. 신부가 되는 거죠. 보시라니깐요, 벌써 들떠
서 볼이 빠알개졌네. 무슨 말만 들었다 하면 금세 얼굴이 홍당무가
되는군. 곧 성당으로 가요. 유모는 딴 길로 가서 사닥다리를 갖고
와야 돼요. 밤중에 그 사닥다리를 타고 아씨 낭군이 새 둥지로 기
어오르게 되어 있으니깐요. 이 유모가 하는 일은 밤낮 이런 허드렛
일뿐이니. 그래도 아씨가 좋아하시는 일이라면, 그저 그만이에요.
그러나 오늘 밤에는 아씨가 짐을 질 차례지요. 어서 가봐요. 유모
는 점심 좀 들어야겠어요. 어서 사제관으로 가세요.

줄리엣 행복을 찾아 길을 재촉하자! 착한 유모, 안녕. (퇴장)

제6장 로렌스 신부의 사제관(암자)

로렌스 신부와 로미오 등장.

로렌스 바라옵건대 신이여, 이 거룩한 예식에 미소를 던져주소서. 훗날에
슬픔으로 저희들을 책망하시지 마옵소서!

로미오 아멘, 아멘! 하지만 어떤 슬픔이건 오겠으면 오라. 그녀를 상면하
여 순간적으로나마 나누는 기쁨과 맞바꿀 수 있는 슬픔이 이 세상
에 있을까? 하느님의 말씀으로 저희들의 손을 결합시켜주십시오.
그러면 사랑을 삼키는 죽음이 무엇을 한들 제게는 상관없습니다.
줄리엣을 나의 님이라고 부를 수만 있으면 충분합니다.

로렌스 격렬한 기쁨은 격렬하게 끝장나는 법. 불과 화약이 서로 부딪치는
순간에 폭발하는 것처럼 승리는 곧 죽음이란다. 지나치게 달콤한

꿀은 달기 때문에 도리어 싫어지는 법이고, 맛을 보면 입맛을 버린다 하잖느냐. 그러니 사랑도 적당히 해야 한다, 이 말이다. 오래 계속되는 사랑은 모두 그러하거늘, 급히 가는 길은 살펴가는 길보다도 더디게 마련이다.

　　줄리엣 다소 빠르게 등장, 로미오와 껴안는다.

아씨가 왔다. 저 가벼운 걸음걸이로는 저 딱딱한 바닥 돌이 닳아버릴 날은 영원히 없으리라. 사랑을 하면 여름날의 바람에 살랑거리며 흐늘거리는 거미줄을 타도 떨어지지 않는다고들 하지. 사랑의 희롱은 그토록 하염없는 일이니라.

줄리엣　신부님, 안녕하십니까.

로렌스　로미오가 우리 둘 몫까지 인사를 할 것이다.

줄리엣　그럼 로미오 님도 안녕하세요. 이렇게 인사를 한 번 더 드리지 않으면 너무 로미오 님의 인사가 황송해요.

로미오　오, 줄리엣, 당신의 기쁨과 나의 기쁨의 정도가 비슷하지만 당신이 그 표현을 더 잘한다면, 제발 당신의 말로 이 주위의 공기를 향기롭게 해주오. 그리하여 지금 우리 둘만이 알 수 있는 이 벅찬 재회, 꿈같은 행복을 낭랑한 목소리로 말해주오.

줄리엣　마음속의 생각이라는 것은 말보다도 내용이 더 충실한 법이오니 화려한 말보다는 실속 있는 내용을 더 자랑하세요. 가진 돈을 헤아리는 자는 모두 가난뱅이들이에요. 저의 진정한 사랑은 너무도 커져서 그 절반도 헤아릴 수 없어요.

로렌스　자아, 내 뒤를 따라오너라. 어서 예식을 끝내도록 하자. 성당이 너희 둘을 하나로 결합시키기 전엔 너희들끼리 내버려둘 순 없다. (퇴장)

제3막

제1장 베로나의 광장

머큐쇼, 벤볼리오, 이들의 하인들 등장.

벤볼리오 여봐, 머큐쇼, 돌아가자. 날씨가 무더운 데다 캐퓰리트 집 놈들이 활보하고 있다. 부딪혔다 하면 한바탕 싸움을 안 할 수 없어. 이렇게 더운 날엔 피도 미친 듯이 끓는다니까.

머큐쇼 주막집에 들어서자마자 상 위에 칼을 내던지고 '너 따윈 소용없다'고 한마디 하고는 두 잔째 술잔이 돌아가자마자 난데없이 칼을 뽑고서는 종업원에게 대든다는 놈팡이가 있다더니, 자네야말로 꼭 그 녀석 닮았구나.

벤볼리오 내가 그런 작자라고?

머큐쇼 온 천지에 너같이 울뚝불뚝 화 잘 내는 사람은 없어. 금세 발끈 성미를 부려 기분을 상하는가 하면, 또 어느새 기분을 잡쳐 발끈하고.

벤볼리오 무엇 때문에 내가 화를 내겠어?

머큐쇼 글쎄, 자네 같은 자가 둘만 있어봐. 서로 죽자 사자 할 판이니, 둘 중에 남아날 게 있을까 보냐. 자네는 말이야, 턱수염이 자네보다 한 가닥 더 있거나 없다는 이유 때문에 싸움을 걸 놈이야. 자네는 말이야, 호두 까는 사람 보고도 싸움을 걸 놈이야. 이유가 뭔지 알아? 자네 눈빛깔이 호두 색이라 이거지. 도대체 자네 같은 눈알을 하지 않고선 그따위 싸움판을 캐낼 놈이 없단 말이다. 자네 대갈통은 가득 찬 달걀 속처럼 싸움으로 꽉 차 있어. 길바닥에서 기침을 크게 했다 해서 멱살 잡고 자네는 싸웠지. 양지에 자고 있는 자네 강아지 잠을 깨웠다는 핑계로 말이야. 어느 집 양복장이가 부활절 전에 새로 웃저고리를 지어 입었다고 해서 한바탕 윽박질렀지? 누구하곤 새 구두에 낡은 끈을 맸다고 싸웠지? 그런 자네가 나보고 싸움을 삼가라고? 웃기지 마!

벤볼리오   내가 자네처럼 싸우기 좋아한다면 내 목숨을 탈탈 떨어 판다 쳐도 한 시간 십오 분짜리가 아닌가?

머큐쇼   탈탈 떨어 팔아? 바보 같은 소리!

    티볼트, 그 밖에 몇 사람 등장.

벤볼리오   이크, 캐퓰리트 놈들이다.

머큐쇼   도망가진 않겠다. 오겠으면 오라지.

티볼트   내 뒤에 바싹 붙어 오너라. 내가 말을 건넬 테니. 안녕들 하십니까? 당신들 중의 한 사람과 몇 마디 나누고 싶소.

머큐쇼   아아니, 우리들 중의 한 사람과 몇 마디 나누고 싶어? 그 말에 아귀를 채우시지그래. 한마디와 한바탕 싸움이라고.

티볼트   한바탕 원하신다면 이쪽도 용의는 있소.

머큐쇼   내가 원하지 않더라도 네가 스스로 나설 수 없냐?

티볼트   머큐쇼, 너 이놈, 로미오와 한패가 되어 장단 맞추고 있지?

머큐쇼   뭐, 장단 맞춰? 아니 우리를 떠돌이 악사로 취급하시네. 멋대로 생각해라. 요란하고 시끄러운 소리를 들려주마. 여기 내 깽깽이 채가 있다. 춤 좀 추게 만들어주마. 망할 자식. 짝패라고!

벤볼리오   여긴 사람들이 붐비는 길 한복판이다. 조용하고 깊숙한 곳으로 가서 느긋하게, 불만이 있으면 서로 털어놓든가 아니면 헤어지든가 하자. 이곳은 사람들 눈이 많다.

머큐쇼 사람들 눈은 보라고 있는 거야. 실컷 보게 내버려두라지. 나는 말이다, 남의 비위를 맞추면서 우물쩍 물러서는 것은 질색이다.

　　로미오 등장.

티볼트 좋아, 자네와는 화해다. 저 녀석 이제 오는구먼.

머큐쇼 저 녀석이라니. 로미오가 네 종놈이란 말이냐. 그렇다면 내 목을 매달겠다. 네가 결투장으로 간다면 로미오는 끝까지 네 뒤를 따를 거다! 그런 뜻에서 각하께서는 그분을 대장부로 대우하셔야 마땅한 줄 아뢰오.

티볼트 로미오, 네놈한테 바칠 수 있는 말은 네놈이 악당이라는 것뿐이다.

로미오 티볼트, 나는 자네를 아껴야 될 이유가 있어. 그래서 보통 때 같으면 핏대 날 그런 무례한 인사에도 나는 꾹 참고 있는 것이라네. 나는 절대로 악당이 아니네. 자네는 아직도 나라는 인간을 모르고 있어. 이만 실례하네.

티볼트 그런 말로 네가 나에게 끼친 숱한 해독을 변명할 셈이냐. 돌아서서 칼을 뽑아라.

로미오 분명히 말해두지만, 내가 자네에게 무례한 짓을 한 적은 없어. 자세히 말해야 자네는 알아듣겠지만 나는 오히려 자네가 상상하는 것 이상으로 자네를 아끼고 있다네. 그러니 캐퓰리트, 진정하게. 캐퓰리트! 그 이름은 우리 집 이름만큼 내가 아끼고 소중히 여기는 것이라네.

머큐쇼 야, 비겁한 녀석. 더럽게 쩔쩔매고 있으니! 한칼이면 끝장나는 것 아니야. (그는 칼을 뺀다) 티볼트, 이 생쥐잡이 같은 놈, 어서 기어 나오라.

티볼트 날 어떻게 하겠다는 거냐?

머큐쇼 고양이 임금이시여, 그대의 아홉 개 목숨 가운데서 하나만 주십사 하는 겁니다. 앞으로도 네 태도 여하에 따라서 나머지 여덟 개를 차례로 때려눕혀보겠다는 얘기다. 칼자루를 잡고 칼을 쓰욱 뽑아보지 않겠어. 어서 빼. 네 칼집에서 칼이 나오기도 전에 내 칼이 네 놈 귓전으로 날아갈 거다.

티볼트 좋다, 내 칼을 받아라. (그는 칼을 뺀다)

로미오 머큐쇼, 칼을 거둬.

머큐쇼 오라, 네놈의 돌격 솜씨로구나!

  그들은 싸운다.

로미오 벤볼리오, 칼을 빼들고 이 사람들 칼을 쳐서 떨어뜨려. 여보게들, 제발 그만두게! 난동을 부리지 말게! 티볼트, 머큐쇼, 영주님의 엄명이시다. 베로나 거리에서 싸움은 금물이다. 그만둬, 티볼트! 여봐, 머큐쇼!

  티볼트가 로미오 팔 밑으로 머큐쇼를 찌른다.

하인 1 티볼트 님, 도망치세요! (티볼트, 하인들과 퇴장)

머큐쇼 찔렸다. 두 집안이고 뭐고 몽땅 망해버려라. 난 끝장이로구나. 그놈은 상처도 안 입고 달아났지?

벤볼리오 뭐야, 다쳤어?

머큐쇼 긁혔어, 그저 긁혔을 뿐이야. 그래도 이만한 상처면 충분해. 내 종놈은 어디 갔어? 인마, 어서 가서 의사를 불러와. (하인 퇴장)

로미오 용기를 내게. 그리 깊은 상처는 아니야.

머큐쇼 우물보다야 얕고, 교회문같이 넓진 않아도 이만한 상처면 충분해.

충분히 효력이 있을걸. 내일이면, 나는 무덤 속이야. 농담이 아니야. 이젠 이 세상과도 하직하누나. 두 집이 몽땅 망해버려라! 제기랄, 강아지 한 마리, 생쥐 한 마리, 고양이 한 마리가 사람을 할퀴어 죽이다니! 셈본책을 들여다보며 칼쌈하는 허풍쟁이 악당, 깡패 녀석! 너는 왜 이 판국에 뛰어들었느냐? 네 팔뚝 아래로 찔렸어.

로미오 모두 좋도록 하자는 생각이었지.

머큐쇼 벤볼리오, 나를 집으로 데려가게. 기절할 것만 같네. 두 집안이 몽땅 망해라! 날 구더기 밥으로 만들다니. 완전히 당했다. 네놈들 두 집안! (머큐쇼와 벤볼리오 퇴장)

로미오 저 사람은 영주님의 근친이요, 나의 친한 벗이었다. 그런데 나 때문에 치명상을 입었으니. 티볼트의 폭언은 나의 명예를 더럽혔다. 한 시간 전에 나와 친척의 연분이 맺어진 그 티볼트가! 오, 줄리엣, 그대의 아름다움이 나를 겁쟁이로 만들었고, 내 용기의 강철을 녹여버렸다!

　　벤볼리오 등장.

벤볼리오 오, 로미오, 로미오, 용감한 머큐쇼가 죽었어! 기고만장하던 그의 영혼이 구름을 향해 날아올랐지만, 너무도 엉뚱한 때에 이 세상을 마다했네.

로미오 오늘의 이 불행은 결코 이것으로 끝나지 않을 것이다. 문제는 지금부터다. 오늘의 일은 다만 시작일 뿐, 이윽고 앞날에 결말이 날 것이다.

　　티볼트 등장.

벤볼리오 성난 티볼트가 되돌아왔어.

로미오 머큐쇼를 살해하고, 너는 펄펄 살아서 승리감에 도취되고 있구나! 이젠 관대한 처분이란 있을 수 없다. 그따위는 하늘에 팽개치자! 불꽃이 되어 타오르는 분노심이여, 나를 인도해다오! 야, 티볼트, 아까 네놈이 나를 악당이라고 했지. 네놈한테 그것을 되돌려주마. 머큐쇼의 혼백은 아직도 우리들의 머리 위를 서성대고 있을 것이다. 그의 길동무는 네놈의 영혼이다. 머큐쇼는 그것을 기다리고 있을 거다. 자, 네놈이냐, 나냐. 어느 쪽이 그의 길동무가 될 것인가. 아니면 둘 다 머큐쇼를 뒤따를 것인가.

티볼트 이 녀석, 이 세상에서도 네놈은 그의 짝이었지. 저세상에서도 정다운 짝패가 돼라.

로미오 이 칼이 그것을 결정지어줄 것이다.

  그들은 싸운다. 티볼트가 쓰러진다.

벤볼리오 로미오, 어서 도망쳐라! 시민들이 떠들썩하다. 티볼트가 죽었다. 멍청하게 서 있지 마라. 잡히면 사형선고다. 빨리 도망쳐라!

로미오 오, 나는 운명의 꼭두각시.

벤볼리오 무엇 때문에 우물쭈물하는 거야?

  로미오 퇴장. 시민들 등장.

시 민 머큐쇼를 죽인 놈은 어디로 달아났어? 살인자, 티볼트는 어디로 도망갔나?

벤볼리오 티볼트는 저기 쓰러져 있소.

시 민 일어나서 같이 가자. 영주님의 이름으로 너를 체포하겠다.

  영주가 부하들과 등장. 몬태규, 캐퓰리트, 그 부인들과 전체 등장.

영 주 이 싸움을 시작한 불한당은 어디 있느냐?

벤볼리오 아, 영주님, 이 무서운 싸움의 자초지종을 제가 말씀 올리겠습니다. 로미오가 죽인 남자가 저기 쓰러져 있습니다. 그가 영주님의 친척이신 머큐쇼를 죽였습니다.

캐퓰리트 부인 티볼트야, 이런 변이 있담. 내 조카, 아, 오빠의 아들이! 오, 영주님! 오, 티볼트여! 주인 양반! 내 사랑하는 친족이 피를 흘렸어요! 공정하신 영주님, 우리 집안 사람이 흘린 피의 대가로 몬태규의 집안 사람도 피를 흘리게 해주십시오. 아, 나의 조카 티볼트가!

영 주 벤볼리오, 누가 이 피비린내 나는 싸움을 시작했는가?

벤볼리오 여기 죽어서 쓰러져 있는 티볼트, 로미오가 죽인 티볼트가 시작했습니다. 로미오는 온화한 말투로 싸움이란 부질없는 짓이라고 말하면서 전하의 노여워하심을 덧붙이며 그의 반성을 촉구하였습니다. 조용한 말로, 부드러운 표정으로, 무릎까지 굽실거리며 말했습니다만, 티볼트는 화해 따위에는 전혀 귀를 기울이지 않았습니다. 그의 격한 분노를 누그러뜨릴 길이 없었습니다. 그뿐이겠습니까. 칼을 뽑아 들고 혈기왕성한 머큐쇼의 가슴팍을 겨냥하며 대들었습니다. 그랬더니 머큐쇼도 이에 질세라 맹렬한 기세로 뛰어들며 욕설을 퍼부었습니다. 한 손으로 싸늘한 죽음의 칼날을 쳐 젖히며, 다른 손으로 상대방을 되받아치며 응수하였습니다. 티볼트의 솜씨도 여간 좋은 것이 아니어서 쳐오는 칼을 재빨리 막으며 되받아치곤 했습니다. 바로 그때 로미오는 목청을 돋워, '그만해둬, 이 사람들아, 물러나라!' 라고 고함을 질렀습니다. 소리보다도 더 빠르게 그의 재빠른 솜씨는 두 사람을 한꺼번에 때려잡으며 그 둘 사이로 파고들어 갔습니다. 그런데 로미오의 팔 아래로 원한 맺힌 티볼트의 일격이 늠름한 머큐쇼에게 치명타를 안겨줬습니다. 그러자 티볼트는 그 자리를 피해 도망쳤습니다. 그러나 그는 금방 되돌아왔습니다. 복수심에 가득 찬 로미오가 번개처럼 그에게 대들어 둘의 칼싸움이 시작됐습니다만, 둘을 떼어놓을 여유도 없이 그토록 완강했던 티볼트는 어느새 칼에 찔러 쓰러졌습니다. 로미오는 홱 돌아서서 도망쳤습니다. 이것이 이 사건의 진상입니다. 티끌만큼이라도 거짓이 있다면 이 벤볼리오의 목을 쳐주십시오.

캐퓰리트 부인 이 사람은 몬태규 일족입니다. 그의 편애가 허위진술을 하고 있습니다. 이 싸움에는 스무 명의 사람들이 몰려들어 한 사람의 목숨을 빼앗아갔습니다. 영주님, 공정한 판결을 내려주소서. 꼭 그러셔야 합니다. 로미오가 티볼트를 살해했습니다. 로미오를 살려둘 수 없습니다.

영 주 티볼트를 죽인 것은 로미온데, 그 티볼트가 머큐쇼를 또한 죽였다. 그 피의 대가는 누가 보상할 것이냐?

몬태규 전하, 로미오가 아닙니다. 그는 머큐쇼의 친구였습니다. 죽인 것은 잘못이지만, 국법이 명하는 바에 의하여 티볼트의 생명을 끊었습니다.

영 주 그 죄의 대가로 로미오를 즉시 이곳으로부터 추방키로 한다. 너희들의 증오심으로부터 연유한 이 불행에 대해서 난들 어찌 관계가 없을쏘냐. 너희들의 망측한 이 싸움 때문에 내 친척이 피를 흘렸다. 너희들이 내 손실을 깊이 뉘우칠 정도의 엄벌을 너희들에게 내리겠다. 청원이나 변명은 일체 듣지 않겠다. 눈물이나 기도로도 너희의 죄과를 메울 수 없다. 따라서 그런 따위 일은 일체 효력이 없다. 로미오는 곧 떠나보내라. 이곳에서 발각되면 당장 사형이다. 이 시체를 운구하라. 그러고 나서 나의 명령을 기다리고 있으라. 살인을 용서하는 자비심은 또 하나의 살인을 조장할 뿐이로다. (일

동 퇴장)

제2장 캐퓰리트의 집, 들창 있는 방

줄리엣 홀로 등장.

줄리엣 달려라 태양신의 숙소로, 불붙는 발을 가진 망아지들아! 파에톤(그
리스 신화에 나오는 태양신 헬리오스의 아들로 태양의 수레를 단 하루만 몰도
록 허락을 받았지만 나머지 궤도로부터 벗어나서 지상에 너무 가까이 접근했기
때문에 큰 화재를 일으켰다-역자 주)이 그대를 몰았으면 힘껏 그대를 몰
아 즉시 컴컴한 밤을 가져다줬을 텐데. 사랑의 무대인 밤이여, 그
대의 빈틈없는 휘장을 둘러쳐다오. 방랑자의 눈을 막기 때문에 나
의 사랑 로미오 님이 남의 입에 오르지도 않고 남의 눈에 띄지도
않으면서 이 팔 안으로 뛰어들 거다. 애인끼리는 자기들의 아름다
움을 등불로 삼아 사랑의 행사를 볼 수 있다는데, 사랑이 맹목이라
면 밤은 캄캄할수록 어울리는 법. 오너라, 밤이여. 온통 검게 옷을
차려입은 엄숙한 마님의 밤이여. 바라옵건대, 순결한 처녀 총각의
승부에 있어서 이기면서도 지는 법을 가르쳐주오. 나의 두 뺨에 달
아오르는 순정의 피를 네 검은 외투로 씌워다오. 그렇게 하면 틀림
없이 나의 설익은 사랑도 대담해져 한낱 수줍음도 참사랑 때문에
그리 된 걸로 보이게. 아, 밤이여, 어서 오너라. 밤을 낮처럼 환히
밝히시는 로미오 님이시여, 당신도 어서 오세요. 당신은 밤의 날개
위에 내릴 테죠. 까마귀 등 위에 내리는 새하얀 눈송이보다 더 깨
끗하신 당신. 오너라, 정다운 밤이여. 겉으론 검지만 속으론 다정

한 사람의 밤이여, 어서 오너라. 와서 내게 로미오 님을 다오. 내가 죽으면 로미오 님을 데려가서 작은 별로 조각내어라. 그러면 하늘은 얼마나 찬란할 것인가. 얼마나 아름다울 것인가. 사람들은 캄캄한 밤을 사랑하게 될 거다. 저 찬란한 태양을 다신 숭배하지 않을 거다. 아, 나는 사랑의 저택을 사놓고도 그걸 아직 소유하지 못하고 있네. 아, 이 몸은 임자가 있지만 아직껏 귀여움을 못 받고 있네. 아, 오늘의 이 지루함이여, 잔칫날 새 옷을 받고서도 입지 못하고 안타까워하는, 잔칫날 전날 밤의 어린아이 같구나.

   유모가 줄사다리를 들고 등장.

아, 유모가 온다. 무슨 소식이 있는 모양이다. 로미오 님의 이름만이라도 말할 수 있다면, 천사의 웅변이 아니고 무엇이랴. 자, 유모, 무슨 소식이오? 그건 뭐요? 아, 로미오 님이 부탁하신 줄사다리로군?

유 모   그래요, 줄사다리예요. (유모는 줄사다리를 철썩 내려놓는다)

줄리엣   그런데 어찌 된 영문이에요? 손은 왜 비비는 거죠?

유 모   오호라! 그분이 죽었어요, 죽었어, 죽었어요! 아씨, 우리는 이제 끝장났어요. 끝장났어요! 아, 슬프구나, 그분이 돌아가셨어. 칼을 맞고 죽었어요!

줄리엣   하늘이 그렇게 무정할 수 있어요?

유 모   무정하신 분은 하느님이 아니라 로미오 님이세요. 아, 로미오, 로미오, 로미오! 로미오 님이 그럴 줄은 누가 생각이나 했겠어요.

줄리엣   이렇게 나를 답답하게 괴롭히고만 있으니, 유모는 확실히 악마야, 악마! 그런 지독한 말은 지옥에나 가서 지껄여요. 로미오 님이 자살이라도 하셨단 말씀인가? 그렇다면 '그렇다'고 대답해줘요. 그

'그렇다'라는 대답 한마디는 나에게 있어선 눈짓 한 번에 사람을 죽이고 만다는 독룡보다도 더 무서운 독을 품고 있어. 만약에 그런 대답이 이 세상에 있다면 나는 두 번 다시 '네에'라는 말을 하지 않으련다. '네에'라고 말하는 눈은 분명 감겨 있을 거야. 그이가 죽었다면 '네에'라고 대답하고, 그이가 살아 있으면 '아니'라고 그래요. 유모의 답변 여하에 따라서 내 행불행이 결정되니까.

유 모   이 유모는 상처를 빤히 들여다보고 왔어요. 이 눈으로 똑똑히 보고 왔다니깐요. 맙소사! 그 우람한 가슴팍에 상처가 나 있었어요. 피투성이였지요. 보기에도 끔찍한 시체로 변해 있었지요. 안색은 잿빛같이 창백했습니다. 온몸에 피가 묻어 엉겨 있었습니다. 이 유모는요, 얼핏 한번 보기만 했는데도 넋이 빠져버렸어요.

줄리엣   오, 터져라! 이 가슴아, 가련한 파산자의 이 심장이여, 터져라! 내 눈이여, 차라리 감옥으로 가라. 두 번 다시 자유를 보지 말라! 더러운 흙 부스러기인 육체여, 흙으로 다시 돌아가도 좋다. 모든 작용을 중단하고, 로미오 님과 함께 관대(棺臺)에서 하나가 되어 누워라!

유 모   오, 티볼트, 티볼트 님, 이 세상에서 가장 절친했던 분이셨어! 예절이 깍듯했고 정직했던 신사였는데, 살아남아서 그대의 죽음을 목격하다니!

줄리엣   웬일이에요? 별안간 바람이 거꾸로 불어 젖히다니, 이상한 폭풍이군요. 로미오 님이 살해되고, 티볼트가 죽었단 말인가요. 내 가장 사랑하는 오빠와 그리고 내 사랑하는 님이? 아, 그렇다면, 이 세상도 종말이로구나. 마지막 심판의 나팔을 울려라! 그 두 분이 돌아가셨는데, 누가 남아서 산다더냐?

유 모   티볼트는 죽고, 로미오는 추방당했어요. 로미오가 티볼트를 죽였지요. 그래서 추방이에요.

줄리엣 아, 어쩐 일이냐! 로미오 님의 손으로 티볼트의 피를 흘리게 하다니?

유 모 그렇게 됐어요! 그렇게 됐어요. 불쌍하게도 그렇게 됐어요!

줄리엣 아, 꽃 같은 얼굴 속에 숨겨진 독사의 마음이여! 그토록 무서운 용이 그렇게 아름다운 동굴 속에 살아본 일이 있었을까? 아름다운 폭군이여! 천사 같은 악마여! 비둘기 깃털을 쓴 까마귀! 늑대처럼 잔인한 새끼 양! 하느님의 모습을 닮고 있으면서도 속은 시커멓게 더럽구나! 도대체 겉모습과는 정반대로구나. 지옥의 성자! 명예 높은 악당! 아, 자연이여! 이 세상의 낙원처럼 보이는 그 아름다운 육체 속에 악마의 혼을 깃들게 했으니 지옥에서도 큰 소동이었을 것이다. 하지만 이토록 아름답게 장정된 책에 그토록 더러운 내용이 들어 있었을까? 이토록 아름다운 궁전에 그런 허위가 살아 있을 줄이야!

유 모 남자들에게 무슨 신용과 정직과 신념이 있겠어요. 누구나 다 거짓말로 맹세하고, 그 맹세를 툭하면 깨뜨리고 하는 거짓말쟁이들이죠. 내 심부름꾼은 어디 갔어? 술잔이나 들이키자. 이런 슬픔과 괴로움과 불행 때문에 폭삭 늙네. 로미오 망나니 녀석!

줄리엣 말씀 다 하셨나요? 그런 말 하시면 유모 혓바닥이 썩어요! 로미오 님은 창피한 꼴을 보기 위해서 이 세상에 태어난 것은 아니에요. 그이 이마에는 그따위 욕설이 부끄러워서 내려앉질 못해요. 그이 이마야말로 명예가 천하에서 으뜸가는 제왕으로서 군림하실 옥좌예요. 그이에게 내가 악담을 하다니, 나야말로 형편없는 인간이로구나!

유 모 그럼, 아씨는 일가 친척을 죽인 그 사람을 칭찬하겠어요?

줄리엣 내 서방님의 험담을 해도 좋다는 얘기야? 아, 내 잘못이다. 세 시간 동안이나 당신의 아내였던 내가 이제야 당신의 이름을 마냥 더럽혔으니 누가 이 일을 원상태로 돌려주겠는가? 하지만 당신은 나빠요. 무엇 때문에 오빠를 죽였어요? 그러지 않았으면 티볼트가 당신을 죽였을지도 모르죠. 아, 어리석은 눈물이여, 원래의 샘으로 다시 돌아가라! 너의 그 눈물방울은 원래가 슬픔을 위해서 있는 것이 아닌가. 그런데 잘못 판단하여 즐거운 일에 바치고 있으니. 티볼트가 죽이려고 했던 우리 로미오 님은 살아 있는데, 로미오 님을 죽이려 했던 티볼트가 죽었구나. 이 모든 일이 그저 기쁠 따름인데, 나는 무엇 때문에 울고 짜는가? 티볼트의 죽음보다도 더 나쁜 한마디가 나를 죽였네. 될 수 있으면, 기쁘게 잊고 싶다. 아아, 하지만 그 한마디는 마치 죄인의 마음속에 늘 얼씬거리는 무서운 죄처럼 나의 기억을 괴롭히누나 — '티볼트는 죽고, 로미오 님은 추방입니다.' 그 말 한마디 '추방' 속에, 추방이라는 말 한마디는 티볼트를 일만 명 죽인 것이나 한가지. 티볼트의 죽음, 그것만으로도 너무한 슬픔인데, 불행이란 것은 동반자를 갖고 싶어 하는군. 또 다른 슬픔과 꼭 함께 들이닥친다니. 그건 그렇다 하더라도, '티볼트가 죽었다'는 말 다음에 어찌하여 아버지, 어머니, 아니면 두 분 다 함께라도 좋지만, 그런 말이 뒤따르지 않았는가? 그렇다면 흔해 빠진 통곡만으로 그칠 수도 있었다. 그러나 티볼트가 죽었다는 말끝에 '로미오 님은 추방'이라니, 그것은 아버지, 어머니, 티볼트, 로미오, 줄리엣 — 모두가 살해되어 죽은 것과 마찬가지다. '로미오 님은 추방'이라는 무서운 한마디 속에는 끝도 없고 한계도 없고 양도 없고 경계도 없다. 죽음이라는 단어는 어떤 단어도 표현할 수 없는 슬픔이다! 유모, 아버지와 어머니는 어디 계셔?

유 모   티볼트의 시체 앞에서 눈물을 뿌리시며 아우성이십니다. 그쪽으로 가보실래요? 이 유모가 모셔가리다.

줄리엣　티볼트의 상처를 그들은 눈물로 닦아내고 있구나. 그들의 눈물이 동이 나면 나의 눈물은 로미오 님의 추방을 슬퍼하며 뿌릴 것이다. 그 줄사다리를 치워버려라. 불쌍한 줄사다리, 너나 나나 둘 다 속 았구나. 로미오 님은 추방이시래. 일부러 내 침실로 오는 통로로서 너를 만들었지만 처녀인 나 줄리엣은 처녀 과부로 죽을 수밖에 없다. 줄사다리여, 가자. 유모여, 가자. 나의 신방으로 가서 신부의 잠자리에 들자. 그러나 나의 처녀를 바치는 것은 인제 로미오 님을 위해서가 아니라 죽음을 위해서라니!

유 모　자, 속히 아씨 방으로 가십시다. 아씨를 기쁘게 하기 위해서 로미 오 님을 찾아보리다. 로미오 님이 계신 곳을 이 유모가 알고 있어 요. 알겠어요, 아씨, 로미오 님은 오늘 밤 틀림없이 이곳에 오십니 다. 그러면 다녀오리다. 로미오 님은 로렌스 신부의 사제관에 숨어 있어요.

줄리엣　아, 그이를 찾아줘! 이 반지를 나의 그리운 님에게 갖다줘요. 마지 막 작별을 나누기 위해서 꼭 오십사고 말해줘요.

　　　줄리엣과 유모 퇴장.

제3장　로렌스 신부의 사제관(암자)

　　　로렌스 신부 등장.

로렌스　로미오, 밖으로 나오지그래. 겁쟁이 로미오, 밖으로 나오너라. 재

앙이 네 재간에 홀딱 반했는지, 자넨 마치 재앙과 인연을 맺은 것
같구나.

　　로미오 등장.

로미오　신부님, 무슨 소식입니까? 영주님의 판결은 어떻게 났습니까? 어떤 슬픔이 제가 모르는 새 슬금슬금 제게로 다가와 나와 사귀자는 겁니까?

로렌스　너는 슬픔과 사귈 만큼 깊이 사귀었어. 그만하면 가여울 정도로 충분하지. 영주님의 판결 소식을 갖고 왔다.

로미오　영주님의 판결이 사형은 아니겠지요?

로렌스　그래, 영주님의 판결은 훨씬 더 관대한 것이었다. 사형이 아니라 추방이다.

로미오　뭐요? 추방이라? 자비를 베푸시려면 사형이라고 말해주십시오. 왜냐하면 사형보다도 추방이 더 무섭기 때문입니다. 추방만은 입 밖에 내지 마십시오.

로렌스　이곳 베로나로부터 추방된다는 뜻이야. 참고 견디려무나. 이 세상은 넓고 크다.

로미오　베로나 담 밖에는 세상이 있을 수 없습니다. 어느 곳이나 연옥이요, 고문이요, 지옥입니다. 따라서 추방이라는 것은 이 세상으로부터의 추방을 뜻하며, 세계로부터의 추방은 곧 죽음입니다. 따라서 추방이라는 것은 사형의 미명에 지나지 않습니다. 사형을 추방이라고 하는 것은 마치 금도끼로 목을 쳐서 죽이고, 그 솜씨를 자랑하며 신나게 빙그레 웃는 것과 같습니다.

로렌스　무서운 소리, 또 벌받을 소릴 하는구나! 배은망덕이로다! 법으로 따지면, 네 죄는 당연히 사형감이야. 그것을 영주님은 네 편을 들

어서 사형이라는 무서운 선고를 관대히 추방으로 바꿔주신 거야. 이는 실로 자비로우신 일인데, 너는 그것을 알지 못하고 있어.

로미오 자비심이 아니라 고문입니다. 줄리엣이 살고 있는 곳이 천당이죠. 고양이도 개도 생쥐도 아무리 보잘것없는 생물이라 할지라도 이곳에서 살면 천당에서 사는 것과 같아서, 모두들 줄리엣의 얼굴을 우러러보며 살 수 있는데, 이 로미오에게는 그 일이 금지되어 있다는 겁니다. 썩은 고기에 들끓고 있는 파리가 이 로미오보다 더 사는 보람이 있고 즐거움도 있으며, 그 신분이 부럽기조차 합니다. 그들은 때때로 사랑하는 줄리엣의 눈처럼 흰 손을 잡을 수도 있고, 그 입술에서 영원한 축복을 빨기도 하지요. 줄리엣의 입술은 순결한 처녀의 수줍음으로 위아래 입술이 닿기만 해도 죄가 되는지 항상 불그레합니다. 파리조차 할 수 있는 일을 저는 추방되면서 할 수 없습니다. 그래도 추방이 죽음이 아니라고 신부님은 말하실 수 있습니까? 로미오는 추방된 탓으로 아무 일도 할 수 없습니다. 파리조차 할 수 있는 일을 나는 버리지 않으면 안 되는군요. 파리가 오히려 자유로운 몸이지요. 저는 추방된 죄인입니다. 죽이는 방법이 없어서 추방입니까? 독약이라도 좋고 날카롭게 날을 세운 단검이라도 좋고, 그밖에 어떤 비겁한 살인방법이라도 좋았을 터인데, 하필이면 추방이라니 될 일입니까? 오, 신부님, 추방이라는 단어는 지옥에 떨어진 저주받은 인간들이 쓰는 말. 그 말에는 아비규환의 울부짖음이 따르는 법. 하느님께 봉사하는 당신이, 참회를 듣고 죄를 용서하며 저의 변함없는 친구임을 자부하는 당신이, 하고많은 단어 중에서 추방이라는 한마디로써 저를 죽이고도 마음이 편할 수 있으십니까?

로렌스 미친 소리다. 좀 더 내 말을 들어보라.

로미오 추방에 관한 말씀을 더 하시려고요?

로렌스 아니다, 그 단어를 물리칠 수 있는 갑옷을 주려고 한다. 고난을 덜어주는 달콤한 우유인 철학을 주려고 한다. 비록 너는 추방된 몸이지만, 너를 위로하기 위해서다.

로미오 보세요, 또 '추방'이죠? 그따위 철학은 뒈져버려라! 철학으로 줄리엣을 만들 수 있습니까? 철학으로 도시를 바꿀 수 있습니까? 철학으로 영주의 선고를 취소할 수 있습니까? 그럴 수 없다면 철학이 무슨 소용이 있다는 거죠. 더 이상 아무 말도 마세요.

로렌스 하기야 미치광이에게 귀가 있을라고.

로미오 당연하죠. 현인들에게 눈이 있을라고요?

로렌스 너의 현재 입장에 대해 얘기 좀 해야겠다.

로미오 직접 느껴보지도 않으시고, 어찌 그런 얘기를 하실 수 있겠습니까. 신부님이 저와 마찬가지로 젊으시고, 줄리엣이라는 연인이 있고, 결혼한 지 한 시간 만에 티볼트가 살해되고, 사랑에 물불 가리지 않는 나처럼 추방되었다면, 그때야말로 신부님도 입을 뗄 수 있는 자격이 있을 것입니다. 그때가 되면 신부님은 자기 머리칼을 움켜잡고 쥐어뜯으며, 지금 제가 하고 있는 것처럼 땅 위에 엎드려 파지도 않은 무덤의 깊이를 재고 있겠지요. (밖에서 노크 소리)

로렌스 자, 일어나라. 누가 문을 두드리고 있다. 로미오, 어서 몸을 숨겨라.

로미오 싫어요. 이 슬픈 가슴의 탄식이 안개처럼 퍼져 이 몸을 감싸서 남들이 저를 볼 수 없으면 몰라도 말입니다. (다시 노크 소리)

로렌스 듣거라, 저 노크 소리!…… 거 누구시오? …… 로미오, 일어나라. 잡혀가면 어떻게 해 …… 잠시 기다리시오…… 벌떡 일어나라. (노크 소리) 내 서재로 뛰어가라. …… 곧 가리다. …… 도대체 이게 무슨 미친 짓이냐 …… 갑니다, 가요! (노크 소리) 누가 저렇게 심하게 노크를 하오? 어디서 왔소? 용무가 뭐요?

유 모 (안에서) 안으로 들여보내주시면, 제 용무가 무엇인지 알게 됩니다요. 줄리엣 아씨 집에서 왔어요.

로렌스 아, 그래요, 어서 오시오.

유모 등장.

유 모 오, 신부님, 말해주세요. 오, 신부님. 우리 집 아씨의 낭군 로미오는 어디 있습니까?

로렌스 저기, 땅 위에 있소. 눈물에 흠뻑 젖어 있다오.

유 모 아, 우리 집 아씨와 똑같은 모습이군요. 우리 집 아씨가 꼭 이렇습니다요. 아, 슬픈 마음의 일치로군! 참으로 뼈아픈 신세로다! 아씨도 꼭 이처럼 엎드려서 울고불고 야단이에요. 일어나요, 일어나. 남자 대장부라면, 벌떡 일어나세요. 줄리엣을 위하여, 우리 아씨를 위하여, 벌떡 일어나세요! 어쩐 일로 그렇게 엎드려서 끙끙 앓고 있나요?

로미오 일어난다.

로미오 유모!

유 모 네, 도련님! 네, 도련님! 죽으면 모두 허사예요.

로미오 유모는 줄리엣에 관해 얘기했지요? 어떻게 지내고 있소? 나를 살인마라고 생각하고 있는 것은 아닌지요? 막 싹이 터서 자라는 우리 둘의 행복을 그녀 오빠의 피로 더럽혀놓았어요. 줄리엣은 어디에 있소? 어떻게 지내고 있소? 정식 아내가 되지 못한 줄리엣은 우리들의 깨진 사랑에 대해서 뭐라 말합디까?

유　모　아무 말도 하지 않고 마냥 울고만 있습니다. 침대 위에 몸을 던지는가 하면, 어느새 겁에 질린 듯 벌떡 일어나서 티볼트의 이름을 부르는가 하면, 또 갑자기 로미오 님의 이름을 부르기도 한답니다. 그러고 나서 다시 펄썩 쓰러지고요.

로미오　그 이름이 마치 정통으로 겨냥한 총구로부터 쏘아댄 총탄이 되어서 그녀를 죽인 셈이 됐군요. 그 이름의 저주받은 손이 그녀의 근친을 살해했으니까요. 말해주세요, 신부님. 제발 말해주세요. 저의 너절한 육체의 어느 부분에 로미오라는 이름이 깃들고 있는지요? 말해주세요. 그래야 제가 이 가증스러운 집채를 부숴버릴 수 있습니다. (로미오가 자기 몸을 찌르려 하자, 유모가 단도를 낚아챈다)

로렌스　난폭한 짓을 삼가라. 너도 사나이냐? 외모를 보니 사나이 같은데, 찔찔 짜는 눈물을 보니 영락없이 계집이로다. 너의 미치광이 같은 소행은 마치 엉터리없는 짐승 같은 흥분이 아닌가. 겉보기에는 당당한 사나이 대장부인데, 속은 보기 딱한 계집의 행실이군! 겉보기에는 사나이라도 좋고, 계집이라도 좋다. 거친 행동은 어처구니없는 짐승의 분노로다. 여하튼 나는 널 보고 놀랐다. 정말이지 난 네 성품이 신중하리라고 믿었어. 너는 티볼트를 죽였지. 한데 너 자신까지 죽이려고 법석을 떨어? 그뿐인가? 너 자신을 저주하며 자살함으로써 너를 생명처럼 여기고 있는 줄리엣마저 해칠 셈인가? 어째서 자신의 목숨과 땅을 모조리 저주하는가? 하늘과 땅과, 목숨, 이 세 가지가 합쳐서 너 자신이 생겨난 거다. 그걸 너는 한꺼번에 몽땅 내동댕이치려는가? 쯧, 쯧, 쯧! 너의 용모와 사랑과 이성을 욕되게 하는 짓이야. 너는 이 모든 것을 넘치게 갖고 있으면서도 구두쇠처럼 단 한 가지도 옳게 쓰고 있지 않아. 말하자면 너의 용모와 사랑과 이성을 빛내도록 사용하지 않고 있다는 얘기다. 사나이의 진정한 용기에서 일단 벗어나면 너의 그 훌륭한 모습도 보잘것 없는 한낱 납세공에 지나지 않는 거다. 너의 진정한 사랑의 맹세도 네가 마음속에 품기로 서약한 연인을 죽인다면 허울만 좋은 맹세가 아니겠느냐. 너의 용모와 사랑을 장식하는 이성도 잘못 다스리는 경우엔, 서툰 병사의 화약통 속의 화약처럼 어리석게도 스스로 불을 댕겨, 폭발하게 된다. 알겠느냐, 용기를 내라! 줄리엣은 살아 있다. 네가 조금 전까지만 해도 그리워서 죽도록 애태우던 줄리엣은 바로 네 행복이니라. 너를 사형으로 몰아넣을 수도 있었던 국법이 너의 벗이 되어 너를 추방으로 끝내주었다. 이게 네 행복이 아니고 무엇이랴. 겹겹이 쌓이는 축복이 네 등 위에 사뿐히 내리고 있다. 마치 행복의 여신이 성장을 하고 너에게 사랑을 호소하는 듯하다. 그런데 너는 행실이 나쁜 실쭉한 계집처럼 자신의 행운과 사랑을 향해 입을 삐쭉거리며 뿌루퉁해 있구나. 조심하라, 조심하라. 그런 녀석치고 제 명에 죽는 것을 못 봤다. 가거라, 이미 정한 대로 너의 연인 곁으로 어서 가거라. 그녀의 침실로 올라가서 그녀를 위로해주어라. 그러나 야경꾼이 돌아올 때까지 어정거리지 말아라. 꾸물대다간 만토바로 갈 길이 막힌다. 만토바에서 살아 있기만 하면, 내가 때를 엿보아 너희들의 결혼을 발표하여 양가 사람들의 마음을 누그러뜨린 후 영주님의 용서를 청하여 떠나는 이 순간의 슬픔보다 이십만 배나 더 큰 기쁨으로 너를 다시 이곳으로 부르겠다. 유모, 앞장서 가서 줄리엣에게 내 안부를 전해주오. 그리고 그녀에게 얘기해서 온 집안 식구들이 일찍 잠자리에 들도록 하시오. 어차피 깊은 시름에 잠겨 있으니 모두 잠들게 마련. 로미오가 뒤를 따르리라.

유 모 밤새 내내 이곳에 머물러 지당하신 말씀 경청했으면 합니다. 학문

이라는 것은 희한한 것이로군요. 도련님, 우리 아씨에게 로미오 님
이 오신다고 전할게요.

로미오　그렇게 하시오. 나를 꾸짖는 일도 준비해두라고 이르시오.

　유모, 나가려다가 되돌아선다.

유　모　여기 아씨께서 도련님에게 전하라는 반지가 있습니다요. 도련님도
서두르세요. 밤도 어지간히 깊었습니다. (유모 퇴장)

로미오　아, 기분이 더없이 상쾌하구나!

로렌스　급히 가라. 잘 가라. 한데 문제는, 네가 오늘 밤 야경꾼이 돌아오기
전에 물러가든가, 아니면 새벽동이 틀 무렵 변장을 하고 사라지든
가 둘 중의 하나다. 당분간 만토바에 가 있어라. 때가 되면 너를 위
해 사람을 물색하여 좋은 일이 있을 때마다 꼭 소식을 전해주겠다.
자 악수를 나누자. 밤도 깊었다. 잘 가거라. 안녕히.

로미오　엄청난 기쁨이 저를 부르고 있습니다. 신부님과 헤어지는 것도 잠
시 동안의 슬픔이겠지요. 안녕히 계십시오. (두 사람 퇴장)

제4장 캐퓰리트 집의 한 방

　캐퓰리트, 캐퓰리트 부인, 패리스 등장.

캐퓰리트　뜻밖의 불행이 날벼락처럼 떨어져서 어안이 벙벙하오. 딸애를
설득할 시간 여유가 없었소. 딸애는 티볼트를 무던히 좋아했소. 물
론 나도 그랬지만, 하기야 인생은 일장춘몽, 태어나면 죽게 마련이
오. 밤이 깊었소. 딸애는 여기까지 내려오지 않을 성싶소. 당신을

만나지 않았더라면 나도 한 시간 전쯤 잠자리에 들었을 테지만.

패리스 이처럼 불행한 때, 혼담을 꺼낸다는 건 좋지 않습니다. 마님, 안녕히 주무십시오. 따님에게 제 안부나 전해주십시오.

캐퓰리트 부인 그렇게 하죠. 내일 아침 일찍 딸애의 심정을 알아보겠습니다. 오늘 밤에는 시름에 잠겨 울적할 겁니다.

　　　패리스가 나가려고 하자 캐퓰리트가 그를 다시 불러들인다.

캐퓰리트 패리스 씨, 딸애의 사랑을 내가 큰마음 먹고 대신 당신께 드리겠소. 딸애는 내 말이라면 곧잘 듣소. 이 일에 대해선 전혀 의심할 여지가 없소. 여보, 자기 전에 딸애한테 가서 내 사위 패리스 씨의 사랑을 그 애한테 알리고 와요. 그리고 알겠소, 그 애한테 이번 수요일……가만있자, 오늘이 무슨 요일이더라?

패리스 월요일입니다.

캐퓰리트 월요일이라! 하, 하! 그렇다면 수요일은 너무 급해. 목요일이 좋겠군. 당신이 가서 전하구려, 목요일에 패리스 백작과 결혼식을 올린다는 얘기를. 패리스 씨는 만반의 준비가 다 돼 있소? 이토록 서둘러도 지장이 없겠소? 지나치게 법석을 떨 생각은 없어요. 친구분을 한두 사람 청하죠. 글쎄, 티볼트가 죽은 지도 얼마 안 됐는데, 너무 왁자지껄한 판을 벌이면 처조카인 티볼트를 소홀히 한다는 비난을 받을 수도 있기에 말입니다. 그러니 대여섯 명의 친구만을 청하기로 합시다. 목요일이 괜찮겠소?

패리스 목요일이 내일이었으면 합니다.

캐퓰리트 자, 그러면 오늘 밤은 이 정도로 하고 헤어집시다. 목요일로 정합시다. 여보, 당신은 자러 가기 전에, 줄리엣한테 가서 결혼식 준비를 시키도록 하오. 그럼, 패리스 씨 조심해서 가시오. 여봐라, 내

방에 등불을 밝혀라. 밤이 깊었다. 머잖아 동이 트겠다. 그럼, 안녕히. (일동 퇴장)

제5장 정원이 보이는 줄리엣의 침실

로미오와 줄리엣이 이층 창가에 서 있다.

줄리엣 벌써 가시렵니까? 아직 날이 새지 않았습니다. 겁에 질린 당신 귓전에 방금 울린 그 소리는 종달새가 아니라 나이팅게일 울음 소립니다. 밤마다 저 너머 석류나무 위에서 노래합니다. 로미오 님, 정말이지 그 소리는 나이팅게일이었습니다.

로미오 아침을 알리는 종달새라오. 나이팅게일이 아니었소. 봐요, 저 동녘의 하늘. 갈라지는 구름자락을 수놓는 저 심술궂은 아침 햇살을 봐요. 밤의 등불도 꺼졌어요. 즐거운 아침이 안개 자욱한 산봉우리를 딛고 발돋움하고 있소. 이제 나는 가야 하오. 그래야 살 수 있어요. 여기 머물러 있으면 죽을 수밖에 없소.

줄리엣 저기 저 빛은 햇살이 아닙니다. 저는, 저는 알고 있어요. 정말이지, 저 빛은 태양이 뱉어놓은 별똥 같은 거예요. 당신을 위해 오늘 밤 횃불이 되어 만토바로 가시는 당신의 길목을 낱낱이 비춰줄 것입니다. 그러니 좀 더 계셔요. 지금 떠나실 필요는 없습니다.

로미오 그렇다면 나는 잡혀도 좋소. 사형을 당해도 좋소. 당신의 심정이 그렇다면, 나는 그저 만족할 따름이오. 저 희미한 빛이 아침의 눈동자가 아니라고 나는 말하겠소. 달님의 창백한 얼굴에서 반사되어 나오는 빛이라 해둡시다. 우리들의 머리 위 높이 창공을 날며 울어대는 저 소리도 종달새가 아니라고 합시다. 난들 어찌 가고 싶겠소. 이대로 마냥 머물고 싶소. 죽음이여, 오려면 오라. 반갑게 맞아주마. 줄리엣 님의 소원이시다. 어때? 우리 얘기나 나눕시다. 이 밤이 다 새려면 아직도 멀었어.

줄리엣 아침이에요, 아침이에요! 어서 가세요, 빨리, 빨리 가셔야 해요! 저 거친 울음소리는 종달새랍니다. 삐익삐익 고르지 못한 소리, 귀에 거슬리는 앙칼진 울음소리. 종달새 소리가 아름답다는 이도 있지만, 제게는 그 소리가 밉살스럽기만 해요. 우리 둘 사이를 떼어놓기 때문이죠. 종달새와 징글맞은 두꺼비는 서로 눈알을 바꾼다 하지만, 그럴 바에는 저 소리까지 바꾸었으면 좋았을 거예요. 저 소리가 우리들의 결합을 떼어놓는군요. 당신이 떠나도록 재촉하는군요. 자, 어서 떠나세요. 점점 더 밝아옵니다.

로미오 바깥세상이 점점 밝아질수록 우리들 슬픔은 점점 더 어두워지는구려.

　　유모, 황급히 등장.

유 모 아씨!

줄리엣 유모예요?

유 모 마님이 아씨 방으로 오십니다. 날이 밝았어요. 조심하세요. 잘 살피시고. (유모 퇴장)

줄리엣 창이여, 빛을 들여보내고 생명을 밖으로 내보내라.

로미오 안녕히, 안녕히! 다시 한번 입을 맞추고 내려가자.

　　로미오가 줄사다리를 타고 내려간다.

줄리엣 그렇게 가시렵니까, 님이여, 서방님이여? 매일, 매시간마다 소식주세요. 일분일초가 제게는 몇 날 며칠이거든요. 이렇게 세월을 계산하다간 로미오 님을 만나기도 전에 쭈그렁 할멈이 되겠네.

로미오 잘 있소! 기회만 있으면 꼭 소식 전하리다.

줄리엣 아, 하지만 다시 만날 수 있을까요?

로미오 믿어 의심치 않소. 우리 다시 만나는 날, 이 모든 괴로움은 즐거운 이야깃거리가 되리라 믿소.

줄리엣 아, 불길한 예감이 들어 못 견디겠어요. 아래에 계신 당신의 모습이 마치 무덤 밑바닥에 누워 있는 시체같이 보여요. 저의 눈이 나빠진 탓일까요, 아니면 당신의 얼굴이 창백한 탓일까요?

로미오 그렇게 말하는 소릴 듣고 보니 줄리엣, 당신의 얼굴도 그러하오. 슬픔의 탄식이 우리들의 피를 빨아서 들이킨 듯하오. 그럼, 안녕히, 안녕히.

로미오 퇴장.

줄리엣 오, 운명이여, 운명이여! 온갖 사람들이 너를 변덕쟁이라고 부른다. 만약에 네가 변덕쟁이라고 한다면 성실하기로 이름난 그이하고 너는 무슨 관계가 있니? 운명이여, 변덕을 부리겠으면 부려라. 그렇다고 해서 그이를 오래 붙들어 둘 수도 없지. 틀림없이 곧 돌려보내주실 거야. (이층 무대로부터 줄리엣 내려온다)

캐퓰리트 부인 (안에서) 아가! 일어났니?

줄리엣 누가 나를 부르고 있네. 어머니신가? 날이 다 새도록 잠자리에 안 드시다니? 아니면 꼭두새벽에 깨어나신 걸까? 신기한 일이군. 무슨 일로 여기까지 오신 걸까? (줄리엣이 문을 열어준다)

캐퓰리트 부인 등장.

캐퓰리트 부인　아가야, 좀 어떠냐?

줄리엣　기분이 좀 언짢아요.

캐퓰리트 부인　티볼트의 죽음으로 언제까지 울며 지새우겠다는 거냐? 눈물로 티볼트를 무덤에서 씻어낼 작정이냐? 씻어낸다 할지라도 살려낼 수는 없잖니. 그러니 그만해두는 것이 좋겠다. 적당한 슬픔의 표시는 깊은 사랑의 표시일 수 있지만, 과도한 슬픔은 오히려 분별심이 부족한 증거일 수 있다.

줄리엣　뼈아픈 이 상실감 때문에 실컷 울고만 싶어요.

캐퓰리트 부인　그렇게 운다고 해서 죽은 사람이 돌아온다더냐?

줄리엣　아니에요, 슬퍼할수록 그이 때문에 눈물이 나요.

캐퓰리트 부인　그렇다면, 너는 티볼트의 죽음을 슬퍼하는 것이 아니라 그를 살해한 악당이 태연하게 살아 있음을 노여워하는 눈물이구나.

줄리엣　악당이라뇨, 어머니?

캐퓰리트 부인　악당 로미오 말이다.

줄리엣　(방백) 악당과 로미오는 하늘과 땅 차이다. 하느님이시여, 그이를 용서하소서. 저도 마음속 깊은 곳에서 그이를 용서할 테요. 그이만큼 제 마음을 슬프게 하는 이는 없습니다.

캐퓰리트 부인　결국 그 살인자가 태연히 살아 있기 때문이지.

줄리엣　그렇습니다. 제 손이 미치지 못하는 곳에 살아 있기 때문입니다. 티볼트의 복수만은 제 손으로 하고야 말겠습니다!

캐퓰리트 부인　걱정 마라. 그 복수는 우리가 할 것이다. 그러니까 더 이상 울지 마라. 로미오 녀석이 추방되어 만토바에 살고 있는 모양인데, 곧 그곳에 살고 있는 사람에게 일을 부탁해야지. 곧장 티볼트의 뒤를 따를 수 있는 진귀한 독약을 그놈에게 먹여야겠다. 그러면 너도 만족하겠지.

줄리엣 네에, 로미오의 얼굴을 볼 때까지는 — 그가 죽은 시체의 얼굴을 볼 때까진 도저히 만족할 수 없어요. 가엾게도 제 마음은 그이 생각으로 꽉 차 있죠. 독약을 갖고 갈 사람을 어머님이 찾아주신다면 독약만은 제가 준비하겠어요. 로미오가 그 약을 먹자마자 금세 잠들듯이 조용해지는 약을 마련하겠어요. 아, 몸서리쳐지는 이 증오심, 그이의 이름을 듣고도 가까이 갈 수 없다니! 오빠에 대한 나의 애정을 그 살인자에게 원한으로 갚을 수 없다니!

캐퓰리트 부인 약을 마련해보아라. 사람은 내가 구해볼 테니. 그런데 아가, 엄마가 오늘 기쁜 소식을 전하러 왔다.

줄리엣 이토록 비참한 때 기쁜 소식이라니요. 어머니, 무슨 소식입니까?

캐퓰리트 부인 넌, 자상한 아빠가 계셔서 좋겠다. 우리 집 귀염둥이 줄리엣이 슬픔에서 벗어날 수 있도록 기쁜 날을 택하셨단다. 나도 미처 짐작할 수도 없었으니 넌들 예상이나 할 수 있었겠니.

줄리엣 참으로 자랑스러운 일이군요! 무슨 택일이십니까?

캐퓰리트 부인 글쎄, 그날이라는 게 말이다, 목요일 이른 아침에, 성 베드로 교회에서 기품 있고 남자다운 젊은 패리스 백작이 너와 결혼식을 올리게 돼 있는 날이란다.

줄리엣 맙소사. 어머니, 성 베드로 교회와 베드로 님을 걸어 맹세하지만 결혼만은 딱 질색입니다. 무엇 때문에 그토록 급히 서두르십니까. 신랑인 패리스 님으로부터 구혼을 받기도 전에 결혼을 해야 하다니. 어머니, 아버님께 말씀 전해주세요. 저는 결혼할 생각이 없다고요. 정녕 결혼을 꼭 해야 한다면 패리스 님과 결혼하는 것보다는 차라리 로미오와 결혼하고 싶다는 것을 분명히 밝혀주세요. 제가 로미오를 미워하고 있음은 어머니도 잘 알고 계시죠. 이것이 기쁜 소식이라니, 정말 너무하셨어요.

캐퓰리트 부인　마침 아버지께서 오시는구나. 네가 직접 말씀드려라. 직접 얘기를 들으시면 뭐라 하실는지 두고 보자.

　　　캐퓰리트의 유모 등장.

캐퓰리트　해가 지면 땅 위에 이슬이 내리는 법이지만, 내 처조카의 목숨이 지는 날에는 마구 비가 쏟아지는군. 아가야, 이게 웬일이냐? 설마 네가 분수탑(噴水塔)은 아니겠지? 아직도 눈물에 흠뻑 젖어 있으니, 그칠 줄을 모르는 소낙비로군. 너의 작은 몸속에 배와 바다와 바람이 함께 있구나. 바다와 같은 너의 눈동자에는 눈물이 났다 들었다 하는구나. 너의 몸은 한 척의 배로군. 짜디짠 눈물의 홍수 속에서 항해를 하고 있구나. 한숨은 바람이로다. 눈물 때문에 바람이 세차게 일고 바람은 눈물로 뒤틀리고 있으니, 당장에 바람이 자지 않는 한, 네 몸은 폭풍에 휘말리게 될 것이다. 여보, 줄리엣에게 내 명령은 전달했소?

캐퓰리트 부인　했어요. 고마운 말씀이긴 하나 받아들일 수는 없다고 말하더군요. 바보 같은 아이죠. 차라리 무덤하고나 결혼하라지요!

캐퓰리트　뭐라고? 좀 더 분명히 말해주구려. 알기 쉽게 말하구려. 뭐라고 했소? 싫다고? 고맙다는 말은 없고? 명예라고 생각지 않아? 변변찮은 자신의 몰골은 생각지도 않고 이 아비가 애써 그토록 훌륭한 패리스 씨를 신랑으로 모신 것을 자기 일신의 행복이라고 생각지 않고 있단 말인가?

줄리엣　명예라고 생각지는 않습니다만 고마운 줄은 알고 있습니다. 싫은 것을 명예라고 생각하라니, 억지가 아니겠습니까. 그러나 그것도 호의에서 나온 것이라면 감사할 따름입니다.

캐퓰리트　저런, 저런, 구차스러운 변명은 걷어치워라! 그게 무슨 소리냐.

'명예'라느니, '고맙다'느니, 또 '고맙지 않다'느니, '명예가 아니다'라느니 도대체 건방진 수작이 아닌가! 고맙다느니 명예가 아니라느니 등 부질없이 주둥이를 놀리지 말아라! 그동안 손발이나 잘 다듬어두어. 다음 목요일 날에는 성 베드로 교회에서 패리스 백작과 결혼을 해야 돼. 싫다고 꽁무니를 빼면 거적에 얹어서라도 질질 끌고 갈 테다. 푸르둥둥한 년아, 나가지 못해! 등신 같으니!

캐퓰리트 부인 너무하셨어요! 당신 미쳤어요?

줄리엣 아버지, 이처럼 무릎을 꿇고 부탁합니다. 참으시고 제 말 들어주세요.

캐퓰리트 에에라, 귀찮다. 불효 자식, 막돼먹은 년! 아로새겨 듣거라. 목요일에는 교회에 가야 한다. 싫다면 두 번 다시 내 얼굴을 보지 마라. 입을 다물어, 대꾸할 필요도 없으니 대답을 하지 마라! 손끝이 근질근질하구나. 여보, 하느님께서 이 딸년 하나만 허락해주신 것을 복인 줄도 모르고 원망하곤 했는데, 이런 딸년은 하나만으로도 과해. 아이고 내 팔자야, 보기 싫다, 꺼져버려! 지지리 못난 년아!

유 모 아, 가엾게도 아씨가! 아씨를 그렇게 책망하심 안 되죠. 어르신네가 너무하십니다.

캐퓰리트 이건 뭐야. 유모, 잘난 체하고 나서기는. 꼴값하는군. 입 닥치지 못해? 떠들고 싶으면 가서 수다쟁이들하고나 어울려!

유 모 손해 될 말은 안 했습니다요.

캐퓰리트 아, 제발.

유 모 아니, 사람이 말도 못 하나요?

캐퓰리트 끝까지 씨부렁거리기냐, 이 밥통아! 그따위 소릴랑 술꾼들 틈에서나 지껄여. 여기선 소용없으니까.

캐퓰리트 부인 너무 화내지 마세요.

캐퓰리트 어이구, 맙소사! 사람 미치겠네. 밤이건 낮이건, 자나 깨나 일을 하건 놀건, 혼자 있건 여러 사람들과 함께 있건, 나는 늘 딸년의 혼인을 걱정해왔다. 그런데 지금 이게 무슨 꼴이냐. 가문 좋고, 돈푼도 있고, 젊고 인품이 빼어난 데다, 듣자니 재주 좋고 인물 잘생긴 그 젊은이를 골라주니까, 바보 같은 년, 제 분수에 넘치는 줄도 모르고 찔찔 짜면서 결혼이 싫다는 둥, 애정이 없다는 둥, 너무 어리다는 둥, 용서해달라는 둥, 주접을 떨고 있단 말이야. 정녕 결혼하기 싫다면 뜻대로 해주겠다. 그러나 나가서 살아. 이 집안에선 얼씬도 마라. 잘 생각해봐, 이 아비는 농담을 모르는 사람이야. 목요일이 코앞에 다가왔어. 가슴에 손을 얹고 잘 생각해봐. 네가 이 아비 딸이라면, 서슴지 말고 백작한테로 가라. 그러잖으려거든 길바닥에서 굶어 죽든, 목을 매든, 거지꼴이 되든 멋대로 해. 나도 너를 자식으로 생각지 않겠다. 내 재산은 단돈 한 푼도 네게 줄 수 없다. 내가 헛소리하는 줄 아느냐. 잘 생각해둬. 나는 말을 뒤집는 법이 없어.

　　　캐퓰리트 퇴장.

줄리엣 이 슬픈 마음의 밑바닥을 들여다봐줄 자비로운 하느님은 구름 속에도 없는 것일까? 따뜻한 우리 어머니, 저를 버리지 마소서! 이 결혼을 한 달 동안만, 아니면 일주일 동안만이라도 좋으니 연기할 수 없습니까? 그것도 불가능하다면 티볼트가 누워 있는 저 어두컴컴한 무덤을 저의 신방으로 꾸며주세요.

캐퓰리트 부인 아무 말도 마라, 듣기 싫다. 나는 입을 다물고 있으마. 네 멋대로 해라. 나도 이 이상 더 상관하지 않겠다. (부인 퇴장)

줄리엣 아아, 하느님! 유모, 이 일을 어떻게 막을 수 있소? 저의 낭군은 이 세상에 살아 있는 데다, 맹세가 천국에까지 닿고 있어요. 그이가 이 세상을 떠나서 천국으로부터 그 맹세를 다시 돌려주지 않는 한 안 되죠. 하지만 그 맹세가 어떻게 이 세상으로 되돌아올 수 있겠어? 이 마음을 위로해줘. 희한한 지혜를 빌려줘요. 아, 하느님도 무심하셔라. 나처럼 이토록 허약한 사람에게 어째서 이같이 흉측한 책략을 꾀한단 말이냐! 유모, 말 좀 해줘요, 네? 좋은 소식이 없어요? 위로 좀 해줘요.

유 모 네, 있어요, 있고말고요. 로미오 님이 추방됐으니, 하늘이 뒤집혀도 아씨를 찾으러 돌아올 리는 없어요. 만약에 온다 하더라도 남몰래 올 수밖에 없죠. 일이 이쯤 되었으니 백작님에게 시집가는 것이 좋을 듯해요. 패리스 씨는 훌륭한 신사분이에요! 그분과 비교하면 로미오는 걸레 조각이지. 백작님의 눈은 푸르고, 생기에 넘쳐 있어서 하늘을 나는 독수리도 그분만큼 재빠르지 못하죠. 정말이지 이번 결혼은 행복할 거예요. 이번이 첫 번보다 한결 낫지. 만약에 그렇지 않다 하더라도 첫 남편은 죽은 것 아니우? 살아 있어도 소용이 없으면 죽은 것과 같아요.

줄리엣 유모, 그 말 진심이에요?

유 모 진심이다뿐이겠어요. 거짓이라면 내 마음과 영혼이 지옥에 떨어지게요.

줄리엣 아멘!

유 모 뭐가요?

줄리엣 유모가 내 마음을 많이 풀어줬어요. 안으로 가서 어머님께 말하세요. 아버지 마음 언짢게 해드렸기에 줄리엣은 참회하고 죄의 사함을 받기 위해서 로렌스 신부의 사제관으로 갔다고 하세요.

유 모 그러리다. 그게 좋겠군요. (유모 퇴장)

줄리엣 천벌을 받을지어다! 앙큼한 마귀할멈! 내 맹세를 깨뜨리려고 하다니. 로미오 님을 그토록 찬양했던 그 혀끝으로 이번에는 악담을 늘어놓고 있으니 어느 쪽이 더 악독한 짓이냐. 이젠 가버려! 지금까지는 나의 상담역이었지만 앞으로는 유모와 나는 남남이다. 신부님한테 가서 헤어날 길을 찾아야겠다. 모든 일이 다 실패로 돌아가도 자살할 힘은 나에게 남아 있다.

　　줄리엣 퇴장.

제4막

제1장 로렌스 신부의 사제관(암자)

　　로렌스 신부와 패리스 백작 등장.

로렌스 목요일이라고 하셨지요? 시일이 너무 급하시구면.

패리스 캐퓰리트 장인이 서두르시네요. 저도 연기해도 좋을 만큼 느긋한 것은 아닙니다.

로렌스 색시 심정을 아직 알 수 없다는 거죠. 험난한 길입니다. 제 기분이 썩 내키지 않습니다.

패리스 티볼트의 죽음을 슬퍼하고 눈물을 마냥 뿌리고 있기에 사랑 얘기를 해보지 못했습니다. 눈물을 쏟는 집에서는 비너스도 웃지 않는다는 말이 있죠. 장인 캐퓰리트 어른께서도 지나치게 슬픔에 빠져 있는 것이 위험한 일이라 생각하시고 딸의 홍수 같은 눈물을 막아 보자는 속셈도 있어서 현명하게도 저희 결혼을 서두르신 거죠. 혼자 흘리는 눈물은 한이 없어요. 말동무라도 생기면 눈물도 거둬질 게 아닙니까. 이만하면 급히 서두르는 까닭을 아셨을 줄 압니다만.

로렌스 (방백) 나는 이 일을 지연시켜야 할 이유를 알고 있단 말이야. 아, 마침 아씨가 이쪽으로 오고 있군.

　　줄리엣 등장.

패리스 마침 잘 만났군요. 나의 님이며, 아내여!

줄리엣 제가 아마도 아내가 된다면 그렇게 부를 수 있겠죠.

패리스 그 '아마도' 가 이번 목요일에는 '반드시' 가 될 것입니다.

줄리엣 '반드시' 라고 하신다면 꼭 그렇게 되겠죠.

로렌스 확실히 명언이다.

패리스 신부님에게 참회하러 오셨지요?

줄리엣 그 말에 대답을 하면 당신에게 참회를 하게 되게요.

패리스 당신이 나를 사랑한다는 것을 신부님에게 부인하지 마세요.

줄리엣 내가 그분을 사랑한다는 것을 당신에게 고백해야겠어요.

패리스 나를 사랑하고 있다는 사실도 고백하세요.

줄리엣 그 말은 당신 눈앞에서 하는 것보다 남몰래 등 뒤에서 하는 편이 더 가치 있는 일이죠.

패리스 가련하게도 당신의 얼굴은 온통 눈물로 얼룩져 있군요.

줄리엣 그렇다고 눈물 탓만은 아닙니다. 눈물의 해를 입기 전에도 못생긴 얼굴이었어요.

패리스 지독한 말이군. 눈물 이상으로 얼굴을 모독하는 말이로군.

줄리엣 진정을 담으면 악담이 되지 않습니다. 내가 한 말은 내 얼굴에 대고 하는 말입니다.

패리스 그대의 얼굴은 나의 것이오. 당신은 그 얼굴을 모독했소.

줄리엣 그럴지도 모르죠. 이 얼굴은 제 것이 아니니까요. 신부님, 지금 한가하십니까? 아니면, 저녁 미사 때 찾아뵈올까요?

로렌스 걱정 마라, 줄리엣, 나는 지금 한가롭다. 패리스 씨, 우리 둘만이 따로 얘기를 나누고 싶소.

패리스 좋습니다. 신부님 일을 어찌 제가 방해할 수 있겠습니까! 줄리엣, 목요일 아침 일찍 깨우러 가리다. 그때까지 안녕. 이 거룩한 입맞춤을 잊지 말아주오. (패리스 퇴장)

줄리엣 아아, 문을 닫아주세요! 문을 닫으신 후에는 저와 함께 실컷 울어주세요. 희망도 사라지고 길도 막히고 도움도 끝장이에요!

로렌스 오, 줄리엣, 네 슬픔은 이미 나도 알고 있다. 나는 여러 갈래로 생각해봤지만, 내 지혜로는 어쩔 도리가 없구나. 이번 목요일에는 무슨 일이 있더라도 그 백작과 결혼해야 된다지.

줄리엣 신부님, 어떻게 하든 그 일을 막는 방안을 짜주세요. 그렇지 않으면 아예 이 얘기를 들었다는 말씀도 하지 마세요. 만약에 신부님의 지혜로도 어쩔 도리가 없으면 제 결심이 장하다고 말해주세요. 이 단검으로 당장 해결을 짓겠어요. 하느님께서 제 마음과 로미오 님의 마음을 하나로 합쳐주셨습니다. 신부님 덕택으로 로미오 님에게 바친 이 똑같은 손으로 딴짓에 보증을 서거나 제 순정이 딴마음을 품고 곁눈질을 하거나 한다면 이 단검으로 그 손과 마음을 잘라내겠습니다. 그렇기 때문에 신부님, 당신의 오랜 경험을 거울삼아, 저에게 지혜를 주소서. 그렇지 않으면 보시다시피 궁지에 몰릴 대로 몰린 이 몸을 판가름 내는 길은 이 단검밖에 없습니다. 신부님이 연세와 공적으로도 해결치 못한다면 그 난제를 이 피맺힌 단검으로 끝장을 짓겠어요. 어서 말씀해주세요. 신부님의 말씀으로도 아무 소용이 없다면 차라리 죽어버리겠어요.

로렌스 잠깐만, 딸애야, 일루의 희망이 보인다. 이 일을 실행하려면 우리가 막으려고 하는 일 못지않게 결단이 필요해. 패리스 백작과 결혼할 바에는 차라리 죽어버리는 것이 낫겠다는 강한 의지가 있다면, 이 치욕을 벗기 위해서는 죽음과도 같은 이런 결심도 해봄직한 일이다. 이 궁지에서 벗어나고 싶은 네 심정은 죽음과도 맞설 수 있는 결심일 수 있어. 네가 한 번 해보겠다면, 내가 그 방안을 가르쳐주겠다.

줄리엣 아, 패리스와 결혼하는 것이 아니라면 성벽에서 뛰어내리라 해도 뛰어내리고 노상강도가 우글대는 길을 가라 해도 가죠. 뱀이 꿈틀대는 숲속에 웅크리고 있을 수도 있어요. 으르렁대는 곰과 함께 저를 매어두어도 좋아요. 서걱대는 송장 뼈랑 썩은 정강이랑 눌눌한 턱없는 해골 무더기에 매몰되게 납골당에 저를 버려둬도 좋아요. 방금 만든 무덤 속에 들어가서 송장과 함께 수의를 뒤집어쓰라고 해도 좋아요.

지금까지는 그런 얘기를 듣기만 해도 벌벌 떨었지만 앞으로는 결코 무서워하지도 않고, 불안해하지도 않겠어요. 로미오 님의 아내로서 정조를 지킬 수만 있다면.

로렌스 그러면 좋다. 곧 집으로 돌아가서 기쁜 낯으로 패리스와 결혼하겠다고 말하라. 내일은 수요일이다. 내일 밤에는 혼자 자도록 해라, 알겠지. 절대로 유모와 함께 같은 방에서 자지 마라. 잠자리에 들때, 이 약병을 들고 가서 속에 든 약을 말끔히 마셔버리도록. 그러면 순식간에 너의 혈관 속에는 싸늘한 잠이 돌고 돌다가 평상시의 맥박은 움직이지 않게 된다. 맥박이 멈추고, 체온이 식고, 호흡이 멈추다 보면 혈기가 사라지고 회색이 되어 마치 죽음의 손길이 생명의 빛을 끄듯 마음의 창문인 눈이 자연 문을 닫는다. 손발은 부드러운 움직임을 잃고, 뻣뻣하고 싸늘하게 굳어버려 시체처럼 되는 거다. 이토록 가엾은 가사상태가 사십이 시간 계속된 후에 마치 상쾌한 잠에서 깨어나듯 원상으로 되돌아가게 되어 있어. 아침이 되어 신랑이 너를 깨우려고 왔을 땐 너는 죽어 있는 모습으로 보이지. 그러면, 이 나라 풍습대로 너는 새 옷으로 단장되어 뚜껑 없는 관에 담겨 캐퓰리트 집안의 선조들이 조상 대대로 잠들고 있는 오랜 묘지로 가는 것이다. 그동안 물론 우리들은 네가 깨어나기 전에 우리들의 뜻을 편지로 로미오에게 알려 그를 이곳으로 불러오도록 하겠다. 네가 깨어나는 것을 그와 내가 기다리고 있다가 그날 밤 안으로 너를 로미오와 함께 만토바로 보내겠다. 이렇게 하면 너는 이번의 치욕은 면할 수 있을 것이다. 그러나 변덕이나 여자의 불안감 따위로 실행하는 데 용기를 잃어서는 안 된다.

줄리엣 주세요, 어서 주세요! 두려움은 없어요!

로렌스 좋다. 가도 좋아. 마음을 단단히 먹어. 나는 신부 한 사람을 만토바로 보내 로미오에게 편지를 전하도록 하겠다.

줄리엣 사랑이여, 나에게 힘을 다오. 힘이 있으면 나머지 일은 해결이 된다. 신부님, 안녕히 계세요. (퇴장)

제2장 캐퓰리트의 집 홀

캐퓰리트, 캐퓰리트 부인, 유모, 하인 두세 명 등장.

캐퓰리트 (종이쪽지를 주면서) 여기 적혀 있는 손님들을 초대해 오너라. (하인이 그 쪽지를 받아들고 퇴장) 여봐라, 너는 가서 솜씨 좋은 요리사를 스무 명쯤 데려오너라.

하 인 엉터리 요리사는 한 놈도 데려오지 않겠습니다. 제 손가락을 빨 줄이나 아는지 시험을 해보면 알거든요.

캐퓰리트 그따위 시험으로 어떻게 알 수 있어?

하 인 자기 손가락을 빨 줄 모르는 놈은 요리사가 될 수 없다잖아요. 그래서 손가락을 빨지 못하는 자는 데려오지 않겠습니다.

캐퓰리트 좋아, 다녀오너라. (하인 퇴장) 이번에는 준비가 너무 엉성한 듯하다. 그래, 그래, 딸애가 로렌스 신부님에게 갔다지?

유 모 네, 그렇습니다.

캐퓰리트 그럼 신부님이 잘 지도해주시겠지. 고집불통의 불효 딸년 같으니라고.

줄리엣 등장.

유 모 저 보세요, 참회를 마치고 돌아오고 있는 중입니다. 기쁜 표정이로군요.

캐퓰리트 요, 고집불통아, 어딜 쏘다니다 오는 거냐?

줄리엣 아버님 명령에 거역한 불효죄를 뉘우치고 이렇게 엎드려 용서를 빌 것을 로렌스 신부님께 가르침 받고 왔습니다. 제발 용서하소서, 아버님! 앞으로는 아버님 분부대로 하오리다. (무릎을 꿇는다)

캐퓰리트 백작님 댁에 하인을 보내어 알려드려라. 내일 아침이라도 연분을 맺고 싶다고 전하라.

줄리엣 백작님은 신부님 사제관에서 뵙고, 소녀로서 지나치지 않을 정도로 진심만은 알리고 왔습니다.

캐퓰리트 거, 잘했군. 괜찮아, 일어나라. 그래야지. 가만있자, 나도 한번 백작님을 만나봐야겠다. 여봐라, 어서 가서 그분을 이리로 모시고 오너라. 참으로 그 거룩하신 신부님 덕을 온 시내가 다 보고 있어. 참으로 고마운 일이야.

줄리엣 유모, 제 방으로 함께 가요. 내일 달 장신구를 고르도록 도와주지 않겠어요?

캐퓰리트 부인 그 일은 목요일에 해도 충분해. 아직도 시간은 많이 남았어.

캐퓰리트 가요, 유모, 함께 가요. 내일 교회에 가야 하니. (줄리엣과 유모 퇴장)

캐퓰리트 부인 우리들도 준비 시간이 빠듯하겠어요. 곧 날이 저무는걸요.

캐퓰리트 내가 부산하게 뛰겠소. 여보, 내 보장하지만, 모든 일이 잘 될 거요. 당신도 줄리엣한테 가서 치장하는 것을 도와주구려. 나는 오늘 밤 잠자리에 들지 않겠소. 나에게 상관 마오. 이번만은 내가 안사람 역할을 해볼 작정이니. 여봐라! 모두 바깥으로 나갔군. 그럼, 패리스 백작한테는 내가 직접 걸어서 가야겠다. 가서 내일 준비를 시켜야지. 내 기분은 지금 날 듯하구나. 변덕스런 딸년이 마음을 고쳐먹고 새사람이 되었어. (퇴장)

제3장 줄리엣의 방

줄리엣과 유모 등장.

줄리엣 네에, 그 옷이 제일 좋아요. 하지만 유모, 오늘 밤만은 내 소원이니 혼자 있게 해줘요. 유모도 잘 알고 있다시피, 난 비뚤어진 죄 많은 여자예요. 하느님의 용서를 빌기 위해 기도할 일이 많은 듯해요.

캐퓰리트 부인 등장.

캐퓰리트 부인 바쁘지? 내가 좀 도와주랴?

줄리엣 괜찮습니다, 어머니. 내일 식에 필요한 것은 몽땅 골라놓았습니다. 그러니 어머니, 제발 절 혼자 있게 내버려두세요. 유모는 오늘 밤, 어머니를 도와줘요. 워낙 일이 급작스러워 어머니 쪽에도 일이 잔뜩 밀려 있을 거예요.

캐퓰리트 부인 안녕. 잠자리에 들어 푹 잠을 자거라. 담뿍 휴식을 취해야 돼. (캐퓰리트 부인과 유모 퇴장)

줄리엣 안녕히 가세요. 언제 다시 만나뵐 수 있을는지요. 싸늘하고 아찔한 두려움이 혈관 속을 맴돌면서 생명의 불꽃을 꽁꽁 얼리는 기분이 들어요. 다시 한번 어머니와 유모를 불러 나를 위로해달라고 할까. 유모! 유모인들 이곳에서 지금 무엇을 할 수 있담? 이 음산한 장면만은 나 혼자서 해내지 않으면 안 된다. 오너라, 나의 약병이여. 이 약이 전혀 효력을 나타내지 않으면 어떻게 할까? 내일 아침 꼼짝달싹 못 하고 결혼하게 될 테지? 안 돼, 안 돼! 이 단검이 그것을 막아주리라. 그대 단검이여, 거기 누워 있거라. (단검을 아래에 놓는다) 이 약이 독약이면 어떻게 하나? 신부님이 나와 로미오 님을 이미 결혼시켰으니, 이번 결혼으로 당할 욕을 면하려고 날 독살하기 위해 조제한 약이면 어떻게 하나? 정말 그럴는지도 몰라. 아니야, 그럴 리가 없어. 신부님은 성자로 이름나신 분인데. 이대로 무덤 속에 눕혀서 로미오 님이 나를 구하기 전에 눈을 뜨면 어떻게 될까? 그 일을 생각하면 온몸이 오싹해진다! 무덤의 부정한 아가리 속으로는 맑은 공기가 통하지 않을 텐데 그 무덤 속에서 숨통이 막혀, 로미오 님이 나타나셨을 때는 이미 질식하여 죽은 후가 아닐까? 가령 내가 산다고 하더라도, 죽음과 밤의 무서운 생각들— 무서운 장소까지 겹치고— 수백 년 동안 조상들의 뼈가 가득 차 있는 납골당 속이라서, 피투성이의 티볼트는 갓 묻혀 수의에 감겨 썩고 있을 테고. 그뿐이겠는가, 한밤중 어느 시간이 되면 귀신들이 그곳에서 모인다는 말도 있다.

아아, 어쩌면 좋으냐, 무섭구나! 만일에 일찍 눈을 뜨면, 그 악취라든가, 땅에서 뿌리째로 뽑힐 때의 당매자나무의 비명 소리라든가, 이 소리를 들은 인간은 그 자리에서 미쳐버린다는데, 그와 흡사한 소리, 아우성 때문에 아아, 내 눈이 떠지면 주위는 공포에 휩싸여 있을 터인즉, 나도 그대로 미쳐버리는 것은 아닐까? 미쳐서 선조들의 뼈를 갖고 장난하거나, 칼 맞은 티볼트의 수의를 벗긴다든가 하다가, 광란에 지쳐 곤봉 대신 먼 조상의 뼈를 들고 내 손으로 내 머리통을 쳐부수지나 않을까? 아, 보라! 로미오의 칼끝에 찔린 티볼트, 기다려줘요! 로미오, 로미오, 로미오. 여기 약물이 있구나. 당신을 위해 이 약을 들겠어요. (줄리엣이 약물을 따라 마시고, 침대 위에 쓰러진다)

제4장 캐퓰리트 집의 홀

캐퓰리트 부인과 유모 등장.

캐퓰리트 부인 유모, 이 열쇠 꾸러미를 들고 가서 양념들일랑 더 내오게.

유 모 부엌에선 대추야자와 마르멜로(봄에 꽃이 피고 열매가 맺는 장미과 나무. 매는 그냥 먹거나 잼을 만들어 먹는다—역자 주)를 갖고 오래요.

캐퓰리트 등장.

캐퓰리트 자, 서둘러, 서둘러! 부지런히들 일하게. 두 번째 닭도 울었고, 새벽종도 울렸어. 세 시가 다 됐다. 이봐, 앤젤리카, 파이를 조심해. 비용 걱정은 마라.

유 모 좁쌀영감, 일 참견 작작하세요. 가서 주무세요. 이렇게 밤샘하면 내일 건강에 지장이 있어요.

캐퓰리트 끄떡없다. 밤샘쯤은 전에도 해봤다. 그땐 대단찮은 일로 꼬빡 새웠지. 그래도 끄떡없었어.

캐퓰리트 부인 그랬어요. 젊은 시절에는 당신도 어지간히 계집 뒤꽁무니만 따라다녔죠. 하지만 두 번 다시 그런 밤샘은 시키지 않을걸요. 제가 눈을 접시만큼 뜨고 지키는걸요. (캐퓰리트 부인과 유모 퇴장)

캐퓰리트 샘이 나서 그러지, 심술쟁이!

하인 서너 명이 꼬치, 장작, 바구니 등을 들고 등장.

여봐, 그게 뭔가?

하인 1 요리사가 필요하다고 해서 갖고 왔습니다만, 저도 무엇인지 알 수 없습니다.

캐퓰리트 서둘러, 서둘러! (하인 1 퇴장) 이놈아, 바싹 마른 장작을 갖고 오너라. 피터를 불러. 피터가 네놈들에게 장소를 가르쳐줄 거다.

하인 2 나리, 장작쯤은 찾을 수 있는 머리가 있는뎁쇼. 이 정도 일로 피터의 신세지는 게 아닙니다요.

캐퓰리트 허긴 그래! 말 잘했어. 망할 녀석. 통나무 대가리 같은 녀석. (하인 2 퇴장) 아니, 벌써 날이 밝았네. 백작님이 곧 이곳에 악대를 거느리고 행차할 것이다. 그러겠다고 백작이 말했거든. (음악 소리 들린다) 가까이 온 모양이다. 유모! 여보! 여봐라! 아 글쎄, 유모!

유모 등장.

가서, 줄리엣을 깨워라. 가서 줄리엣을 단장시켜. 패리스 씨의 말상대는 내가 하지. 자, 서둘러, 급히. 신랑이 벌써 도착하셨다. 급히 서두르라고 하잖아! (캐퓰리트 퇴장)

제5장 줄리엣의 침실

유모 침대 커튼 쪽으로 등장.

유 모 아씨! 아씨! 줄리엣 아씨! 잠에 취했나 봐. 어린 양이시여! 아씨여! 참으로 지독한 잠꾸러기로군. 보세요, 아씨! 연인이시여! 신부여! 아아니, 한마디 쓰다 달다 대꾸도 없나요? 한푼어치라도 더 자두자는 속셈이로군. 일주일 몫을 실컷 주무시우. 내일 밤부터는 패리스 백작님이 빼기고 우쭐대면서 아씨를 재워주지 않을 테니깐. 이크, 실례했어요! 잠도 잘 주무시네! 깨워야겠네. 아씨, 아씨, 아씨!

숫제, 백작님더러 직접 껴안으시라는 게 좋겠네. 그러면 깜짝 놀라서 눈을 뜨실 테니. 틀림없이 일어날 거야. (침대의 커튼을 젖힌다) 어머나, 새 옷을 입은 채 누워 계시네! 천하 없어도 깨워야겠다. 아씨! 아씨! 아씨! 아이고! 사람 살려! 사람 살려! 아씨가 죽었어요! 아유, 이런 변이 어디 있담! 나리! 마님!

　　　캐퓰리트 부인 등장.

캐퓰리트 부인　이게 웬 소동이오?

유　모　아, 슬픈 날이다!

캐퓰리트 부인　대체 무슨 일인가?

유　모　저걸, 저걸 보세요! 슬픈 날이다!

캐퓰리트 부인　아, 어쩌면 좋아! 아가야, 내 아가야 살아다오, 눈을 떠다오! 안 그러면 어미도 함께 죽겠다. 큰일났어요! 누가 와주세요. 유모도 불러!

　　　캐퓰리트 등장.

캐퓰리트　어찌 된 영문이냐? 빨리 줄리엣을 데려오라. 신랑은 이미 도착하셨다.

유　모　아씨가 죽었어요, 죽었어! 아씨가 죽었다구요! 아, 슬픈 날이로다!

캐퓰리트 부인　슬픈 날이로다. 내 딸이 죽다니! 내 딸이 죽다니, 내 딸이 죽다니!

캐퓰리트　아아, 어디 보자! 이게 어찌 된 영문이냐! 온몸이 싸늘해졌구나. 핏줄은 얼어붙고, 뼈마디는 딱딱해졌어. 입술에 생명의 입김은 사라졌구나. 들판에서 가장 아름다운 꽃 위에 때아닌 서리가 내린 것처럼 죽음이 내 딸에게 내려왔구나.

유　모　아아, 슬픈 날이로다!

캐퓰리트 부인　아아, 괴로운 시간이여!

캐퓰리트　내 딸을 빼앗아 간 죽음의 신이여, 나를 이토록 괴롭히면서, 혓바닥까지 동여매어 나로 하여금 말도 하지 못하게 하는구나.

　　　　로렌스 신부와 패리스, 그리고 악사들 등장.

로렌스　자, 신부님은 교회로 갈 준비가 다 됐습니까?

캐퓰리트　떠날 준비는 다 됐습니다만, 두 번 다시 돌아오지는 못할 길입니다. 아, 신랑이여, 결혼식 전날 밤에 신부가 죽었소. 보시오, 저기 신부가 누워 있소. 꽃다운 모습으로 잠들어 있지만 죽음이 그 꽃을 따갔다오. 죽음이 나의 사위가 되고 죽음이 나의 상속인이 되었소. 죽음이 내 딸과 연분을 맺었으니, 내가 죽으면 모든 것은 죽음의 소유물. 생명도 재산도 모조리 죽음이 갖게 되오.

패리스　오늘 아침이 찾아들기를 그토록 기다렸는데, 내 눈앞에 펼쳐진 이 광경은 무슨 일입니까?

캐퓰리트 부인　저주받은 불행한 날이여! 증오해할 비참한 날이여! 무한한 시간의 회전 속에서도 지금은 너무나 슬픈 순간이로다! 가련하게도, 하나밖에 없는 나의 외동딸, 기쁠 때나 위로를 받을 때도 꼭 하나밖에 없던 외동딸. 그 귀여운 딸을 잔인한 죽음의 손길이 낚아채 갔구나.

유　모　아아! 슬프고도 슬픈 날이여! 이토록 슬프고, 이토록 매정한 날을 유모는 일찍이 보지 못했어. 오늘이여, 오늘이여, 오늘이여! 오, 저주받을 오늘이여! 이보다 더 어두운 날을 유모는 일찍이 본 적이 없어. 아, 슬픈 날이로다! 슬픈 날이로다!

패리스　속고 찢기고 욕보고 미움을 사서 죽었다! 가장 저주받을 죽음이여,

너에게 속고, 잔인한 너에게 파멸당했다. 오, 사랑이여! 생명이여! 생명이 아니다. 죽음 속의 사랑이다!

캐풀리트 천대받고 고통을 받으며, 미움을 사고 박해를 받으며 죽었다. 아, 괴로운 오늘이여! 무슨 까닭으로 죽어야 했는가? 이 축제를 파괴하려고 했는가? 아, 아가야! 아가야! 나의 아가가 아니라, 나의 영혼이여! 너는 이렇게 죽었구나 — 오호라, 나의 아가는 이렇게 죽었구나. 나의 아가와 함께, 나의 기쁨도 땅속에 파묻혀졌다!

로렌스 조용히들 하세요. 창피스럽게 이게 무슨 짓입니까? 아무리 법석을 떨어도, 이 소동의 원인이 되살아날 수는 없어요. 이 아름다운 따님을 하늘과 당신이 함께 소유하고 있었소. 그런데 이제 하늘이 몽땅 소유하게 되었다는 것뿐입니다. 따님에게는 그편이 훨씬 낫습니다. 따님 속에 있는 어르신네 몫은 죽음의 재난을 피할 길이 없지요. 그러나 하늘은 그의 몫을 영원한 생명 속에 살려둡니다. 당신이 따님에게 가장 크게 바란 것이 있었다면, 그것은 따님의 출세였소. 그것이 당신의 천국이었소. 그런데 지금 그 따님이 하늘 끝에 닿는 구름 장 위로 높이 날아오르는 것을 보고도 당신은 울고 있소? 도대체 이런 애정은 진정한 사랑이 아니오. 그러기에 따님의 진정한 평온을 보고 미친 듯 날뛰지 않소? 오랜 결혼생활을 보내는 여인이 가장 행복한 결혼을 했다고 볼 수는 없다오. 결혼해서 젊은 나이로 죽는 여인이 가장 행복한 결혼을 했다고 할 수 있소. 자아, 눈물을 닦으시고 이 아름다운 시체를 로즈메리 꽃으로 장식해주시오. 그런 다음, 세상 관례대로 제일 좋은 옷을 입혀 교회로 운구하시오. 어리석은 인정이 우리로 하여금 슬피 울라고 재촉하지만, 감정적인 눈물이란 이성의 웃음거리밖에 안 되는 법이외다.

캐풀리트 잔칫날을 위해서 준비해둔 모든 것을 구슬픈 장례식용으로 바꾸도록 하라. 축하음악은 침울한 조종이 되게 하고, 잔칫상은 그대로 구슬픈 초상집 술상이 되게 하며, 엄숙한 축혼가(祝婚歌)는 훌쩍이는 장송곡이 되게 하며, 신방을 꾸밀 작정이던 꽃들로 시체를 덮어라. 만사를 정반대로 바꾸어라.

로렌스 안으로 들어가시오. 마나님도 같이. 그리고 패리스 백작, 당신도 안으로 가시오. 우리 모두 이 아름다운 시체가 무덤에 들어가도록 준비합시다. 하느님도 무슨 곡절이 있으셔서 이토록 노하신 겁니다. 이 이상 더 하늘의 뜻을 거역하여 신의 노여움을 자초해서는 안 되오. (유모만을 남겨두고 일동 퇴장. 줄리엣 위에 로즈메리 꽃을 뿌리고, 커튼을 닫는다)

　　　악사들 등장.

악사 1 피리를 집어 넣고 물러가는 것이 좋겠다.

유 모 그래요, 그래. 어서들 집어 넣으시우! 알다시피 판이 싹 식어버렸어요.

악사 1 글쎄, 아무리 깨진 판이라도 이것저것 뜯어맞출 수 있습니다요.

　　　유모 퇴장, 피터 등장.

피 터 악사들이여, 악사들이여. 〈내 마음 가벼워〉를 연주해줘! 〈내 마음 가벼워〉야! 날 살려주려면 〈내 마음 가벼워〉를 연주해주게나.

악사 1 어째서 하필이면 〈내 마음 가벼워〉를 연주하라는 거죠?

피 터 응, 악사 양반들, 그건 내 마음이 이미 〈내 마음 슬프도다〉를 연주하고 있기 때문이야. 그러니 명랑한 곡을 연주해서 나를 좀 위로해 달라는 부탁이다.

악사 1 안 되오! 풍악 따위를 연주할 때가 아닙니다.

피 터 못 하겠다 그 말씀이지?

악사 1 못 하겠소.

피 터 그러면 한 대 먹어보겠느냐?

악사 1 뭘 먹어봐요?

피 터 돈이 아니라 내 악담 말이다. 거지발싸개 같은 악사 놈들아.

악사 1 요 하인 놈까지.

피 터 하인 칼에 네놈 대가리 얻어맞아 보겠느냐? 네놈들 변덕은 맙소사다. 네놈들 대갈통을 몽땅 까줄까 보다. 알겠냐?

악사 1 똥땅 치면 소리가 날 테지.

악사 2 여보세요, 칼부림만은 참으세요. 말싸움으로 맞섭니다. 피터, 그렇다면 말싸움으로 쳐들어갈까! 쇠칼은 치우겠다만 놋쇠 같은 말씨로 두들겨줄 테다. 사내답게 대들어라.

쥐어짜는 슬픔에 가슴은 멍든다.
구슬픈 설움이 마음을 짓누른다.
은소리 같은 음악에 ―

어째서 '은소리'냐? 어째서 '은소리 같은 음악'이냐? 여보게, 명제금가 양반, 그 이유를 알고 있어?

악사 1 그거야 은이 달콤한 소리를 내기 때문이죠.

피 터 멋지다! 여봐, 깡깡이 악사, 자네 의견은?

악사 2 그거야 악사들이 은전을 받고 연주를 하니 은소리가 되는 거죠.

피 터 희한하다! 줄 조르개 악사, 자넨 어떤가?

악사 3 저는 참말이지 모르겠습니다.

피 터 미안하게 됐군! 자넨 노래꾼이지. 내가 대신 말해주지. '은소리 같은 음악'은 악사들이 연주를 해도 황금을 벌지 못하기 때문이야.

은소리 같은 음악에
금세 풀리는 울화증이여. (피터 퇴장)

악사 1 지랄하네, 망할 자식!

악사 2 뒈져라, 개망나니 녀석! 자, 우리들도 안으로 들어가세. 문상객들
이 올 때까지 빈둥거리다가 한 끼 얻어먹고 떠나세. (일동 퇴장)

제5막

제1장 만토바 거리

로미오 등장.

로미오 만약에 달콤한 꿈이 사실일 수 있다면, 내 꿈은 무슨 희소식의 징
조임에 틀림없다. 이 가슴의 주인인 사랑의 신은 가벼이 옥좌에 앉
아, 오늘 진종일 별난 기운 땜에 날 들뜨게 해서 발이 땅에 닿지 않
게 한다. 꿈에 내 님이 와서 내가 죽어 있는 것을 보았어. 죽은 자가
생각을 할 수 있다는 것은 이상한 일이야. 님은 여러 번 되풀이해서
내 입술에 입 맞추며 생명의 입김을 불어넣어주었어. 그 덕택으로
나는 소생하고 제왕이 되었다는 꿈이었어. 사랑의 그림자만으로도

이토록 기쁠 수 있다면 진정한 사랑을 소유했을 때에는 얼마나 그 기쁨이 크겠는가!

　　로미오의 하인 밸더자가 장화를 신은 채 여행복 차림으로 등장.

베로나에서의 소식이로구나! 어떻게 지냈느냐, 밸더자! 신부님의 편지를 갖고 왔겠지? 내 님은 잘 있느냐? 아버지는 안녕하시더냐? 다시 묻겠네만, 줄리엣은 무사한가? 님만 안녕하시다면 만사 좋을 수밖에 없다.

밸더자　그 위에 아씨는 무사하시고 만사태평입니다. 아씨 시체는 캐퓰리트 집안의 선산 묘소에 잠들고, 그녀의 영혼은 천사들과 함께 계십니다. 소생은 아씨께서 집안 묘소에 안치되는 것을 확인한 즉시, 소식을 전하려 뛰어온 참입니다. 이 같은 궂은 소식을 가져와서 죄송스럽기 짝이 없습니다만, 이것도 모두 도련님께서 분부하신 일이라 어쩔 수 없습니다.

로미오　그게 틀림없는 소리냐? 그렇다면 운명이여, 나는 너를 거역한다! 너, 내 숙소를 알지. 가서 잉크와 종이를 갖고 오너라. 그리고 역마도 빌려와. 나는 오늘 밤 출발하겠다.

밸더자　도련님, 부탁합니다. 제발 성미를 내지 마십쇼. 안색이 퍽 나쁩니다. 태도가 심상치 않습니다. 무서운 일이 일어날 듯합니다.

로미오　터무니없는 소리는 집어치워. 내 일은 참견 말고 시키는 대로 해. 신부님으로부터 아무런 전갈도 없었느냐?

밸더자　없사옵니다.

로미오　상관없다. 어서 가라. 말을 빌려와. 곧 내가 뒤따라 갈 테니. (밸더자 퇴장) 오, 줄리엣, 오늘 밤에는 그대와 함께 잠자리에 들련다. 문제는 그 방법이다. 파괴의 악마 녀석, 재빠르게도 절망한 자의 가슴

속에 파고드는구나. 아, 그 약제사 생각이 떠오르는군. 틀림없이 이 근처에 살고 있을 텐데. 얼마 전에도 누더기를 걸치고 불쑥 튀어나온 이마를 하고 약초를 캐고 있었지. 가난에 쪼들려 얼굴이 앙상해져서 뼈만 남아 있었어. 초라한 그의 점포에는 거북과 말린 악어, 그 밖에 여러 가지 생선 껍질들이 흉하게 매달려 있었어. 선반 언저리에는 궁상스러운 빈 상자, 푸른 토기류, 오줌주머니, 곰팡이 핀 씨앗, 쓰다 남은 끄나풀 나부랭이, 말린 장미 꽃잎들이 사방에 흩어져서 겨우 약방을 꾸미고 있어. 그 궁상을 보고 나는 생각했지. 독약을 파는 자는 사형이라지만, 만약에 독약을 구해야 할 필요가 생기면 이 약방 영감이 꼭 구해줄 거다. 그러고 보니 내 처지를 예언해주었구나. 아무튼 그 가난뱅이 약방 영감 보고 독약을 팔아 달라고 졸라야지. 바로 이 가게였는데, 휴일이라 문을 닫았을까? 여보게, 약방 영감!

　약제사 등장.

약제사　누구요, 그렇게 큰소리로?

로미오　이리 좀 오시오. 당신 돈푼깨나 아쉬운 모양인데, 여기 사십 두카트가 있소. 가져요. 그 대신 독약 좀 주구려. 마시기만 하면 금세 온 혈관 속에 퍼져서, 마치 불 댕긴 화약이 순식간에 백발백중의 대포 배때기에서 터져 나오듯이, 사는 것에 넌덜머리가 난 내 체내로부터 일시에 목숨의 숨결을 날려보내줄 효력 만점의 독약을 갖고 싶소.

약제사　때마침 그런 독약을 갖고 있습니다만, 팔았다가는 만토바의 법에 따라 사형입니다.

로미오　가난에 찌들어 별 고생 다 하면서도 여전히 목숨이 아깝소? 당신의 두 볼에는 굶주림이 괴어 있고, 두 눈에는 궁핍이 엿보이고, 등에는 천대와 곤궁이 축 늘어져 있으면서도. 이 세상은 당신의 친구가 아니오. 이 세상의 법률도 당신의 벗이 아니오. 이 세상의 법률이 당신을 부자로 만들어준답디까? 제발 궁상떨지 말고 이 돈을 받으시오. 그 법을 깨뜨리면 되지 않소.

약제사 받긴 하겠습니다만, 제 본의가 아닙니다. 그저 가난한 탓이죠.

로미오 나도 당신 마음에 이 돈을 주는 것이 아니라 가난에 주는 거라오.

약제사 (약병을 내주면서) 이것을 마시고 싶은 음료수에 타서 마시세요. 마시고 나면 댁이 스무 명의 힘을 당해내는 장사라 할지라도 당장에 숨이 끊어질 겁입니다.

로미오 자, 돈 여기 있수. 사실 돈만큼 인간의 영혼에 해독을 끼치는 것도 없을 것이오. 당신이 팔기를 꺼리는 이 하찮은 독약보다도 더 무서운 살인을 돈은 이 더러운 세상에서 저지르고 있소. 독약을 판 것은 나고, 당신은 아무것도 팔지 않았소. 잘 있으시오. 음식을 사서 먹으시오. 살도 좀 찌고. (약제사 퇴장) 자, 독약이 아닌 활력소야, 나와 함께 줄리엣의 무덤으로 가자. 그곳에서 너를 사용해야겠다. (퇴장)

제2장 로렌스 신부의 사제관(암자)

존 신부 등장.

존 프란체스코파의 로렌스 신부! 여보세요.

로렌스 신부 등장.

로렌스 존 신부의 목소리 아닌가. 만토바로부터 여기까지 오시느라 수고 많았소. 로미오의 회답은? 편지를 받아왔다면 어서 내놔요.

존 동행할 맨발의 프란체스코파 동료 신부님을 한 분 찾아갔는데, 마침 그분이 시내의 어느 환자를 병문안 온 자리에서 만났어요. 그러자 시 검역관들은 우리들이 그 전염병 환자 집에 간 혐의로, 문을 폐쇄하고 외출금지령을 내리는 바람에 만토바행이 늦어졌지요.

로렌스 그러면 내 편지는 누가 로미오한테 전해줬소?

존 그걸 보내질 못해서 ─ 여기 다시 갖고 있습니다만 ─ 모두들 전염병이 무섭다고 해서 그것을 당신에게 돌려보내자니 갈 사람이 아무도 없었어요.

로렌스 운이 꽉 막혔구나! 사실인즉슨, 그 편지는 흔히들 하는 간단한 편지가 아니라, 그야말로 중요한 용건이 담겨 있는 편지요. 그 편지를 그냥 내버려두면 뜻밖의 중대사가 발생할 것입니다. 존 신부, 어서 가서 쇠지레를 하나 이 암자로 구해다 주시오.

존 가서 구해 오리다. (존 신부 퇴장)

로렌스 혼자서 묘지로 가봐야겠군. 앞으로 세 시간 안으로 줄리엣 아가씨가 깨어날 텐데. 이 일을 로미오에게 전하지 않았음을 아가씨가 알면 얼마나 나를 원망할 것인가. 여하튼, 다시 한번 만토바에 편지를 내서 로미오가 올 때까지 아가씨를 내 암자에 안치해놓도록 하자. 가엾게도 산송장이 되어 시체들이 있는 무덤 속에 누워 있으니! (퇴장)

제3장 캐퓰리트 가의 묘소

패리스, 횃불과 꽃다발과 향수를 든 사동(使童)과 등장.

패리스 여봐, 그 횃불 이리 줘. 너는 저리 가 있어라. 그래, 횃불은 끄는 게 좋겠다. 사람들 눈에 띄고 싶지 않다. 저기기, 주목나무 밑에 엎드려 누워서 귀를 우묵한 땅바닥에 바싹대고 있어. 무덤을 판 뒤로 땅은 느슨해져서 물렁물렁하니까, 묘지를 걷는 발소리쯤은 충분히 들을 수 있다. 들리면 누가 오는 신호로 휘파람을 불어. 그 꽃다발을 이리 다오. 시킨 대로 해. 자, 가라.

사 동 (방백) 이런 묘지에 혼자서, 무서워 죽겠지만 할 수 없군. 어디 해보자. (숨는다) (패리스, 꽃다발을 무덤에 흩뿌린다)

패리스 꽃 같은 처녀여, 너의 신방에 이 꽃을 뿌리겠다. 아, 슬프도다! 너의 달집은 흙과 돌로 된 천장이 아닌가. 밤마다 향기로운 물을 내가 뿌려주마. 그것도 모자라면 신음 소리로 맺히는 이슬 같은 눈물을 너에게 뿌려주마. 너를 위한 장례로 밤마다 나는 너의 무덤에 꽃을 뿌리고 눈물을 쏟으리라. (사동이 휘파람을 분다) 누가 오는 모양이다. 아이가 신호를 하네. 어떤 몹쓸 놈의 발목이 한밤중에 이런 곳에 헤매면서 정성어린 장례를 방해하려는가. 아니, 횃불까지 들고? 캄캄한 밤의 장막이여, 잠시 동안만 나를 휘어감아라. (패리스, 숨는다)

로미오와 밸더자. 횃불, 곡괭이, 쇠지레 등을 들고 등장.

로미오 그 곡괭이와 쇠지레는 날 주고, 이 편지를 들고 내일 아침 일찍 아버님께 전하도록 하라. 횃불도 이리 다오. 내가 단단히 일러두지만, 어떤 소리가 나든 무엇을 보든 모르는 척하고, 절대로 내가 하는 일에 참견 말고 멀리 떨어져 있어. 내가 지금 이 묘지 속에 들어가는 이유는 줄리엣의 얼굴을 보고 싶어서이기도 하지만, 더 중요한 일은 아씨의 죽은 손가락에서부터 귀한 보석 반지를 슬쩍 뽑는 일이다. 나는 그 반지를 중대한 일에 쓰고자 한다. 그러니 너는 저리 가 있어라. 만약에 의심을 품고, 다시 돌아서서 기웃거리기라도 할 양이면 하느님께 맹세코 너의 사지를 갈기갈기 찢어놓을 테다. 그리하여 굶주린 이 묘지 주변에 네 몸을 토막 내어 뿌릴 테다. 시간은 바야흐로 한밤중이고, 내 마음도 거칠 대로 거칠어졌다. 굶주린 호랑이보다, 성난 바다보다 더 잔인해지고 포악해졌다.

밸더자 가겠습니다. 결코 일을 방해하지 않겠습니다.

로미오 그래야 우정이 표시되는 것이 아니겠느냐. 이걸 받아라. (돈을 준다) 떵떵거리며 잘 살아보아라. 잘 가라.

밸더자 (방백) 저렇게 말씀은 하시지만 난 이 근처에 숨어 있어야겠어. 안색이 심상치 않으셔. 무슨 일을 저지를지 걱정이야. (밸더자 숨는다)

로미오 너, 보기 싫은 아가리야, 죽음을 잉태한 배때기야, 이 세상에서도 가장 귀한 진미를 맛보았지? 네놈의 썩은 아가리를 이렇게 벌리고, (무덤 뚜껑을 열기 시작한다) 원한으로 음식을 더 처넣어주겠다.

패리스 저건 추방당한 거만한 몬태규 집의 자식 새끼, 저자가 내 애인의 오빠를 죽이고, 그 슬픔 때문에 아름다운 줄리엣의 목숨까지 단축시킨 장본인 로미오가 아니냐? 그런데 지금 시체에까지 악행을 저지르려고 왔구나. 저놈을 체포해야지. (앞으로 걸어나간다) 야, 몬태규 집 악당아! 추잡한 짓을 삼가라! 죽인 후에 또 복종하여 내 뒤를 따르라. 네놈은 살려둘 수 없다.

로미오 어차피 살 수 없는 몸이기에 이곳까지 오긴 왔다. 그대는 젊고 홀륭한 젊은이가 아닌가. 절망한 끝에 미쳐버린 인간을 너무 화나게 만들지 말게. 어디론지 꺼져버리게. 내 일은 상관하지 말게. 고인들을 생각해서 조금이나마 두려움을 알게. 젊은이, 제발 부탁하네. 나를 분노케 하여, 더 이상 죄를 짓게 하지 말아주게. 제발 물러나게나! 정말이지, 나 자신보다도 그대를 나는 더 좋아해. 내가 이곳에 온 것은 내 스스로를 죽이기 위해서야. 이곳에서 우물쭈물 어정대지 말고, 제발 망설이지 말고 어서 떠나가, 살아남아서 미친놈의 자비심 덕으로 도망쳐 나왔다고 전하게나.

패리스   그따위 소원을 누가 들어주겠느냐? 너를 당장 중범죄로 체포하겠다.

로미오   내 비위를 거스르기냐? 그렇다면 이 칼을 받아라, 요 녀석아! (그들은 싸운다)

사 동   오, 맙소사. 칼쌈을 하시네! 야경꾼을 불러와야지. (사동 퇴장)

패리스   아, 나는 살해됐다! (패리스, 쓰러진다) 인정이 있으면 무덤의 문을 열고, 나를 줄리엣 곁에 눕혀주오. (패리스, 죽는다)

로미오   네 소원을 들어주마. 하지만 우선 얼굴이나 한 번 보자. 머큐쇼의 친척인 패리스 백작이 아닌가! 말을 타고 오는 도중, 마음이 산란해서 잘 듣지 못했는데, 밸더자 녀석이 뭐라 말했던가? 확실히 패리스와 줄리엣의 결혼식이 있다고 말한 듯해. 그렇게 말하지 않았던가? 아니면 내가 꿈을 꾼 것이 아니었을까? 줄리엣 얘기가 나오자 내가 미쳐버려 그렇게 단정하게 되었는가? 패리스, 그대 손을 이리 주게. 나와 마찬가지로 그대도 불행한 운명의 리스트에 이름이 올려진 인간이었군. 그대를 반드시 영광의 묘소에 묻어주겠다. 묘소라? 아니다, 죽은 젊은 분, 무덤이 아니라 광명의 정탑(頂塔)이다. (그는 무덤의 뚜껑을 연다) 보라, 이곳엔 줄리엣이 잠들어 있고, 그녀의 아름다움은 이 묘소를 휘황찬란하게 비추고 있다. 죽음이여, 여기서 잠들어라. 너를 묻는 이 손도 죽음의 손이다. (무덤 속에 패리스를 눕힌다) 죽음에 직면한 인간들이 때로 명랑해진다는 얘기가 있지. 임종을 지켜보는 사람들은 그것을 임종의 섬광이라고 한다지. 하지만 이것을 어찌 섬광이라고 할 수 있을까? 오, 나의 애인이여, 사랑하는 아내여, 꿀같이 달콤한 너의 숨결을 빨아 마신 죽음도 너의 아름다움 앞에서는 무력하구나. 그대는 아직 정복되지 않았다. 뺨에도 입술에도 미의 깃발은 붉게 휘날리고 있다. 죽음의 창백한 깃발은 아직 여기까지 쳐들어오지 못하고 있다. 티볼트, 너도 붉게 물든 수의에 감겨 거기 누워 있구나. 너의 청춘을 두 동강이 낸 바로 이 손으로 네 원수였던 이 몸을 찢는 것 이상으로 네게 베풀 적선은 없을 것이다. 용서해다오, 티볼트! 아, 사랑스러운 줄리엣, 어째서 그대는 그토록 아름다운가? 혹시나 저 망령 같은 죽음의 신이 그대를 사모하여, 피골이 앙상한 괴물이 이 어둠 속에 당신을 가두어두고 정부로 삼자는 것이 아닌가? 그 일이 두려워 나는 그대와 함께 있으련다. 다시는 이 캄캄한 밤의 궁전에서 떠나지 않겠다. 여기, 바로 여기에 나는 그대의 시녀인 구더기들과 함께 남아 있으련다. 이곳은 나에게 있어서 영원한 휴식의 장소다. 세상에 지친 육체에서 박명한 별들의 멍에를 떨어버리련다. 눈이여, 너의 마지막 시선을 던져라! 팔이여, 마지막으로 님을 껴안으라! 오, 입술이여, 너 생명의 문이여, 정당한 입맞춤으로 만물을 독점하는 죽음과 영원한 계약증서에 봉인을 하라! 자아, 오너라, 씁쓸한 맛이 도는 죽음의 길잡이여, 흉흉한 냄새가 풍기는 죽음의 안내인이여, 오너라! 물불 모르는 뱃사공아, 파도에 밀리고 바다에 지친 너의 배를 당장 암석에 부딪쳐다오! 나의 연인을 위해서! (독약을 마신다) 아, 정

직한 약제사로구나! 너의 약효가 신통하다. 이렇게 입을 맞추며, 나는 죽는다. (그는 쓰러진다)

묘소의 다른 쪽 방향에서 로렌스 신부가 등불, 괭이, 삽을 들고 등장.

로렌스　프란체스코 성자님, 도와주소서! 오늘 밤 따라 왜 이렇게 늙은 발 목이 묘지에 걸리기만 하는가! 거 누구요?

밸더자　수상한 자가 아닙니다. 당신을 잘 알고 있는 사람입니다.

로렌스　아, 자넨가! 잘됐구먼. 그런데 저기 비치고 있는 등불은 무엇인가? 부질없이 구더기나 눈알 없는 해골들을 비추고 있잖은가? 보아하 니, 캐퓰리트 가의 묘소에서 타고 있는 듯하네.

밸더자　그렇습니다. 로렌스 신부님. 신부님께서 사랑하시는 도련님도 저 곳에 계십니다.

로렌스　누구 말인가?

밸더자　로미오 도련님 말입니까?

로렌스　언제부터 거기 있었느냐?

밸더자　삼십 분은 충분히 됩니다.

로렌스　나와 함께 묘소로 가자.

밸더자　갈 수 없습니다. 도련님은 제가 이미 가버린 줄 알고 있습니다. 만 일에 우물쭈물 남아서 도련님이 하시는 일을 몰래 훔쳐보면 죽여 버리겠다고 호통을 치셨습니다.

로렌스　그렇다면 이곳에 남아 있거라. 나 혼자서 가보마. 겁이 덜컥 나네. 무슨 불길한 일이 일어났는지도 모를 일이다.

밸더자　제가 이 주목나무 아래서 꾸벅꾸벅 졸고 있을 때, 꿈속에서인 듯 저의 도련님이 누구하고 싸우는 것 같았는데, 도련님이 그분을 죽 이는 것 같았습니다.

로렌스 로미오! (앞으로 나서서 몸을 굽힌다. 피가 낭자한 바닥과 피 묻은 무기를 발견한다) 아이고, 이게 웬 피냐? 묘소의 돌 입구를 붉게 물들이고 있구나. 이것은 또 어찌 된 영문이냐. 주인 없는 피투성이 칼 두 자루, 안식의 장소에 피 묻은 채 버려져 있으니? (그는 묘소 안으로 들어간다) 로미오로구나! 아, 창백한 얼굴! 또 한 사람은 누구냐? 아니, 패리스가 아닌가? 온몸이 피에 젖어 있네. 아, 무참한 시간의 행패! 이렇게도 비통한 일을 저질러놓다니! 줄리엣이 깨어나네.

　　줄리엣이 눈을 뜬다.

줄리엣 아, 고마우신 신부님! 저의 낭군은 어디 있습니까? 제가 지금 어디에 있는지는 잘 알고 있습니다. 바로 이곳이죠. 저의 로미오 님은 어디 계십니까?

로렌스 인기척이 난다. 줄리엣, 어서 죽음과 질병과 부자연스러운 잠자리에서 나와라. 인간의 힘으로는 어쩔 수 없는 크나큰 힘이 우리들의 계획을 방해했다. 자, 밖으로 나와라. 네 남편은 너의 가슴 위에 숨이 끊어진 채 쓰러져 있다. 패리스 백작도 마찬가지란다. 네 일은 수녀단에 부탁하마. 아무 말도 말고 밖으로 나가자. 야경꾼이 오는 모양이다. 줄리엣, 어서, 나가자. 더 이상 지체할 수 없다.

줄리엣 신부님이나 나가세요. 전 이대로 있겠어요. (로렌스 급히 퇴장) 이것이 무엇일까? 잔이로구나. 로미오 님 손에 꼭 쥐여져 있구나? 알았어. 독약을 마시고 임종하셨네. 아, 지독하셔라! 모조리 따라 마셨어. 나에겐 단 한 방울도 남겨놓지 않았네. 뒤쫓아갈 수 없게 하기 위함이로군. 당신의 입술에 입을 맞출래요. 혹시나 독약이 입술에 아직도 묻어 있다면 그 독은 오히려 생명의 묘약이다. 나도 함께 그이와 함께 죽을 수 있어. (입을 맞춘다) 아직도 포근한 당신의 입술!

야경꾼 (안에서) 야, 앞서라. 어느 쪽이냐?

줄리엣 아, 인기척이 나네? 급히 서둘자. 오, 반가운 단검이여! (줄리엣은 로미오의 단검을 잡아 뺀다) 이 가슴이 네 칼집이다. (칼로 가슴을 찌른다) 거기 박혀서 나를 죽여다오.

로미오의 시체 위에 쓰러져 죽는다.
야경꾼들이 패리스의 사동을 데리고 등장.

사 동 여기예요. 보세요, 저기 횃불이 타고 있는 곳이죠.

야경꾼 1 땅바닥이 온통 피투성이로군. 묘소 일대를 찾아보라. 여보게들, 한 패는 가서 아무 놈이든 만나는 대로 체포하라. (야경꾼 몇 명의 퇴장) 처참한 광경이로구나! 백작이 살해되어 여기 쓰러져 있다! 줄리엣은 피를 흘리고 있다. 아직도 피가 따뜻한 것이 죽은 지 얼마 되지 않았다. 줄리엣은 이틀 전에 장례식을 치렀는데. 영주님한테 가서 보고를 올리자. 캐퓰리트 집으로 달려라. 몬태규 집 사람들을 흔들어 깨우라. 나머지 사람들은 수색을 계속하라. (다른 야경꾼 퇴장) 슬픈 사연들이 땅 위에 깔려 있는 것을 우리는 볼 수 있다. 그러나 이 뼈아픈 불행의 진정한 원인만은 좀 더 자세히 조사하지 않고서는 알 수 없구나.

밸더자를 데리고 일단의 야경군들이 등장.

야경꾼 2 이 사람이 로미오의 하인인 모양입니다. 묘지에서 발견했어요.

야경꾼 1 영주님이 오실 때까지 꼭 붙들어두게.

로렌스 신부가 다른 일단의 야경꾼들과 함께 등장.

야경꾼 3　이 신부님은 그저 벌벌 떨고 한숨을 지으며, 울고만 있어요. 묘지 이쪽에서부터 도망치려는 것을 체포했습니다. 괭이와 삽도 압수해 놓았습니다.

야경꾼 1　수상한 작자로군! 그 신부도 잡아두게.

　　　영주, 종복들을 이끌고 등장.

영　주　이른 아침부터 무슨 사고냐? 고요한 새벽잠으로부터 사람들을 깨 웠으니.

　　　캐퓰리트 부부와 그 밖에 여러 사람 등장.

캐퓰리트　시내가 발칵 뒤집혔으니, 무슨 일이오?

캐퓰리트 부인　아유, 사람들이 한길에서 큰소리로 로미오를 부르는가 하면 또 줄리엣을 부르기도 하고, 어떤 사람은 패리스를 부르면서 모두 들 고래고래 고함을 지르며 우리 묘소로 달려오고 있어요.

영　주　사람의 귀를 깜짝 놀라게 하는 이 공포의 아우성은 도대체 무엇인 가?

야경꾼 1　영주님, 여기 패리스 백작이 살해되어 쓰러져 있습니다. 로미오 도 죽었습니다. 이미 죽은 줄리엣은 따뜻한 체온이 아직 남아 있는 걸 보니 새로 살해된 것 같습니다.

영　주　잘 조사하여, 어찌하여 이 같은 흉측한 살인이 이루어졌는지 분명 히 밝혀라.

야경꾼 1　신부 한 사람과 로미오의 하인이 잡혔는데 고인의 묘지를 파헤칠 수 있는 갖가지 연장을 지니고 있었습니다.

캐퓰리트　이게 무슨 변이냐! 여보, 피투성이가 된 우리 딸년을 좀 봐요! 이 놈의 단검이 미쳤지. 몬태규 허리에 있는 칼집은 비어 있는데, 엉뚱한 게 내 딸 가슴팍이 칼집인 양 단검이 꽂혔으니!

캐퓰리트 부인 아! 이 나이에 이르러 이같이 처참한 꼴을 봐야 하다니, 죽음이 코앞에 닥쳐온 것을 알리는 조종(弔鐘) 같구나.

몬태규와 그 밖에 여러 사람들 등장.

영 주 어서 오시오, 몬태규. 당신도 때아니게 아침잠을 설쳤지만, 보시다시피 당신의 아들은 벌써 잠들어 있소.

몬태규 아, 영주님, 간밤에 제 처가 죽었습니다! 아들의 추방을 슬퍼하더니 마침내 숨을 끊고 말았소. 늙은 이 몸에 이 이상 더 큰 불행이 닥칠 수 있겠습니까?

영 주 저걸 보면 알게 되오.

몬태규 아, 이 버릇없는 자식! 애비보다 먼저 무덤에 오다니, 이게 무슨 짓이냐?

영 주 잠시 노여움을 가라앉히시오. 우선 이 여러 가지 미심쩍은 점을 풀고 그 뿌리와 원인과 경과에 대한 진상을 밝혀낼 때까지는 입을 다뭅시다. 당신네들의 불행을 누구보다도 나는 슬퍼하고 있소. 범인의 목숨을 빼앗아서라도 이 원한을 풀어드리겠소. 그때까지는 슬픔을 참고 견딥시다. 자, 용의자들을 이리로 끌어내라.

로렌스 제게 가장 큰 책임이 있습니다. 가장 무능한 제가 때와 장소가 뜻대로 되지 않아서 이토록 무서운 사건의 책임을 몽땅 뒤집어쓰게 되었습니다. 이 자리에 당당히 서서 제 자신이 비난을 받을 일은 받되, 정당한 사유에 대해서는 해명도 할 작정입니다.

영 주 그럼, 이 사건에 대해서 아는 바를 당장 말해보시오.

로렌스 간단히 말씀드리겠습니다. 짧은 여생이라, 지루하게 늘어놓을 여가도 없습니다. 거기 죽어서 누워 있는 로미오는 줄리엣의 남편이고, 역시 거기 죽어 있는 줄리엣은 로미오의 충실한 아내였습니다. 제가 이들을 결혼시켰습니다. 그들이 남몰래 올린 비밀 결혼식 날이 티볼트가 횡사한 날이었습니다. 티볼트의 횡사 때문에 식을 올린 지 얼마 안 된 신랑은 이 도시에서 추방되었으며, 또한 줄리엣의 슬픔인즉슨 티볼트의 죽음보다는 남편 로미오의 추방이 더 가슴 아팠습니다. 그런데 여러분들은 줄리엣의 슬픔을 덜어주기 위하여 패리스 백작과 강제로 약혼시켜 결혼식을 올리려고 했습니다. 바로 그때, 줄리엣 아가씨가 저한테 와서 험상궂은 낯으로 이 두 번째 결혼으로부터 헤어나는 방법을 강구해달라고 간청했습니다. 그렇잖으면 저의 암자에서 자살이라도 하겠다는 것이었습니다. 그래서 저는—스스로 익혀둔—수면제를 주었습니다. 이 약은 예상한 대로 금방 효험이 있어서 아가씨는 가사상태에 빠지게 되었습니다. 한편 저는 로미오에게 편지를 썼지요. 이 무서운 오늘 밤은 마침 약효가 끊어질 시각이니 로미오가 이곳으로 돌아와서 나와 함께 줄리엣을 매장 상태에서 구출하는 데 힘써달라 하는 내용이었습니다. 그런데 마침 심부름을 보낸 존 신부가 뜻밖의 사고로 못 간 바람에 그날 밤 그 편지를 전달하지 못한 채 그대로 들고 왔습니다. 그래서 결국은 저 혼자 줄리엣이 깨어날 예정 시간에 맞춰 집안 묘소에 가서 구출할 생각이었습니다. 여하튼 일시적으로나마 줄리엣을 저의 처소에 숨겨두고 기회를 엿봐 로미오에게 하인을 보내 연락할 작정이었습니다. 그러나 아뿔싸, 그녀가 깨어나기 직전에 이곳에 당도해보니, 뜻밖에도 패리스 백작과 로미오가 죽어 있지 않겠습니까. 이윽고 줄리엣이 깨어나자 저는 곧 밖으로 나가자고 권하고, 이게 다 하늘의 뜻이니까 이 시련을 꾸욱 참고 견뎌나가자고 말했습니다. 바로 그때 인기척이 나서 저는 깜짝 놀라 묘소 밖으로 도망쳐 나왔습니다만, 줄리엣은 절망적인 상태에 빠져 저와 함께 밖으로 나가려 하지 않았습니다. 결국은 자살을 하고 만 것 같습니다. 제가 알고 있는 것은 이것이 전부올시다. 결혼에 관해서는 유모도 관여하고 있습니다. 이 일에 조금이라도 제 과실이 있다면 어차피 다 늙은 몸, 엄중한 법의 심판에 따라 어떠한 벌을 내리셔도 달게 받겠습니다.

영 주 우리들은 그대를 덕망 높은 성직자로 알고 있소. 로미오의 하인은 어디 있느냐? 할 말이 있으면 하라.

밸더자 줄리엣 아씨가 죽은 소식을 제가 주인 나리에게 전했더니, 주인께서는 부랴부랴 만토바에서 이곳 묘소까지 달려오셨습니다. 저더러 이 편지를 아침 일찍 그분의 부친에게 전하라고 분부하신 다음, 묘소로 내려가면서 여기 이대로 도련님을 남겨두고 그냥 물러나지 않으면 저를 죽여버리겠다고 위협하셨습니다.

영 주 그 편지를 이리 다오. 내가 읽어보겠다. 그런데 야경꾼을 깨운 백작의 하인은 어디 있느냐? 그래, 자네 주인은 여기서 뭘 하고 있었느냐?

사 동 주인께선 부인의 무덤에 꽃을 뿌리시겠다고 하시면서 저더러 멀리 떨어져 있으라고 명령하시기에 저는 시키는 대로 했죠. 이윽고 어떤 사람이 등불을 들고 와서 무덤을 열려고 했습니다. 그러자 주인께서는 칼을 뽑아 그 사람에게 대들었죠. 저는 황급히 야경꾼을 부르러 마구 뛰어갔습니다.

영 주 이 편지를 읽어보니, 두 연인들의 내력, 줄리엣의 죽음을 알리는 소식 등 신부님의 말씀이 모두 사실임이 밝혀졌쇼. 이 편지에 의할 것 같으면, 로미오가 가난한 약제사로부터 독약을 사서 그것을 갖고 죽을 결심으로 이 묘지를 찾아와 줄리엣과 함께 잠들고자 했음을 알 수 있소. 양쪽 원수지간들은 어디 있소? 캐퓰리트, 몬태규, 그대들의 증오심 위에 어떤 천벌이 내렸는지 보오. 결국 그대들의 기쁨이어야 할 자식들은 서로 사랑하게 됐는데 하늘은 되레 그들을 희생시키고 말았소. 그런데 나도 그대들의 반목을 소홀히 다루다가 두 친척을 잃었소. 모두 다 천벌을 받은 셈이오.

캐퓰리트 오, 몬태규 사돈 영감, 손을 잡읍시다. 이것은 내 딸의 유산입니다. 이 이상 더 무엇을 바랄 수 있겠습니까.

몬태규 허나 그 이상을 드리겠습니다. 나는 순금으로 그대 따님의 동상을 세워서, 베로나의 이름이 남고 남는 동안 진실하고 절개가 굳은 줄리엣의 모습이 세상의 찬양을 받도록 하겠습니다.

캐퓰리트 그러면 줄리엣과 똑같이 훌륭한 로미오의 동상을 그의 아내 곁에 세우리다. 가련하게도 두 집안의 반목 때문에 희생당한 원앙새들이죠!

영 주 오늘 아침에는 구슬픈 평화가 깃들고 있다. 태양도 슬퍼선가 고개를 못 드는 구려. 자, 이제 가서 천천히 이 서러운 얘기를 나누도록 하자. 용서할 사람은 용서하고, 벌할 사람은 벌합시다. 줄리엣과 로미오의 얘기만큼 불행한 얘기가 이 세상에 또 어디 있겠소. (일동 퇴장)

한여름 밤의 꿈

A Midsummer Night's Dream

등장인물

테세우스_ 아테네의 공작

히폴리타_ 아마존의 여왕, 테세우스의 약혼녀

에게우스_ 노인, 허미아의 아버지

라이산더_ 허미아를 사랑한다.

디미트리우스_ 허미아를 사랑한다.

허미아_ 에게우스의 딸, 라이산더를 사랑하고 있다.

헬레나_ 디미트리우스를 사랑하는 처녀

필로스트레이트_ 테세우스의 축제준비위원장

오베론_ 요정의 왕

티타니아_ 요정의 여왕

요정_ 티타니아의 시녀

퍼크_ 로빈 굿펠로라고도 불리는 작은 요정

콩꽃 / 거미줄 / 부나비 / 겨자씨_ 요정들

피터 퀸스_ 목수

니크 보톰_ 직조공

프랜시스 플루트_ 풀무 수리공

톰 스나우트_ 땜장이

스너그_ 소목장이

로빈 스타블링_ 재봉사

요정의 왕과 왕비의 시중을 드는 다른 요정들

테세우스와 히폴리타의 시중을 드는 시종들

장소

아테네, 그리고 그곳에서 멀지 않은 숲

제1막

제1장 아테네. 테세우스의 궁전

테세우스, 히폴리타, 필로스트레이트 및 시종들 등장.

테세우스 아름다운 히폴리타, 우리들의 결혼 날이 다가오고 있어요. 즐거운 나날을 나흘만 지나면 초승달이 뜨겠죠. 하지만 세월의 흐름은 황소걸음이어서 소원 성취가 더디기만 하네! 마치 계모나 미망인의 유산을 의붓아들이 기다리는 것 같아.

히폴리타 나흘 동안의 한낮은 이윽고 밤의 어둠 속에 녹아들 것이며 나흘 동안의 밤은 순식간에 꿈이 되어 사라질 것입니다. 그렇게 되면 초승달이 은빛 활처럼 팽팽히 당겨져 높이 밤하늘에 걸려 우리들 혼례의 밤을 지켜줄 것입니다.

테세우스 가거라, 필로스트레이트, 아테네 젊은이들의 마음을 즐겁게 들뜨게 해서 생생한 쾌락의 정신을 일깨워주고 오너라. 울적한 마음은 장례식에 맡기면 된다. 창백한 얼굴은 우리들의 축제에 어울리지 않는다. (필로스트레이트 퇴장)

히폴리타, 나는 이 칼로써 당신의 사랑을 구했으며, 거친 행동으로써 당신의 마음을 사로잡았소. 하지만 결혼 예식만은 취향을 달리해서 화려하게, 성대하게, 즐거운 잔치 기분을 내고 싶소.

에게우스, 허미아, 라이산더, 디미트리우스 등장.

에게우스 고명하신 테세우스 공작 각하, 축복을 빕니다!

테세우스　감사하오, 에게우스, 무슨 일이라도 있었소?

에게우스　큰일 났습니다. 실은 저의 딸 허미아가 속을 썩이기에 호소하러 왔습니다. 디미트리우스, 앞으로 나서게. 각하, 이 사람은 제가 딸을 주기로 동의한 사람입니다. 라이산더, 이리 나서. 각하, 이 사람은 제 딸자식의 마음을 사로잡은 사람입니다. 라이산더, 자네는 내 딸에게 사랑의 시와 사랑의 기념품을 안겨줬지. 달밤이면 내 딸의 창가에 몰래 와서, 꾸민 목소리로 거짓 사랑을 늘어놨지. 딸의 가슴속에 너의 모습을 새겨두기 위해 너의 머리칼로 짠 팔찌라든가 반지, 싸구려 물건, 장식품, 장난감, 꽃다발, 과자 부스러기로 순진한 내 딸의 마음을 송두리째 앗아갔어. 연약한 내 딸의 마음을 헝클어놓기 위해 계속해서 심부름꾼을 보냈지. 너는 그토록 엉큼한 수작을 부려 딸의 마음을 훔치고, 이 어버이를 섬기던 유순한 딸을 배은망덕한 불효 자식으로 만들어놓았단 말이야. 각하, 만약에 제 딸이 공작님 앞에서 제가 선택한 디미트리우스와의 결혼에 동의하지 않는다면 옛부터 전해오는 아테네의 특권을 저에게 허락해주십시오. 이 딸은 저의 살붙이기에 제가 마음대로 처리하도록 허락해주십시오. 즉, 이 같은 경우 해당되는 아테네 법에 따라 제 딸이 이 젊은이를 택할 것인가, 아니면 죽음을 택할 것인가 양자택일하도록 내버려두었으면 합니다.

테세우스　어떤가, 허미아, 잘 생각해보아라. 네게 있어 어버이는 하느님과 같다. 네 아름다움을 만들어주셨기 때문이다. 그렇다. 그 어버이 하느님에 비하면 너는 밀랍 인형에 지나지 않아. 오늘의 네 모습이 되게 만들어주신 분이 바로 그 어버이 하느님이기에 네 모습을 그대로 두거나 부수는 일도 그분에 달려 있다. 디미트리우스는 훌륭한 신사가 아닌가.

허미아　라이산더도 그러하옵니다.

테세우스　그 사람도 그 사람 나름대로 훌륭하다. 그러나 결혼을 위한 부친의 동의를 얻을 수 없기 때문에 디미트리우스가 더 훌륭하다.

허미아　아버지께서 제 눈으로 그분을 보아주셨으면 합니다.

테세우스　아니다. 너야말로 부친의 분별심으로 세상을 보아야 한다.

허미아　부탁입니다. 공작 각하. 용서해주십시오. 어떤 힘이 용솟음쳐 저를 이토록 대담하게 만들었는지 모르겠습니다. 또한 여러 어른들 앞에서 제 소견을 토로하는 일이 처녀의 신중성에 어긋나는 일인지도 모릅니다. 하지만 부탁입니다. 공작 각하, 가르쳐주십시오, 만약에 제가 디미트리우스와의 결혼을 거역한다면 얼마만큼 무거운 벌을 받게 되는지요?

테세우스　둘 중에 하나가 된다. 사형을 받든가, 영원히 세상 사람들과 단절되든가. 그러니 허미아, 네 가슴에 물어보렴. 네 젊음에, 정열에 물어보렴. 부친이 선택한 남자와 결혼하지 않을 땐, 너는 수녀의 옷을 걸치고 어둠침침한 수녀원 속에 영원히 갇혀, 싸늘하고 외로운 달의 여신에게 부질없이 기도의 노래를 읊조리며 불임녀(不姙女)의 일생을 마쳐야 한다. 이 일을 견딜 수 있겠는가. 너의 욕정을 누르며 처녀의 일생을 살아갈 수 있다면 하늘의 축복을 받은 셈이다. 하지만 장미꽃은 향수가 되어 그 향기를 남겨놓을 때, 지상의 행복을 누릴 수 있는 것이다. 장미 가시로 보호받으며 독신의 축복 속에서 자라나 살아가다가 시들어 죽어버리는 일은 더욱 불행한 일이 아니겠는가.

허미아　그렇게 자라며, 살다가 죽어버리겠습니다. 처녀로서의 특권을 싫어하는 남편에게 바치고, 달갑지 않은 결혼에 저의 영혼을 바치며 평생을 사는 것보다는 그게 한결 나은 일입니다.

테세우스 신중히 생각해보아라. 초승달이 뜨면 사랑하는 히폴리타와 나는 영원한 동반자의 약속을 맺게 된다. 그날이 오면, 너도 결심을 해야 한다. 부친을 배반하여 불효의 죄로 죽든가, 아버지의 명을 받들어 디미트리우스와 결혼하든가, 아니면 처녀신 디아나의 제단에 무릎을 꿇고 한평생 독신으로 살아가든가 선택해야 한다.

디미트리우스 허미아, 고집을 버려요. 라이산더, 단념해. 나의 정당한 권리를 인정해다오.

라이산더 너는 아버지의 사랑을 받고 있어. 디미트리우스, 허미아는 내게 맡겨두고 아버지하고나 결혼하지.

에게우스 라이산더, 괘씸한 놈. 옳은 얘기다. 나는 디미트리우스를 좋아해. 내 것은 내가 좋아하는 사람에게 주고 싶다. 허미아는 내 것이다. 따라서 딸에 대한 나의 권리를 나는 디미트리우스에게 양도하려고 한다.

라이산더 각하, 저의 가문이나 재산이 이 남자보다 못합니까? 허미아를 사랑하는 마음이 이 남자보다 못합니까? 저의 신분이 디미트리우스보다 낮지 않다 하더라도 동등하다고는 생각합니다. 그리고 무엇보다도 자랑스러운 일은 제가 아름다운 허미아의 사랑을 차지하고 있다는 사실입니다. 이 때문에 저는 사랑의 권리를 주장합니다. 저는 그의 면전에서 단언할 수 있습니다. 디미트리우스는 네다의 딸 헬레나와 사랑에 빠져, 그녀의 마음을 사로잡고 있습니다. 가련한 헬레나는 더럽고 변덕스러운 이 남자에 흠뻑 빠져, 홀딱 반해서 헌신적으로 디미트리우스를 숭배하고 있습니다.

테세우스 실은 나도 그 얘기를 들은 적이 있다. 그래서 디미트리우스와 그 일에 관해서 얘기를 해야겠다고 생각했다. 하지만 요즘 내 마음은 나 자신의 일로 바쁘기만 해서 여의치 않았다.

디미트리우스, 그리고 에게우스, 함께 나를 따라오게. 두 사람에게 은밀히 할 얘기가 있다. 그리고 허미아, 너는 부친을 애태우게 하지 말고 부친의 뜻에 따르도록 하라. 그러지 않으면 아테네의 법에 따라 이 일만은 나도 적당히 얼버무릴 수 없는 일인데, 사형이냐, 독신이냐를 판가름해야 한다. 갑시다, 히폴리타. 어찌 된 일이오, 아름다운 얼굴에 먹구름이 끼었으니? 디미트리우스, 에게우스, 따라오너라. 나와 히폴리타의 결혼식 준비로 너희들에게 부탁할 일도 있고, 너희들 자신의 일로 상의할 것도 있다.

에게우스 분부대로 따르겠습니다.

　　　라이산더와 허미아만 남겨두고 일동 퇴장.

라이산더 어찌 된 일이오, 허미아. 뺨이 창백해졌네? 장미꽃이 이토록 금세 퇴색할 수 있나요?

허미아 비가 내리지 않았기 때문이죠. 그 비를 내 눈에서 폭풍우처럼 왈칵 쏟겠어요.

라이산더 당치 않은 소리! 지금까지 숱한 책을 읽어봤지만, 진정한 사랑이 평온무사하게 진행된 경우는 없어. 반드시 장애물이 있게 마련이야. 예컨대 신분에 차이가 난다든가.

허미아 불행한 일이네요! 신분의 차이로 사랑을 못 한다니.

라이산더 아니면 연령의 차이가 난다든가.

허미아 괴로운 일이네요! 연령 차이로 사랑을 못 한다니.

라이산더 그렇잖으면 집안 식구들로부터 선택을 강요당한다든가.

허미아 고약한 일이네요! 타인의 눈으로 연인을 택한다니.

라이산더 아니면 마음대로 선택해서 결합하더라도, 전쟁이나 죽음이나 질병 때문에 사랑은 흔적도 없이 사라져버리는 거야 ― 소리처럼 하염없이, 그림자처럼 빠르게, 꿈결처럼 짧게. 일순간 하늘과 땅을 밝게 비추더니, '저것 봐!' 하는 말이 떨어지기도 전에 번쩍이는 번개는 어둠의 아가리 속으로 빨려 들어가, 아름다움은 순식간에 멸망하는 법이지.

허미아 진정한 사랑이 끊임없이 방해를 받는다면 그것은 요지부동한 운명주의 법칙이죠. 그렇다면 고민하는 우리 마음에 인내를 가르칩시다. 방해 받는 일이 사랑의 일상사라 한다면, 고통은 사랑과 함께 있는 법. 그리움도 꿈도 한숨도 희망이나 눈물마저도 가련한 사랑의 동반자들이군요.

라이산더 좋은 생각이야. 그러니 허미아, 내 애기를 들어보오. 내게는 숙모한 분이 계셔. 미망인이지만 재산은 있고 아이들은 없어. 아테네로부터 칠 마일 떨어진 시골에 살고 있는데, 나를 마치 외아들처럼 아껴주시지. 그곳에만 가면, 허미아, 나는 당신과 결혼할 수 있어. 가혹한 아테네의 법률도 그곳까지는 우리들을 쫓아오지 못할 거야. 나를 사랑한다면, 내일 밤 아버지 집을 몰래 빠져나와 마을에서 일 마일 떨어진 숲에서, 오월제 아침 우리들이 헬레나와 만났던 그 숲속에서 우리 만나도록 하자.

허미아 라이산더, 가겠어요. 맹세하겠어요. 큐피드의 가장 억센 활을 두고, 금촉이 달린 제일 좋은 화살을 두고, 비너스의 청순한 비둘기를 두고, 영혼과 영혼을 결합해서 사랑을 성취시키는 신을 두고, 배신한 트로이 사람 아이네이아스가 배를 타고 가버리자 카르타고의 여왕 디도가 몸을 던진 그 불길을 두고, 여자들이 맹세하고 깨뜨린 숫자보다 더 많은 남자들이 맹세하고 깨뜨린 모든 맹세를 두고, 방금 당신이 말한 그 장소에서 내일 밤 어김없이 만날 것을 맹세하겠어요.

라이산더 허미아, 약속을 지켜줘. 아, 헬레나가 오는군.

　헬레나 등장

허미아 어여쁜 헬레나, 잘 있었니? 어디로 가?

헬레나 너 나보고 예쁘다고 했니? 다시는 그런 소리 하지 마라! 디미트리우스가 사랑하는 사람은 어여쁜 너지. 아아, 행복하고 아름다운 너지! 너의 눈은 저 하늘의 북극성, 너의 혀는 황홀한 음악, 보리잎이 푸를 때, 아가위 꽃봉오리 시들어버릴 때, 양치기 아이 귀에 들려오는 종달새 소리보다도 더 아름다운 음악. 옮기기 쉬운 질병처럼 너의 아름다움도 옮길 수 있다면, 나의 귀에 목소리를, 나의 눈에 너의 아름다운 눈을, 나의 혀에 너의 혀가 울리는 달콤한 멜로디를 옮겨다오. 이 세상이 나의 것이라면, 디미트리우스는 빼놓고 나머지는 몽땅 네게 줄 테니, 가져도 좋아. 오, 나에게 가르쳐다오. 너는 어떤 눈짓으로, 어떤 수단으로 디미트리우스의 마음을 사로잡았는가.

허미아 오만상을 다 찌푸려도 그이는 나를 좋아한단다.

헬레나 아, 찌푸리는 네 얼굴이 나의 웃는 얼굴에 있었으면 좋으련만!

허미아 온갖 악담을 다 해도 그이는 나를 좋아한단다.

헬레나 아, 나의 기도가 너의 악담처럼 사랑을 불러일으켰으면 좋으련만!

허미아 싫어하면 싫어할수록 그이는 나를 쫓아다닌단다.

헬레나 사랑하면 할수록 그이는 나를 미워해.

허미아 헬레나, 그의 못난 짓은 내 책임이 아니야.

헬레나 너의 아름다움 때문이지. 그것이 내 탓이었다면 얼마나 좋을까!

허미아 걱정하지 않아도 돼, 두 번 다시 내 얼굴을 보지 못할 테니. 라이산더와 나는 이곳을 벗어나 도망갈 거야. 라이산더를 만나기 전에 이곳 아테네는 나에게 낙원이었어. 하지만 이 사람에게 어떤 마력이 있어서인지 아테네의 천국이 지옥으로 돌변했어!

라이산더 헬레나, 너에게 우리 마음을 몽땅 털어놓겠다. 내일 밤 달의 여신 피비가 은빛 얼굴을 물 위에 비출 때, 그리고 풀잎이 진주 이슬로 치장을 할 때, 연인들이 사랑의 도피를 한다 해도 아무도 모르는 그 시간에, 우리들은 아테네 성문을 빠져나갈 작정이다.

허미아 (헬레나에게) 너와 내가 앵초꽃 꽃밭에 누워 속맘을 털어놓고 속삭이던 그 숲속에서, 라이산더와 나는 만날 예정이야. 그 이후에는 두 번 다시 아테네에 돌아오지 않고, 낯선 친구들을 찾아 정처 없는 나그네 길을 떠날 결심이다. 잘 있어, 헬레나. 우리 둘을 위해 기도해줘. 너도 디미트리우스와 행복하게 맺어지길 바란다! 약속을 지키세요, 라이산더. 내일 밤까지 우리는 사랑하는 님을 볼 수 없겠군요. (허미아 퇴장)

라이산더 약속을 지키겠다. 허미아. 헬레나, 잘 있어요. 디미트리우스가 그대를 사랑하도록 기원하오. (라이산더 퇴장)

헬레나 사람에 따라 행복감이 이토록 다를 수 있다니! 아테네에서는 나의 미모도 그녀에게 떨어지지 않는데, 디미트리우스는 그렇게 생각해 주지 않는단 말이야. 온 세상 사람들이 알고 있는 사실을 그 사람만 믿지 않고 있어. 그는 허미아에 넋을 잃고, 과오를 저지르고 있지. 내가 그의 좋은 점에 끌리는 것도 마찬가지 일이야. 천박하고 추악하고 모양이 없어도 사랑은 아름답고 멋진 것으로 바꿔놓는단 말이야. 사랑은 눈으로 사물을 보는 것이 아니라 마음으로 본다네. 그러기에 날개 단 큐피드는 장님으로 그려져 있어. 사랑하는 마음에는 분별심이 없지. 그래서 무분별을 표시하기 위해 날개는 있지만 눈은 없어. 연인을 선택하는 일은 속기 쉬운 일이기 때문에 사랑의 신 큐피드는 어린아이인 거야. 익살맞은 어린이는 장난삼아 함부로 거짓말을 늘어놓지. 그래서 사랑의 신은 늘상 거짓 맹세를 한다네. 디미트리우스도 허미아를 보기 전에는 내게 사랑의 맹세를 우박처럼 퍼부어댔어. 하지만 그 우박도 허미아의 열을 받은 후에는 사람도 녹아버리고, 우박 같은 맹세도 녹아버렸지. 옳거니, 그이에게 허미아의 사랑의 도피를 알리자. 틀림없이 그는 허미아를 잡으려고 내일 밤 그 숲속으로 뛰어갈 것이다. 이 일을 알려주면 그는 내게 감사하겠지만, 나는 큰 상처를 입을 뿐이야. 그 일로 오가는 그의 모습을 볼 수는 있지만, 사랑으로 애타는 나의 고통은 더욱 심해질 것이다.

제2장 퀸스의 집

퀸스, 스너그, 보톰, 플루트, 스나우트, 스타블링 등장.

퀸 스 다들 모였나?

보 톰 대본을 보고 일괄해서 한 사람 한 사람 이름을 부르는 것이 좋을 걸세.

퀸 스 이 대본에는, 공작 각하의 결혼식 날 두 분 앞에서 우리들이 한마당 펼칠 연극 속에 등장할 만한 사람들 이름을 아테네를 통틀어 골라서 적어놨어.

보 톰 피터 퀸스, 우선 줄거리가 무엇인지 들려주게. 그리고 나서 배역을 말하고, 핵심으로 파고들자고.

퀸 스 좋아. 이 연극은 가장 슬픈 희극으로서 피라모스와 티스베의 처참한 죽음일세.

보 톰 그거 신바람 나는 연극이네. 내가 보증하지. 자, 피터 퀸스, 그 대본을 보고 배우 이름을 불러봐. 자, 모두들 널찍이 흩어져.

퀸 스 부르는 대로 대답해. 직조공 니크 보톰?

보 톰 피라모스가 뭔데? 애인인가? 폭군인가?

퀸 스 애인이야. 사랑 때문에 용감하게 죽지.

보 톰 그 역을 제대로 하면 울음바다가 되겠군. 내가 연기하면 관객들은 눈알을 조심해야 돼. 소낙비 같은 눈물을 쏟도록 할 테니. 슬픔 속에 흠뻑 빠져보자. 그건 그렇고, 다음은 ― 한데 내 장기는 폭군 역인데, 헤라클레스 역은 천하일품이지, 아니면 고양이를 찢어 죽이는 난폭한 역도 기막히게 해낼 수 있어.

우람한 암석이 무섭게 터져
지옥문의 자물쇠를 박살 내니
피버스 태양신의 수레 멀리서 비치면
어리석은 운명의 여신들
여지없이 우롱당하리

어때, 장엄하지. 자, 다음은 나머지 배역의 이름이다. 이것은 헤라클레스식 어조다. 폭군의 어조다. 연인 역은 애상조(哀傷調)가 되어야 해.

퀸 스 풀무장이 프랜시스 플루트?

플루트 여기요, 피터 퀸스.

퀸 스 플루트, 너는 티스베 역을 해줘.

플루트 티스베는 누군데? 방황하는 기사인가?

퀸 스   피라모스가 사랑하는 여인이야.

플루트   맙소사, 여자 역은 질색이다. 턱수염이 나고 있어.

퀸 스   상관없어. 가면을 쓰니깐. 목소리만 가늘게 뽑으라고.

보 톰   얼굴을 숨기고 한다면 티스베 역을 내가 할래. 무섭게 가느다란 목
         소리를 내볼 테니. 들어봐 이렇게 해낼 테다.
         '피라모스, 나의 사랑, 나의 님이여! 당신의 사랑스러운 티스베,
         당신의 연인!'

퀸 스   안 돼, 너는 피라모스를 해야 돼. 플루트, 네가 티스베다.

보 톰   그렇다면, 계속 진행하거라.

퀸 스   재봉사 로빈 스타블링!

스타블링   여기 있네.

퀸 스   로빈 스타블링, 자네는 티스베의 어머니 역할을 해주게. 톰 스나우
         트, 땜장이!

스나우트   여기다, 피터 퀸스.

퀸 스   너는 피라모스의 아버지 역이다. 나는 티스베의 아버지 역이야. 소
         목장이 스너그, 너는 사자 역이다. 이것으로 배역은 끝났다.

스너그   대사는 준비됐나? 돼 있으면 이리 주게. 나는 아둔해서 외우는 일
         이 더뎌.

퀸 스   너는 즉흥적으로 하면 돼. 으르렁대는 일밖에 없어.

보 톰   나도 사자를 하고 싶다. 나는 으르렁댈 수 있어. 들으면 오싹해지
         도록 짖어댈 수 있어. 내가 으르렁거리며 짖어대면 공작 각하는 말
         할 거다. '한 번만 더 짖어보라, 한 번만 더 짖어보라!'

퀸 스   네가 너무 무섭게 짖어대면 공작부인이나 귀부인들이 비명을 지를
         것이다. 그렇게 되면 우리들 목이 댕강 날라가.

일 동   맞다 맞아. 모두가 교수형 감이야.

보 톰   하기야 귀부인들이 놀라 자빠지면, 제정신을 잃고 우리들 목을 날릴 것이다. 그럼 아주 부드럽게 짖어서 귀여운 비둘기나 사랑스러운 꾀꼬리 같은 소리를 낼게.

퀸 스   자네는 피라모스를 해야 돼. 피라모스는 미남인 데다 신사이고 멋쟁이란 말이야. 그러니 자네밖에 할 사람이 없네.

보 톰   좋아. 내가 할게. 그런데 어떤 수염을 달아야 할까?

퀸 스   그건 자네 멋대로 하게나.

보 톰   밀짚 빛깔로 할까, 주황빛으로 할까. 아니면 보랏빛 물감을 들인 수염으로 할까. 샛노란 프랑스 금화빛 수염은 어떨까?

퀸 스   프랑스 금화엔 매독 때문에 털이 없네. 수염 없이 하는 거야. 그건 그렇고, 모든 역의 대사를 여기 써놓았다. 여러분에게 간청하고 요망하고 탄원하는 일인데, 내일 밤까지 대사를 암기해주게. 마을에서 일 마일 거리에 있는 궁전의 숲에서 만나자. 달빛을 받으며 그곳에서 연습을 한다. 마을 한복판에서 하면 사람 등쌀에 치여 모처럼 준비한 계획이 탄로 나기 쉽다. 내일까지 나는 연극에 필요한 소도구 일람표를 만들어두겠다. 알겠지. 잊지 말고 꼭 와야 돼.

보 톰   물론이지. 그곳이라면 용기를 내서 실컷 음탕하게 연습을 할 수 있어. 자, 힘들 내자. 철저하게 해내자. 안녕, 안녕!

퀸 스   만나는 장소는 공작 각하네 떡갈나무 아래다.

보 톰   알았어. 꼭 가겠네.

제2막

제1장 아테네 근교의 숲

요정과 퍼크, 각각 반대편에서 등장.

퍼 크 여봐, 요정아! 어디로 가느냐?

요 정 산 너머, 계곡 너머
덤불 뚫고 가시밭 지나
동산을 지나 담을 넘고
시냇물 헤치고 불길 지나
나는 가요, 가요.
달보다 빠른 나래를 타고.
요정 여왕님 분부 받들어
풀밭에 그리는 이슬의 원(圓).
키다리 앵초꽃은 여왕님 시종,
금빛 코트에 고마우신 은혜
루비 보석의 장식 붙네.
그곳에 넘실대는 향기로움이여.

나는 이곳에서 싱그러운 이슬방울 찾아야 해. 앵초꽃 귓바퀴 하나
하나에 진주를 매달아야지. 안녕히 가세요, 장난꾸러기 요정들,
나도 갈게요, 여왕님 요정들은 이곳에 옵니다.

퍼 크 오베론이 오늘 밤 이곳서 잔치상 펼치니까, 여왕님이 우리 주인 눈

에 띄지 않도록 조심해야 돼. 오베론은 요즘 심기가 사나우셔. 그 까닭은 여왕님이 인도 왕으로부터 귀여운 소년을 훔쳐와서 시종으로 삼았기 때문이야. 여왕님은 그토록 귀여운 소년을 지금까지 만나본 적이 없어. 시기심 많은 오베론은 그 소년이 탐이 나서 사냥 갈 때 그 소년을 시종 삼고 싶었대. 하지만 여왕님은 그 소년을 내놓고 싶지 않아서 화관을 머리에 씌우고 귀여워했지. 그래서 두 분은 얼굴을 맞대기만 하면 언제나 숲속이든 들판이든, 샘터이건, 별이 빛나는 밤이든 막무가내로 싸움질이지. 그래서 요정들은 겁에 질려, 도토리 속에 몸을 숨기고 있어.

요 정 내가 잘못 보지 않았다면 너는 꾀 많은 장난꾸러기 요정 로빈 굿펠로 아니냐. 마을 처녀들을 놀라게 하고, 아낙네들이 젓는 우유를 엎질러서 허탕치게 하며 고생시키는 요정이지. 또 때로는 맥주 거품을 일지 않게 만들고, 밤길 가는 나그네를 헤매게 하며, 어리둥절 난처해하는 사람을 보고 좋아라 웃어대기도 하지. 너를 보고 뜨내기 요정이라든가, 귀여운 퍼크라고 불러주는 사람에게 너는 도움을 주어 행운을 몰아다 주기도 하는데, 너는 퍼크지?

퍼 크 네 말이 맞다. 내가 바로 밤을 헤매는 유쾌한 방랑자다. 나는 오베론의 어릿광대다. 남을 웃기는 일을 한다. 어린 암말로 둔갑하여 히힝 울면서 콩밥으로 살찐 정력적인 숫말을 속이기도 하고, 때로는 구운 사과로 변해서 떠버리 할매의 약주 속에 스며들어, 술잔을 기울일 때 입술을 쥐어박아 시들은 목덜미 군살에 술을 엎지르기도 한다. 때로는 영리한 할매가 구슬픈 얘기를 할 때, 나를 삼각의 자로 착각하여 앉으려 하면, 재빨리 몸을 피해 비켜선다. 할매는 털썩 주저앉으며 '에이 빌어먹을' 하고 외마디 고함 소리를 지르고 쿨럭쿨럭 기침 소리를 낸다. 이것을 보고 주위 사람들은 우스워서 허리를 잡고 웃어대다가, 재채기를 하며 그렇게 재미있는 일은 처음이라고들 하지. 어서들 비켜라, 오베론이 오신다.

요 정 여왕님도 오시네. 임금님이 안 계시면 좋을 텐데.

오베론이 한편에서 시종들과 함께 등장하며, 다른 편에서는 티타니아가 시중드는 요정들과 함께 등장.

오베론 거만한 티타니아, 재수없게 달밤에 만났군.

티타니아 뭐라고요, 질투심 많은 오베론. 요정들아, 서둘러 가자. 저 양반과 잠자리에 들지 않을 테다. 가까이에 얼씬도 하지 않을 테다.

오베론 잠깐만 기다려, 성급한 사람아. 나는 네 남편이 아니냐?

티타니아 그럼 나는 당신의 아낸가요? 하지만 알고 있어요. 당신이 요정의 나라로부터 몰래 도망 나와 양치기 코린이 되어 하루 종일 보리피리를 불며 바람난 필리다에게 사랑을 호소한다는 것을. 어째서 당신은 아득한 인도 땅 산허리로부터 돌아오셨죠. 틀림없이 가죽장화를 신은 말괄량이 아마존의 여왕을 테세우스와 결혼시키기 위해서일 거예요. 두 사람의 신혼을 축복해주기 위해서죠?

오베론 티타니아, 창피한 줄 알아요. 당신이 테세우스와 좋아한 것을 내가 아는데, 나와 히폴리타의 관계를 비방하다니. 달 밝은 밤에 당신이 그 사람을 꾀어내어, 그가 겁탈한 페리게니아를 단념케 한 것도 당신이 한 짓이요, 그가 아에글레와의 관계를 끊은 것도, 아리아드네, 안티오파와 헤어진 것도 모두 당신이 한 짓이 아니오?

티타니아 그건 모두 당신의 질투심이 조작해낸 터무니없는 얘기죠. 초여름 때부터 어디서 만나든, 언덕 위, 계곡 아래, 숲속, 목장 변두리, 자갈이 깔린 샘터, 잡초 우거진 냇가, 바닷가 모래밭, 어디서 만나든 당신은 싸움을 걸어와서, 바람의 피리 소리에 맞춰 놀이하려는 우리의 즐거움을 앗아갔죠. 그 때문에 피리 소리 내봤자 헛된 일이었음을 알게 된 바람은 울화가 치밀어 바다로부터 독기 품은 안개를 빨아올려 육지에 끊임없이 쏟아놓았죠. 그래서 강물은 둑을 넘쳐 범람해서 육지는 물바다가 됐죠. 이 때문에 소들은 헛되이 멍에를 지고, 농부들은 헛되이 땀을 흘리고, 보리나 밀은 싹도 트기 전에 썩어버리고, 양(羊) 우리는 물에 잠겨 형체도 없어지고, 까마귀는 양들의 시체 위를 날며 살찌고, 모리스 놀이 잔디 이랑마다 진흙이 덮이고, 미로(迷路) 놀이로 다져진 풀밭도 밟는 이 없어 분간하기 힘들게 되고, 한여름인데도 사람들은 겨울옷을 그리워하고, 밤을 즐기는 축제의 노래도 사라져버렸죠. 이 때문에 썰물 밀물을 지배할 달의 여신도 노여움에 얼굴을 찌푸리며 습기 찬 바람을 일게 해서, 감기 신경통이 온 땅을 누볐죠. 이 같은 날씨 이변으로 계절도 뒤죽박죽, 흰 서리가 싱싱한 붉은 장미 무릎에 내리는가 하면, 싸늘한 서리가 붉은 장미꽃에 내리고 봄, 여름, 결실의 가을, 성난 겨울은 늘상 걸치던 의복을 바꿔 입었기에, 당황한 세상 사람들은 겉모양만 보고는 지금이 어떤 계절인지 알 수 없게 됐죠. 이 같은 재앙이 일어난 것도 우리들 싸움 때문이에요, 우리들 불화 때문이었죠. 우리들이 만들어낸 것, 우리들이 화근이었어요.

오베론　그렇다면, 당신이 고치시오. 당신이 나빠요. 뭣 때문에 티타니아는 오베론과 맞서려고 해? 나는 당신이 훔쳐온 그 소년을 몸종으로 달라고 했을 뿐이야.

티타니아　단념하세요. 비록 요정의 나라를 몽땅 준다 해도 그 아이만은 내놓을 수 없으니깐요. 그 아이의 어미는 나의 신봉자였어요. 향기로운 인도 바람을 쐬며, 밤마다 그녀는 내 곁에 와서 소곤소곤 얘기를 했죠. 때로는 바닷가 노란 모래밭에 앉아 썰물을 타고 나가는 상선을 보면서 돛이 방종한 바람을 품고 배가 둥글게 부푸는 것을 보고 웃곤 했지요. 그녀는 배 뒤를 쫓는 듯 헤엄치듯 귀여운 걸음 걸이로 ― 그 당시엔 바로 그 소년을 잉태해서 배가 둥그스름했죠 ― 범선을 흉내 내며, 해변을 미끄러지듯 오가면서 온갖 물건을 주워와서, 내게 주곤 했죠. 그런데 그녀도 인간인지라 그 소년을 낳고 죽었어요. 그 소년을 내줄 수 없는 이유가 바로 그 어머니 때 문이죠.

오베론 이 숲에는 언제까지 있을 작정인가?

티타니아 테세우스의 결혼식이 끝날 때까지 있겠어요. 당신이 얌전하게 우리들의 윤무(輪舞)에 가담해서 달밤의 놀이를 보시겠다면 오셔도 좋습니다. 그럴 의향이 없으시다면 헤어집시다. 서로 방해가 되지 않도록 말입니다.

오베론 그 소년을 준다면 함께 가리다.

티타니아 절대로 줄 수 없어요. 요정들아, 가자! 더 이상 지체하면 또 싸움 이 벌어져. (티타니아와 그의 요정들 퇴장)

오베론 갈 테면 가거라. 하지만 너의 모욕에 대해서, 내가 너에게 앙갚음 할 때까지는 이 숲에서 한 걸음도 나갈 수 없다. 퍼크, 이리 와. 너 는 기억하고 있을 것이다. 언젠가 내가 바닷가 바위에 있을 때였을 것이다. 인어가 돌고래 등에 업혀서 달콤하고도 아름다운 목소리 로 노래하는 것을 들은 적이 있지. 그 아름다운 노랫소리에 거친 파도가 잠잠해지고, 별들도 바다 소녀의 노래에 매혹되어 미친 듯 이 바다 위로 흘러내렸다.

퍼 크 기억하고말고요.

오베론 그때 나는 보았어. 너는 알지 못하겠지만. 싸늘한 달과 지구 사이 에 활을 손에 든 큐피드의 모습을. 백발백중의 화살이 노리는 것은 서쪽 왕좌에 자리 잡고 있는 처녀왕이었다. 힘차게 활을 떠난 사랑의 화살은, 천만의 가슴을 단숨에 뚫을 것이라 생각했지만, 젊은 큐피드의 불타는 화살도, 맑은 달의 청순한 빛 속에서 꺼져버려, 처녀왕은 순결한 명상 속에서 사랑을 등지고 독신을 맹세하며 사라져버렸다. 하지만 나는 큐피드의 화살이 떨어진 장소를 눈여겨두었다. 그 화살은 서방의 작은 꽃 위에 떨어져, 하얀 꽃잎은 사랑의 상처로 지금 붉게 물들었다. 그 꽃을 처녀들은 사랑의 비올라꽃이라 부른다. 그 꽃을 따오너라. 언젠가 가르쳐준 꽃이다. 그 꽃물을 잠자는 남자나 여자의 눈에 떨어뜨리면, 잠을 깨는 순간 최초로 본 사람을 미친 듯이 사랑하게 된다. 그 꽃을 따오너라. 고래가 십 리를 헤엄쳐 가기 전에 급히 다녀와야 한다.

퍼 크 지구를 한 바퀴 도는 데 사십 분입니다. 냉큼 다녀옵죠.

오베론 그 꽃을 입수하면, 티타니아가 잠드는 때를 살펴서 양쪽 눈에 떨어뜨려야겠다. 그렇게 되면, 눈 뜨자마자 최초로 보는 것 ─ 사자이건, 곰이건, 늑대건, 황소건, 장난꾸러기 원숭이건, 수선스러운 잔나비든 ─ 을 그녀는 무턱대고 상사병에 걸려 뒤쫓을 것이다. 이 마술을 그녀의 눈에서 풀어주기 전에 ─ 또 다른 꽃물을 사용하면 되는 일이니 ─ 어떤 일이 있어도 그 소년을 내가 차지해야 한다. 아, 누가 오고 있네? 내 모습은 안 보일 것이다. 그들의 얘기를 엿듣자.

디미트리우스, 그 뒤를 쫓아 헬레나 등장.

디미트리우스 너를 사랑하지 않으니, 쫓아오지 말라. 라이산더와 아름다운 허미아는 어디 있는가? 한 놈은 내가 죽일 테지만, 님은 나를 죽이네. 두 사람이 이 숲속으로 몰래 도망쳐 왔다고 네가 말해서 이 숲으로 왔지만 숲은 숲에 가려 허미아를 찾을 수 없어. 가거라, 나를 뒤쫓지 말고 돌아가거라.

헬레나 당신이 나를 끌어당기고 있어요. 당신의 심장은 딱딱한 자석이에 요. 하지만 당신이 끌어들이는 것은 단순한 쇠붙이가 아니라 강철 같이 충실한 마음이에요. 당신의 인력이 소멸하면 뒤쫓는 힘도 사라지죠.

디미트리우스 내가 널 유혹한 적이 있나? 사랑한다고 했어? 나는 딱 잘라 말했을 뿐이다. 사랑하지 않는다고, 사랑할 수 없다고.

헬레나 그래도 당신을 사랑해요. 나는 당신의 스파니엘이죠. 그러니 디미 트리우스, 당신이 나를 때리면 때릴수록 나는 꼬리를 흔들어요. 당 신의 스파니엘이 되게 해주세요. 때려도 좋아요, 걷어차도 좋아요, 무시하고 묵살해도 좋아요. 보잘것없는 나를 당신 곁에 있게 해주 세요. 당신 마음속에 있는 가장 후미진 장소도 내게는 그지없이 고 귀한 장소이기에, 나는 개가 되어도 좋아요. 개처럼 다루세요.

디미트리우스 너무 귀찮게 굴면 정말이지 너를 미워하게 돼. 너를 쳐다보 면 난 속이 상하는걸.

헬레나 당신을 못 보면 나도 속이 상해요.

디미트리우스 처녀의 염치마저 잃었군. 멀리 마을을 떠나 사랑해주지도 않 은 남자에게 몸을 맡기려 하다니. 지금은 어떤 일이 일어날지 모르 는 캄캄한 밤이요, 여기는 흑심(黑心)이 솟구치는 한적한 장소인데, 귀중한 정조를 내동댕이쳐서 좋을 리 있나.

헬레나 당신의 덕망이 저의 보배를 지켜주시겠죠. 당신의 얼굴을 볼 수 있 는 동안은 캄캄한 밤이 아니에요. 그래서 지금은 밤이 아니죠. 지 금 이 숲은 한적한 장소가 아닙니다. 제게는 당신이 이 세상 전부 거든요. 이 세상에 나 혼자 있다는 것은 당치도 않아요. 이곳에선

온 세상이 나를 쳐다보고 있잖아요?

디미트리우스   나는 도망가서 풀섶에 숨겠다. 너는 야수들한테 맡겨둘 테다.

헬레나   어떤 야수도 당신만큼 무정하지 않을 겁니다. 달아나세요, 제발. 얘기는 정반대가 될 테니. 아폴로가 도망가고 다프네가 뒤쫓게 되죠. 비둘기가 독수리를 추격하고, 얌전한 암사슴이 호랑이를 덮치려고 뛰는 셈이네요. 아무리 뛰어도 소용없죠. 겁쟁이가 뒤쫓으면 용기있는 사람은 줄행랑치지요.

디미트리우스   일일이 들을 틈이 없다. 나는 간다. 네가 끝까지 따라붙으면 단단히 각오해. 숲속에서 혼쭐 빠지게 골려줄 테니.

헬레나   좋아요. 신전에서, 마을에서, 들판에서, 나를 골탕 먹였죠. 에잇, 디미트리우스, 당신의 행패는 여성 전체에 대한 모독이에요. 남자들은 사랑 때문에 싸울 수 있어도 여자들은 할 수 없죠. 여자들은 사랑을 받을 수 있을 뿐이지, 사랑을 구할 수는 없어요.

    디미트리우스 퇴장.

뒤따라 가자. 나에겐 지옥의 고통도 천국도 기쁨이다. 사랑하는 이의 손에 죽을 수 있다면 행운이지.

오베론   행운을 빈다. 숲의 정(精)이여, 그가 이 숲을 떠나기 전에 그대가 도망 다니고, 그 사람이 그대 뒤를 쫓도록 해줄 테다.

    퍼크 등장.

수고했네, 방랑자여. 꽃을 따왔는가?

퍼 크   네, 여기 있습니다.

오베론   이리 내놓게. 백리향(百里香) 흐드러져 피어 있고, 노란 앵초꽃과 고개를 끄덕이는 오랑캐꽃이 바람에 나부끼고, 사향 장미와 무성한 인동덩굴이 하늘을 덮으며 달콤한 향기를 뿜어대고 있는 언덕을 나는 알고 있다. 티타니아는 때때로 밤이면 그곳으로 간다. 춤과 환희에 취해 지치면 꽃이불 속에 잠든다. 그리고 그곳에서는 뱀이 에나멜 껍질을 벗는다. 그 껍질은 요정의 몸에 꼭 알맞은 의복이 된다. 나는 이 꽃물을 그녀의 눈에 떨어뜨리겠다. 그러면 그녀는 무시무시한 환상에 사로잡힐 것이다. 너도 조금 가지고 가서, 숲속을 뒤져 사랑에 빠진 귀여운 아테네 여인을 찾아라. 남자는 이 여인을 싫어한다. 그 남자의 눈에 꽃물을 발라주라. 그리고 그가 눈을 떴을 때, 이 여인을 최초로 보도록 하라. 너는 이 남자를 금세 알 수 있다. 아테네 복장이 표시가 된다. 이 일을 잘 처리해야 한다. 여자가 남자를 사랑하는 것 이상으로 남자가 여자를 더욱 사랑하도록 만들어야 한다. 이 일이 끝나면 첫닭이 울기 전에 돌아오너라.

(모두 퇴장)

제2장 숲의 다른 곳

티타니아 시종들과 등장.

티타니아 자, 다들 윤무를 추고 요정의 노래를 불러라. 그러고 나서 이십 초쯤 저쪽으로 가거라. 가서 누구는 꽃봉오리 속의 자벌레를 죽이고, 또한 누구는 박쥐와 싸워 그 날개를 떼어 난쟁이 요정들의 윗옷을 만들어주라. 밤이 되면 우리 요정을 향해 눈을 크게 뜨고 괴상한 소리를 내며 시끄럽게 울어대는 부엉이를 쫓아라. 자, 우선

자장가를 불러 나를 잠재워다오. 그리고 나서 너희들은 각기 볼일을 보아라. 나는 쉬어야겠다.

　요정들, 노래한다

요정 1　쌍 혓바닥 얼룩뱀들
　　　　가시 돋친 고슴도치, 물러가라.
　　　　도롱뇽이나 도마뱀도 잠자코 있어라.
　　　　여왕님 곁에 얼씬도 말라.
코러스　나이팅게일이여, 부드러운 목소리로
　　　　자장가를 불러다오.
　　　　자장자장 잘 주무세요.
　　　　자장자장 잘 주무세요.
　　　　해치지 마라, 마법도 걸지 말고 주문도 외지 마라.
　　　　사랑스러운 여왕님께 얼씬도 말라.
　　　　자장노래 들으며 안녕히 주무세요.
요정 2　집 짓는 거미야, 가까이 오지 마라.
　　　　다리 긴 왕거미는 저리 가거라.
　　　　딱정벌레, 너도 오지 말아라.
　　　　달팽이나 벌레들도 물러가거라.
코러스　나이팅게일이여, 부드러운 목소리로…… (반복) (티타니아, 잠든다)
요 정　자, 물러가자. 잘 주무신다. 한 사람은 저기서 망을 봐야 해.(요정들 퇴장)

　오베론 등장.

오베론　눈 뜨고 처음 보는 것이 무엇이 되건(티타니아의 눈에 꽃즙을 떨어뜨린

다) 진정으로 사랑하라. 산돼지건, 살쾡이건, 곰이건, 표범이건, 수
돼지건, 깨어날 때 네 눈앞에 나타나는 것이 무엇이건 정신을 잃고
사랑하라.

흉측한 것이 가까이에 오면 깨어나라. (퇴장)

　라이산더와 허미아 입장.

라이산더　허미아, 숲속을 헤매느라 당신은 지쳤구려. 솔직히 말해 길을 잃
었어요. 괜찮다면 허미아, 여기서 쉽시다. 즐거운 아침이 오는 것
을 기다립시다.

허미아　그렇게 하죠, 라이산더. 당신은 잠자리를 찾으세요, 나는 이 언덕
을 베개 삼아 잘게요.

라이산더　뗏장 하나면 두 사람 베개로 충분해요. 한마음에 한 침대, 두 가
슴에 한 가지 맹세요.

허미아　안 돼요, 라이산더. 부탁이에요, 가까이 오지 마세요. 떨어져 있어
요.

라이산더　깨끗한 이내 마음 그대로 받아줘요! 사랑의 말은 사랑의 마음에
서 의미를 찾죠. 내 마음은 당신의 마음과 결합되어 있기 때문에,
우리들 마음이 하나라고 해도 좋겠죠. 두 가슴은 또한 한 가지 맹
세를 주고받기에, 가슴은 두 개지만 사랑의 맹세는 하나죠. 그러니
당신 곁에 나를 잠재워주오. 당신 곁에 누운들, 허미아, 누추한 짓
을 하겠소?

허미아　당신은 말에 아주 능숙하셔요, 라이산더. 라이산더가 누추한 짓을
하는 남자라면, 허미아도 무례하고 건방진 여자겠죠. 하지만 라이
산더여, 사랑과 예절을 위해 정숙한 처녀와 수줍은 신사에 알맞은
미혼자의 신중한 거리를 유지합시다. 그러니 멀리 떨어지세요. 안

녕히 주무세요, 사랑하는 친구여. 당신의 달콤한 인생이 끝날 때까지 사랑이여, 변하지 마세요.

라이산더 아멘, 아멘, 당신의 아름다운 기도여. 사랑의 충성심이 끝날 때, 내 인생도 끝나오! 나는 여기서 잠들겠소. 잠이여, 그녀를 잠들게 하라.

허미아 그 소원의 절반은 당신 것이죠. (그들은 잠든다)

　　퍼크 등장.

퍼 크 숲속을 훑어보았지만 아테네 사람은 볼 수가 없네. 사랑을 일깨우기 위해 누구의 눈꺼풀에 나는 이 꽃의 마력을 시험해볼까나. 밤이여, 고요함이여 — 누가 오고 있네? 아테네 사람의 복장이로군. 주인 나리가 지시한 사람이군. 이 사람이 아테네 여인을 경멸했겠다. 여기 그 여인이 잠들고 있네. 눅눅하고 누추한 땅 위에 누워 있네. 이 녀석은 피와 눈물도 없나, 여인을 제 곁에 눕히지도 않고. 요 녀석, 단단히 혼 좀 나라, 네 눈에 마술의 꽃물을 발라주마. 네놈이 깨어나면 그때부터 두 번 다시 잘 수 없는 상사병이여. 그때까지는 잠재워 두자. 내가 가면 깨어나라. 오베론한테 가서 알려야지.

　　디미트리우스와 헬레나, 뛰어서 등장.

헬레나 기다려요. 죽여도 좋아요, 디미트리우스!

디미트리우스 돌아가. 귀찮게 따라다니지 마.

헬레나 지독한 사람, 나를 어둠 속에 내버려둘 거예요? 그러지 마세요.

디미트리우스 따라오면 혼날 줄 알아. 난 혼자 갈 테다. (퇴장)

헬레나 아아, 숨이 끊어질 듯해. 죽으라고 뒤쫓기만 했으니! 기도하면 할수록, 은혜는 갈수록 줄어드네. 행복한 허미아, 그녀는 어디에 있을까.

그녀는 축복받은 매혹적인 눈을 지녔어. 어째서 그녀의 눈은 그토록 빛나고 있을까? 눈물 때문이 아니겠지. 그렇다면 내 눈은 더 많은 눈물을 흘리고 있잖아. 아니야, 아니야, 나는 곰처럼 추악해. 나를 보면 짐승들도 겁에 질려 도망갈 거다. 그러니 디미트리우스가 귀신만난 것처럼 나를 피해 도망치는 일도 이상할 건 없어. 나의 눈을 허미아의 별 같은 눈과 비교하다니, 나의 거울은 얼마나 악독하고 위선적이냐? 누가 있네? 라이산더, 땅 위에 누워 있네. 죽었나, 아니면 잠들고 있나? 피도 흘리지 않고 상처도 없어. 라이산더, 살아 있으면, 제발 깨어나요!

라이산더　(깨어나며) 당신을 위해서라면, 불 속이라도 뛰어들겠다! 투명한 헬레나! 이것은 자연의 마술이다. 너의 가슴을 통해 너의 마음을 볼 수 있구나. 디미트리우스는 어디 있는가? 아, 얼마나 더러운 이름인가, 그 이름은. 내 칼에 멸망할 것이다!

헬레나　라이산더, 그런 말 마세요, 그런 말 마세요. 그가 당신의 허미아를 사랑한다 해도 상관없잖아요? 여전히 허미아는 당신을 사랑해요. 그러니 만족하세요.

라이산더　허미아에게 만족하라고? 안 돼, 나는 후회하고 있어. 그녀와 함께 지냈던 지루했던 그 세월을. 내가 사랑하고 있는 여인은 허미아가 아니라 헬레나야. 검은 까마귀를 흰 비둘기와 바꾸는 것은 당연하지 않아? 남자의 의지는 이성(理性)에 의해 좌우되는 거야. 내 이성은 당신이 허미아보다 낫다고 말하고 있어. 모든 것은 때가 와야 무르익는 법이야. 나도 그랬어. 젊은 탓으로 이성을 가질 만큼 무르익지 않았거든. 지금은 인간으로서의 분별력을 지니고 있기 때문에, 이제 겨우 이성이 내 의사를 지배하게 되었지. 나를 그대의 눈으로 인도하고 있어. 아름다운 사랑의 책 속에 담긴 사랑의 얘기를 이젠 읽을 수 있어.

헬레나 어쩌자고 나는 이토록 놀림감이 되고 있는가? 당신의 모욕을 받을 만한 일도 하지 않았는데? 너무했어, 너무했어. 여보세요, 디미트리우스로부터 따뜻한 눈짓 한 번 받지 못했다고 해서 당신까지 나를 멸시할 수 있단 말이에요? 정말이지 당신은 너무했어, 너무했어. 멸시하는 태도로 나를 다시 설득하고 있으니. 좋아요, 나는 갈래요. 나는 당신을 정말로 멋진 신사라고 생각했는데 착각이었어요. 아, 슬픈 여인의 운명이여. 한 남자로부터 버림받고, 또 다른 남자로부터 놀림당하다니!

라이산더 그녀는 허미아를 보지 못했구나. 허미아, 거기서 자고 있거라. 두 번 다시 라이산더 곁에 올 필요는 없어! 달콤한 것을 너무 먹으면 질려버리지. 질리면 위장이 거부반응을 일으키지. 이단(異端)의 가르침은 사람으로부터 버림받고, 속은 사람들로부터 미움을 산다. 당신은 나의 포만이요 이단이다. 모든 사람으로부터 미움을 사지만, 나의 미움은 가장 크다. 나의 사랑이여, 온 힘을 기울여 헬레나를 사랑하고 그녀의 기사가 되자!

허미아 (눈을 뜨고) 살려줘요, 라이산더. 나를 도와줘요! 뱀이 가슴 위에 기어가고 있어요, 잡아줘요! 아아, 무서워! 꿈을 꾸었군! 라이산더, 무서워서 벌벌 떨고 있어요. 뱀이 심장을 파먹으려고 했어요. 그런데도 당신은 비참해진 뱀의 먹이를 보고 웃고 있네요. 라이산더! 아니, 어디로 갔을까? 라이산더! 안 들리나? 가버렸나? 소리도 없이, 말도 없이? 아, 어디로 갔을까? 대답해요, 안 들리세요? 제발 말해줘요! 겁이 나서 미칠 것 같아요. 아무 대꾸도 없네? 근처에 없는 모양이다. 내가 죽든가 당신을 곧 찾아내든가, 둘 중의 하나다.

(퇴장)

제3막

제1장 숲속

티타니아가 잠들고 있다. 퀸스, 보톰, 스너그, 플루트, 스나우트, 그리고 스타블링 등장.

보 톰 다들 모였나?

퀸 스 모두 모였네. 연습장으로는 그저 그만이다. 이 푸른 잔디가 우리들의 무대다. 이 아가위나무 덤불은 분장실이 된다. 자, 지금부터 연습으로 들어간다. 공작 각하 앞에서 하는 것과 똑같이 해볼 테다.

보 톰 피터 퀸스!

퀸 스 뭔가, 보톰 나리?

보 톰 피라모스와 티스베 희극에는 신바람 나지 않은 곳이 몇 군데 있어. 첫째, 피라모스가 칼을 뽑고 자살하지. 부인네들은 이 광경을 참아 내지 못할 거야. 자네들 생각은 어떤가?

스나우트 그렇긴 해.

스타블링 죽는 장면은 빼는 것이 좋을 것 같아.

보 톰 그럴 필요는 없어. 잘 처리할 수 있는 좋은 생각이 있어. 서사(序詞)를 써서 말하면 돼. 그 서사 속에서 말하는 것이다. "칼은 뽑지만 피는 흘리지 않겠다. 피라모스도 실제로 죽는 것은 아니다." 더 안심시키려면 이렇게 말하면 된다. "나 피라모스는 실제로 피라모스가 아니다. 사실 직조공 보톰이다." 이렇게 말해두면 그들은 무서워하지 않을 것이다.

퀸 스 좋아, 서사를 삽입하자. 발라드풍의 팔륙조(八六調)로 써넣도록 하자.

스나우트 부인네들은 사자를 두려워하지 않을까?

스타블링 두려워하지, 틀림없이.

보 톰 여러분, 이 일만은 깊이 생각해봐야 돼. 부인네들 앞에 사자를 끌어내는 것은 위험한 일이야. 이 세상에 사자만큼 무서운 들새는 없기 때문이야. 이 일만은 우리가 조심해야 돼.

스타블링 그러기 때문에 또 하나의 서사를 통해 그것은 실제로 사자가 아니라고 말하면 되는 거야.

보 톰 그보다는 이름을 대면 좋겠어. 사자의 목에서 얼굴을 반쯤 내밀고 말이야. 그러고 나서 지껄여대면 돼. 예컨대, 이렇게 말이야 — '부인네들이여' 아니면 '아름다운 부인네들이여, 여러분께 부탁합니다' 아니 '여러분께 요망하는 바입니다만' 아니 '여러분께 간청합니다만, 제발 두려워하지 마시고 부들부들 떨지도 마십시오. 제 목숨을 걸어 보증하겠습니다. 만일 여러분들이 이곳에 출현한 저를 사자라고 생각하신다면, 제가 목숨을 걸어 통탄할 일입니다. 저는 결코 사자가 아니라 인간입니다. 다른 인간들과 티끌만큼도 다르지 않은 인간입니다' 라고 말할 거야. 그러고 나서 이름을 밝히면 돼. 명백하게 나는 '소목장이 스너그입니다' 라고 말하는 거야.

퀸 스 그렇게 하기로 하자. 그래도 어려운 문제가 아직도 두 가지 남아 있다. 다시 말해서, 그중의 한 가지는 궁전의 홀에 어떻게 달을 들여다 놓는가 하는 일이다. 피라모스와 티스베는 달밤에 만나기 때문이야.

스나우트 우리들이 연극을 하는 밤에 달은 있나?

보 톰 달력, 달력! 일 년 달력을 보고, 달이 뜨는지 여부를 조사해보자. 달을 찾아라, 달을 찾아라!

퀸 스 그날 밤 달은 있다. 그렇다면 연극을 하는 홀의 창문을 활짝 열어 놓으면 돼. 달빛은 창문을 통해 흘러들어 올 것이다.

퀸 스 그렇잖으면, 누가 덤불가지 다발과 등잔을 들고 들어오면 돼. 그러고 나서 '나는 달님으로 분장한 배우입니다' 라고 말하면 안성맞춤이지. 또 한 가지 있어. 홀 안에 담이 있어야 해. 줄거리에 의하면 피라모스와 티스베는 갈라진 담의 틈새를 통해 얘기를 나누거든. 담을 어떻게 들고 들어오나? 어떡하면 좋지, 보톰?

보 톰 누가 담으로 분장할 수밖에 없어. 회벽칠을 하든지, 담에 바르는 옥토나 진흙덩이를 들고 담을 나타낼 수밖에 없어. 그런 다음 손가락을 이렇게 벌리고 서 있으면 피라모스와 티스베가 그걸 통해서 얘기를 할 수 있지.

퀸 스 그것으로 해결됐으면, 이젠 만사형통이다. 자, 그러면 모두들 자리에 앉아주게. 연습을 시작하겠다. 피라모스, 너부터다. 대사가 끝나면 저 덤불 속으로 몸을 숨겨라. 자아, 모두들 자기 역할을 잊지 말도록.

　　　퍼크 등장.

퍼 크 요정의 여왕께서 주무시는 곁에서, 개딱지 같은 시골뜨기들이 왜들 이리 부산한가? 뭐야, 연극이 시작되나? 구경거리가 생겼네. 경우에 따라서는 한 역할 맡아도 좋을걸.

퀸 스 피라모스, 대사를 시작해. 티스베, 앞으로 나와.

보 톰 티스베, 꽃향기 추악한 달콤함이여 ─ .

퀸 스 '향긋한', '향긋한'.

보 톰 향긋한 달콤함이여. 사랑하는 티스베여, 당신의 입김은 달콤하여라. 들리는가, 사람의 목소리! 잠시 여기서 기다려다오. 잠시 후 당

신 앞에 다시 나타나리다. (퇴장)

퍼 크 이토록 괴상망측한 피라모스 처음 봤네! (퇴장)

플루트 내가 할 차례인가?

퀸 스 그렇다, 네 차례야. 알겠나, 피라모스는 소리를 듣고 잠시 나갔는데, 곧 돌아온다.

플루트 찬란히 빛나는 피라모스여, 백합 같은 살결이여, 눈부신 들장미처럼 붉게 타오르는 두 뺨, 활달한 젊은이같이, 지극히 사랑스러운 유대인같이, 지칠 줄 모르는 말처럼 충성스러운 당신, 피라모스여. 당신을 만나리다, 니니의 무덤에서.

퀸 스 니니가 아니라 '니노스'야, 이 사람아! 그 대사는 아직 해서는 안돼. 그 대사는 피라모스의 말에 대한 답변이야. 너는 대사를 한꺼번에 연속적으로 다 해버렸어. 큐도 없이 다짜고짜로 말이야. 피라모스가 등장한다 — 너의 대사는 거기서 일단 중단된다. 알겠나. '지칠 줄 모르는' — 그 대목에서 다시 시작이다.

플루트 알겠어. 지칠 줄 모르는 말처럼 충성스러운 당신.

　　　퍼크 등장. 그 뒤로 당나귀 탈을 쓰고 보톰이 등장.

보 톰 내가 아름답다면, 티스베, 나의 아름다움은 당신의 것.

퀸 스 귀신 나왔다! 이상한 일이야! 귀신에 홀렸어! 이봐들! 도망쳐! 사람 살려!

　　　퀸스, 스너그, 플루트, 스나우트, 스타블링 퇴장

퍼 크 저놈들 쫓아가야지. 저놈들을 뺑뺑이 돌려야겠다! 늪을 지나, 숲을 지나, 덤불을 뚫고 들장미 사이로. 때로는 말이 되기도 하고, 때로는 개가 되기도 하자. 돼지가 되어도 좋다. 목 잘린 곰, 불꽃이 되어

도 좋다. 말처럼, 개처럼, 돼지처럼, 곰처럼, 불꽃처럼 되어, 히힝,
멍멍, 꿀꿀, 으르렁 으르렁, 활활 해볼 테다.

보 톰 모두들 왜 도망을 갈까? 요것들, 나를 놀라게 해줄 계략이구나.

　스나우트 등장.

스나우트 오, 보톰, 너는 변했어! 웬일이냐, 머리 위에 있는 것은 무어야!

보 톰 그게 뭔데? 너 같은 얼간이 당나귀 대가린데? (스나우트 퇴장)

　퀸스 등장.

퀸 스 아, 보톰, 가련하게도, 가련하게도 자네 모습이 깡그리 변했어.

보 톰 네놈들 수작을 나는 안다. 나를 얼간이 당나귀로 만들어 골려주려
고 작당들 했지. 하지만 나는 끄떡도 않겠다. 여기서 이렇게 거닐
면서 한바탕 노래나 하련다. 내가 두렵지 않다는 것을 보여줘야
지. (노래한다)

황갈색 주둥이에
검정빛 검은 새
노래 잘 부르는 티티새
작은 날개
지닌 굴뚝새 ― (티타니아, 노랫소리에 깨어난다)

티타니아 꽃이불 잠자리에서 나를 깨우는 천사는 누구냐?

보 톰 (노래한다)

참새, 종달새

단조로운 노래의 잿빛 뻐꾹새
여편네 서방질 소리 들려도
그래도 남편은 찍 소리 없네 —

어리석은 새에 어리석은 일을 비교해본들 무슨 소용이 있어. '여
편네 서방질 소리 들려도'라고 불러 젖힌들, 뻐꾹새 보고 거짓말
집어치우라고 말할 사람 누가 있겠어?

티타니아   부탁이에요. 점잖은 사람이여, 노래 한 번 더 해줘요. 내 귀는 당
신 노래에 홀딱 반했어요, 내 눈은 당신 모습에 홀딱 반했어요. 당
신의 아름다움이 나를 몹시 감동시켜 첫눈에 사랑의 말을, 사랑의
맹세를 하지 않을 수 없네요.

보 톰   부인이여, 이성이 있으면 그런 말을 할 수 없을 것입니다. 하지만
솔직히 말해 요즘에는 이성과 사랑의 관계가 썩 좋지 못한 듯합니
다. 성실한 이웃 사람들이 이성과 사랑을 결합시키지 않은 것은 참
으로 딱한 노릇입니다. 나도 때에 따라서는 이 정도의 농담은 지껄
일 수 있죠.

티타니아   당신은 아름답고, 당신은 현명하오.

보 톰   그럴 리야 있습니까. 그러나 나에게 숲으로부터 벗어나는 지혜가
있다고 한다면, 내 나름대로 쓸모 있는 행세는 할 수 있답니다.

티타니아   이 숲에서 나갈 생각일랑 아예 하지 마세요. 가고 싶든 말든, 당
신은 이곳에 있어야 해요. 나는 보통 요정이 아니에요. 여름이 나
에게 굽실대며 복종하고 있어요. 당신을 사랑해요. 내 곁에 있어줘
요. 요정들에게 당신을 돌보라고 일러두겠어요. 바다로부터 진주
를 따서 갖다 드리죠. 꽃방석에 누워 잠들면 노래를 불러 드릴게
요. 죽어야 하는 당신의 육체를 정화시키고, 당신을 공기의 요정처

럼 만들어 드릴게요. 콩꽃, 거미줄, 나방이, 겨자씨!

    콩꽃, 거미줄, 나방이, 겨자씨, 네 요정들 등장.

콩 꽃   네, 대령했습니다.

거미줄   네, 대령했습니다.

나방이   네, 대령했습니다.

겨자씨   네, 대령했습니다.

일 동   어디로 갈까요?

티타니아   이분을 친절하고 정중하게 모시도록 하라. 이분이 가는 곳마다 춤을 추어라, 이분 앞에서 뛰며 놀아라. 살구, 나무딸기, 자줏빛 포도, 녹색 무화과, 그리고 뽕나무 열매를 잡숫게 하라. 벌집에서 꿀을 따다 드려라. 꿀벌 넓적다리의 촛농을 따서, 개똥벌레 눈에서 옮긴 불을 당겨 침실의 등을 밝히도록 하라. 그분이 주무시는 동안 얼굴에 비치는 달빛을 지우기 위해 오색나비 날개로 부채질하라. 요정들아, 그분에게 절을 하며, 인사 드려라.

콩 꽃   안녕하세요.

거미줄   안녕하세요.

나방이   안녕하세요.

겨자씨   안녕하세요.

보 톰   실례하겠습니다. 성함이 무엇이죠?

거미줄   거미줄입니다.

보 톰   거미줄 요정님, 잘 부탁드립니다. 내가 손가락을 베거든 잘 봐주세요. 당신 성함은 무엇이죠?

콩 꽃   콩꽃입니다.

보 톰   잘 부탁드립니다. 콩깍지 양친에게도 제 인사 부탁드립니다. 콩꽃 요정님, 잘 사귀어봅시다. 당신 성함은?

겨자씨 겨자씨요.

보 톰 겨자씨여, 당신은 참을성이 많은 것을 압니다. 겁 많은 황소 고기가 당신 집 식구들을 많이 잡아먹었죠. 당신 집안 식구들 덕택에 나도 눈물을 많이 흘렸습니다. 잘 사귑시다, 겨자씨 양반.

티타니아 잘 모셔라, 이분을 나의 침실로 안내하라. 달이 눈물을 흘릴 듯이 슬픈 표정이로구나. 달이 울면 온갖 꽃들도 함께 눈물을 흘린다. 더럽혀진 처녀의 순결을 슬퍼하는 것이다. 이분의 혀를 잡아매고, 조용히 모시고 가거라. (퇴장)

제2장

오베론 등장.

오베론 티타니아는 눈을 떴을까. 그녀의 눈에 맨 처음 보인 것은 무엇이었을까. 지금쯤 홀려서 미칠 지경일 텐데.

퍼크 등장.

내 심부름꾼이 돌아왔군. 장난꾸러기야, 어떻게 되었는가? 이 숲속에 무슨 일이라도 일어나지 않았느냐?

퍼 크 여왕님이 괴물과 사랑에 빠졌습니다. 인기척 드문 거룩한 여왕님 침실 바로 가까이에서, 여왕님이 단잠에 빠져 주무실 동안, 아테네 거리 노점에서 막일하며 호구지책에 여념이 없는 한 떼거리의 어릿광대들, 버릇없는 직공들이 모여들었습니다. 테세우스 결혼식

날에 연극을 보여준답시고 연습하러 모인 거죠. 이들 어리석은 녀석들 가운데서도 가장 멍청한 얼간이가 피라모스 역을 한답시고 법석을 떠는데, 연습 중에 퇴장하여 분장실로 쓰는 덤불 속으로 들어갔습니다. 소생은 이때다 싶어 뛰어들어 당나귀 머리를 씌워줬죠. 이윽고 티스베와 대사를 주고받기 위해 이 허풍선이는 연습장에 등장하게 된 거죠. 그의 모습을 힐끗 쳐다본 녀석들은 몰래 스며든 엽사를 눈치챈 들거위처럼, 또는 총소리에 놀란 팥 빛깔 머리 까마귀 떼들처럼 치솟고 까악까악 울며, 흐트러져 사방팔방으로 도망치며 미친 듯이 하늘에서 빙글빙글 돌았습니다. 이들 멍텅구리들은 그를 보고 걸음아 나 살려라 하며, 그루터기에 부딪혀 거꾸로 내동댕이쳐지기도 하고, 사람 살려라 하면서 아테네에 도움을 청하기도 했지요. 이들 얼빠진 놈들은 공포심에 사로잡혀 완전히 이성을 잃었습니다. 그래서 산천초목마저 이들을 업신여기는 판국이었죠. 가시나무 덤불에 옷이 찢기고, 어떤 놈은 저고리 소매를, 어떤 놈은 모자가 찢기고 걸리고 야단법석이었죠. 소생은 공포에 질려 실성한 이놈들을 뒤쫓았죠. 가련한 피라모스는 당나귀 머리를 쓴 채 남아 있었습니다. 그런데 바로 그 순간, 잠에서 깨어난 티타니아는 당나귀를 보고 죽자 살자 사랑에 빠진 겁니다.

오베론　내가 의도한 것보다 더 잘되었다. 하지만 사랑의 묘약을 아테네 사람 눈에 바르라는 나의 또 다른 심부름은 잘되었는가? 잘됐겠지.

퍼 크　그 사람이 잠들고 있는 장면을 포착해서, 잘 해냈습니다. 아테네 여인이 그의 곁에 누워 있었죠, 그가 깨어났을 때, 그 여인을 안 볼 수 없었겠죠.

　　디미트리우스와 허미아 등장.

오베론 모습을 감추어라. 저것이 아테네 사람이다.

퍼 크 여자는 틀림없는데, 남자는 다른데요.

디미트리우스 당신이 사랑하는 분에게 그런 악담을 하다니? 그런 험담은 험악한 원수 놈들에게나 퍼부어요.

허미아 지금은 입으로만 할퀴지만, 앞으로는 더 미워할 거예요. 당신은 저주받을 만한 일을 했죠. 잠자는 라이산더를 죽였다면 선혈이 흐르는 강물에 내디딘 발이니, 더욱 깊숙이 빠져들어 이내 몸도 죽이세요. 태양이 충실하게 한낮을 따라다니듯이 그 사람은 나에게 충실했어요. 그러기 때문에 그 사람은 잠들고 있는 허미아를 버려두지 않았을 거예요. 그 얘기를 믿을 바에는 차라리 굳어버린 이 대지 위에 구멍이 뚫려 달이 그 속을 통과해서 지구 반대편에서 빠져나와 태양 형님을 노하게 만들었다는 얘기를 믿는 것이 차라리 낫겠어요. 당신이 그 사람을 죽였다고 생각해요. 살인자는 언제나 죽은 사람처럼 음산한 표정이죠.

디미트리우스 죽은 사람이 그렇게 보일 것이고, 나도 죽었으니 그렇게 보일 것이다. 당신의 냉혹한 눈에 나의 심장이 찔린 것이다. 그런데도 살인자인 그대의 얼굴은 저 하늘의 비너스처럼 맑고 찬란하게 빛나고 있어.

허미아 그 일이 나의 라이산더와 무슨 관계죠? 그분은 어디 계시죠? 착한 디미트리우스, 그이를 돌려주세요.

디미트리우스 차라리 그 녀석의 시체를 사냥개에게 던져주겠다.

허미아 꺼져버려! 개 같은 놈! 똥개! 처녀의 인내심도 한계가 있다. 그 사람을 죽였지? 너는 인간의 탈을 쓴 늑대야! 꼭 한 번이라도 좋다. 나를 위해서라도 진실을 말해다오! 깨어 있었다면 그의 얼굴을 마주 볼 수 없었을 테니, 자고 있을 때 죽였을 테지? 참으로 장하시군요!

벌레나 독사라면 그럴 수 있지. 그래, 독사가 한 짓이야. 너는 독
사, 두 겹 혓바닥 날름대는 살무사도 너만큼 지독하지는 않아.

디미트리우스 나에게 분노의 독기를 뿜어대지만, 그것은 근거 없는 오해
요. 나는 라이산더의 피를 흘리게 하지 않았어. 라이산더는 죽지
않았어. 나는 알고 있어.

허미아 부탁이에요, 말해주세요. 그분은 무사하죠.

디미트리우스 말해준다면, 내가 받을 답례는 무엇이죠?

허미아 나를 만나지 않아도 되는 특권을 보상으로 드리죠. 나는 지긋지긋
한 당신과는 이별이에요. 두 번 다시 나를 찾지 마세요. 그분이 살
았든 죽었든. (퇴장)

디미트리우스 저토록 화를 내고 있으니 쫓아가도 소용없겠지. 그렇다면 잠
시 동안 여기서 쉴 수밖에 없네. 슬픔의 무게가 가중되는 것은 잠
이 모자라는 탓이다. 파산한 잠이 슬픔에 부채를 떠맡기기 때문이
다. 지금 여기서 잘 수 있으면, 잠시라도 좋다. 그의 정분에 기대어
슬픔의 부채를 덜자. (옆으로 누워 잔다)

　　오베론과 퍼크, 앞으로 나온다.

오베론 너, 무슨 짓을 했느냐? 일을 잘못했어. 진실한 연인의 눈에 사랑의
묘약을 발랐군. 너의 실수로 큰일이 벌어지게 됐어. 진실한 사랑은
부실해지고, 거짓 사랑은 진실을 잃었다.

퍼 크 운명의 여신 탓이죠. 진실한 남자는 한 사람이요, 나머지 백만 명
은 거짓 맹세를 늘어놓고 있어요.

오베론 숲속을 바람보다 빨리 달려라. 헬레나라고 하는 아테네 처녀를 찾
아라. 상사병 때문에 얼굴은 창백하다. 나날을 한숨으로 지새우기
에 생명의 피를 잃고 있다. 환상의 힘을 빌려 그 여인을 이곳에 데

려오너라. 그때까지 이 남자의 눈에 마술을 걸어두겠다.

퍼 크 갑니다, 갑니다. 보세요, 날아갑니다! 타타르인의 화살보다 빨리 날아갑니다. (퇴장)

오베론 큐피드 사랑의 화살에 묻은 보랏빛 꽃물은 눈동자를 적신다. 그때 뜬눈으로 그녀를 보았을 때 하늘의 비너스 별처럼 빛나던 여인의 모습이 눈부시게 하늘에 비친다. 눈 떴을 때 곁에 있는 그녀의 사랑을 그대는 얻으리라.

　　퍼크 등장.

퍼 크 요정의 왕에 아뢰옵니다. 헬레나가 바로 옆에 와 있습니다. 제가 착각한 그 남자도 함께 있습니다. 그는 열렬히 사랑의 보상을 요청하고 있습니다. 이들의 한마당 장면을 구경이나 할까요? 인간이란 참으로 어리석지요!

오베론 옆에 섰거라. 너의 요란스러운 소리 때문에 디미트리우스가 잠을 깨겠다.

퍼 크 그렇다면 둘이서 한 사람을 설득하니 점점 일이 재미있네요. 엎치락뒤치락하는 일보다 더 즐거운 일은 없습니다요.

　　그들은 옆으로 물러선다. 라이산더와 헬레나 등장.

라이산더 나의 사랑의 호소를 어째서 모욕이라고 생각하오? 모욕과 조롱에는 눈물이 없소. 보세요, 나는 맹세하며 울고 있소. 눈물에서 태어난 맹세는 진실한 마음의 표시라오. 그런데 이 일이 조롱으로만 비치니 웬일이오? 성실한 눈물이 진정한 사랑을 입증하고 있는데.

헬레나 온갖 수단을 다 쓰고 계시네. 진실이 진실을 죽이고 있다니, 악랄한 짓이로다! 이 맹세는 허미아를 위한 것. 그 여인을 버릴 작정이

세요? 맹세로서 맹세의 무게를 달면, 그 맹세는 소멸되죠. 그녀와 나를 위한 맹세를 두 저울에 달면 피장파장이죠. 거짓말처럼 둘 다 가벼워져요.

라이산더　허미아에게 맹세할 때, 나는 분별력이 없었다오.

헬레나　그녀를 버린다고 말하는 지금도 분별력이 없기는 마찬가지예요.

라이산더　디미트리우스가 그녀를 사랑해. 그는 당신을 사랑하지 않아.

디미트리우스　(깨어난다) 오, 헬렌, 여인이여, 숲의 정(精)이여, 완전하고도 거룩한 존재여! 님이여, 그대의 눈을 무엇에 비할 수 있으리? 수정도 그에 비하면 진흙이다. 그대 입술은 무르익은 앵두가 서로 입 맞추려 할 때처럼 나를 유혹한다! 그대가 흰 손을 쳐들면, 동녘바람을 맞는 토러스 산의 눈도 까마귀처럼 검게 보인다. 희디흰 그대의 손, 축복을 약속하는 손에 입 맞추게 해주오!

헬레나　아, 원통해라! 기막혀라! 알겠어요, 두 사람이 합세해서 나를 놀림감으로 만들고 있죠. 점잖은 사람이라면 예의를 지키세요. 경우 바른 사람이라면 이토록 나를 괴롭히진 않으시겠죠. 나를 미워하고 있는 줄은 알고 있지만, 그것만으로 직성이 풀리지 않으니깐 두 사람이 나를 놀려대고 있죠? 당신네들은 겉으로 보기엔 신사지만 신사가 아니야. 신사라면 숙녀를 이토록 학대할 수 없어요. 사랑의 맹세를 속삭이면서, 나의 장점을 격찬하면서, 두 사람 모두 마음속으로는 나를 경멸하고 있어. 당신네들은 둘 다 허미아를 사랑하는 경쟁자인데, 지금은 헬레나를 놀리는 경쟁자가 됐군요. 아주 훌륭한 일이십니다. 사내다운 일이죠. 마음껏 비웃으면서 가련한 처녀의 눈에서 눈물을 짜내다니! 고귀한 사람이라면 처녀의 마음을 이토록 괴롭히거나 참을 수 없을 만큼 상처를 입혀 얼씨구 좋다 즐기지는 않을 겁니다.

라이산더 디미트리우스, 자네 나쁜 사람이로군. 그러지 말게. 자네는 허미아를 사랑하고 있어. 모두 아는 사실이야. 나는 선의와 우정으로 허미아의 사랑을 자네가 받도록 양보하네. 하지만 헬레나의 사랑은 내가 받도록 양보해주게. 나는 헬레나를 사랑하고 있어. 죽을 때까지 사랑할 거야.

헬레나 사람을 골려도 분수가 있지. 엉터리 수작이군.

디미트리우스 라이산더, 자네는 허미아를 차지하게. 나는 괜찮네. 한때 나도 그녀를 사랑했지만, 이제 그 사랑은 사라졌네. 허미아에 대한 내 마음은 스쳐지나는 뜨내기였을 뿐, 이제는 헬레나에게 돌아왔으니 영원히 살아갈 고향 집으로 돌아온 셈이 됐네.

라이산더 헬레나, 거짓말이야.

디미트리우스 개뿔도 모르면서 함부로 내뱉지 말거라. 계속 그러면 네 모가지를 뽑아버릴 테다. 저것 봐, 너의 연인이 오고 있다. 저기 오고 있어.

　　　허미아 등장.

허미아 캄캄한 밤이 사람의 눈을 멀게 하니 귀의 움직임만 더욱 민감해지는구나. 보는 힘을 빼앗을 만큼 듣는 힘을 두 배로 늘려주지. 라이산더, 당신을 발견한 것은 나의 눈이 아니에요, 고맙게도 당신의 목소리를 따라 날 여기까지 이끈 것은 나의 귀예요, 그런데 어쩌자고 나를 그런 곳에 내버리셨나요?

라이산더 사랑이 가라고 재촉하는데 그대로 있을 수 있나?

허미아 어떤 사랑이 라이산더를 내 곁에서 끌어냈나요?

라이산더 라이산더의 사랑이다, 네 곁에서 떠나게 한 것은. 아름다운 헬레나가 나를 잡아끌었어. 헬레나는 반짝이는 금빛 별들이 밤을 장식하는 것 이상으로 아름다워. 왜 나를 쫓아왔소? 널 내버려두고 온 것은 싫었기 때문이야. 이젠 알 만할 때가 되었지.

허미아 거짓말이야, 당신은 생각과 말이 달라요.

헬레나 아, 허미아도 한 패거리가 되었네! 이제 알겠어. 세 사람이 똘똘 뭉쳐 나를 골탕 먹이려고 연극을 꾸미셨군. 야속한 허미아! 의리도 신의도 없는 여자로군! 당신도 한 다리 끼어들었죠. 이 두 사람과 함께 나를 놀리려고 계획을 세웠죠? 우리 둘만이 나눈 은밀한 얘기, 둘이서 나눈 자매의 맹세, 둘이서 함께 보낸 즐거운 시간, 이 시간이 종종걸음으로 사라지는 바람에 이별이 다가오는 것을 마음 아파하던 두 사람 사이였는데, 아, 이 모든 것을 잊었어? 학교 시절의 우정도, 소녀 시절의 천진난만함도 잊었어? 허미아, 우리 둘은 수예품 여신들처럼, 두 개의 바늘로 한 떨기 꽃을 수놓았지. 둘이서 똑같은 견본을 보고 같은 방석에 앉아 같은 노래를, 같은 박자로 함께 불렀지. 마치 우리들은 두 개의 손과 몸, 소리, 그리고 마음이 하나가 된 듯했어. 그렇게 우리는 자라났지. 마치 두 개의 앵두처럼, 겉보기에는 두 개로 나누어져 있지만, 나뉘어진 부분으로 하나가 되는 것, 가지 하나에 붙어 있는 두 개의 아름다운 열매였지. 겉보기에는 몸이 두 개였지만, 마음은 하나였어, 두 개의 몸이라 하지만 그것은 문장(紋章)에서처럼 남편의 것과 아내의 것이 하나로 합쳐진 것과 같았어. 이토록 먼 옛날로부터 결합된 우정인데, 그것을 갈라내어 남자들과 함께 가련한 친구를 놀려대는 일에 합세하고 있느냐? 친구답지 못한 일이야. 처녀답지도 못해. 나뿐만 아니라 여자라면 누구나 너를 비난할 것이다. 상처 입는 사람은 나뿐이지만.

허미아 놀랐어, 왜 이토록 화를 내지. 나는 너를 놀려대지 않았어. 네가 날

놀리고 있는 듯하다.

헬레나 라이산더가 나를 쫓아와, 눈이 빛난다느니 얼굴이 예쁘다느니 추켜세우면서 놀려댄 것은 네가 시킨 일이지? 그뿐이랴, 디미트리우스가 지금까지 나를 헌신짝처럼 찼는데, 갑자기 나를 보고 여신이다, 숲의 정(精)이다, 천사다, 보석이다 하며 주접을 떤 것도 네가 시킨 일이지? 나를 증오한다면서 어떻게 그런 말을 하지? 어째서 라이산더가 가슴에 끓어오르는 너에 대한 사랑을 부정하면서까지 내게 애정을 바치고 있느냐 그 말이야. 이 모든 일이 너와 작당해서 그가 시킨 일이지? 비록 내가 너만큼 남자들의 사랑을 받지 못하고, 애인들이 따르지 않고, 행복하지도 않으며, 사랑하면서도 사랑을 받지 못하는 비참한 여인이긴 하지만, 이 일을 네가 동정해야지 경멸해서야 되겠어?

허미아 네가 하는 말을 전혀 이해할 수 없구나.

헬레나 그래 좋아! 시치미를 떼고, 억지로 슬픈 표정을 지어라. 내가 등을 돌리고 가면 입을 삐쭉거리겠지. 서로 눈짓을 주고받으며 농담을 계속하거라. 잘 꾸민 연극이다. 역사에 남을 일이다. 너에게 티끌만큼의 동정이나 호의나 예의가 있다면, 나를 이 같은 웃음거리로 만들진 않았을 것이다. 그래도 좋아, 잘 있어, 반은 내 잘못이야. 내가 죽든지 없어지면 일은 해결되겠지.

라이산더 기다려, 착한 헬레나, 내 말도 들어다오. 나의 연인, 나의 생명, 나의 영혼, 아름다운 헬레나!

헬레나 아주 능숙하셔!

허미아 제발 저 애를 놀리지 말아요.

디미트리우스 허미아가 부탁해도 안 들으면 주먹다짐으로 입을 틀어막겠다.

라이산더   허미아의 애원도, 너의 주먹도 다 소용없다. 너의 위협도, 허미아
의 기원도 무력할 뿐이야. 헬렌, 당신을 사랑하오. 내 목숨을 걸고
사랑하오. 내 사랑을 부정하는 자는 그냥 두지 않겠다는 것을 당신
을 위해서라면 버려도 좋을 이 목숨을 걸어 맹세하오.

디미트리우스   저 녀석보다 나는 당신을 더 사랑하오.

라이산더   네놈이 그렇게 말한다면, 칼을 뽑아 입증하라.

디미트리우스   좋다, 덤벼라!

허미아   라이산더, 어떻게 된 일이에요?

라이산더   비켜, 에티오피아 여인.

디미트리우스   안 돼, 안 돼. 이놈은 일부러 당신을 뿌리치는 흉내를 낼 뿐이
야. 아무리 안간힘을 써도 너는 나를 따라올 수 없다! 너는 허깨비
로구나. 꺼져라.

라이산더   놔라, 요 괭이 같은 것, 성가신 것, 더러운 것 같으니! 놓으라니
까, 놓지 않으면 뱀처럼 뿌리치겠다.

허미아   어째서 갑자기 난폭해졌어요? 어떻게 이렇게 변했어요, 여보?

라이산더   여보라고? 꺼져라, 검둥이 년, 꺼져! 쓴 약처럼 없어져라! 흉측한
것!

허미아   당신, 농담이시겠지?

헬레나   아무렴, 농담이지. 너도 농담이고.

라이산더   디미트리우스, 약속은 꼭 지키겠네.

디미트리우스   너의 약속은 신용할 수 없어. 증거가 필요해. 약한 여인이 소
매를 끌고 있으니 믿을 수 없어.

라이산더   아니, 이 여인을 때려서 상처를 입혀 죽이란 말이야? 아무리 미
워해도, 그 여인에게 상처를 입힐 수는 없어.

허미아   뭐라고요? 증오 이상으로 큰 상처가 있나요? 밉다고요? 내가! 왜

요? 무슨 일이 있었나요? 나는 허미아예요. 당신은 라이산더가 아닌가요? 그전과 마찬가지로 지금도 여전히 아름답죠. 어젯밤까지는 사랑해주셨어요. 그러나 어젯밤에 제 곁을 떠났죠. 아, 맙소사, 저를 내버린 것이 진정이신가요?

라이산더 진정이고말고! 두 번 다시 당신 얼굴을 보고 싶지 않았어. 그러니 희망을 버리고, 질문을 삼가고, 의심을 버려요. 이 이상 더 확실한 일은 없어. 농담이 아니야. 당신을 미워해. 헬레나를 사랑해.

허미아 아, 어쩌면 좋아! (헬레나에게) 요 사기꾼! 꽃벌레! 사랑의 강도! 지난밤 몰래 기어들어, 내 연인의 마음을 훔쳤지?

헬레나 잘한다! 부끄러움도 수줍음도 없니? 창피하지도 않아? 뺨다귀가 나서 성급하게도 내 회답을 듣고 싶지? 너무한다, 너무해. 거짓말쟁이! 요 꼭두각시야!

허미아 꼭두각시? 아, 그래. 그래야 판이 살지! 이제 알았어. 이 여자는 두 사람의 키를 비교하고 있었군. 그러고는 자신의 키 높이를 강조하고 있었네. 그녀의 날씬한 몸매로, 훤칠한 키로, 저분의 마음을 녹였구나. 그 때문에 저분에게 높이 평가되었군. 나는 땅딸이 난쟁이같이 생겼거든? 너는 장대 같은데, 나는 얼마나 땅딸보냐? 말해봐, 내 키는 얼마나 작아? 아무리 작아도 내 손톱은 네 눈에 닿을 수 있어.

헬레나 두 분 남정네들이 나를 희롱하는 것은 상관없지만, 저 애가 나를 해치지 않도록 부탁합니다. 난 싸움패가 아니에요. 말괄량이 소질도 없단 말입니다. 겁 많은 처녀에 지나지 않아요. 제발 저 애가 나를 때리지 않도록 해주세요. 여러분들은 나보다 저 애가 작으니까 내가 저 애를 당해 낼 수 있다고 생각하시겠지만, 그렇지 못해요.

허미아 내가 작다고? 저 소리 들어보지!

헬레나 허미아, 너무 나를 괴롭히지 마라. 허미아, 나는 언제나 너를 사랑했어. 너의 비밀은 언제나 지켜주었으며, 너를 배반한 적도 없어. 꼭 한 가지, 디미트리우스를 사랑한 탓으로, 네가 이 숲속으로 도망쳤다는 말은 했어. 그는 네 뒤를 쫓아갔어. 나는 사랑 때문에 그의 뒤를 쫓은 거야. 하지만 그 사람은 돌아가라고 야단치고, 나무라며, 때리겠다, 걷어차겠다, 죽이겠다고 위협했어. 그러니 지금 나를 조용히 돌아가게만 해주면, 나는 어리석은 이 몸을 움켜쥐고 아테네로 가서, 이 이상 더 너를 뒤쫓지 않겠어. 가게 내버려둬. 내가 얼마나 순진하고 어리석은 아이인지 이젠 알겠지.

허미아 그래, 어서 돌아가! 누가 너를 붙들겠니?

헬레나 나의 어리석은 마음이지. 그것을 놔두고 갈게.

허미아 뭐라고! 라이산더에게?

헬레나 디미트리우스에게.

라이산더 걱정하지 마, 헬레나. 허미아는 당신을 해치지 않을 테니.

디미트리우스 절대 그럴 수 없지, 네가 이 여자 편을 들더라도.

헬레나 벌컥 화를 내면, 기민하고 영악해요. 학교 때부터 여우처럼 난폭했죠. 몸집은 작지만 앙칼진 성미랍니다.

허미아 또 작다고 하네! 키와 몸뚱이가 작다는 타령뿐이구나. 나를 이토록 업신여기니 가만히 있을 수 없네. 요 계집애 맛 좀 봐라, 덮치자!

라이산더 꺼져라, 요 난쟁이야. 땅딸이, 꼬마, 콩알, 도토리.

디미트리우스 넌 참견이 심해. 헬레나는 너의 잔심부름을 탐탁히 여기지 않아. 이 여자에게 참견 마라. 헬레나 이름을 입 밖에 내지 마. 이 여자 편들 것 없다. 알겠는가, 이 여자를 사랑하는 체하지 마라. 계속 하면 내버려두지 않겠다.

라이산더 이젠 이 여자로부터 해방이로구나. 자, 따라오너라, 용기가 있으

면. 네놈이냐, 나냐. 누가 헬레나를 품에 안으려는지 칼로 결판내
자.

디미트리우스 따라오라고? 안 돼, 어깨를 나란히 해서 걷자.

라이산더와 디미트리우스 퇴장

허미아 대단한 여자로군. 이 소동은 너 때문이야. 아 아니, 도망칠 필요는
없어.

헬레나 나는 너를 믿을 수 없어. 나는 너와 더 이상 싸우고 싶지 않아. 싸울
때 네 손이 나보다 빠르다는 것을 알고 있어. 하지만 도망칠 때는
내 발이 더 빠르지.

허미아 놀랐군, 할 말을 잊었어. (퇴장)

오베론과 퍼크, 앞으로 나온다.

오베론 네놈이 태만한 탓이다. 네놈은 언제나 실수를 하든가, 장난질 치든
가 둘 중의 하나야.

퍼 크 요정의 왕이시여, 믿어주세요, 이번만은 실수였어요. 아테네인의
복장을 했으니 척하면 알 수 있다고 임금님께서 말씀하지 않으셨
습니까? 제가 한 짓은 이 문제에 관한 한 무죄올시다. 아테네인의
눈에 사랑의 묘약을 칠하는 문제에 관한 한 저는 분부대로 했으니
유쾌하기 그지없습니다. 물고 뜯고 싸우는 싸움판은 눈요깃감이었
습니다.

오베론 알겠는가, 두 연인들은 결투장을 찾고 있다. 그러니 퍼크, 어서 밤
의 장막을 펼쳐라. 별이 빛나는 저 하늘의 지옥의 아케론 산처럼
캄캄한 안개가 뒤덮이도록 하라. 그렇게 해서 저 살기등등한 연적
들이 길을 잃도록 하라. 좌우지간에 두 사람이 만나지 않으면 된

다. 때로 너는 라이산더 목소리를 흉내 내어 디미트리우스에게 욕바가지를 퍼부어 그를 노하게 만들고, 때로는 디미트리우스의 음색으로 악담을 늘어놓아 두 사람을 따로따로 떼어놓도록 인도하라. 그러는 동안 죽음 같은 깊은 잠이 두 사람 눈꺼풀 위에 납덩이 같은 걸음걸이로 박쥐 날개 펴듯이 다가올 것이다. 그때를 놓치지 말고 이 풀잎의 즙을 짜서 라이산더의 눈에 뿌려야 한다. 이 약물이 효험을 발휘해, 그가 잘못 보던 것을 바로 보게 할 것이다. 그리하여 그전처럼 사물을 보는 힘을 회복할 것이다. 그들이 이번에 눈을 뜨면, 이번의 헛소동이 한낱 꿈이요, 부질없는 환상임을 알게되어 연인들은 사이좋게 아테네로 돌아갈 것이다. 그런 다음 그들의 애정은 죽을 때까지 변함없으리라. 이 일은, 퍼크, 네게 맡겨둔다. 나는 왕비로부터 인도 소년을 얻으련다. 이 일이 잘 풀리면, 괴물에 홀려 미쳐 있는 그녀의 눈을 정상으로 회복시켜, 세상만사 평화를 얻으리라.

퍼 크 요정의 왕이시여, 이 일은 급히 서둘러야 합니다. 밤의 여신을 태운 수레를 끄는 용들이 구름을 헤치고 갔기에, 저 하늘 끝자락에 새벽의 여신 아우로라가 보이기 때문이죠. 저것이 다가오면, 여기저기 헤매는 유령들이 떼 지어 무덤으로 돌아갑니다. 십자로나 바닷속에 묻힌 떠오르지 못하는 망령들은 이미 구더기가 들끓는 잠자리로 돌아갔습니다. 아침 햇살에 그들의 처참한 몰골을 보여주기 싫어서죠. 그들은 일부러 빛을 멀리하고 있습니다. 영원히 검은 얼굴의 밤과 함께 지나기 때문입니다.

오베론 하지만 우리는 그들과는 전혀 다른 정령이다. 나는 곧잘 아침의 연인 오로라와 노닥거린다. 마치 숲지기처럼 숲속을 거닐며 동녘 하늘이 붉게 타오르며 빨갛게 물들 때, 넓은 바다 암녹색 물결이 아름답고 은혜로운 빛으로, 차츰 금빛으로 변하는 것을 바라보곤 했지. 그건 그렇고 서둘러라. 꾸물대지 말고 아침 해가 떠오르기 전에 이 일을 처리해야 한다. (퇴장)

퍼 크 위로 아래로, 위로 아래로, 너희들을 위로 아래로 끌고 다니련다. 들에서나 마을에서나 천하장군 퍼크 나리다. 악귀야, 요것들을 위아래로 끌어라. 한 놈이 오는군.

　　　라이산더 등장.

라이산더 어디 있느냐, 디미트리우스? 대답하라.

퍼 크 여기다, 악당. 칼을 뽑고 기다리고 있다. 네놈은 어디냐?

라이산더 그래, 곧 가마.

퍼 크 따라오너라. 평평한 땅으로 가자. (퍼크의 소리 따라 라이산더 퇴장)

　　　디미트리우스 등장.

디미트리우스 라이산더, 이놈아! 대답하라. 도망자, 겁쟁이, 어디로 뛰었느냐? 말하라! 덤불 속이냐? 어디다 머리를 감추었느냐?

퍼 크 뭐라고, 겁쟁이, 너 별 쳐다보고 으스대냐. 덤불을 상대로 결투하려는가? 이놈, 겁쟁이, 풋내기! 네놈은 몽둥이찜질이야, 네놈한테 칼을 빼봤자 손만 더럽혀.

디미트리우스 요놈, 거기 있구나?

퍼 크 내 목소리를 따라오너라, 여기선 싸울 수 없다. (디미트리우스, 퍼크, 목소리 따라 퇴장)

　　　라이산더 등장.

라이산더 언제나 앞장서서 도전해 오네. 그놈이 부르는 곳에 가보면 흔적도 없어. 요 악당 놈 발이 나보다 빠르네. 나도 급히 뒤쫓지만 더 빨리 도망치니. 꼼짝 못 하게 울퉁불퉁한 어두운 곳에서 길을 잃었네. 여기서 잠시 쉬었다 가자. (눕는다)

새벽이여, 밝아라. 조금이라도 훤히 밝혀주면, 나는 반드시 디미트리우스를 찾아내어 복수를 해야지. (잠든다)

　　　퍼크, 디미트리우스 등장.

퍼 크　호, 호, 호! 비겁한 놈, 왜 따라오지 못해?

디미트리우스　기다려, 용기가 있으면. 나는 알고 있다, 네놈이 아까서부터 이리저리 피하고만 있다는걸, 멈추어 서서 나와 맞상대하기 싫어서지. 지금은 어디 있나?

퍼 크　여기다, 여기 있다.

디미트리우스　요 녀석, 나를 놀려대네. 아침 녘에 네놈을 만나기만 하면 혼쭐을 빼놓을 테다. 지쳤으니 싸늘한 땅 위에서 몸을 쉬도록 하자. 아침이 되면 만날 테니 단단히 각오하고 있으라. (잔다)

　　　헬레나 등장.

헬레나　아, 지루한 밤이여, 길고 권태로운 밤이여, 그 시간을 축소시켜다오! 동녘 하늘에서 태어나는 위안이여, 그 빛을 던져다오. 내가 아침 햇살을 받고 아테네로 가도록 해다오. 잠이여, 슬픔의 눈을 감겨주는 잠이여, 살짝 내 눈에 밀려와 내가 싫어하는 친구를 피하게 해다오. (옆으로 누워 잠든다)

퍼 크　아직도 셋뿐인가? 한 사람 더 오너라. 같은 짝 둘이면 넷이 된다. 오는구나, 지쳤네, 슬퍼하네. 큐피드는 심술쟁이. 고이 잠들라, 네 눈꺼풀에 약을 발라주마, 가여운 연인이여. (라이산더의 눈에 꽃즙을

떨어뜨린다)

그대 깨어나면, 그대 눈동자에 비치는 옛 연인의 기쁜 모습이여.
옛날 옛적 말에도 있듯이 자신의 것은 자기 것, 가련한 연인을 미
치게 만들다니!

　　허미아 등장.

허미아　이토록 지치고, 이토록 슬픈 적이 없었어. 이슬에 흠뻑 젖고 장미
가시에 찢겼네. 더 이상 길 수도 없고, 갈 수도 없어. 마음은 간절하
지만 다리가 말을 듣지 않아. 동이 틀 때까지 여기서 쉬자. 하느님,
만일 싸움이 벌어지면, 라이산더를 지켜주십시오. (누워서 잔다)

퍼　크　땅 위에 눈을 뜨면 보이는 것, 그녀는 또다시 그의 것, 그래서 세상
은 기쁨인 것을. 남자가 여자를 품에 안으면, 모든 일은 척척 풀리
게 된다. (퇴장)

제4막

제1장　같은 곳

라이산더, 디미트리우스, 헬레나, 그리고 허미아 여전히 잠들어 있
다. 티타니아와 보톰 등장, 콩꽃, 거미줄, 부나비, 겨자씨 및 그 밖의 요
정들이 뒤따른다. 오베론이 아무에게도 보이지 않는 상황에서 배후로

부터 등장.

티타니아 여기 와서 이 꽃침대 위에 앉으세요. 그러면 나는 당신의 귀여운 뺨을 어루만지며, 당신의 매끄럽고 부드러운 머리에 사향 장미를 꽂고, 아름답고 큼직한 귀에 입 맞춰 드릴게요.

보 톰 콩꽃은 어디 있는가?

콩 꽃 여기 있습니다.

보 톰 내 머리를 긁어다오, 콩꽃이여. 거미줄은 어디 있는가?

거미줄 네, 여기 있습니다.

보 톰 거미줄, 너는 무기를 들고 가서 엉겅퀴 위에 앉아 있는 붉은 엉덩이 벌을 죽여라. 그리고 나서 꿀단지를 갖다주게. 하지만 이 일 때문에 너무 안달하지는 말게. 꿀단지가 깨지지 않도록 조심하게. 자네 머리 위에 꿀단지가 쏟아지면 곤란하네. 겨자씨는 어디 있는가?

겨자씨 여깁니다.

보 톰 겨자씨, 악수하자. 인사는 그 정도로 하면 족하네.

겨자씨 용건은 무엇입니까?

보 톰 별일 아니네. 거미줄 양반을 도와서 내 머리 좀 긁어다오. 이발소에 가야겠어. 얼굴이 온통 털북숭이 된 느낌이야. 나 이래 봬도 신경이 예민한 당나귀여서 털 때문에 근질근질해서 견딜 수 없어.

티타니아 님이여, 음악을 좀 들어보시렵니까?

보 톰 나는 음악을 들을 줄 아는 귀를 지니고 있어. 화젓가락과 뼈다귀를 가져오너라.

티타니아 아니면 당신 무엇을 좀 잡수실까요?

보 톰 여물 한 통 먹어야겠소. 건초 몇 다발도 얹어주시오. 달콤하고 좋은 건초보다 더 좋은 음식은 없으니까.

티타니아 용감한 요정을 보내 다람쥐 창고를 뒤지게 해서 새로 딴 호두를 가져오게 하죠.

보 톰 그것보다는 마른 콩을 먹고 싶소. 사실이지 나는 지금 잠이 자고 싶으니, 모두들 조용히 있도록 부탁하고 싶소.

티타니아 잠드세요, 제가 이 가슴에 안아드릴게요. 요정들아, 모두들 비켜라, 모두들 가거라. (요정들 퇴장)
이토록 덩굴이 인동덩굴나무를 부드럽게 갈듯이, 담쟁이덩굴이 느티나무 가지에 얽히듯이 나는 당신을 몹시 사랑해요! 당신을 사모해요! (그들은 잠든다)

　퍼크 등장.

오베론 (앞으로 나서며) 이봐라, 퍼크, 이 아름다운 광경이 보이느냐? 나는 그녀의 사랑에 대해서 측은한 생각이 든다. 조금 전에 숲속에서 그녀를 만났을 때, 그녀는 이 저주스러운 바보를 위해 향기로운 꽃을 찾고 있기에, 그녀를 나무라다 보니 그녀와 싸우게 됐다. 그때에는 이미 이놈의 털북숭이 이마에 신선한 향기를 내뿜는 이 화관을 씌우고 있었다. 그리하여 꽃봉오리에 맺혀 있는 이슬방울이 동양의 진주처럼 눈부시게 빛나고 있었는데, 지금 그녀의 눈은 작은 꽃들의 눈꺼풀인 양 나의 불명예를 슬퍼하는 눈물방울이 되어 떨고 있다. 내가 그녀를 조롱대며 책망하였더니, 그녀는 얌전하게 참아달라고 간청했다. 나는 그녀에게 덮쳐온 아이를 요구했더니 즉석에서 승낙하여, 요정을 시켜서 그 아이를 요정의 나라인 내 정자에 보냈다. 지금 이 아이를 수중에 넣었으니, 그녀의 눈으로부터 마술을 풀어주어야겠다. 그러니 퍼크, 너도 이 당나귀 대가리를 얼간이 아테네 사람의 목에서 떼어주도록 하라. 그리하여 다른 녀석들과 함께 이놈이 눈을 뜨면, 모두들 아테네로 돌아가서 이 모든 일이 꿈속에서 일어난 어처구니없는 소동이라고 알려주어라. 우선 내가 티타니아의 악몽을 풀어줘야겠다. (꽃즙을 짜서 그녀의 눈꺼풀에 떨어뜨린다)

너의 옛날 모습으로 돌아가거라, 너의 옛날 눈으로 돌아가거라. 큐피드의 꽃의 마력보다는 디아나의 꽃봉오리에 더 큰 은혜가 있으라. 자, 나의 사랑 티타니아여, 왕비여, 눈을 뜨고 깨어나라.

티타니아 (깨어나며) 오베론! 나는 이상한 꿈을 꾸었어요! 당나귀에 반해서 들떠 있었어요.

오베론 저기 그대의 연인이 누워 있소.

티타니아 어째서 이 같은 일이 일어날 수 있죠? 아, 나는 지금 이 몰골을 쳐다보기도 싫어요!

오베론 잠깐만 조용히 하라. 퍼크, 그 머리를 벗겨주어라. 티타니아, 음악을 연주하도록 하오. 이 다섯 사람을 깊은 잠 속에 빠지도록 합시다.

티타니아 자, 음악이다! 잠들게 하는 음악이다! (조용한 음악)

퍼 크 (보톰의 머리에서 당나귀 머리를 떼어놓는다) 네가 깨어나면, 본래 지녔던 어리석은 눈으로 세상을 보라.

오베론 음악을 고조시켜라! 왕비여, 손을 잡읍시다. 그리고 나서 다섯 사람이 잠드는 이 땅을 흔들어줍시다.

　　오베론과 티타니아 춤춘다

우리 둘은 사랑 속에서 새로 결합되었소. 내일 밤 앞날을 축복하며, 테세우스 공작 혼례식에서 기쁨 속에 흥청거리며 춤을 추고,

자손의 번영을 축하해줍시다. 이 두 쌍의 연인들도 테세우스와 함께 결혼식을 성대하게 하도록 만들어줍시다.

퍼 크 요정의 임금님, 들어보세요, 아침에 우짖는 종달새 소리를.

오베론 왕비여, 갑시다. 묵묵히 신중하게 사라져가는 밤의 그림자를 좇아, 흐르는 달보다 더 빠른 속도로 지구를 한 바퀴 돌고 돌면서.

티타니아 그래요, 갑시다. 날며 갑시다. 말해주세요, 어째서 이 밤에 이들 인간들과 이 땅 위에 누워서 제가 잠들며 꿈꾸고 있었는지를. (요정들 퇴장. 네 연인들과 보톰은 잠들어 있다)

안에서 뿔피리 소리 들린다. 테세우스, 히폴리타, 에게우스 그리고 시종들 등장.

테세우스 누구든지 가서 산지기를 불러오너라. 이것으로 오월제의 행사도 무사히 끝났다. 하지만 오늘 이제부터이니, 사랑하는 히폴리타에게 사냥개들의 음악을 들려주고 싶다. 서쪽 계곡에 사냥개들을 풀어 놔라. 자, 어서 가서 산지기를 불러오너라. (시종 퇴장) 아름다운 히폴리타, 우리들은 저 산꼭대기에 올라가서, 사냥개들이 일제히 짖어대는 요란한 소리와, 그 소리에 화답하며 메아리치는 음악을 들어봅시다.

히폴리타 옛날에 나는 헤라클레스, 카드모스와 함께 크레타섬 숲에 가서 사냥개들을 풀어놓고 곰 사냥을 한 적이 있어요. 그때 용맹스럽게 짖어대던 사냥개 울음소리를 잊을 수 없어요. 그것은 마치 숲과 하늘과 샘물이 한꺼번에 소리를 지르는 것과 같았죠. 그토록 아름다운 불협화음, 그토록 기분 좋은 우렛소리는 한평생 들어본 적이 없어요.

테세우스 내 사냥개들은 몽땅 스파르타 종자이기 때문에, 턱은 늘어지고 털빛깔은 갈색이며, 머리에는 아침이슬을 떨쳐버릴 수 있는 큰 귀가 달리고, 무릎은 굽고, 가슴은 테살리아 황소처럼 군살이 철렁댔지. 뒤쫓는 걸음은 느렸지만, 짖는 소리는 흡사 크고 작은 종(鍾)들처럼 잘 조화를 이루고 있었지. 그토록 높낮이가 맞아떨어지는 사냥개 무리들의 합창은 크레타, 스파르타, 테살리아에 있는 어떤 사냥꾼들도 그들의 뿔피리로 반주해본 적은 없을 것이다. 들어보면 알 수 있어. 한데, 누구야, 저 숲의 여신들은?

에게우스 공작님, 이곳에 잠들어 있는 것은 제 딸자식입니다. 여기에 라이산더가 있고, 또 저기에는 디미트리우스, 이곳에는 헬레나, 늙은 네다의 딸이 있죠. 어째서 넷이 옹기종기 있는지 저는 알 수 없습니다.

테세우스 아마도 오월제의 꽃을 따기 위해 일찍 일어나 이 숲에 왔을 것이다. 그러자 우리들 축제 얘기를 듣고 인사를 드리려고 이곳에서 기다리고 있었을 것이다. 그건 그렇고, 에게우스, 오늘 틀림없이 허미아가 누구를 선택할 것인지 대답하는 날이지?

에게우스 그렇습니다, 공작님.

테세우스 사냥꾼들에게 일러 뿔피리를 불어 네 사람을 깨우도록 하라.

　　안에서 뿔피리 소리. 네 연인들 잠을 깨며 일어난다

안녕들 한가. 성(聖) 밸런타인 날은 지났는데, 이 숲의 새들은 아직도 연인 상대를 찾고 있는가?

라이산더 용서하십시오, 공작님.(연인들, 무릎을 꿇고 있다)

테세우스 모두들 일어나게. 너희들 둘은 사랑싸움의 적수들이지. 그런데 어찌 된 일로 이토록 사이가 좋아졌는가. 서로 증오하면서도 아무런 질투심도 없이, 서로 두려워하면서도 증오하는 원수와 함께 잠을 자다니?

라이산더 어리둥절해서 확실히는 모르지만 답변하겠습니다. 반은 잠들고 반은 깬 상태라서 아직도 어떻게 이곳까지 왔는지 기억이 없습니다. 다만, 진실을 말씀드리려고 지금 생각해보니 저는 아테네로부터 도망가기 위해 허미아와 함께 이곳에 왔습니다. 아테네 법의 위험을 피해보자는 심산이었습니다.

에게우스 그것으로 충분합니다, 공작님. 그만하면 충분한 증거가 됩니다. 이 사람에게 법의 심판을 청원하옵니다. 두 사람은 사랑의 도피를 꾀하려 했습니다. 디미트리우스, 너와 나를 빼돌리고 말이야. 그리하여 너로부터는 아내를, 나로부터는 허락을 — 딸을 너에게 주려는 허락을 탈취코자 했어.

디미트리우스 공작님, 실은 아름다운 헬레나로부터 두 사람의 사랑의 도피에 관해서, 이 숲에서 서로 만나기로 약속했다는 얘기를 듣고, 저는 울화가 치밀어 여기까지 뒤쫓아왔던 것입니다. 그랬더니 헬레나도 저를 사모해서 따라왔습니다. 하지만 어떤 힘에 이끌려 왔는지 알 수 없습니다 — 그러나 어떤 힘이 작용했던 것만은 분명합니다. 허미아에 대한 저의 사랑은 눈처럼 녹아버려, 어릴 때 몰두했던 귀중한 장난감이, 지금은 보잘것없는 추억에 지나지 않는다는 느낌 정도죠. 저의 사랑의 진실은, 제 가슴속 깊이 있는 것은, 제 눈이 찾고 있는 것이요, 위안이기도 한 헬레나입니다. 공작님, 헬레나는 제가 허미아를 만나기 전에 약혼을 약속한 사이입니다. 병들었을 때 싫어한 음식을, 건강해지니 저절로 다시 찾게 된 꼴이 되었습니다. 지금은 이 음식을 찾아, 사랑하고 그리워하며 영원히 충실해지고자 하는 일념뿐입니다.

테세우스 사랑하는 젊은이들이여, 잘들 만났다. 이 얘기는 나중에 천천히 듣도록 하자. 에게우스, 그대의 뜻을 짓누르는 격이 되지만, 나는 이 두 쌍의 연인들을, 우리들과 함께 신전으로 인도해서 영원한 사랑의 맹세를 하도록 하겠다. 아침나절의 시간도 어지간히 지난 듯하니 사냥 계획은 취소하도록 하겠다. 모두들 함께 아테네로 돌아가자. 세 쌍 연인들의 행복한 결연을 축하해서 잔치를 벌이자. 갑시다, 히폴리타. (테세우스, 히폴리타, 에게우스, 시종들 퇴장)

디미트리우스   아득한 저 산들이 구름 속에 사라지듯이, 모든 일이 하찮은 일이 되어 가물가물 사라지네.

허미아   지금까지의 일들이 따로따로 눈에 띈 듯해서, 이중(二重)으로 보이기만 하네요.

헬레나   나도 그래, 디미트리우스는 내가 길에서 주운 보석처럼 느껴져요. 내 것 같기도 하고, 남의 것 같기도 하고.

디미트리우스   확실해? 우리가 깨어 있는 것이? 아직도 자면서 꿈을 꾸고 있는 기분이야. 정말로 공작님은 우리들 보고 따라오라 했는가?

허미아   그래요, 아버지도 계셨어요.

헬레나   히폴리타도 있었죠.

라이산더   공작님은 신전으로 오라고 하셨어.

디미트리우스   그렇다면 깨어 있는 것이다. 공작님 뒤를 따르자. 걸어가면서 우리들 꿈 얘기를 털어놓자. (퇴장)

보 톰   (깨어나면서) 내 차례가 오면 말해달라, 대사를 할 테니. 내 대사의 다음 시작은 '아름다운 나의 피라모스여'이다. 여봐, 피터 퀸스! 풀무장이 플루트? 땜장이 스나우트? 스타블링? 이거 웬일이야! 나를 잠들게 해놓고 모두들 뺑소니쳤구나! 세상에도 희한한 광경이었어. 내가 본 꿈 말일세. 그 꿈이 어떤 꿈인지는 인간의 지혜로선 어림도 없다. 이 꿈을 해몽하겠다고 껍적대는 녀석들은 어리석은 당나귀 같은 놈들이지. 내가 어떻게 되었는지 — 무엇이 되었는지 말할 수 있는 작자들이 있을까 보냐. 내가 — 내 머리에 — 무엇이 솟아났는지 말할 수 있다고 하는 놈은 얼간이 개뼈다귀다. 일찍이 인간의 눈이 듣지도 못하고, 인간의 귀가 보지도 못한 것이지. 일찍이 인간의 손이 맛보지도 못하고, 인간의 혓바닥이 생각도 못한 일이지. 내가 본 것은 일찍이 인간의 마음이 지껄여보지도 못한 해괴망측한 꿈이었다. 피터 퀸스에게 부탁해서 이 꿈에 노래를 붙여달라고 하자. 제목은 '보톰의 꿈'이다. 밑도 끝도 없는 꿈이기 때문이야. 이 노래를 공작님 앞에서 끝날 때 불러야지. 아니다. 더 재미있게 하려면, 티스베가 죽을 때 부르는 것이 좋겠어. (퇴장)

제2장 아테네, 퀸스의 집

퀸스, 플루트, 스나우트, 스타블링 등장.

퀸 스 보톰 집에 사람을 보냈는가? 아직도 집에 돌아오지 않았는가?

스타블링 소식이 있을 턱이 없지. 틀림없이 귀신이 되었다니깐.

플루트 그 녀석이 돌아오지 않으면 연극은 끝장이다. 해낼 도리가 없어, 안 그래?

퀸 스 해볼 재주가 없어. 아테네를 이 잡듯 뒤져봐도 피라모스를 해낼 사람은 달리 없지.

플루트 맞았어. 아테네 직업인 가운데서 그만한 재주 덩어리를 만날 수 없지.

퀸 스 풍채도 좋았어. 게다가 목소리 하나는 끝내줬어.

플루트 그럴 땐 '빼어났다'라고 말하는 법이야. '끝내줬다'니, 글쎄 매사에 꼴찌란 말이냐, 딱하다 딱해.

  스너그 등장.

스너그 여보게들, 공작님이 신전에서 나오신다. 그분 말고도 두세 쌍의 귀족들이 시집 장가든 모양이야. 우리들이 한마당 벌였으면 모두들 출세 길에 접어 들었을 텐데.

플루트 아, 보톰 나리가 계셨으면 오죽 좋았을까! 그 양반도 한평생 매일 육 펜스씩 척척 받아 챙겼을 텐데. 그의 피라모스를 보고 공작님이 하루 육 펜스씩 수당을 내지 않으면 내 목을 댕강 날려도 좋아. 보톰 녀석은 그만한 값어치가 있어. 피라모스 역은 하루 육 펜스씩 또박또박 거머쥐었을 텐데.

  보톰 등장.

보 톰 여봐라, 다들 어디 있냐?

퀸 스 보톰! 야, 신바람 난다! 얼씨구, 절씨구!

보 톰 여보게들, 세상에 기막힌 얘기 좀 들어보게나. 하지만 꼬치꼬치 캐묻지는 말게. 내가 몽땅 말할 수 있다면, 나는 진정한 아테네 사람이 아니네. 일어난 일을 차근차근히 털어놓겠네.

퀸 스 들려다오, 보톰.

보 톰 한마디도 할 수 없어. 내가 말할 수 있는 것은 공작님이 식사를 마치셨다는 것뿐이야. 여보게들, 의상을 걸치고 튼튼한 실로 수염을 조여라. 단화에는 새 리본을 달아야 해. 그리고 나서 즉시 궁전으로 집합이야. 각자 맡은 대사를 잘 살피도록. 요약해서 간단히 말한다면 우리 연극이 초청받았다, 이 말씀이야. 하여튼 티스베는 깨끗한 모시옷을 입어야 해. 사자 역은 손톱을 자르지 말게나. 사자의 손톱은 길게 뻗었어. 아뿔싸, 친애하는 배우 여러분, 양파나 마늘을 삼가시도록. 향긋한 입김을 뿜어대야 하기 때문이야. 그렇게 되면 틀림없이 우리 연극은 달콤한 희극이라는 칭찬을 받게 돼. 내 말은 요것뿐이다. 자, 가자! 가자! (일동 퇴장)

제5막

제1장 테세우스의 궁전

테세우스, 히폴리타, 필로스트레이트, 귀족 및 시종들 등장.

히폴리타 테세우스, 이들 젊은 연인들의 얘기는 정말 이상하군요.

테세우스 너무 이상해서 사실처럼 들리지 않소. 괴상하고 진귀한 얘기라서 믿을 수도 없어요. 연인들과 광인들의 머릿속은 끓고 소용돌이쳐, 있을 수 없는 환영을 만들어낸다오. 그 때문에 냉정한 이성으로는 어림없는 상상을 하죠. 광인과 연인과 그리고 시인은 오로지 상상력 덩어리라해도 무방하오. 넓고 넓은 지옥이 포용도 못 할 악귀들을 광인들은 본다오. 연인도 이에 못지않게 미쳐 있어서 거무튀튀한 집시 여인 속에서 절세미녀 헬렌을 본다오. 시인의 눈은 황홀한 열광 속에서 너울거리기에, 하늘에서 땅을 굽어보고, 땅에서 하늘을 우러러보죠. 상상력이 미지의 사물을 그려봄에 따라, 시인의 펜은 그것에 대해 확실한 형태를 주며, 있지도 않는 텅 빈 무(無)에 대해 있어야 하는 장소와 존재하는 이름을 주고 있어요. 상상력은 그와 같은 마술을 지니고 있기 때문에, 즐거움을 느끼고 싶다고 소망하면, 그 기쁨을 중개하도록 상상력은 힘을 발휘하죠. 그러기에 캄캄한 밤, 어떤 공포를 상상만 해도, 수풀은 순식간에 곰으로 변한다오!

히폴리타   하지만 어젯밤 얘기를 몽땅 듣고 보니, 모두들 마음이 이상하게 변했어요, 그것은 상상력이 만든 환영 이상의 것, 그 이상의 힘이 현실적으로 작용했다고 보아, 놀랍게도 신비로운 얘기라 아니 할 수 없네요.

테세우스   기쁨에 넘쳐, 흥에 겨워 연인들이 오고 있다. 기쁨이여, 친구들이여, 기쁨과 사랑의 청순한 세월이 그대들 가슴에 넘치고, 넘치도록!

라이산더   그보다 더 풍성한 행운이 공작님 가시는 산책길 걸음마다, 식탁에도, 침실에도, 가득히 넘치도록 기원합니다!

테세우스   시작해보라, 어떤 가면극으로, 어떤 춤으로. 저녁을 마치고 침실에 들기까지의 세 시간을, 그 지루하고 따분한 시간을 메워줄 것인가? 놀이 담당 책임자는 어디 있는가? 어떤 여흥이 준비되어 있는가? 괴로운 시간의 고통을 덜어줄 연극은 없는가? 필로스트레이트를 불러들여라.

필로스트레이트   (앞으로 나서며) 여기 있습니다, 공작 각하.

테세우스   오늘 저녁에는 어떤 오락을 마련했는가? 가면극이냐? 음악이냐? 뭔가 즐거운 일이 없으면, 이토록 더딘 시간의 걸음을 어떻게 잊을 손가?

필로스트레이트   준비된 여흥 일람표가 여기 마련돼 있습니다. 무엇을 먼저

구경하실는지 선택해주십시오. (일람표를 넘겨준다)

테세우스 (읽는다) '괴물 켄타우로스와의 싸움, 하프 반주에 아테네 환관의
노래' ― 이건 사양한다. 내 친척 헤라클레스의 무용담은 이미 내
가 히폴리타에게 들려주었노라.

(읽는다) '주신 바쿠스를 섬기는 무녀들의 분노, 트라키아의 가수
오르페우스에게 폭행한 이야기?' ― 이것은 낡은 취향이다. 지난
번 내가 테베를 정복하고 개선했을 때 이 연극을 봤지.

(읽는다) '아홉 여신 뮤즈들이, 빈곤 속에서 병들어 이 세상을 하직
한 고명한 학자들을 애도하는 노래'? ― 이건 풍자적이고, 너무 비
판적이어서 즐거운 결혼 축하연에는 어울리지 않아.

(읽는다) '젊은 피라모스와 그 연인 티스베의 지루하고도 간결한 비
극적 희극의 장면?' ― 희극적 비극? 지루하고도 간결해? 그렇다
면 어둠 속의 불꽃, 불타는 눈 같은 거 아닌가! 이 같은 부조화를
어떻게 조화시킨단 말인가?

필로스트레이트 공작 각하, 이 연극은 대사가 열 마디밖에 안 되는 길이로
서, 제가 아는 한 가장 간결한 연극입니다. 그런데 열 마디밖에 안
되는 이 연극도 너무 늘어지게 길어서 지루한 연극이 되었습니다.
그 까닭인즉, 이 연극 속에는 적절한 대사 한마디 없기에, 역할에
맞는 배우라곤 한 사람도 없습니다. 공작 각하, 확실히 비극적입니
다. 피라모스가 자살을 하니까요. 저도 연습할 때 보았습니다만 솔
직히 말씀드려, 이 눈은 눈물바다였죠. 너무나 웃겨 헛배 잡고 대
굴대굴 구르며 웃었습니다.

테세우스 어떤 패거리들이냐, 이 연극을 하는 사람들은?

필로스트레이트 이곳 아테네에서 손바닥에 비지땀을 흘리는 직공들입니
다. 지금까지 머리 써서 일해본 적이 없기 때문에, 생전 처음으로

기억력을 가동하여 대사를 암기해서, 공작님 결혼 축하연에 연극을 보여드리려고 했습니다.

테세우스　좋다, 그 연극을 구경하자.

필로스트레이트　삼가십시오. 공작님이 보실 만한 것이 못 됩니다. 저도 몇 번 보았습니다만 참말로 아무것도 아니옵니다. 그저 공작님에게 티끌만 한 위안이라도 되었으면 하는 일념으로 대사를 얼기설기 엮었으니 고생해서 암기한 이들의 노고와 의도를 알아주신다면 그 것으로 흡족하옵니다.

테세우스　그 연극을 보고 싶다. 순박하고 충실한 마음이 제공하는 일은 무엇이나 틀림없는 법이다. 그자들을 불러라. 부인들도 자리를 잡으시오. (필로스트레이트 퇴장)

히폴리타　보고 싶지 않아요, 충성심과 의무감으로 일을 하다가 실패하는 가련한 모습을 어떻게 봅니까.

테세우스　염려 말아요, 그런 일은 없을 테니.

히폴리타　하지만 그 사람 말로는 별 볼 일 없다잖습니까.

테세우스　별 볼 일 없는 일에도 고마워하는 것이 우리들의 각별한 친절심이오. 이들이 잘못하는 일을 좋게 보아주는 일도 흥겨운 일이오. 충성심을 갖고도 해낼 수 없는 일을, 결과로서가 아니라 그 열의를 보아 칭찬하는 일이 윗사람들의 기쁨이오. 언제던가, 어느 곳에서 대학자들이 나를 환영해서 미리 준비한 인사말을 하려 했는데, 내 앞에 서보니 몸이 떨리고 창백해져, 환영사가 갑자기 중단되었다오. 연습에 연습을 쌓은 말도 겁에 질려 목에 걸리고 소리가 막혀 입 밖에 내지 못했소. 결국 환영사는 사라진 거요. 하지만 히폴리타, 이 침묵 속에서도 나는 환영의 뜻을 건졌소. 겁에 질려 말 한마디 못 하는 충성스러운 마음의 겸손한 태도 속에, 겁 없이 들이대는 혀놀림 이상의 웅변을 읽을 수 있었소. 사랑과 혀가 묶인 순박한 마음은 말수가 적을수록 더 많은 것이 내 귀에는 들리죠.

필로스트레이트, 다시 등장.

필로스트레이트 공작 각하, 서사역(序詞役)의 등장입니다.
테세우스 시작해보라.

나팔 소리. 퀸스가 서사역으로 등장.

서사역 저희 연극을 보시고 기분이 상하시더라도 용서하세요. 우리가 하는 일이 선의의 발로지 악의가 아님을 알아주세요. 성의를 다하려는 것은 이 연극을 시작한 진정한 목적입니다. 성가시게 하려고 우리들이 나섰는지 모른다고 생각하세요. 여러분을 만족시키려는 생각은 없습니다. 그러나 여러분을 즐겁게 해드리고 싶어요. 여러분이 후회하실 정도라면, 우리들은 여기 오지 않았을 것입니다. 배우들은 기다리고 있습니다. 이들의 연극을 보시면, 여러분이 알고 싶은 모든 것을 알게 될 것입니다.
테세우스 어디서 어떻게 끝나는지, 이 사람은 구두점에 신경을 쓰지 않는군.
라이산더 성난 망아지처럼 말을 멈추지 않고 속사포처럼 지껄여대며 달렸군요. 덕택으로 좋은 교훈을 배웠습니다. 입만 놀린다고 말이 되는 것은 아니죠. 옳게 말을 해야 말이 되는 것입니다.
히폴리타 어린이가 피리를 불 듯이 말했죠 ─ 소리는 나지만 무슨 소린지 알 수 없어요.
테세우스 그의 말은 마치 서로 엉킨 쇠사슬과 같다 ─ 쇠사슬 하나하나는 손색이 없지만 연결이 잘못됐어. 다음은 누군가?

피라모스, 티스베, 담벼락, 달, 사자 등장.

서사역 여러분, 이 광경을 보면 놀라시겠죠. 사실이 밝혀질 때까지 계속 놀
라세요. 이 사람은 여러분이 아시다시피 피라모스입니다. 이 아름다
운 여인은 티스베죠. 회칠과 흙벽칠을 한 이 사람은 담벼락입니다.
이 담벼락 갈라진 틈새로 두 연인은 사랑을 속삭입니다. 그러니 제
발 놀라지 마세요. 개와 가시덤불과 등잔불을 든 이 사람은 달빛으
로 분장한 것입니다. 두 연인은 달을 받으며 니노스의 무덤에서 만
나 사랑을 하며 마음을 털어놓습니다. 진짜 무서운 존재는 이 사자
입니다. 약속에 따라 티스베가 밀회 장소에 오면 위협하고 공갈해서
넋을 뺄 뿐 아니라, 도망가면서 그녀가 흘린 망토에 뛰어들어 사자
는 피 묻은 입으로 그 망토를 물고 늘어지죠. 이윽고 그 장소에 날씬
하고 잘생긴 피라모스가 나타나 피 묻은 망토를 보고 티스베는 죽었
다고 생각합니다.
그래서 피를 부르며 피에 굶주린 칼을 뽑아 끓는 피로 용솟음치는
제 가슴을 힘껏 찔렀습니다. 죽었죠. 뽕나무숲에서 기다리던 티스
베는 이것을 보고 피라모스의 칼로 스스로 목숨을 끊습니다.
나머지 얘기는 달빛과 사자와 담벼락과 연인들이 무대 위에서 자
세하게 말해줄 것입니다.

서사역, 피라모스, 티스베, 사자, 달빛 퇴장

테세우스 사자가 말을 하는가?

디미트리우스 당나귀들이 설치며 바락바락 입을 놀리고 있는데, 사자 한
마리쯤 말을 해도 이상할 건 없습니다.

담벼락 지금서부터 이 연극에서, 어찌 된 영문인지도 모르지만, 이 몸 스

나우트가 담벼락의 역할을 합니다. 어떤 벽이냐고 물으신다면, 이런 담벼락입니다. 즉 이 담벼락에는 갈라진 틈새가 있어서, 두 연인 피라모스와 티스베가 이 사이로 불타는 가슴을 은밀하게 털어놓고 있는 겁니다. 이 진흙과 회칠과 돌멩이가 증거죠. 나는 틀림없는 담벼락이죠. 거짓말은 안 합니다. 좌우에 갈라진 틈새가 있기 때문에, 겁에 질린 연인들이 사랑을 속삭입니다.

테세우스 회칠이나 머리털이 이토록 말을 잘 할 수 있을까?

디미트리우스 요렇게 말 잘 하는 담벼락은 처음입니다.

피라모스 등장.

테세우스 피라모스가 담벼락에 접근했다, 쉬잇!

피라모스 오, 음산한 밤이여, 캄캄한 밤이여! 오, 밤이여, 낮이 가면 반드시 오는 밤이여! 오, 밤이여, 오, 밤이여, 어쩌면 좋아, 어쩌면 좋아. 티스베가 약속을 잊었다면 어쩌면 좋아! 그대 벽이여, 오 그립고 사랑스러운 담벼락이여, 그녀 아버지 저택과 내 아버지 저택 사이를 가르며 서 있는 담이여, 이 눈으로 볼 수 있도록 틈새를 보여다오.(담벼락이 손가락을 벌린다)
자비로운 담벼락이여, 감사하오. 신의 은총이 내리소서. 아, 보이는 것이 없네? 아무것도 안 보여. 티스베는 어디 있냐, 고얀 담이로다. 나의 사랑을 감추다니! 저주받을지어다, 담벼락 돌이여, 나를 속이다니!

테세우스 이 담벼락은 인간의 감정을 나타낼 수 있으니 틀림없이 저주의 앙갚음을 할 것이다.

피라모스 아니올시다, 공작님, 그렇게 될 수는 없습니다. '나를 속이다니'라는 대사를 계기로 티스베가 등장하면, 소생은 담벼락 갈라진 틈새로 들여다보게 되어 있습니다. 보고 계십시오, 제가 말씀드린 대로 꼭 될 터이니. 그녀가 등장합니다.

티스베, 다시 등장.

티스베 아, 담벼락이여, 여러 번 나의 한숨 소리를 들었을 것이다. 네가 나와 피라모스 사이를 갈라놓고 있기 때문이지. 이 입술이 여러 번 너의 돌에 닿았다. 회칠과 머리털을 섞어서 만든 너의 돌담에.

피라모스 목소리가 보인다. 담벼락 틈새로 살짝 가서 들여다보자. 티스베의 얼굴이 들릴는지 모른다. 티스베!

티스베 당신은 나의 영혼, 나의 연인, 그렇죠?

피라모스 그렇고말고, 당신의 연인이야. 레안드로스처럼 충성스런 참사랑이지.

티스베 헬레네처럼, 운명이 나를 멸망시킬 때까지 사랑할래요.

피라모스 케팔로스가 프로크리스에게 바친 사랑도 이렇게 진실되지는 않았을 겁니다.

티스베 그 케팔로스가 프로크리스에게 준 것 같은 사랑을 저는 당신에게 바치겠어요.

피라모스 이 무정한 담벼락 틈새로 내게 키스해주세요.

티스베 담벼락 구멍만을 키스할 뿐, 당신의 입술에 닿지 않아요.

피라모스 니니의 무덤에서 나를 즉시 만나주시겠어요?

티스베 살든 죽든 곧 가리라. (피라모스와 티스베 퇴장)

담벼락 나는 이렇게 해서 담벼락 역할을 해냈습니다. 일이 끝났으니 담벼락은 퇴장합니다. (퇴장)

테세우스 이웃 사람을 가르고 있던 담벼락이 무너졌습니다.

디미트리우스 할 수 없습니다. 남의 얘기를 태연하게 엿듣기나 하는 담벼락이니깐요.

히폴리타   이런 엉터리 연극은 처음이에요.

테세우스   연극이란 최고의 것이라도 인생에 비하면 그림자에 지나지 않는 법, 그래서 최하의 연극도 상상력으로 보완하면, 인생의 그림자 이하는 될 수 없어.

히폴리타   하지만 그것은 당신의 상상력이지, 배우들의 것은 아니죠.

테세우스   배우들이 자신의 것을 상상할 정도로, 우리들도 그들을 상상해 주기만 하면 명배우는 탄생하게 마련이야. 아, 멋진 짐승이 나타났네, 달빛과 사자 아닌가.

　　　　사자와 달빛 등장.

사　자   귀부인들이여, 여러분은 마루 위를 기는 쥐 한 마리에도 겁을 낼 만큼 양순한 마음씨를 지녔으니, 성난 사자가 용감하게 울부짖으면 아마 공포에 질려 부들부들 떨게 되겠죠.

그래서 말씀 올립니다만, 소생은 사실 소목장이 스너그, 이 무서운 사자는 가짜올시다. 만약에 제가 진짜 사자가 되어, 이 자리에서 사람을 죽이러 왔다고 한다면 큰일 나게요?

테세우스   아주 예의 바른 짐승이로군, 분별력도 있고.

디미트리우스   짐승으로서는 최고죠, 저도 처음 봤습니다만.

라이산더   용기로 따지면 이 사자는 여우입니다.

테세우스   맞았어, 지혜로 따진다면 멍텅구리 거위야.

디미트리우스   그렇잖습니다, 공작 각하. 저 남자의 용기로서는 지혜를 얻을 수 없습니다. 하지만 여우는 거위를 손아귀에 넣을 수 있습니다.

테세우스   하지만 저 남자의 지혜는 용기를 보면 도망갈 것이다. 거위는 여

우를 보면 도망간다. 그 일은 저 남자의 지혜에 맡겨두고, 달빛이
하는 말에 귀 기울여보자.

달　　이 등잔불은 뿔 돋친 초승달입니다.

디미트리우스　　차라리 얼굴에 뿔이 났으면 좋았을걸.

테세우스　　그는 초승달 얼굴이 아니다. 그의 뿔은 한가위 둥근달 속에 감춰
져 있다.

달　　이 등잔불은 뿔 돋친 초승달입니다. 저는 달 속에 사는 달빛입니
다.

테세우스　　이건 너무 했어. 지금까지 한 것 속에서도 가장 흉측한 잘못이다.
이 사람은 등잔불 속에 들어가야 돼. 그래야지 달 속에 산다고 할 수
있지.

디미트리우스　　안에 들어갈 수는 없겠죠. 촛불이 타고 있으니깐요. 아니, 저
사람도 어찌 된 곡절인지 지글지글 타고 있는 듯합니다.

히폴리타　　이 달은 권태로워요. 빨리 사라질 수는 없는가요.

테세우스　　저 지혜의 빛이 희미해져가는 것을 보면, 저 달도 꺼져가고 있소.
그러니 예의로 보나 분위기로 보나 사라져버릴 때까지는 기다려야
만 해요.

라이산더　　달님이여, 다음으로 계속하라.

달　　소생이 아뢰올 말씀은 이 등잔불은 달이요, 저는 달집에 사는 사람
이요, 이 덤불은 저의 덤불로서, 이 개는 우리 집 개가 된다는 내용
입니다.

디미트리우스　　그것은 몽땅 등잔불 속에 있는 것이지. 모두 달 속에 있는 것
이지. 쉬잇! 입을 다물자. 티스베가 오고 있네.

티스베 등장.

티스베　이곳이 니니의 무덤이군. 내 님은 어디 계시냐?

사　자　으르렁 ─!

　　　사자는 으르렁대고, 티스베는 망토를 떨어뜨리고 도망친다.

디미트리우스　사자여, 잘 짖어댔다!

테세우스　티스베, 도망치네!

히폴리타　달빛이여, 훤히 잘도 밝혀주네.

　　　사자는 티스베의 망토를 입으로 물어 흔든 다음 퇴장.

테세우스　잘한다, 사자여, 잘도 물어뜯네.

디미트리우스　이렇게 해서 피라모스 등장하네.

라이산더　이렇게 해서 사자가 퇴장하네.

　　　피라모스 등장.

피라모스　그리운 달이여, 감사하오. 그대의 밝은 빛이여, 감사하오. 달이
여, 잘도 밝게 비춰주었어요, 그대의 은혜로운 황금빛 찬란한 빛으
로, 진실로 진실한 티스베의 모습을 보리라. 기다려라, 아, 슬픔이
여! 기다려라. 보아라, 가련한 기사여, 이곳에 깔린 짙은 슬픔을.
눈이여, 보고 있느냐?
이럴 수가 있단 말이냐? 귀여운 거위여! 사랑스러운 거위여! 너의
망토는 산산이 조각나 찢기고 피로 붉게 물들었다. 복수의 신이
여, 닥쳐오너라! 오, 운명이여, 닥쳐오너라. 오너라! 생명의 실오
라기를 끊어라. 꺾고 무찌르고 결판내어 가라앉히라!

테세우스　구슬픈 이 대사도 연인의 죽음을 생각하면 들을 만하다.

히폴리타　젠장, 저 남자가 불쌍해 보이네요.

피라모스 오, 대자연이여, 어찌하여 사자 같은 것을 창조해냈던가요? 사자 때문에 연인은 꽃처럼 가셨나이다. 내 연인은 지금 이 순간까지 —아, 견딜 수 없네—이곳에 살아서 사랑 받고 귀여움 받던 미인이었소. 눈물이여, 솟아올라라. 칼이여, 뛰쳐나와 상처를 입혀라. 이 피라모스의 가슴을. 그렇다, 왼편 젖가슴이다. 심장이 뛰고 있네. (자신의 가슴을 찌른다) 이렇게 해서 나는 죽어간다. 이렇게 해서 나는 죽는다. 이렇게 해서 나는 떠난다. 내 영혼은 하늘을 난다. 혓바닥이여, 빛을 꺼라. 달이여, 말하는 것을 멈추라! (달빛 퇴장)

나는 죽는다, 죽는다, 죽는다, 죽는다, 죽는다. (죽는다)

디미트리우스 숱하게 죽는군. 한 번밖에 죽지 못하면서.

라이산더 한 번도 못 돼. 죽었으니, 아무것도 없어.

테세우스 의사에게 보이면 살아날 것이다. 그러면 바보는 백 번 죽어도 바보인 것이 입증되겠지.

히폴리타 어찌하여 달빛은 사라졌나요? 티스베가 돌아와서 연인을 발견해야 할 텐데?

테세우스 별빛으로도 찾을 수 있을 테죠.

    티스베 등장.

여기 오고 있네. 티스베의 슬픈 대사로 폐막이로군.

히폴리타 피라모스를 위해 넌덜머리 나게 긴 대사를 늘어놓는 것은 아니죠. 간단히 끝났으면 좋겠어요.

디미트리우스 피라모스와 티스베를 저울에 달아 비교하면 어느 편이 더 나을 것인가? 피장파장일 거야. 티끌 하나 차이겠지. 남자 역으로는 아깝고, 여자 역으로는 징그러워.

라이산더 그 귀여운 눈으로 그 남자의 시체를 보았네.

디미트리우스 연인의 죽음을 슬퍼하며 말했도다…….

티스베 님이여, 주무시나요? 아니, 돌아가셨나요, 나의 비둘기여? 일어나세요, 나의 피라모스! 입을 여세요. 말을 하세요! 묵묵부답이셔? 죽었나요, 죽었나요? 무덤 속에 당신의 아름다운 눈이 묻히다니. 백합꽃 같은 입술, 붉은 장미 같은 콧등, 노란빛 두 뺨도 모두 모두 사라졌네. 슬퍼하라, 연인들이여, 그의 눈은 부추 같은 초록빛. 아, 운명의 여신들이여, 오라, 내 곁으로. 우윳빛 같은 흰 손을 피로 물들이거라, 가위를 들고 님의 명주실 목숨을 끊는 그 손을. 혓바닥이여, 한마디 말도 하지 마라. 칼이여, 소원을 들어다오. 이 가슴의 피를 빨아들여라. (칼에 찔린다)
잘 가세요, 친구여. 티스베는 이렇게 죽었거늘, 아듀, 아듀, 아듀!
(죽는다)

테세우스 달과 사자는 남아서 시체를 묻는군.

디미트리우스 네, 담벼락도요.

보 톰 (일어나며) 공작님, 두 집을 경계 짓던 담벼락은 무너졌습니다. (플루트 일어난다) 에필로그의 대사를 들으시겠습니까, 아니면 우리 패거리 가운데 두 사람이 추는 베르고마스크 광대춤을 보시겠습니까?

테세우스 에필로그는 필요 없다. 부탁한다. 너희들 연극에는 변명이 필요 없다. 배우들이 무대에서 모두 죽었으니, 비난받을 사람도 없다. 그러니 변명은 무용지물이다. 이 대본을 쓴 자가 피라모스 역을 하고, 티스베의 구두끈으로 목을 졸라 죽었다면 훌륭한 비극작품이 되었을 것이다. 정말이지 탁월한 비극이다. 잘들 했어. 에필로그의 춤을 보도록 하자. (춤춘다)

　　퀸스, 스너그, 스너우드, 스타블링 등장하고, 이 가운데 두 사람이 춤을 춘다. 그런 다음 플루트, 보톰 등 배우들 모두 퇴장.

밤의 종소리가 쇠 헛바닥으로 열두 시를 알렸다. 연인들이여, 잠자리에 들자, 지금은 요정의 시간. 오늘 밤 뜬 눈으로 지새운 만큼, 내일 아침 늦잠 들면 안 된다. 오늘 밤 연극이 엎치락뒤치락 한마당 놀이였지만, 밤의 무거운 발걸음을 잊게 해주었다. 자, 잠자리에 들자. 앞으로 두 주일, 축제를 계속하자, 밤마다 잔칫상 벌여 놓고 놀이를 즐기자. (일동 퇴장)

　비 들고 퍼크 등장.

퍼 크　이제 굶주린 사자는 으르렁대고,
　　　늑대는 달을 향해 짖어댄다.
　　　고달픈 일에 지쳐버린
　　　농부들은 잠들어 꿈길 구만 리.
　　　화톳불, 활활 타는 모닥불 꺼져가고,
　　　부엉이 울어대는 부엉부엉 밤하늘,
　　　죽음의 잠자리에 누워 지새는
　　　죽는 이 생각하는 죽음의 수의.
　　　산천의 초목도 잠드는 지금,
　　　무덤은 활짝 문을 열고
　　　망령들 어둠 속에 가득히 밀려
　　　헤매고 방황하는 묘지의 길.
　　　우리들 요정은 하늘을 난다.
　　　몸이 세 가닥인 헤카테와 함께
　　　태양의 얼굴 피해 꿈같은 밤길 따라

장난질 치며, 치며, 하늘을 난다.

쥐 한 마리 거룩한 신전에 얼씬거리지 마라.

나는 비 들고 왔다.

문 뒤에 쌓인 먼지 쓸어내리자.

　　　오베론, 티타니아, 시종들과 등장.

오베론　　꺼져가는 불빛이 껌벅이는 이 집 속을 요정들은 덤불 속의 새들처럼 춤추고 노래하라. 요정들이여, 내 노래에 맞춰 춤추며 노래하라.

티타니아　당신 노래를 먼저 들읍시다. 우리들은 손에 손 잡고 그 노래에 맞춰 춤을 추겠어요. 이곳을 우리 모두 축복합시다.

　　　오베론의 인도에 따라 요정들 춤추고 노래한다.

오베론　　요정들이여, 새벽까지 집안 구석구석에서 춤을 추어라. 우리 둘은 신방을 축복합시다. 그 곳서 태어날 아이들에게 영원한 행운을 기원합시다. 세 쌍의 신랑 신부 백년해로하고, 이들에게서 태어나는 아이들 몸에는 사마귀 점, 언청이 입술, 흉터 등이 없도록 기원합시다. 태어나면서, 세상 사람들이 불길하다고 싫어하는 상처 때문에 평생, 얘들아, 고통받지 말라. 요정들이여, 제각기 손에 손에 깨끗한 들판의 이슬을 받아 이들의 집안 구석구석 방 안을 찾아가서 쏟아놓아라. 축복의 이슬을 그곳에 잠드는 사람들에게 쏟아놓아라, 축복의 안식을. 빨리 가거라, 어서 날아가거라. 밤이 새기 전에 끝내고 오너라.

　　　오베론, 티타니아, 요정들 퇴장

퍼 크 (관객들에게) 우리들은 그림자. 우리들이 때때로 여러분의 기분을 상하게 하더라도, 그것은 잠시 꿈꾸는 동안의 일이며, 언짢은 꿈자리라 생각해서 용서하세요. 이 연극이 초라하고 허황된 것이라 하더라도, 그것은 꿈같은 것이니 나무라지 마시고 용서하세요. 앞으로 고쳐나가겠습니다. 나는 정직한 요정 퍼크랍니다. 여러분이 칭찬을 해주시면 격려라 생각해서 더욱 분발하죠. 이 말이 거짓이라면, 퍼크를 거짓말쟁이라 부르세요. 그럼 여러분 안녕히 주무세요. 우리 모두 친구가 되었으니 악수합시다. 요정 퍼크가 인사 드리옵니다.

당신이 좋으실 대로

As You Like It

등장인물

노공작_ 추방당한 몸
프레드릭 공작_ 노공작의 동생, 공작 영토의 찬탈자
실리아_ 프레드릭의 외동딸
로잘린드_ 추방당한 노공작의 딸
올리버 / 제이퀴즈 드 보이스 / 올랜도_ 롤런드 드 보이즈 경의 아들들
터치스톤_ 어릿광대
애미언즈 / 제이퀴즈_ 추방당한 공작을 섬기는 귀족들
애덤 / 데니스_ 올리버의 하인들
코린 / 실비우스_ 목동들
르보_ 프레드릭을 섬기는 신하
찰스_ 프레드릭의 씨름꾼
피비_ 양치기 처녀
오드리_ 시골 처녀
윌리엄_ 오드리를 사랑하는 시골 청년
올리버 마텍스트 경_ 목사
시동 1
시동 2

장소

올리버의 집, 공작 궁궐, 아든의 숲

제1막

제1장 올리버의 집 정원

올랜도와 애덤 등장.

올랜도 (칼싸움) 여보게나 애덤. 아버님께서 적은 돈이지마는 천 크라운이
나 내게 유산으로 남기시고, 자네 말마따나 나를 정성껏 키우라고
올리버 큰형께 당부했어. 그래서 난 슬프단 말이야. 작은 형 제이
크는 학교도 가고 유산도 담뿍 받았다는 소문이야. 내 신세는 뭐
냐. 집구석에 처박혀 빈둥거리고 있어. 양반 자식다운 교육도 받지
못한 채 외양간에 갇힌 소 같은 신세지? 나보다는 형네 말이 상팔
자야. 왜냐하면 기름이 흐르도록 포식할 뿐만 아니라 길들이기 위
해 조교사까지 고용했기 때문이야. 그러나 나는 동생인데도 세끼
밥 얻어먹은 게 고작이지. 이런 신세라면 형네 쓰레기 뒤져 먹고사
는 짐승들과 다를 게 뭐가 있어. 더욱이 형님은 인심 좋게 베푸는
것이 없고 나에게 돌아온 몫까지 빼앗아 갈 기세야. 머슴들하고 한
상에서 밥을 먹으라지 않나, 기를 쓰며 나를 무식꾼으로 만들어 점
잖은 성품을 짓밟으려고 하질 않나. 애덤, 나는 슬퍼. 내 핏줄 속에
흐르고 있는 아버지의 정신이, 이런 노예살이에 항거하기 시작했
어. 난 더 이상 참지 못해. 하지만 나는 이 일을 어떻게 피해야 할지
모르겠어.

올리버 등장.

애 덤　　　주인 나리 오시네요. 형님 말씀이에요.

올리버　　아니 이봐, 여기서 뭘 하는 거야?

올랜도　　아무것도 아니에요. 도대체 뭘 배운 게 있어야 하죠.

올리버　　못된 짓을 할 참이로군.

올랜도　　전지전능하신 하느님이 만드신 못난 동생이 빈둥거리면서 신세를
　　　　　망치고 있는 중입니다.

올리버　　게으름뱅이 녀석 같으니라고. 저리 가서 일해.

올랜도　　형님네 돼지나 치면서 겨죽이나 퍼마실까요? 제가 무슨 난봉을 피
　　　　　웠다고 찢어지는 가난을 겪어야 합니까?

올리버　　이봐, 여기가 어딘 줄 알고 지껄여.

올랜도　　아, 잘 알고 있죠. 형님네 정원이죠.

올리버　　누구 앞인지 알겠나?

올랜도　　알죠. 형님이 저를 알고 있는 것 이상으로 바로 제 맏형인 것을 압
　　　　　니다. 그러니 형님도 양반집 아들답게 저를 돌봐주셔야죠. 형님은
　　　　　장남이기 때문에 이 나라 관례에 따라 저보다 어른이죠. 그리고 이
　　　　　관습 때문에 제 혈연관계가 유지되고 있죠. 그러니 이 관습 때문에
　　　　　제 혈연은 남아 있습니다. 우리 사이에 형제가 스물이 있어도 말이
　　　　　에요. 이 몸도 형님처럼 아버지 피가 흐르고 있습니다. 형이 저보
　　　　　다 먼저 났으니 귀하신 아버지 몸에 가까운 건 사실입니다만.

올리버　　아, 아니 요것이. (때린다)

올랜도　　이러지 마세요. 형님 이걸로는 절 못 당해요!

올리버　　고얀 놈, 형에게 손을 대려고?

올랜도　　고얀 놈이라뇨. 롤런드 드 보이즈 경의 막내아들인걸요. 그분은 제
　　　　　아버지예요. 그분이 악당을 낳았다고 말하는 자가 있으면 그는 몇
　　　　　갑절 더 악당이죠. 당신이 제 형이 아니라면 이 손으로 목을 누르

고, 또 이 손으로 악담을 뱉은 혓바닥을 뽑아버렸을 겁니다. 형님은 누워 침 뱉지 마세요.

애 덤 (앞으로 나오며) 나리, 참으세요. 돌아가신 아버님을 생각해서 화해하세요.

올리버 이거 놓지 못해? 정말!

올랜도 분통이 터져도 할 수 없어요. 제 말 들으세요. 아버지는 형님께 저의 교육을 유언으로 명하셨죠. 그런데 형님은 절 농사꾼으로 길렀소. 신사다운 품격과는 등을 돌리고 담을 쌓았어요. 아버지의 성품이 내 몸속에서 힘차게 자라고 있으니 더 이상 참을 수 없어요. 그러기 때문에, 신사다운 교양을 제게 허락해주시거나 아니면 아버지가 제 몫으로 남겨주신 서푼어치 유산이나마 달라는 겁니다. 그걸로 한탕 쳐야겠습니다.

올리버 그 돈으로 뭘 하려고 그래? 다 털어먹고 손 내밀려고. 하여튼 안으로 들어가자. 너하고 더 이상 싸우고 싶지 않아. 제발 나를 놓아다오. 유언대로 네 몫을 주마.

올랜도 제 몫을 제대로 타기만 하면 더 이상 괴롭히지 않겠습니다.

올리버 네놈은 꺼져, 늙은 여우야.

애 덤 늙은 여우가 제 몫입니까? 정말이지 나리 뒷바라지에 이가 몽땅 빠졌습니다. 돌아가신 큰어르신네께 은총을. 그분이라면 이런 말을 안 했을 거야. (올랜도와 애덤 퇴장)

올리버 일이 이쯤 되었다. 네놈까지 함부로 대들다니. 오만불손한 네놈을 가만두나 봐. 앞으로 품삯을 주나 봐라. 여봐라, 데니스.

데니스 부르셨습니까, 나리?

올리버 공작님의 씨름꾼 찰스가 나를 만나러 오지 않았나?

데니스 말씀대로 문간에 와서 나리님을 뵈려 합니다.

올리버 불러들여라. (데니스 퇴장) 일이 멋지게 풀리는군. 내일 씨름판에서 보자.

　　　찰스 등장.

찰　스 안녕하십니까, 각하.

올리버 잘 왔네, 찰스. 새 궁궐에 새 소식이라도 들리는가?

찰　스 새 소식은 없고요, 묵은 얘기뿐입니다. 얘기인즉슨 새 공작이 형님 공작을 추방했다 합니다. 그래서 형님 공작과 신하 몇 명이 귀양살이 신세가 되었답니다. 그들의 토지재산이 새 공작을 갑부로 만들었기 때문에 새 공작은 그들의 방랑을 허락했답니다.

올리버 그럼 공작의 딸 로잘린드도 부친과 함께 추방되었단 말인가?

찰　스 아니올시다. 새 공작의 딸이자 로잘린드의 사촌동생이 요람서부터 함께 자란 탓으로 언니를 사랑하기 때문에 함께 귀양 가지 않으면 죽어버리겠다고 말했습니다. 로잘린드는 궁궐에 남아서 친딸 못지않게 삼촌 사랑을 받고 있죠. 두 여인은 물샐틈없는 친구죠.

올리버 형님 공작은 어디서 살고 계시냐?

찰　스 아든 숲속에 도착하셨다는 소문입니다. 부하들을 잔뜩 거느리시고요. 그곳에서 옛날 로빈 후드처럼 살고 있다지 뭡니까? 젊은 신사들이 매일처럼 떼 지어 몰려온답니다. 아무 시름 없이 살아가는 정경이 무릉도원이랍니다.

올리버 그건 그렇고, 자네 내일 새 공작 앞에서 씨름한다며?

찰　스 네, 그렇습니다. 그 이야기를 알려드리려고 왔습니다. 은밀히 전해 들은 바에 의하면 각하의 동생 올랜도가 신분을 감추고 저와 한판 승부를 겨룬다는 소문을 들었습니다. 내일 저는 명예를 걸고 시합에 나서렵니다. 저와 맞서서 팔다리가 부러지지 않은 자는 여간한

솜씨가 아니겠죠. 각하의 동생은 젊고 연약하죠. 각하를 생각해서라도 동생분을 내동댕이치고 싶지 않지만 맞상대를 부르면 하는 수 없습니다. 그러기 때문에 각하에 대한 충성심으로 저는 이 일을 알리러 왔습니다. 아우님의 출전을 말리시든가, 아니면 고집해서 당하는 아우님의 치욕은 그분 스스로 원한 자업자득이지 제 본의가 아님을 통찰해주십시오.

올리버 찰스, 나에 대한 충성에 감사하오. 내 마음의 보답이 있을 것이오. 동생의 계획에 대해서는 눈치챈 바 있어 만류했지만 그는 옹고집이었소. 특별히 조심하게. 그에게 가벼운 치욕을 입혔다 하자. 너를 상대해 그가 큰 재미를 보지 못했다고 하자. 그러면 너에게 독기를 뿜거나, 비열한 술책을 써서 너를 함정 속에 처넣을 것이다. 아니면 부정한 수단으로 너의 목숨을 빼앗을 때까지 물고 늘어질 수 있을 것이다. 내가 말하고 싶은 것은 눈물 나는 얘기지만 그토록 젊고, 그토록 악랄한 인간은 이 세상에 둘도 없다는 것이다.

찰 스 각하를 찾아뵙기를 잘했다고 생각합니다. 내일 아우님이 시합에 나오면 혼을 내주어야죠. 안녕히 계십시오, 각하. (찰스 퇴장)

올리버 (독백) 잘 가거라, 착한 찰스. 이번에는 동생 놈을 선동해야지. 이젠 녀석도 끝장이다. 나는 까닭 없이 그놈이 미워 치가 떨린다. 하지만 그는 신사답다. 학교에 안 다녀도 유식하다. 마음씨가 좋다. 뭇사람들의 사랑을 받고 있다. 인기 절정이다. 특히 그를 잘 알고 있는 내 부하들은 그에게 홀딱 빠져 있다. 그 때문에 내 평판만 나빠지고 있다. 하지만 그것도 얼마 남지 않았다. 이 씨름꾼이 해치울 테니. 그 녀석을 선동해서 씨름판에 가게 해야지. 자, 이 일을 착수하자.

제2장 공작 궁궐 앞 잔디밭

로잘린드와 실리아 등장.

실리아 오, 로잘린드 언니. 제발 부탁이니 기운을 내세요.

로잘린드 하지만 실리아, 나는 억지로 기운을 내고 있어. 이 이상 더 기운 낼 수 있니? 추방된 아버지 생각을 잊을 수 있다면, 즐거운 생각을 얼마든지 할 수 있어.

실리아 저는 알고 있죠. 제가 사랑하는 만큼 언니도 저를 사랑하셔야지요. 귀양 가신 큰아버님이 우리 아빠를 추방했다 하더라도, 사랑하는 언니가 제 곁에 있기만 하면 나는 큰아버지를 친아버지처럼 사랑할 수 있을 거예요. 언니의 사랑이 내 사랑만큼이나 진실할 수 있다면 언니도 그럴 수 있을 거예요

로잘린드 그렇다면 내일은 잊어버리도록 하자. 그래, 너와 함께 즐기자.

실리아 아시겠어요? 우리 아빠에게는 나 하나뿐이고 앞으로도 나 하나뿐이죠. 아빠가 정말 돌아가시면, 언니가 상속자예요. 제 아빠가 큰아버님으로부터 강제로 빼앗은 것을 나는 애정으로 언니께 반환하겠어요. 명예를 걸고 약속하겠어요. 이 언약을 어기면, 나는 짐승이 되어도 좋아요. 장미처럼 사랑스러운 언니, 고운 언니여, 웃어보세요.

로잘린드 좋아, 그러자꾸나. 그럼 즐거운 놀이를 생각하자. 가만있자, 무엇이 좋을까. 사랑놀이를 할까?

실리아 좋아요. 그게 좋겠어요, 심심풀이로 하신다면. 그러나 진정으로 남자를 사랑하면 안 돼요. 적당히 심심풀이로 하는 일이지만, 얼굴을 붉히는 순진성과 결백성을 지키면서 무사히 빠져나올 수 있어야

해요.

로잘린드 어떤 놀이를 하면 좋을까?

실리아 우두커니 앉아서 운명의 아낙네를 비웃고, 운명의 실을 뽑지 못하게 하죠. 그러면 인간에게 베풀어지는 은혜도 공평해질 거예요.

로잘린드 그렇게 됐으면 좋겠다. 행운의 선물이 엉뚱한 곳에만 가고 있으니 말이지. 특히 여자에 대한 선물은 엉터리야. 눈이 멀었어.

실리아 옳아요. 아름다움의 은혜를 입으면 정절이 없고, 정절의 은혜를 입으면 추악한 용모가 뒤따르죠.

로잘린드 아니야. 그건 운명의 여신이 아니라 자연의 여신이야. 운명의 여신은 이 세상의 행불행을 지배할 뿐 자연이 주는 용모와는 관계없어.

　　터치스톤 등장.

실리아 이봐요 똘똘이 양반. 어슬렁대며 어딜 가우?

터치스톤 아가씨, 아버지께서 찾고 계세요.

실리아 심부름꾼이 되었나?

터치스톤 하느님께 맹세하지만, 아가씨를 불러오라는 명령입니다.

로잘린드 바보, 그따위 맹세 어디서 배웠나. 이 멍충아?

터치스톤 기사로부터죠. 일일이 예를 들어 말할 것 같으면, 맹세컨대 이것은 최고의 핫케이크예요. 맹세하건대 이 겨자는 엉터리예요. 제 생각은요, 핫케이크가 엉터리고 겨자가 진짜다 말씀이에요. 하지만 기사의 맹세는 엉터리가 아니었죠.

실리아 고매한 학식을 가진 똘똘이 양반, 그걸 어떻게 증명하죠?

로잘린드 지혜 보따리를 빨리 풀어보시지.

터치스톤 두 분 앞으로 나오세요. 턱을 쓰다듬으세요. 아가씨들 턱수염에 걸어 "내가 악당"이라고 맹세해봐요.

실리아 턱수염이 있으면 맹세하지. 당신이 악당이다.

터치스톤 이 몸에 악이 있다면 그 악을 두고 맹세하지만, 나는 악당이죠. 하지만 아가씨들이 없는 것을 들어 맹세하니, 거짓 맹세는 아닐 테 지요? 기사 양반도 마찬가지. 있지도 않은 명예를 두고 맹세했기 때문이죠. 핫케이크와 겨자를 보기 이전에 맹세를 남발해서 맹세 는 흔적이 없어졌다는 말씀이죠.

실리아 당신이 말하는 그 기사는 선비죠.

터치스톤 아가씨 아버님이 총애하는 선비죠.

실리아 아빠의 사랑을 받는다면 그것이 충분한 명예죠. 그만해요. 더 이상 남의 험담 마세요. 더 이상 하면 회초리 찜질이죠.

터치스톤 현자가 바보짓을 하는 판에 바보가 현명한 말을 못 한다니, 말세 로다.

실리아 정말이지 네 말이 옳아. 바보의 하찮은 지혜가 무시되고 현명한 사 람의 사소한 바보짓이 두드러져 보이는 세상이니. 르보 씨가 오시 네.

　　　르보 등장.

로잘린드 새 소식이 입에 가득하네.

실비아 비둘기 새끼 먹이듯 우리들에게 소식을 주겠지.

로잘린드 소식으로 배가 부르겠어.

실리아 잘됐군, 살이 찌면 비싸게 팔릴 테니. 좋아요. 안녕하세요, 르보 씨. 새 소식이라도 있어요?

르 보 아름다운 공주여, 신나는 심심풀이를 놓치셨어요.

실리아 심심풀이요? 무엇인데요?

르 보   무엇이라뇨? 어떻게 대답해야 할까?

로잘린드   지혜와 운명에 맡겨보시죠.

터치스톤   아니면 운명은 하늘에 맡기죠.

실리아   잘 말했어요. 함부로 내뱉은 말인데요.

르 보   공주님들한텐 못 당하겠어요. 즐거운 씨름판 구경거리를 놓치셨다 고 말할 참이었죠.

로잘린드   씨름판을 설명해보세요.

르 보   그 시작을 말씀드릴 테니 듣고 나서 내키면 끝판을 보시면 되죠. 진짜 씨름판은 이제부터인걸요.

실리아   그럼 끝장난 첫판을 말해주세요.

르 보   어떤 늙은이에게 세 아이가 있었는데……

실리아   마치 동화처럼 말하네요.

르 보   세 아이들은 이목구비가 수려하고 늠름한 체구였습니다. 장남이 찰스와 한판 승부를 벌였죠. 공작님 씨름꾼 말입니다. 찰스는 순식 간에 그를 내동댕이쳐 갈빗대 세 대가 나갔죠. 생명까지 위태로워 졌습니다. 둘째와 셋째 아이가 똑같은 꼴이 되었습니다. 저기 세 아이가 잠들고 있죠. 그들의 아버지인 가련한 늙은이가 슬프게 울 었기 때문에 함께 있던 구경꾼들도 눈물을 흘렸답니다.

로잘린드   저런!

터치스톤   그런데 여보시오, 아가씨들이 놓쳤다는 구경은 뭔가?

르 보   그걸 얘기하고 있잖소.

터치스톤   그래서 사람들은 이 때문에 나날이 똘똘해지는군. 갈빗대 부러 지는 일이 아가씨의 구경거리가 된다는 건 금시초문이군.

실리아   저도 처음 듣네요.

로잘린드   자기 옆구리가 터지는 소리를 듣고자 하는 사람이 어디 있겠어

요? 갈빗대 부러지는 일을 누가 좋아하겠어요? 실리아, 씨름 구경

가지 않겠어?

르 보   여기 그냥 계시면 구경하시게 됩니다. 여기 이 자리가 바로 씨름판

으로 정해진 곳이니까요. 씨름판을 벌일 준비는 다 되어 있습니다.

실리아   아, 정말 저기 오고 있네요. 그냥 여기 있다가 구경하기로 하죠.

나팔 소리. 프레드릭 공작, 귀족들, 올랜도, 찰스, 시종들 등장.

프레드릭   시작하라. 저 젊은이는 아무리 타일러도 듣지 않으니 위험을 자

초했어.

로잘린드   저기 있는 사람인가요?

르 보   네, 그렇습니다.

실리아   아! 너무 젊어요. 잘 해낼 듯하기도 한데.

프레드릭   어떤 일이냐? 너와 조카딸까지 왔으니. 씨름 구경하려고 행차하

셨나?

로잘린드   그렇습니다. 공작님께서 허락해주신다면.

프레드릭   너희들에게는 재미있는 운동이야. 왜냐하면 젊은이 상대자가 너

무나 강해. 젊은이는 너무 어려. 단념토록 종용했지만 들은 체 만

체야. 너희들이 말해보려무나, 들을지도 모르니.

실리아   이리로 불러주세요, 르보 씨.

프레드릭   말해보렴. 내가 자리를 뜰 테니.

르 보   도전자 양반, 공주님이 부르신다.

올랜도   의무와 존경심 때문에 분부대로 하렵니다.

로잘린드   젊은이, 당신이 씨름꾼 찰스에게 도전하셨나요?

올랜도   아니올시다, 공주님. 그는 누구에게나 도전합니다. 저는 다른 사람

과 마찬가지로 젊은 힘을 그와 겨루어보고 싶었을 뿐입니다.

실리아　젊은이, 젊은 혈기 치곤 너무 대담한 일이에요. 당신은 이 사람이 지닌 끔찍한 힘을 보았을 테죠. 당신 눈으로 직접 보았고 스스로 판단해보면, 당신의 모험이 얼마나 무모한 것인가를 알게 되죠. 분수에 맞는 일을 하세요. 부탁이에요. 당신을 위해서죠. 자신의 안전을 위해서 도전을 거둬들이시지요.

로잘린드　그렇게 하세요. 물러선다고 명예는 손상되지 않습니다. 공작께 간곡히 말씀드려서 이 시합을 중지토록 하겠어요.

올랜도　부탁입니다. 저를 괘씸하다 생각지 마십시오. 아름다운 당신들의 충고를 거역하는 죄인이긴 합니다만, 당신들의 사랑의 눈길을 받으며, 당신들의 갸륵한 마음을 느끼며 싸우겠습니다. 비록 제가 패하더라도 명예와는 거리가 먼 한 사나이의 수치일 뿐이죠? 죽더라도 죽고 싶어 안달하는 한 사나이가 죽을 뿐입니다. 슬퍼해줄 벗이 없으니 친구들에게 폐를 끼치지 않아도 되고, 무일푼의 몸이라 이 세상에 폐를 끼치지 않아도 되고, 이 세상에서 한 사람의 자리를 메우는 몸이라 그 자리를 비우면 더 나은 사람이 채워지겠죠.

로잘린드　나의 이 작은 힘을 당신에게 보태주고 싶어요.

실리아　언니의 힘에 저의 힘도 보태서.

로잘린드　잘 가세요, 당신을 얕잡아본 이 눈이 틀렸다면 좋겠어요.

실리아　당신의 소원이 이루어지길.

찰　스　오너라, 이 하룻강아지야. 조상의 무덤에 고이 잠들게 해주마.

올랜도　여기 있소. 하지만 내 소원은 더 높은 데 있다.

프레드릭　시합은 단판 승부다.

찰　스　염려 붙들어놓으십시오. 한 번으로도 귀찮은 일인데, 두 번 다시 각하의 심뇌를 끼쳐드리지는 않겠습니다.

올랜도　시합 후에나 나를 조롱할 것이지, 시합 전에는 입을 닥쳐라. 자, 덤벼라.

로잘린드 헤라클레스 장사여, 힘을 도와 승리케 하세요.

실리아 투명 인간이라면 힘센 자의 다리를 낚아챌 텐데.

　　　씨름판이 시작된다.

로잘린드 아, 멋진 젊은이여.

실리아 내 눈이 벼락불이라면 어느 쪽이 넘어질지 알 텐데.

　　　찰스가 쓰러진다. 고함 소리.

프레드릭 중지, 중지.

올랜도 공작님, 부탁이에요. 아직도 실력을 다 발휘하지 않았습니다.

프레드릭 너는 어떠냐, 찰스?

르 보 완전히 갔습니다, 공작님.

프레드릭 들고 나가라. 젊은이 이름이 뭐지?

올랜도 올랜도입니다, 공작님. 롤런드 드 보이즈 경의 막내아들입니다.

프레드릭 다른 사람의 아들이었으면 좋을 뻔했네. 자네의 부친은 훌륭하
신 분이셨지만 나하곤 불구대천의 원수였지. 자네가 딴 가문의 후
손이었다면 이번 일로 내 마음은 흐뭇했을 것이네. 작별을 해야겠
구먼. 늠름한 젊은이, 자네 부친이 다른 사람이었다면 얼마나 좋았
을까? (프레드릭 공작, 종신들, 르보 퇴장)

실리아 언니, 내가 아버지라면 저렇게 할 수 없었을 거야.

올랜도 롤런드 경의 막내아들인 것이 난 자랑스러워. 비록 공작의 대를 잇
게 해준다 해도 내 이름을 바꾸고 싶지는 않아.

로잘린드 제 아버지는 롤런드 경을 자신의 영혼인 양 사랑했어요. 세상 사
람들도 아버지와 똑같은 생각이었죠. 그분의 아드님인 것을 처음

부터 알고 있었더라면 나는 눈물로 호소하면서까지 그의 모험을 막았을 거야.

실리아 로잘린드 언니, 그분에 감사하여 그분을 격려합시다. 정말 아버님의 잔혹한 심술이 내 마음을 아프게 해요. (올랜도에게) 여보세요, 당신은 멋지게 해냈어요. 약속하신 이상으로 잘 싸우셨어요. 씨름처럼 사랑의 약속도 그렇게 지킬 수 있다면, 당신의 연인은 참으로 행복할 거예요.

로잘린드 (목에 걸었던 목걸이를 준다) 저를 위해 지니세요. 더욱 좋은 선물을 드리고 싶습니다만 운명에 버림받은 저로선 여의치 않습니다. 실리아, 가자.

실리아 네, 안녕히, 안녕히.

올랜도 (독백) 나는 감사의 말도 못 하는가? 내 마음의 움직임은 꺼져가고 내 몸은 허수아비란 말이냐. 목숨이 없는 인형인가.

로잘린드 그분이 부르고 있어. 운명과 더불어 사라진 나의 자부심. 무슨 일인지 물어봐야지. 부르셨어요? 정말로 잘 싸우셨어요. 당신이 때려눕힌 사람은 씨름꾼만이 아니에요.

실리아 언니, 가요.

로잘린드 그래 가자. 안녕히 계세요. (로잘린드와 실리아 퇴장)

올랜도 (독백) 가슴이 타서 혓바닥이 굳어버렸네. 그녀가 말을 건넸는데 혀끝이 움직이지 않다니. 아, 가련한 올랜도. 쓰러진 것은 너다. 찰스보다 더 허약한 사람에게 너는 정복당했구나.

　　　르보, 다시 등장.

르 보 보세요. 충고 말씀 드리겠는데, 여길 떠나시오. 당신의 승리로 얻어지는 것은 갈채와 존경이지만 지금 공작님의 기분이 언짢아 당신이 한 짓을 나쁘게 생각하고 있소. 아시다시피 공작님은 변덕이 심한 분이오. 그분의 인품은 내가 말하지 않아도 상상해보시구려.

올랜도 감사합니다. 한 가지만 가르쳐주시오. 시합을 구경한 두 아가씨 가운데서 어느 쪽이 공작님 따님이시오?

르 보 성품으로 보아서는 어느 쪽이라 딱 잡아 말하긴 어렵지만 작은 몸집의 여인이 따님이요, 또 한쪽은 공작의 추방된 형님의 따님이십니다. 영토를 찬탈한 삼촌에 붙들려서 조카와 친구 삼아 지내죠. 두 사람의 우정은 깊죠. 피를 나눈 자매 이상으로요. 한 가지 드릴 말씀은 요즘 공작님께서 얌전한 조카딸이 못마땅한 모양이에요. 사람들이 아버지의 귀양살이 때문에 그녀를 동정하고, 그녀의 사람됨을 칭찬하기 때문이죠. 틀림없이 조카딸에 대한 공작님의 증오심이 폭발할 것입니다. 그럼 실례하겠습니다. 이윽고 살기 편한 세상이 오면 당신을 사랑하고 이해하며 지내도록 하죠.

올랜도 여러 가지 폐를 많이 끼쳤습니다. 잘 가시오. (르보 퇴장) (독백) 내가 가야 할 길은 고난의 가시밭길이오. 포악한 공작으로부터 포악한 형께로 돌아가야 하는가. 그러나 아, 천사 같은 로잘린드여.

제3장 공작 궁궐

실리아와 로잘린드 등장.

실리아 글쎄 언니! 그러기예요? 로잘린드, 큐피드 신에게 간청해야지! 말 안 할 건가요?

로잘린드 이야기해도 소용없어.

실리아 그렇지 않아요. 언니의 말은 정말이지 너무나 소중해요. 나에게 제발 말 좀 해줘요. 어서 핑계 삼아 내 귀를 따갑게 해줘요.

로잘린드 그러다가 우리 둘이 모조리 몸져눕게 되면 어떻게 해? 한쪽은 핑계 때문에, 한쪽은 귀가 멍해져서 말이야.

실리아 아버님 때문에 그래요?

로잘린드 아니, 우리 아이 아빠 될 사람 때문이야. 아, 이 평범한 나날이 가시덤불투성이라니.

실리아 그건 대수롭잖은 가시죠. 축제날 장난삼아 던지는 가시죠. 남들이 다져놓은 길을 걷지 않으면 속옷에 묻어요.

로잘린드 속옷에 묻은 가시라면 털어낼 수 있지만 마음의 가시는 어쩔 수 없어.

실리아 '에헴' 하고 털어버려요.

로잘린드 '에헴' 해서 그분을 얻을 수 있다면 나는 해보겠어.

실리아 그러세요, 그러세요, 사랑에 도전하세요.

로잘린드 아아, 그 사랑을 감당해내기에는 너무나 벅찬걸.

실리아 어머나, 이기도록 해야죠. 열 번 찍어 안 넘어가는 나무가 있나요? 그러나 농담을 치우고 진지하게 이야기합시다. 정말 가능해요? 그토록 갑작스럽게, 롤런드 경의 막내아드님을 그토록 열렬히 사랑할 수 있어요?

로잘린드 우리 아버님도 그분의 아버님을 이토록 열렬히 좋아하셨어.

실리아 그래서 그분을 열심히 사랑해요? 그런 논법이라면 난 그분을 미워해야겠는데요. 우리 아빠는 그 사람을 증오했지만 나는 올랜도를 증오하지 않아요.

로잘린드 안 돼, 나를 위해서라도 그분을 미워하지 마.

실리아 미워해도 괜찮을 텐데요? 미워할 만한 이유는 있잖아요?

로잘린드 미워하다니, 당치도 않은 소리야. 내가 사랑하기 때문에 너도 사랑해야 돼.

　　　　프레드릭 공작, 귀족들과 등장.

프레드릭 여봐, 이곳을 빨리 떠날수록 네겐 안전할 것이다.

로잘린드 제가요? 숙부님.

프레드릭 물론이지. 열흘이 지나도 네 모습이 궁궐 안팎의 이십 마일 이내에서 발견되면 너는 사형이다.

로잘린드 부탁입니다, 공작님. 제 죄를 알고 떠나렵니다. 저는 제 자신과 저의 소망이 무엇인가를 잘 알고 있습니다. 제가 꿈꾸지 않거나 미치지 않는 한 그렇지 않다고 장담할 수도 없습니다만, 숙부님의 뜻에 거역한 일은 티끌만큼도 없습니다.

프레드릭 반역자들과 같은 생각이군. 변명으로 반역의 죄가 씻어진다면 반역자들은 스스로 미덕을 갖추고 결백해질 것이다. 나는 너를 믿지 않는다. 설명은 이것으로 충분하다.

로잘린드 의심만으로 저를 반역자로 몰아세울 수는 없습니다. 의심스러운 점을 밝혀주십시오.

프레드릭 너는 너의 아버지의 딸이다. 그것으로 충분해.

로잘린드 숙부님이 아버지의 영토를 찬탈했을 때도 전 딸이었고, 또 추방했을 때도 아버님의 딸이었습니다. 반역 행위는 유전에 대한 것이 아니라 가령 친구로부터 계승된다 할지라도 저와는 무슨 상관이 있습니까? 저의 아버지는 반역자가 아니었습니다. 숙부님, 저의 가난함이 저를 반역으로 치닫게 했다고 오해하지는 마십시오.

실리아 아버님, 제 말도 들어주세요.

프레드릭 실리아, 너 때문에 저 애를 여기 있게 했다. 그렇지 않았으면 지금쯤 귀양살이 신세야.

실리아 그때 제가 간청해서 있게 된 게 아닙니다. 아버님의 호의와 동정심 때문이었죠. 그땐 어려서 언니의 가치를 몰랐지만 지금은 알아요. 언니가 반역자라면 저도 반역자예요. 우리들은 함께 자고 함께 일어나고 함께 공부하고 놀고 식사했습니다. 어디를 가나 둘은 짝이었기 때문에 비너스의 꽃수레를 끄는 두 마리의 백조처럼 떨어지지 않았습니다.

프레드릭 교활한 속마음을 어찌 알겠느냐? 번지르르한 외모, 정숙성과 인내성이 사람들에게 호소력이 있어서 동정심을 사고 있어. 너는 바보다. 이 애가 너의 명예를 빼앗고 있다. 네가 간직하고 있는 재능과 미덕이 이 애만 없더라도 훨씬 더 빛날 것이다. 그러니 입을 다물어라. 나의 선고는 일단 내려지면 결코 취소할 수 없다. 이 애를 추방한다.

실리아 아버님 그 선고를 제게도 내려주세요. 로잘린드 없이는 하루도 못 살아요.

프레드릭 어리석은 것이……. 로잘린드는 떠날 준비를 하라. 시일을 넘기면 내 명예를 위해 약속을 지키는 공작의 권위를 위해 너를 죽이겠다. (공작들과 귀족들 퇴장)

실리아 아, 가엾은 로잘린드! 어디로 가야 하나요? 아버지를 바꾸세요. 우리 아빠를 드릴게요. 그러나 나보다 더 슬퍼하지 말아요.

로잘린드 더 슬퍼해야 할 이유가 있어.

실리아 없어요. 언니, 제발 용기를 내세요. 공작은 지금 나를, 당신의 딸을 추방한 거예요.

로잘린드 아니야.

실리아 아니라고요? 아니라고 한다면 로잘린드에게는 우리 둘을 하나로 묶는 사랑이 없어요. 어떤 일이 있어도 함께 도망갈 궁리를 해야 해요. 어디로 갈 것인가, 무엇을 들고 갈 것인가 생각해야죠. 언니의 불운을 혼자 짊어지지 마세요. 언니의 슬픔을 내게도 나누어 갖게 해야 해요. 우리들의 불행을 보고 시퍼렇게 질린 하늘을 걸어 맹세하거늘 나는 언니와 함께 가겠어요.

로잘린드　그래, 어디로 갈까?

실리아　큰아버님을 찾아 아든의 숲으로 갑시다.

로잘린드　맙소사. 위험천만한 일을 저지르려 하는구나. 연약한 우리들이 그토록 멀리 갈 수는 없어. 아름다운 아가씨는 황금 이상으로 도둑을 유혹한단 말이야.

실리아　난 남루한 옷차림을 하고 얼굴을 더럽게 분칠하겠어요. 언니도 그렇게 해요. 그렇게 꾸미면 무사할 거예요. 악한들을 피할 수도 있고요.

로잘린드　그보다 이게 어떨까? 나는 보통 아가씨들보다 키가 크기 때문에 발끝에서부터 머리끝까지 남장을 하는 것이? 허리춤엔 멋진 단검을 차고, 손에는 창을 들고 말이야. 마음속으로는 아무리 무서워도 그 두려움을 겉으로 안 나타내는 늠름한 사나이로 행세하는 거야. 세상 사내들은 겉보기엔 용감하지만 속마음은 겁쟁이야.

실리아　언니가 남자라면 어떻게 불러야 할까?

로잘린드　주피터의 심부름꾼보다 못한 이름은 싫어. 그러니 나를 가네메데라고 불러. 그러나 너를 어떻게 부르지?

실리아　무엇인가 내 신세와 관련이 있는 것이 좋겠죠. 이제부터 실리아가 아니라 앨리나라 불러요.

로잘린드　호호, 그런데 말이다. 네 아버지 궁궐에서 어릿광대를 꾀어내 보는 게 어때? 우리 여행에 위안이 되지 않겠어?

실리아 나와 함께라면 그는 세상 끝까지 따라올 거예요. 어릿광대를 꾀어
내는 일은 제게 맡기세요. 자, 갑시다. 보석을 챙기고 패물을 싸야
죠. 도망치기에 적당한 시간과 안전한 길을 미리 생각해둡시다. 우
리를 뒤쫓을 테니 말이죠. 이제 흐뭇한 마음으로 귀양살이가 아니
라 자유를 찾아 떠납시다.

제2막

제1장 아든의 숲

　노공작, 애미언즈 등장. 두세 명의 귀족들이 사냥꾼 복장으로 이들과
함께 등장.

노공작 여보게, 귀양살이하는 나의 동지 형제들이여, 이런 생활도 점점 익
숙하게 되면 부귀영화보다 나은 것. 이 숲속이 물고 뜯는 궁궐보다
위태롭지 않아 좋지 않은가? 여기에는 아담의 형벌도 없고 계절의
변화도 없어. 엄동설한의 겨울바람이 채찍 되고 사나운 이빨 되어
이 몸을 내리치고 물고 뜯어 추위 때문에 몸이 움츠러들어도 나는
웃으면서 말할 수 있어. 이건 신하들의 아부가 아니다. 이건 신하
들의 충정이며, 내가 무엇인가를 깨닫게 해주는 고마움이다. 역경
의 교훈은 거룩하다. 역경은 두꺼비처럼 추악하고 독하지만 머리
에 귀한 보석이 있다. 속세를 멀리하여 은둔해 있는 우리들은 나무

에서 언어를, 개울에서 책을 보며, 돌에서 설교를 듣는다. 우주 만물 속에 선을 본다. 나는 이 생활을 바꿀 수 없다.

애미언즈 다복하신 공작님, 냉혹하고 무정한 운명을 고요하고 아름다운 것으로 바꾸어놓으시다니.

노공작 자, 모두 함께 사슴 사냥에 나서자. 가련한 얼룩사슴 때문에 마음이 산란하다. 이 거친 고장, 제 땅의 주인인데도 자기들 영토에서 화살을 맞아야 하니 말이다.

귀족 1 그렇습니다, 공작님. 우울한 제이퀴즈도 그 일을 슬퍼하고 있습니다. 사슴 사냥하시는 공작님을 보고 공작님을 추방한 아우님보다 더 지독한 약탈자라고 합니다. 공작님, 오늘 저와 애미언즈 공은 몰래 제이퀴즈 뒤를 밟았죠. 그는 숲을 끼고 흐르는 개울가에 해묵은 뿌리를 디밀고 있는 떡갈나무 아래 벌렁 누워 있었습니다. 그 장소에는 사냥꾼의 화살에 상처 입은 수사슴이 외톨이 되어 오곤 했죠. 불쌍하게도 그 사슴은 쥐어짜는 듯한 신음 소리를 내면서 몸부림쳤기 때문에 가죽 털이 팽팽해져 터질 듯했습니다. 큼직한 눈물방울이 귀여운 콧잔등이에 흘러내렸죠. 바보 같은 짐승은 울적한 제이퀴즈의 시선을 받으며 시냇가에 서서 눈물을 흘려 시냇물이 불어나고 있었습니다.

노공작 제이퀴즈는 뭐라고 말했느냐? 그 광경을 설교조로 뇌까렸겠지?

귀족 1 그렇습니다. 수많은 비유를 털어놨죠. 첫째 부질없이 시냇물에 흘리는 눈물을 보고는 "불쌍한 것, 너도 세상 속물처럼 유산을 분배하는구나, 넘쳐나는 재산에 네 몫까지 얹어주는군"이라고 말하고 나서 사슴들로부터 버림받아 혼자가 된 데 대해선 "당연한 일이지, 불행은 친구도 떼어놓는다"고 말했습니다. 조금 후에 배불리 포식한 사슴들이 지나가면서도 상처 입은 수사슴에 무관심한 것을 보고 제이퀴즈가 말하길, "썩 물러가라, 살찌고 기름진 이웃들아, 세상 다 그런 거지, 저 불쌍한 패배자를 너희가 돌볼 이유가 어디 있겠는가?'라고 말했습니다. 이처럼 그는 격하게 독검을 휘둘러 궁궐은 말할 것도 없고 도시의 나라 생활까지도 공박하면서 우리들이 약탈자이며 폭군보다 더 악랄해서, 사슴들을 위협하고 죽이고 그들의 보금자리를 침범했다는 거예요.

노공작 그가 명상하도록 내버려두었는가?

귀족 2 네, 내버려두었습니다. 가련한 사슴을 위로하도록 내버려두었습니다.

노공작 그곳으로 안내하라. 우울증에 빠진 그와 토론하는 일이 즐겁다. 이런 때 그는 알짜배기야.

제2장 공작의 방

프레드릭 공작이 귀족들을 거느리고 등장.

프레드릭 무슨 소리를 하는 거야? 아무도 그들을 본 적이 없다고? 어림없는 소리. 이 궁궐에 있는 하인 놈이 흉계를 꾸며 일부러 그들을 놓쳤음이 분명하다.

귀족 1 본 사람이 아무도 없습니다. 시녀들은 따님이 잠자리에 드시는 것을 보았다는 겁니다. 그런데 아침 일찍 침실을 기웃거렸더니 텅 빈 껍데기였다고 합니다.

귀족 2 평소에 공작님께 웃음을 터뜨리게 하는 어릿광대도 자취를 감췄습니다. 따님의 몸종 히스페리아가 귀띔해주었습니다만 따님과 질녀는 장사 같은 찰스를 쓰러뜨린 젊은이의 미덕과 재능을 몹시 찬양하고 있었다는 겁니다. 그들이 가는 곳에는 실에 바늘이 따르듯 그 젊은이가 동행한다고 합니다.

프레드릭 그자의 형에게 사람을 보내 형을 시켜서라도 그 탕아를 끌어오라. 수색을 늦추지 말고 꼭 데려와야 한다. 빨리 서둘러라. 철없는 도망자들 같으니라고.

제3장 올리버의 집 앞

올랜도와 애덤이 별도로 등장해서 서로 얼굴을 맞댄다.

올랜도 누구냐?

애 덤 아, 막내 도련님이시군요. 도련님, 도련님의 칭찬은 도련님보다 더 빨리 이곳에 전해지고 있습니다. 도련님, 모르십니까? 사람에 따라선 미덕이 오히려 원수가 된답니다. 도련님 경우도 꼭 같죠. 도련님의 미덕도 성스러운 낯짝을 가진 배반자랍니다. 아아, 고약한 일이로군. 미덕을 지닐수록 손해를 보는 세상이라서.

올랜도 헛, 아니 어찌 된 영문인가?

애 덤 오, 불행한 도련님. 이 문 안쪽으로 들어서지 마십쇼. 이 지붕 아래 도련님의 미덕을 증오하는 적이 살고 있습니다. 도련님의 형님이시죠. 아니야, 형이 아니야. 아들이야. 아니야, 아들도 아니야. 아들이라고 부를 수도 없어. 하마터면 그의 아버님의 이름을 부를 뻔했네. 그 양반이 도련님의 평판을 듣고 오늘 밤 도련님이 주무시는 방에 불을 지를 계획이랍니다. 만약 이 일에 실패하면 다른 방법을 써서라도 말입니다. 그 양반이 털어놓길래 엿들었죠. 여기는 사람이 살 곳이 못 됩니다. 여긴 살 곳이 못 되죠. 이 집은 도살장이랍니다. 무서우니 피하세요. 들어가지 마세요.

올랜도 그렇다면 애덤, 나는 어디로 가야 하느냐?

애 덤 어디로 가든 상관없지만 이곳만은 피하십쇼.

올랜도 뭐야, 거지 노릇이라도 하라는 거냐. 아니면 대로상에서 비열하고 난폭한 칼을 휘둘러 강도질이나 하란 말이냐.

애 덤 그건 안 됩니다. 여기 오백 크라운이 있습니다. 아버님 밑에서 뼈 빠지게 일하며 받은 금화를 푼푼이 아껴둔 것입니다. 이 몸이 늙어 손발이 마비되어 천대받고 버림받을 때 의지하려던 목돈입니다. 이걸 가지십쇼. 까마귀도 먹여살리고 참새도 굶지 않도록 보살피는 하느님이 날 버리지는 않겠죠. 이 돈을 받으십쇼. 몽땅 드리겠습니다. 다만 절 하인으로 일하게 해주십쇼. 나이는 들었어도 몸은 튼튼합니다. 젊은이 못지않게 무슨 일이든 열심히 하겠습니다.

올랜도 아, 착한 늙은이로다. 옛날 종살이의 일편단심이 그대로 남아 있구나. 옛날엔 종살이를 의무로 했지. 보수를 바라지는 않았다. 그러나 가련한 늙은이여, 주인은 이미 썩은 나무가 되었어. 그대가 구슬땀을 흘려 고생해도 꽃 한 점 피어날 수 없다. 그러나 가자. 함께 떠나도록 하자.

애 덤 그러죠. 어르신네, 정성과 충성을 다해 죽을 때까지 따르도록 하겠습니다. 열일곱 살부터 팔십이 된 지금까지 저는 봉사했습니다. 이젠 끝장이 나고 있죠. 열일곱 나이라면 행운을 찾아가 봄직도 하지만 팔십 나이로는 어림도 없죠. 저는 도련님의 충실한 하인으로 죽고 싶어요. 어찌 이보다 더한 운명의 보답이 있겠습니까?

제4장 아든의 숲

가니메데로 남장한 로잘린드, 앨리나로 분장한 실리아, 터치스톤 등
장.

로잘린드 오, 주피터, 저는 너무 지쳤어요!

터치스톤 내 다리만 성하면 나는 주피터고 뭣이고 상관 안 해.

로잘린드 진심에서 우러난 얘기지만, 남자 복장이 불명예스러워도 여자답
게 실컷 울고 싶어. 그렇지만 나는 조끼와 바지를 입었으니 허약한
여인에게 용기를 보여줘야 할 입장이야. 앨리나에게 용기를 보여
줘야지.

실리아 나 좀 봐요! 더 이상 가지 못하겠어요.

터치스톤 제 입장에서는 아가씨를 업어주는 일보다는 참고 견디는 편이
낫지. 업어다 드려도 아무 상관없지만, 가난뱅이 당신한테 땡전 한
푼 있겠어.

로잘린드 아아, 여기가 바로 아든의 숲이로군.

터치스톤 네, 저도 지금 아든 숲속에 있습니다. 난 바보야. 집에 있으면 이
보다 나았을 텐데. 하지만 나그네들은 참아야 해.

로잘린드 옳아요. 터치스톤, 참으세요. 보세요. 누가 오네요. 젊은이와 늙
은이가 심각한 얘기를 나누고 있네.

코린과 실비우스 등장.

코 린 그따위 짓을 하니 여자한테 멸시를 받지.

실비우스 오, 코린, 내가 얼마나 그 여자를 사랑하는지 아시나요!

코 린 조금은 짐작할 수 있어! 나도 사랑을 해본 적이 있거든.

실비우스 천만에요, 코린. 나이 든 당신이 알 턱이 없어. 젊은 때 사랑에 흠뻑 빠져 한밤중에 베개를 껴안고 한숨을 지어본 적이 있다 하더라도 말입니다. 나처럼 사랑에 빠진 사람이 있을 턱이 없지만 가령 당신이 그렇다고 가정합시다. 당신은 사랑 때문에 어리석은 짓을 몇 번이나 저질렀나요?

코 린 수없이 많아서 기억할 수도 없어.

실비우스 아, 당신은 진실로 사랑에 빠진 적이 없군요! 사랑 때문에 저지른 바보짓을 자세히 기억하지 못한다면 당신은 사랑한 적이 없어요. 지금처럼 애인을 찬양하는 얘기로 상대방을 지루하게 만든 적이 없다면, 당신은 사랑한 적이 없어요. 지금 내가 하고 있듯이 격정에 들떠 상대방 친구로부터 갑자기 떨어져 나가는 일이 없다면 당신은 사랑한 적이 없어요. 오, 피비, 피비, 피비여! (실비우스 퇴장)

로잘린드 아, 가련한 양치기! 너의 상처에 귀 기울이다 보니 쓰라린 내 상처가 생각이 났어.

터치스톤 나도 그래. 잊을 수 없는 나의 사랑 때문에 돌에 칼을 쳐서 분지른 후, 내 연인 제인 스마일에게 한밤중에 찾아오는 녀석에게 본때를 보여주겠다고 으르렁댔지. 잊을 수 없어. 그 여인의 빨래 방망이에 키스하던 일을. 귀여운 손으로 주무른 젖소의 젖꼭지에도 키스를 했지. 완두 깍지를 그녀라고 생각해서 사랑의 하소연을 했는가 하면 콩알 두 개를 꺼낸 후 다시 깍지에 넣고 눈물을 흘리며 말했었지. "나를 위해 이것을 몸에 다세요"라고. 진정 사랑에 빠지면 사람들은 미친 짓을 하게 마련이야. 세상 만물은 죽을 운명이라 하지만 연인들은 사랑 속에서 마냥 어리석어질 뿐입니다.

로잘린드 아는 것 이상으로 재치 있는 말을 한바탕 쏟아놓는군.

터치스톤 제 정강이가 재치에 부딪혀 박살이 나기 전에는 제 재치를 의식

하지 못하죠.

로잘린드 아아, 저 양치기의 불타는 사랑은 내 가슴의 사랑이어라.

터치스톤 저도요. 그러나 제 불길은 꺼져서 재가 되었습니다.

실리아 부탁이에요. 당신들 가운데 누구든 저기 있는 사람에게 가서 먹을 것을 팔라고 하세요. 배가 고파 죽겠어요.

터치스톤 여보시오, 시골 양반!

로잘린드 잠자코 있어. 바보, 네 친척인 줄 알아.

코 린 누구요?

터치스톤 너보단 나은 사람이야.

코 린 아니면 나보다 상놈이겠지.

로잘린드 잠자코 있으라니깐. 안녕하세요, 친구들.

코 린 안녕들 하슈. 모두들 안녕하슈.

로잘린드 실은 부탁이 있어요. 호의라도 좋고 돈을 받아도 좋으니, 이 황막한 땅에서 우리가 환대받을 집이 있으면 안내해주세요. 쉬면서 식사를 하고파요. 여기 있는 아가씨가 여행길에 너무 지쳤어요. 숨을 헐떡이도록 지쳐 도움을 청하고 있어요.

코 린 젊은 양반, 딱하게 됐네요. 저보다도 아가씨를 위해서 도움을 줄 수 있을 만큼 제가 부자였으면 오죽 좋겠어요. 하지만 저는 고용살이하는 양치기여서 제가 돌보는 양은 털오라기 하나 마음대로 할 수 없습니다. 우리 주인 양반은 천하의 구두쇠여서 남에게 친절을 베풀어 천당 갈 생각은 아예 접어둔 사람입니다. 게다가 주인의 양 떼도 오두막도 목장도 모두 팔려고 내놓았습죠. 오두막에 주인이 안 살기 때문에 먹을 것이라곤 아무것도 없습니다. 어디 뭐가 있는지 가봅시다. 저는요, 여러분들을 진심으로 환영합니다.

로잘린드 주인 댁 양 떼와 목장을 누가 사들여요?

코 린 조금 전까지 여기 있었던 젊은이죠. 사고 싶은 기분은 아닌 듯한데요.

로잘린드 정직하게 사고파는 일이라면, 양 우리와 목장과 양 떼를 당신이 사줄 수 없어요? 돈은 우리가 낼게요.

실리아 당신의 임금도 올려드리죠. 나는 이곳이 좋아요. 이곳이면 즐겁게 지낼 수 있어요.

코 린 팔기로 되어 있으니 말이죠. 함께 가봅시다. 얘기를 들어보신 후에 토지와 수입과 이곳 생활이 마음에 드시면 전 기꺼이 여러분의 양치기가 되겠소. 돈을 주시면 즉시 사도록 하겠습니다.

제5장 숲속

애미언즈, 제이퀴즈, 기타 등장.

애미언즈 (노래한다)

푸른 숲 나무 아래

나랑 함께 누워서

새들의 달콤한 지저귐 따라

즐거이 노래하고 싶은 사람은

오라, 오라, 이리로 오라.

이곳에는 적도 없다

겨울날의 스산함 말고는.

제이퀴즈 부탁이다. 부탁이다. 한 곡 더 해다오.

애미언즈 노래하면 더욱 우울해지지 않나요, 제이퀴즈?

제이퀴즈 그렇지 않아. 부탁이다, 노래를 더 해다오. 난 노래에서 우울을 빨아먹고 산단다, 족제비가 계란을 빨아먹듯이. 더 해다오. 더 해다오.

애미언즈　목소리가 거칠어서 당신을 기쁘게 해드릴 수 없습니다.

제이퀴즈　나를 기쁘게 해달라는 것이 아니라, 노래를 불러달라는 부탁이다. 자, 불러라, 한 절만 더. 절을 '스탠자'라 하던가?

애미언즈　멋대로 부르세요.

제이퀴즈　그 명칭에는 관심이 없어. 돈을 빌린 상대도 아닌데. 노래해다오.

애미언즈　제가 즐기려는 것이 아니라 청에 못 이겨 하는 겁니다.

제이퀴즈　감사하다는 말을 하면서 당신에게 노랠 청하네. 노래하고 싶지 않은 자는 입을 다물어야지.

애미언즈　그렇다면 노래를 끝냅시다. 노래하는 동안에 식탁을 차리세요. 공작님은 이 나무 아래서 한잔하실 예정입니다. 공작님은 하루 종일 당신을 찾았어요.

제이퀴즈　나는 하루 종일 공작님을 피해 다녔다. 그분은 너무 토론을 좋아하셔서 거북해. 나도 공작님 이상으로 여러 가지 사색에 잠기고 있어. 그러나 나는 이 일을 하늘에 감사할 따름이지 자랑삼지는 않아. 자, 노래하자, 노래를.

일　동　(다 함께 노래한다)
세상 야망 다 버리고
햇빛 속에 한데 살며
먹을 음식 찾아
그것으로 만족하는 이들이여,
오라, 오라, 이리로 오라.
이곳에는 적도 없다
겨울날의 스산함 말고는.

제이퀴즈 그 가락에 맞춘 시 한 편 주겠다. 어제 만든 즉흥시로, 여간 고심
한 것이 아니다.

애미언즈 그것을 불러드리죠.

제이퀴즈 이런 시라네. (쪽지를 건네준다)

부귀 안락 다 버리고

옹고집 쇠고집 부리려고

어릿광대 바보 되는

그런 세월을 사랑하는 이들이여,

덕대미, 덕대미, 덕대미라

이곳에는 바보가 있다.

오너라, 이곳으로 나를 보러 오너라.

애미언즈 '덕대미'란 무엇입니까?

제이퀴즈 바보들을 불러내어 원을 만들 때 사용하는 그리스 말로 '주문'이
란 뜻이지. 잠이 오면 한잠 잘까 보다. 졸리지 않으면 이집트의 모
든 장남들 욕이나 실컷 해볼까 한다.

애미언즈 공작님을 모시러 가야겠습니다. 식사 준비가 다 됐거든요. (퇴장)

제6장 숲속

올랜도와 애덤 등장.

애 덤 도련님. 이젠 더 이상 갈 수 없습니다. 배고파 죽겠어요. 여기 이렇
게 뻗을 테니 내 무덤으로 삼으세요. 안녕히 계세요. 착한 도련님.

올랜도 어찌 된 일이냐, 애덤. 기력이 없는가? 더 살아야 해. 기운을 내. 용

기를 내. 호젓한 이 숲속에서 야수라도 튀어나오면, 내가 야수의 밥이 되든가 그놈이 내 밥이 되든가 결판이 날 테니 나를 위해서라도 힘을 내줘! 눈앞에 죽음이 있더라도 물리쳐다오. 내 곧 돌아올게. 그때 먹을 것을 갖고 오지 않으면 죽어도 좋다. 그러나 내가 오기 전에 죽으면 내 고생을 네가 비웃는 꼴이 된다. 자, 됐다. 기운이 나 보이는군. 내 금세 돌아올게. 하지만 이곳은 바람이 세차구나. 가자, 안전한 곳으로 데려다줄 테니. 이 험악한 곳에 날짐승만 있으면 너를 굶어 죽이지는 않겠다. 착한 애덤, 원기를 내라.

제7장 숲속

식탁이 준비되어 있다. 노공작, 애미언즈, 귀족들이 산적들의 옷차림으로 등장.

노공작 그 사람, 짐승으로 둔갑했나. 사람 꼴을 한 그를 볼 수가 없어.

귀 족 공작님, 방금 여기 있다 갔습니다. 명랑한 기분으로 노래까지 들었는데요.

노공작 불만으로 가득 찬 그가 노래를 듣다니. 하늘의 조화가 깨질 날이 멀지 않겠구나. 가서 찾아보게, 보거든 할 얘기가 있다고 하게.

제이퀴즈 등장.

귀 족 저렇게 제 발로 나타나다니 제 수고는 덜었습니다.

노공작 이봐, 어찌 된 일인가? 그대를 만나려고 가련한 친구들이 애걸복걸하고 있으니 세상 꼴이 되겠는가? 웬일이야, 기분이 좋아 보이는데!

제이퀴즈 바봅니다. 바보요! 숲에서 바보를 만났죠. 얼룩 옷의 바보. 비참한 세상입니다. 틀림없어요. 바보였습니다. 그 녀석, 누워서 햇볕을 쬐고 있었어요. 운명의 여신을 저주하고 있더군요. 멋들어진 말로요. "안녕하세요, 바보 양반" 하고 말을 걸었더니, "아닙니다" 하고 그는 대꾸했죠. "운명의 여신이 나를 버리고 있을 동안만은 나를 바보라고 부르지 마시오"라고 합니다. 그러자 그는 호주머니에서 해시계를 꺼내더니만 멍청한 눈으로 보고 나서 영리하게 말했어요. "열 시로군" "또 세상 돌아가는 모습을 우리는 알 수 있어" "한 시간 전에는 아홉 시를 알렸고, 한 시간 후면 열한 시가 되는 거죠. 이처럼 우리는 시시각각으로 무르익어가는 겁니다. 이렇게 해서 우리는 시시각각으로 썩어가고 곪아들어가니 이것이 바로 문제입니다." 얼룩 옷 바보가 시간에 관한 교훈을 늘어놓을 때 제 허파가 수탉처럼 '꼬끼오' 하고 울기 시작했어요. 바보 녀석이 명상에 잠기니 웃기는 일이었죠. 저는 웃었어요. 쉴 새 없이 웃었어요. 한 시간 동안이나 웃었어요. 아, 거룩한 바보여, 존경하는 바보여! 얼룩 옷 한 벌뿐이었어요.

노공작 그 바보가 누구냐?

제이퀴즈 아, 존경하는 바보여! 궁궐에 있었던 바보여! 젊고 아름다운 귀부인들이면 금세 알 만하다는 겁니다. 그 녀석 머리는 항해를 마친 후에 말라비틀어진 비스킷 같지만 진기한 얼룩들이 보고 들은 대로 꽉 차 있어 마구잡이로 뱉어놓아요. 아, 나도 바보가 되었으면! 얼룩 옷이 입고 싶어.

노공작 한 벌 줄게.

제이퀴즈 그 옷이 내 소망의 옷. 그 옷을 입으면 난 바람처럼 자유롭고, 지혜롭고 지혜롭다. 내가 아끼는 친구에게 바보처럼 바람을 몰고 싶다. 얼룩 옷을 받겠어요. 마음대로 이 마음을 터놓으렵니다. 병든 세계의 질병을 말끔히 씻어내겠어요. 내 약방문을 받아만 주신다면.

노공작 부질없는 소리! 네가 하고픈 일을 내가 알고 있어.

제이퀴즈 저는 착한 일만을 하고 싶습니다.

노공작 인간의 죄를 탓하려는 가장 악독한 죄 말이냐. 너 자신도 짐승의 본능대로 살아온 방탕한 인간이며 망나니가 아니냐. 온갖 음탕하고 방종한 행동 때문에 부풀고 진물 나며 곪아 터진 상처의 원한을 이 세상에 왈칵 쏟아놓을 작정이냐.

제이퀴즈 하지만 세상의 오만함을 책망하는 일이 특정한 개인을 비난하는 일이옵니까? 오만함은 바다처럼 넘쳐흘러 오만한 자의 재산을 끌어가는 것이 아닙니까. 가령 도회지 여인들이 분수에 넘치게도 공주의 의상을 걸치고 있다고 제가 말했다 합시다. 그렇다고 해서 제가 특정한 여인을 지칭한 겁니까? 어느 여인이 그것은 내 경우라고 들고 나오겠습니까? 그런 여인이 바로 그녀의 이웃으로 있다 할 때 말입니다. 혹은 미천한 신분의 남자가 그것은 자기의 경우라고 생각해서 이 옷은 네가 사준 것이 아니라고 말한다면, 그는 자기 얘기라 생각해서 항의조로 제 말대로 어리석음을 보여주겠습니까? 그래서 말입니다! 어떻게 될 것이냐? 무엇을 알 수 있나? 나의 독설이 상대방에게 어떤 상처를 입혔나? 내 독설이 적중하면 잘못은 그에게 있는 것입니다. 적중하지 않으면 내 독설은 아무에게도 상처를 주지 않고 들오리처럼 허공을 나는 겁니다. 누가 오고 있어?

　칼을 뽑아 든 올랜도 등장.

올랜도 꼼짝 마라. 그만들 먹어.

제이퀴즈 아무것도 먹은 게 없는데.

올랜도 앞으로도 먹지 마라. 우리가 먹어야 한다.

제이퀴즈 이 수탉 같은 녀석, 어떤 종자냐?

노공작 누구 앞이라고 네놈이 이토록 무례하냐. 궁기가 턱에 찼기 때문이
냐, 아니면 예의범절을 경멸하는 못난 태생인가?

올랜도 처음 말이 옳다. 굶다 보니 예의범절이고 체면이고 아랑곳하지 않
게 되었다. 하지만 나도 도회 태생이고, 예의도 알고 있어. 꼼짝 마
라. 그 과일에 손대지 마라, 우리가 먹을 때까지. 손을 내밀면 목숨
이 달아날 줄 알라.

제이퀴즈 타일러봐야 소용없군. 나는 죽을 수밖에 없구나.

노공작 무엇을 원하느냐? 오는 말이 고와야 가는 말도 곱다. 힘으로는 안
돼.

올랜도 굶어 죽기 직전이다. 먹을 것을 다오.

노공작 앉아서 먹게, 대환영일세.

올랜도 부드럽게 나오시는군. 무례함을 용서해주시오. 이곳에서 만나는 모
든 것이 야만스럽다고 생각한 탓으로 나는 거친 소리에 난폭한 행
동을 했소. 하지만 여러분들은 누구시오. 인적 드문 이 벌판에서,
어두운 수목 사이에서, 여유만만하게 빈둥거리며 시간을 보내고 있
으니. 한때 좋은 세월을 겪으셨다면, 예배당으로 이끄는 종소리가
울려 퍼지는 곳에, 착한 사람의 향연이 베풀어지는 곳에서 세월을
겪으셨다면, 눈시울에 넘치는 눈물을 닦아본 적이 있고, 동정을 하
며 동정을 받는 일이 무엇인가를 알고 있다면, 부드러운 당신들의
호의는 나의 힘이 되어 나는 얼굴을 붉히며 이 칼을 접어둡니다.

노공작 우리들은 행복한 세월을 보낸 적이 있다. 그러니 마음 놓고 편안히
식탁에 앉아라. 너의 갈망을 충족시킬 수 있으면, 무엇이든 해줄

수 있다.

올랜도 그러시다면 잠시 동안 식사를 멈추십시오. 암사슴처럼 먹이를 물어다 주어야 하는 새끼 사슴을 찾으러 가야 합니다. 가련한 늙은이는 나에 대한 충성심 때문에 무거운 다리를 끌고 긴 여로를 따라왔습니다. 노령과 굶주림의 두 가지 고생으로 신음하는 그를 보살핀 후에 저는 식사를 하렵니다.

노공작 가서 찾아오게. 그대가 올 때까지 우리는 기다릴 테니.

올랜도 감사합니다. 당신에게 신의 가호와 축복이 있기를!

노공작 너희들도 보았지. 우리들만이 불행한 것은 아니다. 이 광대한 세계의 무대에는 우리들이 연기하는 장면보다 더 비참한 연극이 벌어지고 있어.

제이퀴즈 이 세상은 하나의 무대. 남자나 여자나 인간은 모두가 연기자로다. 그들은 등장하고 퇴장한다. 한평생 동안 사람은 여러 가지 역할을 맡는다. 연령에 따라 막은 일곱 개이다. 제1막은 유년기 — 유모 품에 안긴 아기는 울며 보챈다. 다음은 개구쟁이 아동 — 아침 햇살도 찬란히 가방을 메고 달팽이처럼 걸어 억지로 학교에 간다. 다음은 연인들 — 용광로처럼 한숨 지으며 슬픈 노래로 애인을 찬양한다. 다음은 병사다. 이상한 맹세만을 늘어놓으며 표범 같은 수염을 기른다. 야심에 불타고 걸핏하면 성급한 싸움을 걸고 물거품 같은 명예 때문에 대포 아가리 속에 뛰어든다. 그리고 다음은 재판관 — 푸짐한 뇌물 때문에 배는 기름지고 매서운 눈초리에 격식을 갖춘 수염, 그럴싸한 격언과 진부한 판례로 제구실을 하고 있다. 제6막으로 바뀌면, 슬리퍼를 신은 여위고 얼빠진 늙은이 콧등에는 코안경, 허리에는 돈주머니, 젊을 때 아껴둔 바짓가랑이가 시든 정강이에 통이 커 보이고 사내다운 우렁찬 목소리는 애들 목소리로 되돌아가서 삐삐 피리 소리를 낸다. 마지막 장면은 파란만장한 인생살이를 끝맺는 장면으로 제2의 유년기요, 망각의 시간이다. 이는 빠지고 눈은 멀고 입맛도 떨어지고 세상은 허무할 뿐이다.

올랜도와 애덤, 다시 등장.

노공작 노인장을 내려놓고 먹을 것을 드리지.

올랜도 노인을 대신해서 감사합니다.

애 덤 옳으신 말씀. 기운이 없어 감사의 말도 할 수 없군요.

노공작 잘 왔네. 다들 먹게. 지금은 신상 문제를 따질 때가 아니다. 풍악을 울려라. 내 조카 애미언즈, 노랠 불러. (노래한다)

불어라, 불어라 겨울바람아,
네가 아무리 쌀쌀 맞은들
은혜를 저버린 놈만 하겠느냐.
너의 모습은 볼 수 없으니
너의 입김이 세차다 해도
너의 이빨은 아프지 않다.
헤이-호! 노래하라, 헤이-호!
푸른 사철나무 바라보며
우정은 거짓이오, 사랑은 미친 지랄.
그러니 헤이-호! 사철나무!
인생은 즐겁고 즐겁구나.
얼어라, 얼어라,
겨울 하늘 은혜를 잊는 자보다
너는 가슴에 상처를 주지 않는다.

냇가 물을 얼리게 해도
배반을 일삼는 친구보다도
너의 가시는 아프지 않다.
헤이-호!, 노래하라, 헤이-호

노공작 네가 선량한 롤런드 경의 아들이라면 난 마음속 깊이 뜨겁게 너를 환영하마. 네 얼굴에 그분의 모습이 담겨 있구나. 진심으로 환영하는 바다. 나는 너의 부친을 사랑한 공작이다. 착한 늙은이여, 당신의 주인도 환영이요.

제3막

제1장 궁전

프레드릭 공작, 올리버, 귀족들 등장.

프레드릭 그 이후론 본 적이 없다고? 당치않은 소리 마라. 내 품성이 자비롭지 못했으면 여기 없는 그 녀석 대신에 코앞에 있는 네놈에게 앙갚음했을 것이다. 그러니, 경청하라. 네 동생을 찾아내라. 그놈이 어디 있든지 말이다. 후미진 곳을 샅샅이 뒤져라. 죽어 있든 살아 있든 간에 일 년 안으로 찾아내라. 그렇지 않으면 너는 이 영토에서 두 번 다시 햇빛을 보지 못할 것이다. 너의 토지재산과 몰수해도 좋을 만한 물건들은 모조리 압류해둔다. 너에 대한 씻을 수 없는 혐의가 네 동생의 입을 통해 풀릴 때까지 말이다.

올리버 공작 각하, 이 마음을 통찰해주십시오. 소생은 지금까지 동생을 사랑한 적이 없습니다.

프레드릭 고얀 놈이로군. 이놈을 밖으로 끌어내라. 담당관으로 하여금 이놈의 토지와 가옥을 몰수케 하라. 급히 서둘지어다. 이놈을 당장 추방시켜라.

제2장 숲속

　　올랜도가 종이쪽지를 들고 등장.

올랜도 내 노래여, 나무에 매달려 내 사랑을 증언하라. 그대 밤의 여왕 달님이여, 푸른 하늘에서 맑은 눈으로 지켜보아라—숲의 여인을, 내 운명을 지배하는 미인을. 아, 로잘린드. 나무는 나의 수첩. 나는 나무껍질에 내 사랑을 적으려 한다. 숲속에 있는 수많은 눈들이 곳곳에 걸린 미덕의 증거를 볼 것이다. 달려라, 달려. 올랜도, 나무에 새겨라—말로 다할 수 없는 아름다운 그대 이름을.

　　코린과 터치스톤 등장.

코 린 한데 터치스톤 양반, 양치기 생활은 어떠신지요?

터치스톤 그래, 양치기란 원래는 즐거운 생활인데 양치기의 생활이라는 점에서 볼 때 보잘것없어. 고독이라는 점에서는 썩 마음에 들지만 너무 동떨어진 생활이라는 점에서는 신통치가 않아. 전원생활이라는 점에서는 마음에 들지만 궁궐 속에 있지 않다는 점에서는 지루하지. 소박한 생활이라는 점에선 내 마음에 쏙 들지만 풍족하지 못하다는 점에서는 뱃가죽이 등에 붙어. 자넨 이 생활에 무슨 철학이라도 있나?

코 린 소생이 알고 있는 것은, 사람이란 병들수록 기분이 나빠진다는 겁니다. 돈과 힘과 만족이 없는 사람은 좋은 친구 셋이 없다는 겁니다. 비의 속성은 젖는 것이고 불은 타는 겁니다. 목장이 좋으면 양은 살찌고, 밤이 어두운 것은 태양이 없기 때문이죠. 원 태생이 얼간 반푼인 데다 공부가 부족하면 교육을 탓하고 일가친척을 탓하게 마련입니다.

터치스톤 그런 자는 타고난 학자야. 궁궐에 가본 적이 있는가?

코 린 아니요, 한 번도.

터치스톤 네놈은 망했다.

코 린 천만의 말씀.

터치스톤 설익은 반팽이가 됐으니 넌 망할 수밖에 없구나.

코 린 궁궐에 가본 적이 없다고 해서요? 궁궐에 가본 적이 없는 게 이유인가요?

터치스톤 궁궐에 가본 적이 없으니 예의범절이 엉망이겠지. 모범적인 예의범절을 못 봤으니 네놈 행실이 나쁘겠지. 행실이 나쁘면 죄가 돼. 죄를 지었으니 망할 수밖에. 너는 지금 위기에 직면했어.

코 린 어림없는 소리 마세요. 궁궐의 예의범절은 시골에서는 꼴불견이죠. 시골의 예의범절이 궁궐에서 웃음거리가 되는 것처럼요. 궁궐에서는 인사 대신 손에 키스한다죠. 궁신들이 양치기라면 그런 예의는 불결해요.

터치스톤 그걸 증명할 수 있나? 어서 증명해봐.

코 린   우린 밤낮으로 양을 매만지죠. 양가죽은 기름때투성이예요.

터치스톤   궁신들의 손엔 땀이 안 나나? 양기름이 사람의 땀보다 불결하단 말인가? 틀렸어, 틀렸어. 좀 더 멋지게 증명하게.

코 린   게다가 우리 손은 딱딱해요.

터치스톤   그건 입술을 대면 알 수 있어. 틀렸어. 더 멋지게 증명해보게.

코 린   우리들의 손은 양의 상처에 바르는 약으로 더럽혀져 있어요. 약에다 키스하라는 겁니까? 궁신들의 손은 사향이 풍기죠.

터치스톤   쓸개 빠진 녀석! 상등품 고기에 비교한다면 너는 썩은 고깃덩이야! 현자로부터 배우고 생각을 해보게. 사향은 그 약품보다 더 저질이야. 더러운 고양이 똥으로 만들어. 증명을 더 해봐.

코 린   궁궐에서 배운 당신 재치에 못 당하겠소. 손들었습니다.

터치스톤   망해도 좋은가? 신이여, 이 못난 몸을 도우소서! 하느님의 침을 맞아야 해. 멍청이 같으니.

코 린   보세요, 저는 천상 노동자예요. 먹기 위해 일하죠. 입기 위해 일하죠. 미움을 사지 않고 남의 행복을 부러워 않습니다. 남이 기쁘면 함께 기뻐하고 내 슬픔은 혼자 삼키죠. 제 자랑거리는 풀 뜯는 양을 보고 젖 빠는 새끼 양을 보는 일입니다.

터치스톤   그건 또 한 가지 죄악이야. 암양과 숫양을 흘레 붙이는 짓이나 하다니. 방울 단 우두머리 양의 뚜쟁이 노릇이나 하고, 일 년생 암양을 속여서 뿔이 휘어져 여편네에게 버림받은 늙은 숫양에게 붙여주다니 천부당만부당한 노릇이야.

　　　　로잘린드, 종이쪽지를 읽으면서 등장.

로잘린드   "동인도에서 서인도까지 훑어도
　　　　로잘린드 같은 보석은 없노라.

그녀의 명성은 바람을 타고 널리 퍼져
온 세상이 로잘린드를 받드는구나.
천하에 아름다운 그림도
로잘린드와는 비교할 수 없다.
다른 어떤 얼굴도 마음에 담지 말자,
로잘린드의 아름다운 모습 말고는."

터치스톤 그런 식의 운이라면 8년간은 할 수 없어. 먹고 자는 시간만 빼고
버터 장수 아낙들이 줄지어서 시장을 치닫는 운이로군.

로잘린드 저리 가, 바보.

터치스톤 본보기를 보여야지.

수사슴이 암사슴을 탐내면
가서 만나거라, 로잘린드.
고양이도 짝을 찾아 우는데
사랑을 버릴쏜가, 로잘린드.
겨울옷 안을 대듯이
너도 안을 붙이려무나.
벼를 베어 볏단을 묶어
수레에 싣고 가자꾸나, 로잘린드.
알맹이가 달면 껍질은 쓰다.
그런 알맹이가, 로잘린드,
아름다운 장미를 보게 되면
사랑의 가시와 함께 보리라, 로잘린드.

이것은 마구 뛰는 엉터리 장단입니다. 고약한 병에 걸리셨네요.

로잘린드 닥쳐, 바보 녀석아! 나무 위에 걸려 있었어.

터치스톤 그렇군요, 열매가 형편없는 나무도 있습니다.

로잘린드 그 나무를 너와 접목시킬게. 그걸 다시 모과나무에 접붙일래. 이 고장에서 제일 먼저 열매를 맺겠지. 너는 반 토막이 익기 전에 썩어버릴 테니. 썩어야 먹는 게 모과 열매가 아니겠어.

터치스톤 말씀 다 하셨어요? 그 말이 옳고 그른지는 이 숲이 판단할 겁니다.

　　　　실리아가 종이쪽지를 들고 읽으며 등장.

로잘린드 쉿! 내 동생이 무언가 읽으면서 오고 있어. 숨자.

실리아 이곳은 왜 이토록 쓸쓸할까?

　　　　사람이 없기 때문인가?

　　　　아니야. 나무마다 혀를 달아볼까?

　　　　그렇게 해서 말을 토해놓도록 할까.

　　　　그러나 우아한 가지마다 말끝마다

　　　　나는 쓰리라, 로잘린드.

　　　　읽는 사람 모두에게 가르쳐주자.

　　　　하늘이 온갖 솜씨를 부려

　　　　그녀의 몸을 만들었다고.

　　　　그러기 때문에 하느님은

　　　　자연에게 명령하여 이 세상 모든 아름다움을

　　　　한 몸에 채우도록 하셨다.

　　　　자연은 명을 받들어 모았다.

　　　　헬레네의 마음은 버리고 뺨을 모았다.

　　　　클레오파트라의 위엄을,

　　　　아탈란타의 미덕을,

슬픈 루크레티아의 정절을 모았다.
언니 로잘린드는 진수만으로 조각되어 만들어졌다.
눈동자와 얼굴 전부도, 마음씨까지도
아름답고 사랑스럽게 빚어졌다.
하느님이여, 이토록 탁월한 미덕의 소유자에게
이 몸이 그녀를 위해 살고 죽도록 하소서.

로잘린드 아, 갸륵한 설교자! 지루한 사랑의 설교로 신자들을 괴롭히면서 "여러분, 잠깐만 참으세요"라는 말도 없구나.

실리아 너무해요, 저리 비켜요! 양치기 양반도 저리 가요. 저리들 가봐요.

터치스톤 가자, 양치기, 명예로운 철수를 하자고. 보따리 짐짝은 없더라도, 챙길 것은 챙기고 줄행랑치자. (코린과 터치스톤 퇴장)

실리아 언니, 시 들으셨죠?

로잘린드 들었어, 전부 다 들었지. 몽땅 다 듣고말고. 보통 시보다는 운이 넘쳐 있었기 때문이지.

실리아 하지만 언니 이름이 나무마다 걸려 있고, 줄기마다 새겨져 있었을 텐데 놀라지 않았어요?

로잘린드 네가 오기 전 아흐레 가운데 이레 동안에 실컷 놀랐다. 이것이 종려나무에 걸려 있었어. 피타고라스 시대 이후로 나는 처음으로 시의 주인공이 되었어. 그 시대에 난 아일랜드의 생쥐였는지도 몰라.

실리아 이런 장난을 누가 했을까요?

로잘린드 남자일까?

실리아 언니가 걸고 있던 목걸이를 언젠가 그분에게 걸어드렸지. 아니, 언니 얼굴색이 달라지네.

로잘린드 그 사람이 누군데?

실리아 오, 하느님! 친구의 만남이란 이토록 어려운 것인가요. 그러나 산도 지진이 나면 움직여 서로 만나지 않나요?

로잘린드 하지만 누굴까?

실리아 누군지 모른다니요?

로잘린드 간곡히 머리 숙여 청하옵고 부탁드리는데 누군지 말해줘.

실리아 아, 놀랍고, 너무나 놀라워. 그러고도 더욱 놀라워 놀랍다고 말할 수도 없어.

로잘린드 난 여자야. 너는 내가 남장을 했다고 해서 마음까지 남자가 되었다고 생각하니? 더 이상 지체하면 남쪽 바다처럼 성날 거야. 제발 부탁이야. 그가 누군지 어서 말해줘. 부탁이야, 시원한 소식을 마시게 입에서 병 마개를 빼다오.

실리아 배 속에 그 남자가 들어가버리게요?

로잘린드 그 사람도 하느님이 만드셨겠지. 어떤 남자일까? 모자를 쓸 만한 머리는 있을까? 수염을 기를 만한 턱은 있을까?

실리아 턱수염은 약간 났을 뿐이에요.

로잘린드 하느님이 더 나도록 해주시겠지. 그분이 고마워한다면, 네가 그분의 턱을 알려주기만 하면 나는 턱수염이 자랄 때까지 기다리겠어.

실리아 그분은 젊은 올랜도예요. 씨름꾼의 뒷다리와 언니의 마음을 순식간에 뒤엎은 젊은이죠.

로잘린드 놀릴 거면 악마를 상대해! 착한 처녀답게 진실을 말해줘.

실리아 정말이지, 그분이에요.

로잘린드 올랜도?

실리아 올랜도.

로잘린드 아, 어쩌면 좋아! 바지와 조끼를 걸치고 있니? 그분을 만났을 때 뭘 하고 있더냐? 뭐라고 말하더냐? 얼굴 생김은 어때? 어떤 복장이었어? 여기서 뭘 한대? 내 얘기를 묻더냐? 어디 계시대? 헤어질 때 뭐라고 말했지? 언제 만날 예정이야? 말해줘, 한마디로.

실리아 거인 가르강튀아의 입이 없고서야 힘들겠어요. 이 조그마한 입으로 말하기에는 너무나 벅차요.

로잘린드 그분은 내가 이 숲에서 남장하고 있는 것을 알고 있어? 씨름하던 날처럼 그분은 원기왕성해 보였어?

실리아 사랑하는 사람의 질문은 바닷가 모래알 헤아리기보다 더 어렵군요. 그러나 그분 얘기를 맛보기로 들려줄게요. 잘 음미해서 들으세요. 땅에 떨어진 도토리처럼 그분은 나무 아래 앉아 있었어요.

로잘린드 열매를 떨어뜨리는 나무라면 주피터 신의 거룩하고 성스러운 나무로군.

실리아 제발 듣기만 해요. 착한 언니.

로잘린드 계속해보렴.

실리아 누워 있었어요. 몸을 쭉 뻗고 마치 부상당한 기사처럼요.

로잘린드 보기에 딱한 광경이지만 배경에 어울리는군.

실리아 언니 입 좀 다물어요. 너무 성급하셔. 그분의 옷차림은 마치 사냥꾼…….

로잘린드 아이 무서워라. 내 가슴을 겨냥하겠네.

실리아 옆 장단 작작 치세요. 노랫가락이 풍비박산으로 흐트러져요.

로잘린드 나도 여자란 걸 알아야지. 입이 근질근질해서 못 참겠어. 좋아, 말해보렴.

실리아 또 옆 장단이네. 쉿, 그분이 와요.

　　　올랜도와 제이퀴즈 등장.

로잘린드 그분이다. 숨어서 지켜보자.

제이퀴즈　만나봬서 즐겁소. 그러나 사실은 혼자 있는 편이 더 나을 뻔했소이다.

올랜도　동감입니다. 하지만 예의상 저도 당신을 뵙게 되어 기쁘다고 말해야겠습니다.

제이퀴즈　안녕히 가시오. 될수록 드문드문 만납시다.

올랜도　서로 모른 척하고 지냅시다.

제이퀴즈　부탁이오, 앞으로는 나무껍질에 사랑의 노래를 새기지 마세요. 나무가 상합니다.

올랜도　부탁이오, 앞으로는 심술궂게 제 시를 읽지 마세요. 내 노래가 상합니다.

제이퀴즈　로잘린드가 애인 이름이오?

올랜도　그렇고말고요.

제이퀴즈　이름이 마음에 들지 않소.

올랜도　당신 마음에 들자고 지은 이름은 아닐 테니까요.

제이퀴즈　키는 얼마나 되죠?

올랜도　이 가슴에 와 닿을 정도죠.

제이퀴즈　멋있는 대답이군. 금방 아낙네들과 사건 적이 있나요. 반지에 새긴 글귀를 많이 알고 있으니 말이에요.

올랜도　그렇지 않습니다. 벽걸이에 새긴 글귀로 대답했죠. 당신의 질문이 거기서 나온 듯해서 말입니다.

제이퀴즈　재치 넘쳐. 발빠른 아탈란타의 신발 뒤축으로 만든 모양이지. 여기 잠깐 앉아서 당신과 나, 세상 푸념이나 신세타령을 실컷 해봅시다.

올랜도　이 세상 무엇을 탓할 수 있겠소? 나 자신의 결점 이외에는 비난할 게 없어요.

제이퀴즈　당신의 최대의 결점은 사랑에 빠졌다는 사실이오.

올랜도 당신의 최대의 미덕과도 그 결점을 바꾸고 싶지 않습니다. 당신은 답답한 분입니다.

제이퀴즈 실은 바보를 찾고 있었는데 당신을 만났어요.

올랜도 바보는 강물에 빠졌습니다. 들여다보세요. 보일 겁니다.

제이퀴즈 들여다보면 내 모습이 보이겠죠.

올랜도 바보가 아니면 맹탕 헛것이겠죠.

제이퀴즈 당신과 할 얘기가 없소. 안녕히, 이 상사병자여.

올랜도 헤어지게 되어 반갑습니다. 잘 가세요, 우울병 환자여.

    제이퀴즈 퇴장

로잘린드 (실리아에게 방백으로) 건방진 하인처럼 말을 걸어서 그분을 놀려볼까. 내 말 들리슈, 사냥꾼 아저씨?

올랜도 네, 들려요. 무슨 일이오?

로잘린드 지금 몇 시죠?

올랜도 오늘이 며칠이냐고 물으시죠. 숲속에는 시계가 없어요.

로잘린드 그렇다면 숲속에는 진정한 연인도 없겠네요. 있다면 일 분마다 한숨짓고 시간마다 신음 소리에 느린 시간을 측정할 수 있을 텐데요.

올랜도 어째서 빠른 시간의 움직임이라고 하지 않습니까? 그게 더 적절한 말이 아닐까요?

로잘린드 그렇지 않습니다. 시간은 사람에 따라 다르게 움직이죠. 시간은 사람에 따라 느릿느릿 기어가거나 총총걸음을 치거나 달리거나 아니면 완전히 정지되는 법이랍니다.

올랜도 말해주세요. 총총걸음이라뇨?

로잘린드 네, 약혼식을 올린 후 결혼하는 날까지 기다리는 처녀의 시간입니다. 비록 그 기간이 일주일뿐이라도 시간은 총총걸음으로 칠 년 간의 지루한 느낌이랍니다.

올랜도 느린 걸음이라뇨?

로잘린드 라틴어를 모르는 신부와 중풍을 모르는 부자의 경우죠. 왜냐하면 신부는 공부가 안 되기 때문에 쉽게 잠들고 부자는 고통을 모르기 때문에 즐겁게 살기 때문이죠. 신부는 학문의 무거운 짐을 지면서 헛수고할 필요가 없고, 부자는 가난의 고통스러운 짐을 지지 않아도 되기 때문이죠. 이 사람들에게 시간은 느릿느릿 가는 겁니다.

올랜도 달리는 시간은 어느 경우죠?

로잘린드 교수대로 끌려가는 강도의 경우죠. 아무리 천천히 가려 해도 눈 깜짝할 사이거든요.

올랜도 시간은 누구에게 멈추나요?

로잘린드 그것은 휴가 중인 변호사. 재판과 재판 사이는 잠들고 있기 때문에 시간의 흐름을 모르는 겁니다.

올랜도 어여쁜 청년이여, 어디에 살고 있소?

로잘린드 이 양치기 처녀와 함께요. 내 동생이죠. 함께 속치맛단 같은 숲 가장자리에 살고 있죠.

올랜도 이곳 태생이오?

로잘린드 저기 있는 토끼는 태어난 곳에서 살죠? 저도 그래요.

올랜도 당신의 말씨는 세련되어 있어서 시골 티가 나지 않소.

로잘린드 저는요, 그런 말 많이 들었어요. 사실은, 늙은 아저씨 한 분이 계신데 그분은 도회지 출신이라 도회지 말을 배웠죠. 그분은 그곳서 교양을 익혔어요. 그곳서 사랑도 하고요. 아저씨는 저에게 절대로 연애만은 하지 말라고 하셨어요. 여자가 아닌 것을 하느님께 감사했죠. 여자에 붙어 다니는 갖가지 흉측한 죄악을 벗어날 수 있으니 말이에요.

올랜도 아저씨가 여인의 죄악이라고 열거한 악덕 가운데서 기억나는 것이 있나요?

로잘린드 뚜렷한 것은 없습니다. 모두가 반푼짜리 동전처럼 비슷했어요. 말하자면 모두가 도토리 키 재기 같은 것이었죠.

올랜도 몇 가지만 얘기해주시오.

로잘린드 싫어요. 병자도 아닌 사람에게 약을 함부로 주다니요. 지금 그런 남자가 숲속을 헤매고 있어요. 어린 나무껍질에 로잘린드라는 이름을 새기고 있어요. 아가위나무에 시를 걸고, 가시덤불에 슬픈 노래를 걸고 다녀요. '로잘린드'라는 이름을 신주 모시듯 떠받들고 있어요. 이 연애쟁이를 만나기만 하면 충고해줄 생각이에요. 그분은 상사병에 걸린 모양이니깐요.

올랜도 상사병에 걸린 사람이 바로 나올시다. 치료법을 가르쳐주시오.

로잘린드 아저씨가 말한 상사병 증세가 당신에게는 보이지 않아요. 상사병 환자를 알아보는 법을 아저씨는 가르쳐주었어요. 당신은 사랑의 새장 속에 갇혀 있지 않아요.

올랜도 상사병 증세라뇨?

로잘린드 핼쑥한 뺨 — 당신은 그렇지 않아요. 검푸르고 움푹 팬 눈 가장자리 — 당신은 그렇지 않아요. 말하기도 싫은 심정, 텁수룩한 수염 — 당신은 그렇지 않아요. 이 점은 후하게 봐드리죠. 동생의 몫이라 형편없어요. 그리고 풀어헤친 양말대님, 풀린 모자 끈, 끌러진 소매 단추, 헐렁한 구두끈, 몸차림 모두가 무관심한데 당신은 그렇지 않아요. 당신은 그런 사람이 아니에요. 당신의 옷차림은 빈틈이 없어요. 당신은 남을 사랑하는 것이 아니라 자신을 사랑하고 있는 듯해요.

올랜도 젊은이, 내 사랑을 어떻게 하면 믿을 수 있는가?

로잘린드 내가 믿으라고요! 당신의 연인한테 믿으라고 하는 편이 더 좋을 텐데요. 그 연인은 입으로 말하기보다도 빠르게 믿어주시겠죠. 여자란 그렇게 해서 언제나 양심을 속이는 법이에요. 그런데 정말이지, 당신이었군. 로잘린드가 그토록 원한 시를 그 나무에 걸어놓은 것이 말이에요.

올랜도 맹세하리다, 젊은이여. 로잘린드의 하얀 손에 걸어 맹세컨대 불량한 남자는 나다.

로잘린드 그런데 당신의 사랑은 시구절 그대론가요?

올랜도 내 사랑은 시로는 다 표현할 수 없소.

로잘린드 사랑은 광기예요. 그러나 미친 사람에게는 캄캄한 골방과 곤장이 어울리죠. 그러나 이런 치료법을 쓸 수 없는 이유는 흔한 사랑과 광기로, 매질하는 사람까지 사랑에 빠져버렸기 때문이에요. 하지만 저는 충고로써 고쳐볼래요.

올랜도 지금까지 고쳐본 적이 있습니까?

로잘린드 네, 한 사람. 이런 방식이었죠. 나를 그의 애인으로 상상케 해서 치료했죠. 그래서 나는 매일 사랑의 하소연을 들었던 것입니다. 그 일에 대해서 나는 원래가 기분파였기 때문에 슬퍼하고 나약해지고 변덕을 부리며 사랑을 호소하고 거만을 떨다가 몽상에 잠기고 수작 떨고 경거망동하고, 변절에 울었다 웃었다 했습니다. 온갖 정열을 약간씩은 보여주되, 진짜 정열은 없다는 식으로 말입니다. 어린이나 여자들은 대충 이 같은 종류의 동물이 아니겠습니까? 좋다 싶으면 싫어지고, 반갑다 하다 보면 괄시하고, 눈물이 나다가도 침을 뱉고 이런 사람을 나는 사랑의 광기로부터 진짜 광증으로 유도했습니다. 그는 세상 소용돌이를 멀리하여 절간 같은 으슥한 곳에 살게 되었어요. 이렇게 해서 그의 병을 고쳤습니다. 이 방법으로 당신의 간장을 건강한 양의 심장처럼 깨끗하게 씻어내어 사랑의 티끌이 한 점도 없게 해드리겠습니다.

올랜도 젊은이, 난 치료를 받고 싶지 않네.

로잘린드 고쳐드리겠습니다. 만약에 저의 이름을 로잘린드라 부르신다면, 그리고 매일처럼 오두막으로 사랑을 고백하러 오신다면.

올랜도 그렇다면 내 사랑에 맹세해서 그렇게 해보자. 오두막이 어디 있소?

로잘린드 함께 갑시다. 보여드릴게요. 그리고 당신이 숲속 어느 곳에 살고 계신지 알려주세요. 자, 갑시다.

올랜도 네, 갑시다, 젊은이.

로잘린드 아녜요. 저를 로잘린드라 불러야 해요. 자, 여동생, 가자.(일동 퇴장)

제3장 숲속

터치스톤과 오드리 등장, 제이퀴즈 따라 등장.

터치스톤 빨리 와, 오드리. 염소는 내가 나중에 끌고 올게. 어때, 오드리, 나 괜찮지? 순진한 내 용모가 마음에 들지?

오드리 당신의 용모라뇨? 아이고 맙소사, 용모라뇨?

터치스톤 내가 너와 양들과 함께 있는 것은 변덕스러운 시인, 정직한 시인, 오비디우스가 고트족과 함께 있는 꼴이다.

제이퀴즈 (방백) 당치도 않는 지식의 사랑이로군. 주피터 신이 초가집에 사는 꼴이로군!

터치스톤 자기 시를 남들이 이해 못 하거나 자신의 재치가 조숙한 어린이의 이해력으로도 인정받지 못하면 여관방에 들었다가 호텔 값을 치르는 것 이상으로 타격이 큰 법이야. 정말이지, 하느님이 너를 시인으로 만들어주었으면 얼마나 좋았을까?

오드리 시인은 뭔가요? 언동이 정직하다는 뜻인가요. 진실하다는 건가요?

터치스톤 그게 아냐. 진정한 시일수록 거짓 투성이야. 연인들은 시에 취하고 시에 맹세하지. 그러나 허황된 일이야.

오드리 당신은 제가 시인이기를 바라세요?

터치스톤 사실은 그렇다. 너는 정직을 맹세하기 때문이야. 그런데 만약에 네가 시인이라면 네가 거짓말하고 있다는 희망을 가질 수 있지.

오드리 정직하면 안 되나요?

터치스톤 안 돼. 정말이지, 네가 못났다면 모르지만 정직과 미모가 합치면 설탕물에 꿀 탄 격이지.

제이퀴즈 (방백) 제법인데!

오드리 하지만 전 미인이 아닌걸요. 그래서 하느님께 정직한 마음을 주십사고 빌고 있어요.

터치스톤 사실이지, 매춘부에게 정숙을 주는 것은 더러운 접시에 싱싱한 고기를 담는 꼴이야.

오드리 저는 매춘부가 아니에요. 하느님 덕분에 못생기긴 했어도요.

터치스톤 그렇군. 못생긴 걸 다행으로 여기자. 언제든 매춘부는 될 수 있으니깐. 그건 그렇고, 어떤 일이 있어도 너와 결혼할래. 그 때문에 나는 이웃에 사는 올리버 마텍스트 목사님을 만났어. 목사님께서는 이곳 숲에 오셔서 우리를 만나 결혼식을 올려주신대.

제이퀴즈 (방백) 이 결혼식을 보고 싶네.

오드리   하느님, 우리들에게 기쁨을 주세요.

터치스톤   아멘, 겁쟁이 남자라면 사지가 후들후들할 거다. 이곳은 예배당 이 아니고 숲속이기 때문이야. 손님들이라곤 뿔 돋친 짐승들뿐이 기 때문이지. 그러면 어때? 용기를 내는 거다. 뿔은 흉측하지만 필 요해. 그뿐인가 성벽 있는 도시가 촌마을보다 더 값나가듯이 장가 든 사나이의 뿔난 이마가 맨숭맨숭한 홀아비 이마보다 더 낫지.

    올리버 마텍스트 등장.

    올리버 마텍스트 경, 잘 만났습니다. 이 나무 아래서 처리해주십 쇼. 아니면 함께 예배당으로 갈까요?

올리버 경   신부 쪽 사람이 아무도 없소?

터치스톤   선물 받듯이 신부를 받고 싶지 않은데요.

올리버 경   신부를 인도하는 사람이 없으면 결혼은 성립될 수 없습니다.

제이퀴즈   (앞으로 나서며) 식을 올리시오. 내가 신부를 넘기겠소.

터치스톤   안녕하시오, 뉘신지는 모르지만 잘 만났습니다. 장난 같습니다 만 모자를 쓰십쇼.

제이퀴즈   바보 녀석. 결혼하고 싶은 모양이지.

터치스톤   소에 멍에가 있듯이, 말에 재갈이 있듯이, 매에 방울이 있듯이 사 람에게는 욕정이 있습니다. 비둘기 짝지어 입 맞추듯 사람도 짝지 어 부부가 됩니다.

제이퀴즈   너는 양갓집 태생 같은데 거지처럼 수풀에서 식을 올려? 예배당 으로 가서 결혼이 무엇인지 알고 있는 목사님에게 부탁해. 이 사람 은 널빤지 붙이듯 너희들을 붙여놓을 뿐이다. 그렇게 되면 한쪽은 오그라져서 생나무처럼 뒤틀리고 말게다.

터치스톤   마음이 내키지는 않지만 이 양반한테 주례 받는 것이 나을 것 같

아. 왜냐하면 이 양반은 솜씨가 서툴기 때문이거든. 서툰 결혼식을 올려야 나중에 아내를 버릴 수 있는 구실이 된단 말이야.

제이퀴즈   함께 가서 의논하도록 합시다.

터치스톤   가자, 오드리! 식을 올리지 않으면 동거 생활이라도 하자. 잘 가세요, 올리버 선생. 아름다운 올리버, 용감한 올리버, 나를 버리지 말아요. 그러나 가거라, 가라. 너에게 예식을 부탁……, 어림도 없다. (제이퀴즈, 터치스톤, 오드리 퇴장)

올리버 경   상관없다. 저따위 엉터리 녀석이 나를 모욕해도 나의 목사직은 끄떡없다.

제4장 숲속

로잘린드와 실리아 등장.

로잘린드   아무 말도 하지 마. 난 울고 싶어.

실리아   울어보아요. 하지만 눈물 짜는 것은 남자에게 어울리지 않는다는 것을 기억하세요.

로잘린드   그러나 나는 울어야 될 필요가 있어.

실리아   충분한 이유는 되죠. 그러니 울어보아요.

로잘린드   그분의 머리 빛깔까지 빨간 거짓말 빛으로 보여.

실리아   유다의 머리털보다 더 붉어요. 유다의 입맞춤은 배반의 키스죠.

로잘린드   사실은 그분의 머리 빛깔은 아름다워.

실리아   멋진 빛깔이죠. 언니 밤색 머리칼 이상 또 있겠어요.

로잘린드   그리고 그분의 키스는 성찬식의 빵처럼 부드러워.

실리아　한겨울 수도원의 수녀님도 그토록 거룩한 키스를 할 수 없을 거예요. 그 입술은 얼음장같이 깨끗해요.

로잘린드　그러나 오늘 아침에 온다고 약속하고 왜 오질 않을까?

실리아　그분에겐 진실이 없기 때문이죠.

로잘린드　사랑의 진실이 없다는 얘기냐?

실리아　사랑에 빠지면 진실해지겠죠. 그런데 사랑에 빠진 것 같지 않아요.

로잘린드　사랑의 맹세를 너도 들었지?

실리아　과거와 현재는 달라요. 게다가 사랑하는 남자의 맹세는 술집 웨이터의 말과 같아서 둘 다 엉터리죠. 그분은 이 숲에서 언니 아버님 공작을 모시고 있다면서요?

로잘린드　공작님을 어제 만났어. 여러 가지 얘기를 주고받는 중에 양친에 관해서 물으시길래, 공작님과 같다고 말했지. 웃으시며 나를 놓아주시더군. 올랜도가 있는데 아버님 얘기가 무슨 소용이 있어?

실리아　그분은 훌륭한 분이시죠! 훌륭한 시를 쓰고, 훌륭한 말을 하고, 훌륭한 맹세를 하고 그것을 멋지게 깨뜨리고, 애인의 가슴을 태우면서 교묘하게 비껴가죠. 그러나 젊은이가 하는 바보 짓은 뭐든 좋아요.

　　　코린 등장.

코　린　아가씨와 도련님들, 풀밭에 나와 함께 앉아 있던 상사병 걸린 양치기 소식 물으셨죠? 거만한 양치기 처녀를 찬양하던 양치기 말씀입니다.

실리아　그래, 어쨌다는 거요?

코　린　사랑에 가슴 타는 창백한 젊은이와 오만불손 붉어진 얼굴의 처녀가 벌이는 연극을 보실 의향이 있으시면 따라나오십쇼.

로잘린드　어디 가보자고. 사랑의 구경은 사랑의 양식이다. (모두 퇴장)

제5장 숲의 다른 장소

실비우스와 피비 등장.

피 비 장미 빛깔의 차이라고 할까? 실비우스, 어느 여인인들 그를 쳐다보고 사랑에 빠지지 않을 수 있겠어요? 그러나 나는 그분을 사랑하지 않을래요. 그분을 미워하지도 않고요. 더욱이나 그를 사랑하는 것 이상으로 그를 미워해야 할 이유가 있어요. 닥치는 대로 나에게 독설을 퍼부었기 때문이죠. 그는 내 눈이 칠흑 같다고 했어요. 지금 생각해보니 나는 놀림감이었어요. 나는 왜 쏘아붙이듯 대꾸하지 못했을까. 하지만 매한가지 일이겠지. 생략은 취소가 아니니깐. 편지를 써서 실컷 야유해줘야겠다. 그분에게 전해주세요, 실비우스.

실비우스 피비, 분부대로 하리다.

피 비 즉시 써야지. 같이 가요, 실비우스. (모두 퇴장)

제4막

제1장 숲속

로잘린드, 실리아, 제이퀴즈 등장.

제이퀴즈 여보게 젊은이, 우리 좀 더 가깝게 지냅시다.

로잘린드   당신은 우울병에 걸려 있다죠?

제이퀴즈   그렇소. 낄낄대는 것보다 침울한 편이 더 낫소.

로잘린드   어느 쪽이든 극단으로 흐르는 사람은 견딜 수 없죠. 그렇게 된다면 세상 사람들로부터 주정뱅이 이상으로 비난받습니다.

제이퀴즈   슬픔 속에서 묵묵히 있는 것도 좋은 일이오.

로잘린드   아주 말뚝이 되어버리는 것도 좋은 일이겠죠.

제이퀴즈   내 우울증은 경쟁심의 소산인 학자의 우울도 아니고, 미친 지랄 같은 음악가의 우울도 아니고, 오만한 궁신의 우울도 아니며, 야심 적인 병사의 우울도 아닙니다. 그것은 권모술수의 소산인 법관의 우울도 아니며 까다롭기 그지없는 귀부인의 우울도 아니며 이 모든 것을 다 합친 연인들의 우울도 아닙니다. 그것은 나 자신의 독특한 우울입니다. 많은 성분을 합쳐서 그 물체로부터 뽑아낸 우울이죠. 진실로 내가 헤쳐 걸어온 내 인생의 나그네 길을 명상할 때 생기는 야릇한 슬픔이죠.

로잘린드   나그네 길! 그렇군요. 충분히 슬퍼지겠어요. 당신은 스스로 소유하고 있는 토지를 팔고 남의 땅을 구경하러 나온 사람 같군요. 실컷 보고 아무 이득이 없다면 눈만 살찌고 손은 텅 빈 꼴이군요.

제이퀴즈   그렇소, 나는 경험을 얻었소.

로잘린드   당신의 경험이 당신을 슬프게 만들었군요. 나 같으면 경험 때문에 슬퍼지느니, 차라리 어릿광대와 더불어 즐겁게 지내겠어요. 그 때문에 나그네 길을 나서다니.

올랜도 등장.

올랜도   안녕하세요, 사랑하는 로잘린드.

제이퀴즈   난 실례하겠소. 시의 장단에 맞춰서 말하고 싶지는 않소.

로잘린드　안녕히 가세요, 방랑자여. 기묘한 옷에 혀 짧은 얘길 지껄이세요. 제 나라의 미덕을 얕보고, 고향 땅을 증오하세요. 그리고 꼴뚜기처럼 못난 얼굴을 만드신 하느님을 원망하세요. 그러지 않으면 당신이 베니스에서 곤돌라를 탔다 해도 믿지 않을래요. (제이퀴즈 퇴장) 아, 당신이군요, 올랜도! 그렇게도 무관심하면서 애인이라고! 허튼 수작 다시 하면 두 번 다시 안 만날래요.

올랜도　사랑하는 로잘린드. 약속 시간보다 한 시간 이상 늦지 않았는데.

로잘린드　사랑의 약속을 한 시간이나 어기다니요! 사랑의 일 분을 천분의 일로 나누어 그 한 토막인들 어기는 연인이 있으면 큐피드의 화살은 어깨를 스쳐 지나갈 뿐이지, 심장에 꽂히지는 않을 겁니다.

올랜도　용서하시오, 로잘린드.

로잘린드　못 해요. 늦을 바에야 다시는 눈앞에 나타나지 마세요. 차라리 달팽이를 애인으로 삼겠어요.

올랜도　달팽이를?

로잘린드　그래요, 달팽이요. 걸음은 느리지만 머리에 집을 이고 오잖아요. 당신이 그만한 결혼 선물을 준비할 수 있어요? 그뿐인가요, 그는 자신의 운명까지 들고 와요.

올랜도　운명이라뇨?

로잘린드　뿔 말이에요. 장가든 남자가 바람난 부인 때문에 생긴 뿔이요.

올랜도　정숙한 여인은 남편에게 뿔이 나도록 하지 않아요. 로잘린드는 정숙한 여인이죠.

로잘린드　나는 당신의 로잘린드.

실리아　이분은 그렇게 부르는 것을 좋아하시나 봐요. 이분의 로잘린드는 당신보다 더 아름답겠죠.

로잘린드　자, 어서 구혼을 하세요. 지금 나는 기분이 들떠 있어요. 그래서 금세 응할 것 같아요. 내가 정말로 정말로, 당신이 사랑하는 로잘린드라면 뭐라고 말하겠어요?

올랜도 말하기 전에 키스를 하겠소.

로잘린드 안 되죠. 말부터 먼저 해야 해요. 할 말이 없어졌을 때, 그때 키스를 하는 거예요. 웅변가는 말이 막히면 침을 뱉습니다. 연인들도 말이 막히면 그런 일이 없어야겠지만 키스하는 것이 상책이죠.

올랜도 키스를 거부당하면?

로잘린드 당신은 키스해달라고 탄원하게 되고, 그러다 보면 화제가 또 생기게 되죠.

올랜도 여인 앞에서 말문이 막히는 사람 있는가?

로잘린드 내가 당신의 연인이 되면 그렇게 됩니다. 나는 정숙하고 지혜가 넘칩니다. 나는 당신의 로잘린드예요.

올랜도 사랑의 청혼을 그만둘까?

로잘린드 아니요. 옷은 입으세요. (올랜도는 Suit 청원의 뜻으로 로잘린드는 의복 Apparel의 뜻으로 해석한다-역자 주).

올랜도 그렇다면 당사자로서 말하겠소. 난 죽어야 하오.

로잘린드 아닙니다. 제발, 대신 죽게 하십시오. 이 가련한 세상은 시작된 지 육천 년이 되지만 사랑 때문에 당사자가 죽은 경우는 한 사람도 없습니다. 트로일로스는 그리스의 장군 아카레스에게 머리통이 깨져 숨졌습니다. 그는 사랑 때문에 죽은 사람의 본보기로 추앙받을 만한 일을 했습니다. 레안드로스의 경우에도 무더운 여름밤만 아니었더라면 헤로가 수녀가 되더라도 오랫동안 살았을 거예요. 아니 글쎄, 레안드로스가 헬레스폰트에 헤엄치러 갔다가 쥐가 나서 물에 빠져 죽은 것인데 당대의 어리석은 역사가들은 '세스토스의 헤로' 때문이란 거죠. 이건 모두가 거짓말이죠. 남자들은 계속 죽고 또 죽었습니다. 그러나 사랑 때문에 죽은 사람은 한 사람도 없었습니다.

올랜도 나의 진정한 로잘린드는 그렇게 생각하지 않을 것이다. 왜냐하면 그녀가 찌푸리면 나는 죽을 수 있기 때문이다.

로잘린드 이 손을 걸어 맹세하지만 파리 한 마리 죽지 않습니다. 좋았어요. 진정코 저는 당신의 로잘린드, 상냥한 로잘린드가 되어 원하시는 대로 척척 해드리겠습니다.

올랜도 사랑해주세요, 로잘린드.

로잘린드 네, 사랑하죠. 금요일과 토요일, 일주일 내내.

올랜도 나는 당신의 남편이오?

로잘린드 당신이라면 스무 명도 좋아요.

올랜도 스무 명이라고요?

로잘린드 당신은 훌륭하시죠?

올랜도 그러기를 바라죠.

로잘린드 좋은 것은 많이 원할수록 좋지 않아요? 이봐, 실리아. 목사가 되어 우리의 예식을 올려라. 손을 주세요, 올랜도. 실리아, 시작해.

올랜도 우리 둘을 결혼시켜주세요.

실리아 뭐라고 해야 할지 모르겠네요.

로잘린드 이렇게 해. "그대 올랜도는……."

실리아 알겠어요. "그대 올랜도는 아내로 삼겠는가. 이 로잘린드를?"

올랜도 네.

로잘린드 언제인가요?

올랜도 지금 당장. 결혼하자마자.

로잘린드 그러시다면 이렇게 말하세요. "나는 그대 로잘린드를 아내로 삼노라."

올랜도　나는 그대 로잘린드를 아내로 삼노라.

로잘린드　결혼 증서가 있었으면 좋겠지만. 좋아요, 올랜도. 당신을 남편으로 삼겠어요. 목사보다 앞서가는 여자도 있습니다. 확실히 여자의 생각은 행동에 앞서죠.

올랜도　사람의 생각이란 다 그런 거죠. 날개가 돋쳤거든요.

로잘린드　로잘린드와 결혼한 후 얼마 동안 사시겠어요.

올랜도　언제까지나 영원히.

로잘린드　영원이 아니라 하루뿐이죠. 그래요, 올랜도. 사랑을 속삭이면 꽃 피는 사월, 결혼을 한다면 엄동설한, 색시가 숫처녀면 세월은 오월, 아내로 둔갑하면 변하는 날씨. 저는요, 바르바리산 숫비둘기 이상으로 질투심이 강해요. 비 오기 전 앵무새 이상으로 바가지 긁어요. 새것이라면 원숭이보다 더 좋아하고, 느닷없이 디아나 조각상이 분수 물을 내뿜듯 눈물을 왈칵 쏟을 거요. 당신이 기분 좋아 날뛸 때 말입니다. 전 하이에나처럼 웃어댈 거예요. 당신이 졸려서 자고 싶을 때 말이에요.

올랜도　그러나 나의 로잘린드가 그럴 수 있을까?

로잘린드　물론이죠, 틀림없어요.

올랜도　아, 그러나 그녀는 총명해요.

로잘린드　총명하기 때문에 그럴 수 있겠죠. 총명하면 할수록 여자는 종잡을 수 없어요. 여자의 지혜에 문을 닫으면, 창문으로 튀어나오죠. 창문을 닫으면 열쇠 구멍으로 튀어나오죠. 그것을 막으면, 연기가 되어 연통으로 빠집니다.

올랜도　두 시간 동안만, 로잘린드, 당신 곁을 떠나려 하오.

로잘린드　어머, 맙소사. 두 시간 동안이나 떨어지다니.

올랜도　공작님이 식사에 초대했어요. 두 시까지는 틀림없이 돌아오리다.

로잘린드 좋아요, 가보세요. 가보세요, 당신이 어떤 사람인지 알고 있었어요. 모두들 그렇게 생각하고 있었고 나도 그렇게 생각했었죠. 감언이설에 그만 넘어가버렸어요. 버림받았으니 죽어버리면 그만이죠. 두 시간이라고 하셨죠?

올랜도 그렇소, 사랑스러운 로잘린드.

로잘린드 진정으로, 진심으로 하느님과 모든 것에 맹세하건대 만약에 당신이 한마디라도 어긴다거나, 일 분이라도 늦게 도착할 것 같으면, 당신을 가장 부실한 엉터리 거짓말쟁이 연인으로 단정하겠어요. 당신은 가장 파렴치한 위선자, 맹랑한 연인, 그래서 로잘린드와는 궁합이 맞지 않은 사람으로 단정하겠어요. 그렇기 때문에 원망을 듣지 않도록 약속을 지키세요.

올랜도 지키리다. 당신이 나의 진정한 로잘린드인 것처럼 성의를 다해서 약속을 지키리다.

로잘린드 그런 죄인은 시간이 지나면 밝혀지는 법이니깐 두고 보겠습니다. 잘 가세요. (올랜도 퇴장)

실리아 언니는 사랑 문답으로 우리들 여성을 모독하셨어요. 꽉 끼는 저고리와 홀태바지를 머리 위까지 벗겨 올릴까 보다. 그래봤자 누워 침 뱉는 격이에요.

로잘린드 오, 얘, 얘, 얘야……. 내 귀여운 사촌아. 언니가 얼마나 깊이 사랑의 구렁텅이에 빠졌는지 알아주려무나! 사랑의 밑바닥을 측정할 수 없어. 내 사랑은 포르투갈의 바다처럼 밑바닥이 보이지 않아.

실리아 밑바닥이 뚫린 게 아닌가요? 사랑을 쏟아 넣어도 마냥 흘러나가는 것이 아닙니까?

로잘린드 아니야, 비너스의 후레아들에게 물어보자. 변덕스러운 생각에서 잉태되어 미친 지랄 속에서 태어난 그 못된 악당 말이다. 눈이 멀었기 때문에 남들까지 어리둥절하게 만드는 그 녀석 말이다. 내가 얼마나 깊은 사랑에 빠졌는지 그 녀석에게 물어보자. 앨리나, 올랜 도를 보지 못하면 나는 괴로워. 그늘 있는 곳에 가서 한숨이나 쉬 며 기다리자.

실리아 나는 잠이나 잘래요. (모두 퇴장)

제2장 숲속

제이퀴즈, 귀족들, 사냥꾼들 등장.

제이퀴즈 누가 사슴을 죽였느냐?

귀족 1 저올시다.

제이퀴즈 이 사람을 로마의 개선장군처럼 공작 앞에 데려가자. 승리의 월 계관으로 사슴뿔을 씌우는 게 좋겠다. 이런 때 어울리는 노래는 없 느냐?

귀족 2 있습니다.

제이퀴즈 노래하라. 곡조는 어떻든 상관없다. 소리만 지르면 된다. (노래한 다)

사슴을 잡으면 무엇을 줄까?
가죽과 뿔로서 옷을 입히자.
그러고 노래로 그를 모시자.
(일동, 다음의 후렴을 부른다)
뿔이 솟아도 부끄럽지 않다.

태어나기 전에도 이미 있었다.

선조들도 한결같이 뿔이 있었다.

사슴뿔, 멋진 사슴뿔

뿔이 솟아도 부끄럽지 않다. (퇴장)

제3장 숲속

로잘린드 어떻게 생각해? 벌써 두 시가 지났어. 올랜도는 흔적도 볼 수 없어.

실리아 틀림없어요. 사랑 때문에 고민한 나머지 활을 들고 뛰쳐나갔어요. 잠자러요.

　　실비우스 등장.

실비우스 젊은이, 당신께 용무가 있어요. 피비라는 처녀가 이걸 당신께 전하라 합니다. (로잘린드에게 편지를 건네주며) 내용이 뭔지 알 도리가 없습니다만 이것을 쓸 때 무서운 표정을 짓고 안절부절못한 것으로 미루어보아서 화가 잔뜩 나 있는 듯했습니다. 용서하십시오, 소생은 죄 없는 심부름꾼에 지나지 않습니다.

로잘린드 이 편지를 보면 참을 수 없이 아우성치게 돼. 이 일을 참을 수 있으면 세상에 못 참을 일이 없지. 그녀는 날 보고 못생겼다느니, 버릇이 없다느니, 오만하다느니 하면서 남자가 불사조처럼 희귀하다 할지라도 나 같은 사람은 사랑할 수 없다는 거야. 어림도 없다. 나는 그런 여자의 사랑을 좇는 토끼가 아냐. 어쩌자고 이런 편지를 나에게 보낼까? 알겠어, 양치기, 이건 네가 조작한 편지지?

실비우스　천만에요, 아니올시다. 편지 내용조차 모릅니다. 피비가 썼습니다.

로잘린드　바보, 바보, 너는 바보야. 사랑 때문에 머리가 돌았나 봐. 나는 가죽 같은 그의 손을 보았어. 거칠거칠한 색깔이었어. 헌 장갑을 끼고 있는가 싶었더니 진짜 손이었어. 부엌데기 손이었어. 그건 상관없는 일이지. 이 편지는 그녀가 쓴 것이 아니야. 이건 남자의 착상이요, 남자의 필적이야.

실비우스　피비가 썼어요.

로잘린드　그렇다면 왜 난폭하고 사나운 문체인가. 깡패의 품이 기독교도에 달려드는 터키인 같아. 뭐라고 썼는지 들려줄까?

실비우스　부탁입니다, 제발 들려주세요. 피비가 앙칼지다는 소린 많이 들었죠.

로잘린드　여자가 이럴 수 있을까? 그 폭군은 이렇게 썼어. (읽는다)

소녀의 마음을 이토록 태우시다니
신령님이 목동으로 변했습니까?

여자가 이런 악담을 할 수 있어?

실비우스　이것이 악담인가요?

로잘린드　(읽는다)

왜 목동을 가장해서
여자의 마음을 괴롭힙니까?

이런 악담 들어본 적 있어?

숱한 남자들이 이 마음 탐내어도

나는 끄떡 없었건만

꾸중을 들었기에 사랑하노라

다정하신 말씀에 사랑하노라

사랑의 심부름꾼은 알 리 없다.

내 사랑, 애틋한 사랑을

그대 마음 봉해서 전해주세요,

당신에 바치는 이 마음을 받아주신다고.

그렇지 않으면 슬프게도 나는 죽어야 한다.

실비우스   이것을 악담이라 하십니까?

실비아   아, 가련한 목동아!

로잘린드   너는 동정하고 있니? 그는 동정을 받을 수 없어. 너는 그런 여자를 사랑할 수 있어? 너를 악기 삼아 엉터리 가락을 연주하는 그 여자를 참을 수 없어. 자, 사랑 때문에 길들여진 뱀 같은 너는 돌아가거라. 가서 말하라. 나를 사랑하거든 나 대신에 너를 사랑하라고 말하라. 싫다고 하면 나는 두 번 다시 그 여자를 상대하지 않겠다. 네가 그 여인을 진정 사랑한다면 가거라, 아무 말 하지 말고. 누군가가 오고 있으니 말이다. (실비우스 퇴장)

  올리버 등장.

올리버   안녕하세요. 이 숲속 어딘가에 올리브 나무에 둘러싸인 양치기 오두막이 있는 모양인데, 아십니까?

실리아   서쪽에 있어요. 가까운 계곡에 말입니다. 조잘대는 실개천 버드나무 길을 따라가면 오른쪽에 있습니다. 그러나 지금 이 시각에는 오두막에 홀로 서 있을 뿐, 안엔 아무도 없습니다.

올리버 귀로 들은 것이 눈의 도움이 된다면 당신이야말로 내가 찾고 있는 사람이오. 풍채로나 나이로나 바로 그 사람이오. '젊은이는 살결이 희고 여자 같은 용모요. 거동은 누님처럼 어른스럽고 손아래 여인은 키가 작고 누님보다 검은 편이다.' 당신이 내가 찾는 집주인이 아니오?

실리아 자랑은 아니지만 물으시니 그렇다고 할 수밖에요.

올리버 올랜도가 당신네들에게 안부를 전합디다. 그는 로잘린드라는 젊은 이에게 피로 물든 이 손수건을 전하라고 합디다. 당신이 그 사람이 오?

로잘린드 네, 그렇지만 도대체 어찌 된 영문입니까?

올리버 부끄러운 일입니다. 내가 누구인지, 어떻게, 무엇 때문에, 그리고 어디서 이 손수건이 피로 물들었는지 아시면 말입니다.

실리아 어서 말씀해주세요.

올리버 올랜도는 한 시간 안으로 돌아온다는 약속을 남기고 당신들과 헤 어진 후 숲속을 헤매면서 쓰고 달콤한 사랑의 환상에 젖어 있었습 니다. 그런데 아뿔싸, 웬일입니까! 올랜도가 문득 옆을 보았더니 무엇이 눈앞에 보였을까요? 오랜 세월에 이끼 낀 가지가 하늘에 치 솟은 시든 참나무 아래 누더기를 두르고 털부숭이된 처참한 사나 이가 벌렁 누워 잠들고 있었죠. 그 사람 목에는 번들번들한 시퍼런 구렁이가 감겨 있었습니다. 이 징그러운 구렁이 놈의 대가리가 자 는 사람의 입을 향해 다가서고 있었죠. 그 순간 올랜도가 나타나자 구렁이는 칭칭 휘감은 몸을 풀고 꿈틀대며 덤불 속으로 기어갔습 니다. 그런데 수풀 속에는 젖통이 말라붙은 암사자가 머리를 땅바 닥에 붙이고 살쾡이처럼 눈을 번쩍이며, 그 사나이가 움직이는 것 을 기다리고 있었습니다. 백수의 사자는 죽은 것을 건드리지 않는

습성이거든요. 이것을 본 올랜도는 그 사나이에게 접근했습니다.
가보았더니 형님이었어요. 큰형님이었어요.

실리아 그 형님 얘기를 올랜도가 했었죠. 피도 눈물도 없는 냉혈적인 인간
이라고 말했어요.

올리버 당연한 말씀이오. 나도 그렇게 알고 있습니다.

로잘린드 아무리 그렇더라도 올랜도는 왜 형님을 굶주린 사자 밥이 되도
록 내버려두었습니까?

올리버 두 번이나 등을 돌리고 그렇게 하려고 했습니다. 하나 복수심보다
더 거룩한 형제간의 정분이 복수심을 짓누르고 사자와 싸우게 했
습니다. 마침내 사자는 쓰러졌고, 이 소동 때문에 나는 불행한 잠
으로부터 깨어났습니다.

실리아 당신이 형님이세요?

로잘린드 당신이 구제받은 형님이세요?

실리아 그분을 여러 차례 죽이려고 했던 사람이 당신이었어요?

올리버 그랬습니다만 지금은 아니오. 과거의 내가 어떤 인간이었는지 말
해도 부끄럽지 않아요. 지금의 나는 새사람이기 때문이죠.

로잘린드 하나, 그 피투성이 손수건은?

올리버 말씀드리죠. 우리들은 정분에 넘친 눈물을 흘리며 자초지종을 얘
기했습니다. 내가 이 거친 땅에 오게 된 사연을 말했죠. 동생은 나
를 공작한테 안내했습니다. 공작이 주신 옷을 입고 대접을 받은 후
동생의 시중을 받으라 하시기에 동생은 동굴로 나를 데려갔죠. 동
생은 옷을 벗었습니다. 팔 언저리에 사자가 물어뜯은 상처에 피가
흐르고 있었습니다. 동생은 까무러쳤어요. 기절하며 로잘린드라
고 외쳤어요. 동생을 회복시킨 후 상처에 붕대를 감아주었더니 금
세 기력을 되찾았습니다. 초면인 나를 당신께 보내어 이 의기를 전

하게 했습니다. 어긴 약속의 용서를 빌고 그가 장난삼아 로잘린드라고 부르는 젊은 목동에게 이 손수건을 넘겨주라고 부탁했어요.

(로잘린드, 기절한다)

실리아 왜 그래요. 가니메데, 가니메데 형님!

올리버 피를 보면 대부분이 기절하죠.

실리아 다른 이유가 있어요. 형님! 가니메데!

올리버 이봐요, 숨을 돌리시네.

로잘린드 집에 가고 싶어.

실리아 데리고 갈게요. 미안하지만 형님 팔 좀 잡아주세요.

올리버 기운을 내, 젊은이. 사나이답게! 젊은 기백이 있어야지.

로잘린드 옳으신 말씀이에요. 아, 보세요. 누가 보면 연극을 썩 잘한다 하겠어요. 부탁이에요. 동생에게 연극 썩 잘하더라고 전하세요. 헤이호!

올리버 연극이 아니죠. 당신 얼굴에는 진실한 감정이 너무나 명백히 나타나 있어요.

로잘린드 정말 연극이라니깐요.

올리버 아, 그렇게 하고 있어요. 그러나 사실은요. 여자로 태어났어야 좋을 뻔했어요.

실리아 저런, 안색이 점점 더 창백해지네. 집으로 빨리 가요. 여보세요, 함께 가시죠.

로잘린드 자, 갑시다. (일동 퇴장)

제5막

제1장 숲속

터치스톤과 오드리 등장.

터치스톤 때가 오겠지, 오드리. 참아요, 착한 오드리.

오드리 목사님은 괜찮았어요. 그 늙은이는 이상한 말을 했지만.

터치스톤 저런 발칙한 올리버 목사 같으니. 오드리, 마텍스트는 엉터리야. 그런데 오드리, 이 숲속에는 너를 차지하려는 젊은이가 있는 모양인데.

오드리 알고 있어요. 그 사람은 나에게 아무런 관심도 없어요. 여기 그 젊은이가 오네요.

윌리엄 등장.

터치스톤 나는 시골뜨기 얼간이를 보면 신바람이 나는 게 사실이지. 우리들 지혜로운 사람들은 죄를 범하게 마련이지만 농이 하고 싶어 참지 못해.

윌리엄 안녕하세요, 오드리.

오드리 안녕하세요, 윌리엄.

윌리엄 나리, 안녕하세요.

터치스톤 안녕하시오. 친구 양반, 모자를 쓰게, 모자를. 제발 모자는 쓰고 있게. 몇 살이나 됐소?

윌리엄 스물다섯입니다, 나리.

터치스톤   한창 나이로군. 이름이 윌리엄인가?

윌리엄   윌리엄입니다.

터치스톤   멋진 이름이야. 이곳 숲에서 태어났는가?

윌리엄   네, 하느님 은총이지요.

터치스톤   하느님 은총은 좋은 대답이야. 부자겠지?

윌리엄   나리 양반, 그저 그래요.

터치스톤   그저 그렇다는 답변은 썩 좋다. 아주 좋아. 아냐, 그렇지도 않아.
그저 그렇다고 했으니까, 자네 영리한가?

윌리엄   꽤 영리한 편입니다.

터치스톤   대답 한번 잘했군. 이 처녀가 좋은가?

윌리엄   죽을 지경이죠.

터치스톤   자네 손을 이리 주게. 학식은 있는가?

윌리엄   없습니다.

터치스톤   그렇다면 한 가지 가르쳐주마. 소유하는 것은 소유하는 것이다.
수사학의 비유를 빌려서 말한다면 술을 컵에서 유리잔에 따르면
유리잔에 가득 차는 반면 컵은 텅 비지. 모든 학자들의 일치된 견
해로는 그 자신이란 그 남자야. 한데 너는 그 자신이 아니야. 왜냐
면 내가 그 자신이기 때문에.

윌리엄   그 남자란 누구입니까?

터치스톤   그 남자란 이 처녀와 결혼할 사람이다. 그러니까 얼빠진 양반과
는 포기해라. 속된 말로 집어치워. 계집과의 교제를 촌스럽게 말해
서 사귀는 일을 단념하게. 요약해서 말한다면 이 여성과의 교제를
포기하라는 뜻이다. 그러지 않으면 얼빠진 네놈은 파멸이야. 알기
쉽게 말해서 너는 죽게 되는 거야. 다시 말해서 나는 너를 죽여서
처치한 다음, 너의 목숨을 죽음으로 바꾼 후에 네 자유를 구속할

참이다. 독살하든가 매 찜질을 하든가 칼침을 놓든가 해서 말이네. 패거리를 지어 네놈을 해치울 수도 있어, 책략으로 함정에 빠뜨릴 수도 있어. 백오십 가지 방법으로 네놈을 때려잡겠다. 그러니 벌벌 떨면서 도망가거라.

오드리 그렇게 하세요, 윌리엄.

윌리엄 안녕히 계십쇼, 나리.

　　　코린 등장.

코 린 우리 도련님과 아가씨께서 찾으십니다. 자, 급히들 가십시다.

터치스톤 가자, 오드리. 어서 가자, 오드리. 나도 갈게. 나도 갈 테니.

　　　일동 퇴장.

제2장 숲속

　　　올랜도와 올리버 등장.

올랜도 그런 일이 있을 수 있습니까? 서로 알기도 전에 그녀를 좋아한다니, 한눈에 반해버리다니. 사랑하자 곧 구혼을 하신다니. 구혼하자마자 수락한다니. 형님은 기어이 그녀를 차지하겠다는 거죠.

올리버 이 일은 결코 경솔한 짓이 아니다. 그녀가 가난하다든가, 그녀를 잘 알지 못한다거나, 내 구혼은 성급하다거나, 그녀의 승낙이 갑작스럽다는 둥 말하지 말라. 나는 앨리나를 사랑한다고 나와 함께 고함쳐다오. 그녀는 나를 사랑하기에 우리 둘이 일심동체가 되는 일에 동의해다오. 이 일은 너에게도 이로운 일이다. 아버지의 재산, 즉 롤런드 경의 모든 재산을 나는 너에게 양도하고 양치기로 여생을 보내고 싶다.

올랜도   동의합니다. 내일 결혼식을 올리고 결혼식에 공작과 귀족들을 초대하겠습니다. 형님은 앨리나한테 가서 준비하세요. 보세요. 저기 로잘린드가 오고 있어요.

    로잘린드 등장.

로잘린드   안녕하세요, 형님.

올리버   안녕하세요, 어여쁜 동생이여.

로잘린드   아, 사랑하는 올랜도. 당신의 가슴을 싸고 있는 붕대를 보니 저는 슬퍼요.

올랜도   붕대는 팔에 감겼어.

로잘린드   당신의 심장이 사자 발톱에 상처를 입었다고 생각했습니다.

올랜도   상처 입은 건 어떤 여인의 눈 때문이죠.

로잘린드   형님이 전하던가요? 당신의 손수건을 보고 내가 기절하는 흉내를 내더라고.

올랜도   네, 그보다 더 희한한 이야기도 전해줬죠.

로잘린드   아, 무슨 얘긴진 잘 알겠습니다. 그건 사실이에요. 그토록 갑작스러운 일이 어디 있겠습니까. 두 마리의 숫양 싸움이나 시저의 '왔노라, 보았노라, 이겼노라'의 웅변처럼 당신 형님과 내 동생은 서로 만나서 쳐다보고, 쳐다보자마자 서로 사랑했어요. 사랑하자마자 한숨지었고, 한숨지으며 그들은 이유를 캐물었습니다. 그 이유를 깨닫게 되자마자 그들은 해결책을 강구했습니다. 이런 식으로 서로 결혼의 정상에 이를 계단을 마련하고 당장에 올라가든가, 그게 안 되면 결혼 전이라도 어떻게 되고 말 거예요. 사랑의 열기에 들떠 있어요. 그리고 그들은 함께 모이고 몽둥이로도 떼놓을 수 없어요.

올랜도 내일이면 두 사람은 결혼할 거예요. 난 공작님을 결혼식에 청하겠어요. 아, 남의 눈을 가지고 행복을 바라보니 정말 못 견디겠는걸. 내일 소원성취해서 행복하리라고 생각하면 할수록 나는 우울의 절정에 달할 거요.

로잘린드 그렇다면 나는 내일 당신을 위해 로잘린드 역할을 할 수 없다는 것입니까?

올랜도 상상만으로는 살아갈 수 없게 되었습니다.

로잘린드 그렇다면 부질없는 얘기로 더 이상 괴롭히지 않겠어요. 이것만은 알아두세요. 나에게는 신비한 마력이 있어요. 그러니까 세 살 때부터 마술사의 지도를 받았죠. 그 술법은 심원한 것이었지만 악독한 것이 아니었어요. 당신이 겉으로 나타내 보이듯 마음속 깊이에서 우러나 로잘린드를 사랑한다면 당신 형님이 앨리나와 결혼할 때 당신도 로잘린드와 결혼시켜드리죠. 로잘린드가 지금 어려운 궁지에 몰려 있는 것을 나는 잘 알고 있지만 당신이 원하신다면 내일 당신 눈앞에 진짜 로잘린드를 아무 위험도 없이 세워두겠어요.

올랜도 농담인가요, 진담인가요.

로잘린드 목숨을 걸고 맹세하죠. 비록 마술사이긴 하지만요, 나에게도 목숨은 귀중하지요. 그러니 예쁜 옷을 걸치고 친구를 초대하세요. 내일 결혼하고 싶으시면 시켜드릴게요. 로잘린드와 결혼하세요.

　　　실비우스와 피비 등장.

보세요. 나를 사랑하는 여인과 그녀의 연인이 오네요.

피 비　너무하셨어. 당신에게 쓴 내 편지를 딴 사람에게 함부로 보여주다니.

로잘린드　보여준들 어때. 나는 너를 일부러 혼내주고 학대하고 있어. 너에게는 충실한 양치기가 있잖니. 그를 보살피고 사랑해줘. 그는 널 숭배하고 있어.

피 비　실비우스, 이 젊은이에게 사랑이 무엇인지 가르쳐줘봐.

실비우스　사랑은 눈물과 한숨의 범벅이죠. 피비 때문에 제가 그 지경이죠.

피 비　나는 가니메데 때문이죠.

올랜도　나는, 로잘린드.

로잘린드　나는, 여자 때문이 아니다.

실비우스　사랑은 헛된 환상이다. 사랑은 격정이요, 헌신이요, 충성, 봉사로다. 사랑은 겸손이요, 인내심이요, 초조로움이다. 사랑은 순결이요, 시련이요, 복종이다. 나는 피비에게 그런 사랑을 바친다.

피 비　그리고 나는 가니메데에게.

올랜도　나는 로잘린드에게.

로잘린드　그러나 나는, 여자 때문이 아니다.

피 비　사랑이 이러하거늘 당신을 사랑하지 못할 이유가 무엇입니까?

실비우스　사랑이 이러하거늘 당신을 사랑하지 못할 이유가 무엇입니까?

올랜도　사랑이 이러하거늘 당신을 사랑하지 못할 이유가 무엇입니까?

로잘린드　누구에게 말하는 거죠. 사랑하지 못할 이유가 무엇이냐고.

올랜도　이곳에 없는 그녀에게, 듣지도 못하는 그녀에게.

로잘린드　그만해둡시다. 달을 쳐다보고 짖어대는 아일랜드 늑대 같아요. (실비우스에게) 도와드리겠어요. 할 수 있는 일이라면 (피비에게) 당신을 사랑해드리겠어요. 사랑할 수 있다면 내일 모두들 만나요. (피비에게) 여자에게 결혼할 수 있다면 당신과 결혼하겠어요. 결혼식은 내일이에요. (올랜도에게) 남자의 소원을 풀어드릴 수 있다면 당신의 소원을 해결해드리죠. 당신은 내일 결혼할 수 있어요. (실비우스에게) 당신이 원하는 것을 입수해서 당신이 만족할 수 있다면 나는 당신을 만족시켜드리죠. 당신은 내일 결혼할 수 있어요. (올랜도에게) 로잘린드를 사랑하신다면, 오세요. (실비우스에게) 피비를 사랑하신다면, 오세요. 여자가 아닌 사람을 사랑하기 때문에 나도 갈 거예요. 안녕히들 가세요. 내 말을 잊지 마세요.

실비우스 가리라, 목숨이 있는 한.

피 비 나도 가겠어요.

올랜도 나도 가겠어요.

제3장 숲속

터치스톤과 오드리 등장.

터치스톤 내일은 즐거운 날이다, 오드리. 내일 우리는 결혼하는 거야.

오드리 그렇게, 그렇게 되길 바라요. 여자로 한번 태어나서 시집가고픈 생각은 음탕한 생각이 아니죠. 공작님의 시동들이 오네요.

시동들 등장.

시동 1 잘 만났네요, 신사 양반.

터치스톤 정말이지 잘 만났다. 여기 와서 앉아 노래를 불러라.

시동 2 분부대로 하죠. 가운데 앉으세요.

시동 1 그럼 대뜸 불러볼까요. 헛기침을 해대고, 침을 뱉고, 목이 쉬었다고 하는 둥, 거친 목소리의 서두 같은 건 빼고요.

시동 2   그래, 합창을 하자. 말을 같이 탄 두 집시처럼. (노래한다)

연인들이 손에 손을 잡고

얼싸 좋다, 헤이 호 헤이 노니노

푸른 밭을 밟고 가노라면

때는 언약 맺는 봄이로다

새들도 지저귀네 헤이 찌찌찌

연인들은 모두들 봄을 좋아해

보리밭에 둘러 싸여서

얼싸 좋다, 헤이 호 헤이 노니노

사랑스러운 두 연인이 함께 누우면

때는……(이하 후렴)

이윽고 두 사람은 노래 부르네

얼싸 좋다, 헤이 호 헤이 노니노

꽃의 목숨은 하염없지만

때는……(이하 후렴)

놓치지 마라 이 봄을 두 번 다시는

얼싸 좋다, 헤이 호 헤이 노니노

사랑의 꽃이 피는 지금은 한때

때는……(이하 후렴)

터치스톤   정말이지. 어린이들이여. 노래 내용은 별 것 아닌데 가락만은 멋지구나.

시동 1 신사 양반 귀가 이상하네요. 박자를 맞추면 가락이 좋은 법이죠.

터치스톤 정말이지 그렇군. 바보 같은 노래에 넋을 잃었으니 시간 낭비야. 잘들 가거라. 하느님 보고 목소리 고쳐 달라고 해. 가자, 오드리.

제4장 숲속

노공작, 애미언즈, 제이퀴즈, 올랜도, 올리버, 그리고 실리아 등장.

노공작 올랜도, 너는 그 젊은이가 약속한 일이 실현될 수 있다고 믿고 있는가.

올랜도 때로는 믿고 때로는 의심합니다. 두려움 속에서도 희망하고 두려움 속에서 깨닫습니다.

로잘린드, 실비우스, 피비 등장.

로잘린드 조금만 더 참으세요. 약속을 확인하고 싶어요. 공작님은 만약에 제가 로잘린드를 데려오면 그녀를 올랜도에게 준다고 하셨죠.

노공작 그렇고말고, 그녀에게 내 왕국을 주는 한이 있더라도.

로잘린드 그녀를 데려오면 당신은 아내로 맞이한다 했죠.

올랜도 그렇다. 비록 내 로잘린드 너는 내게 원하기만 한다면 결혼한다고 했지.

피 비 그렇고말고요. 비록 한 시간 후에 죽는다 한들.

로잘린드 그러나 만약에 나와 결혼하기 싫다고 한다면 너는 충실한 양치기와 결혼한다고 말했지.

피 비　그랬어요.

로잘린드　피비가 원한다면 너는 그녀를 아내로 맞이한다고 말했지?

실비우스　그 길이 죽음의 길이라도 가고야 말겠습니다.

로잘린드　나는 이 모든 일을 원만하게 처리한다고 맹세했습니다. 공작님 이여, 따님을 준다는 약속을 지키십시오. 올랜도, 당신은 그 따님 을 맞이하겠다는 약속을 지키십시오. 피비, 너도 약속을 지켜라. 나와 결혼하든가, 아니면 이 양치기의 아내가 되든가. 실비우스, 약속을 지켜야 해요. 피비가 날 거절하면 아내로 맞겠다고. 지금부 터 나는 가서 이 모든 문제를 한꺼번에 해결하렵니다.

　　　로잘린드와 실리아 퇴장.

노공작　저 양치기는 내 딸의 모습을 그대로 지니고 있어.

올랜도　공작님, 제가 저 젊은이를 처음 보았을 때, 저는 따님의 형제가 아 닌가 생각했습니다.

　　　터치스톤과 오드리 등장.

제이퀴즈　얼마 안 있어 노아의 두 번째 홍수가 와 저 두 사람이 한 쌍이 되 어 방주를 타고 올 모양이야. 여하튼 신기한 동물들이 쌍쌍이 되어 오고 있어. 그들은 어느 나라 말로서나 바보들이야.

터치스톤　인사와 문안드리옵니다.

제이퀴즈　공작님, 환영한다고 말하세요. 숲속에서 가끔 만난 사람으로 얼 룩옷을 입은 꼴이 속속들이 마음은 얼간이죠. 궁궐에도 드나들었 다고 본인은 우쭐대고 있습니다만.

터치스톤　수상하게 여기신다면 절 얼마든지 시험해보시오. 나는 궁궐에서 춤도 추고 여자들에게 아양도 떨었어. 친구들을 모함도 하고, 원수로 삼은 적도 있어. 양복점을 세 집이나 망쳐놨지. 싸움질은 네 번, 결투가 될 뻔한 게 한 번이야.

제이퀴즈   결투 없이 어떻게 처리했지?

터치스톤   실은 맞서보니 그 결투는 제 칠조의 원인이었어.

제이퀴즈   제 칠조의 원인이라? 공작님, 재미있는 녀석인데요.

노공작   마음에 드네.

터치스톤   언제까지나 마음에 들었으면 합니다. 제가 이곳에 끼어든 이유는, 부부가 되고픈 시골뜨기와 함께 맹세도 하고 배반도 하면서 결혼으로 결합되면 본능으로 깨뜨리고 싶어서죠. 가련한 처녀로군, 얼굴은 형편없지만. 그래도 제 것이 아니겠어요. 아무도 거들떠보지 않는데도 제 차지라니, 제 마음이 변덕스러운 탓이죠. 정숙이라는 보물이 구두쇠처럼 오두막 속에 사는 격이니 진주가 더러운 굴껍질 속에 있는 것과 같죠.

노공작   재치 있는 말을 마구 터뜨리네.

제이퀴즈   그러나 제칠조의 원인 말이다. 그 결투의 원인이 제 칠조인 것을 어떻게 알았지?

터치스톤   일곱 번이나 치고받은 거짓말 때문이죠. 오드리, 몸을 제대로 가누어야지. 이렇게 말합니다. 난 어떤 궁신의 수염이 마음에 안 든다고 말했어. 그랬더니 하는 말이 그의 수염이 마음에 들건 말건 그는 아랑곳없다는 거야. 요것이 바로 의례적인 답변이지. 다시 한 번 수염 꼴이 보기 싫다고 말을 했더니, 그가 대꾸하기를 그는 제 멋에 겨워 깎는다는 거야. 요것이 신중한 경고지. 수염 꼴이 보기 싫다, 또 했더니 내 눈이 까막눈이래. 요것이 난폭한 응답이야. 한 번 더 추궁했더니, 그는 내 말이 틀렸다는 거야. 요것은 도전적 반박이지. 또 한 번 했더니, 요것은 거짓말쟁이라는 거야. 요것은 공격적 반박이란 거지. 이렇게 해서 간접적 거짓말서부터 직접적 거 짓말이 된 거죠.

제이퀴즈 그의 수염이 엉망이라고 몇 번 말했지?

터치스톤 나는 간접적 거짓말의 한계를 넘고 싶지 않았죠. 그쪽도 직접적 거짓말을 터뜨리고 싶지 않았어요. 그래서 우리들은 서로 칼만 빼 들고 헤어졌어요.

제이퀴즈 공작, 신통한 사람입니다. 무엇이든 신나게 지껄여요. 그런데 바보 얼간이에요.

노공작 그는 그의 어리석음을 숨긴 말처럼 사용해서 그 방패에 숨어 지혜 를 쏘아붙이네.

　　　결혼의 신 히멘, 로잘린드, 실리아 등장. 조용한 음악.

히 멘 지상의 것이 화합하면 기쁨은 하늘에 뻗는다. 공작이여, 딸을 맞이 하라. 결혼의 신 히멘이 하늘에서 데려온 여인을, 그 여인의 손을 젊은이의 손에 닿도록 하라. 서로의 마음이 결합되었으니.

로잘린드 (공작에게) 이 몸을 드립니다. 전 아버님의 딸이에요. (올랜도에게) 이 몸을 드립니다. 저는 당신의 아내이기에.

노공작 이 눈이 진실을 비춘다면 너는 나의 딸이로다.

올랜도 이 눈이 진실을 비춘다면 너는 나의 로잘린드.

피 비 눈이여, 이것이 진실이라면 나의 사랑이여, 잘 가거라!

로잘린드 당신 이외에 아버지는 없습니다. 당신 이외에 남편은 없습니다. 당신은 여자, 결혼할 수 없습니다.

히 멘 자, 조용히! 귀 기울여라. 이 야릇한 일에 매듭을 지어야 한다. 진 실에 거짓이 없다면 여덟 명은 히멘의 이름으로 손을 잡아라. 그대 들은 고난 때문에 헤어질 수 없다. 그대들은 마음과 마음이 하나로

다. 그대는 이 남자의 사랑에 따르라. 그대가 남자를 남편으로 삼
는다면, 그대와 그대는 하나로 합쳤다. 겨울 하늘이 북풍과 합치듯
이 우리들이 부르는 혼례의 노래로 너희는 서로 묻고 물으라. 궁금
증이 자연히 없어질 때까지 묻거라. 어떻게 만나고 어떻게 맺었는
가를. (노래한다)

혼례는 위대한 주노의 제전
행운이 있으라, 침식을 함께 하려는 이 언약이여
거리마다 아기들로 넘치게 하는 것은 히멘의 일이로다
찬양하라, 행운을 잉태하는 부부의 맹세
찬양하라, 그 이름을 우렁차게 찬양하라
거리마다 행운을 불러오는 히멘의 이름을

노공작 아, 실리아. 내 질녀여, 잘 왔다. 나에게는 딸과도 같다. 환영이다.

피 비 저는 약속해요. 저는 당신의 것이죠. 당신의 믿음이 내 사랑을 당신
께 결합시켰어요.

　　　제이퀴즈 드 보이스 등장.

제이퀴즈 드 보이스 실례합니다. 한두 마디 경청해주십시오. 저는 돌아가
신 롤런드 경의 차남입니다. 이 아름다운 모임에 소식 전합니다.
프레드릭 공작은 유력한 인물들이 이 숲에 모인다는 소식을 듣고
강력한 군대를 이끌고 스스로 지휘하여 진격 중이었답니다. 그 목
적이 그의 형님을 사로잡아 처형하자는 것이었습니다. 마침내 황
량한 숲 가장자리에 이르러 연로하신 도사를 만나게 되어 문답을
나눈 결과, 변심하여 계획을 포기, 속세도 버리고자 결심하여 공작
의 지위를 추방된 형님께 반환하고 형님을 따라 유배된 자의 영토

도 모조리 반환한다는 전갈입니다. 목숨을 걸어 이 일이 사실임을 맹세합니다.

노공작 잘 왔다, 젊은이. 형제들의 결혼식에 좋은 선물이로다. 한 사람에게는 몰수당한 땅을, 또 한 사람에게는 영토 전부와 공작령을 주는구나. 우리들은 우선 숲에서 즐겁게 시작되어 행복하게 맺은 사랑의 열매를 거두도록 하자. 그 이후에 나와 함께 괴로운 나날을 참아준 동료들에게 내 손에 들어온 행운의 기쁨으로 신분에 따라 함께 나누고자 한다. 그러나 지금은 갑자기 밀어닥친 축제의 즐거움에 흠뻑 빠지자. 자아, 음악이다! 신랑 신부는 팔짱을 끼고 기쁨에 넘실대며 화려한 춤을 추어라.

제이퀴즈 공작님, 잠깐만. 지금 말씀으로는 프레드릭 공작은 수도 생활에 뜻을 두고 호사로운 궁정 생활을 버렸다는 거죠?

제이퀴즈 드 보이스 그렇소.

제이퀴즈 그분한테 가겠소. 개심한 사람으로부터는 여러 가지 들을 것과 배울 게 많소. (공작에게) 영광스러운 옛 지위에 공작님을 맡깁니다. 당신의 인내심과 덕성이 얻어낸 보상입니다. (올랜도에게) 너의 진심이 얻어낸 연인을 너에게 맡기고 간다. (올리버에게) 너의 사랑과 영토, 그리고 공작 일가에 너를 맡기고 간다. (실비우스에게) 오랫동안 열망하던 신방에 너를 맡기고 간다. (터치스톤에게) 너는 부부 싸움에 맡겨둔다. 너의 사랑의 항해는 두 달치 식량밖에 없기 때문이다. 실컷 즐겨라. 춤에도 어울리지 못하는 나를 잊어주게나.

노공작 기다려, 제이퀴즈, 기다려.

제이퀴즈 놀이는 끝났어요. 일이 있으면 살다 버린 당신의 동굴에서 만납시다. (퇴장)

노공작 시작하자. 모든 진정한 즐거움 속에서 이 일은 막이 내릴 것이

다. (춤)

에필로그

로잘린드 여자의 몸으로 막을 내리는 일은 요즘의 유행이 아닙니다. 남자들이 막을 여는 일보다 더 서툰 것도 아닙니다. 좋은 술에 광고가 필요 없는 것처럼 필요 없습니다. 그러나 좋은 술에는 좋은 광고가 있는 법이죠. 따라서 좋은 연극도 좋은 에필로그가 있으면 한결 좋은 것입니다. 그렇다면 저는 어떡하면 좋아요? 좋은 에필로그도 못 하고, 좋은 연극을 보았다는 기분을 가지도록 할 수도 없으니 말이죠! 저는 거지 누더기를 입지 않았으니 애원할 수도 없네요. 마음속으로 부탁할 수밖에 없죠. 여자분들부터 시작할까요. 여인들이여, 부탁이에요. 남자에 바치는 사랑을 위해서라도 이 연극을 사랑해주세요. 남자들이여, 여자에 바치는 사랑을 위해서라도 싱글벙글하시는 품이 싫다는 표정은 아닙니다만 여러분들이 함께 연극을 아껴주세요. 만약에 제가 여자라면 저는 마음에 드는 턱수염과 기분 좋은 얼굴과 매력적인 입김의 남자들에게 키스해드리겠어요. 그러니 멋진 턱수염이여, 기분 좋은 얼굴이여, 향기로운 입김이여, 저의 마음을 살피셔서 제가 절하는 동안 이별의 인사를 보내주세요.

셰익스피어 희극의 이해

1. 셰익스피어 희극의 전통과 특성

셰익스피어 희극작품이 전통과 어떤 관계를 맺고 있는가, 또는 그의 희극 작품에 보이는 공통된 희극적 원리·주제·구조, 희극적 효과, 사상 등은 무 엇인가를 해명하는 일은 그의 작품의 이해를 위해 중요한 전제가 된다.

셰익스피어의 희극작품에서 특히 중요한 사실은 틸랴드(E.M.W. Tillyard)가 이미 그의 논문 「희극의 특성과 셰익스피어」에서 지적하고 있는 다음과 같 은 분석에서 명백히 드러난다. "당대의 희극작품과 셰익스피어의 희극을 구 분 짓는 특징은 '혼합의 양(the amount of blending)'이다. 작품 하나하나가 개성 적이다. 그러나 거의 모든 작품이 혼합의 비율은 다르지만 다른 작가의 작품 에서 볼 수 있는 온갖 요소를 지니고 있다." 이것이 이른바 셰익스피어 희극 의 다양성과 중층성을 만드는 원인이 된다.

셰익스피어는 그리스 로마 고전 희극의 전통을 이어받고, 중세극의 영향 을 받았다. 이탈리아 르네상스 시대의 희극작품은 그가 직접 모방하면서 재 창조의 기틀을 삼은 걸작들이다. 메난드로스(Menandros), 아리스토파네스

(Aristophanes), 플라우투스(Plautus), 그리고 테렌티우스(Terentius) 등 위대한 희극 작가들의 다양한 영향에서 그는 결코 벗어날 수 없었다.

영국 최초의 희극작품인 니콜라스 우달(Nicholas Udall)의 〈랠프 로이스터 도 이스터〉(1552)나 영국 대학의 대표적 지성이면서 당대의 대표적인 극작가였던 릴리(Lyly)와 필(Peele), 토머스 내시(Thomas Nash), 로버트 그린(Robert Greene), 토머스 로지(Thomas Lodge), 크리스토퍼 말로(Christopher Marlowe) 등의 작품에서도 영향을 받은 그의 작품은 다양한 표현 양식과 플롯, 방대한 내용과 폭넓은 주제의 선택, 언어와 시청각적 효과의 절묘한 배합으로 다변적 무대가 가능한 희곡작품을 완성했다.

1587년은 셰익스피어가 극단을 따라 런던으로 갔을 것이라고 추측되는 해였으며, 1588년은 영국이 스페인 무적함대를 격파한 해다. 이 때문에 엘리자베스 시대 사람들은 윤택하고 활력에 넘친 생활을 즐기고 있었는데, 때는 바야흐로 중세의 규제와 억압에서 풀려난 런던 시민들이 르네상스 운동의 거센 물결 속에서 새 시대의 자유와 해방을 만끽하고 즐거운 인생을 구가하던 시기였다. 이런 시대적 배경은 영국의 희극 발전에 중요한 의미를 지니게 된다.

셰익스피어가 창작 활동을 시작하기 전 30년 동안 영국에서는 약 35편의 희극작품이 발표되었고(이 가운데 반은 현재 유실되고 없다), 셰익스피어가 1590년부터 작품을 발표하기 시작하여 20년 동안에는 200편 이상의 희극작품이 런던에서 발표되었는데(4분의 1은 유실), 이 사실로 미루어볼 때 시대와 작가, 그리고 극단과 관객의 조화로운 유대가 이 시대만큼 잘 형성된 때도 없었다.

엘리자베스 시대 희극은 일반적으로 극 형식과 내용이 이미 언급한 대로 외래적 영향과 토착적인 것이 혼합된 다양한 면모의 연극이었다. 셰익스피어가 희극을 쓰기 시작한 시기에 런던 희극 무대에서 발견된 두드러진 특징은 이탈리아 희극의 유입이었다. 이탈리아를 배경으로 한 그의 두 편의 작품

〈로미오와 줄리엣〉과 〈오셀로〉는 이탈리아 가정희극이 서정극이나 비극으로 둔갑한 경우인데, 이 일은 대학 극작가들이나 당대 영국 시인 스펜서(Spenser)나 마벨(Marvell)에서도 발견되는 특징이다. 셰익스피어의 경우는 그의 희극의 장면 설정이나 등장인물, 그리고 행태 등이 이탈리아와 관련된다는 점에서 이와 유사하다.

그의 희극이 설정한 장소는 베로나 · 파두아 · 베니스 · 메시나 · 일리리아 · 플로렌스 · 로마 · 시실리 등이고, 〈태풍〉에서 작중인물 프로스페로의 섬은 나폴리와 카데이지 사이에 자리 잡고 있다. 두 희극작품은 이탈리아의 도시를 타이틀로 정하고 있다. 16세기의 이탈리아 희극은 사회적이며 성적(性的) 스캔들로 이야기를 꾸미고 있으며 극의 진행이 도시에서 이루어진다. 셰익스피어의 경우도 그렇다. 작중인물의 경우는 어릿광대(fool) 등의 희극적 인물의 도입에서, 그리고 행태 면에서는 사랑을 위한 변신과 역전(逆轉) 등의 예에서 쉽게 알 수 있는데, 특히 소재를 이용하는 측면에서는 그의 이탈리아 희극 의존도가 압도적이다.

물론 이런 일은 셰익스피어가 이탈리아 희극에서 많은 것을 빌려왔지만 그의 독창적인 재창조가 언제나 동시에 진행되고 있었다는 것을 전제로 하고 있다. 셰익스피어는 〈실수 연발(The Comedy of Errors)〉 〈윈저의 명랑한 아낙네들(The Merry Wives of Windosor)〉에서 플라우투스를 빌려왔다. 플라우투스는 로마시대의 희극작가이다. 그는 4세기 그리스에서 위력을 떨쳤던 '뉴 코미디(the New Comedy)'를 모방하면서 작품을 썼다.

그의 작품을 각색한 공연물이 이탈리아 르네상스 시대의 무대에 부활하여 15세기와 16세기에 걸쳐 공연되었는데, 이 가운데서도 아리오스토(Ariosto)가 각색한 작품 〈상상(I Suppositi)〉(1509)은 나중에 가스코인(Gascoigne)의 〈상상(Supposes)〉(1566)의 토대가 되었고, 다시 셰익스피어의 작품 〈말괄량이 길들이기(The Taming of the Shrew)〉에서 비앙카 구혼의 서브 플롯이 되었다. 플라우투스는 그의 작품이 번역되고 각색되면서 엘리자베스 시대 공연무대에 파급되었으며, 셰익스피어는 이 일에도 크게 기여했다. 그의 유머 감각과 플롯 설정, 예컨대 변장, 은밀한 사랑, 이산가족의 재결합, 희극적 상황의 설정, 음모와 소동 그리고 우스꽝스러운 말다툼, 무대상의 기교, 인물의 성격 창조 등에서 그는 플라우투스로부터 많은 것을 얻어 왔다.

〈베로나의 두 신사(Two Gentlemen of Verona)〉〈로미오와 줄리엣(Romeo and Juliet)〉〈끝이 좋으면 다 좋다(All's Well That Ends Well)〉 등의 작품에서도 플롯 구성과 성격 창조 면에서 플라우투스의 영향을 쉽게 발견할 수 있다. 플라우투스가 자주 사용한 프롤로그의 기법은 〈헨리 5세(Henry V)〉에서 막(幕)마다 도입되고 있으며, 〈로미오와 줄리엣〉의 1막과 2막의 코러스 장면, 〈겨울 이야기(The Winter's Tale)〉의 4막에서도 볼 수 있다.

또한 에필로그의 기법은 〈헨리 4세(Henry IV)〉와 〈당신이 좋으실 대로(As You Like It)〉에서 재현되고 있다. 이산가족과 그 재회의 플롯은 〈실수 연발〉〈겨울 이야기〉〈심벨린(Cymbeline)〉 등에서 볼 수 있다. 플라우투스의 〈아둘루라리아(Adulularia)〉는 구두쇠 딸이 젊은이와 사랑의 도피를 꾀하는 내용을 담고 있는데, 이 플롯은 〈베니스의 상인(The Merchant of Venice)〉의 로렌조-제시카의 서브 플롯에서 재창조되고 있다. 남자로 변장하는 인물의 창조는 플라우투스 특유의 인물 창조 기법인데 셰익스피어의 여주인공들 — 줄리아·포샤·로잘린드·비올라·이모진 등에서 다시 볼 수 있다.

〈사랑의 헛수고(Love's Labour's Lost)〉와 〈한여름 밤의 꿈(A Midsummer Night's Dream)〉에서 보여준 셰익스피어의 변장과 분규(紛糾), 이중 플롯 등의 기법은 그가 르네상스 이탈리아 희극에서 배운 것이다.

2. 셰익스피어 희극의 주제

셰익스피어의 희극은 결국 영국 르네상스 연극이 메난드로스, 플라우투스, 그리고 테렌티우스에서 이어받아 이룩한 전통적인 희극적 형식의 한 가지 변형이라 할 수 있다. 이와 같은 전통적 희극의 가장 두드러진 특성 가운데 하나는, 부모와 연적의 반대를 물리치고 사랑의 승리를 거두는 젊은 연인들의 이야기라는 점이다.

엄격한 사회적 인습이 지배하는 사회 속에서 독선과 아집만을 내세우는 악덕 인간들이 극 초반에는 대세를 장악하지만 극이 마무리되는 단계에서는 새로운 사회를 이끄는 젊은이들이 대세를 반전시키는 드라마로 발전된다. 이것은 인간이 속박된 상태의 비정상에서 자유를 얻는 정상 상태로의 회복을 실현하는 역전(逆轉)의 드라마가 되며, 개인적인 소원이 해결되면서 사회의 질서가 잡히고, 개인의 재생이 가능해지며, 사회와 국가의 존속이 이루어지는 행복한 결말의 통과의례다.

젊은이들은 어른들의 세계 속에서 그들에게 알맞은 자리를 차지한다. 젊은이의 사랑과 순수한 정열은 하나의 시대가 저물고 새로운 시대가 막을 올리는 변화의 계기요 원동력이다. 희극의 종결이 결혼으로 끝나는 것은 개인적인 의지가 실현되고 새로운 사회의 질서가 정착되는 상징적 표현이 된다.

노드롭 프라이(Northrop Frye)는 셰익스피어의 희극 세계를 '그린 월드(green world)'의 드라마라고 규정한다. 그에 의하면 극적 행동은 '정상 세계(normal world)'에서 시작되지만 그 세계는 '닫힌 세계(closed world)'다. 그 닫힌 세계로부터 열린 세계인 '그린 월드'로 진입하게 되고, 그 속에서 인간의 전신(轉身)과 세계의 전환이 이루어지면서 드라마는 변화된 '정상 세계'로 돌아온다는 것이다. 이런 경우 드라마는 두 세계의 상황적 대조감, 두 체험세계의 양상과 그 가치, 현실인식의 두 가지 측면 등을 극명하게 보여준다.

'정상 세계'의 최초의 액션은 법정이나 도시, 또는 가정에서 발생한다. 도시는 가정의 집합체이고, 결혼은 사회적인 의미를 갖게 된다. 도시를 다스리는 영주나 가정에서의 부모는 법의 엄격한 권위를 자랑하면서 결혼 적령기에 처한 젊은 남녀의 사랑을 위협하고 있다. 이 두 남녀들은 대부분의 경우 서로 가문이나 신분, 사회적 지위가 다른 인물들이다. 그들의 사랑은 기성세대 집단의 독선적이며 어리석은 주장과 반대에 부딪힌다. 젊은 남녀는 이들의 위협으로부터 벗어나기 위해 공작과 부모의 세계를 떠난다. 도시의 벽을 뛰어 넘어 꿈과 마술의 세계로 비상한다. 그 세계는 숲의 세계 — '그린 월드'이다. 그곳은 달빛 속에서 요정들이 춤추고, 목가적인 풍경 속에서 양치기들이 사랑을 꿈꾸는 곳이다. 나무가 자라고 꽃이 피고 있는 산속에는 공주 같은 여인이 영웅 같은 애인을 기다리고 있다.

　이 '그린 월드'는 작품의 주제에 따라 서로 다른 의미를 지니게 된다. 〈베니스의 상인〉의 경우는 기성세대의 낡은 질서에 맞서는 자비와 관용의 미덕이 된다. 〈한여름 밤의 꿈〉의 경우는 이성(理性)의 도시 아테네의 법에 맞서는 달빛 젖은 공상과 욕망의 유토피아가 된다. 어떤 경우든 그것은 현재의 상태에서 이상적인 상태로의 이행(移行)을 의미하고 있다.

　이 '그린 월드'의 세계로 탈출하기 위해 젊은이들은 처음에 여러 가지 어려운 시련을 겪게 되지만 그 과정을 통해 그들의 착한 마음은 더욱 견고해지고, 결국 행복한 결말을 누리게 된다. 그런데 행복한 결말은 시련의 극복과 운명의 변화에서 비롯되는 것이기는 하지만, 근원적으로는 마음의 변화에서 이룩되는 반전과 전신(轉身) 때문에 가능하다. 셰익스피어 희극에서 우리가 주목해야 되는 주제가 바로 이 일을 가능케 하는 사랑의 기능과 역할이다. 사랑은 인간의 마음을 열게 하고, 사람을 서로 접합시키며, 사람의 마음을 바꾸게 하고, 악을 패배시키면서 선을 실천케 한다는 것이다.

　〈한여름 밤의 꿈〉의 주제는 사랑과 상상력이다. 사랑을 여러 국면으로 나누어서 표현하고 있는 점이 주제의 중층성을 느끼게 만들어준다. 테세우스와 히폴리타의 원숙한 사랑, 궁전의 젊은이들이 추구하는 독단적이며 일방적인 사랑, 요정의 왕과 여왕 부부가 권태기에 겪는 사랑의 감정, 요정의 여왕 티타니아와 직공 보톰이 뒤엉키는 그로테스크하고 에로틱한 사랑, 극중극에서 보여주고 있는 피라모스와 티스베의 고전적이며 정열적인 사랑 — 이 모든 사랑의 상황이 상호 연관되어 이야기가 전개되는 가운데 이상적인 사랑의 개념이 통합적으로 전달되도록 만들고 있다.

3. 셰익스피어 희극의 기법

셰익스피어 희극의 특징은 그 중층성에 있기 때문에 이 문제의 분석과 해명은 그의 극작 기법을 이해하는 데 필수적이다. 셰익스피어 작품의 플롯·인물·언어·주제 등은 복잡하게 서로 얽혀 있지만 전체적으로 볼 때에는 통일적인 효과를 나타낸다. 여러 가지 극적인 요소들이 서로 얽혀 있다는 것은 갈등 관계를 맺고 있는 대립구조가 희극의 기본적인 틀을 형성하고 있다는 뜻이 된다. 따라서 대립구조의 몇 가지 기본적인 틀을 검토하는 일은 셰익스피어 희극을 이해하는 데 큰 도움이 된다.

셰익스피어 희극의 첫 번째 틀은 다양화와 통일이다. 다양성은 엘리자베스 시대 희곡작품이 필연적으로 지니고 있는 성격인데, 셰익스피어의 경우, 플롯의 측면에서는 복합구조가 되어 메인 플롯과 서브 플롯이 서로 엉키고 있으며, 또한 비극적 부분과 희극적 부분이 공존하면서 에피소드·음악·무용·극중극 등의 장면이 삽입된다.

등장인물의 경우는 다양한 신분·계급·종족의 인간들과 초자연적인 망령·마녀·요정 등이 등장하며, 비극의 경우 주인공에게 초점을 맞춘 것과는 대조적으로 희극에서는 초점의 확산을 꾀하고 있다. 희극의 중심 테마는 사랑이지만, 그 사랑의 양상을 다양한 측면에서 조명하고 있는 점이 두드러진다. 이토록 복잡한 여러 가지 요소를 하나로 묶는 일은 톤(tone), 대조, 유사한 것의 병치(竝置), 보완관계의 설정 등의 기법으로 처리했다.

구성 면에서 볼 수 있는 중층성의 구체적 예를 우리는 〈한여름 밤의 꿈〉에서 볼 수 있다. 이 드라마는 세 가지 이질적인 세계로 구성되어 있다. 그것은 궁전의 세계와 서민의 세계, 그리고 요정의 세계다. 이 세 가지 세계가 드라마 속에서 혼연일체가 되고 있는데, 셰익스피어는 이 작품 속에서 스토리나 작중인물의 성격을 철저히 추적하는 방법 대신에 인간 상호 간의 관계, 그리고 사랑의 몇 가지 양상을 희극적으로 그리는 일에 치중한다. 그는 이와 같은 기교를 사용하면서 드라마에 현실적인 생동감을 안겨주고 있다. 꿈같은 이야기가 이상하게도 현실에 가까운 박진감을 지니도록 만들어내는 셰익스피어 희극의 특징은 중층적 기법이 거둔 성과라 할 수 있다.

두 번째 틀은 일상성과 비일상성의 대립이다. 이것은 현실과 이상의 대립이 되기도 한다. 사랑의 주제를 묘사하는 방법에서도 이 기법이 도입되고 있으며, 특정한 스토리, 극적 상황, 작중인물의 표현에도 사용되고 있다. 예컨대, 스토리의 장면이 공간이나 시간적으로 멀리 떨어져 있도록 설정되었지만, 인물과 풍속과 자연의 묘사는 일상생활의 모습을 그리고 있는 점을 들 수 있다.

〈한여름 밤의 꿈〉에 등장하는 테세우스는 신화 속의 영웅이지만, 행동과 의상은 엘리지베스조 식이다. 이런 기법은 무대와 관객의 거리를 떼어놓고, 다시 융화시키는 효과를 만들어낸다. 이 대립의 틀은 셰익스피어 희극에 있어서 구조적 패턴이 되고 있는, 일상성으로부터의 탈출과 귀환이라는 플롯 개념과도 일치한다.

세 번째 틀은 허상과 실상의 대립이다. 셰익스피어 희극의 중요한 모티브의 하나가 되는 '인물의 착각(mistaken identity)'을 떠받치고 있는 구조이다. 이 같은 착각은 상대방을 잘못 아는 것 이외에도 자기 자신의 진실한 모습을 보지 못하는 내면적인 착각도 포함하고 있다. 이 같은 착각을 유발하는 동기는 쌍둥이·마법·약물·변장 등의 트릭을 사용하는 경우와, 자부심과 편견 등의 내면적인 요인에서 오는 경우가 있다. 극중극의 기법도 이에 속한다. 허구와 현실이 뒤바뀌고 있다. 그 때문에 '웃음'이 생긴다. 젊은 연인들이 겪는 이성과 환상의 착오, 티타니아와 보톰의 착각 등이 이에 속한다.

성격 창조에서 볼 수 있는 중층성은 셰익스피어가 고전극·중세극 등의 전통에 따라 종래의 희극적 인물을 재생시키지만, 동시에 요정이나 변장한 여인 등과 같은 새로운 인물의 성격을 입체적으로 창조해내는 독특한 기법에서 생겨난다. 셰익스피어의 희극적 인물 속에는 서로 모순되면서도 융화되는 여러 가지 성격적 요소들이 포함되어 있다. 그 좋은 예가 폴스타프이다. 이 인물 속에는 중세극의 악마·방탕성·악·허풍쟁이·어릿광대 등의 잡다한 요소가 가득 차 있지만 전체적으로 보통사람의 유연한 입체적 성격으로 친근감을 안겨주고 있다. 중요한 것은 셰익스피어의 희극은 작중인물의 성격을 과장하는 성격희극이 아니고, 성격 이상으로 운명이나 우연이 큰 작용을 하고 있는 드라마라는 사실이다.

잭 본(Jack A. Vaughn)은 그의 저서 『셰익스피어 희극론』에서 '숲'이라는 상징적 공간 설정의 기법을 자세히 설명하고 있다. 그의 말을 인용한다.

젊은 연인들의 사랑이 희극운동의 주축을 이루고, 이 사랑의 '시작-진행-분규-해결'을 가져오는 데 있어 필수적인 장치가 '숲'인데 셰익스피어에 있어 가장 대표적인 '숲'은 아든 숲이다. 아든 숲과 같은 것으로는 〈한여름 밤의 꿈〉의 숲이 있다. 문제 해결을 가져오는 장소로 볼 때 〈십이야〉의 무대인 일리리아섬과 〈폭풍〉에 나오는 마법의 섬(enchanted island)도 같은 숲의 개념에서 취급하고자 한다. (중략) 아든 숲으로 대표되는 셰익스피어 희극의 숲은 도시의 숲과 대조되는 한가롭고 평화스러운 전원의 중심부분이다. 도시가 인습 · 전통 · 권위 · 규율 · 타락을 나타낸다면, 숲은 자유 · 신선함 · 젊음 · 치유 · 음악 등을 대표하는 곳이다. 이 숲속은 사랑의 도피처요, 요정이 뛰노는 곳이요, 사랑이 자유스럽게 이루어지는 곳이요, 일상적 상식이 통하지 않고, 도시의 시간이 없는 '환상의 세계'이다. 희극 속에 '축제적인 놀이'가 있다고 볼 때에, 이 숲은 축제의 마당인 것이다.

셰익스피어의 희극작품은 대부분의 경우 지나친 명령이나 제안으로 시작된다. 이 같은 발단은 극심한 대립과 갈등을 조성하면서 극이 극한상황으로 치닫는 위기에 처하도록 하지만 해피엔딩으로 끝나게 된다. 도입부의 긴장감은 관객의 호기심을 자극하여 드라마의 결과에 대해 기대와 관심을 갖도록 만든다.

〈한여름 밤의 꿈〉에서 아버지는 그의 딸 허미아에게 디미트리우스와 결혼하도록 강요한다. 이것이 극의 발단이 된다. 그녀는 아버지의 강요를 피해 숲속으로 사랑의 도피를 감행한다. 젊은이들은 숲속에서 사랑의 시련을 겪게 된다. 이것이 극의 발전이요 전개가 된다. 극의 종말은 사랑하는 남녀가 각기 자신의 배필을 찾게 되는 해피 엔딩이 된다.

이들 희극작품 속에 표현된 사랑의 정황은 너무나 인위적이요 인습적이다. 〈한여름 밤의 꿈〉에서 셰익스피어가 애인들을 뒤섞어놓기 위해서 '사랑의 즙'을 사용하는 경우가 그 좋은 예가 된다. 퍼크의 장난은 웃음을 유발하고 기쁨을 선사해주지만 현실감은 상실되고 관객은 꿈속에서 환상을 보는 듯하다. 숲과 달빛과 밤의 극적 장치 속에서 인간은 꿈속을 헤매는 이상한 체험을 하게 되고, 그 체험 속에서 삶에 대한 계시를 받게 된다. 희극은 축제의 마당이라고 했다. 그 마당에서 웃고 놀면서 인간은 지혜가 생기고 변신을 거듭하게 된다.

셰익스피어의 비극작품은 한 가지 이념이나 사상에 극이 집중되어 있다.

그래서 주인공의 성격 분석이 극을 해명하는 데 중요한 구실을 하고 있다. 희극은 현실을 보는 눈이 더욱 다원적이다.

에드워드 다우든(Edward Dowden)은 그의 저서 『셰익스피어의 사상과 예술』에서 이렇게 말하고 있다. "셰익스피어는 그의 통합적인 재능처럼 유머 감각도 다양하다. 그는 절대로 인간 생활의 한 가지 국면만을 파헤치는 그런 종류의 극작가가 아니다." 다우든은 이 문제에 대해 계속해서 중요한 발언을 하고 있다. "영국 희곡의 전통은 진지한 것과 희극적인 것을 병치시키는 방법을 선호했다. 셰익스피어는 서로가 서로의 한 부분이 되도록 만들었다. 비극 속에 희극을 침투시키고, 희극 속에 비극적 진지함을 투영시킨 것이다." 이와 같은 맥락에서 로버트 코리건(Robert Corrigan)도 그의 논문 「희극과 희극 정신」에서 뜻깊은 말을 하고 있다. "연극사에서 가장 비극적인 장면의 하나가 히스 광야에서 폭풍우를 만나고 있는 리어 왕과 광대의 장면이다."

극의 소재는 언제나 중성적인 것이다. 그 소재를 다루는 극작가의 기법에 의해 비극·희극·멜로 드라마·소극 등의 의미가 생긴다. 이때 중요한 것은 극작가의 희극적 인생관이다. 그 인생관이란 무엇인가. 코리건은 다음과 같은 요지의 말을 하고 있다. "희극은 인간의 인내심을 찬양하는 내용이 된다. 인간은 숱한 실패를 거듭하더라도 좌절하지 않고 다시 일어나서 도전을 감행한다. 말하자면 소생에 대한 불굴의 의지를 지니고 있다. 따라서 희극의 정신은 '부활의 정신'이다. 그리고 희극적 체험에서 얻게 되는 기쁨은 패배를 거듭하더라도 인간은 즐겁게 살아남을 수 있다는 낙관적 인생관에서 연유한다. 희극적 행동의 중심에는 언제나 위기를 극복하고 행복한 결합을 이루는 사랑하는 연인들이 존재하고 있다는 사실이 이것을 입증하고 있다."

이 시점에서 우리는 극작가 이오네스코의 솔직한 발언에 주목해야 한다. 그의 말을 들어보자. "희극과 비극은 똑같은 상황의 두 가지 양상에 지나지 않다. 나는 지금 이 두 가지를 구분할 수 없는 단계에 와 있다." 이런 엄청난 문제에 봉착한 극작가는 이오네스코 이전에 체호프가 있었고, 또 그 이전에는 물론 셰익스피어가 있었다. 체호프는 그의 작품 〈갈매기〉와 〈벚꽃동산〉을 희극이라 규정했다. 체호프는 "눈 앞에 있는 인생을 그대로" 표현했다. 산타야나(Santayana)의 "자연 속의 사물은 이상적인 본질을 유지하면 서정적이요, 운명을 생각하면 비극적이지만, 존재론적으로 보면 희극적"이라는 말대로 희극의 의미가 적용되는 경우이다.

존재론적으로 볼 때 "눈 앞에 있는 인생"의 현재적 모습은 부조리 그 자체이다. 그리고 그것은 보잘것없이 허무하다. 혹자는 이것을 비극이라 볼 수도 있다. 그러나 셰익스피어나 체호프, 그리고 이오네스코 등의 극작가들은 인간의 처절한 비운의 순간에 희극적 몸짓이 있는 것을 발견한다. 물론 이것은 해럴드 핀터(Harold Pinter)류의 '블랙 코미디'의 카테고리라고 말할 수도 있고, 부조리 연극을 보면 그렇게 인정할 수도 있지만, 고뇌와 좌절과 소외의 눈물을 삼키며 터뜨리는 체호프의 연극에서도 우리가 똑같이 느끼는 일이 된다.

인간 체험의 복합성과 난해성은 극작가들에게 때로는 비극을 간직한 희극의 혼합된 극형식을 추구하도록 만든다. 크리스토퍼 프라이(Christopher Fry)는 이 문제에 대해서 간결하게 언급하고 있다. "작중인물의 성격이 비극을 감당하지 못하면 희극은 불가능하다."

최재서는 그의 저서 『셰익스피어 예술론』에서 "인간을 불행에 빠지게 했다가 행복으로 인도하는 것이 셰익스피어 희극이다. 인간과 주위의 인간들의 관계가 원만할 때에만 인간은 행복할 수 있다. 행복은 사회적으로 실현된 질서이다. 셰익스피어의 희극들은 그러한 사회적 질서를 제일원리로서 추구한다. 그 기능은 단순히 관객을 웃기는 일이 아니라, 원만한 행복감을 주는 일"이라고 말한다.

인간의 불행을 표현하는 비극의 기법과 행복을 표현하는 희극의 기법이 공존하고 있는 〈로미오와 줄리엣〉(1594)은 내용으로 볼 때 비극에 속하지만 그 형식과 기법은 셰익스피어가 비극을 쓰기 전 희극작품을 쓰던 시기의 서정적 희극에 속한다. 이 작품은 〈한여름 밤의 꿈〉(1595), 〈베니스의 상인〉(1596) 등의 희극이 공연된 비슷한 시기의 작품이다. 이 작품의 소재는 이탈리아 민담에서 얻어 온 것인데 비극에 적합한 스토리를 지니고 있다. 셰익스피어는 이 소재를 활용해서 원숙한 희극적 기법을 구사하는 낭만적인 사랑과 죽음의 찬가를 성공시켰다.

4. 작품론

1) 로미오와 줄리엣

텍스트

이 작품의 텍스트인 첫번째 쿼토판(Q1)은 1597년에 인쇄된 것이다. 두 번째 쿼토판은 1599년에 인쇄된 것이다. Q1판은 좋은 대본이 못 된다. Q2판은 Q1판보다 700행이 추가되었다. 이후에 1609년 Q3판이, 연대 표시 없는 Q4판이 나온 후에 1637년 Q5가 나왔다. Q3판은 첫 폴리오판(Folio)의 토대가 되었다.

창작 시기

1591년부터 1596년에 걸친 광범위한 추측이 있다. 초창기 쪽을 주장하는 근거에는 유모의 대사(1막 3장 23행) "지진이 난 지 11년이 됐어요"가 1580년의 런던 지진을 지칭하고 있다는 주장 때문이다. 후기 연대를 주장하는 사람들은 1596년 에식스에 의한 카디즈 원정(Cadiz Expedition)의 내용을 텍스트에서 감지할 수 있다는 것이다. 또한 이 같은 주장을 뒷받침하는 이유의 하나가 Q1판의 표지에 인쇄된 1597년이라는 연대 표시이다. 하지만 일반적으로 인정되고 있는 연대는 1595년이다. 이 시기는 셰익스피어의 '서정극 시기(lyrical period)'의 초기이며, 셰익스피어가 심취했던 윌리엄 코벨(William Covell)의 저서 『폴리만테이아(Polimanteia)』가 1584년의 지진을 언급하고 있기 때문이다.

소재

창작의 원천으로서는 아서 브룩(Arthur Brooke)의 『로미오와 줄리엣의 비극적 유래(Tragical Historye of Romeus and Juliet)』(1562)가 꼽힌다. 이 작품의 스토리가 되는 두 젊은이의 사랑의 비극은 이탈리아 르네상스 시기에 유행하던 것이었다. 〈로미오와 줄리엣〉의 내용을 담고 있는 최초의 이야기는 마스키오 살레르니타노(Masuccio Salernitano)의 『일 노벨리노(Il Novellino)』(1474)이다. 이 이야기는 또한 마테오 반델로(Matteo Bandello)의 『르 노벨레 디 반델로(Le Novelle di Bandello)』(1560)를 내포하고 있는 윌리엄 페인터(William Painter)의 『쾌락의 성(The Palace of Pleasure)』(1566, 1567, 1575) 속에 담겨 있다.

플롯 시놉시스

1막 : 해묵은 원수지간인 두 명문 몬태규 가와 캐퓰리트 가 사이에 새로운 싸움이 번지기 시작한다. 몬태규 가의 로미오는 로잘라인과의 이루지 못한 사랑의 고뇌로부터 막 벗어나고 있는 중이었다. 그의 친구 벤볼리오는 로미오에게 캐퓰리트 가의 무도회에 가보자고 권한다. 로미오는 무도회에서 아름답고 청순한 처녀 줄리엣에게 매혹당한다. 줄리엣도 로미오를 잊지 못한다. 그들은 곧 그들의 사랑이 이룰 수 없는 불운한 사랑이라는 것을 알게 된다. 무도회에서 줄리엣의 사촌인 티볼트가, 로미오가 무도회에 침입한 것을 알고 공격하려 하지만 캐퓰리트 가의 가장이 그를 중지시킨다.

2막 : 로미오는 그의 친구들과 헤어져 정원으로 숨어 들어가 줄리엣 방 창문 밑에 몸을 숨긴다. 줄리엣이 읊조리는 사랑의 맹세를 엿듣고 그는 자신의 모습을 드러낸다. 두 젊은이는 열렬한 사랑의 갈망 속에서 다음날 오정에 은밀하게 결혼할 것을 약속한다. 다음 날 아침 줄리엣은 유모를 보내 결혼 준비를 시키고, 로미오는 로렌스 신부를 설득하여 결혼식을 집전하도록 함으로써 예식을 마친다. 로렌스 신부는 이들의 결혼이 두 집안의 분쟁을 종식시킬 것이라고 믿어 의심치 않는다.

3막 : 결혼식이 끝난 후, 로미오는 그의 친구 머큐쇼와 벤볼리오를 만나러 갔는데, 이 두 친구들은 티볼트와 격렬한 싸움을 벌였다. 티볼트는 로미오와 한판 승부를 하고 싶은데, 로미오는 그의 도전에 응하려 하지 않는다. 하지만 머큐쇼는 이 싸움에 말려들어 티볼트에 의해 치명상을 입고 끝내 죽는다. 로미오는 친구의 죽음을 보고 더 이상 참지 못한 나머지 티볼트를 살해한다. 로미오는 급히 로렌스 신부한테 간다. 한편 살인 사건을 보고받은 베로나 영주는 로미오의 추방을 언도한다. 줄리엣은 로미오에게 반지를 보내며 하룻밤을 그녀의 침실에서 보내자고 그를 불러들인다. 그는 밧줄을 타고 그녀의 침실로 들어간다. 그녀와 사랑의 잠자리를 나눈 다음 날 새벽, 그는 만토바로 유배의 길을 떠난다. 캐퓰리트 가에서는 줄리엣이 비밀리에 결혼한 것을 모르고 그녀를 패리스에게 시집보내려 한다.

4막 : 줄리엣은 어떻게 해야 할지 모르고 깊은 고민에 빠진다. 그녀는 양친에게 로미오와의 결혼을 고백할 수도 없고, 그렇다고 패리스와 결혼할 수도 없는 곤경에 처한 것이다. 그녀는 로렌스 신부를 찾아가서 상의한다. 로렌스 신부는 묘안을 짜낸다. 그녀가 패리스와의 결혼을 승낙한 다음, 로렌스 신부가 조제한 수면제를 복용하고 가사 상태에 빠진다는 것이다. 캐퓰리트 가에서는 줄리엣이 죽은 줄 알고 장례식을 치른 다음 줄리엣을 가족묘지에 안장할 것이다. 그녀가 잠에서 깨어날 때쯤 신부로부터 자초지종을 들은 로미오가 가족묘지로 와서 줄리엣을 데리고 만토바로 간다는 것이 로렌스 신부의 계획이었다. 줄리엣은 기꺼이 신부의 계획을 따르기로 작정한다.

5막 : 로렌스 신부의 부탁을 받고 심부름을 간 존 신부가 제 시간에 로미오에게 닿지 못해서 로렌스 신부의 전갈을 전하지 못한다. 로미오는 다른 경로로 줄리엣의 사망 소식을 접하게 된다. 로미오는 줄리엣이 가고 없는 세상을 살기보다는 차라리 스스로 목숨을 끊는 것이 낫다고 생각한다. 그는 독약을 구한 다음 밤중에 베로나로 온다. 그가 캐퓰리트 가의 묘지로 들어서는 순간 슬픔과 절망에 울부짖는 신랑 패리스를 만나 방해를 받는다. 로미오는 그를 죽이지 않으면 안 된다. 로미오는 줄리엣 곁으로 간다. 그녀에게 키스를 한 다음, 독약을 먹고 그 자리에서 죽는다. 로렌스 신부가 서둘러 묘지로 왔지만 때는 이미 늦었다. 로미오의 죽음도 말리지 못했고, 로미오의 죽음을 본 줄리엣이 자결하는 것도 막을 수 없었다. 두 젊은이가 사랑의 순교를 감행한 자리에서 원수지간이던 몬태규 가와 캐퓰리트 가는 서로 화해한다.

작품 평가

〈로미오와 줄리엣〉은 셰익스피어 작품 활동 초기, 〈한여름 밤의 꿈〉 〈베니스의 상인〉 등의 희극과 〈존 왕〉 〈리처드 3세〉 등 일련의 사극이 씌어진 시대에 속하는 걸작으로, 신선한 젊음의 감각과 낭만적인 서정성이 넘치는 희곡 작품이다. 셰익스피어는 이 작품에서 그가 희극의 창작에서 얻은 능숙한 기법을 충분히 활용하고 있다. 이 작품에 등장하는 인물들은 희극에 등장해도 좋을 인물들인데, 이들의 밝고 기지에 넘친 요설(饒舌)과 대사는 다혈질의 기질과 낙천적인 성격 등과 합쳐져서 희극을 형성하는 중요한 구실을 하고 있다. 수많은 학자들과 비평가들은 이 작품이 셰익스피어 희극작품의 패턴에 맞추어져 있음을 지적하고 있다. 그 패턴은 무엇인가. 특정한 사회의 안정과 평화를 위해서는 희생양이 필요하다는 주제의 패턴이다.

셰익스피어 희곡에는 어김없이 아름다운 연애 장면이 나온다. 〈로미오와 줄리엣〉은 그의 작품 가운데서 가장 아름답고, 애절한 사랑의 드라마라 할 수 있다. 게오르그 브란데스는 너무나 적절하게 평하고 있다. "이 작품은 첫눈에 매혹당하는 젊고 충동적인 사랑을 표현하고 있다. 그 사랑이 너무나 열렬하기 때문에 사랑의 온갖 장애물은 문제가 되지 않는다. 너무나 철저한 사랑이기 때문에 행복과 죽음 사이에서 중도(中度)의 길이란 없는 것이다. 이들의 사랑은 너무나 불운해서 황홀한 사랑의 결합에는 죽음의 그림자가 뒤따르고 있다."

〈로미오와 줄리엣〉은 낭만적인 서정극으로서 셰익스피어가 세네카의 영향을 많이 받고 있음을 알 수 있는 작품이기도 하다. 결국 서로 적대시하는 두 집안에 태어난 운명 때문에 순결한 두 젊은이가 불행한 죽음을 당하고, 우발적인 사건이 비극적 운명의 패턴을 만들어 나가는 경우가 이에 해당된다. 로미오가 무도회에 가서 줄리엣을 만난 것은 우연한 일이었다. 그가 티볼트와 머큐쇼의 결투 장면에 나타난 것도 우연한 일이었다. 로렌스 신부가 보낸 존 신부가 로미오를 만나지 못했기 때문에 로미오가 로렌스 신부의 계획을 몰랐던 것도 우연이었다. 줄리엣이 잠에서 늦게 깨어나 로미오의 음독을 말리지 못한 것도 우연이었다. 불운한 별자리의 숙명이 우연한 일을 만들어 드라마의 사건을 진전시키는 일은 셰익스피어가 세네카에서 빌려온 것이다. 〈로미오와 줄리엣〉에서 펼쳐지는 숱한 유혈극의 참상과 공포는 전형적인 세네카 비극이라 할 수 있다. 줄리엣의 무덤 장면, 피투성이가 되는 결투 장면, 피에 물든 티볼트의 시신, 마지막 장면의 처절한 죽음 등은 세네카류의 방식이다. 그러나 이와 관련해서 한 가지 주의해야 할 점은, 셰익스피어는 이들 두 젊은이의 죽음을 초래한 것이 운명인지, 아니면 젊은이들 자신의 무절제한 행동 때문인지에 대해서는 분명한 답변을 하지 않고 있다는 것이다.

〈로미오와 줄리엣〉은 특이한 작품이다. 셰익스피어의 독특한 극세계를 보여주고 있다. 왜냐하면 이 작품은 낭만적인 희극이면서 비극이고, 동시에 리얼리즘의 싹이 보이면서 다양하고 잡다한 요소가 서로 엉켜 있는 특이한 형식의 작품이기 때문이다. '불행한 별자리의 연인들' 이야기는 확실히 낭만적이다. 로미오와 줄리엣은 만나서 첫눈에 사랑하고, 몰래 결혼하지만 우연한 일로 비운의 죽음을 당하는 일들이 불과 닷새 동안에 일어나고 있다. 하지만 이 청춘의 사랑에 첨가되고 뒤따르는 것은 외설이요, 농담이요, 희극이요, 피투성이 싸움이요, 희희덕거리는 웃음, 터지는 홍소(哄笑)이다.

이 리얼리즘을 대변하고 있는 것이 유모의 역할이요, 머큐쇼의 성격이다. 머큐쇼는 꿈같은 이상적인 인물 로미오의 청춘상과 대조되는 감각적이고 현실적인 인물로 창조되고 있다. 아서 브룩의 시편에서는 미미하고 보잘것없는 인물로 묘사되고 있는데 셰익스피어가 독창적으로 살려낸 것이다. 새뮤얼 존슨(Samuel Johnson)은 "희극적 장면은 잘 그려지고 있는데, 비극성은 언제나 손상을 입고 있다"고 말하고 있으며, 찰턴(Henry Buckley Charlton)은 "비극적 이념의 형태에서는 실패한 작품이지만, 이만한 작품이 된 것은 셰익스피어의 시적 천재와 마술, 그리고 간헐적으로 나타나는 극적 재능 때문"이라고 말하고 있다.

그러기 때문에 나는 〈로미오와 줄리엣〉을 비극이니 희극이니 하는 카테고리에 넣기보다는 인간과 자연을 총체적으로 표현하고 있는 희비극 드라마로 보고 싶은데, 그 속에는 인간의 현실 그대로 순수와 불순, 사랑과 외설, 시와 산문, 슬픔과 웃음 등이 뒤섞여 있다. 극적 행동의 발전과정을 보아도 이것을 알 수 있다. 머큐쇼가 티볼트에 의해 살해되고, 친구의 원수를 갚느라 로미오가 티볼트를 죽이면서 극은 반전되어 로미오는 추방되고, 줄리엣과 패리스의 혼담, 그리고 로렌스 신부의 묘책, 그 어긋남, 두 연인의 죽음, 그리고 양가의 화해로 끝나는데, 이 플롯의 진행 과정 속에는 유모의 희극적 행동과 이야기, 머큐쇼의 '마브 여왕', 시종 피터와 악사들의 희극적 장면 등이 삽입

됨으로써 극의 대조감이 생겨 액션에 박력이 생기고 상쾌한 매력이 추가된다.

스퍼전(Caroline F. E. Spurgeon)은 그녀의 이미지리 연구에서 대조감의 기교가 빛의 이미지리로 활용되는 예를 〈로미오와 줄리엣〉에서 찾고 있다. 태양·달·별·불꽃·낮·밤·어둠·구름·비·안개·연기 등 이미지의 대조감으로 사랑을 표현하고 있다는 것이다. 줄리엣에게 로미오는 '밤 속의 낮'이다. 로미오에게 줄리엣은 '동쪽에서 떠오르는 태양'이다. 셰익스피어는 로미오와 줄리엣의 사랑을 금세 불이 붙었다가 빠르게 타오르는 불꽃이 순식간에 꺼지는 빛의 이미지로 보았다. 빛·햇살·별빛·달빛·일출·일몰·불꽃·유성·촛불·횃불·어둠·구름·안개·비·밤 등의 이미지는 이 작품의 분위기와 사랑의 감정을 고양시키는 배경의 그림이 되고 있는 것도 우리가 주목해야 할 부분이다. 두 집안의 불화도 '억센 불꽃' 등으로 표현되고 있다.

셰익스피어의 언어는 1596년 이전에 오랫동안 영국에서 애송되었던 사랑의 서정시에서 빛의 언어와 음악을 얻어왔다. 그 언어의 대표적인 경우를 우리는 1막 5장 95~100행의 소네트에서, 3막 2장 1~31행의 소야곡에서, 3막 5장 1~59행의 중세시대의 사랑의 서정시에서, 그리고 5막 3장 12~17행의 비가(悲歌)에서 볼 수 있다.

〈로미오와 줄리엣〉은 전 세계 젊은이들이 언제 어디서나 가장 많이 찾는 책 가운데 한 권이다. 그 속에는 젊음과 사랑, 그리고 이별과 죽음의 문제가 제기되고 있기 때문이다. 셰익스피어는 극작가 초기 시절에 이 작품 속에 숱한 이질적인 여러 가지 극적 요소들을 투입해서 엘리자베스 시대 희극과 비극의 새로운 발전의 기틀을 잡았다. 햄릿은 로미오의 연장일 수도 있다. 오필리어와 코델리아는 줄리엣의 연장일 수도 있다. 주제와 플롯, 그리고 성격 창조에서 그는 뛰어난 재능을 일찍이 이 작품에서 선보인 셈이다.

2) 한여름 밤의 꿈

텍스트

가장 신뢰할 만한 텍스트는 첫 번째 쿼토판이다. 1600년에 인쇄한 것이다. 두 번째 쿼토판은 1619년에 인쇄했는데 첫번째 쿼토판을 토대로 해서 지문을 첨가했다. 1623년의 첫 번째 폴리오판은 두 번째 쿼토판을 재인쇄한 것이다. 쿼토판에는 막과 장면 표시가 없었다. 첫번째 폴리오판에 이르러 막이 구분되었다.

창작 시기

확실하지 않지만 1594~1595년으로 추정하고 있다. 연대를 추정하는 단서는 티타니아가 언급한 1594년의 심한 강우(降雨)다. 1592년에 죽은 로버트 그린(Robert Greene)에 대한 언급(5막 1장 52~54행)을 제시하는 학자도 있다.

소재

플롯은 셰익스피어의 창작이다. 작품의 여러 부분들은 제각기 다른 소재를 갖고 있다. 두 쌍의 연인들이 서로 얽히는 정사의 플롯은 이탈리아 희극에서 소재를 구한 것이고, 셰익스피어는 이 소재를 그의 작품 〈베로나의 두 신사〉에서 다시 활용하고 있다. 테세우스와 히폴리타에 관한 이야기는 초서(Chaucer)의 『기사 이야기』에서 얻어온 것이다. 셰익스피어는 또한 플루타르크 영웅전 가운데서 '테세우스의 일생'을 1579년판인 노스(North)의 번역판으로 읽었으리라 짐작된다. 피라모스와 티스베의 이야기는 오비디우스(Ovidius)의 『변신(Metamorphoses)』에서 소재를 구한 것이다. 요정 퍼크(로빈 굿펠로)에 관한 민담은 그가 어린 시절 고향 땅에서 들은 이야기다. 그 당시 스트랫퍼드에서는 이런 얘기들이 널리 퍼져 있었다.

플롯 시놉시스

1막 : 아마존의 여왕 히폴리타와의 결혼을 앞둔 아테네의 공작 테세우스는 특별한 여흥거리를 만들라는 지시를 내린다. 이 여흥의 일부를 아테네의 직업인들이 맡는다. 이들은 아테네 교외에 있는 숲속에 집합해서 보톰의 연출로 각자 드라마의 역할을 맡는다. 에게우스는 불만이다. 그의 딸 허미아가 그가 선택한 디미트리우스를 멀리하고 라이산더와 결혼하려 하기 때문이다. 아테네의 법은 아버지의 명령을 따르게 되어 있다. 허미아와 라이산더는 아테네의 숲속으로 사랑의 도피를 감행한다. 하지만 이들 한 쌍의 연인들은 큰 실수를 한다. 그들의 도피 계획을 사전에 헬레나에게 알렸던 것이다. 헬레나는 허미아의 친구인데 디미트리우스를 몹시 사랑한다. 그러나 디미트리우스는 허미아를 사랑한다.

2막 : 아테네의 숲속에는 요정들이 있는데, 이들은 공작의 결혼을 축하하기 위해 인도에서 날아왔다. 이들의 지배자인 오베론 왕은 티타니아 여왕과 심한 갈등을 빚고 있다. 어린 인도 소년의 보호 문제로 서로 다투고 있기 때문이다. 오베론은 그녀를 처벌하려고 결심한다. 그의 부하 로빈 굿펠로를 시켜 신비로운 꽃의 즙을 따서 그 즙을 티타니아 여왕의 잠든 눈에 바르고 오라고 지시한다. 이 즙을 눈에 바르면 잠에서 깨어났을 때 처음으로 보게 되는 생물을 사랑하게 된다. 그녀는 짐승을 보게 된다. 그래서 그 짐승을 깊이 사랑하게 된다. 다시 오베론은 퍼크에게 명령해서 잠들어 있는 디미트리우스 눈에 꽃즙을 바르고 오라고 지시한다. 그러나 퍼크는 실수를 해서 꽃즙을 라이산더 눈꺼풀에 바르게 된다. 그는 허미아 가까이에서 잠들어 있었다. 헬레나가 잠자는 라이산더를 깨우는데, 그녀를 본 라이산더는 그녀를 쫓아다니면서 사랑을 고백한다. 잠에서 깨어난 허미아는 옆에 라이산더가 없는 것을 알게 된다. 허미아는 라이산더를 찾아 나선다.

3막 : 보톰과 아마추어 극단원 일행은 숲속에서 연습을 하고 있다. 그러나 퍼크가 이들을 놀라게 해서 보톰의 어깨 위에 당나귀 머리를 얹어놓았다. 그러나 보톰은 그의 모습이 변한 것을 알지 못한다. 그는 노래를 하면서 자신만만하게 여기저기 걸어다니며 티타니아의 잠을 깨우려고 한다. 오베론의 꽃즙 때문에 티타니아는 잠에서 깨어나자 처음 본 보톰을 사랑하게 된다. 한편 오베론은 퍼크의 잘못을 시정하기 위해서 잠든 디미트리우스에게 꽃즙을 발라 그가 깨어났을 때 헬레나를 보도록 한다. 디미트리우스와 라이산더는 헬레나의 사랑을 얻기 위해 결투를 시작한다. 오베론의 지시를 받은 퍼크는 디미트리우스와 라이산더를 떼어놓는다. 그가 잠이 들자 퍼크는 라이산더의 눈꺼풀에 꽃즙의 해독제를 발라준다. 허미아와 헬레나도 잠이 든다.

4막 : 오베론은 티타니아와 보톰을 잠들게 하고, 인도 소년을 그녀의 품에서 빼앗아온다. 퍼크는 보톰의 어깨에서 당나귀 머리를 떼어내준다. 그러고 나서 여왕의 잠을 깨운다. 해가 떠오르자 테세우스, 히폴리타, 그들의 일행이 모두 숲속에 모인다. 그들은 잠자는 네 사람의 연인들을 깨운다. 디미트리우스는 헬레나와 결혼하고자 한다. 테세우스는 두 쌍의 연인들이 그와 함께 합동 결혼식을 거행할 것이라고 선언한다. 보톰도 이상한 꿈에서 깨어나 연극 연습에 열중한다.

5막 : 결혼식이 끝난 후, 이들은 보톰이 연출한 연극을 관람한다. 한밤중이 되었을 때, 여섯 명의 연인들은 물러간다. 퍼크가 막을 내린다.

작품 평가

엘리자베스 시대의 세계상에 대해서 틸랴드는 그의 저서 『엘리자베스 시대의 세계상(The Elizabethan World Picture)』(1949)에서 다음과 같이 설명하고 있다. 이 세계는 '신-천사-인간-동물-식물-무생물'로 구성되며, 이 같은 순서대로 어떤 계급을 형성하고 있다. 이 계층을 다시 보면 천사에도 9개 층이 있고, 인간에도 주종, 부자 등의 종속관계가 있으며, 동물에 있어서도 말은 개나 돼지 등보다 상위에 속한다고 되어 있다. 이것은 식물에도 해당되고, 무생물도 물은 흙보다 위요, 루비는 황옥보다 위이며, 금은 황동보다 더 고 귀한 존재다. 개개의 창조물은 존재라는 쇠사슬의 일부에 지나지 않는다. 그 쇠사슬은 신의 옥좌 발끝에서 시작되어 무생물의 최하위 존재에까지 연결되 고 있다는 것이다.

엘리자베스 시대 사람들의 세계관을 지배하던 이 같은 질서관은 두 가지 의미를 지니고 있다. 그중 하나는 그들이 이 세계를 완전한 통일성을 지니고 있는 부동의 질서 위에 형성되어 있다는 것이고, 또 하나는 이 질서를 깨고 신하가 임금에게 반역한다든지, 아들이 부모에게 등을 돌리면 존재의 쇠사 슬에 거역하는 것이고 궁극적으로는 신을 거역하는 대죄를 짓는 것이 된다. 하지만 때는 인간의 해방, 모든 것이 허락되는 가능성의 시대였다. 기존의 질서에서 벗어나고자 몸부림을 치고 있는 그런 시대였다. 이 시대 사람들은 그동안 지켜오던 질서체계가 내적이며 외적인 무질서와 혼돈 때문에 흔들리 고 있는 것을 느끼고 있었다. 횡포가 심한 군주나 부모에게 반항하려는 신하 들과 자녀들이 간혹 생기는 경우가 있었다. 이 경우 사람들은 기묘한 심리적 반응을 일으키고 있었다. 셰익스피어는 이 같은 인간 심리의 심층을 파고들 었다.

〈한여름 밤의 꿈〉에는 세 가지 층의 세계가 있다. 요정계, 귀족과 신사들 의 세계, 그리고 직능인들이 사는 세계이다. 엘리자베스 시대 사람들에게는 이 세 가지 세계는 서로 차원이 다른 세계다. 셰익스피어는 이 작품에서 제1 막 1장에 귀족과 신사의 세계를, 제2장에 직업인들의 세계, 그리고 제2막 1 장에서는 전반을 요정의 세계로 나누어서 무운시(無韻詩), 산문(散文), 압운시 (押韻詩) 등의 언어로 또다시 구분해서 각기 독립된 장으로 제시하고 있다. 제 2막 1장 후반에서는 요정과 직공들, 제2장에서도 요정과 직공들, 제3막 1장 에서는 귀족과 직공들, 제2장에서는 요정과 직공들, 그리고 제4막 1장에서는 요정과 왕비와 당나귀 머리를 쓴 직공 보톰이 등장해서 정사 장면을 만드는 기상천외의 극적 상황이 전개된다. 셰익스피어는 이 장면을 만들고 작품이 완성되었다고 기뻐했을 것이다. 제4막 2장은 귀족 신사, 제5막 1장은 세 계층의 사람들이 모두 등장해서 대단원의 막을 내린다.

이토록 이 작품은 관객들의 질서 감각을 교묘하게 이용하고 미묘한 가치 판단의 균형을 유지하면서 세 계층의 세상에서 벌어지는 생활상, 사랑의 문제, 인간의 관계 등을 혼합해서 총체적으로 통일감 있는 드라마로 만들어 나가고 있다. 서론 부분에서 셰익스피어 극작술의 특징이 중층성에 있다는 것을 설명했는데, 그 뜻을 이런 구체적인 사실을 통해 이해할 수 있을 것이다. 문제는 이 세 가지 이질적인 요소를 혼합시킬 수 있는 방법이 무엇인가 하는 점이다. 그것이 바로 '꿈'의 기능이다.

얼핏 보아 이 드라마는 '꽃즙'이 우연하게 일으킨 동화적 꿈 이야기라고 말할 수 있겠지만 자세히 보면 그것은 사랑의 어리석음과 허무함을 풍자한 희극이다. 그러나 다시 이 드라마를 검토해보면 자신이 누구인지 모르는 자아 상실의 소극적(笑劇的) 부조리극이 되지만, 다시 한번 근원을 캐면 인생은 결국 꿈에 지나지 않는다는 셰익스피어의 인생관이 압축된 영혼의 드라마임을 알 수 있다.

이 작품이 더비 백작과 셰익스피어의 후원자였던 옥스퍼드 백작의 딸 레이디 엘리자베스 드 베어의 결혼식을 축하하기 위해 공연된 것을 생각하면 이 작품의 사회적 의미를 결코 소홀히 할 수 없다. 더욱이 어전(御前)공연이었다. 그 당시 여왕과 허트포드 백작 사이의 불화를 감안하더라도 그렇고, 스코틀랜드 왕 제임스 6세의 비겁함을 풍자한 3막 2장의 연습 장면 등을 보더라도 꿈을 통한 현실의 재조명은 극작가에게 큰 용기가 필요한 것이었고, 그래서 그 일은 셰익스피어 연극이 할 수 있는 예술적 특권이었다.

3) 베니스의 상인

텍스트

최고의 텍스트는 1600년에 나온 첫번째 쿼토판이다.

창작 시기

이 희곡은 1598년 7월 22일 작품 등기소(the Stationer's Register)에 등록되었다. 창작 시기는 1596년부터 1598년 사이로 추정할 수 있다. 창작 연도는 1594년 6월에 있었던 로페즈(Dr. Lopez)의 처형 때까지 올라간다. 또 한 가지 단서는 제1막 1장 27행에서 언급된 스페인의 함선 세인트앤드루인데, 영국의 카디즈 원정 때 나포되었다. 이 소식이 영국에 도달한 것은 1596년 7월이었다.

소재

조바니 피오렌티노(Ser Giovanni Fiorentino)가 1378년에 쓴 이탈리아 소설 『얼간이(Il Pecorone)』와 영국의 스티븐 고센(Stephen Gossen)의 작품 『폭력학교(School of Abuse)』(1579), 그리고 말로의 『말타의 유대인(The Jew of Malta)』 등이 중요한 소재가 된다. 1586년 유대인 의사 로데리고 로페즈는 여왕의 주치의가 되었다. 그 이후 그는 여왕 살해 음모 사건으로 체포되어 1594년 처형되었다. 당대에 있었던 이 사건이 이 작품을 쓰는 데 영향을 끼쳤으리라 추측된다. 1594년 8월 25일 로즈 극장에서 〈베니스의 희극(Venesyon Comedye)〉이라는 작품이 공연되었다. 이 작품이 셰익스피어가 입수한 직접적인 소재원(素材源)이 된다고 추측되는데, 현재 이 작품은 남아 있지 않다. 이 작품은 헨슬로(Henslowe)의 일기에 기록으로 남아 있다.

플롯 시놉시스

1막 : 베니스의 상인 안토니오는 그의 친구 바사니오를 돕기 위해 3천 두 카트를 유대인 고리대금업자 샤일록으로부터 빌린다. 바사니오는 품성이 고 귀하지만 가난했다. 그리고 그는 벨몬트의 아름다운 처녀 포샤에게 구혼 중 이었다. 샤일록은 안토니오에게 무이자로 돈을 빌려준다고 약속했다. 그러 나 석 달 안으로 돈을 갚지 않으면 심장에서 가장 가까운 데 있는 1파운드의 살점을 몰수한다는 조건이었다. 바사니오는 이 같은 계약 조건이 마음에 들 지 않았지만 안토니오는 그의 상선이 두 달 안으로 귀항할 터이니 채무를 이 행하는 데 별 문제가 없을 것이라고 말해서 그 조건을 수락했다.

2막 : 포샤의 구혼자 모로코 왕이 벨몬트에 도착한다. 그는 포샤의 지시에 따라 상자를 선택해야 한다. 구혼자들은 금 · 은 · 납으로 된 세 가지 상자 가 운데서 하나를 선택해야 한다는 것이다. 올바른 상자를 선택한 사람만이 포 샤와 결혼할 수 있었다. 바사니오는 돈을 들고 구혼하기 위해 벨몬트로 온 다. 그레시아노가 그와 동행했다. 바사니오 곁에는 한때 샤일록의 하인이었 던 어릿광대 란슬로트 고보가 있다. 바사니오의 또 다른 친구인 로렌조는 샤 일록의 딸 제시카와 사랑의 도피를 감행한다. 그녀는 아버지의 재산을 잔뜩 들고 나왔다. 모로코 왕은 금상자를 선택해서 실패했다. 또 다른 구혼자인 아라곤 왕은 은상자를 선택해서 실패했다. 이때 바사니오의 도착이 알려진 다.

3막 : 안토니오의 상선 세 척이 좌초됐다는 소식이 전해진다. 샤일록은 안 토니오의 불운을 기뻐하며 채무에 대한 대가를 요구한다. 포샤는 바사니오 를 도와서 납상자를 선택하도록 한다. 그녀는 그의 행운을 기념해서 그에게 반지를 선사한다. 그레시아노는 포샤의 하녀 네리사의 사랑을 얻는다. 곧이 어 로렌조와 제시카가 등장한다. 이들은 모두의 행운을 기뻐하고 있다. 그러 나 안토니오의 불행한 소식이 전달된다. 모든 기쁨이 사라졌다. 포샤는 급히 바사니오와 결혼하고, 그를 베니스로 보낸다. 돈을 갚는다는 약속을 전달하기 위해서다. 그녀와 네리사는 벨몬트에서 기다리기로 한다. 그러나 그들은 곧 젊은 법률가와 서기로 변장한다. 안토니오를 구하기 위해서 그들은 베니스로 출발한다. 안토니오는 샤일록의 마음을 바꾸려고 노력한다. 그러나 고리대금업자는 완강하다.

4막 : 포샤와 네리사가 베니스 법정에 도착한다. 안토니오를 변호하기 위해서다. 바사니오가 빚을 세 배로 갚는다 해도 샤일록은 단호하게 거절한다. 포샤는 샤일록에게 약속대로 살점 1파운드를 잘라내는 것은 좋지만 피를 한 방울이라도 흘리거나 중량을 초과하면 안 된다고 못박는다. 기독교인의 피를 한 방울이라도 흘리게 하면 베니스 법에 의하여 그의 재산은 전부 몰수된다고 말한다. 궁지에 몰린 샤일록은 세 배의 차용금을 받겠다고 요청한다. 그러나 법정은 살점 1파운드만 허락한다고 선언한다. 결국 법정은 샤일록이 선량한 시민의 생명을 위협했기 때문에 샤일록의 재산 가운데서 반은 국가에서 몰수하고, 나머지 반은 안토니오에게 귀속시킨다고 판결한다. 그러나 샤일록의 목숨만은 살려둔다고 관용을 베푼다. 안토니오는 그가 받게 되는 재산은 샤일록이 죽으면 로렌조에게 주기 바란다고 말한다. 포샤와 네리사는 사례금은 받지 않겠지만 바사니오와 그레시아노의 반지를 감사의 표시로 받겠다고 말한다. 두 사람은 반지를 빼주고 벨몬트로 간다.

5막 : 로렌조와 제시카가 벨몬트의 밤을 즐기고 있는 동안 포샤와 네리사는 바사니오와 그레시아노보다 한 발 앞서서 도착한다. 두 남자가 도착했을 때, 두 여인은 그들의 남편들이 결혼 반지를 남에게 주고 온 것에 대해서 짐짓 화를 내는 척한다. 그러다가 포샤는, 변장을 하고 베니스에 간 사실을 이들에게 알려준다. 이들이 서로의 행복한 결말을 축하하고 있는 동안에 안토니오의 배가 무사히 베니스 항구에 도착했다는 소식을 접한다.

작품 평가

〈베니스의 상인〉은 샤일록이 위력을 발휘하는 연극이다. 셰익스피어는 샤일록의 성격을 악덕 고리대금업자로 창조했다. 고리대금업은 중세 이후부터 부도덕한 직업으로 간주되었다. 샤일록은 극 초반에서부터 물욕에 찌든 교활한 노인으로 묘사되고 있는데, 그가 맡고 있는 역할이 악역이기 때문에 그는 결국 비극적 종말을 맞게 될 것이라는 것을 당시 관객들에게 암시하고 있는 것이었다. 셰익스피어는 혹독한 이 유대인에게 인간적인 면모를 부여하고자 노력하고 있는데, 그가 무대에 모습을 나타내면 비극적인 정조가 깔리는 것은 어쩔 수 없는 일이다. 그의 딸 제시카가 기독교도와 사랑의 도피를 하고, 그의 종교와 가족이 모멸당하는 국면에서 샤일록은 기독교도들에 대해서 증오심과 복수심을 갖게 된다.

사실 〈베니스의 상인〉은 셰익스피어의 극 가운데서도 특히 종교색이 강한 작품으로 인식되고 있다. 리치먼드 노블(Richmond Noble)은 그의 저서 『셰익스피어의 성서적 지식(Shakespeare's Biblical Knowledge)』에서 다음과 같이 언명하고 있다. "성서로부터의 인용이라는 관점에서 볼 때, 이 작품은 셰익스피어 극 가운데서도 가장 중요한 작품이 된다. 왜냐하면, 이 극 속에는 샤일록의 묘사 가운데에 작가가 성서를 면밀하게 연구한 흔적을 볼 수 있기 때문이다."

우리는 샤일록이 성서로부터 숱한 인용을 하고 있음을 주목해야 한다. 또한 셰익스피어가 유대인 샤일록을 묘사하는 데 있어서 성서로부터의 인용을 어떻게 이용하고 있는지에 대해서도 면밀한 관찰이 필요하다. 이런 사실을 규명하면서 우리는 이 작품의 주제가 어디에 있는지에 대해서도 연구해보아야 한다.

우선 발견되는 성서의 언급은 1막 3장의 '야곱과 라반의 이야기' '아버지 에브라함', 2막 5장의 '야곱의 지팡이' '하갈의 아들', 4막 1장의 '다니엘 님이 재판하러 오신다' 등 구약성서의 언급과 1막 3장의 '나자렛의 예언자가 마술을 써서 악마를 그 속에 밀어 넣었다', 2막 5장의 '방탕자 기독교도', 4막 1장의 '바라바의 자손' 등 신약성서로부터의 언급이 있음을 알게 된다. 성서에 대해 샤일록 이상으로 많이 언급하고 있는 인물은 포샤인데, 그녀의 언급은 4막 1장의 재판 장면에서 자비심을 찬양하는 대목에서 이루어지고 있음을 알 수 있다.

이 같은 성서의 언급은 이 작품의 주제와 밀접한 관계를 맺고 있는데, 그 주제를 우리는 두 가지 근원적인 대립의 존재에서 확인할 수 있다. 그 대립의 한쪽에 샤일록이 있다. 그는 '법'과 '재판'을 대변하고 있다. '눈에는 눈, 이에는 이'라는 복수의 원리에 입각해서 계약문서를 내세우며(3막 3장) 완고하고 엄격한 태도를 견지하고 있다. 이같은 샤일록의 태도는 생명을 부여하는 영혼의 발동이 아니고, 생명을 죽이는 살의를 품고 있다. 또 하나의 대립적 존재인 포샤는 '희생'과 '자비'를 대변하고 있다. 처벌을 요구하는 샤일록에 대해서 포샤는 신의 가르침을 언급하며 자비심을 찬양하는 유명한 대사를 전달하고 있다. 안토니오를 재판하는 장면에서 이 같은 두 대립적인 존재의 충돌이 명백하게 그려지고 있다.

메인 플롯에서 볼 수 있는 이 같은 대립의 반영은 서브 플롯의 구조 속에서도 확인할 수 있다. 란슬로트 고보가 처음으로 무대에 등장해서 양심과 악마에 관해서 말하고 있는 대목에서 특히 잘 나타나고 있다. 란슬로트는 '유대인인 전 주인(샤일록)을 피해', '기독교도인 새 주인(바사니오)'한테 왔다고 하면서 무대에 나타난다. 란슬로트의 이 같은 행위는 나중에 제시카가 로렌조와 도망가는 사건의 전조라고 할 수 있다. 악마의 노예였던 란슬로트는 하느님의 은혜로 떳떳한 인간으로 탈바꿈되며, 낡은 율법에 묶여 있던 유대인의 딸 제시카는 새로운 율법 속에서 기독교도의 신부가 되는 드라마가 〈베니스의 상인〉이다.

〈베니스의 상인〉에서 다루는 또 다른 주제는 사랑과 우정이다. 이 극에는 바사니오와 포샤의 이지적 사랑이 있는가 하면, 로렌조와 제시카의 로맨틱한 사랑도 있다. 안토니오와 바사니오의 아름다운 우정이 있고, 란슬로트 고보 부자의 어릿광대 웃음거리도 있으며, 포샤가 주관하는 상자 선택의 게임이나 인육 재판의 아슬아슬한 이야기도 있다. 이들 플롯들이 그 나름대로 드라마를 발전시키고 있으며, 그 드라마의 흐름에 따라 작중의 주인공이 바뀌는 복수(複數) 주인공의 양상을 지니고 있다. 셰익스피어 초기 희극의 특징인 중층성의 현상인데, 이 경우는 한 가지 액션으로 주제나 인물을 통합시키는 일이 불가능해지고 플롯이나 인물이 다양해진다. 이 같은 유형의 작품에서는 인간과 세계를 보는 극작가의 관점과 감성이 중요하다. 그 관점은 리얼리즘이요, 그 감성은 희극적이다. 리얼리즘의 시각은 날카로운 현실 비판이 되고, 대립과 갈등의 플롯을 전개시킨다. 희극적 감성은 자비와 관용과 사랑의 아름다움을 고양시키면서 서로 반목하는 두 세계의 화해를 유도한다.

샤일록은 엘리자베스 시대 사람들의 증오의 대상이었다. 당시 유대인 문제에 관해서는 세 가지 측면에서 보아야 한다. 첫째는 1290년 에드워드 1세가 공포한 유대인 추방령이 그 당시에는 아직도 유효했다는 사실이다. 이들의 국내 거주가 허락된 것은 1650년 크롬웰 시대에 이르러서였다. 두 번째는 이들 대부분의 국내 거주 유대인들이 고리대금업을 하고 있었다는 사실이다. 그 당시 영국인들은 안토니오의 경우에서 알 수 있듯이 이자 받고 돈 빌려주는 일을 죄악시했다. 하지만 때로는 불가피하게 유대인으로부터 돈을 빌리는 일이 생겼다. 그러나 그것은 죄악감이 수반되는 일이었고, 그 감정이 굴절되어 유대인 증오의 감정으로 발전되었다. 세 번째는 엘리자베스 여왕의 시의(侍醫)였던 유대계 포르투갈인 로더리고 로페즈의 여왕 암살 계획의 발각이다. 이 사건은 엘리자베스 시대 영국인들에게 반유대인 감정을 폭발시켰다. 이런 연유로 안토니오 · 바사니오 · 포샤 등의 주인공군(主人公群)과 샤일록의 대결은 인종·종교·경제의 차원을 넘는 갈등으로 발전되어 우정과 사랑의 세계와 증오와 복수의 세계와의 충돌의 드라마가 형성된 것이다. 이 충돌은 인간의 건강하고 밝은 면과 병들고 어두운 면이 서로 부딪치는 투쟁이라 할 수 있다.

셰익스피어는 〈베니스의 상인〉을 통해 인생에는 사랑과 미움이 있고, 꿈과 법이 있으며, 웃음과 비통함까지도 함께 있다는 사실을 우리들에게 깨닫게 해주고 있다. 끝으로 언급하고 싶은 것은 두 개의 대립되는 이질 공간인 베니스와 벨몬트의 배경 설정이다. 현실과 꿈, 법과 사랑의 두 공간이 지리적으로 구분되고 있는 점이 희극적 복합구조에 도움을 준다. 항구 베니스는 해가 떠 있는 생존경쟁의 장(場)이요, 벨몬트는 달빛이 가득 찬 사랑의 장(場)인 것이다.

4) 당신이 좋으실 대로

텍스트

가장 권위 있는 텍스트는 첫번째 폴리오판(1623)이다.

창작 시기

1599년 후반부터 1600년 전반에 창작되었다고 추정하고 있다. 이때는 셰익스피어가 〈십이야〉(1600), 〈줄리어스 시저〉(1599) 등의 명작을 쓰던 시기였는데 4대 비극의 시기가 목전에 다가오고 있었다. 〈햄릿〉은 1601년이었다.

소재

직접적인 소재원은 토마스 로지(Thomas Lodge)의 소설 『로잘린드, 유푸스의 황금유산(Rosalynde, Euphues' Golden Legacie)』(1590)이다. 그러나 셰익스피어는 등장인물의 이름을 바꾸고 제이퀴즈, 터치스톤, 오드리, 윌리엄, 올리버 마텍스트 등의 인물을 새로 창조해냈다. 로지의 소설에 등장하는 로잘린드는 드라마 속의 인물과 같고, 소설 속의 로자다가 드라마 속의 올랜도이다. 줄거리는 아주 비슷하다. 그러나 셰익스피어가 이 소설을 토대로 해서 희곡을 썼을 때, 그 작품에 등장하는 인물들은 생동감에 넘치게 되고, 드라마의 중요 무대가 되는 '아든 숲'은 생명의 숨결을 뿜게 된다.

플롯 시놉시스

1막 : 롤런드 드 보이스 경의 장남인 올리버는 그와 그의 동생들에게 건네진 유산을 막냇동생인 올랜도의 교육비와 양육비에 사용하는 것을 거절한다. 올랜도는 이 상황에 불만이다. 올랜도는 씨름꾼 찰스에게 도전한다. 형 올리버는 이 일에도 냉담하다. 찰스는 프레드릭 공작의 최고 씨름꾼이다. 공작의 경기장에 나온 로잘린드를 실리아가 위로하고 있다. 왜냐하면 로잘린드의 아버지 노공작이 프레드릭 공작에 의해 추방되어 아든 숲속에서 외롭게 살고 있기 때문이다. 올랜도가 씨름에서 찰스를 물리친다. 프레드릭 공작은 올랜도가 옛 정적인 유형당한 공작의 아들인 것을 알고 축하해주지도 않고 오히려 로잘린드를 추방시킨다. 로잘린드가 쫓겨나면 그녀도 함께 가겠다고 실리아는 막무가내다. 두 여인은 아든 숲으로 가기 위해 준비한다. 이들은 로잘린드의 아버지를 찾아 나선 것이다. 안전을 위해 로잘린드가 남장을 한다. 익살꾼 터치스톤이 이들과 동행한다.

2막 : 아든 숲에 은거하는 노공작은 이 낙원의 우두머리요 철학자이다. 그는 도시와 문명 그리고 궁전을 떠나 전원생활을 즐기고 있다. 실리아의 동반 가출을 알게 된 프레드릭 공작은 즉시 명령을 내려 이들을 다시 불러오도록 한다. 여인의 가출을 도와주었다는 누명을 쓴 올랜도 때문에 그의 형 올리버도 처벌 직전의 위기에 처한다. 올랜도도 숲을 향해 떠난다. 오랜 시간이 지난 다음 여인들과 올랜도는 아든 숲에 도착한다. 가니메데와 앨리나로 이름을 바꾼 이들 여인들은 양치기 코린의 도움으로 양치기 농부로 변신한다. 올랜도는 굶은 탓으로 분별력을 잃고 칼을 빼들고 공작의 추종자들로부터 음식을 빼앗으려고 하지만 오히려 이들의 초대를 받고 음식을 제공받는다.

3막 : 궁으로 돌아온 프레드릭 공작은 올리버의 전 재산을 몰수하도록 지시한다. 가출한 여인들에 관한 정보를 갖고 오면 처벌을 면제한다고 그에게 통고한다. 올랜도는 숲속에서 시인이 되었다. 그는 사랑에 빠졌다. 그는 로잘린드를 찬양하는 시를 써서 나무에 걸어둔다. 로잘린드는 숲속에서 이 시를 발견하고 올랜도가 그녀를 사랑한다는 것을 알게 되었다. 가니메데로 분장한 로잘린드는 숲속에서 올랜도를 만난다. 가니메데는 그의 상사병을 고쳐주겠다고 말한다. 올랜도는 그 제안을 받아들인다. 터치스톤은 시골 처녀 오드리와 사랑에 빠졌다. 가니메데는 올랜도의 상사병 치료를 하기 위해 그를 숲속에서 기다리고 있다. 그는 나타나지 않는다. 가니메데는 코린의 초청을 받고 양치기 실비우스가 사랑의 반응이 없는 피비에게 구애(求愛)하는 광경을 보러 간다. 로잘린드는 피비가 애인에게 너무 냉혹하게 행동한다고 나무란다. 그러나 피비와 실비우스의 사랑을 성사시키려다가 로잘린드는 피비의 사랑을 받게 된다(로잘린드는 남장을 하고 있다).

4막 : 올랜도가 한 시간 늦게 도착한다. 그러나 그는 가니메데로부터 사랑의 교습을 받기를 갈망한다. 두 번째 교습을 받기로 한 날에도 올랜도는 늦게 왔다. 그 사이에 가니메데는 피비로부터 편지를 받는다. 가니메데는 그 편지를 실비우스에게 읽어주고 피비가 그를 얼마나 우습게 알고 있는지 알려준다. 올랜도는 교습을 받으러 오는 길에 형 올리버가 나무 그늘 아래서 잠들어 있는 것을 보았는데, 그 순간 뱀과 사자가 그의 목숨을 노리고 있었다. 올랜도는 그의 형의 목숨을 구했지만 자신은 상처를 입었다. 올랜도는 올리버를 가니메데에게 보내 자신이 늦는 이유를 설명하도록 했다. 올리버가 갖고 온 피묻은 수건을 보고 로잘린드는 실신한다.

5막 : 두 형제들은 이제 다시 만나게 되었다. 올리버는 실리아를 사랑하게 되었다. 그는 그녀와 결혼하고 싶었다. 더욱이 그는 올랜도에게 그의 저택을 넘겨주겠다고 말한다. 그러나 올랜도에게 로잘린드가 없는 세상은 의미가 없었다. 다음 날, 노공작이 종신들을 거느리고 나타났다. 네 쌍의 연인들도 결혼하기 위해 모였다. 로잘린드와 올랜도, 올리버와 실리아, 실비우스와 피비, 터치스톤과 오드리. 이때 반가운 소식이 전해졌다. 프레드릭 공작이 아든 숲으로 오다가 개과천선하여 구도의 길에 들어섰다는 전갈이었다. 그는 몰수한 재산을 전부 돌려준다고 언명했다. 행복한 결혼을 축하하는 춤판을 끝으로 연극은 막을 내린다.

작품 평가

로잘린드와 실리아는 셰익스피어가 창조한 여성 성격 가운데서도 아주 이상적이며 매력적인 여인이다. 로잘린드는 포샤를 닮아 기지에 넘치고, 솔직하고, 쾌활한 여성이다. 실리아는 귀엽고, 착하고, 성실한 여성이다. 올랜도나 올리버, 터치스톤, 두 공작들 — 이 모든 인물들은 두드러진 성격을 지닌 독자적 성격의 인물은 되지 못하지만, 모든 인물이 '아든의 숲'이 지니고 있는 자연의 특성을 갖고 있다. "이 작품의 주인공은 누구인가, 그리고 주제는 무엇인가, 그리고 작품의 성격은 어떤 것인가"라고 물으면 답변은 "아든 숲"이라고 말할 수밖에 없는 그런 전원 목가극이 바로 〈당신이 좋으실 대로〉이다.

희곡의 구성도 단순하다. 공작 집안의 싸움, 드 보이스 가문의 형제 싸움, 올랜도와 로잘린드의 사랑 등 세 가지 스토리가 실오라기처럼 서로 엉켜 있다. 숲속에서의 사랑 이야기가 큰 줄기를 이어가고 있지만, 사소한 이야기들, 예컨대 씨름 시합, 가정의 분쟁, 충복 애덤의 등장과 돌연한 소멸, 아든 숲속의 사자, 프레드릭 공작의 석연치 못한 돌발적인 행동, 실리아와 올리버의 돌발적이고도 기묘한 사랑, 로잘린드의 남장과 사랑놀이 등이 주제와 어떻게 관련되어 메인 액션을 구축해 나가는지 알 수 없을 지경이다. 제2막 7장에서 우울한 귀족 제이퀴즈는 어떤 플롯에도 관여하지 않지만 수시로 중요한 발언을 하고 있다. "세계는 하나의 무대……." 이 대사는 무엇을 의미하며, 그의 극적 기능은 무엇인가. 이에 대한 해답은 깊고 난해하다.

그러나 한 가지 분명한 것은 작중의 중요한 인물들이 모두 사랑에 관련되어 있다는 사실이다. 네 쌍의 연인들이 결혼을 하고 두 쌍의 형제들이 화해를 하는 동안 아든 숲은 불가사의한 마술적 작용을 하고 있다. 이 신비로운 푸른 숲속에서 인간들은 각자 자신을 새로운 '눈'으로 다시 보게 되고 변신을 거듭하게 된다. 슈레겔(A.W. Schulegel)의 작품평은 이 점에서 감동적이다. "나무 그늘 속에서 어떤 사람은 운명의 변전(變轉), 세상의 부정, 그리고 사회생활의 고통에 대해서 울적한 심정으로 명상해볼 수 있다. 또 어떤 사람은 사교적인 노래와 축제의 음악으로 숲속을 가득 채울 수도 있다. 사리사욕과 시기심과 야욕은 도시 저편에 놔두고 왔다. 모든 인간의 열정 가운데서 오로지 사랑만이 이 숲속의 길을 찾아올 수 있다." 바로 이것이다. 〈당신이 좋으실 대로〉는 사랑의 묘약을 얻는 인간의 드라마이다. 인간들은 이 숲속에서 사랑과 미움을, 지혜와 어리석음을, 웃음과 눈물을, 비관주의와 낙천주의를 남자와 여자를 뒤섞는다. 그것은 꿈같은 일이다. 그 꿈속에서 자신의 진정한 아이덴티티를 찾고 애정을 나누고, 우정을 가꾼다. 이 얼마나 황홀한 일인가. 아든 숲은 그래서 영원히 존재한다. 셰익스피어의 이 명작이 그의 작품 가운데서 가장 달콤한 행복감을 안겨주는 이유가 여기에 있다.

이태주

연도	윌리엄 셰익스피어	시대 배경
1564 (0세)	4월 23일 출생. 4월 26일, 존과 메리의 장남으로서 세례 받음.	C. 말로 탄생. 갈릴레오 탄생. 미켈란젤로 사망.
1565 (1세)	7월 4일 존, 스트랫퍼드 시참사위원(alderman)으로 피선(被選). 9월 12일 임명.	『지혜의 보고』의 저자 프랜시스 미아즈 탄생.
1566 (2세)	10월 13일, 존과 메리의 차남 길버트 세례.	해군대신극단 대표배우 에드워드 아렌 탄생.
1568 (4세)	9월 4일 존, 스트랫퍼드 시장(bailiff)에 선출됨.	메리 스튜어트 폐위. 영국에서 유폐됨.
1569 (5세)	4월 15일, 존과 메리의 다섯 번째 아이 조앤(Joan) 세례.	여왕극단, 우스터백작극단 스트랫퍼드에서 공연.
1571 (7세)	이즈음 윌리엄은 문법학교 킹즈 뉴 칼리지에 입학. 9월 28일 4녀 앤 세례 받음.	윌리엄 세실 경, 벌리 경이 됨.
1574 (10세)	3월 11일, 존과 메리의 일곱째 아이 리처드 세례. 전염병으로 런던 공연 금지.	5월 10일 레스터경극단이 왕실의 후원을 받음.
1575 (11세)	존, 스트랫퍼드에 정원과 과수원이 있는 두 채의 집을 40파운드로 구입. 윌리엄은 아마도 케닐워스의 축제를 봤을 것이다. 〈한여름 밤의 꿈〉에 반영되어 있다.	7월, 엘리자베스 여왕, 케닐워스 성 방문.
1576 (12세)	존, 문장(紋章) 허가 신청. 이때부터 존은 마을 의회 결석이 잦음. 군비 의연금도 미납.	제임스 버비지의 상설극장 '시어터(The Theatre)'가 쇼어디치에 건립됨.
1577 (13세)	존, 이때부터 재정적 어려움 때문에 공식회의 불참.	커튼극장 건립. 홀린셰드, 『연대기』 초판 발행.
1578 (14세)	11월 14일, 존은 부인의 유산 일부인 윌름코트의 집과 토지를 담보로 의형 에드먼드 란바트의 돈 40파운드 차입.	8월 24일, 존 스톡우드가 설교 중에 극장 비난.
1579 (15세)	4월 4일, 4녀 앤 매장. 존, 스니타필드의 토지를 4파운드에 매각.	노스 역 『플루타르크영웅전』 출판. 존 플레처 탄생.

연도	월리엄 셰익스피어	시대 배경
1580 (16세)	5월 3일, 4남(여덟 번째 아이) 에드먼드 세례. 존, 치안유지법 위반으로 20파운드의 벌금 지불.	『영국연대기』 출판.
1581 (17세)	8월 3일, 랭커셔에 사는 알렉산더 호턴의 유언장에 '배우 윌리엄 셰익스피어'에게 연금 2파운드를 남긴다는 기록이 있음. 윌리엄의 이름이 최초로 문서에 기록.	10월, 6세의 헨리 리즐리가 3대째의 사우샘프턴 백작이 됨.
1582 (18세)	11월 27일, 윌리엄, 8세 연상의 앤 해서웨이와 결혼.	버클레이경극단, 스트랫퍼드에서 공연. 에든버러대학 창립
1583 (19세)	5월 26일, 윌리엄과 앤의 장녀 수재나 세례.	옥스퍼드백작극단, 우스터백작극단 등이 스트랫퍼드에서 공연.
1585 (21세)	2월 2일, 쌍둥이 햄닛과 주디스 세례.	제임스 버비지, 커튼극장의 경영권 장악.
1586 (22세)	9월 6일, 존, 시위원에서 해임. 윌리엄, 런던행(?).	여왕극단, 레스터백작극단이 스트랫퍼드에서 공연.
1587 (23세)	6월 13일에 발생한 상해 사건으로 결원을 채우기 위해 윌리엄이 여왕극단에 가입한 가능성 있음.	헨슬로, 로즈극장 건립. 홀린셰드, 『연대기』 제2판 간행.
1588 (24세)	윌름코트 토지가옥 변제를 청구하면서 윌리엄이 란바트에 소송 제기.	레스터 백작 사망. 영국 해군, 스페인 무적함대 격파. 리처드 탈턴 매장(9월 3일).
1589 (25세)	윌리엄, 스트랑경극단과 해군대신극단이 합병해서 만든 극단에 관계함.	로버트 그린의 『Menaphon』에 쓴 토머스 내시의 서문에 〈원햄릿(Ur-Hamlet)〉이 언급됨.
1592 (28세)	윌리엄 그린의 책 『문(文)의지혜』(9월 20일 출판등록)에서 윌리엄을 비난하는 문구 '벼락출세한 까마귀(upstartcrow)' 발견.	6월, 극장 폐쇄. 9월 3일 그린 사망. 에드워드 알레인, 헨슬로의 양녀와 결혼해서 헨슬로와 동업자가 됨.

연도	윌리엄 셰익스피어	시대 배경
1593 (29세)	사우샘프턴 백작에게 〈비너스와 아도니스〉 헌정. 출판등록 4월 18일. 같은 해에 4절판으로 등록. 〈타이터스 앤드로니커스〉 집필. 〈말괄량이 길들이기〉 집필. 〈루크리스의 능욕〉 집필.	극작가 크리스토퍼 말로 살해당함(5월 30일). 전염병으로 윌리엄이 소속된 펜브루크백작극단이 어려움을 겪음.
1594 (30세)	윌리엄, 궁내대신소속극단에 단원으로 참가. 〈타이터스 앤드로니커스〉 출판 등록(2월 6일). 동년에 양(良)사절판으로 출판. 로즈극장에서 공연(1월 23일). 〈헨리 6세 2부〉 출판 등록(3월 12일). 동년에 악(惡)사절판 출판. 〈루크리스의 능욕〉 출판 등록(5월 9일). 동년 양사절판으로 출판. 〈실수 연발〉 그레이 법학원에서 공연(12월 28일). 〈베로나의 두 신사〉 집필. 〈사랑의 헛수고〉 집필. 〈로미오와 줄리엣〉 집필. 〈말괄량이 길들이기〉 공연(6월 13일).	1592년부터 이래로 폐쇄되었던 정규공연이 6월에 시작됨. 스트랫퍼드 대화재(9월 22일). 헨리 거리의 셰익스피어의 가옥도 피해를 입음. 펜브루크백작극단 해체(12월 28일). 6월 7일에 유대인 의사 로더리고 로페즈가 여왕 암살 용의로 처형됨.
1595 (31세)	3월 15일에 전년 12월의 어전공연에 대한 지불명부에 20파운드의 액수와 간부단원 윌리엄의 이름이 기록됨.	9월, 스트랫퍼드 화재. 〈리처드 2세〉 또는 〈리처드 3세〉 공연(12월 9일). 프랜시스 랭글리, 펜브루크백작극단의 본거지인 스완극장 건립.
1596 (32세)	8월 11일, 장남 햄닛 매장(11세). 10월 20일에 존, 문장 사용 허가받음. 윌리엄, 비숍게이트의 세인트헬렌에 거주(10월).	스완극장에서 네덜란드의 관광객 한니스 드 위트가 관객을 3천 명으로 추산. 2월 4일에 제임스 버비지가 블랙프라이어즈극장을 600파운드로 구입.
1597 (33세)	5월 4일에 윌리엄, 스트랫퍼드에서 가장 아름답고 두 번째로 큰 '뉴 플레이스' 저택을 60파운드에 구입. 〈윈저의 즐거운 아낙네들〉 공연(4.22~23). 〈리처드 2세〉 출판등록(8.29), 동년 양사절판 출판. 〈리처드 3세〉 출판 등록(10.20), 동년 양과 악의 중간사절판 출판. 〈헨리 4세 1부, 2부〉 집필(1597~1598). 〈사랑의 헛수고〉 공연.	2월 2일 제임스 버비지 매장.

연도	윌리엄 셰익스피어	시대 배경
1598 (34세)	〈헨리 4세 1부〉 출판 등록(2.25). 출판. 〈베니스의 상인〉 출판 등록(7.22). 윌리엄, 벤 존슨의 〈각인각색〉에 출연(9.20 이전). 〈사랑의 헛수고〉 양사절판 출판(12월). 〈헛소동〉 집필(1598~1599). 〈헨리 5세〉 집필(1598~1599)	재상 윌리엄 세실 사망. 프랜시스 미어스의 수기 『지식의 보고』 출판(9.7). 이 책에는 윌리엄에 관한 여러 가지 언급이 있음.
1599 (35세)	2월 21일, 윌리엄, 주주의 한 사람으로서 글로브극장 건설 운영에 관한 계약서 작성. 세인트 헬렌에 보관된 세금 관계 서류에 윌리엄의 이름이 있음. 글로브극장 개장. 〈줄리어스 시저〉 집필. 글로브극장에서 공연(9.21). 〈로미오와 줄리엣〉 양사절판 출판. 〈당신이 좋으실 대로〉 집필(1599~1600). 〈십이야〉 집필(1599~ 1600).	시인 에드먼드 스펜서 사망. 풍자문학 금지(6.1). 에식스 백작의 아일랜드 원정 실패.
1600 (36세)	〈당신이 좋으실 대로〉 등록(8.4), 출판 보류. 〈헛소동〉 등록(8.4). 양사절판 출판(10월). 〈헨리 4세 2부〉 등록(8.23). 양사절판 출판. 〈헨리 5세〉 등록(8.23). 악사절판 출판. 〈한여름 밤의 꿈〉 등록(10.8). 템스강 남안(南岸) 크링크 지구 납세자 리스트에 13실링 4펜스 미납 기록.	동인도회사 설립. 헨슬로, 520 파운드를 들여서 포춘극장 건립.
1601 (37세)	부친 존 사망. 9월 8일 매장. 궁내대신극단이 에식스 백작 일당의 요청에 의해 왕위 찬탈극 〈리처드 2세〉 글로브극장에서 공연(2.7). 〈십이야〉 궁전에서 공연(1.6). 〈햄릿〉 집필(1601~1602). 〈트로일로스와 크레시다〉 집필(1601~1602).	2월 8일, 에식스 백작, 런던에서 반란 일으키다 체포되어 사형됨(2.25). 사우샘프턴 사형 면함.
1602 (38세)	5월 1일 윌리엄, 스트랫퍼드에 107에이커의 토지를 320파운드로 구입. 윌리엄, 런던 크리플게이트에 하숙. 〈윈저의 즐거운 아낙네들〉 등록(1.18). 악사절판 출판. 〈햄릿〉 등록(7.26). 〈끝이 좋으면 다 좋다〉 집필(1602~1603).	

연도	윌리엄 셰익스피어	시대 배경
1603 (39세)	5월 19일, 궁내대신극단이 국왕극단이 되다 (5.19). 〈트로일로스와 크레시다〉 등록(2.7). 〈햄릿〉 악사절판 출판.	엘리자베스 여왕 사망(3.24). 튜더 왕조 끝남. 제임스 1세 즉위하여 스튜어트 왕조 출범. 3월 19일 전염병으로 극장 1년간 폐쇄.
1604 (40세)	〈오셀로〉 집필. 11월 1일 궁정에서 공연. 〈자에는 자로〉 집필(1604~1605). 12월 26일 궁전에서 공연. 〈햄릿〉 양사절판 출판. 〈윈저의 즐거운 아낙네들〉 궁정에서 공연(11.4).	4월 9일, 극장 개관. 제임스 1세 스페인과 화평 체결.
1605 (41세)	국왕극단이 〈헨리 5세〉를 궁정에서 공연(1.7). 국왕극단이 〈베니스의 상인〉을 궁정에서 공연(2.10). 〈리어 왕〉 집필(1605~1606).	11월 15일, 가이 포크스의 의사당 폭파 음모사건(화약음모사건) 발각. 레드불극장 개관.
1607 (43세)	6월 5일 장녀 수재나, 의사 존 홀과 결혼(6.5). 〈리어 왕〉 출판등록(11.26). 〈코리올레이너스〉 집필. 〈아테네의 타이먼〉 집필. 〈맥베스〉 아마도 햄프턴코트에서 덴마크 왕 크리스찬 4세 방문을 기념해서 공연(8.7). 〈햄릿〉 영국 함선 드래곤호 선상에서 공연. 12월 31일 윌리엄의 동생 배우 에드먼드 셰익스피어 매장(12.31).	7월~11월,전염병으로 극장 폐쇄.
1608 (44세)	수재나의 장녀 엘리자베스 출생(2.8.세례). 모친 메리 사망(9.9. 매장). 〈안토니와 클레오파트라〉 등록(5.20). 〈리어 왕〉 양과 악의 중간판본 출판.〈페리클레스〉 집필(1608~1609), 등록(5.20).	시인 존 밀턴 출생. 8월 9일, 국왕극단이 블랙프라이어즈 극장 임대권 매입.
1610 (46세)	윌리엄, 고향에 은퇴. 〈겨울 이야기〉 집필(1610~1611).	2월, 제임스 1세 의회 폐쇄.
1611 (47세)	〈심벨린〉 관극(4월 하순) 기록(점성가 사이먼 포맨). 〈겨울 이야기〉 글로브극장에서 공연(5.15). 〈템페스트〉 집필(1611~1612). 동년 궁정에서 공연(11.1).	흠정(欽定)영역성서 출판.
1612 (48세)	〈헨리 8세〉 집필(1612~3).	태자 헨리 사망.

연도	윌리엄 셰익스피어	시대 배경
1613 (49세)	2월 4일 동생 리처드 매장. 런던 블랙프라이어즈 지구에 140파운드를 들여 게이트 하우스 (Gate-House) 구입.	〈헨리 8세〉 공연 중(6.29) 글로브극장 소실. 곧 재건립 착수.
1614 (50세)	글로브극장 6월 준공(1400파운드 소요됨).	호프극장 건립.
1615 (51세)	〈리처드 2세〉(제5쿼토판) 출판(90월).	조지 채프먼이 호메로스의 『오디세이』 완역.
1616 (52세)	1월 26일경, 윌리엄 유언장 작성. 차녀 주디스가 토머스 퀴니와 결혼(2.10). 유언장 수정, 서명(3.25). 4월 23일 윌리엄 셰익스피어 사망. 스트랫퍼드 홀리 트리니티교회에 매장(4.25). 11월 23일, 토머스와 주디스의 아들 셰익스피어 세례. 『루크레스의 능욕』 출판.	1월 6일 헨슬로 사망.
1623	8월 6일, 윌리엄의 아내 앤 사망(67세). 11월 8일 윌리엄의 전집 첫 폴리오판이 셰익스피어의 동료배우들인 존 헤밍스와 헨리 콘델에 의해 출판.	

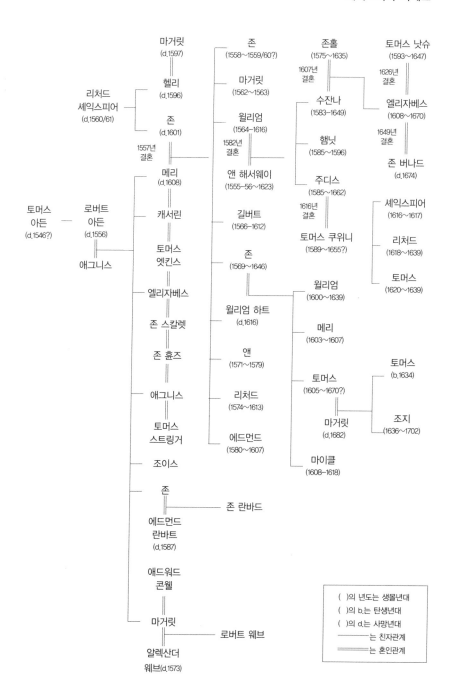

셰익스피어 가계도

( )의 년도는 생몰년대
( )의 b.는 탄생년대
( )의 d.는 사망년대
─── 는 친자관계
═══ 는 혼인관계

장미전쟁 역사극의 가계도

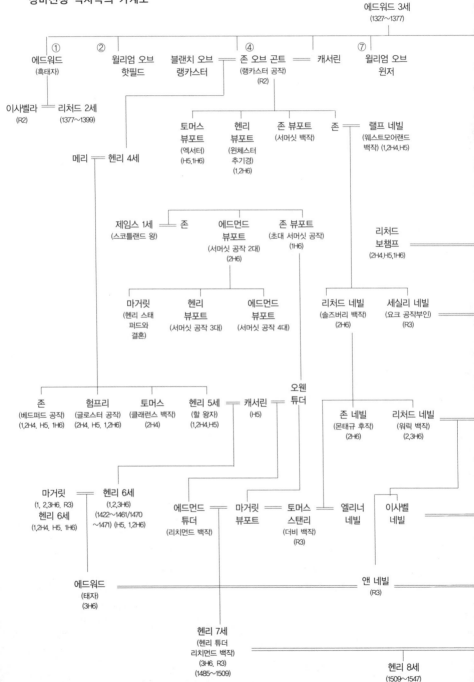

에드워드 3세
(1327~1377)

① 에드워드 (흑태자)

② 윌리엄 오브 핫필드

블랜치 오브 랭카스터

④ 존 오브 곤트 (랭카스터 공작) (R2)

캐서린

⑦ 윌리엄 오브 윈저

이사벨라 (R2) ═ 리처드 2세 (1377~1399)

메리 ═ 헨리 4세

토머스 뷰포트 (엑서터) (H5,1H6)

헨리 뷰포트 (윈체스터 추기경) (1,2H6)

존 뷰포트 (서머싯 백작)

존

랠프 네빌 (웨스트모어랜드 백작) (1,2H4,H5)

제임스 1세 (스코틀랜드 왕) ═ 존

에드먼드 뷰포트 (서머싯 공작 2대) (2H6)

존 뷰포트 (초대 서머싯 공작) (1H6)

리처드 보챔프 (2H4,H5,1H6)

마거릿 (헨리 스태퍼드와 결혼)

헨리 뷰포트 (서머싯 공작 3대)

에드먼드 뷰포트 (서머싯 공작 4대)

리처드 네빌 (솔즈버리 백작) (2H6)

세실리 네빌 (요크 공작부인) (R3)

존 (베드퍼드 공작) (1,2H4, H5, 1H6)

험프리 (글로스터 공작) (2H4, H5, 1,2H6)

토머스 (클래런스 백작) (2H4)

헨리 5세 (할 왕자) (1,2H4,H5)

캐서린 (H5) ═ 오웬 튜더

존 네빌 (몬태규 후작) (2H6)

리처드 네빌 (워릭 백작) (2,3H6)

마거릿 (1, 2,3H6, R3)
헨리 6세 (1,2H4. H5. 1H6)

헨리 6세 (1,2,3H6) (1422~1461/1470 ~1471) (H5, 1,2H6)

에드먼드 튜더 (리치먼드 백작) ═

마거릿 뷰포트 ═ 토머스 스탠리 (더비 백작) (R3)

엘리너 네빌

이사벨 네빌

에드워드 (태자) (3H6)

앤 네빌 (R3)

헨리 7세 (헨리 튜더 리치먼드 백작) (3H6, R3) (1485~1509)

헨리 8세 (1509~1547)

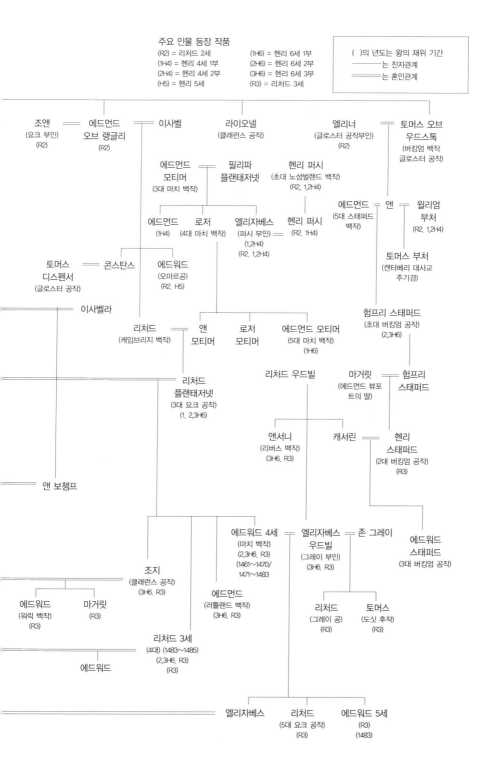

주요 인물 등장 작품
(R2) = 리처드 2세
(1H4) = 헨리 4세 1부
(2H4) = 헨리 4세 2부
(H5) = 헨리 5세
(1H6) = 헨리 6세 1부
(2H6) = 헨리 6세 2부
(3H6) = 헨리 6세 3부
(R3) = 리처드 3세

( )의 년도는 왕의 재위 기간
────── 는 친자관계
══════ 는 혼인관계

조앤
(요크 부인)
(R2)

에드먼드
오브 랭글리
(R2)

이사벨

라이오넬
(클래런스 공작)

엘리너
(글로스터 공작부인)
(R2)

토머스 오브
우드스톡
(버킹엄 백작
글로스터 공작)

에드먼드
모티머
(3대 마치 백작)

필리파
플랜태저넷

헨리 퍼시
(초대 노섬벌랜드 백작)
(R2, 1,2H4)

에드먼드
(5대 스태퍼드
백작)

앤

윌리엄
부처
(R2, 1,2H4)

에드먼드
(1H4)

로저
(4대 마치 백작)

엘리자베스
(퍼시 부인)
(1,2H4)
(R2, 1,2H4)

헨리 퍼시
(R2, 1H4)

토머스 디스펜서
(글로스터 공작)

콘스탄스

에드워드
(오마르공)
(R2, H5)

토머스 부처
(캔터베리 대사교
추기경)

이사벨라

리처드
(케임브리지 백작)

앤
모티머

로저
모티머

에드먼드 모티머
(5대 마치 백작)
(1H6)

험프리 스태퍼드
(초대 버킹엄 공작)
(2,3H6)

리처드
플랜태저넷
(3대 요크 공작)
(1, 2,3H6)

리처드 우드빌

마거릿
(에드먼드 뷰포
트의 딸)

험프리
스태퍼드

앤 보챔프

앤서니
(리버스 백작)
(3H6, R3)

캐서린

헨리
스태퍼드
(2대 버킹엄 공작)
(R3)

에드워드
(워릭 백작)
(R3)

마거릿
(R3)

조지
(클래런스 공작)
(3H6, R3)

에드먼드
(러틀랜드 백작)
(3H6, R3)

에드워드 4세
(마치 백작)
(2,3H6, R3)
(1461~1470/
1471~1483)

엘리자베스
우드빌
(그레이 부인)
(3H6, R3)

존 그레이

에드워드
스태퍼드
(3대 버킹엄 공작)

리처드
(그레이 공)
(R3)

토머스
(도싯 후작)
(R3)

리처드 3세
(4대) (1483~1485)
(2,3H6, R3)
(R3)

에드워드

엘리자베스

리처드
(5대 요크 공작)
(R3)

에드워드 5세
(R3)
(1483)

영국 왕가 족보 (1)

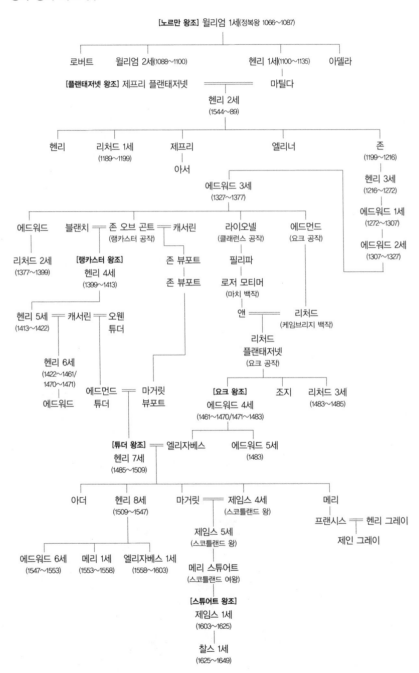

[노르만 왕조] 윌리엄 1세(정복왕 1066~1087)

로버트 　 윌리엄 2세(1088~1100) 　 헨리 1세(1100~1135) 　 아델라

[플랜태저넷 왕조] 제프리 플랜태저넷 ═══ 마틸다

헨리 2세 (1544~89)

헨리 　 리처드 1세(1189~1199) 　 제프리 │ 아서 　 엘리너 　 존 (1199~1216)

헨리 3세 (1216~1272)

에드워드 3세 (1327~1377)

에드워드 1세 (1272~1307)

에드워드 　 블랜치 ═══ 존 오브 곤트 ═══ 캐서린 　 라이오넬(클래런스 공작) 　 에드먼드(요크 공작)
(랭카스터 공작)

에드워드 2세 (1307~1327)

리처드 2세 (1377~1399)

[랭카스터 왕조] 헨리 4세 (1399~1413)

존 뷰포트
존 뷰포트

필리파
로저 모티머 (마치 백작)

헨리 5세 ═══ 캐서린 ═══ 오웬 튜더
(1413~1422)

앤 ═══ 리처드 (케임브리지 백작)

리처드 플랜태저넷 (요크 공작)

헨리 6세
(1422~1461/ 1470~1471)

에드먼드 튜더 ═══ 마거릿 뷰포트

[요크 왕조] 에드워드 4세 (1461~1470/1471~1483) 　 조지 　 리처드 3세 (1483~1485)

에드워드

[튜더 왕조] 헨리 7세 (1485~1509) ═══ 엘리자베스 　 에드워드 5세 (1483)

아더 　 헨리 8세 (1509~1547) 　 마거릿 ═══ 제임스 4세 (스코틀랜드 왕) 　 메리

프랜시스 ═══ 헨리 그레이
제인 그레이

제임스 5세 (스코틀랜드 왕)

에드워드 6세 　 메리 1세 　 엘리자베스 1세
(1547~1553) 　 (1553~1558) 　 (1558~1603)

메리 스튜어트 (스코틀랜드 여왕)

[스튜어트 왕조] 제임스 1세 (1603~1625)

찰스 1세 (1625~1649)

영국 왕가 족보 (2)

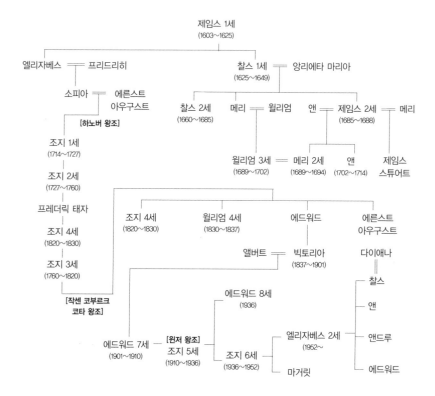